U0568719

清史通俗演义

蔡东藩●著

下

中国书籍出版社
China Book Press

图书在版编目（CIP）数据

清史通俗演义：全 2 册/蔡东藩著．—北京：中国书籍出版社，
2015. 10
（中国历代通俗演义）
ISBN 978 - 7 - 5068 - 5236 - 4

Ⅰ．①清… Ⅱ．①蔡… Ⅲ．①章回小说 - 中国 - 现代 Ⅳ．①
I246. 4

中国版本图书馆 CIP 数据核字（2015）第 249863 号

清史通俗演义 （下）

蔡东藩　著

图书策划	武　斌　崔付建
责任编辑	刘　娜
责任印制	孙马飞　马　芝
出版发行	中国书籍出版社
地　　址	北京市丰台区三路居路 97 号（邮编：100073）
电　　话	(010)52257143(总编室)　　(010)52257153(发行部)
电子邮箱	chinabp@ vip. sina. com
经　　销	全国新华书店
印　　刷	阳谷毕升印务有限公司
开　　本	880 毫米×1230 毫米　1/32
字　　数	625 千字
印　　张	29. 25
版　　次	2016 年 1 月第 1 版　　2021 年 2 月第 2 次印刷
书　　号	ISBN 978 - 7 - 5068 - 5236 - 4
总 定 价	980. 00 元（全十一卷）

第五十三回

效尸谏宰相轻生　失重镇将帅殉节

　　却说英国兵舰，自收到兵费后，总算拔桩出口，慢慢儿的退去，从佛山镇取道泥城，经萧关三元里。三元里里民，因英人沿途肆掠，愤愤不平，遂纠众拦截，竖起平英团旗帜，把英兵围住。英兵终日冲突，不能出围，统帅伯麦亦受伤。义律亟遣汉奸混出围场，遣书余保纯求救。保纯亟率兵往解，翼义律等出围，始得脱去。奕山不敢实奏，捏称："焚击英船，大挫凶锋，义律穷蹙乞抚，只求照旧通商，永不售卖鸦片，惟追交商欠六百万圆。当由臣等与他议约，令他退出虎门外面。"道光帝高居九重，只道奕山是亲信老臣，不至捏饰，当下准奏，谁知他是一片鬼话。杨芳奏请抚议，并不要六百万偿银，反加申斥；奕山饰词上告，将赔偿兵费之款，捏称追交商欠，虽改重从轻，而偿银总是确实，乃反准奏不驳，谓非重满轻汉而何？

　　朝中只恼了一个大学士王鼎，上了一道奏章，说："抚议万不可恃，将军奕山，其偿银媚外罪，较琦善尤重。"这篇奏牍，好似朝阳鸣凤，曲高和寡，哪里能回动圣听？况王鼎是山西蒲城人氏，并非皇帝老子戚族，凭你口吐莲花，总是不肯相信。当时留中不发，后来细问内监，方知道光帝览了奏牍，倒也有点动容，经权相穆彰阿祖护奕山，不说奕山有罪，反说奕山有功，因此把奏章搁起不提。王中堂得此消息，已自愤恨，适廷议追论林则徐罪状，谪戍伊犁，协办大学士汤金钊，因保荐林则徐材可重用，亦遭严谴，连降四级。王中堂料是穆彰阿暗中唆使，气得满腹膨胀，随即嘱咐家人，愿效史鱼尸谏，草了遗疏数千言，历述穆彰阿欺君误国，不亟治罪，大局无安日，海疆无宁岁。结尾有"臣请先死以谢穆彰阿"等语。遗疏写毕，读了一遍，便叹道："奸贼若除，我死亦瞑目了。"当下将遗疏恭陈案上，并用另纸一条，留嘱家人，饬他明日拜发；随望北谢恩，悬梁自尽。其迹似迂，其心无愧。

这一死传到王大臣耳中，很是惊异。穆彰阿是个多心人，料得王中堂无病而逝，必有缘故，然而凭空悬想，总不能摸着头脑，搔头挖耳的想了一会，暗道："有了，有了！"忙饬家仆去召一个谋士。谋士非别，乃是户部主事军机章京聂澐。聂澐一到，穆彰阿嘱他探听王中堂死事。聂澐与王中堂儿子王伉，向来熟识，此番受穆彰阿嘱托，遂借吊丧为名，当夜前去侦察。行过吊礼，由王家仆役引入客厅。聂澐遂私问王中堂死状，王仆遂一五一十，告诉聂澐，并说出遗疏大略。聂澐道："我与你家大少爷，素来莫逆，你去取出遗疏，令我一瞧！"王仆道："现在少爷忙得很，不便通报。"聂澐道："你不必通报少爷，你私下去取了出来，我一瞧过，便好归还。"王仆尚是为难，聂澐允给他千金。俗语说的好："重赏之下，必有勇夫，"况不过盗取一张文牍，稍费手脚，坐得千金，那里有做不到的道理？王仆去了片刻，即将遗疏取来。聂澐一瞧，吓得瞠目伸舌，便向王仆道："这篇遗疏，亏得未上，若上了这疏，贵东人要惹大祸了。"王仆知识有限，也吃了一惊。聂澐道："我既允你千金，快随我去取！这遗疏由我取去，另换一张方好。"当下不及告辞，匆匆径去。王仆随到聂寓，由聂澐取出笔墨，另写数行，假作王鼎遗疏，付与王仆，复检出银票千两，作为赠资。王仆称谢而去。

聂澐忙把遗疏，转呈穆彰阿。穆彰阿瞧了一遍，说道：

"险极，险极！这事幸亏有你，你是拔贡出身，还好应试，将来我总设法谢你一个状元。"双手瞒天，无事不可为，区区状元，值得甚么。聂澐欢喜异常，把千金都不提起，直到后来为穆彰阿所闻，方照数给还。待至礼部试期，穆彰阿不忘前言，替他暗通关节。总算信实。偏同考官中有个山西人，本充御史，得了聂澐试卷，竟藏好箧中，上了锁，绝不提起，到填榜时候，主司房考，不得聂卷，相顾错愕。还是御史自说："某夕阅卷，不戒于火，有一卷为火所烬，想来便是聂卷。榜发后，当自议请处了。"好好一个状元，被这侍御送掉，应为聂澐扼腕。嗣后御史自请处分，解职回籍，这位权势赫奕的穆中堂，倒也没法害他，只一手提拔聂澐，历任至太常侍卿，这是后话慢表。

且说奕山与英人议和，单就广东一省，议定休兵息战，此外全不相关。清廷只道是和议已定，可以没事，令江、浙各省裁兵节饷。不意英人仍不肯罢兵，一面率军舰退出虎门，经营香港，规复广东贸易，一面复思借战胜余威，率军北进。适伯麦调印度战舰至粤，遂与义律等决议北犯，途次遇着飓风，撞破坐船。奕山祁壻等，张皇入告，说："英舰漂没无数，浮尸蔽海。"道光帝还疑是海神有灵，饬颁藏香，令祁壻敬谢祷天。可笑！

英政府令大使璞鼎查，代义律职，海军少将巴尔克，代伯麦职，义律、伯麦回国。璞鼎查、巴尔克，会同卧乌古，带领军舰九艘，汽船四艘，运送船二十三艘，于道光二十一年七月，游弋闽海，进犯厦门。此时邓廷桢已得罪革职，与林则徐同戍伊犁，闽浙总督换了颜伯焘。这位颜制台，颇热心拒外，到任后方督修战备，奈朝旨反令他裁兵节饷，只好缓缓布置。忽闻英兵入犯，急驰至厦门防御；甫到厦门，英舰已闯入鼓浪屿口。颜制台急饬兵开炮，接连炮响，轰沉英国火轮船五艘。

英舰反蜂拥齐进，弹丸如雨点般打来。他的炮弹，不是望空乱发，只并力攻一炮台。一台破，再攻一台。厦门口岸，本有炮台三座，起初颜制台防他分攻，也派兵分守，谁知他却一座一座的攻打，这座被毁，那座早已震动。兼且炮台统用砖石砌成，未叠沙垣，弹丸飞至，不是击坍，便是击破。自辰至酉，炮台多半毁坏。英兵用小船驳到岸边，分路登岸，官军不能抵御，水陆皆溃。金门镇总兵江继芸，身中炮弹，落水溺死。副将凌志，署淮口都司王世俊，水师把总纪国庆，杨肇基，季启明等，各力战而亡。英兵据了炮台，反将炮台上面的大炮，移转向北，对着厦门官署轰击，房屋七洞八穿，兴泉永道刘曜春，同知顾效忠，皆遁走。颜制台也只得退守同安。

英兵乘势劫掠，厦民大愤，推陈姓为首，聚集五百人，抗英五千众。英兵用大炮，厦民用抬枪，打了一仗，英兵死了百人，厦民只死三人，因此英兵不敢久驻，仍退泊鼓浪屿。越数日，又进攻厦门，副将林大椿，游击王定国，又被击毙。还亏提督普陀保，总兵那丹珠，督兵力御，击沉英舰一艘，方扬长而去。颜制台初奏厦门失守，旋即报称收复，奉旨责他先事疏防，降三品顶戴留任。

闽海少安，英舰转入浙海。适两江总督裕谦，继伊里布后任，至浙视师。裕钦差任事刚锐，可惜未娴武备。先是调林则徐到浙，亦系由他密荐，则徐方感他知遇，竭力筹防，怎奈遣戍命下，不能逗留。两下相别，彼此洒了几点热泪。裕谦虽非将才，然存心很是忠诚，著书人秉公褒贬，并不以满人少之。会裁兵节饷的上谕，颁到浙江，裕钦差心中，大不谓然，时常遣人侦探英舰动静。忽报英兵在粤，新增战舰，声言将移兵入浙，连忙写好奏本，请清廷转饬奕山，问明何故有英人入浙传言？该英人是否诚心乞抚，抑仍是得步进步故智？谁料廷旨批回，反说："英人赴浙，出自风闻，不足为据，著裕谦仍遵前旨，酌量撤兵，不必为浮言所惑，以至糜饷劳师。"这位裕钦差，看到此语，不禁叹气道："敌常增兵，我反撤兵，两不抖头，可笑可恨！想来总是穆中堂主见。穆彰阿穆彰阿！你要误尽国家了！"

随赴镇海阅防。途中接厦门失陷消息，飞檄定海镇总兵葛云飞，处州镇总兵郑国鸿，安徽寿春镇总兵王锡朋，统兵五千，严守定海。这三位总兵，统是忠肝义胆，葛公云飞，尤智勇双全。云飞系浙江山阴人氏，是武进士出身，超擢至定海镇总兵；道光十九年，丁父忧回籍；二十年，海疆事棘，夺情起用。他因定海先尝陷落，收复后，守备空虚。云飞到任，请三面筑城，环列巨炮，堵住竹山门深港，使不复通舟；且增筑南路土城，与五奎山诸岛相犄角。裕钦差到浙时，颇有心采用，奈朝廷叫他裁兵，嘱他节饷，他若还要筑城增垒，岂不是违拗圣旨？因此把筑城事中止。这时三总兵同到定海，手下兵只有五千。三总兵阅视形势，议扼要驻守。王锡朋愿守晓峰岭，郑国鸿愿守竹山门，道头街一带，归葛云飞扼守。惟晓峰岭背面负海，有间道可入，三镇兵只三千名，不敷分派，且炮火亦不够用。由王、葛二公商议，请增派兵船及大炮，堵住间道。当下飞详镇海。

裕谦接到详文，邀浙江提督余步云，共议添兵事宜。步云道："浙江要口，第一重是定海，第二重是镇海，镇海比定海，尤为要紧。现在镇海防兵，亦只数千，自顾不暇，还有什么兵马炮火，可以调遣？"王、葛两总兵，亦有详文到步云处，步云已戒他死守，毋望援兵。三总兵死了。裕谦道："这么一个要紧海口，只有几千兵马！"余步云道："上年恰不止此数，因朝旨屡促裁兵，所以减去三分之一，现在只四千名营兵了。"裕谦道："这正没法可想，只得听天由命。天若不亡浙江，定海应保得住，镇海也可无虑。本大臣以身许国，到危急时，拼死报君便了。"忠有余而智不足，即此可知。

步云退出，战信已到，英兵已来攻定海，驶进竹山门，被我军奋勇迎击，轰断英船大桅杆，英兵已退去了。裕谦稍稍放心。过了两日，又报英兵绕出吉祥门，入攻东港浦，被我炮击却，现英人改由竹山嘴登岸。郑镇台正在截击哩。接连又到紧急文书两角：一角是王总兵锡朋详文，一个是葛总兵云飞详文。裕谦展开一瞧，统是请大营济师，便道："怎么处？怎么处？定海兵尚有五千，此处兵恰只四千，难道三总兵未曾知悉么？若我亲去督战，恐怕镇海没人把守，我看这余军门步云，事事推诿，很是刁猾，恐怕也靠不住呢。现在没处调兵，奈何，奈何？"就将详文搁过一边，只自一人愁眉兀坐。

适值天气沉阴，连日霪雨，弄得越加愁闷，遂出了营，上东城眺望。突见城外招宝山，悬著白旗，不由的慌张起来，便下城去召总兵谢朝恩。朝恩未至，警信又到，乃是晓峰岭失陷，王总兵锡朋，中枪阵亡，寿春营溃散。裕谦正在惊愕，朝恩已踉跄进来，报称竹山门失守，郑总兵亦战殁了。裕谦道："莫非讹传。把王总兵误作郑总兵。"郑王二姓，百家姓上本是联接，王已先死，郑何能免？道言未绝，外面已递进败耗，确是郑国鸿又死。裕谦道："三总兵已死二人，单剩一个葛云飞，想总支持不住。好！好！三总兵不要怨我不救，看来我也是难保了。"说毕，泪如雨下。朝恩见主帅伤心，也陪了两三点泪珠，一面恰勉强劝慰。裕谦道："我恰不是怕死，若怕死也不来督师了。只可惜三员大将，一朝俱尽，国家从此乏材。还有一桩可疑的事情，招宝山上，如何竖起白旗来？"朝恩道："招宝山上，乃是余提督军营，为什么竖起白旗？卑镇倒也不解。"裕谦道："开战挂红旗，乞和挂白旗，这是外洋各国通例。现在本帅并不要乞和，英兵还未到镇海，那余军门偏先悬白旗，情迹可知。我朝养士二百年，反养出这般卖国的大员来，越叫人痛惜三总兵。"朝恩道："待卑镇去问明提台，再作区处。"朝恩趋出，外面又传报葛总兵云飞阵亡。统用虚写，比实写尤觉凄惨。裕谦此时又悲又恼，悲的是三总兵阵殁，恼的是余步云异心。踌躇一夜，想出一个盟神誓众的法儿。儿戏何益？

待到天明，忽见巡捕进来，呈上手本，说是义勇徐保求见。裕谦问徐保隶何人部下？巡捕答称是葛镇台部下。裕谦遂传令入见。徐保入帐，请过了安，便禀道："葛镇台阵殁，现由小兵舁尸内渡，已到此处。"裕谦问葛镇台阵殁情状，徐保答道："英人从晓峰岭间道攻入，先破晓峰岭，次陷竹山门，王、郑二镇台，先后阵亡，葛镇台扼住道头街，孤军激战，镇台手掇四千斤大炮，轰击英兵，英兵冒死不退。镇台持刀步斗，阵斩英酋安突得，无如英兵来得越多，我镇台拼命督战，刀都斫缺三柄，英兵少却。镇台拟抢救竹山门，方仰登时，突来两三员敌将，夹攻镇台，镇台被他劈去半面，鲜血淋漓，尚且前进；不防后面又飞来一弹，洞穿胸前，遂致殒命。小兵到夜间寻尸，见我镇台直立崖石下，两手还握刀不放。左边一目，睒睒如生，小兵欲负尸归来，那尸身兀立不动，不能挪移。随由小兵拜祝一番，请归见太夫人，然后尸身方容背负，驾着小船，潜渡至此。"裕谦叹道："好葛公！好葛公！"当下命随员偕了徐保，往去祭奠，并檄大吏护丧还葬，一面飞章出奏。

料理已毕，遂召集部将，设着神位，饬同宣誓，总兵以下，统共到来，独余步云不到。裕谦正思启问，谢朝恩已近前禀道："余军门已差武弁伺候。"裕谦冷笑道："想是本帅不曾亲邀，所以不到。"那边提辕武弁，闻了此语，急忙上前请安，禀称军门现患足疾，特来请假。裕谦摇头道："敌兵到来，那足自然会好了。"既晓得步云异心，如何不先为撤换？叱退武弁，随至神位前祭告。此时牲醴早陈，香烛齐爇，当由裕钦差行跪叩礼，众将官亦随同跪叩。裕钦差亲读誓文，无非劝勉属下文武，同仇敌忾，倘有异心，神人共殛等语。不求己而求神，简直是捣鬼。方才读罢，猛听得隐隐炮声，自远至近，不由的惊讶起来，便即起身誓众道："本帅的誓文，想大家都已听明，不日间英兵到来，须靠大家同心抵御，有功立赏，有罪立刑。"总兵谢朝恩，先应了声"得令"，众将士也随声附和。裕谦方命军士们撤了神位祭礼，正思向谢朝恩追问招宝山白旗缘故，探马忽报英兵来了。谢朝恩即抽身告辞，裕谦执着朝恩手道："这城屏障，便是招宝山及金鸡岭两处。老兄驻守金鸡岭，本帅很是放心，只有招宝山放心不下。"朝恩道："这要看朝廷洪福，卑镇愿以死报。"当下由裕谦亲送出营，朝恩匆匆别去。

　　裕谦遂登陴守城，城下忽来了余步云，由兵士将弁，启门放入。步云径上城来见裕谦，裕谦便道："军门足疾已愈么？"步云道："足疾尚未痊可，因敌兵入境，不得不前来请教。"裕谦道："誓死对敌，此外没有什么法子。"步云道："敌兵很是厉害，万一挫失，全城要糜烂了。"裕谦道："这也没法。依你怎么处？"步云道："据步云愚见，只可暂事羁縻。外委陈志刚人颇能干，不如叫他前去议抚。"裕谦笑道："我道军门有什么妙策，城下乞盟的事件，本帅却不愿闻。"步云道："大帅既不愿议抚，此处恐守不住，只好退守宁波。"裕谦正色道："敌到镇海，便退宁波，敌到宁波，将退何处？我与军门都受朝廷重任，难道叫我逃走么？"步云碰了一个钉子，下城自去。

　　约过两三个时辰，遥见招宝山上，已换了英国旗号，裕谦大惊道："不好了！余步云卖去招宝山了。"果然探马报来，招宝山被陷，余军门不知下落。接着，又报："英兵攻金鸡岭，谢朝恩击死英兵数百，因招宝山失守，军士惊溃，谢镇台身中数创，也即殉难，金鸡岭又被英人夺去了。"裕谦道："罢罢罢！"言未毕，英兵已到城下。城外守兵，逃避一空。裕谦下城，解下城防，交副将丰伸泰送与浙抚，自己投奔学宫前，跳入泮池。经家人捞救，已剩得奄奄一息。文武官员，闻裕谦投水，都弃城逃走。只有县丞李向南，冠带自缢。临死对，还有两首绝命诗。其诗道：

> 有山难撼海难防，匝地奔驰尽犬羊；
> 整肃衣冠频北拜，与城生死一睢阳。
> 孤城欲守已仓皇，无计留兵只自伤，
> 此去若能呼帝座，寸心端不听城亡。

英兵遂乘胜入城，踞了镇海。欲知后事，且看下回。

　　本回以王相国鼎及裕钦差谦为主脑，两人皆清室忠臣，惜乎其为愚忠。王鼎尸谏，无论其遗疏未上，为奸党用贿取去，即使不然，穆彰阿方沐君宠，能一击即倒乎？古人有为国除奸者矣，宁必尸谏？裕谦明知余步云之奸，不能立申军法，如穰苴之斩庄贾，已成大错；且定海孤悬海外，与其万不可守，曷若内捍镇海，自固堂奥，乃以三镇敢死之将，置诸必不可守之城，以两端怀异之人，授以险要必争之地。用隋侯珠，弹千仞雀，卒至两城迭陷，力竭躯捐，虽曰见危授命，于国事究何补焉？故忠固足悯，忠而愚，盖不能无疵云。

第五十四回

奕统帅因间致败　陈军门中炮归仁

却说英兵入镇海城，悬赏购缉裕谦，因裕谦在日，尝将英人剥皮处死，且掘焚英人尸首，所以英人非常忿恨。其时裕谦经家人救出，舁奔宁波，闻到这个信息，又由宁波奔余姚，裕谦一息余生，至此方才瞑目。进至萧山县的西兴坝，浙抚刘韵珂差来探弁，接着裕钦差尸船，替他买棺入殓。当由刘韵珂据事入奏，奏中并叙及余步云心怀两端等情。看官！你道这余步云究往何处去呢？步云自入城见裕谦后，回到招宝山，见英兵正向山后攀登，他竟不许士卒开炮，即弃炮台西走，先到宁波，继走上虞。生了三只脚，还假称有病。英兵攻入宁波，复犯慈溪，还恐内地有备，焚掠一回，出城而去。

清廷闻警，特旨授奕经为扬威将军，侍郎文蔚，都统特依顺为参赞，驰赴浙江防剿；粤抚怡良为钦差大臣，移驻福建，调河南巡抚牛鉴，总督两江，分任南北沿海的守御。奕经奏调川、陕、河南新兵六千，募集山东、河南、江淮间义勇，及沿海亡命徒数万。下手便错。以道光二十二年元旦至杭州，大小官员，出城迎接，不消细说。奕经格外起劲，留参赞特依顺驻守杭州，自己偕参赞文蔚，督兵渡江，进次绍兴。沿途颇也留意招徕，故福建水师提督王得禄，愿至军前投效，奕经嫌他年老，劝他回籍。前泗州知州张应云，入营献计，奕经虚心下问。应云道："英人深入内地，都由汉奸替他导引，其实汉奸所为，不过贪图贿赂，并没有什么恩义相结。现闻宁波绅民，统延颈盼望大军，那班汉奸，又都是本地百姓，若大帅亦悬重赏招抚，汉奸可变作洋谍，大军出剿，使他作为内应，定卜成功。这便是兵法上所说的'因间'二字，敢乞大帅明鉴！"张应云因间之计，并非全然纰谬，但亦视乎善用不善用耳。奕经道："这策恰是很妙，但叫谁人去招呢？"应云道："卑职不才，愿当此任。"奕经大喜，遂议定进兵方略：令参赞文蔚率兵二千，出屯慈溪城北的长溪岭；副将朱贵，参将刘天保，率兵二千，出屯慈溪城西的大宝山，专图镇海；总兵段永福率兵勇四千，偕张应云出袭宁波；故总兵郑国鸿子鼎臣，统率水勇东渡，规复定海；海州知州王用宾，出驻乍浦，雇渔舟渡岱山，策应鼎臣；奕经自率兵勇三千，驻扎绍兴东关镇，接运粮饷，调度兵马。

计划已定，各路同时出发，只望旗开得胜，马到成功。谁知郑鼎臣航海东去，遇著大风颠簸，先荡得七零八落，没奈何收兵回来，帆樯已损破不少，总算数千名水勇，还幸生全。王用宾出渡岱山，因鼎臣遇风回航，反致孤军深入。到定海附近，被英人侦悉，放炮的放炮，纵火的纵火，连忙逃回，渔船已一半被毁了。一路完结。

段永福与张应云居然招集许多义勇，又收买汉奸，令为内应，先由段永福伏兵城外，约期正月晦日攻城，偏这汉奸反复无常，阳与张应云联络，暗中却把师期通报英将。两面赚钱，不愧汉奸二字。英将巴尔克，忙与濮鼎查商议。濮鼎查是英国有名的谋士，便定了一个将计就计的法子，先期佯开城门，诱段永福入城。亏得永福刁猾，只令前队五百人进去，一入城中，两旁火弹雨下，英兵左右杀出，段军转身就逃。脚长的人，逃出了一半性命，还有一半，统做了宁波城中的炮灰。永福、应云，不敢再战，先后奔回东关。两路完结。

　　还有出屯慈溪的两将，素称骁勇，刘天保欲立首功，先自发兵，甫至镇海城外，就大声呼噪。英兵闻警登城，接三连四的开放大炮，招宝山上的英兵，又发炮相应，凭你刘天保如何勇力，究竟血肉身子，敌不过两边炮弹，只得退回大宝山。朱贵接着埋怨他不先通知，以致败退，刘天保尚倔强不服。不想英兵反水陆并进，来攻大宝山。刘天保扎营山左，朱贵率长子昭南，扎营山右。英兵自右攻入，朱贵麾兵迎击，前队用抬炮数十，更迭激射，击毙英兵三四百名，英兵前仆后继，只是不退。朱贵父子，亦拼命相搏，从辰时战到申时，朱军饥渴交加，单望天保军相救，天保军竟镇日不到。忽来了一支人马，冲阵而入，朱贵还道是天保军至，谁知他一入阵中，倒戈相向，才识是洋人卖通的乡勇，前来抗拒官军。朱贵怒极，下令搜杀，奈队伍已被冲乱，洋人乘间抄袭，后面导引水师登岸，巨炮火筒，射烧营帐，烟焰蔽天。这时候，天保军亦受冲击，反从山左窜到山右，弄得朱军越乱。朱贵见势不支，犹誓死格斗，把手中所执大旗，插在地上，抢着一柄大刀，拍马驰赴敌阵，见一个，杀一个，大约杀了几十个英人，身上亦着了数创，马亦受伤。朱贵被马掀下，英兵统用着长矛，来戳朱贵，不防朱贵突然跃起，把敌矛夺住两杆，左右冲荡，吓得英兵纷纷倒退。英将见战朱贵不下，暗中携着手枪，乘朱贵杀入，陡发一弹，可怜盖世英雄，倒毙沙场上面。长子昭南，见父已倒地，忙冲出父尸前，猛力抗拒，意中想保护父尸；怎奈英兵攒聚，双拳不敌四手，虽格杀英兵数名，已是身无完肤，大叫一声而亡。父忠子孝，朱氏有光。手下亲兵二百五十人，没一个不殉难。还有知县颜履敬，在后面督粮，距大宝山二里，闻报朱军麾斗，登高观战，遥见朱军危急，奋然道："我与朱协台交好多年，理应出去帮助。"忙脱了外衣，拔出佩刀，下山驰赴，仆从上前谏阻，履敬道："我此去明知一死，但能上报君恩,下全友谊,死亦甘心,何足惧哉?"仆从见主子不允,也只得随着,驰入阵中,死斗一场,统中炮身死。死友义仆,足垂千古。刘天保奔回长溪岭,促文蔚往援朱贵,文蔚不允,部下亦代为力请,始许发兵二百。时已薄暮,传报朱军覆没,慌得面如土色,急令截回二百兵,冒夜逃走。我不解道光帝何故专用这等人物,想总由平时会拍马屁。到了东关,那位扬威将军奕经,早已接得败耗,遁到杭州去了。

先是两江总督伊里布,奉旨回任,因家人张喜往来英船,事涉通番,被逮入都,按律遣戍。浙抚刘韵珂,与伊里布素有感情,上了一道奏章,说他因公得罪,心实无他。英人向来器重伊里布,就是伊仆张喜,亦素得洋人倾服,倘令伊里布来浙效力,该英人不复内犯,亦未可定,伏望俯赐采纳等语。保荐伊里布,无非叫他议和。道光帝竟言听计从,赦伊里布罪,赏他七品顶戴,令赴浙营效力。并授宗室尚书耆英署杭州将军,连宗室都任命出来,道光帝之心如揭。与参赞齐慎,一同赴浙。又密谕奕经,叫他注意防堵,暂勿出战,静俟机会。英将见浙省不敢发兵,遂欲转略长江,断绝南北交通,威吓中国,先勒索宁波绅士,犒军银一百二十万圆,才许退兵。绅士无奈,东凑西借,方得如数交去。英舰乃退,只留兵千余名,轮船四艘,驻守定海。

奕经忙奏陈收复宁波,刘韵珂亦照样驰奏。奏折才发,乍浦的警报又到。乍浦系浙西海口,向属嘉兴府管辖,驻有汉兵六千三百人,满兵千七百人,副都统长喜,及同知韦逢甲,率兵抵御,遥见英舰列阵而来,好像山阜一般,满汉兵先已气索,弄得脚忙手乱。英舰尚未近岸,他却乱放枪炮,一颗儿都没有放着。等到英舰拢岸,弹药已经用尽。那边英兵,蓬蓬勃勃,炮弹如雨点般打来,岸上的官兵,赤手空拳,焉能抵挡?自然败北而逃。长喜、韦逢甲禁喝不住,也只得退回城中。英兵登陆进攻，猛扑东门，城上炮石齐发，击伤英兵多名，英兵绕攻南门，长喜亦由东至南，奋力督守。忽见城中火起，烟尘抖乱，长喜料知汉奸内应，欲下城搜捕，那时英兵已缘梯登城，长喜左拦右阻，致受重伤，遂下城投水。经亲兵救出，隔宿乃亡。韦逢甲力战多时，炮伤左胁，亦即毙命。佐领隆福额特赫，翼领英登布，骁骑校该杭阿等，统同殉难。佐领果仁布妻塔塔拉氏，惧城陷被辱，与二女投井死。生员刘楸被虏，由英人逼写告示，不从被杀。佣工陆贵，遇着英兵，叫他抬炮，他反大骂，被英兵一枪戳死。木工徐元业，也被英人执住，令他引搜妇女，他却自刎而尽。还有庠生刘东藩女，年二十二，尚未出嫁，英兵见她生有姿色，用刀胁刘，令女受污，女不从，也投入井中。刘进女凤姑，年十九，出城避难，遇英兵尾追，不能急走，反回身痛詈，甘心受刃。余外殉难的人，多不知名姓，无从纪载，相传共七百多人。*扬忠表节，是好稗官。*自从英人犯浙，别处城邑百姓，多望风先避，独乍浦猝遭失陷，趋避不及，罹祸最酷。上自官弁，下至工役妇女，宁为玉碎，毋为瓦全，也算是历史上光荣呢。*古道犹存，今亡矣夫。*

适值伊里布至浙，巡抚刘韵珂，亟令赴英舰议款，英将巴尔克未许。还是家人张喜下船一谈，巴尔克只索还俘虏十数名，扬帆退去。张喜有这般能力，真也奇怪。当由刘韵珂一一奏明，伊里布遂由七品衔，升至副都统了。*承蒙家人抬举。*英舰自乍浦退出，转入江苏，驶至吴淞口，江南提督陈化成，夙具将略，本系福建同安县人，清廷鉴他忠勇，特破回避本乡的故例，超擢厦门提督。嗣因江防紧急，调任江南。方才到任，即迭接定海、镇海败耗。江、浙是毗连省分，浙省遇警，江南应该戒严。吴淞又是长江南面的要口，向设东西两炮台，互为犄角，化成督兵把守，三阅寒暑，与士卒同甘苦，就使风霜雨雪，他也同将弁们，在营住宿，军中感他惠爱，呼他作为陈佛，及英兵进逼吴淞，总督牛鉴，也到宝山县督防。牛鉴胆气很小，忙召化成熟商。宝山距吴淞只六里，一召便到，牛鉴见了，别事不闻提起，单问保全生命的法儿。化成道："大帅不要惊慌！吴淞口向设炮台，用炮扼险，可决胜仗。只叫大帅坐镇宝山，不可轻出轻入！那时化成自能退敌。"牛鉴道："可靠得住么？"化成道："兵家胜负，虽是不能预料，但一夫拼命，万夫莫当。总叫上下将弁，戮力同心，何愁不胜？"牛鉴道："全仗！全仗！"化成告退，仍回吴淞。参将周世荣接着，问制军有无对敌方略？化成微笑道："老哥别问！只我与你的福气，统是不薄。"世荣不觉惊讶，化成道："明日与英人开战，得了胜仗，我与你同受上赏；万一战败，死且不朽，非福而何？"当夜，遣别将守东炮台，自与周世荣守西炮台。

次日，化成手执红旗，登台挥战。英舰先发炮射来，化成亦发炮出去。一边仰攻，一边俯击，两下里喊杀震天，烟雾蔽日。相持多时，化成走到最大的炮门后面，亲自动手，望准英舰，放将出去，不偏不歪，正中英舰的烟囱，一声炸裂，沉下海底去了。台上的官兵，齐声欢呼。化成又开第二炮，这一炮，却没有前时的准，只击断了英舰的桅杆，放到第三炮，仍不过击断船桅；第五六回放炮，却是射不着；接连打了数十回，虽击死英兵数百名，终不能打沉英船。化成性急起来，把住锚头，仔细窥着，适有一舰鼓轮驶入，化成连击两炮，一炮击着敌舰的汽锅，一炮击着敌舰的轮叶，那舰向下一沉，又望上一跃。一跃一沉，钻入水底，只剩了桅杆的头梢，微露海面。*笔笔曲折，真好笔仗。*这边台上鼓噪如雷，比第一炮越发欢跃。化成亦欣喜非常。

这位牛大帅，闻知官兵得胜，也想到军前扬威，跨上宝马，驰出南门。*不要他轻出，他偏轻出。*徐州兵亦随着前来，由总兵王志元押阵。牛大帅意气扬扬，只道英舰已退出口外，他来虚张声势，托词策应。纵着马上了海塘，见两边正在酣战，你一炮，我一枪的轰击，他已惊得目瞪口呆；突然面前落下一颗流弹，险些儿把灵魂飞去，转身就跑。这一跑，跑出大祸祟来了。不要他轻入，他偏轻入。原来台上兵弁，闻制台亲来督战，正格外奋勇，忽见牛制台奔回，徐州兵统同骇散，海塘上杳无人迹，还道后面伏着英兵，不禁慌乱；心中一慌，手中渐渐疏懈。这时英兵攻西炮台不下，方转攻东炮台，东炮台守兵，闻西炮台炮声渐稀，错疑西炮台已经失守；又经牛大帅一逃，不由的魂销魄丧，弃台而走。

英兵乘势登岸，踞了东炮台，复来夹攻西炮台。化成前后受敌，危急万分，周世荣请化成退兵，化成拔剑叱道："庸奴，庸奴！我误识汝。"世荣易服潜逃。这位陈提台化成，尚竭力支撑，手燃巨炮，猛击英兵，怎奈顾前不能顾后，后面的炮弹，接连打来，化成受了数弹，喷下几口狂血，舍生取义去了。守备韦印福、千总钱金玉、许林、许攀桂、外委徐大华、姚雁字等，见提台阵亡，感他平时的恩惠，情愿随死，乃与英兵鏖战许久，究竟众寡不敌，先后战殁。武进士刘国标，趁这血战的时候，夺出陈化成尸身，背负而出，藏在芦苇里面，嗣经嘉定县令练廷璜，遣人昇至关帝庙殡殓。百姓多扶老携幼，争来哭奠，生荣死哀，陈提台也好瞑目。只牛制军奔回宝山，未曾喘息，忽报东西两炮台，统已失陷，提督以下，多半殉难，英兵已来攻宝山了。牛鉴不待听毕，忙带亲兵若干，拼命出走。英兵势如破竹，直入宝山，转陷上海，又扬帆入长江口，去追这位牛大帅。江浙有几句童谣道：

> 一战甬江口，制台死，提台走；
> 再战吴淞口，提台死，制台走；
> 死的死，走的走，沿海码头多失守。

究竟牛鉴能逃得性命否，容待下回再表。

　　奕经、牛鉴，平时本无功绩可言，乃用以作折冲之选，其致败也宜矣。朱贵父子，及陈提台化成，皆骁勇善战，一误于文蔚之不救，一误于牛鉴之猝逃，奕经于无可诿之中，犹可强诿，牛鉴则胆小如鼷，闻炮惊走，坐乱军心，徒委陈化成于敌手，为国家失一良将，其罪殆不可胜诛矣。本回于朱、陈战状，极力形容，即所以甚奕经、牛鉴之罪。旁及死事诸将弁，及殉节诸工役妇女，尤足愧煞庸奴。

第五十五回

江宁城万姓被兵　静海寺三帅定约

却说牛鉴自宝山逃走，沿路不暇歇脚，一直奔回江宁。英兵即溯江直入，径攻松江。松江守将姓尤名渤，乃是寿春镇总兵，从寿春调守松江城。他闻英兵入境，带着寿春兵二千，到江口待着。英兵见岸上官军，一队一队的排列，严肃得很，他也不在心上，仗着屡胜的威势，架起巨炮，向岸上注射。尤总兵见敌炮放来，令兵士一齐伏倒；待炮弹飞过，又饬兵士尽起，发炮还击。这二千寿春兵，是经尤总兵亲手练成，坐作进退，灵敏异常，俄而起，俄而伏，由尤总兵随手指挥，无不如意。英兵放来的炮弹，多落空中，官兵放去的炮弹，却有一大半击着。相持两日，英兵不得便宜，转舵就走，分扰崇明、靖江、江阴境内，都被乡民逐出。

当下英将巴尔克、卧乌古，及大使濮鼎查，密图进兵的计策。卧乌古的意思，因长江一带，水势浅深，沙线曲折，统未知晓，不敢冒昧深入，还是濮鼎查想了一个妙计。看官！你道他的妙计是怎样？他无非用了银钱，买通沿江渔船，引导轮船驶入。中国人多是贪财，所以一败涂地。沿途进去，测量的测量，绘图的绘图，查得明明白白，并探得左右无伏，遂决意内犯。

镇江绅士，得此消息，忙禀知常镇通海道周顼。周顼同绅士巡阅江防，绅士指陈形势，详告堵截守御事宜。周顼笑道："诸君何必过虑！长江向称天堑，不易飞渡，江流又甚狭隘，水底多伏暗礁，我料英兵必不敢深入。他若进来，必要搁浅。等他搁浅的时候，发兵夹击，便可一举成功，何必预先筹备，多费这数万银钱呢？"敌已在前，他还从容不迫，也是可哂。遂别了绅士，径自回署。谁知英舰竟乘潮直入，追薄瓜洲，城中兵民，已经逃尽，无人抵敌。英兵转窥镇江，望见城外有数营驻扎，就开炮轰将过去。这镇江城外的营兵，乃是参赞齐慎，及提督刘允孝统带，闻得敌炮震耳，没奈何出来对敌，战了一场。敌炮很是厉害，觉得支持不住，还是退让的好，一溜风跑到新丰镇去。又是两个不耐战。

　　城内只有驻防兵千名，绿营兵六百，老弱的多，强壮的少，军械又不甚齐备，副部统海龄，恰是个不怕死的硬汉，率兵登城，昼夜守御，英兵进薄城下，攻了两日，不能取胜。又是卧乌古等想出声东击西的诡计，佯攻北门，潜师西南，用火箭射入城中，延烧房屋。海龄正在北门抵御，回望西南一带，火光冲天，英兵已经上城，料知独力难支，忙下城回署，将妻妾儿女，一古脑儿，锁入内室，放起火来，霎时间阖门一炬，尽作飞灰。海龄在大堂上，投缳殉节。英兵入城，把余火扑灭，搜捕官吏，已经一个不留。沿江上下的盐船估舶，或被英兵炮毁，或被枭匪焚掠，一片烟焰，遮满长江。扬州盐商，个个惊恐，想不出避兵法儿，只得备了五十万金的厚礼，恭送英兵，才蒙饶恕。英舰直指江宁，东南大震。

　　牛制台奔回江宁，总道是离敌已远，可以无恐，城中张贴告示，略称："长江险隘，轮船汽船，不能直入，商民人等，尽可照常办事，毋庸惊惶！"这班百姓见了文告，统说制台的言语，总可相信。那时电报火车，一些儿都没有，但叫官场如何说，百姓亦如何做，到了镇江失守，南京略有谣传，牛制军心里虽慌，外面还装出镇定模样，兵也不调，城也不守。简直是个木偶。忽然江宁北门外，烽火连天，照彻城中，城内外的居民，纷纷逃避。牛制军遣人探听，回报英兵舰八十多艘，连檣而来，已至下关。牛制军被这一吓，比在宝山海塘上那一炮，尤觉厉害。

呆了好一歇，忽报伊里布由浙到来，方把灵魂送回，才会开口，<small>好一个救星。</small>道了"快请"二字。伊里布入见，牛鉴忙与他行礼，献茶请坐，处处殷勤。便道："阁下此来，定有见教。"伊里布道："伊某奉诏到此，特来议抚。"牛鉴道："好极，好极！中英开衅，百姓扰得苦极了，得公议抚，福国利民，还有何说？"伊里布道："将军耆英，亦不日可到，议抚一切，朝旨统归他办理。伊某不过先来商议，免得临时着忙。"牛鉴听罢，便道："耆将军尚未到来，英兵已抵城下，这且如何是好？"伊里布道："小价张喜，与英人多是相识，现不如写一照会，差他前去投递，便可令英人缓攻。"牛鉴道："照会中如何写法？"伊里布道："照会中的写法，无非说钦差大臣耆英，已奉谕旨，允定和好，请他不必进兵。再令小价张喜，与他委婉说明，包管英人罢兵。"牛鉴喜极，随令文牍员写好照会，即挽伊里布叫入张喜，亲自嘱托，即刻令投送英船。张喜唯唯而去。<small>老家人又出风头。</small>

去了半日，才来回报，牛鉴不待开口，忙问道："抚议如何？"张喜道："据英使濮鼎查说，和议总可商量，但耆将军到此无期，旷日持久，兵不能待，须就食城中方可。"牛鉴闻他和议可商，已觉放心；及听他就食城中的要约，又着急起来，便道："据这句话，明明是要来攻城，这却如何使得？"张喜道："家人亦这样说，同他辩驳多时，他说要我兵不入城，须先办三百万银子送我，作了兵饷，方好静候耆将军。"<small>大敲竹杠。</small>牛鉴道："这也是个难题目。银子要三百万，哪里去办？"

道言未绝，外面报副将陈平川禀见，牛鉴传入。平川请过了安，向牛鉴道："寿春镇的援兵，已到城下，求大帅钧示，何日开战？"牛鉴道："要开战么？这事非同儿戏，倘一失败，南京难保，长江上游，处处危急，岂不是可怕么？"平川道："不能战，只好固守，请下令闭城，督兵登陴方好。"牛鉴道："你又来了。前日将军德珠布，闻英兵已到，饬十三城门统行关锁。你想朝廷现主抚议，如何可闭城固守，得罪英人？我与伊都统费尽口舌，才争得'已启申闭'四字。德将军掌管全城锁钥，我没奈何去恳求他，你如何也说出这等话来？"平川道："耆将军尚在未到，抚议尚无头绪，倘英人登岸攻城，城中没有防备，如何抵敌？"牛鉴不禁变色道："英将并不来攻城，你却祝他攻城，真正奇怪！本帅自有办法，不劳你们费心！"当下怒气勃勃，拂衣起座，返身入内。不愧姓牛。平川只得退出。牛鉴到了内厅，亲写了一封急信，叫干役两名，把信付他，令他加紧驰驿，去催耆钦使。一面又命张喜，再赴英舰，与他附耳谈了数语。什么秘计，诸君试一猜之！张喜领命又去。

　　看官！你道这个家人张喜，真能够与英帅面谈么。原来英舰中有个末弁，叫作马利逊，能作汉语，张喜与马利逊认识，数次往返，统由马利逊介绍；此次仍由马利逊引见濮鼎查，两边言语，也由马利逊传译。濮鼎查就问三百万兵饷，可曾备齐么？张喜道："耆将军即日可到，和事就可开议。牛大帅恐贵使性急，特遣张某前来相告。贵国初意，无非为了通商的事情，现我朝愿允许通商，贵国当可罢兵了。"濮鼎查道："要我罢兵，也是容易，但须依我几件事情。第一件须赔偿烟价，要一千二百万圆。"张喜道："广东已给过六百万圆，如何今日还要倍索？"濮鼎查道："那是兵费，不是烟价。现在我兵由粤到此，饷项又用去数千万，亦须照例赔偿。"张喜不禁伸舌，便道："还要赔兵费么？"濮鼎查道："烟价、兵费外，香港是要割让的。香港以外，还要把广州、福州、厦门、宁波、上海五港口，开埠通商。"张喜道："款子有这么多！"濮鼎查道："还有，还有。讲和以后，俘虏是要放还；将来两国通使，应用平等款式。此外如我国的商民，损失颇多，也应酌量赔偿。烦你去通报贵国公使，如肯照允，当即退兵。"濮鼎查真是泼辣。张喜不敢辩论，便辞别了濮鼎查，当由马利逊送他登岸。张喜向马利逊道："议和的条件，这般厉害，恐怕是不易办到。"马利逊道："我与你向来熟识，不妨对你直言。这是我国所索，并非中国所许。此次我国兴兵，通商为主，不在银钱，但得两三港贸易，已能如愿，余事由中国裁酌便了。"张喜点头告别。相传马利逊本是中国人，因在英领事处，服役多年，投入英籍。英领事嘉他勤慎，所以拔他作了英官。马利逊这番言语，也算是暗地关会，格外有情。

张喜据实回报，牛鉴不好遽复，又延挨了两三天，忽闻钦差大臣耆英到了，牛鉴忙出城迎接。耆英入城，谈起和战事宜，与牛鉴很是投机。也是牛类。刚拟去拜会英帅，英帅的照会已到，大略照前时所说的款子。耆英按照各款，稍稍驳诘，即行咨复。不料英使濮鼎查，定要件件依他，方许讲和，否则明日开战。这个照会答复过来，急得耆英、牛鉴、伊里布，没法摆布。忽报英舰高悬红旗，声势汹汹，准备开仗。耆英不得已，复遣张喜赴英船，与约翌朝会商。濮鼎查却翻着脸道："还要商议什么？允与不允，一言可决。闻汝大帅还添调寿春兵，与我接仗，我却不怕，明日同你交锋便了。"张喜忙说："没有这事。"濮鼎查不信，还是马利逊从旁缓颊，方说："明日辰刻，如再不允，我兵一齐登岸，运炮至钟山顶上，轰碎你的全城，休要后悔！"分明恫吓。张喜还报。

翌晨，耆英遣侍卫咸龄，藩司黄恩彤，宁绍台道鹿泽长，往英舰会商。两边磋议了一回，由濮鼎查定出数款：第一款，是清、英两国，将来当维持平和。这一条是面子上语，无关得失。第二款，是清国须给英兵费洋一千二百万圆，商欠三百万圆，赔偿鸦片烟六百万圆，共二千一百万圆，限三年缴清。第三款是，开广州、厦门福州、宁波、上海五港，为通商口岸，许英人往来居住。第四款是，割让香港。第五款是，放还英俘。第六款是，交战时为英兵服役的华人，一律免罪。第七款是，将来两国往复文书，概用平行款式。第八款是，条约上须由清帝钤印。咸龄等见了此款，明知厉害得很，但是耆将军等一意主和，不好再行申驳，只说：即日照奏，请俟政府批回，即可定约。"濮鼎查道："须要赶紧，迟则不便。"咸龄等唯唯趋出，急报知耆英等，将条约草案呈上。耆英也不待瞧明，即与牛、伊二人会衔，饬文牍员写好奏章，由八百里加紧驿使，驰奏北京。

　　道光帝览奏，未免懊恼，立召军机大臣会议。军机大臣不敢多嘴，只大学士穆彰阿道："兵兴三载，糜饷劳师，一些儿没有功效，现在只有靖难息民的办法。等到元气渐苏，再图规复不迟。惟钤用御宝一条，关系国体，不便允准，应饬耆英等改用该大臣关防，便好了案。"见小失大，忽近图远，真好相才。道光帝迟疑一会，才道："照你办罢！"当由军机处拟旨，饬耆、牛、伊三人遵行。

　　耆、牛、伊三人，奉到上谕，见各款都已照准，只有钤用御宝，须改易三大臣关防，暗想这是最后一款，谅来英使总可转圜，遂令张喜至英舰知会，约期相见。马利逊先问张喜道："议和各款，已批准么？"张喜道："件件批准，只钤用御宝事不允。"马利逊道："我国最重钤印，这事不允，各议款都无效了。"张喜突然一惊，半晌道："且待三帅等会过英使，再作计较。"马利逊道："我国礼节，与中国不同，钦使制府，必欲来会，请用我国的平行礼。"张喜道："是否免冠鞠躬？"

马利逊道；"免冠鞠躬，仍是平时的礼节，军礼只举手加额便是。"张喜道："简便得很，我去禀明便了。"

两人别后，转瞬届期，耆、牛、伊三帅，带领侍卫司道，径往英舟。濮鼎查出来相见，两下用了平行礼，分宾主坐定，订定盟约，倒也欢洽异常。耆、牛、伊回城后，又想了一桩拍马屁的法子，备好牛酒，于次日亲去犒师，到了英舟，濮鼎查忽辞不见。真会做作。三人驰回，急令张喜去问马利逊，一时回报，据英使意见，日前议定各款，一字不能改易，如或一字不从，只好兵戎相见，毋烦犒劳！耆英道："他如何知我消息？我昨日与英使相会，因初次见面，不好骤提易印二字，今日是借了犒师的名目，去议这件款子。偏偏他先知觉，不识有哪个预报详情？"张喜在旁，垂头不答。牛鉴道："为了这事仍要用兵，殊不值得，想圣上英明得很，且再行申奏，仰乞天恩俯准，当无不可。"耆英道："如何说法？"伊里布道："奏中大意，只叫说钤用御宝，乃是彼此交换的信用。我国用御宝，彼国君主，亦应照办，讲到平行款式，尚属可行。这么说来，想皇上亦不至再行申斥。况内有穆中堂作主，我们备一密函，先去疏通，自然容易照准了。"耆英依言照办，奏折上去，果然降旨依议。耆英等再赴英舰，与濮鼎查申明允议，约定仪凤门外的静海寺中，两下换约。届期免不得有一番手续，小子不欲再详，只好大书道光二十二年七月二十四日，即西历一千八百四十二年八月二十九日，清英结南京条约，和议告成，便算完案。第一次国耻。

但英舰尚未退去，兵弁多上岸游览，江南华丽，远胜他省，青年妇女，妆扮得百般妖艳，英兵不懂中国禁忌，就上前去握手相亲，吓得妇女们大叫救命，恼了许多男子汉，说他怎么无礼，将英兵围住，手打脚踢，着实的敲了一顿。这一场瞎闹，几乎又惹起大交涉来。英将要下令赴斗，耆、牛、伊三人，亟遣黄藩司前去道歉。那英将不肯干休，定欲按问，没奈何将闹事的百姓，拿了几个，枷号示众。不愿作元绪公，恰要他吃独桌。并出示晓谕军民，只说："外洋重女轻男，握手所以示敬，居民不要误会，致启嫌隙！"若比握手更亲一层，便是相敬如宾了。众百姓似信非信，因内外交相胁迫，只得忍气吞声罢了。

到八月终旬，英兵先得六百万圆偿金，方退出江宁，还屯舟山。长江一带无英兵，惟舟山及鼓浪屿，英兵尚不肯撤退，须俟偿款交清，方行撤去。清廷无可奈何，只好一期一期的解他赔款。道光帝痛定思痛，想惩办一二庸帅，遮盖自己脸面。廷臣窥伺意旨，参本弹章，陆续投呈，于是道光帝连下谕旨。牛鉴革职逮问，命耆英代任江督，奕山、奕经、文蔚，亦仿牛鉴例逮治，余步云正法。独伊里布特沐重恩，升任钦差大臣，赴粤议互市章程，这是议和的功绩，清廷原特别优待他的。

转瞬间又是一年，春王正月，诏闽督怡良谳台湾狱。革台湾总兵达洪阿，兵备道姚莹职，海内哗然。这件案情，也是从英兵入境而起。英舰入犯的时候，曾遣偏师窥台湾，达洪阿、姚莹督率参将邱镇功，守御鸡笼口，见英舰驶入，开炮抵敌，轰退英兵。当下捷报到京，道光帝下旨嘉奖。嗣后英兵又窥大安港，达洪阿、姚莹，预设埋伏，诱敌进口，英舰鼓轮直入，巧巧触着暗礁，霎时间伏兵齐起，奋勇上船，擒住白人二十四名，黑人一百六十五名，炮二十门，及英兵所得浙军器械，约数百件。捷报再上，道光帝亲书硃谕，赏达洪阿太子少保衔，加姚莹二品顶戴。达、姚二人，将英俘监住，请旨正法，有旨批准。达洪阿等也算谨慎，把黑人一百六十四名斩首，留白人不杀。到了江宁议和，两国当交还俘虏，台湾只交出白人。英使濮鼎查，寻了闲隙，遍诉江、浙、闽粤诸大吏，略说："台中两次俘获，均系遭风难民。镇台达洪阿、道台姚莹，垂危邀功，请会奏惩处！"这位和事老耆英，连忙上奏，洋奴，洋奴！达洪阿闻这消息，也具奏声明原委，最后的一篇奏牍，恰是自请开缺，候钦派大臣查办。道光帝遂饬怡制台渡台讯究，一面将达、姚二人撤任。正是：

功罪不明先受谴，忠奸未辨已蒙冤。

毕竟怡制台讯究后，达、姚二人得罪与否，请看下回分解。

　　中英开衅，为禁烟而起，屡战屡败，直至江宁受困，情见势绌，不得已而乞和。种种条款，令人难堪，耆、牛、伊三大臣，唯唯诺诺，不敢少违。英人始愿，且不及此，何其怯欤？顾后人以此为五口通商之始，目为耆、牛、伊罪案，吾谓通商尚不足病，重洋洞辟，万国交通，中国宁能长此闭关乎？但战事为禁烟而起，至和议成后，于禁烟二字，绝不提及，是真可怪。英人未尝不允禁烟，我既事事如约，则禁烟二字，应不难乘此提议，数十百年之积毒，不至长遗，尚足为万一之补救。乃议和诸臣，见不及此，清宣宗亦屡败而惧，含糊了事。虎头蛇尾，能毋为外人窥破耶？本回写牛鉴，写伊里布，写耆英，暗中实写宣宗。语重心长，隐含无数感慨。

第五十六回

怡制军巧结台湾狱　徐总督力捍广州城

却说闽浙总督怡良，本是达、姚二人的顶头上司，只回军务倥偬，朝廷许他专折奏事，达、姚遂把始末战事，直接政府，闽督中不过照例申详，多未与议，因此怡良亦心存芥蒂。此次奉旨查办，大权在手，乐得发些虎威，聊泄前恨。外不能御侮，内却偏要摆威，令人可恼！到了台湾，骑从杂沓，仪仗森严，台中百姓，闻得怡制台为办案而来，料与达镇台、姚道台一方面，有些委屈，途中先拦舆鼓噪，争说达、姚二官员的好处，制台大人，不必查究。达洪阿得了此信，连忙亲往驰谕，百姓们才渐渐解散。

怡制台一入行辕，门外又有一片闹声，经巡捕来报，外面的百姓，每人各执香一炷，闯入行辕来了。怡良问为何事？巡捕答称，百姓口中，无非为达镇台、姚道台伸冤。此时达、姚二人，见过怡制台，已自回署，怡良忙着人传见。不一时，达、姚俱到，百姓分开两旁，让两人入辕。怡良此时，只得装出谦恭模样，起身相迎，与两人行过了礼，随说："两位统是好官，所以百姓这般爱戴。现仍劳两位劝慰百姓，禁止喧闹，兄弟自然与二位伸冤。"达、姚二人忙禀道："大帅公事公办，卑职等自知无状，难道为了百姓，便失朝廷赏罚么？"正答议间，外面的喧声，越加闹热。怡良忙道："二位且出去劝解百姓，再好商量。"达、姚二人，只好奉命出来，婉言抚慰。众百姓道:"制台大人,既已到此,何不出来坐堂,小百姓等好亲上呈诉。"达姚二人,乃再请怡制台坐出堂去,晓谕百姓。怡良没法,亲自出堂,见外面有无数百姓,执着香,黑压压的跪了一地。前列的首顶呈词,由巡捕携去,呈与怡良。怡良大略一瞧,便道:"本宪此来,原是与达镇、姚道伸冤,汝等百姓,好好静候,千万不要喧哗。"众百姓尚是不信,又经达姚二人,再三劝慰,百姓方才出去。

怡良又邀达、姚二人入内,便道:"二位的政声,兄弟统已知悉,但上意恐有误抚议,所以遣兄弟前来。"一面取出密旨,交与二人阅看,内有"此案如稍有隐饰,致朕赏罚不公,必误抚局,将来朕别经察出,试问怡良当得何罪"等语。炀灶蔽聪,前后多自相矛盾。两人阅过上谕,便道:"卑职等的隐情,已蒙大帅明察,甚是感德不忘,现只请大帅钧示便了!"怡良道:"现在英人索交俘虏,台中擒住的英人,已多半杀却,哪里还交付得出?兄弟前时曾有公文寄达两位,叫两位不要杀戮洋人,两位竟将他杀死一大半,所以今日有这种交涉。"达洪阿道:"这是奉旨照办,并非卑镇敢违钧命。"怡良道:"君要臣死,不得不死。专制时代的谰语。现在抚议已成,为了索交俘虏一事,弄得皇上为难,做臣子们也过意不去。为两位计,只好自己请罪,供称:'两次洋船破损,一系遭风击碎,一系被风搁沉,实无兵勇接仗等事。前次交出白人数十名,乃是台中救起的难民,此外已尽逐波臣,无处寻觅。'照此说来,政府可以藉词答复,免得交涉棘手了。"计策恰好,只难为了达、姚。达洪阿不禁气忿道:"据大帅钧意,饬卑镇等无故认罪,事到其间,卑镇等也不妨曲认。但一经认实,岂非将前次奏报战仗,反成谎语?欺君罔上,罪很重大,这却怎么处?"怡良道:"这倒不妨,兄弟当为二位转圜。"遂提笔写道:"此事在未经就抚以前,各视其力所能为。该镇、道志切同仇,理直气壮，即办理过当，尚属激于义愤。"写到此处，又停了笔，指示两人道："照这般说，两位便不致犯成大罪，就使稍受委屈，将来再由兄弟替你洗刷，仍好复原。这是为皇上解围，外面不得不把二位加罪，暗中却自有转圜余地。兄弟准作保人，请两位放心！"如此做作，可谓苦心孤诣。达、姚二人，没奈何照办。

怡良就将写好数语，委文牍员添了首尾，并附入达、姚供状，驰驿奏闻。道光帝一并瞧阅，见怡良奏中，末数语，乃是："一意铺张，致为借口指摘，咎有应得"三语。总不肯放过。遂密逮达、姚二人入都，交刑部会同军机大臣审讯。隐瞒百姓，阳谢英人，苦极苦极！道光帝自己思想，无故将好人加罪，究竟过意不去，刑部等的定谳，也是不甚加重，遂由道光帝降旨道：

　　该革员等呈递亲供，朕详加披阅，达洪阿等原奏，仅据各属文武士民禀报，并未亲自访查，率行入奏，有应得之罪。姑念在台有年，于该处南北两路匪徒，叠次滋扰，均迅速蒇事，不烦内地兵丁，尚有微劳足录。达洪阿、姚莹，著加恩免其治罪！业已革职，应毋庸议！钦此。

台湾的交涉，经这么一办，英人算无异言。这是怡制台的功劳。奈自洋人得势后，气焰日盛一日，法、美各国，先时尝愿作调人，江宁和约，不得与闻，免不得从旁讥议；况且中国的败象，已见一斑，自然乘势染指。是时钦差大臣伊里布赴粤，与英使濮鼎查，开议通商章程，尚未告成，伊已病殁。清廷命两江总督耆英，继了后任，订定通商章程十五条。自此英人知会各国，须就彼挂号，方可进出商船，输纳货税。法、美各商，以本国素未英属，不肯仰英人鼻息，遂直接遣使至粤，请援例通商。耆英不能拒,奏请许法、美互市,朝旨批准,随于道光二十四年,与美使柯身,协定中美商约三十四款,又与法使拉萼尼,协定中法商约三十五款,大旨仿照英例。惟约中有"利益均沾"四字,最关紧要。耆英莫名其妙,竟令他四字加入,添了后来无数纠葛,又上法、美的当。这且待后再详。

只江宁条约,五口通商,广州是排在第一个口岸,英人欲援约入城,粤民不肯,合词请耆英申禁。耆英不肯,众百姓遂创办团练,按户抽丁,除老弱残废,及单丁不计外,每户三丁抽一,百人为一甲,八甲为一总,八总为一社,八社为一大总,悬灯设旗,自行抵制英人,不受官厅约束。会英使濮鼎查,自香港回国,英政府命达维斯接办各事。达维斯到粤,请人见耆英。耆英晓得百姓厉害,即遣广州知府刘浔,先赴英舰,要他略缓数日,等待晓谕居民,方可入城相见。

知照后打道回衙,适有一乡民挑了油担,在市中卖油,冲了刘本府马头,被衙役拿住,不由分说,掀倒地上,剥了下衣,露出黑臀,接连敲了数十百板。市民顿时哗闹,统说官府去迎洋鬼子入城,我们百姓的产业,将来要让与洋人,应该打死。这句话,一传两,两传十,恼得众人性起,趁势啸聚,跟了刘本府,噪人署中。刘本府下了舆,想去劝慰百姓,百姓都是恶狠狠一副面孔,张开臂膀,恨不得奉敬千拳。吓得刘本府转身就逃,躲入内宅。百姓追了进去,署中衙役,哪里阻拦得住?此时闯入内宅的人,差不多有四五千。幸亏刘本府手长脚快,扒过后墙,逃出性命,剩得太太、姨太太、小姐、少奶奶等,慌做一团,杀鸡似的乱抖。百姓也不去理他,只将他箱笼敲开,搬出朝衣朝冠等件,摆列堂上。内中有一个赳赳武夫,指手画脚的说道:"强盗知府,已经投了洋人,还要这朝衣、朝冠何用?我们不如烧掉了他,叫他好做洋装服色哩!"众人齐声赞成。当下七手八脚,将朝衣、朝冠等,移到堂下,简直一把火，烧得都变黑灰。倒是爽快，但也未免野蛮。又四处搜寻刘本府，毫无踪迹。只得罢手，一排一排的出署。

到了署外，督抚已遣衙役张贴告示，叫百姓亟速解散，如违重究。众百姓道："官府贴告示，难道我们不好贴告示么？"奇闻。当由念过书的人，写了几行似通非通的文字，贴在告示旁边，略说："某日要焚劫十三洋行，官府不得干预，如违重究！"趣极。这信传到达维斯耳内，也不敢入城，退到香港去了。百姓越发高兴，常在城外寻觅洋人，洋人登岸，不是著打，就是被逐。英使愤甚，送贻书耆英，责他背约。耆英辩无可辩，不得已招请绅士，求他约束百姓，休抗外人。绅士多说众怒难犯，有几个且说："百姓多愿从戎，不愿从抚，若将军督抚下令杀敌，某虽不武，倒也愿效前驱。"越说越远！耆英听了，越加懊恨，当即掇茶谢客。返入内宅，眉头一皱，计上心来，展毫磨墨，拂笺写信，下笔数行，折成方胜，用官封粘固，差了一个得力家人，付了这信，并发给路费，叫他星夜进京，到穆相府内投递。家人去讫，过了月余，回报穆相已经应允，将来总有好音。耆英心中甚喜，只英使屡促遵约，耆英又想了一个救急的法儿，答复英使，限期二年如约。于是耆英又安安稳稳的过了一年。

道光二十七年春月，特召耆英入京，另授徐广缙为两广总督，叶名琛为广东巡抚。这旨一下，耆英额手称庆，暗中深感穆相的大德，前信中所托之事，读此方知。日日盼望徐、叶二人到来。等了数月，徐、叶已到，耆英接见，忙把公事交卸，匆匆的回京去了。撒了一泡澜屎。

光阴如箭，倏忽间又是一年。英政府改任文翰为香港总督，申请二年入城的契约，旧事重提，新官不答。广东绅士，已闻知消息，忙入督署求见，由徐广缙延入。绅士便开口道："英人要求无厌，我粤万不能事事允行。粤民憾英已久，大公祖投袂一舍，负杖入保的人，立刻趋集，何虑不胜?"广缙道："诸君既同心御侮，正是粤省之福，兄弟自然要借重大力。"

绅士辞去，忽由英使递来照会，说要入城与总督议事。广缙忙即照复，请他不必入城，若要会议，本督当亲至虎门，上船相见。过了两日，广缙召集吏役，排好仪仗，出城至虎门口外，会晤英使文翰。相见之下，文翰无非要求入城通商，广缙婉言谢却。当即回入城中，与巡抚叶名琛，商议战守事宜。名琛是个信仙好佛的人，一切事情，多不注意；况有总督在上，战守的大计划，应由总督作主。此时广缙如何说，名琛即如何答。城中绅士，又都来探问，争说："义勇可立集十万，若要开仗，都能效力，现正伫候钧命!"广缙道："英人志期入城，我若执意不许，他必挟兵相迫，我当预先筹备。等他发作，然后应敌，那时便彼曲我直了。"绅士连声称妙。

不想隔了一宿，英船已闯入省河，连樯相接，轮烟蔽天，阖城人民，统要出去堵截。广缙道："且慢！待我先去劝导，叫他退去。他若不退，兴兵未迟。"随即出城，单舸往谕。文翰见广缙只身前来，想劫住了他，以便要求入城。两下方各执一词，忽闻两边岸上，呼声动地，遂往舱外一望，几乎吓倒。原来城内义勇，统已出来，站立两岸，好像攒蚁一般，枪械森列，旗帜鲜明，眼睁睁的望着英船，口内不住的喝逐洋人。文翰一想，众寡情形，迥不相同，万一决裂，恐各船尽成齑粉，于是换了一副面庞，对着徐制台虚心下气，情愿罢兵修好，不复言入城事。中国百姓，能时时如此，何患洋人？广缙亦温言抚慰。劝他休犯众怒，方好在广州海口，开舱互市。文翰应允，就送广缙回船，下令将英船一律退去。

广缙遂与名琛合奏，道光帝览奏大悦，即手谕道：

　　洋务之兴，将十年矣。沿海扰累，糜饷劳师。近年虽累臻静谧，而驭之之法，刚柔不得其平，流弊以渐而出。朕深恐沿海居民蹂躏，故一切隐忍待之，盖小屈必有大伸，理固然也。昨因英使复申粤东入城之请，督臣徐广缙等，迭次奏报，办理悉合机宜。本日又由驿驰奏，该处商民，深明大义，捐资御侮，绅士实力匡勤。入城之议已寝。该英人照旧通商，中外绥靖，不折一兵，不发一矢，该督抚安内抚外，处处皆抉摘根源，令外人驯服，无丝毫勉强，可以历久相安。朕嘉悦之忱，难以尽述，允宜懋赏以奖殊勋。徐广缙著加恩赏给子爵，准其世袭，并赏戴双眼花翎。叶名琛著加恩赏给男爵，准其世袭，并赏戴花翎以昭优眷。发去花翎二枝，着即分别祗领！穆特恩、乌兰泰等，合力同心，各尽厥职，均着加恩照军功例，交部从优议叙。候补道许祥光，候补郎中伍崇曜，着加恩以道员尽先选用；并赏给三品顶戴。至我粤东百姓，素称骁勇，乃近年深明大义，有勇知方，固由化导之神，亦其天性之厚；难得十万之众，利不夺而势不移。朕念其翊戴之功，能无恻然有动于中乎？着徐广缙、叶名琛宣布朕言，俾家喻户晓，益励急公亲上之心，共享乐业安居之福。其应如何奖励，及给予扁额之处，着该督抚奖其劳勚，锡以光荣，毋稍屯恩膏以慰朕意。余均着照所议办理！钦此。

　　这道上谕，已是道光二十九年四月内的事情。道光帝以英人就范，从此可以无患，所以有小屈大伸的谕旨。谁知英人死不肯放，今年不能如愿，待到明年；明年又不能如愿，待到后年；总要达到目的，方肯罢手。外人的长处，便在于此。这且慢表。

　　且说道光帝即位以来，克勤克俭，颇思振刷精神，及身致治，无如国家多难，将相乏材，内满外汉的意见，横着胸中，因此中英开衅，林则徐、邓廷桢、杨芳等，几个能员，不加信任，或反贬黜。琦善、奕山、奕经、文蔚、耆英、伊里布等，庸弱昏昧，反将更迭任用。琦善、奕山、奕经、文蔚四人，虽因措置乖方，革职逮问，嗣后又复起用。御史陈庆镛，直言抗奏，竟说是刑赏失措，未足服民。道光帝也嘉他敢言，复夺琦善等职。怎奈贵人善忘，不到二年，又赏奕经二等侍卫，授为叶尔羌参赞大臣，奕山二等侍卫，授为和阗办事大臣，琦善二等侍卫，授为驻藏大臣，后竟升琦善四川总督，并授协办大学士，奕山也调擢伊犁将军。林、邓二人，未始不蒙恩起复，林督云贵，邓抚陕西，然后究贤愚杂出，邪正混淆，又有权相穆彰阿，仿佛乾隆年间的和珅，妒功忌能，贪赃聚敛，弄得外侮内讧，相逼而来。道光帝未免悒悒。俗语说得好："忧劳足以致疾。"道光帝已年近古稀，到此安能不病？天下事往往祸不单行，皇太后竟一病长逝，道光帝素性纯孝，悲伤过度。皇四子福晋萨克达氏，又复病殁。种种不如意事，丛集皇家，道光帝痛上加痛，忧上加忧，遂也病上加病了。总括一段，抑扬得体。

正是：

天有不测风云，人有旦夕祸福。

究竟道光帝的病体，能否痊愈，待至下回续叙。

道光晚年，为民气勃发之时。台湾谳案，达洪阿、姚莹，几含不白之冤，闽督怡良，又思借端报复，微台民之合词诉枉，达、姚必遭冤戮。虽复奏案情，仍有"一意铺张，致遭指摘"等语，然上文恰谕其志切同仇，激于义愤，于谴责之中，曲寓保全之意，皆台民一争之效也。至若广州通商，为江宁条约所特许，英人入城，粤民拒之，以约文言，似为彼直我曲之举，然通商以海口为限，并非兼及城中，立约诸臣，当时不为指出界限，含糊其词曰广州，固有应得之咎，而于粤民无与。昔英诱约而去，徐广缙衔命而来，微粤民之同心御侮，广缙且被劫盟，以此知吾国民气，非真不可用也。但无教育以继其后，则民气只可暂用，而不可常用。本回于台、粤民气，写得十分充足，实为后文反击张本。满必招损，骄且致败，作者已寓有微词矣。

第五十七回

清文宗嗣统除奸　洪秀全纠众发难

却说道光帝身体违和，起初尚勉强支持，日间临朝办事，夜间居圆明园慎德堂苦次。孝思维则。延至三十年正月，病势加重，自知不起，乃召宗人府宗令载铨，御前大臣载垣、端华、僧格林沁，军机大臣穆彰阿，赛尚阿，何汝霖，陈孚恩，季芝昌，内务府大臣文庆，入圆明园苦次，谕令诸大员到正大光明殿额后，取下秘匣，宣示御书，乃是"皇四子奕詝"五字，遂立皇四子奕詝为太子。道光帝时已弥留，遂下顾命道："尔王大臣等，多年效力，何待朕言。此后夹辅嗣君，总须注重国计民生，他非所计。"诸臣唯唯听命。一息残喘，延到日中，竟尔宾天去了。皇四子遂率内外族戚，及文武官员，哭临视殓，奉安入宫，不烦细叙。

这皇四子奕詝，本是孝全皇后所出，前文已经叙过。道光帝早欲立为皇储，嗣后又钟爱皇六子奕䜣，渐改初意，不过孝全崩逝，疑案未明，道光帝始终悲悼，倘若不把皇四子立为太子，总有些过意不去，因此逡巡未决。是时滨州人侍读学士杜受田，在上书房行走，授皇子读书，他与皇四子感情最深，满拟皇四子入承宗社，将来稳稳是个傅相。旋因道光帝意有别属，未免替皇四子捏一把汗。一日，皇四子到上书房请假，适值左右无人，只一位杜老先生，兀坐斋中，皇四子便向他长揖，并说请假一日。杜老先生问他何事？皇四子答称奉父皇命，赴南苑校猎。杜老先生便走至皇四子前，与他耳语道：
"四阿哥至围场中，但坐观他人驰射，万勿可发一枪一矢；并
当约束从人，不得捕一生物。"皇四子道："照这么说，如何
覆命?"杜老先生道："覆命时，四阿哥须如此如此，定能上
邀圣眷。这是一生荣枯关头，须要切记!"笔下半现半隐，令人
耐读。皇四子答应而去。行到围场，诸皇子兴高采烈，争先驰
逐，独他一人呆呆坐着，诸从人亦垂手侍立。诸皇子各来问
道："今日校猎，阿哥为什么不出手?"皇四子只说是身子未
快，所以不敢驰逐。猎了一日，各回宫覆命，诸皇子统有所
得，皇六子奕䜣，猎得禽兽，比别人更多，入报时，尚露出一
种得意模样。偏偏皇四子两手空空，没有一物。道光帝不禁怒
道："你去驰猎一镇日，为何一物没有?"皇四子从容禀道：
"子臣虽是不肖，若驰猎一日，当不至一物没有。但时当春
和，鸟兽方在孕育，子臣不忍伤害生命，致干天和；且很不愿
就一日弓马，与诸弟争胜。"道光帝听到此语，不觉转怒为喜
道："好! 好! 看汝不出有这么大度，将来可以君人。我方放
心得下哩。"于是遂密书皇四子名，缄藏金匣。

　　道光帝崩，皇四子为皇太子，即皇帝位，以明年为咸丰元
年，是谓文宗。即位后，尊谥道光帝为宣宗成皇帝。又因生母
孝全皇后，早已崩逝，咸丰帝素受静皇贵妃抚养，至此尊为康
慈皇贵太妃，奉居寿康宫；后尊为太后，奉居绮春园，就是宣
宗颐养太后的住所。以七阿哥奕譞生母琳贵妃，温良贤淑，亦
尊为琳贵太妃，奉居寿安居西所，统格外敬礼，一体孝养。随
封弟奕誴为惇亲王，奕䜣为恭亲王，奕譞为醇郡王，奕詥为钟
郡王，奕譓为孚郡王；且追念杜师傅的拥戴大功，立擢为协办
大学士。知恩报恩，确不愧君人之度。杜师傅更力图报称，所有
政务，时常造膝密陈，因此求贤旌直的诏旨，连篇迭下。起擢
故云贵总督林则徐，漕督周天爵，总兵达洪阿，道员姚莹等，

多是杜协揆暗中保荐，中外翕然称颂。还有一种最得人心的上谕，由小子录述如下：

任贤去邪，诚人君之首务。去邪不断，则任贤不专。方今天下因循废坠，可谓极矣。吏治日坏，人心日浇，是朕之过。然献替可否，匡朕不逮，则二三大臣之职也。

穆彰阿身任大学士，受累朝知遇之恩，不思其难其慎，同德同心，乃保位贪荣，妒贤病国；小忠小信，阴柔以济奸回，伪学伪才，揣摩以逢主意。从前戎务之兴，穆彰阿倾排异己，深堪痛恨。如达洪阿、姚莹之尽忠宣力，有碍于己，必欲陷之。耆英之无耻丧良，同恶相济，尽力全之。似此之固宠窃权者，不可枚举。我皇考大公至正，惟知以诚心待人，穆彰阿得以肆行无忌，若使圣明早烛其奸，则必立寘重典，断不姑容。穆彰阿恃恩益纵，始终不悛，自本年正月，朕亲政之初，遇事模棱，缄口不言。迨数月后，则渐施其伎俩，如英船至天津，伊犹欲引耆英为腹心，以遂其谋，欲使天下群黎，复遭涂炭。其心阴险，实不可问。潘世恩等保林则徐，伊屡言林则徐柔弱病躯，不堪录用；及朕派林则徐驰往粤西，剿办土匪，穆彰阿又屡言林则徐未知能去否。伪言荧惑，使朕不知外事，其罪即在于此。

至若耆英之自外生成，畏葸无能，殊堪诧异。伊前在广东时，惟抑民以媚外，罔顾国家。如进城之说，非明验乎？上乖天道，下逆人情，几至变生不测。赖我皇考洞悉其伪，速令来京，然不即予罢斥，亦必有待也。今年耆英于召对时，数言及如何可畏，如何必应事周旋，欺朕不知其奸，欲常保禄位，是其丧尽天良，愈辩愈彰，直同狂吠，尤不足惜。

穆彰阿暗而难知，耆英显而易著，然贻害国家，厥罪维钧。若不立申国法，何以肃纲纪而正人心？又何以使朕不负皇考付托之重欤？第念穆彰阿系三朝旧臣，若一旦竟真之重法，朕心实有不忍，着从宽革职，永不叙用。耆英虽无能已极，然究属迫于时势，亦着从宽降为五品顶戴，以六部员外郎候补。至伊二人行私罔上，乃天下所共见者，朕不为已甚，姑不深问。

办理此事，朕熟思审度，计之久矣，实不得已之苦衷，尔诸臣其共谅之！嗣后京外大小文武各官，务当激发天良，公忠体国，俾平素因循取巧之积习，一旦悚然改悔，毋畏难，毋苟安，凡有益于国计民生诸大端者，直陈勿隐，毋得仍顾师生之谊，援引之恩，守正不阿，靖共尔位，朕实有厚望焉。布告中外，咸使知朕意，钦此。

原来咸丰帝即位时，天津口外，突来英船两艘，只说是赴京吊丧。直隶总督据事奏闻，咸丰帝召问穆彰阿及耆英两人，统答称英人请助执绋，无非为修好诚意，不如命他入京。独咸丰帝心中不以为然，随命直隶总督婉言谢却。英船亦起椗退去。于是咸丰帝因英人恭顺，回忆前次海疆肇衅，实由议抚诸臣，未战先怯，酿成种种失败的结果，遂追论前罪，将穆、耆二人，分别谴责。穆、耆二人，罪无可逭，但为英人吊丧起见，亦未免近于周内，两国通好，吊贺固宜，乃以却之使去，即目为恭顺，因追论疆事失败之罪，揆情度理，殊嫌失当。穆、耆二人，虽因新主当阳，未免有些寒心。然一年还没有过得，就使上头变脸，也不至这般迅速。谁料迅雷不及掩耳，革职夺级的上谕，陡然下来，穆彰阿欲想挽回，已经没法，只得除下了红宝石顶子，脱下了一品仙鹤补服，没情没绪的领了一班妻妾子妇，回入自己的旗籍去了。还算运气。耆英做过大学士，一落千丈，降到五品顶戴，自想也没有脸面在朝打浑，也谢职而去。这且不必细表。

但咸丰帝谕旨中，有派林则徐驰赴粤西，剿办土匪等语，小子叙到这事，竟要大大的费一番笔墨了。先是道光二十八年，两广岁饥，盗贼蜂起，广西的东南一带，做了强盗窠，变成一个强梁世界。庆远府有张家福、钟亚春，柳州府有陈亚葵、陈东兴，浔州府有谢江殿，象州有区振祖，武宣县有刘官生、梁亚九，统是著名的盗魁，四处劫掠，横行乡里。巡抚郑祖琛年老多病，很是怕事，偏偏这强盗东驰西突，没有一日安静，百姓苦的了不得，到各处地方官禀报。地方官差了几个衙役，下乡查缉，捕风捉影，简直是一个没有拿到。还有一班猾吏，与强盗多是同党，外面似奉命缉盗，暗里实坐地分赃，百姓越加焦急，又推了就地绅士，向抚院呈诉。这位吃饭不管事的老抚台，见了数起呈文，都是详报盗案，免不得叫出几位老夫子，令他写好了几角公文，饬府州县严行捕盗。公文发出，郑老抚台又退入内室，吃着睡着，享那自在的闲福。笔笔成趣。这班府州县各官，早知郑抚台没甚严峻，也学那郑抚台模样，糊糊涂涂的过去，凭他什么申饬，仍旧毫不在意。百姓没法，不得已自办团练，守望相助。从此百姓自百姓，官吏自官吏，官吏不去过问百姓，百姓也不去倚靠官吏。自郑老抚台以下各官，乐得在署中安享荣华，拥着娇妻美妾，吸尽民膏民脂。不意桂平县金田村中，起了一个天空霹雳，直把那四万万方里的中国，震得荡摇不定，闹到十五六年，方才平靖，这也是清朝的大关煞，中国的大劫数。叙入洪杨乱事，应具这副如椽大笔。

金田村内，有个大首领，姓洪名秀全，本系广东花县人氏，生于嘉庆十七年。早丧父母，年七岁，到乡塾中读书，念了几本四书五经，学了几句八股试帖，想去取些科名，做个举人进士，便也满愿，怎奈应试数场，被斥数场。文字无灵，主司白眼。他家中本没有什么遗产，为了读书赶考，更弄得两手空空，没奈何想出救急的法子，卖卜为生，往来两粤。把洪氏历史，<small>叙得格外明白，就可定实洪氏一生行谊。</small>忽闻有位朱九涛先生，创设上帝教，劝人行道，自言平日尝铸铁香炉，铸成后就可驾炉航海。秀全疑信参半，就邀了同邑人冯云山，去访九涛。见面胜于闻名，便拜九涛为师，诚心皈依。九涛旋死，<small>铁香炉曾铸成否？</small>秀全继承师说，仍旧布教。适值五口通商，西人陆续来华，盛传基督教义，基督教推耶稣为教主，也尊崇上帝，有什么《马太福音》，及《耶稣救世记》等书。秀全购了一二部，暇时瞧阅，与自己所传的教旨，有些相象，他就把西教中要义，采了数条，羼入己意，汇成一本不伦不类的经文。谬称上帝好生，在一千八百年前，见世人所为不善，因降生了耶稣，传教救世。现在人心又复浇薄，往往作恶多端，上帝又降生了我，入世救人。上帝名叫耶和华，就是天父，耶稣乃上帝长子，就是天兄。<small>异想天开。</small>这派说话，已是夐夐独造了。

　　后来与云山赴广西，居桂平、武宣二县间的鹏化山中，借教惑民，结会设社，会名叫作三点会，取洪字偏旁三点水的意义。桂平人杨秀清，韦昌辉，贵县人石达开、秦日纲，武宣人萧朝贵，争相依附。秀全与萧朝贵，最称莫逆，就把妹子许嫁了他。洪妹名叫宣娇，倒有三分色艺，朝贵很是畏服；为此一段姻缘，越发鞠躬尽瘁，帮助秀全。秀全得亲这几个党羽，遂差他分投各邑，辗转招集，运动了桂平富翁曾玉珩，入会输资，信教受业。秀全趁这机会，开起教堂，更立会章，不论男女，皆可入会传教，更不论尊卑老幼，凡是男人，统称兄弟，凡是妇女，统称姊妹。<small>越是混帐。</small>每人须纳香镫银五两，作为会费。<small>这桩是第一要紧。</small>起初被诱的人，尚是寥寥，秀全与冯云山、萧朝贵等，密议了一个计策，装成假死。外面不知是假，听说洪先生已死，都来吊唁。萧朝贵因是妹婿，做了丧主，受吊开丧。秀全便直挺挺的仰卧在灵床上，但见灵帏以外，有几个上来拜奠，有几个焚化纸钱，有几个会中妇女，还对着灵帏，娇滴滴的发作哀声，你也哭声洪哥哥，我也哭声洪哥哥，这位洪哥哥，听到此处，暗中笑个不了，勉强忍住了数日。倒也亏他。日间装作死尸模样，夜间与几个知己，仍是饮酒谈心。过了七天，突把灵帏撤去，灵床抬出外面焚掉。当下惊动无数乡民，都来探问。萧朝贵答称洪先生复生，因此人人传为异事。

洪先生复遍发传单，说要讲述死时情状，叫乡民都来观听。看官！你道这等愚夫愚妇，能够不堕他术中么？当下就在堂中设起讲坛，摆列桌椅，专等乡民听讲。到开讲这一日，远近趋集，齐入教堂，比看戏还要闹热。只见上面坐著一位道冠道服，气宇轩昂，口中叨叨说法，这个不是别人，就是已死复生的洪秀全。但听秀全说道："我死了七日，走遍三十三天，阅了好几部天书，遇了无数天神天将，并朝见天父，拜会天兄，真是忙的了不得。世间一年，天上只有一日，列位试想这七日内，天上能有多少时候？我见天上的仙阙琼宫，正是羡煞，巴不得在天父殿下，充个小差使，做个逍遥自在的仙人。怎奈天父说我尘限未满，仍要回到凡间，劝化全国人民，救出全国灾厄，方准超凡归仙。余外还有无数训辞，都是未来的世事。天机不可泄漏，我所以不便详告。最要紧的数句，不能不与列位说明："清朝气数将尽，人畜都要灭绝，只有敬拜天父，尊信天兄，方可免灾度厄。我前时设会传教，还是凭着理想，今到天上见过天父天兄，才信得真有此事。列位如愿入会忏悔，定能趋吉避凶，我可与列位做个保人，不要错过机会。"说到此处，即由冯云山、萧朝贵等，取出一本名簿，走到坛下，朗声呼道："列位如愿入会，赶紧前来报名。"于是听讲的人，统愿报名入会，只愁会费没有带来，与冯、萧诸人商量暂欠。冯云山道："暂欠数日不妨，但已经报过了名，会费总当缴纳，限期七日一律缴清，如或延宕，要把姓名除没，将来灾难万不能逃呢。"那班愚民齐声答应，一一报名，登录会簿，随退出堂外。有钱的即刻去缴，没有钱的就典衣鬻物，凑足五两数目，赶至堂内缴讫。愚民可怜。

秀全开讲数日，入会的人，累千盈万。党徒也多了，银子也够了，留住广西，秀全遂蓄着异谋，想乘机发难，遂令冯云山募集同志，自己返到广东，招徕几个故乡朋友，共图起事。秀全已去，云山且招兵买马，日夕筹备，渐被地方官吏察觉，出其不意，将云山拿去。云山入狱，富翁曾玉珩等，费了无数银钱，上下纳贿，减轻罪名，递解回籍。此时秀全已招了好几个朋友，方想再赴广西，巧遇云山回来，仍好同行。转入广西省平南县，遇着土豪胡以晃，意气相投，又联作臂助，各人在以晃家一住数日。杨秀清、韦昌辉、石达开、秦日纲诸人，聚居金田村，日俟秀全到来，望眼将穿。旋探得秀全寄居在以晃家内，忙率众迎至金田。秀全见金田寨内，多了几个新来的豪客，互通姓名，一个系贵县人林凤祥，一个系揭阳县人罗大纲，一个系衡山县人洪大全，谈吐风流，性情豪爽，喜得洪秀全心花怒开，倾肝披胆的讲了一会，当下杀牛宰豕，歃血结盟，誓做异姓弟兄，大有桃园结义，梁山泊拜盟的气象。当下第一把椅子，就推了洪秀全，第二把椅子，推了杨秀清。洪、杨慨然不辞，竟自承诺，随令众人蓄发易服，托词兴汉灭胡，竟就金田村内，竖起大元帅洪的旗帜来了。小子记得石达开有一诗云：

大盗亦有道，诗书所不屑。
黄金似粪土，肝胆硬如铁。
策马度悬崖，弯弓射胡月。
人头作酒杯，饮尽仇雠血。

这一首诗中，已写尽这班人物粗莽豪雄的状态。但推那洪秀全作为首领，也未免择错主子，小子不欲细评，且至下回叙述洪杨起事的战史。

高宗用一和珅，酿成川、楚、陕之乱凡九年。清宣宗用一穆彰阿，酿成洪杨之乱凡十五年。养奸之祸，若是其甚欤！曰：一奸人进，群奸亦连类而升，内而公卿庶尹百执事，外而督抚道府州县，皆奸党也。无在非奸党，即无在非乱源，掊克聚敛，激成民怨，伏处草泽者，乘间而起，天下无宁日矣。迨至奸谋败露，灾害已至，虽诛夺元凶，亦觉其晚。齐王氏一妇人耳，犹能扰攘四五省，洪秀全传会西教，诈死惑民，一发而不可收拾。非跳梁者之果有异能，殆权奸当道，小民铤走之所由致也。本回可与五十一回参看，而用笔则详略褒贬，具见苦心。

第五十八回

钦使迭亡太平建国　悍徒狡脱都统丧躯

却说洪秀全杨秀清等，蟠踞了金田村，气焰日盛，桂平知县差了几十皂班快班，前往缉捕，不是被杀，就是被逐；而且风声日紧，有戕官据城的谣传。桂平县官，连忙申详府道，府道又申详巡抚。郑抚台祖琛，杜门不出，方喜盗案渐稀，清闲度日，忽接桂平警报，内说洪杨蓄谋不轨，与寻常盗贼不同，他不禁忧虑起来，搔头挖耳的思想。想了半日，尚无妙策，就邀了几位幕宾，同议剿匪事宜。三个缝皮匠，比个诸葛亮，竟想出一个奏报北京迅派大员的计策。当由幕友修好奏折，即日拜发。咸丰帝览奏之下，便召杜协撰受田入议，受田力保故云贵总督林则徐，及故提督向荣。于是朝旨特下，派林则徐为钦差大臣，向荣为广西提督，迅赴粤西剿办；一面令郑祖琛出省督师。郑抚台接到此旨，一喜一惧：喜的是有人接替，可以少卸肩子；惧的是钦使未到，仍要出省剿匪。左思右想，无可奈何，只得带了绿营兵数千，出了省城，慢慢的南下，行至平乐府，竟就此屯驻了。原来平乐府西南，就是浔州府，桂平是浔州首县，郑老抚台明哲保身，暗想平乐府尚是安靖，若再南行，便要近着盗窠，倘或被围，恐怕老命都要送脱；因此半途中止，裹足不前。这个妙策，想也是幕友教他。

会提督向荣驰到桂林，闻巡抚已出省督师，料想金田一面，由抚台亲自督剿，当不致蔓延四出，自己不如向柳州、庆远一带，先剿土匪，翦灭洪杨羽翼，然后夹攻金田，较易荡平。主见一定，遂饬弁飞陈郑抚台。郑抚台不知可否，令他便宜行事。于是向荣遂出柳州、庆远，转入思恩、南宁，沿途杀逐无数盗贼，颇有摧枯拉朽的威势。

怎奈郑抚台安驻平乐，洪杨等也暂不出发，只是蓄粮备械，从容布置，方思克日大举，忽探得钦差大臣林则徐，奉旨前来，秀全大惊道："罢了罢了！林公一到，我辈休了。"石达开在旁道："大哥何胆怯至此？难道不闻水来土掩，将到兵迎么？"秀全道："并非愚兄胆怯。这林公智勇双全，英人尚敌他不过，何况我辈？"石达开道："弟亦晓得林公厉害，但我军饷械充足，总可支撑数月。倘果不能支撑，兄弟们尚可航海逃命，且待林公到来，再图进止！"秀全听说，略略放心，只差人窥探林钦差行程。

过了一二天，探报林钦差已到潮州普宁县，广西巡抚郑祖琛，革职遣戍，由林钦差兼任巡抚事。秀全愈加惶急，正踌躇间，见洪大全趋入，笑容满面道："大哥恭喜！林钦差死了。"秀全不觉跃起，便问道："可真么？"大全道："自然真的。现闻满清政府，已命前两江总督李星沅，继任钦差大臣，广西藩司劳崇光，署理巡抚了。"秀全道："这全仗上帝保佑，上帝偏偏保佑他们，想是中国百姓，该遭大劫。但不识李星沅是何等人物？"大全道："想总不及林钦差能耐。鄙意不若乘他未到，赶速发兵。"秀全道："很好很好。"忙召杨秀清等定议出发。石达开道："若要出兵，预先做张檄文，声明贪官污吏的罪孽，才算得师出有名呢。"秀全道："这须劳老弟大笔！"石达开道："论起文字一道，还要让大全兄。"秀全随令大全草檄，不到一时，草成檄文道：

奉承天道吊民伐罪大元帅洪谨以大义布告天下：窃以

朝有奸臣，甚于盗贼；署中酷吏，无异豺狼，利己殃民，
剥闾阎以充囊橐，卖官鬻爵，进谄佞而抑贤才；以致上下
交征，生民涂炭。富贵者稔恶不究，贫穷者含愤莫伸，言
者痛心，闻者裂眦。即以钱漕一事而论，近加数倍，三十
年之税，免而复征，重财失信，挖肉敲脂，民财竭矣。剧
盗四起，嗷鸿走鹿，置若罔闻，外敌交攻，割地赔钱，视
为常事，民命穷矣。朝廷恒舞酣歌，讳乱世而作太平之
宴，官吏残良害善，掩毒焰而陈人寿之书，萑苻布满江
湖，荆棘遍丛道路，民也何罪？遭此鞠凶！我等志士仁
人，伤心恻目，用是劝人为善。设教牖蒙，乃当道斥为莠
民，诬为匪类，欲逞残民之焰，遽操同室之戈。我等环顾
同胞，义难袖手，因之鼓励同志，出讨巨奸。凡我百姓兄
弟，不必惊惶！商贾农工，各安生业！富者助饷，贫者效
力，智者协谋，勇者仗义，共襄盛举，再造升平，则虎狼
戢而天日清，蠹贼除而苗禾殖矣。倘有愚民助桀为虐，怙
恶不悛，天兵所到，必予诛夷，凛之慎之！檄到如律令。

　　檄文一发，便制定旗帜，取炎汉以火德旺的意义，全用红
色，更令人人用红布包头，扎束妥当，各执军械，排齐队伍，
从金田村出发，进屯大黄江，遂分攻桂平、武宣、贵县、平南
等县，前锋直到象州。清廷再授周天爵署广西巡抚，加总督
衔，迅赴广西办理军务。既遣李星沅，复遣周天爵，初次着手，已
嫌骈枝。复命两广总督徐广缙，派兵夹剿。广缙遣副都统乌兰
泰，赴广西佐理军事，与向提督荣，分统二军，进剿洪杨。又
是歧出。

　　向荣兵至马鹿岭。马鹿岭在大黄江对面，由秀全遣兵堵
守。向荣一鼓而上，驱散洪军，追至武宣，又与洪军酣战。洪
军败走，入紫荆山。此时乌兰泰军亦到，分头攻截，又因李星

沅已驰抵柳州，周天爵亦驰抵桂林，俱派兵协剿。无如李、周二人，意见未合，李星沅素重向荣名，所遣各军，统令归向荣节制。周天爵兼任督务，以权出向荣上，派遣将弁，暗中授意，令直接抚辕管辖，不受提辕干涉。乌兰泰又为广东总督所派遣，更与向荣各竖一帜，各分门户。向荣迭遭牵掣，自然要向李钦使处晓晓申诉。李钦使飞咨周署抚，又遭周署抚辩驳，李钦使也未免愤激，疏请简派统帅，一面进次武宣，忧心内焚，遂致病作。星沅系湖南湘阴人氏，秉性忠孝，叠任封疆大员，累建政绩。道光帝晏驾，他自江南入京，哭临尽礼。咸丰帝即位，召对大廷，语多称旨，并因母老乞归。咸丰帝鉴他诚挚，允他暂归省亲。适林则徐病殁普宁，乃复下旨令为钦差大臣。星沅入告母陈太夫人，即驰赴粤西，至是病日增剧，竟致不起。遗疏言："贼不能平，不忠；养不能终，不孝；殓用常服，以彰臣咎。"咸丰帝见他遗疏，也不禁垂泪，推重李星沅，便阴贬周天爵。一面优旨嘉愍，赐予祭葬；一面令大学士赛尚阿，率都统巴清德，副都统达洪阿，督京师精兵四千人，赴粤视师。周天爵闻星沅病故，遂劾奏向荣不遵节制。咸丰帝因星沅疏中有隐怨天爵等语，遂罢天爵督师，褫总督衔，改用邹鸣鹤为广西巡抚。

　　赛尚阿至军，即饬各路进攻紫荆山。紫荆山前面，叫作新墟，后面叫作双髻山，猪仔峡，统是异常险隘。当下达洪阿攻西南，乌兰泰攻西北，总兵李能臣经文岱攻东南，巴清德会集向荣军，自紫荆山后路攻入，直登猪仔峡，据住要口。洪杨等拼命抵敌，究因要口已失，不能支持，遂率众倒退。向荣等步步紧逼，进夺双髻山要隘。洪军乃弃了紫荆山，分水陆两路，窜入永安州。赛尚阿即驰疏奏捷，得旨嘉奖。当时总道巢穴已破，可以指日肃清。不想永安失守的警信，又报入清营。原来永安本乏守备，洪杨等窥他空虚，竟率众攻入守城，官吏早逃得不知去向。秀全既得了永安城，遂与会党拟定国号，叫作太平天国。国名亦不伦不类。自称天王，封杨秀清为东王，萧朝贵为西王，冯云山为南王，韦昌辉为北王，石达开为翼王，洪大全为天德王，秦日纲、胡以晃等四十余，各称丞相军师，居然要与大清国抗衡了。纯是皇帝思想，安知援救同胞？清军因他蓄发易服，称为发逆；亦叫他作长毛贼。他却呼清军为妖。

　　赛尚阿闻洪杨已入永安，急移屯阳朔县，督诸军追剿。诸军统领，总要算向荣、乌兰泰最勇，追至永安城下，立营数十。向荣统北路，乌兰泰统南路，旗帜鲜明，刀枪密布，险些儿要踏破城池。怎奈两将素不相容，你要速，我要缓；你要合，我要分；一连数月不下。失机在此。乌兰泰麾下，有故秀水知县江忠源，素为知兵，至是往返调停，总未能解嫌释怨。会都统巴清德病殁，兵士亦多触暑瘴，锐气渐衰。江忠源夜出巡逻，见永安城北角独阙围兵，忙入营禀乌兰泰道："现在长毛都聚集城内，全靠今日合围，悉敌歼除，方免后患。卑职巡绕四周，见城北独留出不围，倘被他窜逸，将来四出为殃，大为可虑。"乌兰泰道："城北归向军门督攻，我却不便干涉。"忠源道："这事关系甚大，还请大人与向军门熟商。"乌兰泰默然不答。忠源道："大人若不便与商，待卑职自去见向军门，只请大人命下便是。"热诚可敬。乌兰泰道："这却不妨听便。"忠源奉命，径至向营求见，由向军门召入，行过了礼，便献上合围的计议。向荣道："古人说得好：'困兽犹斗。'若将这城四面围住，贼众无路可走，定然誓死固守。现已攻了两三个月，未能破入，兄弟所以撤去一隅，诱他出来，以便截击。一则得城较易，二则亦不怕他遁去，岂非两全之策么？"忠源道："大人明见，未始不能破贼，但我现有三万多人，贼众不过万余，我众彼寡，尽可合围。若恐血肉相搏，所失亦多，何不断他樵采，绝他水道，使他自乱？不出十日，包可攻入了。"向荣仍是不依，忠源退出，自叹道："此计不用，我辈难逃大劫了。"遂回报乌兰泰，歇了数天，托病自去。可惜！

洪秀全见城北无兵，便有意溃围，自己带领杨秀清、冯云山、石达开出北门，令洪大全、秦日纲等出东门，萧朝贵、韦昌辉等出南门，林凤祥、罗大纲出西门，乘着黑夜，一声呐喊，便向四门杀出。清军虽也日夜防备，怎奈全城悍党，猛扑出来，好像饿虎饥鹰一般，这边围住，那边被他冲出，那边围住，这边被他冲出。乌兰泰适在东门，望见洪大全等出来，忙率兵抵敌，大全亦转寻乌兰泰角斗，两下酣战，毕竟乌兰泰勇力过人，奋战数合，将洪大全活捉过去。天德王要归天了。秦日纲忙来抢救，已是不及，复恶狠狠的与乌兰泰相扑。乌兰泰麾军四逼，把秦日纲困在垓心。日纲正在危急，巧逢萧朝贵、韦昌辉两路杀入，救出日纲，清总兵长瑞、长寿二人，忙去拦阻，怎禁得萧韦一军，大刀阔斧，逢人便砍，二总兵措手不及，都丧掉了性命。萧朝贵、韦昌辉、秦日纲等，合众东走，乌兰泰尚不肯舍，只饬人押解洪大全入京，自率兵尾追而去。

是时北门无兵，由洪杨等拍马驱出，行了一二里，突遇清兵拦住，为首大将，正是向荣。当下火光如炬，枪声如雷，两军混战多时，杀得地惨天愁，尘昏月暗。秀全部下，统是异常精锐，凭你向军门如何能耐，不过杀了一个平手。不防林凤祥、罗大纲等，又从西边杀到，秀全得了这军，格外抖擞精神，与向军死战。向荣尚拼命拦截，谁知老天又偏偏下起雨来，弄得官兵拖水带泥，有力难使。总兵董先甲、邵鹤龄，又先后战殁，眼见得这位洪天王，要被他窜去了。向荣收兵入城，检点队伍，已伤亡不少，慨然道："悔不听江忠源计策，相持数月，只得了一座空城，目下贼众北窜，定去窥伺省会，省会一失，广西全省统难保了。"前策已失，此策亦只得了一半。随即整顿兵队，出了永安城，从间道驰赴桂林去讫。

　　这边乌兰泰尾敌东追，遥望萧韦各军，绕山北走，料知敌众将犯省垣，遂命军士竭力赶上，将到六塘墟，敌众已不知去向，当下扎住了营，令侦骑四探，回报贼兵已踞住墟中。乌兰泰升帐，传集将弁，便道："本都统受国厚恩，愿与贼同生死，现闻贼众已踞六塘墟，想必是休养数日，出犯省城，不乘此奋力邀击，省城定要遭殃。"说到此处，令部下取过一盂，突拔佩刀，向臂上刺入，顿时血洒盂中，复令搅入清水，陈于案上，向将弁道："诸君如热忱报国，请饮此血！"将弁等不敢违慢，便个个向前，各呷一口。饮毕，拔营北进，直指六塘墟，急如电掣，疾若星驰。勇有余而智不足。行入墟口，夕阳已是西下，但见树木丛杂，路径纷歧。副将金玉贵上前禀请，拟就此暂驻，待明晨进兵。乌兰泰道："行军全靠锐气，若待至明日，气便衰了。本都统定要今日歼贼，虽死不辞。"谶语。金玉贵不敢多言，即随乌兰泰前进。愈入愈险，愈险愈暗，一声鼓响，长毛从暗中杀出。左有秦日纲，右有韦昌辉，乌兰泰全然不惧，列炬开战。你一刀，我一枪，争个你死我活。相搏多时，韦、秦二人率众退去，乌兰泰仍驱军穷追。直到将军桥，日纲、昌辉逾桥过去，乌兰泰亦怒马当先，跑过了桥，官兵逐队随上，甫过一半，豁喇一声，桥梁中断，坠水的人，不计其数。恼得乌兰泰怒气冲天，索性向前，不顾后面，忽见前面来了一大队长毛，打着东王、南王旗号，让过韦秦，截住乌兰泰。乌兰泰不管死活，上前冲突。此时天尚未明，猛听得一阵炮响，弹子如飞蝗般射来，乌兰泰身先士卒，毫无遮护，身中竟着了三弹，跌下马来。部将田学韬，疾忙趋救，巧巧一弹飞到面前，躲闪不及，正中脑袋，脑浆迸出，死于非命。乌兰泰亦狂喷鲜血，大叫一声而亡。可为勇者鉴。霎时间乌军前队，统被长毛杀毙，只后队还在桥南，由金玉贵带着，正思渡水接应，见长毛兵已回杀前来，料知主将陷没，忙令部兵整阵而退。自己独怒目横矛，立于桥侧，大呼道："长发贼敢过来斗三百合否？"长毛见他单骑直立，不觉惊异，便去禀报杨秀清。秀清拍马趋出，在桥北遥望，见玉贵身穿白袍，威风凛凛，不由的暗暗惊叹，随道："这位白袍将，好像唐朝薛仁贵，我等不要惹他，让他去罢！"长毛思想，不过尔尔。当下麾兵退去。玉贵亦舒徐不迫，回呼部兵，改道趋桂林。

原来洪秀全出永安时，相约北趋，至此会合韦秦各军，得了胜仗，遂直犯桂林，进逼城下。抬头一望，守城兵统已严列，防备的非常周到。秀全对众人道："这个邹妖，到很有点来历。你看他防兵密布，好严肃得很哩。"话尚未毕，城上的枪炮，已一齐射来，秀全转身就走，退五里下寨。次日，复遣石达开、韦昌辉等，率众进攻，又被守兵击退。回报妖将向荣，亦在城中，秀全道："怪不得！怪不得！我道邹妖那有这般厉害！"又接连攻了数日，一些儿不得便宜，俄报东岸鸬鹚洲又有妖兵来了，秀全忙令冯云山前去迎敌。云山去讫，达开献计道："广西僻处偏隅，无足轻重，我军不如悉锐北上，道出两湖，据江为守，相机以争中原，方为上策。"秀全鼓掌道："好计，好计！"遂下令拔寨都起，东出鸬鹚洲想策应冯云山。忽接前哨来报，南王追妖兵至蓑衣渡，中炮身亡。秀全不听犹可，听了云山死信，魂灵儿都飞入九霄云外。接连又报天德王被解入京，惨遭极刑。秀全大叫道："痛哉，痛哉！"一语出口，两眼直视，竟向前扑倒。真耶假耶？正是：

揭竿才托中兴号，闻耗先惊死党亡。

洪秀全倒地后，若果身死，倒也风平浪静了；但秀全是个乱世魔王，人叫他死，天偏叫他不死，这正没法，容小子下回接叙。

　　洪杨发难金田，尚是么魔小丑，林公不亡，洪杨徒航海出走，与波臣为伍已耳。林公即亡，继起者果同心协力，合图扑灭，则聚而歼之，尚为易事。乃李、周相嫉，乌、向不睦，坐使入网之鱼，终致漏网；陷阱之兽，又复脱阱。虽曰天数，宁非人事？本回叙洪杨四出之原因，以见将帅不和之大弊。语曰："和气致祥，乖气致戾。"观此益信。

第五十九回

骆中丞固守长沙城　钱东平献取江南策

却说洪秀全晕厥过去，经众人七手八脚，扶起灌救，半晌才渐渐醒来，不禁长叹道："出师未捷，先伤两将，使我如失左右手，真是可痛可恨！"众人极力解劝。秀全又问道："哪个妖将，伤我兄弟云山？"探弁答称是"江忠源"。看官！你道这江忠源何故又来？他自托病告归后，料得长毛必逸出永安，北犯桂林，桂林有失，必入湖南。湖南系忠源原籍，为保全桑梓起见，不得不募勇赴援。适有同里刘长佑，与忠源意气相投，忠源遂邀为臂助，招集乡勇千人，出援桂林，甫到鸬鹚洲，已被冯云山截住。忠源佯退，诱云山至蓑衣渡，数枪并发，将云山击死。秀全闻到江忠源姓名，还不晓得他的智略，便道："什么江妖，敢伤我南王？兄弟们替我前去，除灭江妖，报复大仇。"众人齐声得令，个个摩拳擦掌，向蓑衣渡杀去。

只见江军扎在蓑衣渡对岸，部下甚是寥寥。秀全命部众劫夺民船，渡将过去；才到中流，这船竟停住不动。对岸开了一炮，四面八方，小船齐集，统用火枪火箭，向长毛船上掷去。秀全仗着多人，冒火死斗。不想南风陡起，火势愈猛，一船被焚，那船又燃；要想回船逃生，凭你划桨摇橹，总是窒碍难行。秀全不信，令死党泅水窥探，回报："船底统是大树，七桠八杈，把船只牵住，所以不便行动。"从悍党口中述出，才识江忠源妙计。秀全急弃掉大船，改乘小船，驶到岸旁，登陆东窜。这一仗，烧死了许多长毛兵，乃是洪秀全出兵以来，未曾受过的大亏。不过长毛可以随处掳胁，沿途经过，村落为墟，战败时只剩残兵疲卒，转眼间又是士饱马腾。行为如此，还称他作义兵，谁其信之？

江忠源闻长毛东走，飞禀钦差大臣赛尚阿，出师拦截。这赛大臣的行踪，小子久不提起，只好从此处补叙。原来赛大臣无他谋略，专工趋避，自长毛逸出永安后，他已从阳朔潜返桂林。嗣闻桂林又要被兵，复从桂州退至永州。永州系湖南门户，此番长毛东走，正望永州进发，所以江忠源飞请出师。忠源着急万分，那赛大臣却雍容坐镇，视作没事模样，因此洪秀全掠地攻城，势如破竹。提督余万清，驻守道州，闻长毛将至，弃城遁去，秀全等从容入城。占踞月余，复分兵破江华、永明、嘉禾、蓝山等县，转入桂阳州郴州。警报直达长沙。

长沙是湖南省城，巡抚骆秉章，与秀全本是同乡，幼时又与秀全同学，尝在暑夜同浴鱼池。秀全出了一课，要秉章属对。秀全的出句，是"夜浴鱼池，摇动满天星斗，"秉章的对句，是"早登麟阁，挽回三代乾坤"。两人志趣，少小时已见一班。两人各自惊叹。此次成为仇敌，秀全未免畏惧三分，遂在郴州逗留不进。萧朝贵上帐请道："大哥何不去夺长沙？留在此地做什么？"秀全道："长沙有骆秉章守住，非可轻敌，只好慢慢进兵。"朝贵道："一日过一日，等到妖兵四集，我们要坐困了，还是赶紧进兵为是。"秀全尚在迟疑，被朝贵催逼不过，只得移攻永兴。永兴城内的县官，闻敌先溃，秀全复长驱直入。朝贵仍请进攻长沙，秀全道："妹夫！你不要性急，骆秉章非同小可，不应冒昧进攻。"朝贵道："大哥休张他人锐气，灭自己威风！我兵从广西到湖南，只蓑衣渡吃了场亏，此外战无不胜，攻无不取，简直是不曾费力。骆妖系湖南巡抚，湖南一省，统归他管辖，为什么不派重兵分守？据我看来，毫不中用。大哥怕他，朝贵却不怕他呢。"言未毕，探马来报，骆秉章已罢官了，现在继任的巡抚，叫作张亮基。朝贵便起身道："大哥所怕的骆妖，已经罢职，这是天意叫我去取长沙，小弟愿去走一遭。"秀全道："你既要去，须多带人马。"朝贵道："不必，不必，小弟部下有锐卒千人，已经敷用，包管可得长沙。"秀全应允。朝贵入内，别了洪宣娇，宣娇嘱他小心，朝贵道："区区长沙城，有何难取？若不取得，誓不回军。"你道还想生还么？随与宣娇作别，竟带了千名死士，出永兴城，向东北进发。

这萧朝贵果然厉害，一经出兵，好似风驰雨骤的过去，破安仁县，转陷攸县，及醴陵县，进薄长沙城下。湖南新任巡抚张亮基，尚未到省，旧抚骆秉章，因总督程矞采出驻衡州，无从交卸，所以还在城中，突闻长毛已来攻城，忙率提督鲍起豹，登陴守御，并飞檄各镇入援。城内兵民，不道长毛来得这般迅速，统惊慌的了不得，幸亏骆秉章昼夜巡查，随时抚慰，鲍起豹留心防堵，甚至向城隍庙中，舁出神像，置诸城楼，与他对坐，藉安民心。想入非非。朝贵攻了数日，没有效果，气得暴跳如雷，喝令部兵猛扑。城上守兵，险些儿抵挡不住，忽见清总兵和春、常禄、李瑞、德亮等，率军驰至，朝贵才停住勿攻，固垒自守。和春等见朝贵壁垒森严，军械环列，到也不敢惹他，只在城外扎住了营，相持又数日。

会清廷因长毛围急，赛尚阿、程矞采二人坐驻衡永，畏缩不前，严旨把他革职，调徐广缙驰督两湖，并促广西提督向荣，速援湖南。向荣尝轻视赛尚阿，不愿受他节制，所以桂林围解，他便托病安居，不肯前敌，至赛已革职，方才启行。向荣未抵长沙，江忠源已倍道驰至，两人相较，优劣自见。遥望朝贵兵分据城外天心阁，立栅甚坚。忠源道："阁上地势甚高，贼众据此，长沙危了。"急领兵争夺天心阁，一场恶战，方把朝贵兵杀退。朝贵愤极，仍督众攻南门，手执令旗，当先跃登；不防城上飞下一弹，对准朝贵头上，扑的一声，把头颅轰破，坠地而死。西王应归西天。

死信传至永兴，秀全大吃一惊，与秀清道："我说骆秉章有些才智，不可轻敌，偏这萧妹夫硬要前去，被他击毙，宁不痛心！"秀清未答，洪宣娇已号哭入帐，问阿哥来讨丈夫，弄得秀全无言可答。还是秀清从旁劝解，并许率众复仇，宣娇方肯止哭，于是率众北行，飞扑长沙。宣娇亦领了一班大脚妇女，自成一队，跟随军后。不愧强盗婆。其时张亮基及向荣，统到长沙城内，援军大集，数近五万。秀全屡攻无效，复广募矿夫，屡凿地道。地雷两发，俱被向荣麾下邓绍良、瞿腾龙等，抢险堵塞，反伤毙长毛数百名。秀全没法，潜令解围。宣娇尚不肯从，秀全许他另置男妾，方随同西去。

江忠源率兵驰逐，途遇秀全断后军，鏖战被刺，伤腓坠马，逃免回营。入城见新抚亮基，力陈河西一带，兵备空虚，请调兵扼堵，亮基也依计调遣。奈河西诸将，都畏长毛声势，作壁上观。秀全遂从容走宁乡，破益阳，出湘阴，渡洞庭，直达岳州。岳州文武各官，自提督博勒恭武以下，统已逃去。秀全整队而入，得了武库一所，启门细瞧，甲仗炮械，不计其数，乃是吴三桂遗物。秀全喜出望外，传令进攻汉阳，先向江口劫夺商船五千余艘，驾载部众，舳舻蔽江，旌旗耀日，顺流而下，直抵汉阳。知府董振铎，死守三日，救兵不至，城被陷，振铎率家丁巷战而死。知县刘宏庚自缢。秀全转向汉口焚掠五昼夜，百货为空。

时值隆冬，江水已涸，中涨巨洲，秀全令部众连舟为梁，环贯铁索，从汉阳接到武昌，环城设垒。巡抚常大淳，督兵数百拒守。向荣自湖南驰救，至洪山下寨。洪山在武昌城东，向荣因汉口已失，不欲并守孤城，所以在洪山立营，与城中遥为掎角。驻扎才定，杨秀清率众夹攻，见向营坚壁勿动，几回冲突，统被击退。是夕月色无光，秀清总道向军初到，不敢袭击，便安心睡着。谁料到了夜半，寨外人马喧天，鼓声震地，秀清从梦中惊觉，忙起来抵敌，见向军如潮涌入，一将跃马入营，舞着大刀，左右乱砍，秀清不见犹可，见了这人，大喝道："好个背义负盟的张嘉祥，来！来！来！我与你拼三百合罢。"随拍马向前，持刀力战，约十数合，耳边但听得一片呼声，都道："快捉杨贼！"秀清心怯，转身便逃。怎奈向军紧追不舍，部众已被他杀得七颠八倒，正在危急，幸石达开、林凤祥前来救应，与向军恶斗一场，还杀不过向军，又来了陈坤书、郜云官等一枝新兵，方才战退向军。这番败仗，长毛兵死了不少，被毁营垒十几座，失去枪炮二千有余。秀清咬牙切齿，恨煞张嘉祥，连石达开等，亦愤愤不已。这是张国梁第一次立功。

看官！你道张嘉祥是何等样人？他本是广东高要县的大盗，洪杨倡乱，召张入党。初次与向荣对垒，秀清令嘉祥率二百人，至向营诈降，向荣探知来意，留住二百人，另易二百壮士，从嘉祥出战，大败贼众。秀清遂将嘉祥妻子，一并杀讫。嘉祥不能转去，遂投顺向荣，改名国梁，向荣亦格外优待。只秀清还不晓得他改名，所以曾叫他为嘉祥。

向荣得此大胜，正思进兵援城，忽天雨如注，朔风凛冽，兵士不能前进，只好缓待数天。经这一雨，武昌城被地雷轰破，常大淳以下藩臬各官，统同殉难。清廷闻警，因徐广缙逗留湘潭，延不到任，以致寇势日炽，遂革职逮问。授向荣为钦差大臣；起故大学士琦善，选兵驻河南。此老又现。调张亮基署湖广总督；潘铎署湖南巡抚；截住骆秉章回京，令署抚湖北。原来骆秉章前次罢官，实被赛尚阿劾奏。赛尚阿奉命督师，道出湖南，供张独薄，遂劾他吏治废弛，因此夺职。补足上文，且贬赛尚阿。嗣因赛尚阿得罪，朝旨乃仍令抚楚。这时候，已是咸丰二年十二月了。

秀全便在武昌度岁，居然御朝受贺，大开盛宴。适外面来报，有一书生求见，递上名刺，秀全一瞧，乃是浙江归安人钱江，便道："白面书生，何知大事。"已露骄态。言下有拒绝意。还是石达开上前说："现时正要延揽人才，不宜谢客。"因命召入。钱江进内，长揖不拜。秀全见他气度雍容，到也有些器重，便令钱江旁坐，问他来历。钱江答道："钱某前时曾充林则徐幕宾，林公罢职，英兵入境，钱某集众明伦堂，鼓励绅民，方思联合上下，出去抵敌，乃混帐官府，主张和议，反说钱某无端滋事，饬知县梁星源，捕某下狱，后被押解回籍，郁郁久居。今闻大王起义，是以不远千里，前来求见。"明珠暗投，也是可惜。秀全道："你既来此，有何见教？"钱江道："大王欲手定中原，此处非久居之所，还应亟图进取，方可得志。"秀全道："我亦作这般想。但闻满廷怕我北伐，已遣什么琦善，率大兵阻截河南。看来河南非急切可攻，只好暂住武昌，相机行事。"钱江道："武昌居四战之地，万难长守。况向荣现逼城下，设或清兵再集，那时四面受困，如何是好？"秀全道："进兵四川可好么？"钱江道："也是不好。为大王计，第一著是取江南，第二著是取河南，第三著是取山东。从前明太祖破灭胡元，也是从这三路进发，大王现欲破灭满清，何不仿行此策？"计划未尝不是，马屁也算会拍了。秀全闻到此言，不禁眉飞色舞，便道："先生真是异才！今日正在开宴，请先生畅饮三杯，再当领教。"钱江也不推辞，只与几位头目，行过相见礼，便在洪天王侧侍宴。天王便问他表字，叫作东平。饮至半酣，议论风生，乐得秀全手舞足蹈，仿佛如刘备遇孔明，苻坚遇王猛一般。兴尽席散，钱江乘夜做了一篇好文字，于次日入呈秀全，秀全展阅道：

　　草莽臣钱江上言：伏维天王起义之初，笋发易服，欲变中国二百年胡虏之制，筹谋远大，创业非常，知不以武昌为止足也明矣。今日之举，有进无退，区区武昌，守亦亡，不守亦亡；与其坐以待亡，孰若进而冀其不亡？不乘此时长驱北上，徒苟安目前，懈怠军心，甚无谓也。或谓武昌襟带长江，控汴梁而引湘鄂，据险自固，然后间道出奇。以一军出秦川，定长安，或以一军趋夔州，取成都。不知秦陇四塞，地错边鄙，人悍物啬，粮食艰难。且重关叠险，纵我攻必克，必大费兵力，劳而无成，固贻后悔。得不偿失，亦弃前功，况削其支爪，究不若动其腹心之为愈也。至于四川一局，今昔异形。其在蜀汉之时，先以诸葛之贤，继以姜维之志，六出九伐，不得中原寸土，赖吴据长江之险以为唇齿，尚难得志，况今日哉？

　　方今天下财库，大半聚于东南，当此逐鹿于宁谧之时，欲以四川一隅敌天下，江知无能为也。以江愚昧，不如舍西而东，金陵建业，皆帝王建都之所。淮洒汴梁，实真人龙起之方。宜先取金陵，以为基本，次取开封以为犄角，终出济南以图进取。握齐鲁之运河，可以坐困通仓之食，截南北之邮传，可以牵制勤王之师。如此而有不成功者，江未信也。故为今日计，莫若急趋江南。南京底定，招集流亡，秣厉兵马，扼要南堵，挥军北上。左出则趋江北以进战，急则可调淮扬之军以继之；右出则据黄河以拒敌，急则可调开归之军以应之。再发锐卒以图西略，徇行河内州县，直抵燕翼无返旆；更遣偏师以收南服，截定浙东郡邑，闲窥闽粤无轻举。兵不止于一路，计必出于万全。外和诸戎，内抚百姓，秦蜀一带，自可传檄而定，此千载一时之机会也。

自汉迄明，天下之变故多矣。分合代兴，原无定局。晋乱于胡，宋亡于元，类皆恃彼强横，赚盟中夏，然皆不数十年而奔还旧部，从未有毁灭礼义之冠裳，削弃父母之毛血，如今之甚且久者。帝王自有真，天意果谁属？复我文物，扫彼腥膻，阵堂旗正，不必秘诈，军行令肃，所至如归。彼纵有满洲蒙古殚精竭虑之臣，吉林索伦精骑善射之将，虽欲不望风投顺，我百姓其许之乎？更有期者，草茅崛起，缔造艰难，必先有包括之心，寓乎宇宙，而后有旋乾转坤之力。知民之为贵，得民则兴；知贤之为宝，求贤则治。如汉高祖之恢廓大度，如明太祖之夙夜精勤。一旦天人应合，不期自至。否则分兵而西，武昌固不能久守，且我之势力一涣，即彼之势力复充。久而久之，大势一去，不能复振，噬脐之悔，诚非江所忍言者矣。笔见所及，不敢自隐，伏乞采择施行！

秀全阅毕，便道："奇才，奇才！"钱江开口称臣，已中秀全之意，故极口奖赏。遂封钱江为军师，即于咸丰三年正月元旦，连舟万余，载资粮军火财帛，及所掠男妇五十万，弃武昌东下。沿江守卒，望风披靡，只寿春总兵恩长，奉江督陆建瀛命，在中流截击，麾下只松江兵二千名，不值长毛一扫，恩长战死，舟师尽溃。陆建瀛方率兵数千，移舟上驶，才到九江，接到恩长死耗，从兵恟惧，霎时溃散。建瀛手下，只有十七人，驾着二舟，踉跄走江宁。真不济事。秀全遂于正月初九日破九江，十七日陷安庆，安徽巡抚蒋文庆自尽。秀全留安庆三日，得藩库银三十余万两，漕米四十余万石，又掠得子女玉帛无数。驱运入舟，乘胜东指，连破太平芜湖等县，击毙福山总兵陈胜元，至正月二十九日，已到江宁城下。连营二十四座，列舟自大胜关达七里洲，水陆兵号称百万，昼夜兼攻，凭南京城如何坚固，也要被他踏平了。小子有诗记事道：

> 天昏地黯鬼神愁，百万强徒出石头，
> 想是东南应遇劫，欃枪一现碎金瓯。

究竟江宁被陷否，下回再行分解。

本回前半截是传骆秉章，后半截是传钱东平。骆秉章系清室名臣，长沙一役，骆已罢职，犹督兵固守，始终保全。洪秀全解围西去，虽渡洞庭，陷武汉，而后路卒为所握。湖南不下，湘北宁能长有乎？且其后洪氏之灭，多出湘勇力，假使当时无骆秉章，则长沙已去，即有曾、罗诸人，何所恃而募勇？何所据而练军？以此知长沙之幸存，实为保障大江之锁钥。清有骆公，清之幸也。钱东平掉三寸舌，献取江南之计，不得谓其非策。明太祖尝建都金陵矣，安得谓江南之不必取耶？惟弃武昌而不守，殊为失算。武昌据长江下游，可南可北，可东可西，洪氏有兵百万，何不分兵东下，一守武昌，一取江南，联络长江上下以固根本，而顾劝其舍西取东也，奚为乎？助洪氏者，东平也，误洪氏者，亦东平。东平固不足道哉！

第六十回

陷江南洪氏定制　攻河北林酋挫威

却说江宁被困，总督陆建瀛率绿营兵守外城。将军祥厚，副都统霍隆武，率驻防兵守内城。城外商民，亦自募义勇队出击，守陴官兵发炮助战。义勇兵系临时召募，究竟不谙战阵，被长毛杀败，转身逃回，城上的炮声，还是不绝，一阵弹子，把义勇打死无数，余众骇溃。长毛兵乘势扑城，陆制台本是个文吏出身，不善督兵，勉强守了七八日，外援不至，弹丸又尽，长毛在仪凤门外，暗穴地道，埋藏地雷，一声爆发，城崩数丈。守门兵连忙抢筑，连驻守别门的将弁，也闻声赶集，专堵一隅。不防长毛别队，偏从三山门越城而入，外城遂陷。陆制台自杀，秀全等进了外城，复攻内城，祥厚、霍隆武，又拼命防御，阅两昼夜，力竭身亡，内城亦破。长毛不问好歹，不管亲仇，见财便夺，逢人便砍，遇有姿色的妇女，拖的拖，拉的拉，奸淫强暴，无所不至。岂是兴汉人物？城中官绅及兵民死难，多至四万余人，时咸丰三年四月十日也。从洪氏东下以来，连书月日，一以见各城之易失，一以志洪氏之极盛。

秀全出所获赏财，大犒将士，部众都称他万岁，他亦居然称朕，称部下头目为卿。皇帝想到手了。随召集东王杨秀清，北王韦昌辉，翼王石达开等，及军师钱江会议。钱江复上兴王策，大旨在注重北伐；此外如设官开科，抽厘助饷，通商睦邻，垦荒开矿诸条，一一申明。秀全道："先生的奏议，统是因时制宜的良策，朕自当次第施行。但金陵系王气所锺，朕即欲建都定鼎，可好么?"钱江尚未回答，东王杨秀清道："弟意本欲进攻河朔，昨闻老舟子言，河南水少无粮，地平无险，倘战被困，四面受敌。此处以长江为天堑，城高池深，民富食足，正是建都的地方，何必异议!"钱江因东王势大，不好多言，只说："东王计划，很是有理，只镇江、扬州一带，亟宜攻取，方可隔断南北清军，巩固金陵根本。"秀清道："这著原是要紧。"遂不待秀全下令，竟向大众道："何人敢去取镇江、扬州?"丞相林凤祥应声愿往。秀清道："林丞相胆略过人，此去必定获胜。但一人却是不足，还须数人同去方好。"当下罗大纲、李开芳、曾立昌等，都愿随凤祥前行。秀清道："甚好，甚好!"遂请秀全发令，命众人率众去讫。

秀全复道："朕既在此地建都，难道仍称为南京么?"秀清道："我朝既名天国，何不就称为天京?"长毛口吻。秀全大喜，就把总督衙门，改为王宫，拣择故家大宅，作为诸王府，募集工匠，大兴土木，修筑得非常华丽。于是定官制，立朝仪，订法律官制，以王位为最大，统辖一切政务，次为丞相，有天官、地官、春官、夏官、秋官、冬官等名目，兼理文武。行军则专属武职，叫作天将，有三十六检点，及七十二指挥。又设立女官，分充宫府中女簿书，算是男女平等。朝仪设君臣座位，免去一切拜跪仪文。会议时依次坐定，言者起立，方许发言。法律如蓄妾有禁，卖娼有禁，缠足有禁，鬻奴有禁，吸鸦片有禁，略似西国的摩西十诫，号为天条，犯者立诛。以三百六十六日为一年，有闰日，无闰月。每七日一礼拜，赞美上帝。另建说教台，高数丈，演说宗教，常作天父附身的模样。总之是不古不今不中不西的一般制度。确评! 宫殿既成，正殿叫作龙凤殿，匾额是"龙凤朝阳"四字，旁有两联，一联是："虎贲三千，直扫幽燕之地；龙飞九五，重开尧舜之天。"一联是："拨妖雾而见青天，重整大明新气象；扫蛮氛以光祖国，挽回汉室旧江山。"这两联，大约是钱军师手笔。秀全把掠取女子，选择好几十名，充作妃嫔，遂诹吉行升御礼，戴紫金冕，前后垂三十六旒，穿黄龙袍，浑身统用绣金盘成，当下升了御座，受文武百官朝贺。总算如愿。礼毕，就在殿中大飨群臣。

忽报清钦差大臣向荣，统率大兵数万，已到城东孝陵卫扎营了。秀全大惊道："这个向妖，怎么惯与我作对？总要设法除灭了他，方可安心。"道言未绝，又报清钦差大臣琦善，统率直隶、陕西、黑龙江马步各军，与直隶提督陈金绶，内阁学士胜保，已自河南出发，来攻天京了。秀全道："怎么好？怎么好？"钱江起座道："陛下不必着急！扬州一带，已由老将林凤祥等出去攻略，当能截住北军；况琦善那厮，前在粤时，很是没用，这路兵不足为虑。只向荣很是耐战，又有张国梁为助，声势浩大，须要派遣重兵，屯驻城外，才可无虞。"正议论间，镇江扬州的捷音，络绎前来，并接林凤祥奏议，略说："二月二十一日，拔镇江，二十三日，陷扬州，一路进行，毫无阻碍。现得金银若干，子女若干，赍送天京，伏祈赏收。惟满廷遣琦善到此，统率各妖，约有数万，臣观他营伍不整，攻城不力，毫不足惧，但留臣指挥曾立昌，防守扬州，已足堵御，臣愿率兵北伐"等语。秀全向钱江道："果不出军师所料。"钱江道："林丞相虽是雄才，惟孤军深入，未免疏虞，应请添派大兵，作为后应方好。"秀清道："就派吉丞相文元前去。"钱江道："吉丞相么？"言下有不足意。秀清道："吉文元系北王亲戚，当不致有异心。"钱江道："并非防他有异心，但为北伐计，非计出万全不可。"秀清道："方今满清精锐，已聚南方，北省地面，料必空虚，有林、吉二人前去，何虑不胜？"钱江不便再争，遂由秀清派吉文元去讫。原来吉文元妹子，嫁与北王韦昌辉，韦为北王，杨为东王，两人势力相当，杨欲独揽大权，恐韦从旁牵掣，因此先把吉文元调开，削他羽翼，以便将来篡立。钱江窥破此意，只因洪杨为患难交，疏不间亲，只得嘿然。韦杨内哄张本。

秀全便道："江北妖营，已不足虑，江南妖营，如何抵御？"钱江道："第一着是添派重兵，分堵要口，只叫坚守得住，不必与他开仗；待他旷日持久，兵心懈弛，自有破敌之策。第二着是分扰安徽、江西，截他后路，断他饷道，凭他如何骁勇，不能耐久，将来总是难逃吾手。"秀全亟称妙计。秀清道："安徽、江西，系江南上流，关系甚大。看来安徽一带，须劳翼王，江西一带，须劳北王，我愿与天王共守此城。现在我军部下，如李秀成、陈玉成等，统是后起英雄，叫他分堵江南，何怕向、张二妖。"仍是私意。秀全道："好！好！"遂命北王韦昌辉出兵江西，翼王石达开出兵安徽。诸王统已调开，秀清可横行无忌了。两王各带天将数十人，长毛数万众，分路而去。

秀清又遣派部下各将，分堵雨花台、天保城、秣陵关各要口，密布得铜墙铁壁相似，遂一味骄淫奢逸，恢拓府第至周围四五里，服食起居，概与秀全相等。搜取城内美女三十六人，充作姬滕，号为王娘，统是破瓜年纪，绰约丰神；又与天妹洪宣娇私相来往，亦未免有苟合勾当。每一出门，前后拥护数千人，金鼓旌旄等类数十件，又有洋绉五色巨龙一大条，长约百丈，高亦丈余，行不见人，随着音乐，大吹大打的过去；然后继以大轿，轿夫五十六人，轿内左右，立着一对男女，右系娈童，左系娇妾，一捧茗瓯，一执蝇拂，仿佛神仙相似。每晨高坐府中，官属先以次进见，随后去朝洪天王。这位天王，亦耽情酒色，镇日里在后宫取乐，十日中只有一二日视朝，军事文报，刑赏黜陟，一任秀清所为。

　　秀清又是个色中饿鬼，渐渐弄得形神尪弱，还要怂恿天王，速开男女各科，由秀清主试，钱江为副。男状元取了池州人程文相，女状元取了金陵人傅善祥。男状元乃是陪宾，秀清注意在女状元。男科题为《蓄发檄》，程文相文中有云：“发肤受父母之遗，无鬄无伐；须眉乃丈夫之气，全受全归。忍看辫发胡奴，衣冠长玷，从此簪缨华胄，髦弁重新。”由钱江拔为男状元。女科题为《北争檄》，傅善祥文中有云：“问汉官仪何在？燕云十六州之父老，已呜咽百年；执左单于来庭，辽卫八百载之建胡，当放归九甸。今也天心悔祸，汉道方隆，直扫北庭，痛饮黄龙之酒；雪仇南渡，并摧北伐之巢。”由钱江拔为女状元。秀清本不甚通文，统归钱江取录，只看中这女状元，才貌俱全，便叫她充东王府女簿书，日司文牍，夜共枕席。女状元感恩图效，格外婉媚恭顺，太无廉耻。秀清非常合意。不料积宠生娇，批判笺牍，信口诋骂，屡言首事诸酋，狗矢满中，甚至秀清亦被她批得一文不值。秀清愤怒起来，竟说她嗜吸黄烟，枷号女馆。状元二字扫地了。红颜女子，受了这般凌辱，免不得怏怏成病。病中上书秀清。内称：“素蒙厚恩，无以报称，代阅文书，自尽心力，缘欲夜遣睡魔，致干禁令，偶吸烟草，又荷不加死罪，原冀恩释有期，再图后效，讵意染病三旬，瘦骨柴立，似此奄奄待毙，想不能复睹慈颜，谨将某日承赐之金条脱一，金指圈二，随表纳还，藉申微意。”秀清阅毕，又动了怜惜之意，忙令释放，并令闲散养疴，许她游行无禁。原来长毛定制，除诸王丞相及大小官吏外，男归男馆，女归女馆，不得夹杂；就使本是夫妇，也不得同宿，违犯天条，双双斩首。傅善祥得任意游行，乃是秀清特令，后来善祥竟不知去向，大索不得，颇称狡狯，可惜失身于贼。这是后话。

　　且说林凤祥带领二十一军出滁州，据临淮关，进破凤阳，兵锋锐甚。吉文元又由浦口攻亳州，与凤祥合军，北趋河南。

江北清营，亟令胜保分兵追蹑，那林吉两人，率着悍党，兼程前进，好似狂风骤雨，片刻不停。胜保未入河南，林、吉已陷归德，河南巡抚陆应谷，督兵出城，向归德防剿，谁料警报到来，长毛已由间道趋开封。开封系河南省会，陆抚台安能不急？飞檄藩司沈兆云等，登陴固守。沈兆云才接抚劄，整备守城，林凤祥前队，已扑到城下。城中守兵，仓猝聚集，正在惊惶，亏得新任江宁将军托明阿，方督三镇兵过河南，乘便入援，与城兵内外夹击，足足战了两昼夜，才把长毛兵杀退。林、吉小挫。

　　林凤祥因开封难下，直趋河北，分兵围郑州荥阳县，牵制南岸的清兵，自己却与吉文元潜收煤艇，乘夜渡河，进捣怀庆府城。清廷已授直隶总督讷尔经额为钦差大臣，与尚书恩华，率精兵数千，驰赴河南。到了怀庆，正与林、吉相遇，林凤祥方穴隧攻城，见援军已至，只得分兵抵截。城中闻有援兵，知府以下，个个胆壮，格外奋力，坚守不懈。凭他如何设法，总被城中堵住。隔了数日，郑州荥阳的长毛，亦败窜过河，托明阿尾追而到。李开芳谏林凤祥道："顿兵城下，兵家所忌，我军不如转旆东趋，从大名进逼天津，攻心扼吭，方为上策。"凤祥道："怀庆扼黄河要害，怀庆不下，转向东行，倘若腹背受敌，如何是好？"遂不听李开芳言，一面饬人至江宁乞援，一面竖栅为城，一面深沟高垒，为自固计。两下相持复十日，胜保又到，开芳仍请变计，凤祥只是不从。失计在此。先后与清兵血战，计十数次，凤祥总不能稍占便宜。驹光如驶，竟逾月余，清廷下旨严责各军，讷尔经额与恩华、托明阿、胜保三人，不免焦灼，遂督励将士，誓破长毛。当下分兵三路，夺攻敌栅，那边开炮，这边纵火，霎时间烟焰蔽空，积成红光一片。林凤祥等固守不住，只得弃栅出来，抵死相扑。那官军亦拼命拦截，飞炮流弹，简直在各兵头下乱滚。吉文元躲避不

及，中弹倒毙。长毛见伤了一个主将，只杀得一条血路，拥着
林凤祥北走。林、吉大挫。

这一战，凤祥麾下的精锐，几已死尽。讷尔经额凯旋直
隶，托明阿南赴江宁，单由胜保追击凤祥。凤祥后无退路，竟
窜入山西。

山西巡抚哈芳，一些儿都没有预备，边境空虚得很。凤祥
又乘虚突入，从垣曲县出曲沃县，连拔平阳府城，进至洪洞
县，适江宁援兵二万人，由曾立昌、许宗扬等统带，自东而
来，与凤祥相会。凤祥大喜，再合军东趋，寻出潞城、黎城两
县间的小路，卷旗掩鼓，疾驱至临洺关。临洺关在直隶邯郸县
北，系直隶省要隘。讷尔经额率军凯旋，方在关内驻扎，忽有
探马来报，说西南角上有一大队人马，悬着大清旗号，向关上
赶来。讷钦差茫无头绪，便道："这枝兵从何而至？难道是胜
保的兵么？"饬令再探！探马才出，那支兵已蜂拥而至，不管
三七二十一，竟冲入关中，讷军摸不着头脑，有几个上前拦
阻，不料来军一齐动手，把拦阻的官军杀得一个不剩。讷尔经
额尚在营内，闻外面一片喊杀声，出来探望，才叫得一声苦。
原来冲入关内的人马，前队服着清装，后面统是红布包头的长
毛，当时失声叫道："长毛到了！长毛到了！"兵士闻着"长
毛"两字，不由的胆战心摇，三十六着，走为上着，统抱头窜
去。讷尔经额也是逃命要紧，跨马疾走。这一大队长毛，正是
林凤祥用了诡计，掩袭讷军，凤祥也算聪明，无如天不容他。当
下乘势追杀，把清兵击死多人，一径驰到深州。深州各官，早
已遁去，无阻无碍，听长毛入城。

深州距京师只六百里，警报递入清廷，与雪片相似。咸丰
帝亟命惠亲王绵愉为大将军，科尔沁郡王僧格林沁为参赞大
臣，督京旗及察哈尔精兵，星夜驰剿。时胜保已收复山西平阳
府，自山西趋入直隶，亦奉旨代讷尔经额后任，与惠亲王、僧

郡王等，夹攻长毛。这位僧郡王有万夫不当之勇，是蒙旗第一
个人物，手下的亲兵，也似生龙活虎一般，这番奉命视师，仗
着一股锐气，连破敌营十数座，击毙长毛七八百人，杀得林凤
祥不能住足，弃了深州，东走天津，又被胜保夹击一阵，凤祥
不敢攻天津城，退据静海，渐渐穷蹙了。三次大挫，不死何待？

　　北方稍静，南方偏骚扰异常。安徽省城安庆府，被石达开
再陷，江西省城南昌府，又被韦昌辉围攻。杨秀清又遣豫王胡
以晃，丞相赖汉英石祥贞等，分头接应。皖赣两省，糜烂不
堪，几无一人与长毛对手。只有升任按察使江忠源，奉命赴江
南大营帮办，行次九江，闻南昌围急，倍道往援，才算得了一
回胜仗，入南昌城助守。不意吉安又起了土匪，联络长毛，围
困府城，江忠源飞书至湖南告急，为这一书，激出一位清室中
兴的大功臣来。看官！你道大功臣是谁？就是湖南湘乡人曾
国藩。

　　国藩字伯涵，号涤生。他降生的时候，家人梦见巨蟒入
室，鳞甲灿然，尝相传为异事。道光十八年中进士，至道光末
年，已升至礼部右侍郎。咸丰元年，诏求直言，国藩应诏，有
详陈圣德三端，预防流弊一折，语语切直，几干罪谴。还亏大
学士祁隽藻，及国藩会试时房师季芝昌，极力解救，方得免
罪。二年丁母忧回籍，适洪杨四扰，烽火弥天，有旨令他帮助
巡抚张亮基，督办团练，搜查土匪。他本是理学名家，拟请守
制终丧，不欲与闻军事，适友人郭嵩焘，劝他墨经从戎，不违
古礼，于是投袂而起，募农夫为义勇，用书生为营官，仿明朝
戚继光束伍成法，逐日操练，遂创成团练数营。湘军发轫。已
而张亮基移督湖北，骆秉章回抚湖南，国藩与秉章很是投契，
练勇亦愈集愈多，是时得忠源乞援书，遂入见骆抚道："江岷
樵系戡乱才，不可不救。"原来江忠源表字岷樵，国藩在京
时，江适会试，谒见国藩，谈了一会方去。国藩曾说他后必立

名抗节，至此与骆抚议妥，遂遣湘勇千二百，楚勇二千，营兵六百，属编修郭嵩焘，及道员夏廷樾，知县朱孙诒，带领赴援。忠源弟忠济，暨诸生罗泽南，亦各率子弟乡人，随同前去。湘军出境剿敌，好算破题儿第一遭了。看官记着。正是：

> 建州一脉延王气，衡岳三湘出辅臣。

湘军出境以后，胜败如何，当于下回交代。

　　洪氏之不终也宜哉！定都江宁，尚无关得失，乃安居纵乐，荒淫无度，军国大事，尽归杨秀清掌握，秀清专权自恣，淫佚与洪氏同，而骄纵且倍之。君相若是，宁能成功乎？林凤祥等率众北犯，本系洪氏胜算，越淮入汴，所向无前，可谓锐矣。然不乘清军未集之时，驰入齐鲁，进窥燕都，而乃西趋怀庆，迂道力争，复从山西间道，绕入直隶，师劳力竭，安能不败？宁待深州大挫，始知其无成耶？然观洪杨之皮相西法，屠毒同胞，即使北犯而胜，亦无救于亡。故本回为洪杨惜，亦为洪杨病。林凤祥、吉文元辈，犹为本回之宾。项庄舞剑，意在汉王，阅者当于言外求之。

第六十一回

创水师衡阳发轫　发援卒岳州鏖兵

却说湘军出援江西，到了南昌，长毛即上前抵敌，两下酣战起来。究竟湘军是初次出山，敌不过百战余生的悍卒。罗泽南等又统是文质彬彬的书生，凭他如何奋勇，受着这厉害的枪弹，不是倒毙，就是受伤，亏得江忠源引兵杀出，才接应湘军入城。检点兵士，湘楚军及营兵，已丧失一二百名，罗泽南的朋友，亦死了七人。当下与江忠源商议，忠源道：“钢非炼不成，剑非磨不锐，湘楚各勇，仗义而来，很是可敬，但未经磨炼，不能与悍党争锋。目下不如出击土匪，先求经验；若能把土匪剿平，也可翦长毛羽翼。那时长毛少了援应，解围而去，亦未可知。”老成远见。众人齐声赞成。于是夏廷樾出攻樟树镇，罗泽南出攻安福县，江忠济及刘长佑，出攻泰和县，留郭嵩焘、朱孙诒两人，偕江忠源守城。不到半月，各路土匪统已平靖，各军亦陆续归来。忠源遂会集将士，督率出城，与长毛恶斗一场，竟将长毛杀退，追至十数里外乃回。湘楚军始有喜色。

郭嵩焘道：“这城虽已解围，无如贼势飚忽，来往无定。且东南各省，多半阻水，江中统是贼舟，一日遇风，可行数百里，解了这边的围，就向那边围住，我若驰救那边，他又到这边来了。他由水路，我由陆路；他用舟楫，我用营垒；他逸我劳，何能平贼？现在须亟办长江水师，沿江剿堵，方能取胜。"忠源鼓掌称善，遂令嵩焘回湖南，请国藩代为奏请。国藩具疏详陈，主张造船购炮，募兵习操，洋洋洒洒数千言，无非是肃清江面的大计划。朝旨准奏，即命国藩照奏施行。国藩奉命，自长沙移至衡州，赶造战船，创办水师，经过无数手续，问过无数熟手，才造成战船三种：一种叫作快蟹，船式最大，用桨工二十八人，橹八人；一种叫作长龙，比快蟹略小，用桨工十六人，橹四人；一种叫作三板，船最小，用桨工十人。每船各置舱长一名，炮手三名，头工二名，柁工一名，副柁二名。快蟹系营官坐船，长龙作为正哨，三板作为副哨，募集水师五千人，日夕操练，共成十营。六营兵自衡州募来，即令成名标、诸殿元、杨载福、彭玉麟、邹汉章、龙献琛六人，作为营官。四营兵由湘潭募来，即令褚汝航、夏銮、胡嘉垣、胡作霖四人，作为营官。褚汝航曾任粤省同知，颇谙水师情形，遂兼任水师总统。又增募陆师五千人，分为十三营，派周凤山、储玫躬、林源恩、邹世琦、邹寿璋、杨名声及国藩季弟国葆等，分营统带。并特保举游击塔齐布为副将，充作先锋。极力叙写，为殄灭长毛张本。水陆共得万余人，由国藩总辖，一俟船炮办齐，粮械完备，即拟沿湘而下，与长毛决一雌雄。

　　忽报长毛攻陷九江，分股窜湖北。署湖广总督张亮基，兵溃田家镇，江忠源赴援，亦被杀败，长毛已进趋武昌了。国藩道："前阅京报，湖广总督，已由吴老先生补授，张署督已调抚山东，为什么出兵打仗，还是张署督主持呢？"过了数日，接到湖广总督紧急公函，拆开一瞧，乃是新督吴文熔乞援手书。原来吴文熔系国藩座师，闻武汉危急，乃驰抵武昌，张亮基才得交卸。此时长毛兵已连破黄州、汉阳，武昌吃紧万分，因向国藩处求救。国藩苦炮械未齐，一时不能出发，奈朝旨亦来催促，上奉君命，下顾师恩，不得不酌遣数营，赴鄂救急。正在派遣，又递进吴督文书，总道是二次促援，及展阅后，方知长毛已经击退，并说衡湘水师，关系全局，宜加意训练，毋轻赴敌。国藩才放下了心，停军不发。

谁知安徽的警信，又日紧一日。自石达开攻破安庆，安徽文武大吏，皆避至庐州，权作省治。奈长毛酋秦日纲又至，连陷舒、桐二城，在籍侍郎吕贤基殉难，日纲直趋庐州。朝旨授江忠源巡抚安徽，且饬国藩出兵，与忠源同援庐州。国藩拟部署大定，始行出发，而忠源已由鄂赴皖，冒雨前进，到六安州，将士多病，忠源亦疲惫不堪。六安吏民，遮道乞留。忠源不可，留总兵音德布统千人入守，自率数百人，力疾至庐州。庐州城内的官吏，已多半逃去，粮械一无所有，只有千余名营兵，及千余名团勇，连忠源带去亲卒数百，统得三千人，忙督率登陴，誓死守城。才隔一宵，秦日纲已薄城下，忠源仗着一片热诚，激厉将士，日夜捍御，日纲倒也无法可施，方思撤围东去，忽胡以晃自安庆驰至，步骑约十余万，来助日纲，密结城中知府胡元炜，作为内应，从水西门掘了地道，埋药爇火，轰陷城墙十多丈。忠源犹拼死堵塞，且战且筑，不想胡元炜已潜开南门，放长毛入城，霎时间火势燎原，阖城鼎沸。忠源知不可为，掣佩刀自刎。手下一仆，从后面抽去佩刀，背忠源出走。忠源啮仆耳，血流及肩，仆不堪痛苦，将忠源委地。长毛亦已追及，忠源复徒手搏战，格杀长毛数人，身中七枪，投水自尽。果不出国藩所料。

败报传至衡州，国藩叹息不已，正悲悼间，黄州又来警耗，报称湖北总督吴文镕阵亡，国藩大惊。原来吴文镕初到武昌，巡抚崇纶，拟移营城外，阴谋脱逃，文镕即至抚署，约与死守，崇纶不以为然。文镕愤甚，拔出佩刀，掷诸案上，厉声道："城存与存，城亡与亡，司道以下敢言出城者，污吾刀！"于是崇纶不敢异议。至武昌围解，崇纶虑不相容，私念不如先发制人，遂奏劾文镕闭城坐守。朝廷信崇纶言，信汉人，总不如信满人。促文熔出省剿贼，文熔方调贵州道员胡林翼，率黔勇六百人会剿。林翼未至，朝命已到，不得已带了七千人，出赴黄州，适值残腊雨雪，满途军士，相率僵毙，崇纶又遇事掣肘，军械辎粮，不肯接应。文熔叹道："吾年过六十，何惜一死？可惜死得不明不白。"随进薄黄州，休息数日，已是咸丰四年正月中。文熔探得长毛张灯高会，遂发兵袭击，不料反堕敌计，中途遇伏，官军哗溃。文熔率都司刘富成，往来冲突，手刃长毛数十名，究因军心懈散，寡不敌众，竟下马叩辞北阙，投河而亡。国藩闻座师凶信，复探悉崇纶倾陷状，便切齿道："可恨崇纶，我若得志，必诛此人。"

忽又有朝旨到营，令速率炮船兵勇，出援武昌。国藩乃传集水陆兵马，从衡州起程，到长沙取齐。水师沿湘而下，陆师分道而前，这一队击楫中流，那一队扬鞭大道，正有如火如荼的声势。表扬处具有深意。途次闻长毛兵已陷岳州，破湘阴，入宁乡，不禁失声道："了不得！了不得！"遂命水师趋湘阴，陆师趋宁乡，褚汝航率数船先进，湘阴城内的长毛，望风退去。国藩闻前队得利，督战船继进，才到洞庭湖口，十八姨忽然作怪，狂飚陡作，白浪滔天。这班战船内舱长柁工，连忙下帆抛锚，尚且支撑不住。一阵乱荡，两船相撞，慌乱了许多时辰，方有些风平浪静。检点船只，已损失好几十号，勇丁亦溺毙了数百名。国藩令收入内港，暂缓出师。

忽接陆军详报宁乡得胜，长毛遁去，国藩道："这是还好。"言未毕，又有兵目来报，储统领玫躬逐北阵亡，国藩连叫可惜。接连又有人报称："邹统领寿璋，杨统领名声等，杀败长毛，追至岳州，不料王统领鑫，自羊楼司溃回，冲动我军，长毛又乘势杀来，我军亦被杀败了。"国藩道："王璞山专喜大言，我前时曾劝他敛抑，他竟不信，反与我别张一帜，今朝失败，咎由自取，可惜我军亦被牵动，应亟去接应方好。"遂令褚汝航率领水师三营，赴岳州援应陆师，汝航甫去，警信又来，长毛复杀入湘江，踞住靖港，别遣一队绕袭湘潭，占住长沙上游，顿时触动了国藩的忠愤，口口声声埋怨王璞山。

小子前次叙述水陆各将，未曾说起王璞山，不得不补叙明白。璞山即王鑫表字，与国藩同里，国藩治团练时，尝相助为理。嗣因王鑫负才恃气，与国藩意见不合，遂自募乡勇二千多人，别为一军，至此闻长毛窜入湖南，独率乡勇阻截，才抵羊楼司，遇着长毛大队扑来，乡勇胆怯，不战自溃。国藩既与他微有嫌隙，又因邹杨各军，被他牵扰，长毛乘胜长驱，掩入上游，心中遂越加懊恨，于是檄塔齐布回援湘潭，自督舟师迎击靖港。

方才出发，贵州道胡林翼到来。林翼字贶生，号润芝，湖南益阳县人氏，也是个进士出身，素有韬略。吴文镕初督云贵，正值林翼需次贵州，相见之下，大加赏识。及文镕移督湖广，因调林翼为助。曾、胡齐名，叙述所以独详。林翼到湖南，闻吴督已经战殁，途中又被长毛阻隔，只得来见曾国藩。国藩延入，抵掌高谈，吐弃一切，说得国藩非常倾心，当下令林翼率了黔勇，偕塔齐布同往湘潭。塔齐布系旗籍中翘楚，胡林翼系汉员中巨擘，一个膂力过人，一个智谋出众。两将直至湘潭，打一仗，胜一仗，长毛头目，没有一个是他敌手。

只曾国藩出师靖港，遇着西南风，水势湍急，被长毛乘风杀来，战船停留不住，纷纷奔溃。国藩愤极，猝投水中，亏得左右赶紧捞救，总算不死。两次出湖，第一次遭风漂没，第二次遇敌溃散，可见治事甚不容易。随退驻省城南门外妙高峰寺，定了一回神，便召众将弁商议道："靖港一败，北面受困，倘或湘潭失守，南面又要吃紧，岂不要前后受敌么？"杨载福起身道："今日的时势，只有添兵去救湘潭，湘潭得胜，后路无虞，方可并力驱逐敌船。载福不才，愿带水师一营，去助塔副将。"国藩尚在踌躇，彭玉麟道："杨君之计甚是，此处且坚守勿动，待湘潭收复，水陆夹攻，不怕长毛不败。彭某也愿同去一走!"国藩见彭、杨二人，主见相同，便即依从。彭、杨遂整集船舶，扯起风帆，命柁工水手向南速驶。

　　到了湘潭附近，遥听岸上一片战鼓声，震得波摇浪动，料知此时定在开战，令更加檣急进，直薄湘潭城下，见长毛水陆两路，夹攻湘军，塔齐布、胡林翼两人，分头抵敌，正是血肉相薄的时候，杨载福出立船头，当先冲入，彭玉麟继进。长毛不意水师猝至，相顾愕眙，刚思回船相扑，不防火弹火药，飞入船中，烟焰冒空直上，船内的长毛，脚忙手乱，这边未曾救灭，那边又被烧着。长毛见不是路，多半弃船登岸，剩得小船数艘，划桨飞奔，也被彭、杨手下追及，开炮轰沉。逃上岸的长毛，碰着塔、胡两军，正在截杀，杨载福、彭玉麟已烧尽敌船，也摆船近岸，跃登岸上，用刀一招，水师陆续随上，杀得长毛遍地是血，死了四五千人。长毛知湘潭难保，一溜风逃得精光。塔、胡、彭、杨四营官，收复湘潭城，差专弁至长沙报捷。

　　国藩日盼消息，接到捷书，乃奏陈靖港、湘潭胜负各情，并自请交部议罪。奉旨："靖港败衄，不为无咎，姑念湘潭全胜，加恩免罪，赶紧杀贼自赎。湖南提督鲍起豹，未闻带兵出省，仅知株守，有负委任，著即革职，所有提督印信事务，暂由塔齐布署理"等语。国藩接旨，即檄塔齐布回省。塔齐布入见，国藩就告知恩眷，并慰劳一番。塔齐布亦深为感谢。国藩复将水陆各军，汰弱留强，重整规模，指日进剿。

　　适值广西知府李孟群，率水勇千名，广东副将陈辉龙，率战舰数艘，同到长沙，都向曾营内投递手本，由国藩同时接见。国藩本是虚心下气，延揽人材的主帅，无论何人进谒，总叫他不要拘束，随便自陈。这是曾公第一好处。两人纵谈了一回，统是意气自豪，不可一世，辉龙尤睥睨一切。国藩暗暗嗟叹，只嘱咐他小心两字。暗伏二人结果。

辞出后，军弁来报，华容、常德、龙阳各县城，统被贼陷。国藩道："贼势至此，我军不能再缓了。"言未已，沣州、安乡等城，又报失守，接连来了一枝湖北败兵，保着湖北巡抚青麟，逃至长沙。国藩道："巡抚有守城的责任，为什么逃至此地？莫非武昌已失守么？"看官记着湖北巡抚，本是崇纶，崇纶丁艰去职，由学政青麟摄篆，总督乃是台涌，接吴文熔职任。台涌出省剿贼，长毛偏沂江而上，连破安陆府、荆门州，直逼荆襄。幸亏荆州将军官文，遣游击王国才，率兵勇千七百人，击退长毛，长毛重复下窜，转攻武昌。青麟未谙军旅，又因城中饷匮，不能固守，只得弃了城奔到长沙。武昌再陷。青麟投刺曾营，国藩拒不见面，入城去见骆巡抚，骆秉章亦不甚款待，遂绕道奔赴荆州，途次奉旨正法，台涌亦革职，并命曾国藩迅速进剿。于是国藩分水师为三路，褚汝航、夏銮等为第一路，陈辉龙、何镇邦、诸殿元等为第二路，国藩自率杨载福、彭玉麟等为第三路。陆师亦分三路，中路属塔齐布，西路属胡林翼，东路属江忠淑、林源恩。六路大兵，一齐出发。

早有细作通报长毛，长毛倒也惊慌，退出常沣，专守岳州。褚汝航、夏銮，鼓棹直前，驶至南津，长毛出港迎战，正杀得难解难分，陈辉龙、何镇邦、诸殿元复到，两路夹攻，长毛渐却。杨载福、彭玉麟，又督战船驶入，把长毛的战船，冲作四五截，眼见得长毛大败，弃掉战船十数艘，拼命的逃去了。水师乘胜驱至岳州，守城的长毛，还想抵御，谁知塔齐布亦自陆驰到，与水师夹击岳州城，一阵鼓噪，把长毛赶得无影无踪。随即迎曾帅入城。安民已毕，当令前哨侦探敌踪，回报长毛水军在城陵矶，陆军在擂鼓台。国藩道："这两处离城不远，仍旧在岳州门口，还当了得。"急命水师攻城陵矶，陆师攻擂鼓台，各将都奉命出发。只国藩在城留守，眼望旌旗，耳听消息。第一次军报，城陵矶水师大胜，获战船七十六艘，毙长毛千余，生擒一百三十名；第二次军报，陆师已薄擂鼓台，战败贼酋曾天养。国藩自语道："这次可直达湖北了。"过了一日，接到第三次军报，水师追长毛至螺矶，途遇南风，为敌所乘，褚汝航、夏銮、陈辉龙、何镇邦、诸殿元等，先后战殁，国藩大惊失色，正是：

> 胜败靡常，倏得倏失；
> 军情变幻，不可预测。

欲知后来胜负情形，试看下回分解。

　　曾国藩始练湘勇，继办水师，沿湖出江，为剿平洪杨之基础，后人目为汉贼，以其辅满灭汉故。平心而论，洪杨之乱，毒痛海内，不特于汉族无益，反大有害于汉族，是洪杨假名光复，阴张凶焰，实为汉族之一大罪人。曾氏不出，洪杨其能治国乎？多见其残民自逞而已。故洪杨可原也而实可恨，曾氏可恨也而实可原。著书人秉公褒贬，无私无枉，笔致曲折淋漓，犹其余事。

第六十二回

湘军屡捷水陆扬威　畿辅复安林李授首

却说褚汝航等进兵螺矶，遇着逆风，被长毛顺风纵火，烧掉了三十多艘战船，褚汝航等不肯退走，硬要与长毛拼命。陈辉龙越加气愤，从火中跳进跃出，指挥部下，究竟水火无情，一众英雄，陆续毕命。这信传达岳州，试想这再接再厉的曾大帅，能不惊心动魄么？亏得杨、彭二将，又差军弁飞速进见，报称退守陵矶，扼住要口，长毛已经退去，国藩稍稍放心，只想褚汝航等患难至交，到此尽行战殁，未免痛心；随令同知俞晟代汝航，令他收拾余烬，再图大举。愈失败，愈激厉，遗大投艰，端恃此举。

正布置间，军报又到，塔军门大破擂鼓台，阵斩贼目曾天养。国藩一想，陆师得此大胜，正好抄至城陵矶，会合水师，进攻长毛，只恐塔齐布势孤，不敷调遣；方在踌躇，忽报周凤山、罗泽南自长沙到来，国藩大喜，立即延入。周、罗二人行礼毕，便道："骆中丞闻水师新挫，特遣某等前来听差。"原来二人本留守长沙，奉骆抚命来助国藩，国藩遂令周凤山赴擂鼓台，罗泽南赴城陵矶。二人甫去，李孟群又到。孟群父卿谷，曾官湖北按察使，武昌再陷，卿谷殉难，孟群得此凶信，日夜泣血，禀请骆抚，愿前敌报仇；当下入见曾帅，号淘大哭。国藩也陪了数点眼泪，随即温言劝慰，令他驶至城陵矶，帮助水师。自是水陆两军，齐集城陵矶。

城陵矶附近有高桥，长毛扎下营寨，作为城陵矶犄角。塔军门奉国藩檄，匹马单刀，直趋高桥，长毛率众来扑，塔军门把刀一招，后面的罗、李各军，统赶上来杀长毛。长毛斗不过，败奔城陵矶。湘军乘势追上，城陵矶的长毛，约有二万余名，倾巢出来，恶狠狠的来敌湘军。塔军门一马当先，冲入长毛队里，打长毛时，满人中之最得力者，只一塔齐布，可谓硕果仅存。湘军随后杀入。适天雨如注，东南风大作，湘军乘风猛扑，人人拼命，个个争先，拔去竹签数丈，跃过濠沟两重，杀声与风雨声相应，震动天地，吓得长毛步步倒退。湘军越发奋勇，连毁敌垒十余坐，水师亦击沉敌船数十艘，从城陵矶杀到螺山，从螺山杀到金口，简直是没有歇手，任他长毛凶悍，总是敌不住湘军。战了两三日，把东岸的旋湖港，芭蕉湖，道林矶，鸭栏矶，又西岸的观音洲，白螺矶，阳林矶，各处地方的敌垒，一扫而空。从此由岳入湘的门户，方稳固无虞了。保全湖南，亏此一战。

国藩接着捷报，就从岳州出发，进驻螺山，拜疏奏捷。有旨赏给三品顶戴。国藩上疏力辞，并附陈李孟群忠勇奋发，思报父仇，现在服尚未阕，请从权统领水师，借专责成。朝旨擢孟群为道员，不准国藩辞赏。国藩复出驻金口，饬水陆两军，乘胜穷迫，声势撼天，所向无敌。适荆州将军官文，亦遣将魁玉、杨昌泗等，率五千人来会，军容愈盛，遂复蒲圻、嘉鱼等县，直入武汉境内。是时湖北总督，换了杨霈，亦收复蕲水、罗田，及黄州府属各城，北路亦渐次肃清。

国藩遂召集诸将，商取武昌。罗泽南袖出一图，指示诸将道：“欲攻武昌，须出洪山、花园两路，花园濒江环城，闻悍贼悉众死守，洪山贼势少减，然亦屯有重兵。罗某愿攻洪山。”塔齐布微笑道：“罗山先生，避难就易，未免不公。”原来罗泽南字罗山，素讲理学，湘乡人多执贽为弟子。罗山从军，弟子亦多半相随，军中多称为罗山先生。只罗山向来持重，不轻出战，塔齐布屡次挑激，此次因花园一路，要塔往攻，所以出言诮让。国藩忙道："罗山亦并非胆怯，只虑部下不足，现加派兵二千，令罗山弟子李迪庵，统带接应，罗山便好往攻花园了。"代为解围，真好主帅。泽南应允，随率兵去讫。

塔齐布去攻洪山，泽南自为前锋，令弟子李续宾为后应。续宾即迪庵名，与泽南同隶湘乡县籍，身长七尺，膂力过人，至此始独率一军，随泽南进行。泽南将到花园，长毛已出来迎截，两造正鏖战不下，忽北岸火光烛天，大炮声陆续不绝。长毛恐江面失败，无心恋战，慌忙退入垒中。原来花园北濒大江，内枕青林湖，长毛南北列营，置炮累累，向北者阻清水师，向南者阻清陆军。国藩既遣去泽南，复令杨载福、俞晟、彭玉麟、李孟群、周凤山等，率水师前后进击，纵火焚敌船，火炮火球，飞掷如雨，敌船被毁几尽。长毛的尸首，浮满江滨。泽南趁势攻敌垒，垒有九，四面立栅，上列巨炮，泽南令军士携着手枪，俯伏而进。长毛开枪轰击，军士毫不畏惧，执枪滚入，近垒始起。前列奋登，后队继上，自辰至酉，连克八垒，还有一垒，是长毛大营，悉众来争。泽南手下，已觉疲乏，几乎不能支持，巧值李续宾到来，一支生力军，横厉无前，将长毛一阵击退。长毛尚据营自固，适俞晟、杨载福等，已自江登陆，夹攻长毛大营。长毛至此，已势穷力竭，只得弃营逃走。极写花园之不易攻入。泽南进薄武昌，塔齐布亦攻克洪山，随后踵至，城内长毛宵遁，遂复武昌。隔岸的汉阳城，由荆州军统领杨昌泗，奉曾公命，渡江收复，相距只一小时。还有黄州府城，亦由知府许赓藻，率团勇攻克，侥幸生存的长毛，四散窜去。

国藩驰至武昌，奏报武昌、武汉的情形，由咸丰帝下谕道：

览奏，感慰实深。获此大胜，殊非意料所及。朕惟兢
业自持，叩天速救民劫也。钦此。

隔了一日，又有谕旨一道，寄至武昌。其辞云：

此次克复两城，三日之内，焚舟千余，蹋平贼垒净
尽，运筹决策，甚合机宜。尤宜立沛恩施，以彰劳功。曾
国藩著赏给二品顶戴，署理湖北巡抚，并加恩赏戴花翎，
塔齐布着赏穿黄马褂。钦此。

国藩奉诏后，疏称母丧未除，不应就官，坚辞巡抚职任。
奉旨照允，仍赏给兵部侍郎衔，另授陶恩培为湖北巡抚，饬曾
国藩顺流进剿。国藩遂统领水陆各军，沿江东行，下大冶，拔
兴国，破蕲州，直达田家镇。田家镇系著名险隘，东面有半壁
山，孤峰峻峙，俯瞰大江，一夫为守，万夫莫开。长毛复从半
壁山起，置横江铁锁四道，栏以木簰，遍列枪炮，另置战船数
千艘，环为大城，好像一座巨岛，岸上又有敌垒二十余座。湘
军自蕲黄东下，陆师先至，塔、罗二将为统领，与田家镇长
毛，开了一仗，虽擒斩了数千名，尚不能越雷池一步。

至杨载福、彭玉麟等踵至，定议分水师为四队：第一队用
洪炉大斧，熔凿铁锁；第二队挟炮进攻，专护头队；第三队俟
铁锁开后，驶至下游，乘风纵火；第四队守营各勇，依令并
举。四队排齐，杨载福率副将孙昌凯，作为第一队先导，熔斩
铁锁，驶舟骤下，余三队陆续继进。开炮的开炮，放火的放
火，逼得长毛上天无路，入地无门。那时岸上的塔、罗二军，
望见水师已经得手，亦各宣军令，急攻敌垒，先进者赏，退后
者斩。各军士拼命向前，刀削枪截，尚不济事，也顺风纵起火
来。于是江中纵火，岸上亦纵火，烧了一日一夜，就使铜墙铁

壁，也变成了一片焦炭。不亚当年赤壁情景。可怜红巾长发，死于水，死于火，死于刀兵枪弹，都向鬼门关上报到。还有一小半长毛，不该死在此地，统纷纷逃命。这次乃是湘军同长毛第一次恶战，岸上的长毛营二十三座，江中的长毛船五六千艘，被祝融氏收得精光，遂拔田家镇。自是湘军威名震天下。

长毛首领陈玉成，窜至广济，联合秦日纲、罗大纲等，分守各要隘，怎禁得塔、罗二军，乘胜前来，步步逼人，节节进剿，连趋避都来不及，还有何心抵当？广济不能守，转走黄梅。黄梅乃湖北、江西、安徽三省总汇的地方，陈、秦、罗三个头目，并力死拒，挑选悍卒数万名，驻扎城西的大河埔，分遣万余名守小池口，万余名扼城北，数千名游戈水陆，互为援应。塔军才至双城驿，距大河埔十里，尚未立营，玉成已率众杀来，亏得塔军素有纪律，奋登山冈，立住脚跟，养足锐气，冲杀而下。正酣斗间，杨、彭等已攻进小池口，不由玉成不走。湘军水陆齐进，立毁大河埔敌营，城北的长毛，已望风遁去。塔齐布猛扑城头，首受石伤，裹创再攻，长毛不能支，缒城窜去，遂复黄梅。

国藩进驻田家镇，连日奏捷，又附陈吴文镕被陷状，应前回。奉旨令崇纶自尽，并优奖国藩。国藩因湖北略平，遂督军顺流东下，直攻九江。湖北下窜的长毛，纠合安庆新到的长毛，固守九江城，急切不能攻下。那时河北的长毛，恰有肃清的消息，小子只好将九江战事，暂搁一搁，别叙那河北情形。笔似分水犀。

长毛丞相林凤祥，自深州败走，返据静海，分兵屯独流及杨柳青二镇，作为犄角。清将胜保，进攻不能下，且被长毛杀败一阵。咸丰四年正月，清郡王僧格林沁，亦率军趋至，会合胜军，先攻独流镇。独流镇的长毛，最是犷悍，固垒抗拒，清军连冲数次，都被击退，恼了有进无退的僧郡王，严申军法，留胜保军堵住杨柳青，自率精骑踹入敌营。长毛更番堵御，奈见了僧王虎威，都已心惊胆栗，且战且走。这边僧军更抖擞精神，上前奋杀，不一时已将敌营踏破。僧军转旆攻杨柳青，见胜军已经杀入，接踵而进，立刻荡平。二镇已破，静海的长毛，自然立脚不住，由凤祥挈领南窜，入踞阜城。

阜城县外，有堆村、连村、林家场三处，俱占要害，凤祥就分兵屯驻，连寨以待。僧王一到，相度地势，立派副都统郭什讷、达洪阿、副将史荣椿、侍卫达崇阿等，分头纵火。东延西燃，把三村房屋，烧得一间不留，逃得慢的长毛，都做了火烧鬼，逃得快的，还算走入城中。僧王正围攻阜城，满拟指日克复，忽报安徽长毛，由金陵遣至山东，偷渡黄河，攻陷金乡县，于是急遣将军善禄等，分兵驰援。

过了一日，廷寄复下，令胜保速赴山东，堵剿匪目曾立昌、许宗扬。原来曾立昌、许宗扬二人，由凤祥派遣，暗使往会山东长毛，攻扰临清州，冀解阜城的围困，凤祥确是多智，奈势已穷奈何？所以清廷有此谕旨。胜保到了山东，临清州闻已失陷，山东巡抚张亮基，奉旨革职遣戍，连胜保、善禄等，亦遭褫革，戴罪自效。胜保气的了不得，偕善禄驰攻临清，日夜轰击。城内的长毛，颇有能耐，一味坚守，胜保大愤，督军士三面猛攻，单剩南面一隅，放走长毛。长毛因有隙可逃，渐渐松懈，被清兵一拥登城，城立拔，长毛纷纷南奔。

胜保不及安民，即出城追赶，到了冠县，一蓬火，烧死长毛头目陈世保。曾立昌、许宗扬等，落荒而逃，遁至曹县，四面筑起木城，为固守计。胜保追至曹县，与善禄密议道："曾、许两贼，已是穷蹙，定不能固守此城；但彼窜我追，何时方能住手？必须想一斩草除根的计策，方便收军。"善禄踌躇一会，也无良法，只请胜保周视地形。胜保留善禄攻城，自率轻骑数十名，往各处巡阅一天。是晚回营，即与善禄附耳数语，令善禄分兵去讫。

到了夜半，胜保传军士各执火具，往焚木栅，霎时间烟焰蔽天，吓得长毛四散奔逃，胜保恰趁这黑雾迷漫的时候，麾众上城，曾、许二人，知不可守，即弃城出窜。胜军恰紧紧追赶。时已黎明，曾、许两人，逃至漫口，见前面水色微茫，料无去路，正思沿河窜逸，忽河侧有一支兵杀到，视之，乃系清将军善禄所领的马兵。善禄于此处出现，上文附耳数语，即此可见。曾、许急忙回头，胜保又率步兵追到，马步夹攻，就使曾、许两人有三头六臂，也是抵挡不住，"咽咚咽咚"数声响，曾立昌、许宗扬，都投入水中，眼见得两道灵魂，随河伯当差去了。差使不断，尚是幸事，恐怕河伯要带去问罪，奈何？其余的长毛，不是赴水，定是身死刀下，悉数殄除，无一漏网。

东境业已肃清，胜保整军而回，途次闻林凤祥，已窜入连州。看官！你道林凤祥何故入连州呢？他闻曾、许已攻入临清，拟乘此还军，联络曾、许，遂弃了阜城，南窜连州，占踞连镇。僧王率众南追，胜保也移师会剿，总道林凤祥已成瓮鳖，不日可平。谁知凤祥真来得厉害，自知无生还望，索性拼着老命，坚持到底。僧王攻一日，凤祥守一日，僧王攻一月，凤祥守一月，僧王方焦躁的了不得，忽有长毛自南门杀出，势甚凶悍，僧王急麾兵拦阻，已是不及，被他突围而去。这突围的长毛统领，乃是李开芳。原来凤祥尚未知山东败耗，特遣开芳南走，接应曾、许，合军来援。开芳到了山东，曾、许已溺毙多日，无处求救，疯狗噬人，不管好歹，窥见高唐州守备空虚，竟一鼓陷入，杀死知州魏文翰，他尚思分踞村庄，陡闻城外鼓角喧天，清将胜保，已率军追至城下，没奈何登陴死守。自是胜保围高唐，僧格林沁围连镇，此攻彼守，足足相持了半年。

僧王本是个骁悍人物，到此也无可奈何，看看冬季将尽，两湖的捷报，连日传来，僧王恨不得立破敌垒，昼攻夜扑，一息不停，方将连镇踏平了一半。连镇系东西二砦，联络而成，所以叫作连镇，僧王费了无数气力，才将西镇攻破。凤祥收拾余烬，坚守东镇，直至咸丰五年正月，粮尽力穷，方被僧军猛力攻入。凤祥尚是死战，可奈前后左右，统是僧军，此牵彼扯，活活的被他擒住，槛送京师。僧王再移军攻高唐，高唐自胜保围攻，也是半年有奇，李开芳的坚忍，不亚凤祥，僧王仗着初到的锐气，攻扑一番，仍然无效。他却想了一计，令全军一律退去。是时城内闻僧军到来，到也惊惶，及见城外的清兵，尽行退去，不得不乘机出窜。讵料行未数里，清兵竟漫山蔽野的掩杀过来，开芳知不能敌，回头狂奔，直到荏平县属的冯官屯，入村踞守。那时开芳手下的长毛，只有五百多人，尚与僧、胜两军，坚持了两个月。僧王决河灌敌，开芳始无路可走，终被僧军擒去，解往京师，与凤祥并受凌迟罪。

河北肃清，洪天王的兵力，从此只限于南方，不能展足了。林、李一死，已定洪氏兴亡之局。小子又有俚句一首，咏林凤祥、李开芳道：

北上鏖兵固善谋，孤军转战死方休。
如何所事偏非主，空把明珠作暗投。

僧王凯旋，清廷行凯撤典体，免不得有一番热闹。那时咸丰帝喜慰非常，遂酿出一场大公案来，小子且至下回叙明。

本回为洪氏兴亡之关键，自曾国藩战胜江湖，而湘军遂横厉无前；自僧格林沁肃清燕鲁，而京畿乃完全无缺。南有曾帅，北有僧王，是实太平军之劲敌，而清祚之所赖以保存者也。林凤祥、李开芳二人，为太平军之佼佼者，转战河北，至死方休。令洪氏子一入金陵，用以攻北，即亲率全军为后应，则河北之筹备未足，江南之牵掣无多，一鼓直上，天下事殆未可料。不此之图，徒令林、李两头目，孤军图河，至京畿被困，已挽救无方，林、李死而洪氏已亡其半矣。读此回已见洪氏子之必亡。

第六十三回

那拉氏初次承恩　圆明园四春争宠

　　且说咸丰帝迭闻捷报，心中欣慰。少年天子，蕴藉风流，只因长毛蔓延，烽烟未靖，不免宵旰勤劳，连那六宫妃嫔，都无心召幸。这番河北肃清，江南复连报胜仗，自然把忧国忧民的思想，稍稍消释。大凡一个人，遇着安逸时候，容易生出淫乐的念头，况咸丰帝身居九五，年方弱冠，哪里能抛除肉欲？<small>若抑若扬，绝妙好辞。</small>即位二年，曾册立贵妃钮祜禄氏为皇后。皇后幽娴静淑，举止行动，端方得很，咸丰帝只是敬她，不甚爱她。此外妃嫔，虽也不少，都不能悉如上意。只有一位那拉贵人，芙蓉为面，杨柳为眉，模样儿原是齐整，性情儿更是乖巧；兼且通满汉文，识经史义，能书能画，能文能诗，满清二百多年宫闱里面，第一个能干人物，要算这位那拉氏。就使顺治皇帝的母亲，相传是色艺无双，恐怕还不能比拟呢。<small>回应孝庄后。</small>

　　这位那拉氏籍贯，说将起来，恰要令人一吓，她就是被清太祖灭掉的叶赫国后裔。<small>回应第二回。</small>太祖因掘出古碑，上有"灭建州者叶赫"六字，所以除灭叶赫。只因太祖皇后，本是叶赫国女儿，为了一线姻亲，特令苟延宗祀，但不过阴戒子孙，以后休与结婚。顺治后颇谨遵祖训，传到咸丰时候，已是年深月久，把祖训渐渐忘怀；且因那拉氏的祖宗，并非勋戚出身，入宫时只充一个侍女，后来渐遭宠幸，封为贵人。清制：

皇后以下，一妃二嫔，贵人列在第三级，与皇后尚差四等，本
来是不甚注意，谁知后来竟作了无上贵妇。命耶数耶！

那拉氏幼名兰儿，父亲叫作惠征，是安徽候补道员，穷苦
得不可言状，遗下一妻二女，回京乏资，亏了个清江知县吴
棠，送他赙仪三百两，方得发丧还京。看官！你道这吴知县何
故送他厚赙？吴宰清江时，曾有副将奔丧回籍，与吴有同僚旧
谊，因副将舟过清江，乃遣使送给厚仪，不意去使误送邻船。
这邻船就是那拉氏姊妹北归，正虑川资不继，忽来了这项白
镪，喜从天降。那是吴县官得知误送，几欲索还，旋闻系惠征
丧船，从前也有一面缘，就将错便错的过去，不过把去使训斥
了一顿。谁知后来的高官厚禄，都是这三百两银子的报酬。失
之东隅，收之桑榆，也是吴县官运气。兰儿曾语妹道："他日吾姊
妹两人，有一得志，休要忘吴大令厚德。"志颇不小。

回京后，过了一二年，正值咸丰改元，挑选秀女，入宫备
使。兰儿奉旨应选，秀骨姗姗，别具一种丰韵，咸丰帝年少爱
花，自然中意，当即选入宫中，服侍巾栉。兰儿素好修饰，到
此越装得秀媚。娥眉不肯让人，狐媚偏能惑主。用《讨武曌檄》
中语，已寓深意。只因咸丰帝政躬无暇，兰儿的佳运，尚未轮
着，所以暂屈辕下。到了咸丰四年，这兰儿命入红鸾，缘来福
辏，竟居然得邀天宠了。一日，咸丰帝退朝入宫，面上颇有喜
色，适值皇后奉太后召，赴慈宁宫。宫嫔竞上前请安，兰儿也
在后面随着跪下，被咸丰帝瞧见，不由的惹起情肠，当下令宫
嫔各回原室，独留兰儿问话。兰儿一寸芳心，七上八下，也不
知是祸是福，遂向咸丰帝重行叩见。咸丰帝温颜悦色道："你
且起来，立在一旁！"兰儿复叩首道："谢万岁爷天恩。"这六
个字从兰儿口中吐出，仿佛似雏燕声，黄莺语，清脆得了不
得。待兰儿遵谕起侍，由咸丰帝仔细端详，身材体格恰到好
处，真个是增之太长，减之太短，亭亭玉立，无一不韵。那满

头的万缕青丝，尤比别人格外润泽，玄妻鬒发，不过尔尔；还有一双慧眼，俏丽动人，格外可爱。情人眼里出西施，况兰儿确是可人。顿时把这位少年天子，目不转瞬的注着兰儿。兰儿不觉俯首，粉脸上晕起桃红，含着三分春意，愈觉秀色可餐。咸丰帝瞧了一回饱，方问她年岁姓名。兰儿一一婉答，咸丰帝猛然记忆道："不错不错，你入宫已一两年了。朕被这长毛闹得心慌，将你失记，屈居宫婢，倒难为你了。"这数语传入兰儿耳膜，感激得五体投地，又叩谢温语优奖的天恩。咸丰帝见她秀外慧中，越加怜爱，恨不得立命承御，适值皇后回宫，不得不遣发出去。看官记着！这一夕，咸丰帝就在别宫，召进兰儿，特沛恩膏。兰儿初承雨露，弱不胜娇，输万转之柔肠，了三生之凤鷟。绮丽中带讥讽语。一宵恩爱，曲尽绸缪，把咸丰帝引入彀中，翌日，即封她为贵人。她从此仗着色艺，竭力趋承，不到一两年工夫，竟由圣天子龙马精神，铸造出一个小皇帝来。

这且慢表，单说清宫挑选秀女，不限年例。咸丰帝因宠幸那拉贵人，免不得续添宫娥，准备服役，遂又下旨重选秀女。满蒙各族女孩儿，年在十四岁以上，二十岁以下，一概报名听选。只有财有势的旗员，不忍抛儿别女，方贿赂宫中总监，替他瞒住，余外不能隐蔽。一日，正是皇上亲视秀女期限，一班旗下的女子，都与父母哭别，随了太监，往坤宁宫门外，排班候驾。自辰至未，车驾不至，诸女来自民间，骤睹宫卫森严，已是心中忐忑；兼且站立多时，饥肠辘辘，未免怨恨起来。嗟叹声，呜咽声，杂沓并作。总监怒喝道："圣驾将至，汝等倘再哭泣，触动天威，恐加鞭责，那时追悔无及。"诸女被他一喝，越发慌张，战栗无人色。

忽有一女排众直前，朗声道："我等离父母，绝骨肉，入宫听选，统是圣旨难违，家贫莫赎，没奈何到此。就使蒙恩当选，也是幽闭终身，与罪犯囚奴相似。人孰无情，试想父母鞠育深恩，无以为报，生离甚于死别，宁不可惨？况现在东南一带，长毛遍地，今日称王，明日称帝，天下事已去大半，我皇上不知下诏求贤，慎选将帅，保住大清江山，还要恋情女色，强攫良家女，幽闭宫禁中，令她们终身不见天日，一任皇上行乐，历朝以来的英主，果如是么？我死且不怕，鞭扑何惧？满清一代的奏议，多是婞阿取容惶悚感激的套话，铺写满纸，不意有此女丈夫，真正难得。这一番话，说得宫监们个个伸舌。

事有凑巧，咸丰帝御驾适到，太监料已听见，忙将这女子缚住，牵至咸丰帝前请罪，叫她下跪。她偏不跪，仍抗言道："奴一女子，粗知大义，不比你们龌龊小人，专知逢君之恶。今日特来请死，何跪之有？"咸丰帝龙目一瞧，见她庄容正色，英气逼人，不禁心折，便令太监替她释缚，温言谕道："你前番的说话，朕在途中，只听得一半，你再与朕道来！"那女子照前复述，毫无嗫嚅情状。咸丰帝道："你真不怕死么？"那女子道："圣上赐奴死，奴死了，千秋万古，颇识奴名，但不知圣上将自居何等？"说到此句，便欲把头触柱。王鼎尸谏，不及此女。咸丰帝忙令太监拦住，便极口赞道："奇女，奇女！朕命宫监送你回家便了。"并召诸秀女上前，问愿入选否？诸女皆不敢答。咸丰帝道："汝等都没有答应，想是不愿入选，宫监可一一送还，不准无礼！"咸丰帝之不亡，赖有此耳。于是直言的女子，领了众女俯伏谢恩，随众太监出去。

咸丰帝回宫，尚记念这奇女子，等到太监复旨，便问此女何人？太监奏称："此女出身寒微，他父是个骁骑校官职，是小得很哩。"咸丰帝道："你不要轻视此女，此女若不识文字，断不能为此言。"太监道："万岁爷真是圣明。闻女家甚贫，全靠这女课童度日，得资养亲哩。"咸丰帝道："忠孝两全，确是奇女，不意我旗人中，恰有这般闺秀，朕倒要设法玉成，保全她一世方好。"自是咸丰帝时常留意，嗣因某亲王丧偶，遂代为指婚。小子并非杜撰，可惜这女子姓氏，一时无从搜考，只好待他时查出，再行补叙。

且说咸丰帝闻了旗女直言，颇思励精图治，日夕听政，连那拉贵人都无心召幸。一日朝罢，接阅兵部侍郎曾国藩奏报："水陆各军，合攻九江城，贼坚守不能下，臣督水师三板船驶入鄱阳湖，毁去贼船数千艘，追贼至大姑塘，被贼抄袭后路，将内湖外江隔断，贼复夜袭臣船，仓猝抵御，竟致败衄，臣座船陷没，案卷荡然。臣自知失算，愧对圣上，愿驰敌死难，经臣罗泽南劝臣自赎，臣是以待死候旨，伏乞交部严加议处！臣虽死，且感恩不朽"云云。咸丰帝瞧了又瞧，不禁长叹，便召军机大臣入内，将奏报递阅。内中有个满军机文庆，阅奏毕，便道："曾国藩确是忠臣，即如此次败仗，毫不隐讳，据实自劾，已见他存心不欺。现在东南一带，如国藩的忠诚，实无几人，皇上果加恩宽宥，他必愈加感激，时思报称。奴才愚见，欲灭发逆，总在这国藩身上呢。"*文庆颇独具真鉴。*咸丰帝沉吟半晌，方道："你说亦是，你去拟旨罢！"文庆便草拟上谕，略说："曾国藩自出岳州后，与塔齐布等协力同心，扫除群丑，此时偶有小挫，尚于大局无损。曾国藩自请严议之处，着加恩宽免"等语。拟毕，由咸丰帝瞧过，随即颁发。

只咸丰心中，未免怏怏，有几个先意承志的宫监，便导咸丰帝去逛圆明园。这圆明园是全国著名的灵园，园中一切布置，没有一件不玲珑精巧，豁目赏心。所有楼台殿阁，不计其数；昔人所谓五步一楼，十步一阁，也差不多的景象。*作者惯将亡国殷鉴作为比拟，可为善讽。*此外如青松翠柏，瑶草琪花，碧涧清溪，假山幻嶂，更觉得密密层层，迷离心目。咸丰帝朝罢余闲，尝去游玩。这日到了园中，正值隆冬天气，花木多半萧疏，不免闹中带寂，咸丰帝转湾抹角，向各处逛了一周，终觉得无情无绪。行一步，叹一声。宫监知龙心未悦，只得曲意奉承，多方凑趣。有一慧且黠的某总管，竟启口禀奏道："这园内的花草，得邀宸盼，也算是修来幸福。可惜经冬凋谢，不能四时皆春，现应续选名花入园，令它颜色常新，方不负圣躬宠眷。"咸丰帝闻言微笑道："世上没有不凋的花草，任它万紫千红，一遇风霜，便成憔悴，除非是有美人儿，或者还可代得。"某总管道："本年挑选秀女，万岁爷圣德如天，叫她们个个回家。倘若不然，令群女入值园内，岂不是众美毕具了？"咸丰帝道："一班都是旗女，也不见什么好处。"总管道："万岁爷贵为天子，富有天下，只叫一道圣旨，令各省选女入侍，就使西子太真，亦可立致。"历代主子，统由此辈教坏。咸丰帝道："祖制不准采选汉女，哪里可由朕作俑？"总管又道："宫里应遵祖制，园内想亦无妨。"硬要逢君之恶，殊属可恨！咸丰帝想了一回，便道："这也须秘密办理，不宜声张。"某总管说声遵旨，俟咸丰帝游毕，即随驾回宫。

不到半年，南中已献入汉女数十名，供值圆明园，分居亭馆，个个是纤秾合度，修短得中。更有那裙下双弯，不盈三寸，为此金莲瘦削，越觉体态轻盈。咸丰帝得了许多美人，每日在园中游赏，巧遇艳阳天气，春色争妍，悦目的是鬟光钗影，扑鼻的是粉馥脂芳。酒不醉人人自醉，花不迷人人自迷。香国蜂王，任情恣采，今夕是这个当御，明夕是那个侍寝，内中最得宠幸的，计有四人，咸丰帝赐她们芳名，叫作牡丹春、杏花春、武林春、海棠春。

牡丹春住在圆明园东偏，宫院名牡丹台，嗣改名镂月开云；杏花春住在圆明园西室，宫院名杏花村馆；武林春住在圆明园南池，池上建起一座寝宫，天然佳妙，池名武林春色，宫院亦就池出名；海棠春住在圆明园北面，宫院恰不是海棠名号，偏叫作绮吟堂。在咸丰帝的意思，乃是将四春佳丽，分居四隅，绾住那一年春色，自己作为护花使者。乐将极矣。无如雨露虽是宏施，膏泽总难遍及，重门寂寂，夜漏迟迟，听隔院之笙歌，恼人情绪，看陌头之杨柳，倍触愁肠。由悲生怨，由怨生妒，酸风醋雾，迷漫全园。谁意四春夺宠之时，正值太后弥留之日，咸丰帝入侍慈躬，好几日不到圆内，羊车望幸，愈觉无期。接连又是太后崩逝，哭临奉安的手续，忙了两三个月。咸丰帝颇尽孝思，百日以内，未尝入园。至易夏为秋，时日已多，哀思渐杀，方再入园中游幸。

当时四春娘娘，都已料圣驾将临，眼巴巴的在园探望。偏这杏花春慧心独运，捷足先登，数日前已遍赂值园宫监，叫他留意迎驾。那宫监得了好处，自然格外献功，咸丰帝未入园门，狡太监已先探报。杏花春即带领宫眷等，至要路迎迓，遥见御驾徐徐过来，早已轻折柳腰，俯伏在地。是时因太后丧期，妃嫔等都遵制服孝，杏花春浅妆淡抹，越显得云鬟鬓黑，玉骨清芬。咸丰帝瞧将过去，好似鹤立鸡群，分外夺目，多日不见，益令人醉。忙龙行虎步的走将拢来，令她起立。杏花春珠喉婉转，先禀称臣妾迎驾，继禀称臣妾谢恩，然后站起娇躯，让咸丰帝先行，自率宫眷等后随。到了寝宫，又复叩首请安。咸丰帝叫她不必多礼，并赐旁坐。这时候的杏花春自然提足精神，殷勤献媚，把这咸丰帝笼住不放。留连至晚，即留宿在杏花村馆。

翌日，复由咸丰帝特旨，开群芳宴，传谕各宫妃子贵人，都到杏花村馆领宴。那时六院三宫，接奉圣谕，就使心中未惬，也只好联翩前来。园内的牡丹春、武林春、海棠春，满肚子含着醋意，终究不敢不到。只有钮祜禄后，领袖宫闱，天子不能妄召，所以未尝与宴。还有一位那拉贵人，奉了命，竟叫宫监回奏，称病不赴。咸丰帝圣度汪洋，总道她身怀六甲，无暇责备，谁知入宫见嫉，她已别有心肠。那拉氏之心术，已露一班。是日,杏花村馆,大集群芳,"花为帐幄酒为友,云作屏风玉作堆,"说不尽的绮腻风光,描不完的温柔情态。咸丰帝至此,乐得不可言喻。恐怕此时的欢乐,只有咸丰帝一人,杏花春或尚得其半,此外则阳作欢娱,阴怀妒忌,未必尽如帝意也。但天下无不散的筵席,圆则易缺,满则易倾,咸丰帝一生,也只有这场韵事,算作极乐的境遇了。后人曾有诗咏道:

纤步金莲上玉墀,四春颜色斗芳时;
圆明劫后宫人在,头白谁吟湘绮词?

咸丰帝罢宴后,次日早朝,忽接到六百里加紧奏章,忙拆开一阅,乃是荆州将军官文,奏称武昌复失,巡抚陶恩培以下,大半殉难,不禁大惊。看官!要知武昌失守情形,待小子下回说明!

酒色财气四字,为人生最大之魔障,而色之一关,尤为难破,其酿祸亦最甚。士大夫之家无论已,试观历朝以来,亡国之朕,大半由于女色。若仅仅酗酒,仅仅嗜财,仅仅使气,虽不能无弊,国尚不至于亡。咸丰帝颇号英明,当时称为小尧舜,观其闻选女之谠言,不加以罪,反褒奖之,其器识已可见一斑,然卒未能屏除肉欲,幸那拉,嬖四春,为主德累,四春尚未足亡清,而那拉实为亡清之张本,夫岂真遗碑成谶,非人力可以挽回者?主德可以格天,主不德,天数始不能逃也。本回专载清宫事,于咸丰帝之明昧,或抑或扬,隐寓劝惩之义,而于前后各回历述战事外,列此一回,尤足令人醒目。

第六十四回

罗先生临阵伤躯　沈夫人佐夫抗敌

却说湖北巡抚陶恩培，莅任两月，因省城初复，元气中桎，兵民寥落，守备空虚，陶抚方赶紧筹防，不料长毛大至，连破汉口、汉阳，直达武昌。小子于六十二回中，曾叙武昌克复事，由曾国藩苦心孤诣，塔齐布以下将弁，效死前驱，方得杀败长毛，夺回武汉，为什么长毛又得达武昌呢？看官不必动疑，小子即要详叙。

自曾国藩战败鄱阳，内湖外江，水师隔绝，长毛复分军趋长江上游。湖北总督杨霈，本有兵勇二万名，驻扎广济，适值咸丰四年除夕，营中置酒高会，总道长毛麕集九江，一时不致复来，且安安稳稳的过了残腊，再作计较。失之毫厘，谬以千里。正在欢饮酢呼的时候，营外忽然火起，急忙出营了望，那火势已经燎原，火光中跃出无数红巾，个个是执着大刀，横着长枪，向营内扑来。营兵醉眼模糊，错疑是祝融肆虐，带来的火兵火卒，涉语成趣。其实是长毛掩袭，纵火攻营，等得营兵回报，还有何人敢去抵敌？杨霈仓皇失措，吓得魂不附体，连逃走都来不及，幸亏将官李士林，效死抗敌，截住营前，杨霈方得向营后走脱。士林本是个长毛出身，经杨霈招降，恩礼相待，所以得他保护，逃了性命。亏此一着。奔到汉口，暗料长毛必进薄武汉，不如择个僻静处，将就安身，遂借防敌北窜的名目，一溜风趋至德安府，才住了脚。

这时长毛溯江而上，如风驰电掣一般，陷汉口，破汉阳，竟到武昌省城。巡抚陶恩培麾下，只有兵勇二千，连守城尚且不足，那里能出城堵截？等到长毛已逼城下，勉率司道等登陴固守，一面遣人至江西求援。曾国藩正被长毛截入鄱阳，不能展足，至此闻武昌危急，只得飞檄外江水师统领俞晟，带了几艘战船，去援武昌；又保荐胡林翼为湖北臬司，付他陆军六千名，从间道赴武昌。水陆两军，星夜前进，至小河口、鹦鹉洲、白沙洲等处，被长毛阻住。开了数仗，小小获胜，谁知长毛另股，复由兴国上窜，径扑省城。陶抚台已困守多日，怎禁得长毛麇集，一时迫不及防，竟被长毛攻入。陶抚以下，如知府多山，游击陶德焘等，皆力战阵亡。武昌三陷。胡林翼等驰救无及，只得扼守金口，收集溃卒，再图恢复。

廷旨擢林翼为湖北巡抚，更饬曾国藩分军赴援。国藩想弃了江西，转援湖北，一时不能解决，乃召幕宾会议。湘乡生员刘蓉，向与国藩友善，国藩许他为卧龙，至是适襄戎幕，遂起座道："江西形势，上下受敌，我军孤悬此地，如在瓮中，决非万全计策。但今欲往援湖北，坐弃江西，亦属非计。我军一去，九江贼众，必内破南昌，上走鄂岳，乃是越不得了。看来眼前只可整缮水师，接应陆师，务期攻克九江，才得西援东剿。"国藩点头称善；遂檄塔军门，仍围九江，不可轻动，自己驰抵南昌，添置船炮。

忽报饶州、广信两府城，接连失陷，国藩颇为惊惶，罗泽南时正在营，投袂而起，愿往一剿。国藩遂拨他高弟李续宾军，一同去讫。可见为主帅者，不可无良将为辅。去了数日，得广信捷音，报称："罗李两军，连克大水桥、陈家山，乘胜追剿，击毙长毛首领，立复广信府城"等语，国藩稍稍心安。

杨载福、彭玉麟，因船炮尚未备齐，暂时乞假回湖南，国藩应允。杨、彭二人甫去，九江陆师，又来了一封烧角文书，报称塔军门病殁了。又是一惊。这位塔军门齐布，由侍卫拣发外任，从都司荐擢提督，所向有功。鄱阳湖一战，水师陷入湖中，四面皆敌，几乎全军覆没，亏得他带领陆军，截住岸上长毛，血战获胜，遥为声援。那时鄱阳湖内的长毛，多自去救应陆兵，于是杨、彭诸将，方得收拾残师，退扼上游。前回叙鄱阳战事，只录曾国藩奏报中数语，未曾详明，故此处复补入事迹。这回围攻九江，计已多日，愤激的了不得，致患心病，半日即剧，死于军中。国藩闻信，不暇哀悼，忙出城下船，率领水师出发九江。途中遇敌船来扑，由国藩一声号令，纷纷杀出。长毛见他来势凶猛，也即退让。国藩无心追赶，竟至九江陆师营内，哭奠一番。并闻塔军门部曲童添云，先日阵亡，免不得也去祭奠。随令几员将士，拥护丧车回籍；并命周凤山暂代塔任，用好言抚慰部众，叫他继述塔公遗志。塔军门待下有恩，与士卒同甘苦，因此塔虽病殁，军心不变。满人中得此良将，也算奇特。

　　国藩复遣水师攻湖口，初次得胜，继复失利，退扎青山，又由国藩驰抚。部署已定，回驻南康。途次闻义宁县失陷消息，又拟调兵往救；嗣复接到罗泽南来书，知已由广信驰还，收复义宁，书中复陈述厉害，称："东南大势在武昌，得武昌乃可控制江皖，江西亦得屏蔽。若株守江西，徒与贼搏战，无益大局，请自率所部，径出湖北，规复武昌，再引军东下，取登高建瓴局势，会合水陆各军，合力攻湖口，截住敌船上下，方可肃清江西。"国藩服他议论，但因江西三面皆敌，塔军门已死，杨、彭尚未到来，一旦有急，无人可使，所以迟迟未答。

　　泽南等待数日，未见复音，遂单骑至南康，面陈机宜，国藩允准派五千精卒为助。刘蓉进见道："大帅麾下，惟恃塔、罗两君，塔公已亡，罗公又令他远行，将来缓急谁恃？"国藩道:"我也晓得这个苦况,但为东南大局计,不得不然。倘罗军能迅复武昌,自可回救江西。我是虽困犹荣了。"刘蓉道:"照此说来,原是不能不去,刘某不才,愿随罗公一行,或可少资臂助。"援湖北即是救江西,刘霞轩毕竟不弱。说着,罗泽南已来辞行,国藩即遣刘蓉同去。泽南道:"得刘君为助,还有何说!但九江一带的陆师,只宜坚守,不宜屡攻,愿明公转饬诸将。"国藩道:"敬听忠告。"于是泽南启程,经国藩送出城外,握手依依,犹有留连不舍之状,曾、罗二人,自此永诀。国藩道:"罗山此去,为国立功,不负大丈夫壮志。后会有期,谨从此别!"泽南道:"不复武昌,誓不见公。"壮士一去不复还,大有易水悲歌气象。国藩闻言,神经为之怅触,但号令已出,不好收回,便叹息而别。郭嵩焘又送了一程,至柴桑村,泽南请嵩焘回去,嵩焘道:"曾帅坐困江西,君去必不能支,如何是好?"泽南道:"曾公所治水师,幸能自立,但教曾公常在,便无他患。俗语说得好:'谋事在人,成事在天',天苟不亡清朝,此老断不至死。"确论。随与嵩焘揖别,至义宁领了部卒,向西进发。

沿途叠接探报,杨载福,彭玉麟二将,已由湘抚骆秉章遣募水师,赴鄂助剿,鄂署抚胡林翼,已自金口进薄武昌。泽南颇为喜慰,遂分军为三,自领中营,李续宾领左营,刘蓉领右营,风驰雨骤的赶入湖北,一战克通城,再战克崇阳,进拔蒲圻,并复咸宁。适胡林翼军,自汉阳败退,渡江而南,与泽南相会。林翼道:"长毛真厉害得很,我屡攻武昌不下,转攻汉阳,几陷贼中,幸鲍都司春霆,划船相救,方得免祸,看来长毛还不易除灭哩。"泽南道:"鲍都司非即鲍超么?他系四川奉节县人氏,曾隶塔军门部下,后由曾帅拔充哨官,随战洞庭,异常骁勇,确是一员猛将,将来必立奇功。"鲍超历史,从泽南口中叙出,笔法善变。林翼道:"罗山兄所见,与弟相同。"

泽南道："现在德安一路，消息如何？"林翼道："从前杨制军回屯德安，欲遣我驻扎汉川，截贼北走。罗山兄！试想武汉为长江咽喉，武汉不复，贼将四出，哪里还能堵截？我便具疏力争，亏得圣明在上，俯从愚见，所以在此相持。不意杨制军弃了德安，直走枣阳，真是畏缩得很。现在改任荆州将军官文为湖广总督，西凌阿为钦差大臣，进攻德安，比从前稍有起色了。"借此数语，了结杨霈。正谈论间，忽报伪翼王石达开，率众数万，将到蒲圻城下了。泽南起身道："蒲圻新复，又来悍寇，真个了不得。罗某且去杀他一阵再说。"林翼道："君为前驱，我为后应，能够杀退此贼，还好合攻武汉。"于是泽南在前，林翼在后，两军趋至蒲圻，正遇石达开前锋。泽南鼓勇而前，英风锐气，辟易千人。长毛前队散去，后队继上。胡军队亦到，接应罗军。两下酣斗，直杀到天昏地暗，鬼哭神愁，石达开才麾众退去。罗、胡收军入城，次日出探，石达开已驰入江西去了。泽南道："贼去江西，曾帅越加危急，看来我军只可急攻武昌，必待武昌克复，方得返援江西。"林翼亦以为然，遂合军直趋武昌，分屯城东洪山，及城南五里墩。

是时钦差大臣西凌阿，攻德安不克，有旨革职，令官文代任督师。官文连破德安、汉川，进薄汉阳。长毛坚守武汉，屡攻不下，江西警报，日甚一日，泽南愤极，誓死攻城。长毛亦不甘退让，每夜遣悍卒出城袭营。泽南设伏数处，诱敌进来，伏兵陡起，将长毛围住。长毛拼命杀出，已有四百个头颅，向地上滚去。妙语。自咸丰六年正月至二月，大小百数十战，罗军虽胜多败少，总不能扑入城中。

三月朔，忽有大星陨落西北。晨起，大雾漫天，长毛蜂拥出城，与罗军决一死战。这番对仗，不比往日，那长毛都是舍了命，前来猛扑，险些儿把罗军杀退。罗军多是乡里子弟，凤负气谊，不肯相弃，总算还抵挡得住。泽南执旗指挥，凭他枪林弹雨，总是不退一步。怎奈枪弹无情，射中左额，血下沾衣，泽南忍痛收军，长毛亦退入城去。

胡林翼闻泽南受伤，忙来视病，起初见泽南还可支持，到三月八日，病不能起，汗出如渖，林翼入视，不禁流涕。泽南张目，见林翼在侧，握住林翼手，便道："武汉未克，江西复危，不能两顾，正是可恨。我死不足惜，弟子迪庵，可承我志，愿公提挈，期灭此贼。"林翼点头，泽南遂瞑目而逝。泽南已受布政使职衔，至此出缺，由林翼疏奏，优旨照巡抚阵亡例抚恤，并赐祭葬，予谥忠节。罗山是兴清功臣，且以书生赴大敌，其志可嘉，故叙述独详。

林翼遂令李续宾代统罗军，仍扎洪山，林翼亦仍驻五里墩。会江西乞师文书，星夜投递，林翼不得已，派兵四千往援。援师未至，江西省已大半糜烂。先是太平国翼王石达开，攻入安徽省城，颇知联结民心，张榜安民，斟定赋税，百姓颇有些畏服。既而秦日纲又至，攻破庐州，击毙江忠源，安徽全省，几尽入长毛手。达开遂率众旁出，驰至湖北，被胡、罗二军击退，转入江西，连破义宁，新昌，瑞州，临江各城。广东土寇，复逃出湖南，侵入江西边境，陷安福、分宜、万载等县，联络长毛，合趋袁州，南昌戒严。

国藩飞檄周凤山军，解九江围，回驻樟树镇，屏蔽省会。此时江西陆师，只有周凤山一支人马，水师统将，如杨、彭等，又皆在湖北助剿。国藩危急万分，惟驰檄两湖，乞济援师，奈远水难救近火，一时总盼望不到。忽有一人敝衣草履，跨着大步，走入曾营。营弁欲去通报，他迫不及待，径入内见曾国藩。国藩一瞧，乃是彭玉麟，不觉大喜，便道："雪琴来得真好。"雪琴系玉麟表字，呼字不呼名，系朋友通例。玉麟答称："因江西紧急，徒步来此，七百里路，走得两日半，今日才到。"国藩道："你真是我的好友！"遂派领水师，赴临江县扼剿。

正在调遣，周凤山败报已到，乃是兵溃樟树镇。国藩忙自南康趋南昌，助巡抚文俊守城，奈吉安府、抚州府等，又陆续失守，江西七府一州五十余县，统被陷没。只南昌、广信、饶州、赣州、南安五郡，尚为清属。广信府在抚州东，长毛酋杨辅清，由抚州进攻，亏得一员女将军，佐夫守城，激厉兵民，才将府城保住。这位女将军是谁？乃是林文忠公则徐女，署广信知府沈葆桢妻。大书特书。

沈葆桢自御史出任知府，原任是九江，未到任，九江已陷，乃改署广信。此时正在河口办粮，城中吏民，闻长毛将至，逃避一空。及葆桢闻信，驰归署中，只剩了一个夫人。外而幕僚，内而仆婢，统已星散。葆桢问道："你何故独留？"林氏道："妾为妇人，义当随夫。君为臣子，义当守城。君舍城安往？妾舍夫安适？"大义凛然，不愧林公令爱。葆桢道："区区孤城，如何能守？"林氏道："内署尚有金帛，妾已检出，准备犒军。大堂上已设巨锅一只，可以炊爨，准备饷军。现在且令军民暂时守城，再作计较。"葆桢道："幕友已去，仆婢已散，何人办理文书？何人充当厨役？"林氏道："这个不难，妾都可以代劳。"

于是葆桢召兵民入署，取出内署金帛及簪珥等属，指示兵民道："长毛将到，这城恐不可守，汝等可取此出走，作为途中盘费。我食君禄，只能与城存亡，从此与汝等长别。"遣将不如激将，葆桢也有智谋。兵民齐声答道："我等愿随大老爷同守此城，长毛若来，杀他几个，亦是好的。就使杀他不过，也愿与城同尽。"葆桢道："汝等有此忠诚，应受本府一拜。"随即起座，恭恭敬敬的向兵民一揖。兵民连忙跪下，都道："小的哪里敢当！总凭大老爷使唤便是。"葆桢令兵民起立，遂将金帛等分给，兵民不肯受赐。葆桢执意不允，兵民遂各受少许，——拜谢。

当下林夫人出堂，荆布钗裙，左手携米，右手汲水，到大锅前司炊。兵民望见，便道："太太如何执爨？"林夫人道："汝等为我守城，我应为汝造饭。"兵民道："城是国家的城，并非老爷太太应该守城，小人们不必守城；老爷太太这般恩待，小人们如何过意得去？"林夫人道："但得诸位尽力，我与老爷已感激多了。少许劳苦，何足挂齿？"随即造好了饭，令兵民饱食一餐。兵民各执了军械，踊跃登城，葆桢自去巡视一周，返入署内，与夫人林氏道："兵民等虽已感我恩义，情愿死守，但寡不敌众，奈何？"林氏道："此去至玉山，约九十里，有浙江总兵饶廷选驻守，他系先父旧部，当可乞援。"葆桢道："如此甚好，待我修起书来。"林氏道："君是巡城要紧，文牍一切，由妾代理。"随即入内修书，修好后，出交葆桢。葆桢取来一瞧，字字作淡红色，既不是墨，又不是硃，忙看下款，乃是林氏血书四字，即张着目呆看林氏。林氏道："君毋过虑！这是指血书成，不甚要紧。"葆桢闻言，也为堕泪。

此书一发，那总兵饶廷选，自然兼程驰到。饶廷选入城，长毛才薄城下，遥见城上旌旗严整，已自惊心，不想城中复杀出一员饶镇台手下将士，统似生龙活虎一般，一当十，十当百，杀得长毛大败亏输，退五里下寨。次日，饶镇台又来攻营，后面是沈本府押队，带来兵勇越多，呼声震动天地，长毛先已胆怯，战了几个回合，便即逃去。这番胜仗，传入曾国藩耳中，自然将夫妇共守事，奏达清廷，廷旨擢葆桢为兵备道，后且升任江西巡抚。文肃公自此成名，夫人城并垂不朽。士民感颂慈荫，至今不绝。

这且慢表，且说江西警报，遍达两湖，经湖北巡抚胡林翼，遣兵四千，驰至湖南，巡抚骆秉章，亦派刘长佑、萧启江，分道赴援。国藩弟国华，又募兵数千，转战而东，连克新昌、上高各城，直抵瑞州。国藩乃再遣李元度、刘于浔、黄虎臣等，分头接应。自是江西与两湖，渐渐通道，军务方有起色。谁知江南大营，竟于咸丰六年五月间败溃，向荣忧死，洪天王气焰骤涨一倍，正是：

貔虎合群方逞勇，鲸鲵得势又扬鬐。

欲知大营溃败情形，且至下回再表。

塔、罗二人，为曾氏麾下之最著名者。但塔本武夫，从军是其天职，罗为文士，独能组成一旅，亲当大敌，亦古今来之罕见者也。且以理学名家，具兵学知识，尤为难能可贵。或者犹以反抗洪氏少之，抑知洪氏盗也，生平行事，无一足取。试问明火执仗，杀人越货诸徒，为民间害，设处圣明之世，其有不立杀无赦乎？周公诛管蔡，犹不失为圣人，盖乱贼必诛，无论亲疏，不得恕罪。执是以论，于罗山何病？若沈夫人以一妇女身，具伟丈夫胆略，是殆所谓巾帼而须眉者非耶？林公家法，可于其女见之。是回为名士杰女合传，可以作士气，可以当女箴。

第六十五回

瓜镇丧师向营失陷　韦杨毙命洪酋中衰

却说江南大营，系是钦差大臣向荣统辖，张国梁为辅，自咸丰三年起，驻扎南京城外孝陵卫，与江北大营相犄角。江北大营统帅琦善，本是个没用人物，围攻扬州几一年，兵饷用得不少。左副都御史雷以諴，正奉命巡阅河防，闻琦善师久无功，请旨剿贼，捐资募勇，自成一军，扎营扬州城东面，与琦善大营作为犄角。又复仿江都仙女镇抽厘章程，创设板厘活厘的名目，收充军需。板厘是取诸坐贾，按月征收，活厘是取诸行商，设卡征收，看货物的贵贱，作为等差；大约每百文中，取他两三文，商贾尚不致病累，军饷恰赖是接济，当时称他为妙法，都照样循行。此特一时权宜之策，乃军兴以后，相沿未绝，至今益厉，商民交怨，不得谓非雷氏之作俑。琦善大营，自然照办，不必细说。

当下士饱马腾，正期一鼓歼敌，朝旨又责成琦善，叫他克日破城，歼除务尽，毋使旁突滋扰。会洪秀全遣丞相赖汉英援扬，为副都统萨炳阿等所败，琦善因胜而骄，自谓无恐，哪知赖汉英竟赴瓜洲，杀退参将冯景尼，师长镰及盐大使张翊国。扬州长毛，得知瓜洲道通，遂率全股冲出扬城，会合赖汉英，占据瓜洲，琦善徒得了一个空城，有旨责琦善不力，革职留效，冯景尼正法，师长镰等遣戍。琦善惶急异常，令总兵瞿腾龙进剿瓜洲，腾龙阵亡。警报传至扬州，急得琦善成病，不数月而逝。江宁将军托明阿，奉旨代琦善任。托明阿的才识，与琦善也差不多，只浦口一战，稍获胜仗，然亦亏向荣派员夹攻，方得此胜。嗣后拥兵自固，毫无进取，因此江北大营，远不及江南大营的威望。但向荣、张国梁，虽是有些智勇，誓复金陵，究竟金陵城大而坚，洪杨又作为根据地，悉锐固守，被围两三年，仍旧负嵎抗拒；兼且遣众四扰，牵动官兵，向荣又不能坐视不救，只得分兵援应。以故转战频年，迄无成效。褒贬处煞有分寸。

会上海一带，土匪蜂起，占住县城，与长毛勾通。江苏巡抚吉尔杭阿，督总兵虎嵩林，参将富安，守备向奎等，水陆进攻，足足攻了好几个月，始由江宁府知府刘存厚，挖地成穴，埋入地雷，轰踢城垣二十多丈，方得克复上海县。上海既复，进攻镇江，镇江已由提督余万青，奉向大臣檄，率兵万余，攻打数月。吉抚领兵八九千人，到镇江城下，与余提督分营对立，仍用了老法儿，开隧种火，轰去了一小段城墙角。正拟督兵入城，不料城中长毛，已探悉轰城的计策，遣悍卒潜出，绕至吉营背后，鼓噪而入，幸亏吉营尚有纪律，一时不致溃乱，当下返身拒敌，鏖斗一场，方将长毛杀退。回望城头，轰陷的城隙，已由长毛用土塞住。料知进攻无益，只得退休，白费了掘地埋药的工夫，蹉跎蹉跎，又是一年。镇江的长毛，与瓜洲的长毛，不但蟠踞如故，并且双方联络，气焰越盛。

金、焦两山，虽有总兵周士法、陈国泰两部，率舰分泊，怎奈逍遥坐视，一任长毛往来。长毛藐视已久，一面把两处勾结，暗袭扬州，一面遣人知会南京，请发兵接应。扬州知府世琨，安坐城中，总道瓜洲、镇江，都已围住，长毛虽插翅不能飞来，忽闻城外喊杀连天，忙上城探望，已是满地红巾，仓猝调兵，应者寥寥；只有参将祥林，领了数百个羸兵弱卒，前来听令。世琨令他登陴守御，不到一日，已被长毛攻陷。祥林巷战许久，力竭身亡。世太守也算殉城毕命。善善从长，不掩其美。这位托大臣得知此信，遣了几员将官，来救扬州。扬州城已于前日失守，援军初到城下，尚未住脚，长毛忽自城内冲出，汹汹的杀将过来。一阵乱扫，把援军扫得四散。

隔了几天，诏书特下，革托明阿及陈金绶、雷以諴职，令都统德兴阿代任。德兴阿骤遭宠遇，格外效力，亲督兵至扬州城西北隅，猛扑城头，一当十，十当百，任你长毛如何凶悍，也只得缩着手，抱着头，弃城出走。可见用兵全在冒死。扬州算是再克，镇江、瓜洲，仍然不下。苏抚吉尔杭阿，颇具血诚，默念城下顿兵，何日方了，踌躇再四，想出了一条釜底抽薪的计策，竟欲截断长毛的粮道。当下与知府刘存厚商议道："野战不如扼要，攻坚不若断粮，这是军法上最要秘诀。我闻发贼运粮，全恃高资为通道，高资一断，贼技自穷，非但镇江、瓜洲，可以立复，即金陵逆首，亦只能束手受擒。老兄以为何如？"存厚道："抚帅所言，确是制贼的妙策，卑职很是赞成。"吉抚道："我欲截彼粮道，彼岂不防此一着，必须有坚忍能耐的干员，方能当此重任。"存厚慨然起立道："卑职愿去。"吉抚道："老兄肯去最好。万一有急，兄弟定来救应。"存厚即辞了吉抚，带领知县松寿，盐大使张翊国，飞驰而去。

看官！这粮道是全军的性命，长毛闻存厚前往，哪有不出兵力争之理？存厚既到高资，就烟墩山倚冈为寨，扎了品字式三个营盘。过了一天，已来了镇江长毛数千名，前来扑营，被存厚一阵击退。又过了两日，复来了无数长毛，乃是金陵遣来的精锐，如蝇逐臭，如蚁附膻，争向烟墩山扑来。刘存厚到了此时，明知众寡悬殊，不是对手，只因奉命到此，早把生死置诸度外。长毛拼命攻扑，存厚拼命抵御，炮声震地，烟雾迷天，战了两三个时辰，忽报松寿、张国翊，均已阵亡，三营中失去二营，不由不令存厚心惊，只得收兵入寨，守住孤营，专待援应。极写刘存厚。

　　这消息传到吉抚军中，吉抚立率兵前往，将到高资，遥见黄旗红巾，满坑满山，连刘营都望不清楚，诸将都已失色。吉抚即欲杀入，有一偏将拦马禀道："贼为护粮而来，生死所关，安肯轻去？我军不过万人，主客情形，相去悬绝，看来不如退守为是。"吉抚怃然道："我以一部郎，不数年任开府，仗节钺，受恩深重，何敢贪生？今若一战而胜，贼粮可断，逆穴可平，上纾天子的忧思，下解生民的疾苦。万一失败，愿捐躯报知遇恩。况我与刘知府曾面约往援，岂可失信？"怀忠履信，吉抚可谓完人。言毕，即当先冲入，众将亦不得不随往，前驰后骤，竟将长毛冲倒数百名，劈开一条血路，直入刘存厚营。长毛见吉抚入内，霎时四合，百炮齐鸣，千弹并发，吉抚闻这声耗，登高四望，正觑那长毛的隙处，意欲舍坚攻瑕，俄闻虫的一声，忙睁睛瞧着，忽有滚圆的一粒炮子飞将前来，撞着脑袋，如石击卵，顿时鲜血直流，痛极而仆。众军见主帅晕毙，统是惊骇异常，长毛即一拥前进，杀的杀，劈的劈，军士见不可敌，大家是逃命要紧。有几百名随着刘存厚左右冲突，欲翼吉抚尸身出围，可奈长毛围绕得紧，杀一重，又一重，存厚力竭气喘，大吼一声而亡。这是一场血战，故叙述较详。吉、刘两人，都已殉难，围攻镇江的余万青，也立脚不定，自然撤围，长毛遂四出纷扰。

　　钦差大臣向荣亟命张国梁驰剿。国梁系江南大营的栋柱，自围攻金陵后，转战无虚日，金陵悍酋屡次出犯，都由国梁杀退；各处闻警，得国梁驰救，亦无不克复。此时正收复江浦，渡江回营，接向大臣命令，不及休息，率兵即行，至丁卯桥遇着长毛，一鼓荡平；进至五峰口，又杀掉了数百名长毛；再进至九华山，见长毛驻扎较多，他却偃旗息鼓，佯为退走；至夜间挥兵前往，把敌营踏平好几座。这一股英风锐气，正足辟易千人。

长毛战不过国梁，都窜回金陵。国梁正尾追西归，遥见大营火起，营内的兵勇，狼狈奔来，料知营中遇变，加鞭疾行。到了孝陵卫不见大营，只见遍地是火，长毛正杀得高兴，仗火肆威，当下不知向公下落，只拣着长毛多处，挥刀直入，左冲右荡，尚寻不着向大帅。忽见东南角上，火光荧荧，尚现出向字旗帜，忙奋勇杀将过去。那长毛如蜂如蚁，裹将拢来，他恰不管利害，仗着一柄大刀，东劈西削，无不披靡。杀了好一歇，方逼近向字旗边，见向帅正危急万分，急呼道："国梁在此，保大帅出围！"向荣闻国梁兵到，气为一振，即众将士亦变怯为勇，拼着命随了国梁，突出重围。长毛亦不敢追赶，由国梁保着向公，自淳化镇退保丹阳。为张国梁写生，故江南大营失陷，仍写得烨烨有光。这次大营失陷，是由向大臣分兵四出，麾下兵寡将单，镇江长毛，与金陵长毛，窥破向营情形，互约夹攻，前后纵火，向军腹背受敌，以致大溃。这是顿兵坚城的坏处。

向荣至丹阳后，婴城固守，长毛分途逼围，重营叠垒，势甚鸱张。向荣忧愤成疾，由国梁收集散卒，激厉将士，开城再战，连破长毛营寨，斩首数千级，丹阳方转危为安。无如向荣病终不起，临危时，以军事付国梁，并嘱咐道："汝才足办贼，我死何憾！"国梁垂泪受命，忽向荣自床上跃起道："终负朝廷恩。"言毕而仆，遂殒。江南提督和春，奉旨代向荣督师，国梁以提督衔帮办军务，人心稍固。

独这位洪天王秀全，闻江南大营，都被击退，向荣又死，遂自以为强盛无匹，越加骄淫。杨秀清手握大权，至此益妄作妄行，每日掠夺佳丽，轮班入侍，可怜三吴好女子，被这杨贼糟蹋无数。有崇拜洪杨者，心中所慕，亦是为此，不然，何以有杨梅都督，花界大王。奈秀清最宠的是傅善祥，善祥逸去，秀清大索不得，怅望异常，恰巧扬州献一个美人儿，姓朱名九妹，年十九，能诗文，才貌与善祥相似。秀清是欢喜极了，即令入值东王府，代善祥职，夜间即要她侍寝。九妹不从，娉婷弱质，不敌混世魔王，卒被他强暴胁迫，恣意淫污。九妹恨甚，阳作欢笑容，暗中誓不与俱生，趁着秀清饮酒，偷放砒毒。不料被秀清察破，迫她自饮，毒发而毙。又有江宁李氏女，选入东王宫，亦遭淫辱，她在髻内藏小刀寸许，伺秀清醉酒酣睡，直刺其喉。秀清适转身，误中左肩，秀清大怒，立呼左右用点天灯刑。什么叫作点天灯？系用布帛将人束住，渍油使透，倒绑杆上，烧将起来。看官！你道惨不惨呢？又有一个赵碧娘，丰姿秀美，年仅十五六，初被掳充绣馆女工，碧娘本是一手好针绣，制了二冠，呈诸东王。秀清见她精致绝伦，称赏不置。不意被同馆所妒，说她内衬秽布，裂视果然。即令馆监先加杖责，讯是何人指使？碧娘矢口自承，遂令于明晨点天灯示众。时碧娘已经昏晕，弃桂树下，夜半始醒，醒即自缢，才免惨焚。秀清怒无所泄，竟杀守者，及知情不举的数十人。看官！你道惨不惨呢？再加一语，益令人发指，崇拜洪杨者其听之！

秀清一想，民女多是靠不住，只有天妹洪宣娇，素与交好，不如娶她过来，巧值秀清妻死，便娶天妹作了继室，天妹倒也愿意成亲。这日是个伏天，秀清饬制大凉床，穷工极巧，四面玻璃，就中注水，养大金鱼百数，荇藻交横，微风习习，秀清、宣娇裸体交欢，一对淫夫淫妇，只嫌夜短，不虑昼长。但秀清本有许多姬妾，自从宣娇娶入，都成了有夫的寡妇，长夜绵绵，令人难耐。适有东府承宣陈宗扬，生得一表人材，面如冠玉，惹得这班王娘，统愿屈体俯就，要宗扬来替秀清。宗扬没有分身法儿，久之久之，自然闹出事来。淫恶之报。

秀清下令，斩了宗扬。宗扬是韦昌辉妻弟，昌辉时在江西，得了此信，暗暗怀恨。正值秀清恶贯已满，由秀全降下密旨，召昌辉回南京。昌辉率众回来，秀清不许入城，由昌辉再三恳请，愿留部下在城外，只带随从数十名进来，乃为秀清所许，入见秀全。秀全佯怒道："现在天国军权，归东王执掌，你岂不知？东王不要你回来，你何得擅回？快去东王府请罪！东王若肯赦你，你宜速赴泛地。"言毕，恰暗暗垂泪。昌辉觑见，料知天王见迫，不便明告，随往东王府请谒求赦。秀清立即延入，昌辉央恳向天王前缓颊。秀清道："弟事自当代请，但我将以八月生日，进称万岁，弟知之否？"昌辉道："四兄勋高望重，巍巍无比，早宜明正位号。不过弟在外征妖，未敢明请哩。"当即跪下，叩称万岁，并令随从各员，亦跪称万岁，秀清大喜，命即赐宴，昌辉以下，一律犒饮。昌辉入席，起初还是极力趋承，嗣见秀清微醉，便起立道："天王有命，秀清谋逆不轨，着即加诛！"秀清闻言欲避，昌辉从员，已一拥而上，将他砍死。想做皇帝，谁料遭此结果。拥入内室，把他子女侍媵，一一斩首，只剩了天妹洪宣娇，由昌辉搂抱而去。返入北王府内，先与宣娇合欢，然后报知天王。

　　不意东王余党，集众攻北王府。昌辉复开城召入部众，与东王党互斗，你杀我，我杀你，两下相杀，城河为赤。忽翼王石达开，自江西驰回，燕王秦日纲，亦自安徽趋至，两人俱奉天王密旨，入靖内乱。既入城，闻秀清已被昌辉杀死，两党鏖战不休，遂相与调停。昌辉不服，定要杀尽东王余党，当下恼了石达开，便大声道："你既杀了东王，也好罢手，为什么灭他家族？你灭他家族，还嫌不足，定要除他余党，我天国不为东王而亡，恐要为你而亡了。"昌辉不答，达开愤愤而出。是夜翼王、燕王两府，统被昌辉手下围住，秦日纲出问被杀，翼王府内，竟是全家被害。独达开不知如何察觉，竟缒城出走，将纠合部众入犯。昌辉去报秀全，秀全不觉失声道："汝不听达开言，倒也罢了，今将他全家杀死，莫怪他不肯干休。昌辉嘿然，竟自趋出，反戈围天王府。天王兄弟仁发、仁达，暗与东王党讲和，同攻昌辉。昌辉败走，东王党趁势入北王府，见一个，杀一个，不特昌辉妻妾，统做了刀头之鬼，就是宣娇玉骨，也被大众剁成肉泥。想被天父召去了。昌辉出城，手下只剩数十人，渡江至清江浦，适遇前使在外的东王党，将他擒住，押送江宁。秀全命即磔死，将首级送与达开，温词召达开回来。

　　达开怨愤少泄，返入江宁，大家推他辅政，如秀清故事。怎奈秀全心怀疑忌，只恐达开如韦、杨一般，仁发、仁达，又与达开意见不合，达开就辞别天王，出城径去。这次秀全谋除秀清，密召韦、石诸人，还是钱军师代他决策，后见韦、杨内哄，他竟不知去向。从此秀全失了一个参谋，内外政事，都由仁发、仁达主持，越加棼乱。了结诸王，并了结钱江。

　　是时曾国藩在江西，得两湖援军，攻克南康，曾国华等亦收复瑞州，李元度、刘于淳诸将，复取宜黄、崇仁、新淦等县，江西军务，渐有起色。会官文拔汉阳城，击毙长毛军的钟丞相，刘指挥。胡林翼拔武昌城，生擒长毛检点古文新等十四人，武汉三失三复。湘军遂乘胜收黄州、兴国、蕲州、蕲水、广济等处，仅十日间，肃清湖北。于是杨载福率领水师四百余艘，李续宾率领陆师八千余人，沿江东下，连战皆克，直达九江。国藩在南昌闻报，亲赴九江劳师，途次闻萧启江、刘长佑二军，已夺得袁州；其弟国荃，亦组成一部吉字军，由萍乡入会周凤山，攻取安福。喜信迭来，精神益爽。到了九江，但见水陆两军，声势甚盛，杨、李两统领，都来迎谒。那时这位奔走仓皇的曾大帅，不禁喜逐颜开，携了杨、李两将手，慰劳一番，并传见水陆将弁，一一慰谕；又出饷银分犒兵士。三湘豪杰，七泽健儿，个个欢腾，人人效命，立思踏平九江城。怎奈攻了月余，仍未见效。

转瞬已是咸丰七年，国藩在营中度岁，过了正月，拟移节瑞州，忽由湘乡发来讣闻，乃是国藩父竹亭封翁寿终。国藩大恸一回，立即奔丧。瑞州的曾国华，吉安的曾国荃，亦先后驰归，到家中守制去了。正是：

> 出则尽忠，　入则尽孝。
> 吁嗟曾公，　无忝名教。

国藩既归，朝议令他墨绖从戎，由国藩固请终制，此是正理。乃诏令总兵杨载福，道员彭玉麟，就近统领兵勇，并命两湖巡抚，酌派陆军赴江西助剿。这回已可作结束，待小子休息一刻，再叙下回。

　　琦善之不逮向荣，人尽知之。顾向荣顿兵三年，师老日久，亦犯兵家之忌。行军之要素有二：一仗气势，二仗纪律。三年无功，气势馁矣，纪律亦安望常严？即非分兵四出，亦安保其不倾覆者？或谓苏抚吉尔杭阿，不攻高资，则镇江不致撤围，城内之太平军，无自纠合金陵，夹攻向营，向营即可以不覆，是说似是而实非。高资既为敌军运粮之处，则向荣早宜设法要截，宁必待吉抚乎？吉抚之不成，众寡不敌致之也。就令吉抚不死，向营宁能长保乎？惟金陵韦、杨二酋，一胜即骄，自相残杀，此可以见盗贼之必亡。不然，金陵之围已解，向荣殁，曾国藩被困南昌，洪氏正可乘势而逞，天下事，未可知也。本回前半截叙向营之被陷，有以见专阃之非才，后半截叙韦、杨之自残，有以见剧盗之必灭。

第六十六回
智统领出奇制胜 愚制军轻敌遭擒

却说湖北巡抚胡林翼，奉旨派兵援赣，即遣李续宾赴瑞州，文翼赴吉安。湖南巡抚骆秉章，亦遣江忠义、王鑫赴临江。是时吉安、临江两处，尚在长毛手中。临江方面，由刘长佑、萧启江进攻，相持不下；吉安方面，自曾国荃去后，诸将各存意见，积不相容。适江西巡抚文俊罢职，代以耆龄，耆龄恐临江失守，遂一面调王鑫至吉安，一面奏起曾国荃，仍统吉安军。王鑫既到吉安，长毛酋石达开前锋正到，两下交战一场，互有胜负。这位王鑫颇有才名，他亦以安邦定国自命，至此与长毛另股，相搏数日，一些儿没有便宜，反伤失军士数百名，未免心中怏怏；其言之不怍，则为之也难。自是忧愤成病，终日在床上呻吟。忽报石达开自至，军中大愕，急禀知王鑫，急得王鑫冷汗交流，霎时间口吐白沫，竟到阎罗殿去报到。暗寓讥刺。亏得国荃驰至，军心方定。

国荃即率军击石达开，达开是长毛中一个黑煞星，至是因韦、杨内哄，孤军出走，悲愤得了不得，还有何心恋战？既到吉安，见国荃军容甚整，他竟不战而去。先到的长毛，因后队无故退回，自然一哄随行，走得稍慢的长毛，反被国荃追至，杀毙了好几百名。嗣因长毛去远，仍回军围攻吉安。

这时杨、彭二将围九江，已将一年，守城悍酋林启荣，屡出兵相扑，都被杨、彭击败；他却一意固守，始终不懈，杨、彭二将，倒也无法可施。且因外江内湖的水师，被阻三年，仍然不能沟通。杨、彭商议多日，由玉麟建议，力攻石钟山。这石钟山是江湖的要口，长毛布得密密层层，作九江城的保障，所以湘军内外隔绝。杨、彭二人，悬军九江城下，左首要防着九江，右首要防着石钟山，两面兼顾，为碍甚多，于是决意攻石钟山，密遣人暗约内湖水师，里应外合，又与陆军统领李续宾，商定秘谋，令他照行。此处用暗写，以免平衍。

　　发兵这一日，内湖水师，先冒死冲出湖口，依山列阵，长毛无日不防他出来，自然率众堵御。但长毛内也有能人，一则恐杨、彭夹攻，二则恐李续宾也舍陆登舟，前来接应，故写长毛防备，以显杨、彭妙策。旋探知李续宾已先日拔营，往宿太等地方去了，长毛遂专力御两面水师。杨、彭二将，闻内湖水师已出湖口，遂将战船分作两翼，鼓棹疾进。那时山上山下的长毛，已分头抵敌，这里方击楫渡江，那边已投鞭断水，两军接仗，都是把性命丢在云外，恶狠狠的搏战，自午至暮，足足斗了四、五个时辰，喊杀之声，尚然未绝；两下列炬如星，再接再厉，你不让，我不走，直杀到天愁地惨，鬼哭神号。猛然见山上火起，照彻江中，映着水波，好像火龙一条，夭矫出没，顷刻间烟焰迷腾，满江皆赤。长毛都惊愕不知所措，回望山顶，恍如一座火焰山，矗起江面，凭他浑身是胆，到此也不寒而栗。一夫骇走，万夫却行，湘军趁这机会，把长毛杀得四分五裂，如摧枯，如拉朽，未及天明，已夺得战舰八十九艘，炮千二百尊，杀毙长毛万余人。外江内湖的水师，并合为一。这一场恶战，若非李续宾佯赴宿太，乘夜渡江，绕出石钟山后，登山纵火，尚未见水师定获大胜。叙明前次秘谋，可谓兵不厌诈。杨、彭至天明收军，检点部下，十分中亦死了两分，伤了三分，正是由性命换了出来。后来由曾国藩奏闻，就石钟山上建昭忠祠，便是因伤亡太多，借祠立祭，妥侑忠魂，这且慢表。

　　且说湖口既克，下游六十里，就是彭泽县。彭泽县南有小孤山，也是挺立江中，长毛据高为垒，就南北两岸，修筑石城，环以深濠，密排桩木，藉此守彭泽县，作为九江声援。长毛酋赖汉英，踞城扼守，已历四年，杨载福合军进取，到彭泽县南岸，饬兵士登陆，佯修营垒，作长围状。长毛出城猛扑，筑营的兵士，都纷纷逃走。那时长毛争先追赶，直到急水沟，只听得一声号炮，万马奔腾，杨载福亲统大军，于长毛背后杀到。长毛知势不妙，连忙回军，已是不及，没奈何与杨军接战，无如后面又有兵至，把长毛冲作数截。长毛心慌意乱，只得人人自顾性命，各寻生路，奔回城中。这长毛后面的敌兵，看官不必细问，就可晓得是筑营佯败的兵士了。杨载福率众掩杀，擒斩无算，立即围住彭泽城，四面攻打了一日。次日撤去两隅，单从西南两面猛攻，赖长毛汉英，亦令长毛并力抵御，自辰至暮，两造军士，都有些困乏起来。攻城的兵士，渐渐懈手，守城的兵士，亦渐渐放松。赖酋也总道无虞，不防城东突有清军登陴，拔去赖字的长毛旗，换了李字的清军旗，吓得赖酋手足失措，只好招呼部众，开了北门，一齐逃走。看官记着！杨军单攻西南，已是明明有意，留出东北两面，一面约李续宾夜袭，一面放赖汉英出逃，这有勇无谋的赖长毛，正中了杨提督的妙计。名为汉英，实是汉愚，不败何待？

　　赖汉英出了彭泽城，拟逃往小孤山，到了江边，张目一望，只叫得一声苦，正思拍马回走，沿江已有清兵杀来，一片喊杀的声音，震动江流，不知有多少清兵。幸汉英忙中有智，急脱去军装，除下红巾，一溜烟的逃脱，所遗部众，被清兵杀得一个不留。阅至此处，方知杨载福放走赖酋，亦自有计，只赖酋尚不该死耳。后人有诗咏这事道："彭郎夺得小姑回。"小孤山亦称小姑山，彭郎就指玉麟。杨载福攻城时，彭玉麟已分兵攻小孤山，夺山破城，可巧是同一日，只相隔了几小时。赖酋逃至江岸，上山下水，已统悬彭字大旗，此时除微服潜逃外，还有何法？杨、彭、李既连拔要害，扫清九江上下游敌垒，遂专力攻九江。

这时候，和春、张国梁自丹阳合兵，复进攻江宁属县，攻克句容、溧水等城，仍逼镇江。镇江是金陵犄角，前次余、吉二人，围久无功，都因金陵屡次出援，所以失利。这番张国梁来攻镇江，仍用吉尔杭阿旧法，自率兵营高赀，扼敌粮道，长毛屡次来争，国梁竭力抵拒。长毛战一仗，败一仗，连败四次，方不敢来敌国梁，只扼守运河北岸，筑垒相拒。可见吉抚之计，未尝不是，但兵力不逮国梁，故成败异势。国梁亦不去硬夺，但蓄养了数天，密约总兵虎嵩林、刘季三、余万青、李若珠等，合力攻城。镇江长毛，狃于前胜，不甚措意，至四总兵杀到，如狂风骤雨一般，震撼城垣，气腾貔虎，锋剸蛇虺，草木皆兵，风云变色，长毛见了这般军容，不觉大惊，急率众堵御，开炮掷石，忙个不了。怎奈顾了东管不到西，顾了西管不到东，方在走投无路，那赫赫威灵的张军门大旗，亦乘风飘到。长毛望见旗号，越加股栗，城外的清兵，偏格外起劲，城墙也似骇他的威望，竟一块一块的坠将下来。清兵即溃垣而入，破了城，搜杀数千人，只寻不着长毛酋吴知孝，追到江边，也没有踪迹，料是逸围而去。

国梁收复镇江城，德兴阿也克复瓜洲。原来德兴阿驻节扬州，闻镇江长毛，与清军相持，料知江南的长毛，无暇兼顾江北，遂益勒兵攻瓜洲，四面兜裹，突将土城攻破；长毛无路可逃，多被清兵杀毙。有几十百个长毛窜出城外，又由清水师截击，溺毙无遗。叙德兴阿克瓜洲，与张国梁事，简略不同，已可见两人之优劣。

南北捷书相望，和春、张国梁仍进规江宁，又组成一个江南大营。事有凑巧，江西的临江府，也由湖南遣来的援军，一鼓攻入，刘长佑积劳成病，乞假暂归，代以知府刘坤一，与萧启江军同向抚州，江西已大半平定，眼见得九江一带，亦不日可平了。暂作一束。

谁想内乱方有转机，外患又复相逼，广东省中，又闹出极大的风波来。广东的祸胎，始自和事老耆英。英商入城一案，经粤督徐广缙单舸退敌，英使文翰，才不复言入城事，接五十六回。广东安静了几年。长毛倡乱，广东亦不被兵革，只徐广缙调任湖广后，巡抚叶名琛，就升为总督，会英政府召回文翰，改派包冷来华。包冷复请英商入城，名琛不许，包冷屡次相嬲，名琛竟不答复。有时连咨请别事，他也束诸高阁，清廷因广东数年无事，总道他坐镇雍容，定有绝大才略，授他体仁阁大学士，留任广东，名琛益大言自负。咸丰六年，英政府复遣巴夏礼为广东领事，巴夏礼又来请入城，名琛仍用老法子，一字不答。巴夏礼素性负气，竟日夜寻衅，谋攻广东。适值东莞县会党作乱，按察使沈棣辉，督官绅兵勇，把会党击退，棣辉列保兵勇战功，请名琛疏荐，名琛也搁置不提，兵勇自是懈体，一任党匪逃去。党首关巨、梁棉等，遁居海岛，投入英籍，献议巴复礼，请攻广东。名琛原是糊涂，党匪亦太丧心。巴复礼遂训练水手，待时发作。

冤冤相凑，海外来了一只洋船，悬挂英国旗帜，船内却统是中国人。巡河水师，疑是汉奸托英保护，登船大索，将英国旗帜拔弃，并将舟子十三人，一概锁住，械系入省，以获匪报。名琛也不辨真假，交给首县收禁。忽由巴夏礼发来照会一角，名琛有意无意的，接来一瞧，内称贵省水师，无故搜我亚罗船，殊属无理。舟子非中国逃犯，即使得罪中国，亦应由华官行文移取，不得擅执。至毁弃我国国旗，有污我国名誉，更出意外等语。当下名琛瞧毕，便道："我道有什么大事，他无非为索还水手，唠唠叨叨的说了许多，哪个有这般空工夫，与他计较？"随召入巡捕，叫他知照首县，发放舟子十三人，送还英领事衙门。不意到了次晨，首县禀见，报称："昨日着典史送还英船水手，英领事匿不见面，只由通事传说，事关水师，不便接受。"名琛道："听他便是，你且仍把水手监禁，不必理他。"首县唯唯而退。

不到三日，水师统领，遣人飞报英舰已入攻黄埔炮台。名琛道："我并不与英人开衅，为什么攻我炮台？"好像做梦。正惊讶间，雷州府知府蒋音印，到省求见，由名琛传入。名琛也不及问他到省缘故，便与他讲英领事瞎闹情形。蒋知府道："据卑府意见，还是向英领事处，问明起衅情由，再行对付。"名琛道："老兄所见甚是，便烦老兄去走一遭。"蒋知府不好推辞，就去拜会英领事，相见之下，英水师提督亦在座。蒋知府传总督命，问他何故寻衅？两人同答道："传言误听，屡失两国和好，请知府归语总督，一切事情，须入城面谈。"蒋知府回报名琛，名琛道："前督徐制军，已与英使定约，洋人不得入城，这事如何通融？"蒋知府不敢多言，当即退出。巴夏礼又请相见期，名琛以入城不便，谢绝来使。巴复礼再请入城相见，名琛简直不答。

于是巴夏礼召集英兵，由水师提督统带，入攻省城，只听一片炮声，震天动地。名琛并不调兵守城，口中只念着吕祖真言宝训。巡抚柏贵，藩司江国霖，急忙进见，共问退敌的计策。名琛道："不要紧！洋人入城，我可据约力争，怕他怎么？"柏贵道："恐怕洋人不讲道理。"名琛道："洋人共有多少？"柏贵道："闻说有千名左右。"名琛微笑道："千数洋人，成甚么事！现在城内兵民，差不多有几十万，十个抵一个，还是我们兵民多。中丞不闻单舸赴盟的徐制军么？英使文翰，见两岸有数万兵民，便知难而退，况城内有数十万兵民，他若入城，亦自然退去。"道言未绝，猛听得一声怪响，接连又是无数声音，柏、江两人，吓得什么相似，外面有军弁奔入，报称城墙被轰坍数丈，柏贵等起身欲走，名琛仍兀坐不动。镇定工夫要算独步。柏贵忍不住，便道："城墙被轰坍数丈，洋兵要入城了，如何是好？"名琛假作不闻，柏江随即退出。是夜洋人有数名入城，到督抚衙门求见，统被谢绝，洋人也出城而去。名琛闻洋人退出，甚为欣慰，忽报城外火光烛天，照耀百里。名琛道："城外失火，与城内何干？"歇了半日，柏巡抚又到督辕，说："城外兵勇暴动，把洋人商馆及十三家洋行，统行毁去，将来恐更多交涉。"名琛道："好粤兵！好粤兵！驱除洋人，就在这兵民身上。"柏抚道："闻得法兰西、美利坚商馆，亦被烧在内。"名琛道："统是洋鬼子，辨什么法不法，美不美？"柏抚台又撞了一鼻子灰，只得退出。柏贵比叶名琛虽稍明白，然亦是个没用人物。

　　是时已值咸丰六年冬季，倏忽间已是残腊，各署照例封印，名琛闲着，去请柏、江二人谈天。二人即到，名琛延入，分宾主坐下。名琛开口道："光阴似箭，又是一年，闻得长江一带，长毛声势少衰，但百姓已是困苦得很，只我广东，还算平安，就是洋人乱了一回，亦没甚损失，当时两位都着急得很，兄弟却晓得是不要紧呢。"柏抚道："中堂真有先见之明。"名琛掀髯微笑道："不满二位，我家数代信奉吕祖，现在署内仍供奉灵像，兄弟当日，即乞吕祖飞乩示兆，乩语洋人即退，所以兄弟有此镇定呢。"原来如此。柏抚道："吕祖真灵显得很。"名琛道："这是皇上洪福，百神效灵。闻得本年新生皇子，系西宫懿嫔所出，现懿嫔已晋封懿妃，懿妃夙称明敏，有其母，生其子，将来定亦不弱。看来我朝正是中兴气象，区区内乱外患，殊不足虑。"随即谈了一会属员的事情，何人应仍旧，何人应离任，足足有两个时辰，方才辞客。看官！你道名琛所说的懿妃，是什么人？便是上回叙过的那拉氏。那拉氏受封贵人后，深得咸丰帝欢心，情天做美，暗孕珠胎，先开花，后结果，第一次分娩，生了一个女孩儿，第二次分娩，竟产下一位皇儿，取名载淳。咸丰帝时尚乏嗣，得此儿后，自然喜出望外，接连加封，初封懿嫔，晋封懿妃，比皇后只差一级了。此咸丰六年事，所以夹叙在内。

这且慢表，且说英领事巴夏礼，因入攻广州，仍不得志，遂驰书本国政府，请派兵决战。英国复开上下议院，解决此事。英相巴米顿力主用兵，独下议院不从。嗣经两院磋商定议，先遣特使至中国重定盟约，要索赔款，如中国不允，然后兴兵。于是遣伯爵额尔金来华，继以大轮兵船，分泊澳门、香港；又遣人约法兰西连兵，法人因商馆被毁，正思索偿，随即听命。额尔金到香港，待法兵未至，逗留数月，至咸丰七年九月，方贻书名琛。名琛方安安稳稳的在署诵经，忽接英人照会，展开一瞧，乃是汉文，字字认识，其词道：

> 查中英旧约，凡领事官得与中国官相见，将以联气谊，释嫌疑。自广东禁外人入城后，浮言互煽，彼此壅阏，致有今日之衅。粤民毁我洋行，群商何辜，丧其资斧？拟约期会议偿款，重立约章，则两国和好如初，否则以兵戎相见，毋贻后悔，西历一千八百五十七年十月日。大英国二等伯爵额尔金署印。

名琛阅毕，自语道："混帐洋人，又来与我滋扰了。"接连递到法、美领事照会，无非因毁屋失赀，要求赔款，只后文独有"英使已决意攻城，愿居间排解"二语。名琛又道："一国不足，复添两国，别人怕他，独我不怕。"有吕祖保护，原可不怕。遂将各照会统同搁起，仍咿咿唔唔的诵经去了。到了十一月，法兵已至，会合额尔金，直抵广州，致名琛哀的美敦书，限四十八小时内，答复偿款换约二事，否则攻城。名琛仍看作没事一般。将军穆克德讷，巡抚柏贵，藩司江国霖，闻着此信，都来督署商战守事。名琛道：“洋人虚声恫吓，不必理他。”穆将军道：“闻英、法已经同盟，势甚猖獗，不可不防！”名琛道：“不必不必。”穆将军道：“中堂究有什么高见，可令弟等一闻否？”名琛道：“将军有所不知。兄弟素信奉吕祖，去岁洋兵到来，兄弟曾向吕祖前扶乩，乩语洋兵即退，后来果然。前日接到洋人照会，兄弟又去扶乩，乩语是十五日，听消息，事已定，毋着急。祖师必不欺我，现已是十二日了，再过三四日，便可无事。”将军等见无可说，只得告退。

是日英兵六千人登陆，次日，据海珠炮台，千总邓安邦，率粤勇千人死战，杀伤相当，奈城内并无援兵，到底不能久持，竟致败退。又越日，英、法兵四面攻城，炮弹四射，火焰冲霄，城内房屋，触着流弹，不是延烧，就是摧陷，总督衙门也被击得七洞八穿。名琛此时颇着急起来，捏了吕祖像，逃入左都统署中。吕祖不来救驾，奈何？柏巡抚知事不妙，忙令绅士伍崇曜出城议和，一面去寻名琛，等到寻着，与他讲议和事宜，名琛还说“不准洋人入城”六字。倔强可笑。柏抚不别而行，回到自己署中，伍崇曜已经候着，报称洋人要入城后，方许开议。柏抚急的了不得，正欲去见将军，俄报城上已竖白旗，洋兵入城，放出水手，搜索督署去了。柏抚正在没法，只见洋兵入署，迫柏抚出去会议。柏抚身不由主，任他拥上观音山。将军、都统、藩司等，陆续被洋人劫来。英领事巴夏礼亦到，迫他出示安民，要与英、法诸官一同列衔。此时的将军、巡抚，好似猢狲上锁，要他这么便这么。安民已毕，仍导军抚都统回署，署中先有洋将占着，竟是反客为主。柏抚尚记念名琛，私问仆役，报称被洋将拥出城外去了。于是军抚联衔，劾奏名琛，奉旨将名琛革职，总督令柏抚署理，这是后话。

且说名琛匿在都统署，被洋人搜着，也不去难为他，还是吕祖暗中保佑。仍令他坐轿出城。下了兵轮，从官以手指河，教他赴水自尽，名琛佯作不觉，只默诵吕祖经。先被英人掳到香港，嗣又被解至印度，幽禁在镇海楼上。名琛却怡然自得，诵经以外，还日日作画吟诗，自称海上苏武。他的诗不止一首两首，小子曾记得二律道：

> 镇海楼头月色寒，将星翻怕客星单；
> 纵云一范军中有，争奈诸军壁上观。
> 向戍何心求免死，苏卿无恙劝加餐；
> 任他日把丹青绘，恨态愁容下笔难。
> 零丁飘泊叹无家，雁札犹传节度衔；
> 门外难寻高士米，斗边远泛使臣槎。
> 心惊跃虎笳声急，望断慈乌日影斜；
> 惟有春光依旧返，隔墙红遍木棉花。

名琛在印度幽禁，不久即死。英人用铁棺松榔，收殓名琛尸，送回广东。广东成为清英法三国公共地，英人犹不肯干休，决议北行。法、美二使，亦赞成，连俄罗斯亦牵入在内，当下各率舰队，离了广州，向北鼓轮去了。欲知后事、请阅下回。

行军之道，固全恃一智字，即坐镇全城，对待邻国，亦曷尝可不用智。杨载福之屡获胜仗，迭据要害，虽非尽出一人之力，然同寅协恭，和衷共济，卒能出奇制敌，非智者不及此。若叶名琛之种种颠顸，种种迁延，误粤东，并误中国，不特清室受累，即相沿至今，亦为彼贻误不少。列强环伺，连鸡并栖，皆自名琛启之。误中国者名琛，名琛之所以自误者，一

愚字而已。且一智者在前，则众智毕集，彭、李诸人
之为杨辅是也。一愚者在上，则众愚亦俱至，穆、柏
诸人之为叶辅是也。此回前后分叙，一智一愚，不辨
自明。

第六十七回

四国耀威津门胁约　两江喋血战地埋魂

却说英法俄美四国舰队，自广东驶至上海，各遣员赍书赴苏州，见江苏巡抚赵德辙。德辙把来书瞧阅，乃是致满大学士裕诚书，当即与洋员说明，愿将来书投递北京，叫他在上海候复，洋员答应自去。赵德辙即咨送江督何桂清，何桂清时驻常州，接德辙咨文，并四国来书，遂飞驿驰奏。咸丰帝立召大学士裕诚，及军机大臣会议。议了半日，方定计简放黄宗汉为钦差，赴粤办理交涉，一面由裕诚署名，答复英法两国，是令他速赴广东，与黄宗汉会商；并说本大臣参谋内政，未预外事，不便直接。复美使书，也是令他赴粤，不过有要他排解的意思。复俄使书，略说中俄原约，只在黑龙江互市，如有相争事件，可速赴黑龙江，自有办事大臣接商，无庸与本大臣交涉。这等复书，仍饬江督何桂清转交。偏这英使额尔金，法使噶罗，不肯照行，仍牵率俄美两使，向天津进发。

咸丰八年三月，四国军舰，云集白河口，投书直督谭廷襄，仍请转达首相。廷襄是照例奏闻，诏令户部侍郎崇礼，内阁学士乌尔棍泰，驰赴天津，会同直督，照会各国使臣，约期开议。不意英法两使，复称钦差非中国首相，不便和议，决词拒绝。外人得步进步，原是狡狯，然亦由中国自召。只俄美两使，算是接见，相与往来，但不过是空言敷衍，毫无效果。这位谭制台，恰格外巴结，差了武弁，驾着小船，引导洋人进出。洋人本未识大沽险要，至此往来窥测，探悉路径，又见大沽防务疏忽得很，突于四月初八日，驶入小轮船数艘，悬起英法两国红旗，开炮击大沽炮台。守台官游击沙春元、陈毅等，仓猝迎战，卒以众寡不敌，次第殉难，前路炮台陷。副都统富勒登太，守住后路，猝闻前军失守，逃得不知去向，后路炮台又陷。这一仗战争，提督张殿元，总兵达年，副将德奎，在大沽附近，吃粮不管事，由他捣入。咸丰帝闻警大怒，把提督、总兵、副将各人，革职拿问，特命亲王僧格林沁，带兵赴天津防守；又命亲王绵愉，总管京师团防事务，严行巡逻。

僧亲王抵天津后，俄美二使，愿居间排解，只乞改派相臣议款。僧亲王复据实陈奏，咸丰帝不得已，命大学士桂良，吏部尚书花沙纳，再赴津议款。这时候，清廷大臣，如惠亲王绵愉，尚书端华，大学士彭蕴章等，关心和议，记起这位和事老耆大臣来，当即联衔保奏。要送他老命了。咸丰帝立命陛见，和事老耆英，挺然出来，造膝密陈，似乎有绝大经济，不由咸丰帝不信，叫他自展谋猷，不必附合拘泥，随赏给侍郎衔，饬至天津商办。耆英抵津，坐着绿呢轿，径去拜会英使，投刺进去。等候了好一歇，由翻译出来，说声挡驾。耆英私问翻译，为什么不见？翻译道："耆大人想忘记广东的事情了。原约许英人二年入城，怎么到了四五年，尚未践约。耆大人！你还是回去的好，免得多劳往返。"讥讽之言，不堪入耳。耆英回见桂良，便将此事说明，挽桂良奏请召回。桂良随即出奏，耆英即收拾行李，驰还通州。忽有廷寄颁到，令他仍留天津，自行酌办。耆英回京心急，仍自启行；到了京师，巧遇巡防大臣绵愉，问他未奉谕旨，如何回来？耆英便说英使怀恨，不便在津，是以急回。绵愉恐坐保举失察罪，即上本参劾。咸丰帝本不悦耆英，接阅此奏，便降旨诘责，说他离差罪小，诿过罪大，有负委任，赐令自尽。可怜这位和事老，白发苍颜，还不得善终，这也是甘心误国的报应。外交官听着！

谁知耆英虽死，衣钵恰传出不少，桂良、花沙纳，统是得着耆英的秘诀。英人要约五十六条，法人要约四十二条，都一一照奏。小子于英法要求各条款，也记不胜记，只最关紧要的，约有数条：第一是各派公使驻京；第二是准洋人持照至内地游历通商；第三是增开牛庄、登州、台湾、潮州、琼州等处为商埠；第四是长江一带，自汉口至海滨，由外人选择三口，以便往来通货；第五是洋人得挈眷属在京居住；第六是偿英国商耗银二百万两，军费亦二百万两，法国减半。奏折一上，廷臣鼓噪，都主张驳斥。你一本，我一本，大半痛哭陈辞，赛过贾长沙、陈同甫一流人物，其实统是纸上空谈，无裨实用。还是咸丰帝晓明大局，料知无人能战，无地可守，没奈何忍痛许和。

俄使公普，美使列卫廉，据利益均沾的通例，亦要求订约，桂良、花沙纳，仍行奏请。咸丰帝无话可说，只传旨准奏，钦此，便算了事。四国使臣，与清国两钦差，各订约签押，因要钤用国宝，须费一番手续，定期来年互换，于是各国舰队，次第退出，这叫作天津和约。

是年，江南军事，亦胜败不一。九江城为林启荣所据，坚忍能军，十易寒暑，固守如故。杨、彭、李会集水陆各军，浚濠环攻，连番猛扑，终不能下；复开地道数处，迭毁东南二门，登城者再，卒被击退。李续宾痛励将士，再行掘隧，曾国华亦自长沙趋至，助续宾连夜掘穴，地道又成。乃饰水陆军十六营，四门进攻，攻至夜半，由地道举火，地雷骤发，砖石飞腾，迤东而南的城垣，轰坍一百多丈。湘军痛两次伤亡的惨剧，誓死复仇，人人思奋，踊跃先登，呼声动天地，冲锋掩杀，约两三时，击毙长毛一万七千多名，积尸如山，流血成渠。凭启荣怎么强悍，双手不敌四拳，终被他剁为肉泥。还有悍酋李兴隆，也随了启荣，为洪天王殉节，九江乃平。李续宾因功邀赏，得加巡抚衔，专折奏事。曾国华亦得同知衔。

抚州、建昌，同时肃清，只吉安长毛，尚是死守，曾国荃屡攻未克，回湘添募营勇，大举进攻。也是吉安长毛，该当数尽。先是守城的长毛首领，计有二人，一为先锋李雅凤，一为丞相翟明海。李、翟连番出城，冲击曾营，屡被杀败，翟明海败仗尤多。两人互相埋怨，恼了李雅凤，竟将明海杀死。明海的部下，开城窜去。李雅凤势孤力弱，由国荃乘间攻入，巷战许久，将雅凤擒住，解省正法。自相鱼肉，断没有好结果，大则韦杨，小则翟李，可为前鉴。

江西已平，于是朝旨令李续宾军图安徽，再起曾国藩督师。国藩至江西，闻长毛分窜浙、闽，督师往援，途次闻浙西一带，长毛不多，尚无大碍，只闽省浦城、崇安、建阳、松溪、政和各县，窜入红巾，烽火相寻。国藩令萧启江、张运兰赴闽剿办，兵甫出发，忽有大股长毛，回扑江西抚州、建昌，两府戒严。亏得刘长佑出来督军，截住新城，把长毛击退，长毛仍还入闽境，萧张两路兵马，分道趋闽，因天雨连绵，岭路泥泞，军士又复遇疫，中道折回。

天下不如意事，十常八九，闽中未闻报捷，皖中先已丧师。山龙过脉，自成一线。自洪天王建都江宁，恃安徽为门户，兵粮军械，全杖安徽接济，所以安徽境内的长毛，个个是几经挑选，方许驻守。督率守兵的头目，起初是翼王石达开，素称骁将，嗣后是英王陈玉成，骁勇几出达开上。玉成眼下有双疤，官军叫他四眼狗。这四眼狗，确是厉害，清将闻他悍名，个个吐舌，偏这不怕死的李续宾，硬要与他反对。与狗作死对头，殊不值得。续宾沿江入皖，仗着勇气，倍道而前，平太湖，拔潜山，下桐城、舒城，千百个小长毛，都抱头窜去。忽闻四眼狗攻扑庐州，遂麾军急进，一意赴援。部将谏道："现在安庆未克，若进攻庐州，恐怕安庆长毛，要截我后路，不如在桐城休养数日，相机而行。"续宾道："安庆方面，已有都将军马队进攻，长毛必并力守城，无暇与我为难，我军正可进攻庐州。"原来荆州将军都兴阿，方奉旨图皖，接应续宾，前锋为鲍超、多隆阿，正进趋集贤关，所以续宾有此计议。部将道："都将军既至安庆，我军正好与他联络，先把安庆克复，再图庐州未迟。"续宾瞋目道："救急如救火，庐州危急万分，安能不救？倘庐州一陷，狗贼回援安庆，连都将军也站立不住，我军在此何为？"部将又道："我军不过数千人，前无导，后无继，孤军直入，万一遇险，奈何？"续宾道："这可发书湖北，请兵援应便是。"当下写了一书，遣人驰送，另派兵驻守舒、桐各城，简了精锐，星夜前驰，直抵三河镇。这镇系宁皖交通的要道，距庐州只五十里，长毛环筑大城，厚屯兵马，防守得非常严密，诸将又请续宾择地驻营，等待援兵。续宾才驻扎了一天，到了次日，湖北杳无援音。原来此时的胡林翼，已丁忧去位，总督官文，得续宾书，不以为意，简直是一兵不发。毕竟是个满员。续宾又待了一日，不觉焦躁起来，复麾军欲出。诸将又再三劝阻，续宾愤愤道："我自用兵以来，只知向前，不知退后。就使死敌，也是我辈带兵的本分。明日定要破他坚垒，除死方休！"可以死，可以无死，死伤勇。诸将始不敢多言。

翌晨，即下令进逼敌垒，续宾执旗当先，将士紧紧随着，不管他枪弹飞来，总是冒死冲入。自昼至夜，连平长毛九座营盘，检点部下，死了参将萧意文，都司胡在位，及兵勇千余人。忽后面战鼓喧天，喊声大震，长毛如墙而至，遥望旗号，乃是太平天国英王陈、太平天国侍王李。续宾道："四眼狗到了。什么还有侍王李？想是李世贤的狗头。"随即列好阵脚，专待敌军。说时迟，那时快，四眼狗前锋已到，与续宾部下，血战起来。长毛兵有十多万，续宾兵只有四五千人，眼见得长毛陆续趋上，把续宾军围住，围了一重，又是一重。重重围住，直围到数十重。续宾还拼命冲突，怎奈四面如铜墙铁壁，有力也没处使，将士又逐渐倒毙。续宾叹道："今日败了，是我殉节之日了。"回顾诸将，令各自逃生。诸将道："公不负国，我等岂可负公？"续宾乃传令见月出走。未几月出，续宾争先陷阵，长毛丛集，哪怕续宾三头六臂，到此也不能脱免。参将彭友胜，游击胡廷槐、饶万福、邹玉堂、杜延光，守备赵国梁，先后战死。续宾亦力竭身亡。续宾一死，军心大乱，越要急走，越是先死。同知曾国华，及知府王忠骏，知州王揆一，同知董容方，知县杨德闿等，皆殉难。道员孙守信，同知丁锐义，坚守中右营三日，弹药水火都尽，营破死之。次第叙来，可见续宾之死，亦由刚愎之咎。桐、舒、潜、太四邑，复被陷没。都兴阿也撤安庆围，退屯宿松，皖楚大震。

湖广总督官文，湖南巡抚骆秉章，飞章入告，请调曾国藩移师援皖。朝旨令国藩统筹全局，斟酌具奏。国藩乃具疏上陈，最要紧的数语，录述如下：

就数省军务而论，安徽最重，江西次之，福建又次之。计惟大口南岸，各置重兵，水陆三路，鼓行东下。剿皖南则可以分金陵之贼势，剿皖北则可以分庐州之贼势。北岸须添足马步三万人，都兴阿、李续宜、鲍超等任之；南岸须添足马步二万人，臣率萧启江、张运兰任之；中流水师万余人，杨载福、彭玉麟任之。至江西军务，亦分两路，臣与抚臣耆龄任之，臣任北路，耆龄任南路，闽省兵力，足以自了，尚可无虑。

奉旨准议。惟起复胡林翼，仍任湖北巡抚。林翼受任，出驻黄州，拊循士卒，严防长毛人犯。长毛果欲溯江而上，被多隆阿、鲍超击退。国藩正拟出图皖南，忽报长毛大酋石达开，率众趋江西，攻陷南安县城。国藩急檄萧启江等往援。才到南安，达开已弃城出走。

捷书方至，国藩幕下，接连又闻庐州失守，李孟群殉难。孟群自战胜湘鄂，即由朝旨令他援皖，独当一面，以累功擢安徽布政使，兼署安徽巡抚事。其实孟群的才识，也没什么过人，闻他的妹子素贞，恰是熟谙兵法，饶有胆力。孟群出军，素姑必戎装相从。一日，孟群被围，别将都不敢往援，独素姑怒马跃入，手斩数十人，护孟群归，甲裳都赤，军中惊为天神，连长毛亦怕她雌威。比洪宣娇何如？嗣是孟群格外敬服，有所讨伐，必令素姑相随。至官、胡两军攻汉阳，孟群兄妹偕往，一场血战，素姑阵亡，年才二十岁。清廷重男不重女，到武汉克复后，把素姑的血战功，也并加在孟群身上，所以孟群由知县出身，迭次超擢，竟至方面。表扬闾阎，独显幽光。惟孟群自丧妹后，失去一个臂助，惘惘的到了安徽，正值连天烽火，遍地寇氛。到了庐州，适四眼狗纠众大至，连战数日，卒因众寡不敌，败退官亭，扎了数营，挡住庐州的西面的长毛。至李续宾战死三河，都兴阿撤围安庆，四面无援，只剩孟群一军，孑然孤立，哪里还支持得住？不到数日，庐州失守，长毛大股，都来扑孟群营，副将邓清，知县李孟政两营，先被攻破，纷纷溃散。长毛并力攻中营，从早起战到晚间，中营复陷。孟群持矛屹立，厉声骂贼，长毛一拥而上，尚被孟群刺死三名，未几遇害。千总沈国泰觅获遗骸，始得归葬。国藩闻这凶耗，悲他父子殉节，格外伤心。谁知还有一妹。

寻又报石达开窜入湖南，湖南系国藩故里，桑梓攸关，急个不了。忙咨湘抚骆秉章，令他赶紧堵御。秉章正在筹防，为这一场匪警，又引出一个大人物来。为人最要立点事业，看后世稗官家，要叙一出色人物。下笔且是不苟。这位大人物是谁？乃是湘阴县人左宗棠。闻名久矣。宗棠字季高，少年倜傥不羁，常以王佐才自许，骆抚曾招致幕下，待以上宾礼。属僚有事禀白，都付他裁决。名高致谤，权重招忌，几乎把宗棠性命，断送在骆抚手中。可为有才者叹。永州总兵樊燮，刚愎自用，骆抚劾他骄倨，有旨革职，不意樊燮运动都察院，奏称无罪。廷旨令湖广总督官文查办，官文隐祖樊燮，密查骆抚弹章，出宗棠手，竟召宗棠对簿武昌，拟他重辟。骆抚疏争不得，亟函致在京编修郭嵩涛，令他向军机大臣肃顺处说情。嵩涛与宗棠同乡，自然暗中关说，并挽南书房行走潘祖荫，疏救宗棠；接连又是曾、胡二公，上疏荐宗棠才可大用。内外设法，始得将宗棠保全，脱罪回籍。险哉宗棠！至达开窜入湖南，击败总兵刘培元、彭定泰等，陷桂阳及兴宁、宜章等县，骆抚夙重宗棠，再请出山，委以军事。宗棠亟檄刘长佑、江忠义、田兴恕等还援，一月内成军四万人，泽隘设守。官、胡二督抚，复飞咨都兴阿将军，调拨吉林、黑龙江马队回鄂，驰赴湘南，并派知府肃翰庆，率水师炮船三十二只，克期会长沙。

时石达开沿途裹胁，挟众二三十万，意欲踞险自雄，与洪天王另张一帜。大约仍是帝王思想。初攻武冈祁阳，城坚不能拔，转攻宝庆，连营百余里。刘长佑、田兴恕各援军，先后踵至，与石达开血战数次，杀伤相当。胡抚以宝庆重地，不可无良将为统帅，乃遣李续宜统五千人往，所有援军，悉归节制。达开颇惮续宜威名，闻他前来，亟挑选精悍，裹三日粮，誓破宝庆。续宜兼程而至，与刘长佑会商军务，为避实击虚计，从北路进攻，遂渡资水而西，击达开背后。达开正誓死攻城，不防续宜从后掩入，或横截，或包抄，或旁敲，或侧击，弄得达开茫无头绪，只得且战且走。清军已经得势，如旋风一般的追将过去。达开又回战几仗，总是当不住兵锋。战一回，伤亡几千长毛。战两回，又伤亡几千长毛。看看已毙了二万多人，料难住足，不得已呼啸一声，向西南逃窜去了。达开亦如强弩之末。

湖南解严，续宜还鄂，曾国藩闻桑梓无恙，方才安心。忽朝旨促他入川，令他堵截达开，国藩不敢违慢，急率兵沂江而上。及到湖北，探闻无达开入蜀消息。看官！你道达开到哪里去？他已经窜入广西，都是这位官制军，闻风虚报，奏调曾军，弄得这位曾侍郎奔波不息，官制军恰暗里笑着呢。官文人品，如是如是。

国藩行抵黄州，与林翼会叙，握手道故，非常亲昵。国藩道："官制军的脾气，煞是可怪。不知吾兄如何对付？"林翼道："为了一位官制军，左季高几丧了性命。此次石逆入湘，若非季高尚在，兄弟倒措手不及了。"国藩道："季高得生，闻仗肃军机暗中挽回，肃公颇还知人。"林翼道："这也是季高不该死。肃军机哪里靠得住？不然，本年顺天乡试，正考官柏中堂，如何被他葬死呢？"国藩叹息道："明珠和珅，闹得如此厉害，未罹重辟，柏葰究是一个大学士，偏为了科场舞弊，竟致身首两分，天下事原有幸有不幸哩！"林翼道："科场中的弊端，闻柏中堂并未预知，榜发后查勘原卷，说是硃墨不符，误中了一个唱戏的平龄。究竟平龄是否唱戏？是否冒名？是否柏中堂家人，暗中掉卷？兄弟不在朝中，无从确查。论起理来，不过一个失察的处分，偏这肃尚书顺，定议按律处斩，与同考官程炳采同死市曹，若是一位满大员，断不至此。"柏葰处斩，是咸丰九年间事，曾胡二公口中叙明，以省笔墨，是简略得当处。国藩道："议亲议贵，古今一辙，恰也莫怪。但吾兄与官制军同处，颇称莫逆，此中必有良法，倒要请教。"林翼道："说来可笑。那日官制军的姨太太，做三十岁生辰，分柬请客，司道等都不愿往贺，我为时局计，不得不例外通融，赴贺督辕。司道们见我前往，也不好不去，乐得官制军喜笑颜开，要与我约为兄弟。次日，他的姨太太亲来谢步，拜我母亲为义女，从此以后，遇着军国大事，总算承他协力同心。涤公！你想可笑不可笑么？"毕竟胡公有才。国藩道："这是枉尺直寻的办法，我也要照样一学，到武昌去走一遭。"林翼道："涤公！你去做什么？"国藩道："我现在决计图皖，恐怕官制军同我作对，几句奏语，又要我忙着。"林翼闻言，不禁失笑。国藩道："安徽长毛，厉害得很，我若往剿，兄须助我。"林翼道："这个不劳嘱咐，同为朝廷办事，可以相助，无不尽力。"国藩告别，径趋武昌，与官文谈论皖事，格外谦恭。官文亦格外敬礼。自是国藩不虑牵掣，由湖北还趋宿松去了。平勃交欢，即是此意。小子曾有诗道：

> 满人当道汉人轻，汉满由来是不平；
> 毕竟通儒才识广，好从权变立功名。

国藩去后，林翼亦移驻英山，协图安徽，将来总有一番战仗，小子下回表明。

本回叙事，看似丛杂，实则上半回是叙战将之不力，以致大沽失守，迫允要求，下半回是叙战将之尽忠，因之两江屡败，仍未退缩。至其关键处，则仍注重将相。桂良、花沙纳无外交才，唯唯诺诺以外，无他技也，若曾、胡二公，文足安邦，武能御侮，清之不亡，赖有此耳。肃顺官文，吾亦拟诸自郐以下。

第六十八回

战皖北诸将立功　退丹阳大营又溃

却说胡巡抚林翼，移驻英山，即命多隆阿总统诸军，用鲍超为前锋，蒋凝学为后援，浩浩荡荡，杀奔太湖。四眼狗陈玉成，闻清军大集，急纠合捻匪首领龚瞎子、张洛型等，由庐州上攻，有众十多万。

捻匪是什么人物？相传捻字是捏聚的意义，无赖亡命，捏聚成群，肆行劫掠，因此叫他捻匪；或又因他明火劫人，捻纸捻脂，叫作捻匪。这种匪徒，起自山东，康熙年间，已是四伏，但当清朝兴盛，官吏严行缉捕，所以随聚随散，未敢称乱；延到洪杨发难，骚扰东南，捻匪亦乘机起事。首领龚瞎子、张洛型等，占据安徽蒙城县雉河集，恣意出没。清廷曾命太仆寺卿袁甲三，率军剿办。但捻匪性质，与长毛不同，长毛有争城夺地的思想，专从险要上着手，所踞城池，总派人防守，捻匪以雉河集为根据，称作老巢，老巢以外，不去占据；有时四出掳掠，所得金银财宝，统是搬归老巢。当出发时，先传令整顿行具，名曰整旗，临行则用马前驱，叫作边马。边马在先，大股在后，遇着官兵，可战便战，不可战，就四散走开，不留人影。独老巢恰四面固守，依险负嵎，就使有千军万马，一时也攻不进去。所以这位袁太仆，剿办了好几年，仍旧不见平静。袁太仆也是没用。此次陈玉成欲犯江淮，暗中勾结龚、张两捻首，同敌清军。捻匪出现。

　　多隆阿正到太湖，接这警信，忙令鲍超回军小池驿，阻住发捻，适与陈玉成相遇。鲍超兵只有数千，玉成兵恰有数万，那时狗性狂发，又似三河围李续宾一般，把小池驿团团围住。鲍超本是一员猛将，竭力搏战，总不能杀出重围；飞书至多隆阿处告急。多隆阿撤去太湖的围师，星夜赶援，仍被敌军隔断，不能前进。鲍超被围数日，不见援军，急得眼中出火，鼻窍生烟，忙取出两纸，各随便写了几笔，差几个得力将弁，赶至曾、胡二处乞援。

　　国藩时在建昌，正拟探听各军消息，忽由外面递进告急书，不瞧犹可，瞧着时，便道："鲍春霆危急极了！"急传令调发营军，火速进援。后来幕府阅鲍超来书，乃是一个斗大的包字，包字外一个大圈，大圈外面，又有无数小圈；都是莫名其妙。还是曾公替他解释，讲明包字即鲍字右旁，外加大圈小圈，乃是被敌重重围住的意思。春霆若非危急异常，断不出此，所以赶派援军救应。嗣闻胡抚亦发兵驰援，便道："胡润芝毕竟聪明，也晓得春霆用意。"润芝系胡抚林翼表字，春霆就是鲍总兵超。亏有曾、胡二公，方识鲍超书意，否则鲍其休矣！鲍超得了援军，遂出兵大战，两边抖擞精神，打了一日一夜，不分胜败。巧值东南风大起，清军适当上风，放起火来，风猛火烈，熊熊焰焰，扑入敌垒。长毛捻众，顿时大乱。四眼狗陈玉成，拥着黄盖羽葆，尚是兀立指挥，鲍超杀得性起，驰马直前，大呼道："四眼狗快来受死！"刀随声下，望玉成脑袋上劈下，亏得玉成眼明手快，忙用刀架住。战了数合，见长毛已经溃散，玉成也虚掩一刀，落荒败走。龚瞎子、张洛型等，也都遁去。敌垒七十余座，成为焦土。四眼狗数年积蓄，统被祝融氏收去，狗威才渐渐落风了。

　　太湖城内的长毛，闻玉成败耗，弃城夜遁，窜入潜山。多隆阿等督兵进剿，距城数里，长毛已悉众扑来。多隆阿治军有律，见长毛大至，令部众严阵以待。长毛冲突数次，只受了无数枪弹，不动清兵分毫。蓦然间鼓角齐鸣，清军分两翼杀出，勇壮的了不得，尘埃滚滚，杀气腾腾，此时长毛锐气已衰，哪里还能抵敌？三脚两步的向北而逃。将到城下，见前面排着马队，悬着清军旗号，一铡齐的立着，吓得长毛胆战心摇，不敢入城，只好从斜刺里逃将过去。清军马步合队，向后尾追，直至青草塥，连人带草的乱刈，把长毛的头颅，砍落无数；有几个脚生得长，命不该绝，才得漏脱。

看官阅此，方知多隆阿严阵不动的时候，已暗遣马队截敌归路，瘟长毛管前不管后，自然中计。长毛已死得许多，还要说他是瘟，冤哉！于是太湖、潜山二县，都由多隆阿收复。接连克凤阳，复建德，拔太平、石埭及泾县，各路捷书，先后纷驰。老成练达的曾国藩，遂决议率部军攻安庆。适四弟国荃，复自湖南募勇驰至，国藩即分部众与国荃，令他出集贤关，规复安庆去了。

忽报江南大营又溃，张国梁战死，和春退走常州，亦伤重身亡，国藩不禁叹息。原来和春、张国梁，自组成大营，直指江宁后，第一仗，攻克秣陵关，第二仗，大破长毛于七瓮桥、雨花台等处。洪天王汹惧异常，令在安徽的长毛，占踞来安县城，作大江南北的声援。偏这和大臣派了总兵成明，协领博奇等，潜师夜袭，竟将来安城克复，江宁愈形危蹙。洪遣沿江驻扎的长毛，出兵四扰。怎奈清水师已随处密布，总兵李德麟、吴全美等，分头截击，又杀毙长毛二千多名。洪天王愤恚已极，饬众出太平、神策两门，分犯大营。副将张玉良、冯子材等，踊跃入阵，夺得长毛大纛，竟将悍目的头颅，借了数颗。长毛虽称强悍，也是怕死，没奈何退回城中。和春又定了一计，令军士沟濠筑垣，把江宁周城百余里，都用短垣围住，然后将部下八万人，星罗棋布，环绕四周。江中复用舢舨联络，成一水营，水陆兼顾，内外相维，竟把一座江宁城，围得水泄不通。故作反笔。

俗语起得好："狗急跳墙"，这洪秀全做了十几年天王，难道竟没有一点主见吗？况且手下有一班党羽，三个缝皮匠，比个诸葛亮，到了无可奈何的时候，穷思极想，毕竟也有一条救急的方法出来。说得入情入理。当下由李秀成献议，仍用多方误敌的计策，对付江南的大营。秀成乃是长毛中后起人杰，虽然是仍抄老文章，但欲解江宁的围困，舍此更无别法。洪天王信用了他，就命江西、安徽的长毛，分扰浙闽，牵制江南大营，总教江宁解围，不名重偿。江西长毛酋应命，遂出兵犯浙江。果然浙中大吏，向江南大营乞援，和春只好分兵南下，派周天受援浙，忽闻长毛又窜入闽省，浙闽是毗连的行省，既援浙，不得不援闽，复派周天培赴援。孤军转战，往往累月不归。又蹈向荣复辙。

会四眼狗陈玉成自皖东败走，回攻浦口，德兴阿猝不及防，竟被四眼狗捣入，全营溃退，走入扬州。江浦、天长、仪征等县，次第失陷。四眼狗余威尚在，竟长驱至扬州，攻西北门，这时候的德兴阿，恰在江口水师舟中，安安稳稳的坐着，一任扬州受敌。扬州没有一定的主帅，见长毛围攻西北，便由营总富明阿，守备詹启纶，分率马步各军，出北门对敌，守备张德彪出西门迎战。两边正酣斗不下，那四眼狗刁滑得很，窥南门守御空虚，竟分兵逾城而入。城既被破，富、詹等人，自然不敢恋战，夺路而逃。德兴阿闻这消息，倒也惊惶起来，惊惶何用。急走邵伯湖，收集溃卒，扎营万福桥，扼守东北，一面向江南大营乞师。你的江北大营何处去了？和春不得已，遣张国梁渡江而北，会集江北军，攻扬州城。突有长毛开城出敌，由国梁飞马迎击，单刀直上，勇不可当。长毛狂奔回城，城尚未闭，国梁已一马跃入，麾兵前进，立复扬州。移攻仪征县，亦随手而下。

　　只六合县在江宁北面，一介孤城，独当劲敌，自县令温绍原募勇居守，已历六年。这六年间，大小百战，屡歼红巾，至德兴阿退驻邵伯，扬州叠陷，六合益危。这次张国梁已克扬州，自然统兵往援。到陈板桥，距城尚十余里，长毛知张军且至，分锐出阻，一面穴隧轰城。国梁方与长毛接仗，六合城已被轰坍，绍原投水死，妻孥亦殉节。这信传至张军，恼了这位张军门，恨不把长毛立刻荡平。无如长毛来得很多，一队杀退，一队又来，杀败了数十队，方没有挡路的长毛，正思进攻六合。忽由大营传檄，令他速援溧水，军令如山，不得不南辕前往。至溧水，城早被陷，总兵张玉良，已奉调进攻。国梁巡视形势，见城西有高古山，冈峦环抱，仿佛画屏，遂依山立营，踞住要害，姑把围城的事情，责成玉良。看似国梁推诿，实则让首功于玉良，看官不要错过！玉良遂着副将冯子材、陈朝宗等，竖梯登城。城上矢石如飞，由冯、陈二将，裹创力战，卒将守陴兵杀退，率兵入城。是时正有大股长毛，来救溧水，到高古山，由张国梁带兵杀出，左冲右突，如入无人之境。长毛阵中，有个黄衣头目，不知死活，执刀来斗，战未数合，被国梁手起刀落，劈于马下。头目已毙，部众立即溃散。国梁击退援军，令玉良得复县城，可见国梁之功，亦是不小。当由两张合军穷追，各处兜截，生擒了几个长毛酋，什么洪国宗，什么铜天侯，都就军前正法，叫他到天父天兄处，销差去了。妙语解颐。

　　怎奈江南得捷，皖北丧师，正值李续宾战死三河，四眼狗异常猖獗，皖南的告急文书，又叠至江南大营。和春复派总兵江长贵往都门青阳，总兵戴文英，副将朱承先赴宁国，营内的兵士，又分去了万人。长毛复从九洑洲率众而来，那时仍劳动这位张军门，躬率大队，前去横扫了一阵。和春因屡次告捷，未免骄盈，遂劾奏德兴阿师久无功，清廷谏行言听，竟夺德兴阿职，令和春兼辖大江南北，自是辖地益广，军事益繁。德兴阿固是当劾，但和春立营江南，也只靠了张国梁，算不得什么大才。和春既受了兼辖的重任，不得不出些风头，当下令总兵李若珠攻六合，偏偏不如所愿，若珠败还，长毛乘胜至浦口，列营皆溃。前时援闽的周天培，正回军驻扎浦口，力战身亡，余军退保江浦。此时的长毛军，气焰越张，东伺扬仪，西逼江浦，南窥溧水，亏得张国梁渡江督剿，三战三捷，击走江浦长毛，下浦口，破沿江敌垒八大座，纵火焚九洑洲，把长毛老巢，烧得乌焦巴弓。

　　国梁回江南，与和春定议招降，解散贼党，申明大义，谕令去逆就顺，有七里洲守营长毛谢茂廷，寿德洲守营长毛秦礼国，俱暗约投诚，愿为内应。这寿德洲系江宁上关的屏蔽，七里洲系江宁下关的藩篱，两洲内溃，待张军门国梁一到，外杀进，里杀出，弄得长毛不知头路，只好弃了关，逃命要紧。不到一昼夜，连克重关，平长毛营垒数十，获大炮百余，战船六十，拔难民男妇五千余人。自这场战胜长毛，金陵城外的犄角，削除殆尽。和春以下诸将士，满意攻克金陵，易如反手。谁知天有不测风云，人有旦夕祸福，为山九仞，功亏一篑，竟令一座威耀无比的大营，倏忽间化作子虚乌有的幻境。见道名言。

　　闲话休表，单说洪天王秀全，闻上下关接连失守，焦急万分，就近饬皖南军，陷泾县、旌德县，并破广德州，由广德州窜入浙湖安吉县境，道出武康，直扑浙江省城。浙抚罗遵殿，分路乞援，待久未至。长毛在清波门外，暗掘地道，轰塌城垣三十余丈，罗抚麾兵抵敌，可奈众寡悬殊，战了半日，只落得忠魂千古，阖属捐躯。独有杭州将军瑞昌，与副都统来存，勒兵坚守满城，鏖战六昼夜，尚未被陷。适值张玉良奉和春命，到了杭城，长毛本无意据杭，不过为江宁撤围计，牵掣江南大营，使他分兵四顾，免注全力，所以闻玉良援浙，即开城出走，向余杭上窜，连陷长兴、建平、溧阳等县。至清军尾追痛击，他又随取随舍，把占据的县城，一概弃去。明明是虚肆以疲，多方以误之计。和春既兼辖南北，复奉旨遥督浙江军，正是趾高气扬的时候，况迭接浙江捷音，自谓无敌不摧，无战不克，麾下将士，亦逐渐骄蹇，营规日弛，防守日懈；又因饷运艰难，每四十五日，只发一月的粮饷，俟大功成后，一律补给，兵勇满怀不服，未免退有后言。

咸丰十年闰三月七日，皖浙的长毛，分道并进，纷扑大营。张国梁昼夜拒战，一些儿没有休息，接连八日八夜，长毛越来越多；究竟人生只有一副血肉，一副精神，要这般的打仗，凭你无上的好汉，也闹得筋疲力衰，支持不住。十四日天大雷雨，至夜奇寒，国梁尚统兵搏战，忽营中无故火起，一刹那间，遍及各营。国梁知军心已变，急翼和春出营，退守丹阳。长毛并力追来，破了溧阳，据了宜兴，进攻丹阳城。当时尚惮国梁威名，不敢逼近，遍筑土垒，步步为营。嗣后令死士潜入清营，伺国梁出战，从后狙击，中国梁腰，国梁回刺死士，背上又中了数枪，受创甚深。尚握着刀连斫数人，冲开一条血路，至丹阳滨，下了马，向北再拜，一跃入水。水波一动，这烈烈轰轰的张军门，已漩沉水底，与世长辞了。可惜！

国梁已死，偌大的丹阳城，眼见得保守不住，当由众将士保着和春，突围出走。将抵常州，回顾后面的长毛，尚是紧追不舍。和春返身迎战，突来一粒枪弹，不偏不倚，正中胸前，当即拍马回走，退至浒墅关，狂血直喷，顿时身死。营务处湖北提督王俊，寿春总兵熊天喜，俱阵亡。独江督河桂清，率司道逃至苏州，被苏抚徐有壬所拒，桂清走上海。长毛夺了常州，进攻苏州，苏州兵不满四千，还是老弱居多，不习战事。

徐抚激励拊循，勉强支持了数日，终被长毛攻入，徐抚死之。小子有诗寄慨道：

> 红巾四扰太披猖，百战将军饮血亡；
> 怪底后人偏不谅，诬称汉贼实荒唐。

　　警耗传至京师，朝旨把死事诸臣，一一抚恤，独将何桂清革职拿问，另简大臣为江督。朝右纷议未决，这次倒是军机大臣肃顺，保着了一个大才，后来果如所言。欲知此人是谁？看官且猜一猜，待小子下回说明。

> 　　江皖相依，隐为唇齿。皖不复，江宁必不克。曾胡二公，决议图皖，不以三河之覆辙为惧者，攻其所必救，兵法固然，无能避也。和春顿兵城下，蹈向荣覆辙，而骄蹇且过之。师劳必惰，将骄必败，大营之溃，固意中事，所惜者亡一良将耳。读是回，可知行军之得失。

第六十九回

开外衅失律丧师 缔和约偿款割地

却说清廷拟简放江督，廷臣多推胡林翼，独肃顺奏称林翼未可轻动，不如任用曾国藩。肃顺以骄恣闻，推重楚贤，是其特识。咸丰帝从肃顺言，遂命国藩任两江总督，督办江南军务。国藩奉旨，即具奏道：

> 目下安庆一军，已薄城下，为克复金陵张本，不可遽撤。臣奉恩命权制两江，驻扎南岸，以固吴会之人心，而壮徽宁之声援。臣亟商官文、林翼，酌拨万人，先带起程，仍分遣员弁回湘募勇，赶赴行营，以资分拨。至于粮糈军械，必以江西、湖南为根本，臣咨商两省抚臣，竭两省之力，办江楚三省之防，布置渐定，然后可以言剿矣。是否有当？伏乞圣鉴！

奏上，奉谕照所拟办理；并因胡林翼奏保左宗棠，特给四品京堂，襄办国藩军务。国藩复与胡林翼会商，调鲍超部下六千人，及朱品隆、唐义训等所领三千人，渡江而南，驻扎徽州祁门县。

秀全闻曾国藩出驻皖南，料知东图江宁，遂封李秀成为忠王，带同古隆贤、赖裕新等，率长毛数万，直入安徽。时左宗棠、鲍超各军，尚未到皖，李秀成已由广德州趋宁国府，守将周天受战死，宁国被陷，徽州戒严，国藩即遣李元度接办徽防。元度甫至徽州，长毛酋侍王李世贤，率大股长毛又至，元度不能支，退保开化。世贤破徽州府城，进逼祁门，国藩惶急万分，幸亏鲍超率军到来，张运兰亦闻警驰援。于是遣鲍超出守洹亭，张运兰出守黟县，正在难解难分之际，忽由北京递来八百里加紧排单，促国藩带兵勤王。突如其来，令人莫测。小子只有一枝笔，不能双方并叙，只好把祁门军事，暂搁一歇，先将那北京紧急军情，叙述一番。

上回说的天津和约，须至次年互换，次年便是咸丰九年，各国舰队，驶赴天津，遵例换约。适值僧格林沁，在大沽口经营防务，修筑炮台，丛植木桩，遥见洋舰飞驶前来，忙遣员荡舟出口，往晤各国使臣，告以大沽设防，请改由北塘驶入。使臣多半听命，独英舰长卜鲁士，系额尔金兄弟，抗不遵行，竟驶入大沽，把截住港口的铁链，用炮炸裂，卜鲁士坐船当先，随后有英俄法小轮船十三艘，鱼贯而进，居然竖起红旗，要与中国开战。外人论力不论理，可为一叹。僧王也传下军令，俟外人逼近炮台，方开炮轰击。卜鲁士竟将港内的铁锁木桩，一概毁掉，进攻炮台。守兵开炮还击，把英舰轰沉数艘，余船亦中炮不能行动，只有一艘逸去。英兵死了数百，炮台上面的武弁，亦伤亡数人。只美使华若翰遵约，改道行走，才得换约。

清廷狃于小胜，方私相庆贺，不料英人暗图报复，在广东修造船只，招募潮勇，再图入犯。咸丰十年六月，英使额尔金，法使噶罗，复率舰队，北犯天津，僧格林沁料洋人必取道大沽，或由北塘袭入大沽后路，遂派重兵守住大沽南岸，一面在北塘密埋地雷。英将额尔金狡猾异常，先将各船在口外游弋，一步儿不敢放入，暗中却派遣汉奸，入口侦探。岸上守兵，总道英舰未曾拢岸，没甚要紧，谁知里面的虚实，早已被汉奸窥去。英人用了舢舨小船，乘夜入北塘口，挖去地雷，长驱而进。副都统德兴阿驻守北塘里面的新河，率兵拒战，连吃败仗，英法联兵万八千人，追入内港。适潮水退出，舟被胶住，额尔金、噶罗颇惊慌起来，连忙竖起白旗，佯称请款，僧格林沁还道他有意议和，不敢邀击。大误。谁知潮水一涨，英法各舰，鼓棹直前，僧王尚不在意，等他傍岸登陆，方麾劲骑堵御，英法联兵，排成一大队，各执精利火器，专俟清军过来，一声号令，众枪竞发，发无不中，清兵都从马上坠下，霎时间三千铁骑，如墙齐陨，只剩七人逃回。僧格林沁始悔失策，然已不可救药了。

英法联兵，遂自后面攻北岸炮台，提督乐善，忙上前迎敌，英兵连掷开花弹，飞入火药库，訇然一声，好似天崩地裂，不但守台兵弁，向空飞去，连那炮台都坍陷一半。此时的乐提台，也不知冲至何处，连尸首都不见了。僧格林沁尚兀守南炮台，朝旨飞促退还，僧王不敢违旨，遂退军张家湾。遇着大学士瑞麟，统京旗兵九千出防，僧王道：“我守南岸炮台，还好保护津门，不知上头听了何人，令我退守。我退一步，敌进一步，如何是好？”僧王之言，亦未必由衷。瑞相道：“现在顺亲王端华，尚书肃顺，都主张抚议，所以上头召王爷退守，且已令侍郎文俊，前粤海关监督恒祺，往天津议款去了。”正议论间，探报天津被陷，僧格林沁顿足不已。这是自悔失计，并非怨及召还，看官莫被瞒过！忽又报文俊、恒祺，被洋人拒回，朝旨已改派桂良前往。僧王道：“此时议和，恐怕没有这般容易。”随与瑞麟同驻通州，静待后命。

桂良抵津与英人开议抚事，英使额尔金，及参赞巴夏礼，提出要求条款：一是要增军费，二是要天津通商，三是要各国公使，酌带洋兵数十名，入京换约。桂良以闻，咸丰帝严旨拒绝，饬僧格林沁、瑞麟，严防外人内犯。京师亦饬令戒严。英使见和议不就，复从天津派兵北上，扰及河西务，京城里面，一日数惊。端华、肃顺，想了一个避难的法儿，请咸丰帝驾幸木兰。这语一传，廷臣大哗，十个人中到有六七个不赞成。咸丰帝踌躇未决，因召南军入援。

副都统胜保，时在河南，接旨最早，急会同贝子绵勋，调九旂禁兵万人，驰赴通州助剿。且闻咸丰帝有北狩信息，上疏谏阻，力求咸丰帝坐镇京师，不可为一二奸佞所误。咸丰帝优诏褒答。胜保正拟出师，英法兵已逼张家湾，胜保未曾与外人交战，还道外人没有能耐，遂上马驰去，不意洋人一见面，就扑通扑通的枪声，放将过来。胜保起初倒也不怕，麾军上前，往来督战。英法领队官，望见胜保戴着红顶子，穿着黄马褂，料知是督兵大帅，命军士丛枪注击，胜保防不胜防，一粒弹子，飞到面前，适中右颊，胜保忍不住痛，颠落马下。亏得亲军救起，上马逃走。主帅一逃，将士自然溃散。僧、瑞二营，不战先怯，也从通州退还北京，驻扎城外。

咸丰帝闻报，一面遣怡亲王载垣，再赴通州议和，一面收拾行李，出驻圆明园。载垣驰至通州，由桂良接着，议好照会，请英法两使入城议和。英法两使，答于次日相见。越日，载垣、桂良等，在通州城内天岳庙，预备筵宴，恭候英法使臣。约至巳牌，始报英法使臣到来。载垣等慌忙迎接，但见一排儿洋兵，护着两乘绿呢大轿，直入庙中。轿子歇下，跨出两人，一个是法使噶罗，一个不是英国正使，乃是参赞巴夏礼。英使额尔金，真会摆架子。两下相见毕，载垣便命开宴，两下分宾主坐定，酒至数巡，载垣方谈到和议。法使噶罗，倒还和颜悦色，口中说是情愿修和，独巴夏礼攘袂起道：“今日的事情，须面见中国皇帝，方可定约。”载垣、桂良两人，面面相觑，不能回答。巴夏礼又道：“我等远居欧洲，久欲观光上国，现拟每国各带千人入京觐见。但两国礼节不同，此番请用军礼罢了。”舌剑唇枪，巴夏礼真英国能臣。载垣沉吟半晌，想出了"请旨定夺"四字，回答巴夏礼。巴夏礼露出不悦情状，宴毕，傲然径出。法使噶罗，总算还欢然道别。适值僧王带兵进来，探听和议消息，载垣与他谈起巴复礼情形，僧王跃起道："待我去拿住了他再说。"当即跳上马鞍，一鞭径去。活写卤莽。桂良恐干和议，忙上马随了出来，行未数里，遥见僧王已将英法二使截住，急加鞭赶到。僧王正把巴夏礼捆缚停当，并要去缚法使噶罗。桂良连忙遥手，向僧王道："法使恭顺，不可缚他。"僧王道："桂中堂替他恳情，就饶他去罢！"噶罗才得脱身，由桂良送了一程，道歉告别。

英使额尔金，闻参赞被擒，不由的愤怒起来，便率洋兵长驱而北。警报递入圆明园，雪片相似，端华、肃顺一班大臣，惊惶万状，唯怂恿咸丰帝北狩。于是咸丰帝命端华入宫，密挈后妃等出幸。此时康慈王太后，早已去世，补笔不漏。只由皇后钮祜禄氏，皇贵妃那拉氏以下，统随端华至圆明园，约有一百多人，皇长子载淳亦在其内。咸丰帝又令四春娘娘，也收拾完备，于咸丰十年八月八日，启銮北狩，后妃以下，皆随驾同行。端华、肃顺及军机大臣穆荫、匡源、杜翰等，一律扈跸。途次始传旨到京，命恭亲王奕䜣为全权大臣，留守京师，僧格林沁、瑞麟、胜保各军，仍驻城外防剿。

此时京内居民，闻皇帝出走，纷纷迁避。禁旅多奉调扈驾，剩下几个老弱残兵，也渐渐逃散。连僧、瑞等麾下兵弁，亦都解体。偏这英法兵不肯罢手，扬旗鸣炮，直逼京城。恭王忙召在京王大臣商议，王大臣主见不一，惟大学士周祖培，尚书陈孚恩等，仍拟主抚。恭王没法，也只有讲和的计策。忽由桂良递入英照会，索交巴夏礼，恭王再与王大臣会商，许久不决。恭王道："巴夏礼于前日解到，我曾谓僧、怡二王，未免卤莽，现在不放不可，欲放又不能，恰是为难得很。"恒祺此时在京，便禀恭王道："巴夏礼不放，抚议断无成日。且两国相争，不斩来使，本是我国古礼，现在不如放他回去，借他的口，去报英使额尔金，速来换约。"恭王道："照你说来，也是有理，就着你去办罢。"到此地步，实是为难，无怪恭王多疑少决。恒祺去了半日，回报巴夏礼已放出城外，叫他去问抚议了。恭王稍稍放心。

又阅半日，突闻外面人声马嘶，闹成一片，接连是隆隆的炮声，拍拍的枪声，不绝于耳。正欲派人出探，忽一内监踉跄奔入，报道："不好了！洋兵攻入内城了。"恭王道："僧王、瑞相、胜副都统等，到哪里去了？"内监道："这也不知底细。但闻城外各军，见了洋兵，统已逃去，剩得僧王爷、瑞中堂、胜大人三个，赤手空拳，无可迎敌，只得由洋人入城了。"恭王大惊失色，忽见恒祺又趋入道："洋人纵火烧圆明园。"恭王顿足道："怎么好？"恒祺道："现在只好向洋人说情，叫他不要纵火。"恭王道："劳你前去一说便是。"恒祺不敢违慢，跨着马驰到圆明园，园外统是洋兵守住，恒祺会说几句英语，说是前来请和，洋兵始放他进去。一入园门，见祝融氏正在肆威，兰宫桂殿，凤阁龙楼，已被毁去数座。恒祺向没火处走入，劈面正碰着巴夏礼同一个洋装的中国人，巴夏礼佯作不见，还与那人指手画脚，导引放火。刁恶。恒祺忍着一股气，先与那洋装的中国人，搭讪起来，问他姓名籍贯。他却大声道："谁人不晓得我龚孝拱，还劳你来细问！"

看官！你道龚孝拱是何人？他是晚清文人龚定庵长子，他的学问，不亚乃父，旅居上海多年，各国语言文字，统知一二，只性情怪僻得很，不屑与人谈话，巧遇了英人威妥玛，在上海开招贤馆，延为秘书，月致千金。孝拱得了脩脯，便去孝敬歌妓，父母妻子，一概不管，只纳了一个妓女为妾，颇称眷爱，时人叫他龚半伦，他亦以半伦自号。半伦的意义，说他生平不知五伦，只宠爱一个小老婆，算作半伦。此人可杀。这次英人北犯，他恰跟了入京，烧圆明园，实是他唆使。巴夏礼是外人，恃强逞威，尚不足怪，半伦何物，乃敢出此？恒祺见不是路，乃与巴夏礼扳谈，巴夏礼才脱帽行礼。阎王好见，小鬼难当。恒祺便道：“现在我国与贵国议和，何故在此纵火？”巴夏礼道：“你们中国人，专会放刁，今日议和，明日又议和，终究没有结果，还要把我去监禁数日，你想天下有无此理？所以我在此纵火泄忿。”恒祺再向他谢罪，巴夏礼道：“如中国果真心议和，限你三日开紫禁城，迎我入议。再我被执的时候，还有几个从员，也被拿去，现应立刻放还，方可议和。”恒祺唯唯从命，但请他不再放火。巴夏礼也含糊答应。恒祺忙回报恭王，恭王再命恒祺释放英俘，不想到了狱中，已有英人数名倒毙。恒祺这一急，真急得手足冰冷，也不暇去问狱卒，转身就飞报恭王。恭王又呆得木偶一般，还是恒祺想了一法，照会巴夏礼，说是待和议成后，一律释放。偏这巴夏礼耳朵很长，已探悉英人监毙数名，索性大烧圆明园，把这一二百年的建筑，几千百间的殿阁，连那点缀的亭台花木，摆设的器皿什物，烧了三日三夜，变成了一堆瓦砾场。只有珍奇古玩，由龚半伦带领洋兵，搜取净尽。半伦得了百分之一，运到上海变卖，作为嫖费，嫖光吃光，发狂而死，这是后话。

且说巴夏礼既毁圆明园，复声言要攻紫禁城，恭王又召入恒祺，商量救急的法儿。恒祺想了一会，方道：“法使噶罗，倒还和平，若去请他排解，或可转圜。”恭王闻言，又欲令恒祺往会法使。恒祺道：“这个差使，还是请桂中堂去罢。桂中堂与法使有些投机，可以去得。”于是恭王遂遣桂良去见法使，法使颇肯居间调停。这是礼送法使的好处。桂良先回，随后法使的照会亦到，内说英使额尔金，索抚恤监毙英人银五十万两，须立即付过，方可莅盟修好。恭王不得已，大加搜括，凑足五十万两银子，解至英营，并约于礼部衙门内恭候议和。

九月九日，与英使议约，免不得又要设宴。恭王太苦，遭此重阳。是日黎明，恭王奕䜣，率同大学士贾桢，周祖培，尚书赵光，陈孚恩，侍郎潘曾莹，宋晋等，具了仪卫甲仗，先至礼部衙门等候。好一歇，才见英使额尔金，参赞巴夏礼，乘舆而至。恭王率众官迎入，行过了礼，分东西坐定。额尔金提议换约，除八年原议五十六条外，还要加添数条，赔偿兵费，增开口岸，派驻领事。经恭王再四磋磨，通事往返传命，议定偿他兵费一千二百万两，增辟天津为商港，各口许驻英国领事。总不外谨遵台命四字。双方允妥，彼此入席，酒酣兴尽而散。翌日，复请法使噶罗，至礼部共商和议。法使算是有情，只索兵费六百万两。恭王一口应承，也照英使例盛筵相待，迎送如仪。

十一日与英使换约，恭王据实奏闻。咸丰帝已至热河，览奏未免叹息，但木已成舟，不能再变，只好降旨允准。独俄使伊格那替业幅，圆滑得很，所得权利，比英法要加数倍，他表面还非常和平，暗中却厚索利益。中俄通商，向止恰克图一处，咸丰三年，始行文中国，假勘界为名，阴图占地，清政府征剿长毛，且来不及，还有何心对付外人，自然把此事搁起。俄人竟自由行动，直入黑龙江，通过爱珲。黑龙江将军奕山，派员禁阻，俄人不听，乃奏闻清廷。政府命奕山与他交涉，俄人索龙江北岸地，奕山竟唯唯从命，订了爱珲条约。后来英法兴兵，俄使也率领舰队，随在后面，大沽一战，英法各舰，多遭损失，退还广东，独俄使入京，于咸丰十年五月，另订专约十二条，大致是两国往来，平等相待，海口通商，照英法例。还要派遣领事，随带兵船，这叫作天津专约。到了英法联军入京，硬要入城开议，恭王胆小，不敢照允，俄使伊氏，趁这机会，入劝恭王叫他在礼部衙门会议，可以无患。原来礼部衙门，与俄使馆相近，所以担任保护。恭王才放着胆，与英法使臣相见。和议成后，俄使便来索酬，再订北京条约，举乌苏里河东岸地，统划归俄人。看官！你道这俄使乖不乖？巧不巧？正是：

> 鹬蚌相争，渔翁得利；
> 哀我中华，蹙国万里。

外患稍平，有旨阻南军入援，于是太平天国气数将尽了。小子且停一歇笔，再叙详情。

本回专叙外交事情，为国耻上增一纪念，即为交涉上广一见闻。当时内乱方亟，外患复来，为清廷计，万无可战之理。秉国诸公，早应审时度势，认定方针，天津之创，已昭覆辙，彼来换约，只好以礼相迎，不宜再开战衅。虽劝令改道，名正言顺，英使不从，曲固在英，然我果善为调停，则必不至有后此之结果。乃忽战忽和，忽和忽战，小胜即喜，小败即怯，我之伎俩，早为所窥，犹且首鼠两端，茫无定见，至于京师陷没，海淀被焚，始俯首乞盟，偿款不足，则益之，商埠不足，则增之，增之益之而又不足，则割地以畀之。谁秉国政，辨不早辨耶？长沙尚在，当不至痛哭流涕长太息而已。

第七十回

闻国丧长悲国士　护慈驾转忤慈颜

　　却说曾国藩驻节祁门，接到勤王诏命，与胡林翼往复驰书，筹商北援的计策。怎奈安徽军务，正在吃紧，一时不能脱身；且长毛目的，专注祁门，分三路来攻：一出祁门西边，陷景德镇，一出祁门东边，陷婺源县，一出祁门北边，逾羊栈岭，直趋国藩大营。国藩麾下，只有鲍超、张运兰二军，还是得用，奈已调发出去，弄得孤营独立，危急万状。国藩不得已自去抵敌，行至途次，闻长毛数万到来，军心大恐，霎时溃退，只得回转祁门。国藩能将将，不能将兵，所以屡出屡败。亏得左宗棠驰至婺源，六战六胜，把长毛驱逐出境，东路始通。鲍超、张运兰，复破长毛于羊栈岭，长毛亦即遁走，北路方才安靖，国藩心中稍慰。廷寄亦于此时到来，阻住入援。自是国藩益加意防剿。到咸丰十一年春季，左宗棠与鲍超合军，克复景德镇，军威大振。左宗棠得赏三品京堂，鲍超得赏珍物。已而张运兰攻克徽州，左宗棠收复建德，祁门解严。

　　国藩移驻东流县，檄鲍超助攻安庆。安庆为长江重镇，自曾国荃进攻，长毛遂各处窜扰，冀国荃撤围自救。偏这国荃不肯撤围，日夜攻扑；就是当祁门紧急时，国藩受困，他也无心顾及，硬要攻破此城。长毛恨极，遂集众十万，由陈玉成统带，来援安庆。国荃趁他初到，分军围城，自己却督率精锐，出其不意，冲入敌营。长毛自远道会集，方在劳乏的时候，勉强抵敌，心志未定，没有不败的道理。当被国荃一阵杀退。玉成尚思整队再战，忽报胡林翼移营太湖，遣多隆阿、李续宜等前来安庆，玉成料是不佳，改图上攻，从间道绕出霍山，一鼓攻入，接连破了英山，直趋湖北，拔了黄州，分兵取德安、随州。四眼狗到底不弱。胡林翼急檄李续宜回援，玉成留党羽守德安，自率众三万复回安庆，扑攻国荃营数日。国荃凭濠堵御，好似长城一般，玉成不能克；鲍超自南岸进攻，多隆阿自东岸进攻，玉成走踞集贤关，忙调集杨辅清等，再至安庆，筑起十九垒，援应城中；留悍酋刘玱林，屯驻关内，作为后应。国藩檄鲍超攻集贤关，杨载福率炮船水师助国荃，守住营濠；多隆阿移驻桐城，截剿长毛后援。自四月至七月，相持不下。胡林翼复遣成大吉助鲍超，两军夹攻，猛扑七昼夜，方得攻入，擒住悍酋刘玱林，解京正法。集贤关已下，陈、杨两酋断了后应，曾国荃气焰越张，会合杨载福炮船，水陆攻击，连毁敌垒十九座，陈玉成、杨辅清等遁去。安庆城内的长毛，至是始孤立无助。到七月下旬，粮又告绝，守城悍酋叶芸来，悉锐突围，被国荃截住，无路可钻，只得退回。国荃逼城筑垒，掘隧埋药，于八月朔日，地雷暴发，轰坍城墙，国荃率军杀入，城内长毛，没有一个逃避，大家冒死巷战。等到筋疲力尽，枪折刀残，方个个毕命。自叶芸来以下，共死一万六千人。安庆被长毛占据，已历九年，国荃得此雄都，戡定东南的基础，才得立定。

国藩闻捷，驰至安庆受俘，当下飞章奏告。奏折甫发，忽接到一角咨文，乃是从热河发来，拆开一瞧，顿时大哭。原来七月十七日，咸丰帝驾崩热河，国藩深感知遇，悲动五中，怪不得涕泪俱下。只咸丰帝年方及壮，如何就会宴驾？待小子细细叙来。

咸丰帝即位初年，颇思励精图治，振饬一新，无如国步艰难，臣工玩愒，内而长毛，外而洋人，摇动江山，日劳睿虑。咸丰帝日坐愁城，免不得寻些乐趣，借以排闷。那拉贵妃，四春娘娘，就因此得宠。但蛾眉是伐性的斧头，日日相近，容易斫丧精神；况且联军入京，乘舆出走，朝受风霜，暮惊烽火，到这个时候，就使身体强壮的人，也要急出病来。褒贬得当。至和议告成，恭王遣载垣奏报行在，并请回銮日期，咸丰帝详问京中情形，载垣便据实复陈，圆明园烧了三日三夜，内外库款，搜括净尽，你想咸丰帝得此消息，心中难过不难过呢？咸丰帝心灰意懒，自然不愿回銮，便说天气渐寒，朕拟暂缓回京，待明春再定行止。载垣也不规谏，反极口赞成，便令随行的军机大臣，录了上谕，颁发到京。载垣留住行在，算是扈驾。他与郑亲王端华，协办大学士户部尚书肃顺，本是要好得很，至此遂同揽政权，巩固权势。这三人中，肃顺最有智谋，载垣、端华的谋画，都仗肃顺主持。景寿、穆荫、匡源、杜翰、焦祐瀛五个军机，随驾北行，便是肃尚书一力保举，作为走狗。

肃顺所最忌的有两人，一个是皇贵妃那拉氏，一个是恭亲王奕䜣。那拉贵妃，是个士女班头，宫中一切事务，多由那拉指使，咸丰帝非常宠任，皇后素性温厚，不去预闻。恭王系咸丰帝介弟，权出怡、郑二王上，所以肃顺时常忌他。北狩的主见，也是肃顺主张，他想离开恭王，叫他去办抚议。办得好，原不必说；办得不好，可以加罪。且恭王在京，距热河很远，内中只有一个那拉贵妃，究系女流，不怕她挟持皇帝，因此在京王大臣，陆续奏请回銮，肃顺与怡、郑二王，总设法阻止。冬季说是太寒，夏季说是太热，春秋二季，无词可藉，只说是京中被了兵燹，凄惨得很。咸丰帝得过且过，一挨两挨，挨到十一年六月，竟生成一场不起的病症。二竖相煎，便成绝症，况三竖乎。病已大渐，即召载垣、端华、肃顺、景寿、穆荫、匡源、杜翰、焦祐瀛八人，入受顾命，立皇子载淳为皇太子；并因太子年幼，谆谆嘱咐，要他尽心竭力，夹辅幼君。八人奉命而出。过了一日，咸丰帝竟崩于避暑山庄行殿寝宫，享年三十一岁。载垣、端华、肃顺等，即扶六岁的皇太子，在枢前即了尊位，便是穆宗毅皇帝。当下尊皇后钮祜禄氏，及生母皇贵妃那拉氏，都为皇太后。拟定新皇年号，是"祺祥"二字。后来尊谥大行皇帝为文宗显皇帝，并上皇太后徽号，叫作慈安皇太后，生母皇太后徽号，叫作慈禧皇太后。后人呼她们为东太后、西太后。这且慢表。

单说载垣、端华、肃顺等，扶新皇帝嗣位，自称为参赞政务王大臣，先颁喜诏，后颁哀诏。在京王大臣，多至恭王府议事。恭王奕䜣道："现在皇上大行，嗣主年幼，一切政权，想总在怡、郑二王，及尚书肃顺了。"言至此，叹了数声。王大臣等多与肃顺不合，且见恭王有不足意，便齐声道："王爷系大行皇帝胞弟，论起我朝祖制，新皇幼冲，应由王爷辅政，轮不到怡、郑二王身上，肃尚书更不必说呢。"恭王虽没有回答，头已点了数点。

正筹议间，忽报宫监安得海自热河到来。安得海系那拉太后宠监，恭王料有机密事件，便辞退王大臣，独召安太监进府。安太监请过了安，恭王引入秘室，与他讲了一日，别人无从听见，小子也不敢虚撰。安太监于次晨匆匆别去，恭王即发指日奔丧的折子。这折子递到热河，怡、郑二王先去展阅，阅毕，递与肃顺。肃顺大略一瞧，便道："恭王借口奔丧，突来夺我等政权，须阻住他方好。"怡亲王道："他是大行皇帝胞弟，来此奔丧，名正言顺，如何可以阻他？"肃顺道："这有何难？即说京师重地，留守要紧，况梓宫不日回京，更无庸来此奔丧。照这样说，难道不名正言顺么？"肃顺的机谋，恰也不劣，无如别人还要比他聪明，奈何？怡亲王大喜，便令肃顺批好原折，颁发出去。

这事方布置妥帖，忽御史董元醇，遽上一折，请两宫皇太后垂帘训政。怡亲王一瞧，便道："放屁！我朝自开国以来，并没有太后垂帘的故例，哪个混帐御史，敢倡此议？"肃顺道："这是明明有人指使，应严加驳斥，免得别人再来尝试。"于是再由肃顺加批，把"祖制"两字，抬了出来，将原折驳得一文不值。末后有"如再莠言乱政，当按律加罪"等语。批发以后，三人总道没有后患，哪里晓得这等批语，统是没效！咸丰帝临终时，这世传受命的御宝，早被西太后取去，肃顺虽是聪敏，这件事恰先输了一着。一着走错，满盘是输，所以终为西太后所制。西太后见怡亲王等独断独行，批谕一切，并未入禀，遂去与慈安太后商议。慈安太后本无意垂帘，被西太后说得异常危急，倒也心动起来，便道："怡、郑诸王，怀着这么鬼胎，如何是好？"西太后道："除密召恭王奕䜣外，没有别法。"慈安太后点头，遂由西太后拟定懿旨，请慈安太后用印。慈安太后道："前日先皇所赐的玉玺，可用得么？"西太后道："正好用得。"随取玉玺钤印，乃是篆文的"同道堂印"四字，仍遣安得海星夜趱程，去召恭王。

约越一旬，恭王奕䜣，竟兼程驰至。肃顺留意侦探，闻恭王到来，忙报知怡、郑二王。怡、郑二王大吃一惊，正想设法对付，忽报恭王奕䜣来见。三人只得出迎，接入后，先由载垣开口，问："六王爷何故到此？"奕䜣道："特来叩谒梓宫，并慰问太后。"载垣道："前已有旨，令六王爷不必到来，难道六王爷未曾瞧过？"奕䜣说是未曾接到，并问何时颁发？载垣屈指一算道："差不多有十多天了。"奕䜣道："这且怪不得，兄弟出京，已七八天了。"这是诡语。肃顺即插口道："六王爷未经奉召，竟自离京，京城里面，何人负责？"奕䜣道："这且不妨。在京王大臣，多得很哩。现在京内安静如常，还怕什么？况兄弟此来，一则是亲来哭临，稍尽臣子的道理；二则是来请两宫太后安，明后日即拟回京。这里的事情，有诸公在此，是最好的了。兄弟年轻望浅，还仗诸位指教。"肃顺尚未回答，忽从载垣背后，走出一人，朗声道："叩谒梓宫原是应该的，若要入觐太后，恐怕未便。"奕䜣瞧将过去，乃是军机大臣杜翰，便道："为何不便？"杜翰道："两宫太后，与六王爷有叔嫂的名义，叔嫂须避嫌疑，所以不应入觐。"奕䜣不觉奇异，正想辩驳，奈载垣、端华、肃顺三人，都随声附和，好似杜翰的言语，当作圣经贤传。恭王一想，彼众我寡，不便与他争执，还是另外设法为是。随道："诸位的说法，却也不错，拜托诸位代为请安便了。"这是恭王深沉处。

当下辞出，回到寓所，巧值安得海已在寓守候。奕䜣又与他密议一番，安得海颇有小智，竟想出一个妙法，与奕䜣附耳低言。奕䜣眉头一皱，似乎有不便照行的意思；复经安得海细说数语，奕䜣方才应允。安得海辞去，是日傍晚，夕阳西下，暮色沉沉，避暑山庄寝门外，来了一乘车子，车中坐着的，仿佛是个宫娥，守门侍卫，正欲启问，安太监已自内出来，走到车前，搴动帘帷，搀着一位宫装的妇人下来。侍卫瞧着，确是妇女，由她随安太监进去。次日黎明，宫门一开，这位宫装的妇人，仍由安太监引导出门，乘舆径去。约到辰牌时候，恭王奕䜣，又复出现，赴梓宫前哭临。次日，即至怡、郑两王处辞行。看官！你想恭王奕䜣，奉太后密召而来，难道不见太后，便匆匆回去么？上文说的宫装的妇人，来去突兀，想来总是恭王巧扮，由安得海引他出入，暗中定计，瞒过侍卫的眼珠；若是明眼人窥着，自能瞧破机关。那班侍卫，虽是怡、郑二王的爪牙，毕竟没甚智识，总道是个妇人，也不去通报怡、郑二王，所以竟中了宫内外的秘计。叙述清楚。

恭王去后，两宫太后便传懿旨，准即日奉梓宫回京。载垣、端华、肃顺三人，又开密议。载垣意思，迟一日、好一日，肃顺道："我们且入宫去见太后，再行定议。"三人遂一同入宫，对着两位太后，请了安，两旁站定。西太后便谕道："梓宫回京的日子，已拟定么？"载垣道："闻得京城情形，尚未安静，依奴才愚见，不如展缓为是。"西太后道："先皇帝在日，早思回銮，因京城屡有不靖的谣言，以致迁延岁月，赍恨以终。现若再事逗留，奉安无期，岂不是我等的罪孽？你们统是宗室大臣，亲受先皇帝顾命，也该替先皇帝着想，早些奉安方好。"三人默然不答。西太后瞧着慈安太后道："我们两人，统系女流，诸事要靠着赞襄王大臣，前日董御史奏请训政，赞襄王大臣，也未与我辈商量，骤加驳斥，我也不去怪他。但既自命赞襄，为什么将梓宫奉安，都不提起？自己问自己，恐也对不起先皇帝呢。"慈安太后也不多说，只答了一个"是"字。肃顺此时忍耐不住，便道："母后训政，我朝祖制，未曾有过，就使太后有旨垂帘，奴才等也不敢奉旨。"西太后道："我等并不欲违犯祖制，只因嗣王幼冲，事事不能自主，全仗别人辅助，所以董元醇一折，也不无可采处。你等果肯竭诚赞襄，乃是很好的事，何必我辈训政！但现在梓宫奉安、嗣主回京的两桩大事，尚且未曾办就。哼哼！于"赞襄"二字上，恐有些说不过去。"载垣听了此语，心中很不自在，不觉发言道："奴才等赞襄皇上，不能事事听命太后，这也要求太后原谅。"西太后变色道："我也叫你赞襄皇上，并不要你赞襄我们，你既晓得'赞襄皇上'四个字，我等便感你不浅。你想皇上是天下共主，一日不回京，人心便一日不安，皇上也是一日不安，所以命你等检定回京日子，劳你等奉丧扈驾，早日到京，乃就是赞襄尽职了。"端华也开口道："梓宫奉安，及太后同皇上回銮，原是要紧的事情，奴才等何敢阻难。不过恐京城未安，稍费踌躇呢。"西太后道："京中闻已安静，不必多虑，总是早日回去的好。"三人随退即出。

肃顺气的要不得，又与怡、郑二王，回寓会商，定了一计，拟派怡亲王侍卫兵丁，护送后妃，在途中刺杀西太后，聊以泄忿；就拟定九月二十三日，皇太后、皇上，奉梓宫回京。到了启行这一日，由怡、郑二王扈从皇太后、皇上，肃顺、穆荫等护送梓宫。照清室礼节，大行皇帝灵榇启行，皇帝及后妃等，都行礼奠酒，礼毕，立即先行，以便在京恭迎，此次自然照例办理，銮舆在前，梓宫在后。载垣等预定的密计，拟至古北口下手，偏这西太后机警得很，密令侍卫荣禄，带兵一队，沿途保护。那拉后才具确是不小。荣禄系西太后亲戚，有人说西太后幼时，曾与荣禄订婚，后因选入宫中，遂罢婚约，这话未免虚诬。但荣禄生平，忠事西太后，西太后得此人保驾，恁你载垣、端华如何乖巧，竟不敢下手。及至古北口，大雨滂沱，荣禄振起精神，护卫两宫，自晨至夕，不离两宫左右，一切供奉，统由荣禄亲自检视。载垣、端华二人，只有瞪着两目，由他过去。

九月二十九日，皇太后、皇上，安抵京城西北门，恭王奕䜣，率同王大臣等，出城迎接，跪伏道旁。当由安太监传旨，令恭王起来。恭王谢恩起身，随銮舆入城。载垣、端华，左右四顾，见城外统是军营驻扎，两宫经过时，都俯伏行礼，不由的心中忐忑。只因梓宫尚未到京，想一时没有变动，便各回原邸安宿一宵。翌晨起来，刚思入朝办事，忽见恭王奕䜣，大学士桂良、周祖培，带了侍卫数十名，大着步进来。载垣接着，便问何事？奕䜣道："有旨请怡王解任。"载垣道："我奉大行皇帝遗命，赞襄皇上，那个令我解任？"奕䜣道："这是皇太后、皇上谕旨，你如何不从？"正在争论，端华亦走入厅来，约载垣同去入朝，见了奕䜣、载垣两人相争，还不知是何故，只见奕䜣对着他道："郑王已到，真正凑巧，免得本邸往返。

现奉谕旨，着怡、郑二王解任！"端华"嗤"的一笑，随道："上谕须要我辈拟定，你的谕旨，从哪里来的？"奕䜣取出谕旨，令二人瞧阅。二人不暇读旨，先去瞧那钤印。但见上面钤着御宝，末后是"同道堂印"四字。载垣问此印何来？奕䜣道："这是大行皇帝弥留时，亲给两宫皇太后的。"载垣、端华齐声道："两位太后，不能令我等解任。皇帝冲幼，更不必说。解任不解任，由我等自便，不劳你费心！"奕䜣勃然大愤道："两位果不愿接旨么？"两人连说："无旨可接。"奕䜣道："御宝不算，有先皇帝遗传的'同道堂印'，也好不算么？"奕䜣此时，也只知太后了。喝令侍卫将两人拿下。后人有诗咏同道堂玺印道：

> 北狩经年跸路长，鼎湖弓剑望滦阳。
> 两宫夜半披封事，玉玺亲钤同道堂。

毕竟两人被拿后，如何处置，且至下回续叙。

　　以国士待我，当以国士报之，曾公之意，殆亦犹是。若载垣、端华、肃顺辈，以宗室懿亲，不务安邦，但思擅政，何其跋扈不臣若此？无莽、操才，而有莽、操之志，卒之弄巧成拙，反受制于妇人之手，宁非可愧？惟慈禧心性之敏，口给之长，计虑之深，手段之辣，于本回中已崭然毕露。吴道子摹孔子像，道貌如生，作者殆亦具吴道子之腕力矣乎？

第七十一回

罪辅臣连番下诏　剿剧寇数路进兵

却说载垣、端华两人，被奕诉饬侍卫拿下，载垣、端华道："我两人无故被遣，究系如何罪名？"奕诉道："你听著！待我宣旨。"遂捧着谕旨朗读道：

上年海疆不靖，京师戒严，总由在事之王大臣等，筹画乖方所致。载垣等复不能尽心和议，徒诱获英国使臣，以塞己责，致失信于各国，淀园被扰，我皇考巡幸热河，实圣心万不得已之苦衷也。嗣经总理各国事务衙门王大臣等，将各国应办事宜，妥为经理，都城内外安谧如常。皇考屡召王大臣议回銮之旨，而载垣、端华、肃顺，朋比为奸，总以外国情形反复，力排众论。皇考宵旰焦劳，更兼口外严寒，以致圣体违和，竟于本年七月十七日，龙驭上宾，朕抢地呼天，五内如焚。追思载垣等从前蒙蔽之罪，非朕一人痛恨，实天下臣民所痛恨者也。朕御极之初，即欲重治其罪，惟思伊等系顾命之臣，故暂行宽免，以观后效。

孰意八月十一日，朕召见载垣等八人，因御史董元醇敬陈管见一折，内称请皇太后暂时权理朝政，俟数年后，朕能亲裁庶务，再行归政；又请于亲王中简派一二人，令其辅弼；又请在大臣中，简派一二人，充朕师傅之任。以上三端，深合朕意。虽我朝向无皇太后垂帘之仪，朕受皇考大行皇帝付托之重，惟以国计民生为念，岂能拘守常例？此所谓事贵从权，特面谕载垣等著照所请傅旨。该王大臣等哓哓置辨，已无人臣之礼；拟旨时又阳奉阴违，擅自改写，作为朕旨颁行，是诚何心？且载垣等每以不敢专擅为词，此非专擅之实迹乎？纵因朕冲龄，皇太后不能深悉国政，任伊等欺蒙，能尽欺天下乎？此皆伊等辜负皇考深恩，若再事姑容，何以仰对在天之灵？又何以服天下公论？载垣、端华、肃顺，著即解任！景寿、穆荫、匡源、杜翰、焦祐瀛，着退出军机处！派恭亲王会同大学士六部九卿翰詹科道，将伊等应得之咎，分别轻重，按律秉公具奏！至皇太后应如何垂帘之仪，一并会议具奏！钦此。

载垣、端华听毕，便道："恭王！你是西后的心腹，总算是亡清的功臣。灭清朝者叶赫，这句话要应验了。罢！罢！罢！我等与你同去。"句中有眼。当下恭王奕䜣，令侍卫等牵出载垣、端华，到宗人府署，交宗令看管，即入宫复旨。西太后毕竟辣手，就命将载垣、端华、肃顺，革去爵职，著宗人府会同大学士九卿等，严行议罪。一面派睿亲王仁寿、醇郡王奕譞，迅将肃顺拿问。

睿、醇两王，奉了懿旨，遂带领侍卫番役百名，出了京城，两人在途中密商，托词迎接梓宫，以便诱擒肃顺。计划已定，行了百余里，正与梓宫相遇，扈送梓宫的第一大员，趾高气扬，正是御前大臣肃顺。两王下了马，与肃顺拱手，肃顺亦下马相迎，随即由肃顺导至梓宫前，行过了礼。两王复对了肃顺，好言慰劳，肃顺正欲探銮舆消息，便问两宫皇太后及皇上安。睿亲王仁寿，说了一个"安"字，醇郡王奕譞，独说是到了驿站，再好细谈。三人同行了一程，已至梓宫停歇的地点，大众停住。仁寿、奕譞便在站中吃了晚餐，餐毕，又历数小时，各人都要安寝，惟肃顺尚与二王闲谈。奕譞不觉起立道："有旨拿革员肃顺！"肃顺大惊，但见侍卫、番役等，已一齐进来，将肃顺按住，上了锁。肃顺喧噪道："我犯何罪？"奕譞道："你的罪多得很，且至宗人府再说。"肃顺道："哪个叫你来拿我？"奕譞道："奉上谕拿你。"肃顺道："六岁小儿，何知拿人？无非是里面的那拉氏，同我作对。你等都是那拉氏走狗，她要这么，你便这么！吕雉、武曌出世，我等老臣，原是该死。"从肃顺口中讥刺慈禧，用笔便灵。奕譞也不与多辩，便命侍卫带着肃顺，贲夜进京。次日巳牌，便降旨道：

> 前因肃顺跋扈不臣，招权纳贿，种种悖谬，当经降旨将肃顺革职，派令睿亲王仁寿、醇郡王奕譞，即将该革员拿交宗人府议罪。乃该革员接奉谕旨后，咆哮狂肆，目无君上，悖逆情形，实堪发指。且该员恭送梓宫，由热河回京，辄敢私带眷属行走，尤为法纪所不容。所有肃顺家产，除热河私寓，令春佑严密查抄外，其在京家产，着即派西拉布前往查抄，毋令稍有隐匿！钦此。

是日即授恭王奕䜣为议政王，在军机处行走。何不派他西后处行走？越二日，梓宫已抵得胜门，两宫皇太后及皇上，出得胜门跪迎，奉梓宫入紫禁城，停乾清宫。于是大学士贾桢、副都统胜保等，亟请太后训政。大学士周祖培，奏改建元年号，因原拟"祺祥"二字，意义重复，应请更正。一班拍马屁朋友，都应时出来。当由两宫下谕，命议政王、军机大臣等，改拟新皇年号。议政王等默窥慈怀，恭拟"同治"二字进呈。西太后瞧这两字，暗寓"两宫同治"的意义，私心窃慰，遂命以明年为同治元年，颁告天下。翌日复降旨一道，其辞云：

　　载垣、端华、肃顺，于七月十七日皇考升遐，即以赞襄政务王大臣自居，实则我皇考弥留之际，但面谕载垣等，立朕为皇太子，并无令其赞襄政务之谕。载垣等乃造作赞襄名目，诸事并不请旨，擅自主持，即两宫皇太后面谕之事，亦敢违阻不行。御史董元醇条奏皇太后垂帘事宜，载垣等独擅改谕旨，并于召对时，有伊等系赞襄朕躬，不能听命于皇太后，伊等请皇太后看折，亦系多余之语，当面咆哮，目无君上情形，不一而足。且每言亲王等不可召见，意存离间，此载垣、端华、肃顺之罪状也。肃顺擅坐御位，于进内廷时，当差时，出入自由，目无法纪，擅用行官内御用器物，于传取应用物件，抗违不遵，并请两宫皇太后应分居召对，词气之间，互有抑扬，意在构衅，此又肃顺之罪状也。一切罪状，均经母后皇太后，圣母皇太后，面谕议政王、军机大臣，逐款开列，传知会议王大臣等知悉，兹据该王大臣等，按律拟罪，请将载垣、端华、肃顺凌迟处死，当即召见议政王奕䜣，军机大臣户部左侍郎文祥，右侍郎宝鋆，鸿胪寺少卿曹毓瑛，惇亲王奕誴，醇郡王奕譞，钟郡王奕詥，孚郡王奕譓，睿亲王仁寿，大学士贾桢、周祖培，刑部尚书绵森，面询以载垣等罪名，有无一线可原？据该王大臣等，佥称载垣、端华、肃顺，跋扈不臣，均属罪大恶极，于国法无可宽宥。朕念载垣等均属宗人，遽以身罹重罪，悉应弃市，能无泪下？惟载垣等前后一切专擅跋扈情形，实属谋危社稷，是皆列祖列宗之罪人，非独欺凌朕躬，为有罪也。在载垣等未尝不自恃为顾命大臣，纵使作恶多端，定邀宽宥，岂知赞襄政务，皇考并无此谕？若不重治其罪，何以仰副皇考付托之重？亦何以饬法纪而示万世？即照该王大臣所拟，均即凌迟处死，实属情真罪当。惟国家本有议亲议贵之条，尚可量从末减，姑于万无可贷之中，免其肆市。载垣、端华，均着加恩赐令自尽！肃顺悖逆狂谬，较载垣等尤甚，本应凌迟处死，现着加恩改为斩立决。至景寿身为国戚，缄默不言，穆荫、匡源、杜翰、焦祐瀛，于载垣等窃权政柄，不能力争，均属辜恩溺职。穆廕在军机大臣上行走最久，班次在前，情节尤重。该王大臣等，拟请将景寿、穆荫、匡源、杜翰、焦祐瀛革职，发往新疆，效力赎罪，均属咎有应得。惟以载垣等凶焰方张，受其钳制，均有难于争衡之势，其不能振作，尚有可原。御前大臣景寿，着即革职，加恩仍留公爵，并额驸品级，免其发遣。兵部尚书穆荫，着即革职，加恩改为发往军台效力赎罪。吏部左侍朗匡源，署礼部右侍郎杜翰，太仆寺卿焦祐瀛，均着即行革职，加恩免其发遣。钦此。

是旨一下，即派肃亲王华丰，刑部尚书绵森，往宗人府逼令载垣、端华二人自杀。又派睿亲王仁寿，刑部右侍郎载龄，至宗人府拿出肃顺，至午门监斩。三人临死时，都痛骂西太后及恭王奕訢。肃顺越骂得厉害，索性连西太后历史，背了一遍，方才就刑。自己失策，骂亦何益？三人已死，盈廷大吏，哪个还敢违忤母后？遂于十月甲子日，六龄幼主，在太和殿重行即位礼，受王大臣等朝贺。十一月朔日，奉两宫皇太后，在养心殿垂帘听政。同治元年二月十二日，皇帝在弘德殿入学读书，特简礼部尚书前大学士祁隽藻，管理工部事务前大学士翁心存，工部尚书倭仁，并翰林院编修李鸿藻授读。嗣是清廷政治，都由两宫太后主张，慈安后本无意训政，垂帘后不过挂个名目，万事都是慈禧专断，慈安坐受其成。

慈禧后煞是英明，用人行政，多有特识。东南军务，专责成两江总督曾国藩，令他统辖江苏、安徽、江西三省，并浙江全省军务，所有四省巡抚提镇以下，悉归节制。这般重大的责任，自清朝开国以来，连皇亲国戚，都没有受此异数。国藩是个汉员，独邀朝廷重眷，岂不是慈禧太后的慧眼么？

是时湖北巡抚胡林翼，自太湖还援湖北，收复黄州、德安等处，积劳成疾，得咯血症，竟病殁武昌，遗疏荐李续宜为代。朝旨即命续宜为湖北巡抚。曾国藩以辖地太大，恐怕疏忽，特荐左宗棠督办浙江军务，奉旨令左宗棠赴浙剿贼，浙省提镇以下，均归左宗棠调遣，岂不是慈禧后的从谏如流么？

只安徽知府吴棠，经慈禧垂帘后，累次超擢，不几年竟授四川总督，这是未免私意。然古来漂母一饭，韩信犹报千金，慈禧幼年，受过吴公的大德，知恩报恩，乃是慈禧后的厚道，不足为怪。圆明园内四春娘娘，后来竟不知下落，或说是发放出宫，或说是被慈禧处死。大约处死一说，不足为据。汉朝人彘，唐室醉妪，言者惨鼻，独清宫恰未闻有此惨剧，也总算是慈禧的好处。

话休烦絮，这一段是叙西太后初政时行谊。且说曾国荃克复安庆，满拟沿江而下，直捣江宁，只滨江两岸各要隘，驻扎的长毛，尚是不少，国荃会同杨载福水师，节节进剿，连克敌垒。长毛酋忠王李秀成，侍王李世贤，窜入江西，复陷瑞州。国藩飞檄鲍超赴援。鲍超兼程驰去，前面悬红绫丈余，中间大书一"鲍"字，沿途经过，长毛望见"鲍"字旗帜，即纷纷逃去。秀成、世贤，还想与他对敌，无如部众胆落，一战即溃，被鲍超连破七十余营，驱逐出境。江西又报肃清。强弩之末，难穿鲁缟。

国荃闻江西已平，上游安靖，遂与国藩会商，进攻江宁。国藩恐兵勇不足，令国荃回至湖南，添募乡勇。奉旨赏国荃头品顶戴，任浙江按察使，授鲍超浙江提督，恰是令他援浙的意思。浙江自张玉良收复后，长毛仍四扰不休，且因和春兵溃，苏、常相继沦陷，江浙交界的嘉兴县，至此也遭殃及。玉良率兵往援，连战不利，退入杭城，属县多失守。李秀成、李世贤，又自江西入浙境，攻陷严州。玉良复自省城出剿，总算将严州克复。秀成等窜至湖州，城绅赵景贤，募集团勇，一阵击退。李世贤走入江西，李秀成走入安徽。世贤被左宗棠击败，秀成被鲍超杀退，两人仍窜入浙境，复陷严州及金华，顺道浦阳江，从临浦镇攻萧山、诸暨，势如破竹，进据绍兴，转攻杭州。是时浙江巡抚，已改任王有龄，坚守两月，援绝，乃啮指写成血书，飞至安徽乞援。国藩注重江皖，不愿分师，惟促左宗棠由赣赴浙，左军未入浙境，省城已是不支。张玉良师至江干，又被长毛列炮击毙，城内粮尽援绝，遂致失守。巡抚王有龄，将军瑞昌，及总兵饶廷选，一概死难。

国藩闻浙江被陷，自请严议，诏从豁免，反授他协办大学士职衔；西太后权术，可爱可畏。并命左宗棠为浙江巡抚，令与曾国藩统筹大局，亟图补救等语。国藩感激异常，越思竭力报效，适朝旨因杭城陷没，淞沪戒严，饬国藩派员防剿。国藩物色人材，又保举一员大人物，看官道是谁人？就是后来的傅相李鸿章。

鸿章字少荃，安徽合肥县人，道光年间进士，曾任福建省道员。国藩闻他多才，招为募宾，尝疏请简于江北，兴办淮扬水师，事未果行。至是因政府旁求将帅，遂荐他才大心细，劲气内敛，堪膺封疆重寄，奉旨报可。国藩即令鸿章回募乡勇，照湘军成制，练淮徐兵丁，又选湘军名将程学启、郭松林，做他帮手。鸿章初出茅庐，悉心训练，遂组成乡勇一大队，称为淮军，作湘军的后劲。淮军出现。同治元年二月，鸿章率淮勇至安庆，国荃与弟国葆，亦率湘勇驰至，于是统辖东南的曾大帅，显出生平绝大的抱负，调遣精兵猛将，分路出剿，进攻江宁的兵马，归国荃统带，佐以杨载福、彭玉麟二路水师，规取江苏的兵马，归李鸿章统带，佐以黄翼升的水师；恢复浙江的兵马，归左宗棠统带。另调广西臬司蒋益沣，率所部至浙助剿；庐州一带，归多隆阿剿办；宁国一带，归鲍超剿办；李续宜已调抚安徽，颖州一带，归他戡定。数路大军，统由曾大帅节制。余外还有淮上的袁甲三，扬州的都兴阿，镇江的冯子材，虽未经曾帅调遣，亦由曾帅统筹兼顾。正是马援聚殿前之米，张华推局上之枰，金吷分颁，铁骑四出，眼见得太平天国，要保不住了。好一部点将录。

国藩驻节安庆，居中指挥，军书旁午，捷报飞传。都兴阿获胜天长，左宗棠克复遂安，曾国荃、国葆，会合水陆各军，一破长毛于荻港，再破长毛于望城岗，三破长毛于铜城闸。拔巢县、含山县、繁昌县及和州，乘势夺西梁山，复太平府城。彭玉麟入金柱关，袭据东梁山，收复芜湖县，与国荃合逼江宁。

多隆阿进攻庐州，击败四眼狗陈玉成，缘梯登城，玉成遁去。玉成为太平天国名将，至此被多军击走，日暮途穷，往依练总苗沛霖。沛霖系安徽凤台县人，尝为团练头目，时人叫他苗练，颇有威名。太平天国诱他叛清，畀以封爵，旋由清副都统胜保，招抚沛霖，奏擢道员。沛霖首鼠两端，居心叵测，适胜保复出驻颖州，沛霖感胜保荐擢，遂诱四眼狗入城，出其不意，把他捆住，并将他家眷部属，尽行拿下，解送颖州胜保营。胜保劝降，玉成不从，乃槛送京师，有旨令在河南卫辉府伏法。只玉成妻很有姿色，中胜保意，留住营中，作为侍妾。妇人家水性杨花，有几个晓得贞烈？昨日偶玉成，今日偶胜保，总教是个有情男子，就是袍衾与裯，亦所甘愿。好一个雌狗娘。胜保怜她秀媚，非常宠爱。后来苗练复叛，胜保被逮，连侍妾押解过河，为德愣额所见，说是陈玉成贼妇，不得随行，将侍妾轧住。其实德楞额也爱她美色，截住这个淫妇，自己受用去了。一般是狗，一般是贼。

玉成既死，楚皖间遂没有剧寇。鲍超又攻克宁国府城，走太平辅王杨辅清，降其将洪容海。曾国荃亦连克秣陵关、大胜关，进驻雨花台，距江宁城仅四里；分军与国葆，留屯三汊河江东桥一带，傍水筑垒，输通饷道。好一座金陵城，至此既失了皖南的犄角，复受水陆各军的围困，洪秀全焦急万状，亟促李秀成、李传贤还援。两李未至，国荃军忽遭疾疫，病的病，死的死，国藩令国荃退守，国荃执意不允。忽报李秀成率苏、常悍党二十万人，还救江宁，要去攻扑国荃大营了。国藩闻警，亟奏请另简大臣，驰赴江南，有"分重大之责任，挽艰难之气数"等语。旋奉上谕，节录如下：

朝廷信用楚军，以曾国藩忠勇，发于至诚，倚以挽救东南全局。今疾疫流行，将士摧折，深虞隳士气而长寇氛，此无可如何之事，非该大臣一人之咎。意者朝廷政事多阙，是以上干天和，我君臣当痛自刻责，实力实心，勉图禳救之方，为民请命，以冀天心转移，事机就顺。刻下在京，固无可简派之人，环顾中外，才力气量，如曾国藩者，一时实难其选。该大臣素尝学问，时势艰难，尤当任以毅力，矢以小心，仍不容一息少懈也。钦此。

国藩接旨，知京中已无意发兵，飞檄调苏州程学启军，浙江蒋益沣军，驰救国荃大营。怎奈接得复书，都说军务吃紧，不能应命，竟令这足智多谋的曾大帅，弄得无法可施。正是：

帷幄方闻成算定，疆场可奈寇氛深。

究竟国荃大营，果被长毛陷没否？看官不要性急，续阅下回自知。

　　载垣、端华、肃顺，非无可杀之罪，但为抗争垂帘事，骤置重辟，则未免冤诬。母后临朝，历代所戒，至若两宫垂帘，尤为历代所未有。即谓嗣主冲幼，专贵从权，究不得因故旧谏诤，横加诛戮。本回迭录谕旨，正以明三人罪案，无非为抗争垂帘而致。且谕中有两宫皇太后，将三人罪状，面谕议政王、军机大臣，是所谓罪状者，俱出皇太后之私意，慈安本无意构成此狱，主其事者，实为慈禧，哲妇固可畏也。独信用曾国藩，实为慈禧之卓识，畀以重任，言听计从，卒能削平大难，戡定东南，清之不亡于洪氏，慈禧与有力焉。然吾闻狄仁杰姨卢氏云："吾止有一子，不愿使事女主"，令曾公闻之，得毋为之汗颜乎？若以剿灭长毛，目为汉贼，吾尚无取此说云。

第七十二回

曾国荃力却援军　李鸿章借用洋将

却说曾国荃进攻江宁，长毛酋李秀成，率众驰援，国藩恐其弟有失，檄江浙军助剿，许久不至，此时江宁及苏浙三处，都在血战的时候，小子只有一枝笔，不能并叙，只好先接着上文，叙述国荃对敌事。

国荃兵不满万，合杨、彭两路水师，尚不满二万人，加以瘟疫盛行，死亡相继，正危急的了不得。突闻李秀成带了数十万长毛，自苏常到来，国荃誓众固守，预浚营濠，坚筑壁垒，准备抵敌。布置才毕，秀成已经驰到，麾众猛扑。国荃坚壁勿动，秀成不能入，乃结成营垒二百余座，围住国荃营。国荃昼不得安，夜不得眠，只指挥三军，竭力堵御。秀成令部众更迭进攻，前队不胜，后队继上；后队不胜，前队复上。无如国荃真是能耐，凭他如何攻法，总是守定营盘，一动都没有动。接连十昼夜，彼此未曾休息，到第十日早起，炮声陡发，山鸣谷应，震得营盘都摇摇不定。国荃部将倪桂，亟率军堵截，突来了一颗炮弹，滴溜溜滚将下来，扑的一声，弹丸炸开，遍地都是火星。倪桂被火触着，立即倒毙。军士汹汹道："这是开花炮！这是开花炮！"言未绝，国荃已怒马直出，把首叫开花炮的人，一刀削去脑袋，竟上前亲挡炮弹。写得突兀。恰值第二个炮弹又至，国荃将手中令旗对弹一拂，那弹堕入濠中，偏偏不炸。实是天幸。军士瞧着，才知开花炮弹，也不是个个会炸

的，胆气一壮，自然向前。国荃下令，用火箭火球，飞掷出
去，长毛到死了不少，只是抵死勿退。次日，天气阴沉，间以
微雨，开花炮越发没效。一连下雨好几日，长毛用枪来攻，国
荃令军士持枪还击，相持之下，国荃面上受了一粒弹子，血流
交颐，他忍着痛，益向前督战。军士见主帅如此奋勇，自然努
力效死。到第十六日间，李世贤又自浙赶来，拥着无数人马，
来助秀成，望将过去，差不多有十数万，一到濠外，就来猛
扑。这时候，曾营里面，已是九死一生，逃又没处逃，躲又没
处躲，索性拼了命去，与长毛死斗，杀了两昼夜，方得稍稍休
息。除已死的军士外，也没一个不汗透重衣，腿臂麻木。解开
战袍，有重伤的，也有轻伤的，国荃亲与将弁裹创，将弁又与
部下裹创，指臂相联，痛痒相关。因此人人感德，个个齐心。
带兵官听者！

　　过了数天，长毛反不甚起劲，似乎有些懈怠的样子，国荃
向众将道："此必有诈，须格外小心！"果然到了次晨，一声
怪响，土石上飞，壁垒坍去数丈，长毛逾垣而进，前仆后继，
国荃亟命将士乱掷火球，夹以枪炮，足足支撑了三个时辰，方
将进来的长毛，击毙了几千名，缺口亦堵塞完工。长毛又白费
心思，懊丧回营。嗣后长毛仍暗开地道，私埋火药。国荃分军
为三，一军专务防堵，一军增筑内墙，一军专伺地道。长毛掘
地洞七处，都被曾营发觉，抢险塞住，长毛已自心灰，守兵尚
有余力。国荃竟开壁出战，鼓号一响，如潮冲出，长毛见了，
无不失色。当下被国荃冲破营盘十余座，斩首数百级，方才回
营。长毛见曾营难下，分兵去截饷道，饷道系国葆保护，早已
防得严密，只国葆也遭时疫，寒热交乘，此时力疾从公，强起
督战，与长毛打一仗，胜一仗。国荃复分军接应，又将长毛杀
退。自同治元年闰八月十九日起，直至十月初四日，共计四十
六天，国荃目不交睫，衣不解带，与长毛相持，愤恨已极，军

士也怒气填胸。初五日黎明，长毛又来环攻，国荃率全营军士，开壁出来。这次比前次厉害，真是一当百，百当千，千当万，踏破敌营数十座，长毛望风披靡，好像瓦解土崩一般，秀成、世贤，支持不住，分途溃去。国荃大营之围始解，这是湘军第一场恶战。著书人亦精心结撰。

曾营内的将士，狞目颡面，皮肉几尽；国荃亦疲惫不堪；国葆竟一病不起，于十一月十八日卒于军。国葆字季洪，易名贞幹，系本籍诸生，从军后累战有功，晋同知衔，此次复擢升知府，因积劳病殁，由李鸿章奏请逾格优恤，特旨照二品例饰终，予谥靖毅，敕建专祠，宣付史馆立传。

这且按下，且说李鸿章带领淮勇，正拟出发，适江苏绅士钱鼎铭、潘馥等，备银十八万两，至皖迎师。鸿章遂乘了便船，与程学启、郭松林诸将，同抵上海。上海系各国通商码头，与苏州相近，长毛既据苏州，并欲东图上海，苏松太道吴煦，联合英法各军，设立会防局，分头防御。美人华尔，出守松江，连破长毛，尤为出力，及鸿章至上海，部下各兵，统是衣冠朴陋，不禁大笑。鸿章道："兵贵能战，不在华美，待吾一试，笑也未迟。"忽有吴县诸生王韬求见，由鸿章召入，王韬献计道："此处大吏，屡借洋兵攻敌，愚意以招募洋兵，人少饷费，不如令本国壮勇充数，只雇洋人教练火器，自可收效。"鸿章甚以为是。王韬去后，道员吴煦进谒，鸿章便问洋将优劣？吴煦道："英国水师提督何伯，法国水师提督卜罗德，统愿帮助中国，但他是外国舰长，不受我国驾驭。最好是美人华尔，他是获罪本国，逃匿上海，经吴某与美领事商洽，替他洗刷罪名，代我教练洋枪。他已死心塌地，为我出力，若招他练兵，必无变志。"鸿章大喜，便命吴道台檄调华尔。不到二日，华尔驰至，鸿章好言劝勉，令他竭诚练勇。华尔一口应承，遂募乡勇三千人，归华尔督练，叫作常胜军。

适朝旨命鸿章署理江苏巡抚，鸿章初受兵事，兼辖疆圻，遂令参将李恒嵩，会同华尔，并联络英法兵，攻克嘉定、青浦二城。英提督何伯，请鸿章会攻浦东厅县，乃令程学启、刘铭传、郭松林、滕嗣武、潘鼎新诸将，进兵南汇县的周浦镇，作为北路；英提督何伯，法提督卜罗德，自松江进金山卫，作为南路。两军才发，忽闻李秀成出攻太仓州，知州李庆琛兵溃，秀成进攻嘉定，洋兵败走，嘉定复陷，青浦垂危。鸿章急调程学启，移扼虹桥，截击秀成，复咨英法两提督，驰救青浦。时英法两提督，正攻克奉贤，接鸿章咨文，移师青浦，适遇秀成部众，两下开战，卜罗德中枪身死，何伯惊退。华尔正守青浦城，见英法各军败溃，亦突围出走松江。秀成直犯上海，薄程学启营。学启兵只八百人，秀成兵不下十万，众寡悬绝，学启毫不畏惧，亲登营墙，见长毛围营数十匝，他却自放开山炮，轰击长毛。长毛九却九进，尸与濠平，将藉尸登墙；忽东北角上，来了一支大队，旗帜飘扬。学启用远镜窥望，见旗上大书"署江苏巡抚李"六字，知是鸿章来援，大呼出击。长毛骇愕起来，随即却走。鸿章与学启，合军追杀过去，刀斩斧劈，好似削瓜切菜，杀得沿途尽是血水。秀成带来有十二个悍酋，都抱头鼠窜而去。这场大胜，映入洋人眼帘，传到洋人耳鼓，才晓得淮军勇敢，李抚英伟，不敢揶揄了。合肥自此著名。

嗣是复南汇，复金山卫，复青浦、嘉定。长毛酋慕王谭绍洸，听王陈炳文，复纠苏、杭、嘉兴长毛，从昆山、太仓入犯，鸿章檄诸军堵截，听程学启指挥。学启分道进击，谭、陈二酋，退据三江口，绍洸屯江北，炳文屯江南。鸿章亲去督战，令刘铭传当中坚，郭松林当左，程学启当右，自辰至未，长毛坚守勿退，松林、铭传，率军士冒死逾濠，匐伏而前。有黄衣酋登墙迎战，被松林觑准要害，一枪洞胸，黄衣酋堕地，长毛骇噪。学启乘势攻入，身中数伤，仍裹创疾前，长毛不能抵当，且战且走。官军三面掩杀，长毛大败而遁，松沪解严，诏实授鸿章江苏巡抚。

时宁绍台道史致鄂，因长毛攻陷慈溪，向沪上乞救。鸿章令华尔率常胜军往援，复慈谿城，华尔中炮死，常胜军还松江，由美人白齐文，代为统带。不料白齐文闭城索饷，随处劫夺，鸿章解白齐文兵柄，勒令归国，另用英将戈登续统常胜军。白齐文反投入李秀成处，阴为谋主，旋被浙军擒住，解至上海讯治，中途舟覆溺死，这是后话。外人之不可滥用如此。

鸿章既解松沪围，遂进规苏常，招降常熟长毛骆国忠，及太仓长毛钱寿仁，捣福山，取昆山，逼苏州。李秀成自江宁败还，趋入江北，闻宁国府城已被鲍超攻破，东西梁山，又由国荃分军守御，遂回走苏州。适值李鸿章督兵进攻，秀成倍道来援，径至常熟，但见城上刀枪齐列，为首一员将官，面目很熟，仔细一瞧，确是骆国忠，不过已改服清装。秀成便大呼道："你如何背叛天朝？"国忠道："忠王！你也是一时豪杰，难道不识时务么？洪氏灭亡在迩，你不如下马乞降，免得玉石俱焚。"为秀成特留身分。秀成瞋目叱道："我是烈烈丈夫，宁效汝等昧良！"道言未绝，两旁鼓声乱鸣，左有李鸿章，右有刘铭传，两路军蜂拥而来。秀成忙分军迎敌，炮声枪声，闹成一片。杀了三四个时辰，长毛毫不懈怠，越战越悍，越悍越战，不防后面杀入郭松林，戴板挥刀，十荡十决，浑身都被人血污渍，好像一个血人儿。长毛相顾惊愕，霎时溃退。官军追至无锡，秀成入城拒守，调战舰百艘，云集城外，作为犄角。郭松林会合黄翼升水师，定议火攻，巧巧遇着顺风，一把火起，烈焰腾空，把长毛百艘战舰，烧得一只不留。李秀成兀坐城楼，见江中火发，料知战舰失守，忽报战船已被烧尽，水兵死了万余，不由的涕泪交垂，便道："这是天绝我天国了。"何不上诉天父？

正欲弃城出走，城外来了白齐文，在上海掠得轮船二艘，入献秀成，并说："船中载有巨炮，很是厉害。"秀成也管不得好歹，便出城下船，亲去一试，对著黄翼升水师，突开巨炮，一炮甫发，对面的战船，果轰破了数艘。再令开第二炮，不防对面来了两三艘划船，约离秀成座船丈许，为首的执着短刀，一跃而过，随后又有数十名兵士，陆续跳上，来杀秀成。秀成认得首领，是钱寿仁，便道："钱寿仁！你做什么？"寿仁道："哪个是钱寿仁？我却是周寿昌，特来取你首级。"这人比骆国忠更凶。原来钱寿仁却是假姓名，降清朝后，复姓名为周寿昌。秀成也不再多说，便持刀对敌。无如清水师越来越多，索性纵火焚船，秀成见事机已急，只得弃了座船，跳至白齐文船，拔□遁去。

清军夺了无锡，乘胜追至苏州，秀成已先入城，与谭绍洸等固守。清军运至炸炮二十具，把城外敌垒，统行毁去。学启攻城南，戈登攻城北，鸿章亲自指麾，誓破此城，城中恟惧。秀成、绍洸，率悍党万人，突出娄门拒战，学启令骁将王永胜，陈忠德，陈有升，周良才，龚生阳，朱宝元等，分头拦截，自巳至未，将城中长毛杀回。鸿章令将士射书入城，略说："降者免死，斩酋出降者有赏。"于是城中悍将郜云官，缒城夜出，径诣副将郑国魁营，甘心投诚。国魁引至程学启处，双方订约，愿斩谭绍洸首以献。学启并命杀李秀成，云官不忍，只允杀谭而去。自此学启一面攻城，一面专等内应，接连数日，毫无影响。忽一夜，天黑如墨，胥门水渎，隐约有鼓棹声。学启闻报，忙亲自巡阅，已不见片影，因天昏月暗，不便追袭，只命军士格外留心，谁知李秀成已于是夜出走。秀成心灵眼快，窥透郜云官异谋，三十六着，走为上着，遂将城守事付与绍洸，对他恸哭一场，握手为别。秀成已做了铩羽之鸟。秀成已去，绍洸势孤，苦守数日，郜云官令部将汪有为，随绍洸巡城，出其不意，从绍洸背后一枪，贯入心窝，霎时倒毙。绍洸手下，还有亲从千余人，与云官奋斗，怎禁得云官同志，多至数万人，不到一时，统与绍洸背包裹去了。

云官开齐门迎降，学启入城，抚视降酋，共有八人，都是容貌狰狞，仿佛魔鬼。八人至学启前，仍傲然自若。学启按名检阅，第一个是太平国纳王郜云官，第二个是比王伍贵文，第三个是康王汪安均，第四个是宁王周文佳，还有范启发、张大洲、汪怀武、汪有为四人，俱自署天将。学启眉头一皱，计上心来，便好言抚慰。郜云官道："李帅既准我等投诚，应该替我等保举，大的是总兵，小的是副将。"学启道："这个自然，兄弟应代白李帅。"云官道："还有一桩要求，我等部下，差不多有二十营，须仍归我八人统带，驻扎阊胥盘齐四门。<small>盗贼心肠，总是不改。</small>学启也随口答应，<small>言甘心苦。</small>匆匆出城，与李鸿章谈了一夜。次晨入城，令八人出谒受赏，八人欣然领诺。学启先出城，部署诸军，张设营幄，约至午牌，鸿章在营高坐，候八人入见。八人骑马出城，到营方才下马，由学启导入，行过了礼，鸿章令两旁坐定。学启出营，带兵径入，八人方在惊愕，不料鸿章下令，将八人拿下。八人手无寸铁，如何抵挡？即被学启部兵擒住。八人大呼无罪，学启道："你托名投降，居心狡诈，妄想拥兵弄权，恃众横行，还说无罪么？"便请军令将八人正法。鸿章尚在犹豫，学启道："虎已缚住，万难再放，他甘心负谭绍洸，宁不敢负我大帅？"鸿章点头，当下把八人推出，霎时间献上血淋淋的八颗首级。学启将首级悬出，传令城内外长毛，各缴军械，不得再生异心，否则以此为例。长毛觳觫万状，多将军械缴出，只有二千余人，不肯遵行，又被学启一一杀讫，遂整众入苏州城。独戈登以杀降非义，痛詈学启，誓不相容，<small>洋人尚义，不无可敬。</small>亏得鸿章委曲调停，才肯罢手。

鸿章加太子少保衔，戈登亦得赏头等功牌，并银万两。这是鸿章作用。遂分军两路，一路由程学启，刘秉璋，潘鼎新，李朝斌统带，兜剿浙西长毛，遥应左宗棠，蒋益沣军，肃清江浙通道；一路由鸿章自行督领，率李鹤章，刘铭传等，进攻常州，与曾国荃、鲍超军相呼应。两路大兵，分头出发，势如破竹，所向无敌。学启下平湖、乍浦、海盐、澉浦，直攻嘉兴，太平堵王黄文金，自湖州趋援，由学启一鼓击退，遂促将士登嘉兴城。城上枪炮雨下，血肉枕藉，学启愤甚，持矛亲登，额上中了一弹，复坠城下。部将刘士奇、王永胜，见主将受伤，怒气填胸，麾众继上，人声鼎沸，炮弹纵横，长毛酋挺王刘得功，荣王廖发寿，不能阻拦，被他一拥而入，城遂破，刘、廖二酋战死。学启负创回苏州，医治渐愈，只额下留有败骨，饮食不便。学启非常忿懑，竟将败骨剜出，创口复裂，大叫数声而亡。这是好杀降人之报。

此时鸿章已克宜兴，拔溧阳，进围常州，水陆炮声如雷。太平守将护王陈坤书，烈王费天将，凶狠有名，至是与鸿章连战数次，无一得胜。城外营垒，陆续被毁，只好入城死守。鸿章督兵猛扑，连日不下，又值春雨绵绵，越生阻碍。鸿章调回嘉兴军，并力攻城，等到天已大晴，风向城内，遂乘风放炮，烟焰迷天。这城墙已受大雨浸渍，不甚坚固，被炮一击，顿时坍坏数十丈。陈、费二悍酋，用人塞缺，炮过弹炸，手足旗帜砖石，飞扬天中，盘旋空际。长毛原是忍心，鸿章亦乏仁术。鸿章令郭松林、王永胜、刘永奇、周盛波，携藤牌喷筒，冒死杀入，在城上接战良久，松林生擒陈坤书，周盛波生擒费天将，长毛见头目被擒，各弃械乞降。常州以咸丰十年四月六日失陷，越四年克复，月日时都不爽，时人称为奇事。苏常已复，江苏全省，除江宁外，已都平靖。长毛多分窜江西，由曾国藩檄鲍超军还援，李鸿章亦分军代堵，独撤去常胜军，遣戈登归国。自是淮军名誉，推重世界，并称李鸿章能善驭洋将，鸿章的功劳，算是很大了。语下有不足意。小子有诗咏此事云：

淮军练就扫红巾，百战贤劳算荩臣；
可惜诛锄非异种，犹留惭德笑欧人。

这诗末韵，系指李鸿章使德，与德相俾斯麦闲谈，盛述自己打长毛的功劳。俾斯麦道："欧洲人以杀异种为荣，若专杀同种，反属可耻。"鸿章不禁自惭。良心发现。这且不必细说，下回续叙江浙的事情，请看官接阅便了。

本回叙曾、左二人之战功，亦即叙李秀成之败史。太平军中，后起骁将，无如李秀成，率数十万众，驰救江宁，围攻曾国荃营，四十余日，终被国荃击退，众不敌寡，讵不可怪？迨转援苏州，一筹莫展，遇战即怯，临敌即溃，何其困惫若此？盖一鼓作气，再而衰，三而竭，左氏之言，其明证也。以长毛之暮气，当湘淮各军之朝气，其败亡也宜矣！曹操至赤壁而蹶，符坚至淝水而挫，宁特一秀成然哉？若借洋将，杀降酋，第一时权宜之策耳，不足以为训。

第七十三回

战浙东包团练死艺　克江宁洪天王覆宗

　　却说李鸿章克复苏常的时候，左宗棠在浙，亦屡获胜仗。宗棠自克复遂安后，严州一带，依次肃清。太平侍王李世贤，率金华大股长毛，围衢州，宗棠亲自往援，杀败世贤，世贤回金华。台州为闽将林文察所复，宁波为宁绍台道史致鄂，及英将丢乐德克等所复。惟湖州被太平堵王黄文金，辅王杨辅清攻破，团绅赵景贤被执，不屈死。宗棠以浙省长毛，金华最众，决计由衢州攻金华，乃遣蒋益沣等，拔龙游兰溪，金华长毛，亦弃城遁去。

　　看官！你道金华长毛，为什么不战而溃？他因诸暨有个包立身，很是厉害，遂一齐拔营，去围包村。真是呆鸟！包立身世务农业，膂力过人，他幼时曾习奇门遁甲，上知天象，下知地理，他因长毛犯浙，聚集村人，筑塞设堡，专与长毛相抗。长毛去一千，死一千，去二千，死二千，因此长毛大愤，纠众围攻，有"宁失南京，毋失包村"的意义。以包村抵南京，未免拟不于伦。时苏松兵备道吴晓帆，本系浙人，代理藩司事，闻包立身有异能，欲招致幕下，引为己助，苦无人前去致意。适佐杂班中，有个冯仰山，自称系立身姑表兄弟，晓帆令他蓄发三月，备文前往。到了包村附近，见四面都扎长毛营垒，冯逡巡不敢入，巧遇包村勇目，逸出村外，与仰山素识，引他绕道二百里，始得入村。仰山单身前进，被村中巡勇捉住，疑为长毛细作，亏得仰山认包至戚，乃引冯入见，各道艰苦。是时包村附近数百里居民，都搬至包村避难，倚包先生若长城，连仰山家眷，也在其内。仰山与家族相见，不觉欣慰，便备述吴公所招意。立身叹道："我亦知孤村无援，势难固守，且兵粮仅支两月，安能持久。只村内百姓群集，弃之不忍，欲要一同出围，恐不容易，是以尚在踌躇。"包先生颇具婆心。

正议论间，忽闻村外炮声隆隆，料是长毛猛攻，便邀仰山登高瞭望，遥见前山上面，设有大炮，正对村施击。立身轮指一算道："这炮在艮方，今日月神适犯我村，恐于我不利。"言未已，急推仰山伏地，自己亦向地伏着。但听得一声响亮，炮子簌簌然从上飞过，仰山吓得乱抖。立身道："嗣后不妨，可以起来。"立身遂脱帽散发，跣足仗剑，如道家步罡状，选了勇目三名，衣皂随行，自己喃喃诵咒，飞行而去。勇目紧随不舍，仰山犹立在高阜，只见立身出村，竟驰至前山，把剑向前一指，守炮的长毛，纷纷扑地。立身即令勇目三人，将炮抬归。仰山即驰下迎迓，立身已在前面。三人所抬的炮，不下四五百斤，仰山不禁奇异，便道："弟与兄自幼同学，并未识兄有异术，后来弟赴苏州，远离乡井，闻兄尝韬晦田园，罕至城市，何时得六甲真传，具此神妙？"立身道："我于二十年前，曾遇异人授我秘册，虽非全帙，然天文地理，略知一二，此刻去取敌炮，就是六丁缩地法，可惜我所学习，还是皮毛，若能尽知底细，虽有千万长毛，亦何足虑！"仰山又问长毛何时可平？立身道："我夜观星象，并占易数，江浙长毛，不久即平。只我村恐保不住。"两人随谈随走，已至营中。

立身升帐，传集村勇，即发令道："明日当有大雨，汝等出战，向西杀去，定能冲破贼营，虽然不能大胜，也可杀贼数百，挫他凶锋。"仰山因天久不雨，疑信参半。到了次日，村勇三千人，执五色旗，分作五队，奉令出去。启行时，天色犹雾，一出村门，忽然黑云层合，大雨滂沱，仰山瞪目良久。约一小时，村勇已整队回来，报称破贼西营，得牲口器械数十具。仰山忙问立身道："既已得胜，何不追杀一阵？"立身道："贼势犹旺，不应追杀，追杀必败。"俄有长毛入村求见，立身命他进来，长毛说："奉天将令，愿以绍兴府城相让，嗣后毋与天兵作对。"立身笑道："这明明是诱我的计策，无论浙东俱陷，孤城难守，且入城后，如入陷阱，粮草更易断绝，将来恐无人得脱了。"喝令立斩来使，仰山请道："来使不要杀他，不如放他回去，叫他解围为是。"立身摇头道："他那里就肯解围？杀了他，免得再来尝试。"太属粗莽！当下将通使的长毛，推出斩讫。

　　长毛酋闻了此信，越发调兵进攻，仰山未免焦急，遂请回报吴公，发兵接应，并欲挈眷同行。立身道："试为一卜。"卜得吉占，便道："老弟启行，便在今夕。"是夜大雨，立身命仰山束装，携眷出村，只饬护勇六人，仿着长毛服色，改装相送。仰山不敢多请，只与立身订约，速定行期。立身应允，与仰山握别。仰山冒雨而出，黑暗中见有无数卫兵，戴着红帽，穿着皂衣，站立两旁。仰山怯甚，私问护勇，勇但摇手，引仰山绕出小径，匆匆别去。

　　仰山去后，长毛愈集愈众，防立身有异术，遍掠民间妇女，将她们上下衣服褫去，赤身露体，驱作前队。妇女活活遭劫。又用鸡羊狗血，盛入喷筒，向村中乱射。立身被他厌禳，所用法术，未免不灵，遂决计突围。先占一卦，大惊道："细察卦象，惟今夜二鼓可出，若交子正，便无出围的日子，大祸且不远了。"遂令团勇速即收拾，约黄昏启程。夜餐已毕，便令团勇四千人，分作五队，队各八百人，用红旗队作先锋，次白旗队，又次是青黄两队，皂旗殿后。时值戌初，红旗队已发，远闻金鼓震天，枪炮声相续不绝，立身正调发白旗队，忽见村中百姓，扶老携幼，聚哭包门，都说包先生若去，我等从亦死，不从亦死，现在只有留住包先生，仗他保护，或可苟延性命。立身出来劝慰，怎奈人声鼎沸，连包先生的说话，没有一人听得清楚，只是阻住门前，不容出去。立身顿足道："这是天数，时将错过，大限难逃，奈何奈何？"因令后队暂停不发。这时红旗队已冲围而去，白旗队随后继进。长毛料村人绝粮夜遁，不去追赶前队，独率众捣入村中，喷筒火箭，接连射入。顿时火光烛天，杀声震地，村勇已无斗志，又值难民纷扰，不战先乱，当下被长毛毁门冲入，见屋便烧，逢人便刃，满村尽被烟焰迷住，进退无路。杀到天明，村中已鸡犬不留，包先生亦不知去向，大约已死在乱军中。有人谓包先生已经遁去，只包先生有一妹子，也知兵法，被长毛擒住，五马分尸，这也不知是真是假，小子不敢妄断。恃术者卒以术败。

包军一破，蒋益沣军已到，长毛已打得筋疲力尽，闻左军到来，料知抵敌不住，霎时逃散。有几个逃得慢的，被蒋军截住，没奈何匍匐乞降，遂复诸暨。宁波军亦进克上虞、台州，并复绍兴府城。朝命授左宗棠为闽浙总督，兼署浙江巡抚。宗棠檄蒋益沣军，自诸暨直下，取道临浦义桥，直趋萧山，渡钱塘江，规取杭州。复令水师骁将杨政谟，与益沣会杨政谟把江上敌舟，纵火烧尽，遂薄望江门。太平守将听王陈炳文，飞调附近各长毛，会援杭州，益沣遣康国器、魏喻义等，分头堵截，自督高连陞等，屯六和塔万松岭，俯瞰杭城。既而左宗棠亦自严州移驻富阳，征法国总兵德克碑，率洋枪队攻陷富阳城。宗棠进薄余杭，命德克碑转助益沣，这时苏军已克嘉兴，海宁守将蔡元隆，向蒋益沣处纳款请降，于是杭城饷绝援穷。陈炳文出城死战，自晨至暮，不能取胜，仍回城督守。德克碑用炸炮轰凤山门，城塌三丈。炳文率众堵塞，益沣不能入，再令德克碑昼夜炮击，城中危急万分，炳文知不可守，遂乘夜开北门出走。杭城遂复。余杭守将康王汪海洋，亦弃城走德清。宗棠乃移驻省城，与益沣经营善后事宜，全浙百姓，方渐渐苏息。后人有《闻见篇》四章，古节古音，不减杜少陵《哀江头》诸作。小子走笔至此，记将起来，不忍割爱，爰次第录成，供诸君一读。

《猪换妇》朝作牧猪奴，暮作牧猪妇，贩猪过桐庐。睦州妇人贱于肉，一妇价廉一斗粟，牧猪奴牵猪入市廛，一猪卖钱十数千，将猪卖钱钱买妇。中妇少妇载满船，蓬头垢面清泪涟，我闻此语坐长吁。就中亦有千金躯，嗟哉妇人猪不如？

《屋劈柴》屋劈柴，一斧一酸辛，昔为栋与梁，今成樵与薪。市儿诋价苦不就，行行绕遍江之滨。江风射人天作雪，饥腹雷鸣皮肉裂，江头逻卒欺老人，夺柴炙火趋城阎。老人结舌不能语，逢人但道心中苦，明朝老人无处寻，茫茫一片江如银。

《娘煮草》龙游城头枭鸟哭，飞入寻常小家屋。攫食不得将攫人，黄面妇人抱儿伏，儿勿惊！娘打鸟，儿饥欲食娘煮草。当食不食儿奈何？江皖居民食草多。儿不见门前昨日方离离，今朝无复东风吹。儿思食稻与食肉，儿胡不生太平时。

《船养姑》月弯弯，动高柳，乌篷摇出桐江口。邻舟有妇初驾船，乱头粗服殊清妍，橹声时与歌声连。月弯弯，照沙岸，明星耿耿夜将半。谁抱琵琶信手弹，三声两声摧心肝，无穷幽怨江漫漫？或言妇本江山女，名隶江花第一部，头亭巨舰属官军，两妹亦被官军掳，妇人无大惟有姑，有夫陷贼音信无。富商贵胄聘不得，妇去姑老将安图？呜呼！妇去姑老将安图？妇人此义羞丈夫。

浙江本是僻处东南的海疆，与全局没甚关系，长毛起初并不注意，后来江宁被困，长毛才窜入浙省，欲分江宁围军的势力，因此浙省被兵，百姓辛苦流离，已到这样地步。看官！你想江西、安徽的地方，三五次吃这长毛苦头，比浙江的情形，更如何呢？后人还说长毛乃是义兵，实是革命的大人物，小子万万不敢赞同。索性驳倒长毛，免得盗贼藉口。

话休烦絮，小子且要补述石达开事情。应六十七回。石达开自江宁出走，初至江西，与曾国藩相持；旋走湖南，被骆秉章遣将击走；驰入广西，又为蒋益沣等所破。达开此时，已自张一帜，与洪秀全不通闻问。自思湖广一带，无可驻足，不如窜入滇蜀，还可独霸一方。其时川寇蓝大顺、李永和，方四出劫掠，达开与他勾通，乘机入蜀。清廷因骆秉章剿寇有功，令他移督四川。秉章督师西上，先剿平蓝、李二寇，然后专力围攻达开。达开生平，奔突万余里，蹂躏百余城，专以出没边地，避实蹈瑕为能事。秉章遂将计就计，与幕僚刘蓉定议，决逼达开入边，四面兜剿，使他无路可走，自入罗网。达开果率大队西渡金沙江，拟向越嶲厅出发。秉章遣重兵潜蹑其后，并檄邛部土司岭承恩横截其前。达开避入小径，至柴打地方，想由大渡河过去。适值天雨如注，山水暴发，不能径渡。天意亡项，何由免脱。川将唐友耕追至，达开奔老鸦游，友耕会合土兵，左右环逼，达开尚欲渡河，甫至半渡，为诸军所蹙，大半溺死。达开妻妾五人，及幼子俱沉于河。只达开凫水而逃，直至对岸，巧遇岭承恩候着，乘他上来，一鼓擒住，槛送军前。友耕押达开至成都，对簿时犹侃侃谈论，口若悬河。自称年三十三，凡太平天国诸将，及清军诸帅，都加贬辞，独推重曾国藩，说他知人善任，规画精严，实是得未曾有的大帅。英雄识英雄，可惜达开自误。后竟被磔于成都市。

嗣是洪氏所有的要地，只一江宁城，余外虽尚有党羽，分扰赣皖，势已成为弩末。秀全自知穷蹙，将各处头目，一律封王，满望他感激图效，谁意封王越多，纪律越乱，一切号令，转不得行。曾国荃闻苏浙俱已得手，独江宁未克，日夜奖厉诸军，节节进攻。李秀成领败众数万，分布丹阳、句容间，自率数百骑入江宁，劝秀全弃都避难。秀全不从，秀成贻书李世贤，约他就食江西，自留江宁助守，屡出死党扑国荃营。国荃添募兵勇，先夺雨花台，次平聚宝门外石垒九座，分军扼孝陵卫，只九洑洲为江宁对岸重镇，长毛集数百战舰，严行拥护，一面接应城中，一面遏截长江。又有阑江矶，草鞋峡，七里洲，燕子矶，上关，下关诸隘，都竖长毛旗号，气势甚盛。杨载福已改名岳斌，率水师至九洑洲，与彭玉麟分队夹击。彭玉麟自草鞋峡进，杨岳斌自燕子矶进，各带火枪火弹，随掷随入。洲两岸纯是芦荻，岳斌用油浇灌，遍地纵火，大江南北，煽成一片火光，长毛屯船，多被烧着。彭玉麟率总兵成发翔，冒烟直上，先登南岸，北岸长毛，尚与杨岳斌死战，总兵胡俊友中炮死，岳斌大愤，传令洲破乃还师，否则传餐而战，必破此洲乃已。部将俞俊明、王吉、任星元等，更番迭攻，战至日暮，将士乘暗登洲，冒炮争上，践尸而过，九洑洲竟破，万余寇无一脱死，并获马三百余匹。

　　自此洲破后，江宁益困，国荃乘势攻克钟山石垒。这钟山石垒，长毛叫作天保城，乃是江宁城外第一保障。天父想已死了，所以保守不住。国荃得了此隘，遂得合围。鲍超又攻克句容、金坛，长毛溃走江西，鲍超会合杨岳斌水师，同追长毛，向江西而去。彭玉麟又移驻九江。清廷恐国荃势孤，亟令李鸿章助攻江宁。看官！你想曾国荃自进攻江宁以后，费了无数心血，吃了无数辛苦，才得把江宁城团团围住，此时功成八九，偏有人出来分功，非但国荃不愿，就是国荃部下诸将士，也是没一个情愿呢。李鸿章本是国藩保荐，自然不欲夺国荃功劳，只推说有病在身，延久不至，将轮船经费五十万两，拨充国荃营饷。国荃复鼓励将士，攻克龙膊子山阴坚垒，这垒比锺山还要坚固，长毛叫作地保城。天也不保，地也不保，洪天王不死何待？地保城得手，就在城上造起炮台，日发大炮射击城中。可怜城中粮草早绝，饥民嗷嗷，天王府内，供给葱韭菜菔白菜，几与黄金同价。始而米尽，继之以豆；豆尽，继之以麦；麦尽，继之以熟地薏米黄精，或牛羊猪犬鸡鸭等物。复尽，用苎根草根，调糖蒸熟，糊成药丸一般，取了一个美名，称作甘露疗饥丸，还想骗人。名目虽好，无济实事。这班饥民，夜间私自缒城，出来就食，嗣后长毛也禁止不住，白日里亦缒城而出。

到同治三年五月，洪天王挨不得苦，仰药自尽。洪仁发、仁达等，拥立幼主福瑱即位，年纪不过十五六龄。国荃闻这消息，饬军士轮流苦攻，连凿地道三十余穴，俱被城内堵住。复由国荃部将李臣典，率吴宗国等，从敌炮极密处，重开地道。至六月十六日，地道告成，国荃悬不次之赏，严退后之诛，安放引线，用火燃着。不到一刻，蓦地火发，声如霹雳，轰开城垣二十余丈。烟尘蔽空，砖石如雨，李臣典率官军蚁附争登，从缺口冲入，长毛用火药倾盆而下，军队少却。彭毓橘、萧孚泗等，手刃数人，弁勇皆奋，分路齐进。王远和、王仕益、朱洪章、罗雨春、沈鸿宾、黄润昌、熊上珍等进击中路，直扑天王府。刘连捷、张诗日、谭国泰、崔文田等，进击右路，由台城趋神策门，适朱南桂、朱惟堂、梁美材诸人，亦从神策门缘梯而入，兵力益厚，鏖战至狮子山，夺取仪凤门。左路由彭毓橘、武明良等，自内城旧址，直击至通济门。萧孚泗、熊登武、萧庆衍、萧开印等，复分途夺取朝阳、洪武二门，时太平忠王李秀成，率众巷战，见大势已去，拟向旱西门夺路冲出，不料清将陈湜、易良虎等，正由旱西门攻进，被他拦住，不得已折回清凉山，隐匿民房。黄翼升率水师攻夺中关，拦江矶石垒，进薄旱西门，遂与陈湜、易良虎，夺取水西、旱西两门，全城各门皆破。

天色已晚，只天王府尚未攻入，国荃令军士暂行休息，惟督王远和、王仕益、朱洪章等，黾夜搏战。三更时，天王府突然举火，冲出悍党千余人，手执洋枪，向民房街巷狂奔。官军也不去追赶，齐入天王府内，扑灭烟焰，检点遗尸，多是府内宫女，单不见秀全尸首，及幼主福瑱。时已天明，国荃复下令闭城，搜杀三日夜。毙长毛十余万人。这也太惨。到十九日，萧孚泗搜获洪仁发、李秀成等，讯得实供，方识秀全尸首，瘗埋宫内，幼主福瑱，乘官兵夜战时，已由缺口遁走。当下飞报曾国藩，由国藩主稿，推湖广总督官文居首，连衔入告。随奉上谕道：

本日官文、曾国藩，由六百里加紧红旗奏捷，克复江宁省城一折，览奏之余，实与天下臣民，同深嘉悦。发逆洪秀全，自道光三十年倡乱以来，由广西窜两湖三江，并分股扰及直隶山东等省，逆踪几遍天下。咸丰三年，占踞江宁省城，僭称伪号，东南百姓，遭其荼毒，惨不忍言。罪恶贯盈，神人共愤。我皇考文宗显皇帝，赫然震怒，恭行天罚，特命两湖总督官文为钦差大臣，与前任湖北巡抚胡林翼，肃清楚北上游，胡林翼驻扎宿松一带，筹办东征；复特授曾国藩为两江总督，并命为钦差大臣，东征江皖，号令既专，功绩日著。十一年七月，我皇考龙驭上宾，其时江浙郡县，半就沦陷，遗诏谆切，以未能迅殄逆氛为憾。

朕以冲幼，寅绍丕基，祗承先烈，恭奉两宫皇太后垂帘听政，指示机宜，授曾国藩协办大学士，节制四省军务，以一事权。该大臣自受任以来，即建议由上游分路剿贼，饬彭玉麟、杨岳斌、曾国荃等，水陆并进，叠克沿江城隘百余处，斩馘外援逆匪十数万人，合围江宁，断其接济。本年六月十六日，曾国荃率诸将克复江宁，多年悍贼，经各将士于十七八日，搜杀净尽。三日之内，毙贼十余万人，伪王伪主将伪天将，及三千余名，无一得脱者。此皆仰赖昊苍眷佑，列圣垂庥，两宫皇太后孜孜求治，识拔人材，用能内外一心，将士用命，成此大功。上慰皇考在天之灵，下孚溥海人民之望。自维藐躬凉德，何以堪此？追思先皇未竟之志，不克亲见成功，悲怆之怀，何能自已？

此次洪逆倡乱粤西，于今十有五载，窃踞金陵，亦十有二年，蹂躏十数省，沦陷百余城，卒能次第荡平，殄除元恶，该领兵大臣等，栉风沐雨，艰苦备尝，允宜特沛殊恩，用酬劳勚。钦差大臣协办大学士两江总督曾国藩，自咸丰三年，在湖南首倡团练，创立舟师，与塔齐布、罗泽南等，屡建殊功，保全湖南郡县，克复武汉等城，肃清江西全郡，东征以来，由宿松克潜山太湖，进驻祁门，叠复徽州郡县，遂拔安庆省城，以为根本，分檄水陆将士，规复下游州郡。兹幸大功告蒇，逆首诛锄，实由该大臣筹策无遗，谋勇兼备，知人善任，调度得宜。曾国藩著赏加太子太保衔，锡封一等侯爵，世袭罔替，并赏戴双眼花翎。浙江巡抚曾国荃，以诸生从戎，随同曾国藩剿贼数省，功绩颇著。咸丰十年，由湘募勇，克复安庆省城。同治元二年，连克巢县、含山、和州等处，率水陆各营，进逼金陵，驻扎雨花台，攻拔伪城，贼众围营，苦守数月，奋力击退。本年正月，克钟山石垒，遂合江宁之围，督率将士鏖战，开挖地道，躬冒矢石，半月之久，未经撤队，克复全城，殄除首恶，实属坚忍耐苦，公忠体国。曾国荃著赏太子少保衔，锡封一等伯爵，并赏戴双眼花翎。记名提督李臣典，于枪炮丛中，开挖地道，誓死灭贼，从倒口首先冲入，众即随之，因而得手，实属谋勇过人，著加恩锡封一等子爵，并着赏穿黄马褂，戴双眼花翎。萧孚泗督办炮台，首先夺门而入，并搜获李秀成、洪仁发，实属勋劳卓著，加恩锡封一等男爵，并赏戴双眼花翎。钦此。

其余文武一百二十余员，亦论功进秩有差，一场大乱，总算从此结束。

曾国藩由安庆至江宁，始发掘洪秀全尸首，遍体统用绣龙黄缎包裹，头秃无发，须已间白，遵尚异教，不用棺木。国藩令即戮尸，焚骨扬灰，并将洪仁发、李秀成等处死。只洪福瑱不知下落，国藩奏称大约已死，其实洪福瑱已出走广德，转入湖州去了。小子又有一诗道：

　　覆巢自古无完卵，密网由来少漏鱼；
　　为语暴徒应反省，天心彰瘅果何如？

毕竟洪福瑱能逃出性命否，容下回续叙详情。

　　包立身以一隅团勇，抗数十万劲寇，事虽不成，亦足自豪。然天下惟正可以胜邪，断未有以邪克邪者。后世以异术推包立身，吾谓包之败，正坐此异术之害也。独怪长毛不图挽大局，徒甘心于寸土，不胜为笑，胜之不武。死一包立身，若九牛亡一毛，于官军无损，于洪氏无益，何其愚顽若此？洪氏至死不悟，尚欲以苎麻草根，取名甘露疗饥丸，令民间如法泡制。百姓无长物久矣，即有草根，何处得蔗浆？"天下饥，何不食肉糜"，自古有此笑语，洪氏子亦其流亚也。江宁一陷，毙长毛十数万众，杀戮固未免太过，抑亦长毛冥顽不灵，自致死地，强梁者不得其死，观此益信。

第七十四回

僧亲王中计丧躯　曾大帅设谋制敌

　　前回说到洪福瑱出走，自广德转入湖州。其时浙江诸郡县，次第克复，独湖州尚为长毛酋黄文金所守，苏浙官军，会攻未下。文金迎幼主福瑱，至湖州就食，左宗棠、李鸿章探知消息，急檄部将努力图功。于是浙将高连陞，王月亮、蔡元吉、邓光明等，攻湖州东南，苏将郭松林、刘士奇、王永胜、杨鼎勋等，攻湖州西北，迭毁城外石垒，连破敌众。黄文金率悍党数万，启西门出战，郭松林督水陆军攻其左，王永胜由山径攻其右。文金袒露两臂，衔刀狂突，往返数回，终被枪炮截住。文金尚冒死力争，忽报浙军已攻入湖州东门，顿时心慌意乱，拥福瑱西走，遁至宁国府山中，不料兜头碰着鲍超，大杀一阵，歼毙无算，没奈何回走浙江淳安。途中又遇浙将黄少春，弄得文金无路可奔，舍命相扑，身被数十创，方突出重围。闻李世贤、汪海洋等在江西，决计由浙赴赣。约行数十里，文金创病大发，呕血而亡，遗命兄弟黄文英，力卫福瑱入江西境。文金亦晋荀息流亚。

　　文英遂挟福瑱至广信，浙军紧追不舍，前面又有江西军要击，只得转趋石城。记名按察使席宝田，方在崇仁攻李世贤，探闻洪福瑱已入江西，防他与世贤军联合，急率轻骑由间道出截，至石城县杨家牌地方，危崖盘郁数十里，夕阳已衔挂山麓，暮色如画。前锋逗留不进。宝田召前锋前校，问伊何故逗留？将校以日暮对。宝田怒道："过岭即逋寇所在，汝何懈我军心？"喝令推出斩首，诸将股慄，奋勇而上。走了一夜，岭路渐平，东方亦渐明亮，遥见岭下有一簇长毛，正在早炊，军士大呼而下，长毛错愕相顾，不及逃避。黄文英勉强格拒，马蹶被擒；还有洪族中洪仁玕、洪仁政，及他酋数十人，亦被宝田军擒住，单不见了洪福瑱。宝田讯问黄文英等，都不肯实供，只俘房中有一牧马小儿，由宝田诱出供词，说小天王逃遁不远，尚在山中。宝田乃分兵堵住谷口，自督部将沿山搜寻，瓮中捉鳖，网里捕鱼。不到二日，部将周家良，报称已擒住洪福瑱，当下由宝田亲鞫，可怜十五六岁的童子，杀鸡似的乱抖，只答了一个"是"字。宝田即将洪福瑱及黄文英等押解南昌。巡抚沈葆桢，迅速奏闻，上谕下来，叫他就地正法。自是福瑱被磔，黄文英、洪仁玕、洪仁政等，都随了小天王，同登鬼箓去了。了结洪氏。

是时太平酋康王汪海洋，正纠合余众十万，来迎福瑱，距战处仅百里，闻得福瑱被虏，众心解散，海洋气夺，窜入福建。李世贤亦自赣入闽。闽省空虚无兵，不意穷寇猝至，汀漳二郡，尽被蹂躏。按察使张运兰，率五百人拒战，众寡不敌，陷没阵中，被他支解而死；提督林文察，亦战死漳州，闽省大震。左宗棠飞檄黄少春、刘明灯，自衢州趋延平为中路军；刘典、王德榜，自建昌趋汀洲为西路军；高连琪自宁波泛海，趋福州出兴泉为东路军。三路官军至闽，不甚得手，李鸿章亦遣郭松林、杨鼎勋，统军乘轮船至闽，合围漳州，鲍超亦自江西至武平，各军会集。李世贤、汪海洋，乃由闽窜粤。海洋攻入镇平，李世贤亦至，由海洋郊迎入城。两人议论军事，意见不合，海洋竟刺杀世贤，到此还要相杀，可谓至死不悟。又欲返走江西，为席宝田所阻，杀了一场。海洋背受矛伤，仍回广东，陷嘉应州。左宗棠促鲍超率军赴粤，自己亦入粤督师。由是浙军围嘉应州东南，鲍军当州城西面，北面由粤军方耀军环攻，惟南面驻扎敌营。海洋倾寨出战，官军失利，嗣复出攻浙军，黄少春、刘典、王德榜等亦败却。长毛得胜，可谓回光返照。海洋乘胜追赶，黄少春等选枪炮队抵御海洋，更番注射，长毛反奔。诸军闻浙营得胜，三面夹攻，海洋中炮死，余党败入城中，推僧王谭体元主城守事。谭体元懦弱无能，开南门出走，官军追至黄沙嶂，山回谷绝，荒僻无人，将长毛逼入谷内，四围兜剿，长毛胆落，环跪乞降，体元及诸魁皆被诛，太平军才杀尽无遗。时已同治四年十二月了。了结长毛余众。

　　长毛尽歼，捻子尚骚扰山东、河南、陕西等省，清廷命科尔沁亲王僧格林沁，及湖广总督官文会剿捻子。官文本是个因人成事的脚色，虽然出省督师，却只迁延观望，独僧亲王骁悍善战，所向无前。同治二年，攻破雉河集老巢，擒斩捻酋张洛型，只洛型从子张总愚遁去。适苗练沛霖复叛，陷寿州，围蒙城，攻临淮，众号百万。僧王毫不畏惧，直向蒙城进发。那时苗练部下，闻到僧格林沁四个大字，统已魂驰魄丧，望风归降。苗沛霖势成孤立，被僧王逼得无路可走，为部下所杀。另有沛霖一班义儿，个个生得眉清目秀，仿佛美人儿一般，遇着这粗豪勇莽的僧王，偏生成一种好杀的奇癖，每获一人，总叫刽子手细细剐碎，他却当作一样乐事，坐在上面，斟酒畅饮。犯人越哀号，他越快活。所以苗练一死，这班狡童俱同归于尽。南风固不足爱，其如惨无人道何？

　　僧王复回军河南，驰入湖北，降长毛余党蓝成春、马融和等，逼死扶王陈得才，独捻匪张总愚，纠合党羽任柱、赖文洸，东奔西窜。僧王追到东，他却走到西，僧王追到西，他又走到东，凭你僧王勇悍过人，他竟不与一战，专寻山谷沮洳，峰回路阻的地方，分队匐伏。僧王手下，统是满蒙铁骑，在平原旷野间，无人敢挡，若逢着山路崎岖，骑不得骋，马不得驰，真是有力也没处用。独僧王不管厉害，只饬诸将追入，诸将稍有违慢，他便鞭责杖笞，不肯少恕，所以诸将闻令，无一敢怠。奈一入山中，屡遇贼伏，良将恒龄、舒通额、苏克金等，统同战死。僧王愈怒，日夕驰二三百里。宿不入馆，衣不解带，席地而寝，天未明，即令军士造饭，早餐一顿，余外尽带干粮，僧王执鞭在手，上马疾驰，主帅一动，将士自个个随上。奈这捻子狡猾得很，从湖北窜河南，又从河南窜山东，弄得僧军昼夜穷追，气竭力弱。总兵陈国瑞、何建鳌，叩马谏阻。僧王那里肯从，只命将士尽力追赶，一程复一程，直到曹州。已是英雄末路。

此时已是同治四年四月，天气微炎，南风习习，僧军多追得气喘吁吁，汗流浃背，遥听山后隐隐有号炮声，僧王传令速进，当下爬山过岭，越了几个峦头，仍不见敌踪，只小坳内有樵夫数名，不待僧军往问，他已走谒马前，报称捻匪在前，愿为前导。分明有诈。僧王大喜，便令樵夫前行，自率军紧紧相随，但见暮霭横空，落霞散绮，孤鸦觅队，倦鸟归林，叙入暮景，另有一番描写。军士不及夜餐，已是面带饥容，勉强前进。忽闻四面呐喊，前后左右，拥出无数捻子，把僧军困在垓心。僧王尚不在意，只督令诸将杀贼，捻众偏不与力敌，专用枪炮乱击，相持一二时，天色昏黑，僧军汹汹欲溃。诸将请突围出走，僧王不许，再三固请，乃饬召引路的樵夫，仍拟从原路杀出。樵夫恰也不逃，只说王爷随小的出去，决不有误。僧王尚命亲兵进酒，饮了数斗，吃得酒气醺醺，才提鞭上马，那马偏无故倔强，兀立不动。僧王加了几鞭，马反跳跃起来，险些儿把僧王掀下。马亦有知，人不如马奈何？僧王易马突围，眼睁睁望着樵夫，杀将出去。

谁意樵夫引着僧王，偏向捻子最多处引入，总兵陈国瑞，见捻子重重拦阻，料知樵夫心怀不良，忙叫王爷速回。那樵夫闻国瑞大呼，霎时变脸，怒目相向，反叫捻子围杀僧王，国瑞忙挺身出救，无如捻子如蜂拥上，把僧王、国瑞冲作两截。国瑞舍命上前，连突数次，统被捻子击回。此时国瑞知无可救，只得自己寻条血路，冲杀出来。等到国瑞杀出，天色已经微明，检点手下残卒，只剩了数百人，方思下马暂憩，见有一队败卒，跟跄而来。国瑞忙问王爷何在？有一败卒道："黑夜中人自为战，未识王爷下落。但百忙中见有贼首戴着三眼花翎，扬扬而去。贼首哪里来的花翎，想总是王爷殉难了。"国瑞道："我等且再向前去探寻王爷踪迹，果得确实消息，方可奏闻。"部兵总不敢前行，由国瑞登高瞭望，已不见捻子片影，遂带部兵趋回原地。沿途尸如山积，仔细检视，觅得总兵何建鳌，及内阁学士全顺尸身，未免叹息。复寻将过去，只见一尸，卧丛箐中，有身无首，旁有一尸，却还身首俱全。国瑞令军士辨认，才识身首俱全的死尸，乃是僧王帐前马卒，无首的死尸，不是别人，正是亲王僧格林沁，身上已受了八创。国瑞相对泪下，遂率军士罗拜，舁尸归省。连何总兵、全学士的尸身，也一同载回。当下飞章奏告，两宫太后亟下懿旨，从优议恤，准建专祠，并令配享太庙，予谥曰忠。

　　小子叙到此处，于上文樵夫底细，尚未详述，究竟樵夫是真是假？不得不补叙数语。樵夫实是捻子桂三假扮，导僧王走入绝地，僧王一味粗莽，不暇详辨，所以中计。缴足上文。

　　这时曾国藩正在南京，闻僧王轻骑追敌，每日夜行三百里，国藩叹道："兵法忌之，必蹶上将军。"方拟草疏密陈，忽报廷寄到来，僧王在曹州战殁，令他携带钦差大臣关防，赴山东剿捻，所有直隶、山东、河南三省绿旗各营，及文武官弁，统归节制。两江总督职任，由李鸿章暂署，另命刘郇膏护理江苏巡抚。先是朝旨赐国藩为毅勇侯，国荃为威毅伯，官文为果威伯，左宗棠为恪靖伯，李鸿章为肃毅伯。国藩持盈戒满，自思于功臣中，独膺侯爵，未免高而益危，至此接节制三省的上谕，遂上疏力辞，朝旨不许，只催他速赴山东，国藩不得已受命。是时捻众方战胜僧王，鸱张益甚，自山东编造木筏，搜劫民船，蓄意北犯，畿辅戒严。两江署督李鸿章，恐直隶兵单，亟遣布政使潘鼎新，统带鼎字淮军十营，由海道赴天津，与直督刘长佑，筹固京防。捻众乃还集亳州一带，窥伺雉河。又想归老巢来了。曾国藩闻这警耗，急调刘铭传、周盛波等，率本部淮军往援。刘周两统领，向在鸿章麾下，系淮军中著名健将，此次奉调出剿，纵横扫荡，所向无前。捻首任柱、赖文洸，虽竭力抗拒，究竟不是他对手，霎时间阵势已乱，分头窜去，雉河得转危为安。

朝旨奖赏有差，并促曾国藩克期平捻。国藩老成持重，复陈目下情形，万难迅速，一因楚勇裁撤殆尽，仅存三千作为亲兵外，现只留刘松山一军，及刘铭传淮勇各军，不敷调遣，当另募徐州勇丁，就楚军规模，开齐兖风气，最快亦须数月，方可成军；二因捻匪战马极多，单靠步兵，断不足当骑贼，须派员赴古北口采办战马，在徐州添练马队，乃可进兵；三因扼贼北窜，全恃黄河天险，现办黄河水师，亦须数月，始可就绪；四因直隶一省，应另筹防兵，分守河岸，不宜令河南兵卒，兼顾河北。末后最要紧数语，乃是齐豫苏皖四省，不能处处顾到，山东只能办兖沂曹济四郡，河南只能办归陈两郡，江苏只能办徐淮海三郡，安徽只能办庐凤颍泗四郡。这十三府，系捻匪出没的地方，可以责成臣办，此外须责成本省督抚，屯驻泛地，各有专属等语。确是老成持重之言。两宫太后方倚重国藩，自然照准。

国藩恰安排多日，方出驻徐州。那时捻众恰东驰西突，随地蔓延，忽扰安徽，忽走山东，忽入河南，虽由官军四处追剿，总难圈住敌锋。朝旨免不得诘问国藩，又由国藩复奏，大致谓："捻匪已成流寇，官兵不能与之俱流，现惟择要驻军，不事驰逐，军饷器械，由水道转运，江南作根本，清江浦作枢纽，溯淮颍而上，可达临淮关，溯运河而上，可达徐州济宁。目下正分设四镇重兵，安徽以临淮为老营，归刘松山驻扎。山东以济宁为老营，归潘鼎新驻扎。河南以周家口为老营，归刘铭传驻扎。江苏以徐州为老营，归张树声驻扎。一处有急，三处往援，首尾相应，或可以拙补迟，徐图功效。"清廷也不能驳他，只好听他缓缓的布置。*曾侯不求速效，隐惩僧邸覆辙，然平捻之机，实自此始。*

会张总愚窜入南阳，两宫太后又焦急起来，令李鸿章督带杨鼎勋等军，驰赴一带防剿。结末又有"与曾国藩妥同商酌，不必拘泥谕旨，务期计出万全"云云。国藩恰奏称："河洛无可剿之贼，淮勇亦无可调之师，李鸿章若果入洛，岂肯撤东路布置已定之兵，挟以西行，坐视山东江苏之糜烂而不顾？"等语。*看曾侯此奏，似愤懑得很。*还有李鸿章一奏，更说得剀切恳挚，他奏疏中有三大纲，曾由小子忆着，节录以供众览，便知当日用兵的情形。其文云：

　　臣按我朝从前武功，专恃兵力，此次军务，全资勇力。臣初至军营，习闻周天爵、福济、琦善、向荣、和春诸臣之议论，皆谓绿旗弁兵，驯谨而易调遣，各省勇丁，桀骜而少纪律，其不得已而用勇，就地召募，随时遣汰，尚无甚流弊，若远调数千里外，终必哗溃误事。咸丰初年，广西所募潮勇最多，向荣、张国梁，带赴江南，沿途骚扰，卒至十年三月金陵之变，一溃而不可收拾矣。自曾国藩、江忠源、胡林翼、李续宾等创练楚勇，不用一兵，盖深知绿营废弛已久，习气太深，万不足以杀敌致果。而以楚将练楚勇，恩信素孚，法制严密，又由湖南北转战江皖，一水可通，人地相宜，是以历久而能成功。然李续宜、唐训方以楚勇剿淮北之捻，刘长佑以楚勇剿直隶之骑马贼，均未大著功效，则以离乡太远，南北异宜，勇性未能驯服，何能得其死力？曾国藩有鉴于斯，故于金陵克复，东南军事将竣，即将所部湘勇，全行遣撤，但属臣暂留淮勇，以备中原剿捻，自系因地制宜。

夫捻匪系皖豫东三省无赖纠合而成，其隶皖籍者，大都蒙亳颍宿人，皆在淮北。臣籍隶庐州，实在淮南。所部淮勇，则庐州，六安，安庆，扬州人居多，皆滨江之处，于长江上下防剿最宜。军士战于其乡，亦较得力。若赴河洛山陕，水土不习，诚恐迁地勿良，勇心涣散。朝廷期望于臣，欲以西北军事相属，不过以臣在吴，粗立战功，而臣亦唯赖所部将士，踊跃用命。若令臣去，而平素所用之健将劲兵，不得随行，臣复何能为役？曾国藩筹设徐州、济宁、周家口等处防军，皆臣部最出力者。臣若不调西行，则声势不能大振。若全调他往，则东皖无以自立。若另图添募马步，而随身先无亲信可恃之兵勇，必致偾事，无裨全局，此兵势不能遽分者一也。

凡欲灭贼，必先治兵，欲强兵，必先足饷，欲筹饷，必先得人与地。臣自咸丰三年至八年，皆在皖北军中，窃见和春、郑魁士之军，战阵颇勇，旋因饷缺而溃。袁甲三、翁同书继之，更因饷绝而败。即十年江南大营之溃，十一年浙江之陷，皆由于粮饷断绝。官文、胡林翼，筹鄂饷以供东征，曾国藩进图江皖，以江西、湖南、广东厘金为饷源，左宗棠以浙饷办闽浙之贼，臣以苏沪入款，办江浙之贼，皆能自我为政，转谕不匮，幸而藏事。从古至今，言兵事未有不先筹饷糈者也。曾国藩夏间奉命剿捻，臣忝署江督，即以后路筹饷，引为己任以安其心。数月来分屯豫东苏皖千余里，湘淮兵勇四万余，粮运供支，源源接济，又兼筹苏松扬州留防各陆营，长江外海各水师，皖南江西防剿遣撤各湘军之饷，虽以入抵出，不敷尚多，竭力匀拨，幸无贻误。臣若奉命西征，则现在进图剿捻后路分防各军之饷，尚无专责之人，即臣带兵远出，饷源当居于何处？筹饷当责成何人？且欲图兜灭北捻，必须多练马队以备冲突，广置车骡以资转运，饷需甚钜，豫中蹂躏已久，力难供应。若专指苏饷，目下苏沪税厘，分供前敌，淮军已虞饥溃，再添练马步，人数益多，道路益远，势必不支。臣一经离任，恐亦不能遥制，此饷源不能专恃者二也。

臣军久在江南剿贼，习见洋人火器之精利，由是尽弃中国习用之抬枪鸟枪，而变为洋枪队，现计出省及留防陆营五万余人，约有洋枪三四万杆，铜帽月需千余万颗，粗细洋火药，月需十余万斤，均按月在上海、香港各洋行，先期采买，陆续供支。臣每亲自料理，又有开花炮队四营，一为潘鼎新带往济宁，一交刘秉璋镇守苏州，其副将罗荣光、刘玉龙两营为臣亲兵，现分守金陵城外之下关江东桥两处江口，以杜奸人觊觎。臣若出省督师，必须酌量调往，藉壮声势。惟炮队所用器械子弹，尽仿洋式，所需铜铁木煤各项工料，均来自外国，故须就近设局制造。苏州先设有三局，嗣因丁日昌在沪购得机器铁厂一座，将丁日昌、韩殿甲两局，移并上海铁厂，曾经奏明欲再移设金陵，为久远计。臣若远赴他省，则炮局与铁厂，久必废弛，不但技艺不能渐精，且虑工费多有缺乏，而臣军接济，亦有断绝之时，此军火不能常常接济者三也。

臣所虑者只此三端，倘蒙皇上天恩，俯悯愚忱，熟思审处，俾微臣带兵远出，日后无掣肘之患，臣得效命疆场，帮同曾国藩，为国家歼此残孽，万死何辞！谨奏。

奏入，奉谕照旧办理，毋庸更张。于是曾国藩在徐州，除分设四镇外，添练马队一支，令李鸿章弟昭庆统带，作为一队游击兵，令他先赴河南，然后移节前进，驻扎周家口，居中调度。捻众闻报，竟另辟一路，窜入湖北，任柱、赖文洸向黄冈，张总愚向襄阳，蕲黄一带，遍地寇氛。曾国藩急调刘铭传援鄂。铭军一至，任张两大股捻子，又并窜山东，连扑运河，被潘鼎新军击败。又入河南，遇着铭军回援，复东走淮徐，忽东忽西，忽分忽合，弄得官军疲于奔命。当由从容坐镇的曾大帅，想一个防河圈捻的计策出来，正是：

> 欲防兽逸先施罟，为恐鸿飞且设罗。

毕竟曾侯所设的计策，是否有效，且看下回分解。

捻众四出滋扰，纯系盗贼性质，无争城夺地之思想，其知识更出洪杨下。然其东西驰突，来去飘忽，比洪杨尤为难平。以此伏迹者一二百年，构乱者十三四年。僧亲王锐意平捻，所向无前，戮张洛型，诛苗沛霖，铁骑所经，风云变色，乃其后卒为张总愚等所困，战殁曹南。盖有勇无谋，以致于此。曾李二公，更事既多，行军自慎，读其奏疏，不啻举二十年战事，尽绘纸上，故本回可为轻躁者戒，慎重者劝云。

第七十五回

溃河防捻徒分窜　毙敌首降将升官

却说钦差大臣曾国藩，因捻众四出为患，决议扼守沙河、贾鲁河，逼捻众入西南，为竭泽而渔之计。自河南周家口以下，至槐店止，这一带属沙河，自周家口以上至朱仙镇止，这一带属贾鲁河，两处统设重兵扼守。自朱仙镇以北四十里，至汴梁省城，又北三十里，至黄河南岸，无河可扼，挖濠设防。自槐店以下至正阳关，尚是沙河余流，亦派重兵驻扎。自正阳关以下，统滨淮河，由水师与皖军会防。各分泛地，逐层布置，依次紧逼，免得捻众四溢。规画已定，遂檄刘铭传、潘鼎新、周盛波各军，分防沙河，严扼要隘，遍筑墙堡。捻首张总愚与牛老红，正渡沙河南下，任柱与赖文洸，亦渡淮并趋南路，这防河圈捻的计策，正用得着。各镇官军，方拟四面兜剿，不料夏雨过多，水势盛涨，南阳微山等湖，与运河连成一片，各路所筑堤墙，多半坍毁。想系捻众尚未该绝，所以如此。兼且积潦盈途，深过马腹，军中米粮子弹，输运迟滞，文报往来，亦多延误，民庐漂没，饿莩盈野，捻势因之益横。张、牛、任、赖，并合全力，由汴梁省城附近，排墙而进，直犯豫军。豫军只有抚标二营，敌不住大股捻匪，立时溃退。那捻众夷堑填濠，向东驰去。

是时刘铭传方在朱仙镇，遥望火光渐迤西北，料知豫中泛地有警，忙令乌尔图那逊，带领马队向东驰援，唐殿魁带领步军，望北截剿。两军到开封境内，捻众大股，已渡过黄河，窜入山东，只有几个小捻匪，剩落后面，做了刀头之鬼。当下山东告警，菏泽、曹县、郓城、钜野一带，纷纷乞援。警报迭达清廷，这种酒囊饭袋的王大臣，遂交章弹劾国藩，说他暮气已深，不能再当重任。惯说现成话。事为国藩所闻，未免气愤，竟至成疾，因上疏请假。朝命李鸿章携带关防，驰赴徐州，调度湘淮各军，防卫淮徐以东，并与山东巡抚阎敬铭，商办山东军务，互相策应。

及鸿章到徐州后，刘铭传、潘鼎新两军，已蹑捻众至郓北，与捻众战了一仗，大获全胜。捻众复折回西窜，又入河南，谋决黄河，断流徒涉，方在薄河掘堤，铭鼎两军，先后追至，捻众分路散走，张总愚由河南窜陕西，任柱、赖文洸由河南窜安徽，自是张称西捻，任、赖称东捻。这位忧谗畏讥的曾侯，已告假了数日，索性再上奏章，自称剿捻无功，愿即开缺撤封，降为散员，留营效力。曾侯亦思效张子房耶？两宫太后垂念旧勋，不从所请，令他在营调理，赏假一月，这一月内，着李鸿章署理钦差大臣，国藩尚请开缺另简，以专责成。李鸿章也上疏推辞，仍把分兵筹饷的两样难处，申奏一番。朝议遂将曾李二人，易一位置，两人不便再违，遂遵旨奉行。

当曾李交替的时候，东捻复从安徽回河南，从河南窜湖北。国藩弟国荃，时为湖北巡抚，闻东捻窜入，出驻德安，飞咨钦差大臣李鸿章，调兵进剿。鸿章急檄刘铭传、刘秉璋等，自周家口拔队进固始商城，与周盛波张树珊各军，分道入鄂。任柱、赖文洸，本思由湖北入陕西，联合西捻，因被曾国荃所扼，不能前进，遂率众直趋德安，绵亘数十里。周盛波、张树珊军，正自河南驰至，与捻众开仗，任、赖麾众冲突，由周、张开放炸炮，连环轰击，捻尚未退。前者仆，后者继，自未至戌，鏖战四时，周、张两军，抛了无数炸炮，遍地爆裂，毙捻无数，捻众始折奔西北。张树珊与盛波军，东西分追，相距约二十余里。树珊至德安府境王家湾，遥见捻众在前，尚不下数万名，当即麾兵直上，至新家闸。捻众列阵以待，树珊分两翼夹进，自督副队居中，用马队为外护，奋勇杀入，毙敌无算，捻众复回头窜去。

兵法有云："穷寇莫追，"树珊仗着锐气，满望得当歼敌，仍率兵踊跃前进，为这一追，适中兵法所忌，又蹈僧王覆辙了。好勇者其听之！树珊前追数十里，忽后面喊声大起，有大队捻子杀到，前面的捻子，也转身夹击，把张军前后队冲断。树珊久战无继，免不得穷蹙起来，战至夜半，不得出围，所督副队及亲兵，伤亡殆尽。树珊自知必死，大呼陷阵，杀伤略当，力尽堕马，遂遇害。树珊庐州人，系张树声兄弟，自咸丰四年，随兄至皖北带勇，隶李鸿章麾下，树声以谋胜，树珊以勇胜，相辅而行，故所向有功。至同治四年，树声赴徐海道任，树珊已洊升至右江镇总兵，此次奉命援鄂，鸿章颇虑其轻敌，令与周盛波合进。不意树珊偏孤军追敌，竟堕了捻子前后夹攻的诡计。叙明树珊履历，犹是旌忠之意。

刘铭传闻树珊败没，驰至德安，会周盛波军，追踪进蹑，击败捻众于下沙港，捻众东窜枣阳，西折至安陆府属的尹漋河。时鲍提督超，正驻军樊城，铭传与他函商，约期夹击。铭军由北而南，先至尹漋河，望见捻众均扎驻对岸，遂留王德成、龚元友两营，护守辎重，自率大众渡河。至中流，捻众作要击状，被铭军炮弹击退。铭军既登对岸，捻众不战而走，由铭军追杀五六里。铭传老将，胡犹不知捻匪诈计？此可见行军之难。忽有紧报传来，说是捻子已渡河劫辎重，铭传大惊，急分前敌步队三营，马队三营回顾后路，六营方发，任赖二捻，竟悉众回扑铭军，铭传即分中左右三军迎敌。战不多时，左军统带刘盛藻，败退过河，捻子并力攻中右两军，中军营官李锡增，中弹身亡，铭传也不能支，只得且战且退。右军统带唐殿魁被困，战没阵中，于是捻众乘势掩杀，亏得王德成、龚元友两营，沿河救应，方得护铭传过河。捻众又渡河追来，铭传正在危急，幸鲍超亲率霆军来援，两军齐奋，方将捻众杀退，向安陆西路窜去。铭传收拾余军，五停中已丧失一停，询问王龚两营官，才知抢劫辎重乃是捻子谣言，故意误人，摇动铭传军心之计，铭传懊丧不迭，奏闻清廷，自请处分。有旨加恩宽免，只责刘盛藻督队不力，拔去花翎，撤去勇号，仍令带罪图功。其余阵亡将士，各赐恤有差。捻匪计中有计，不可谓无人。

同治六年，李鸿章抵徐州，朝旨令他任湖广总督，仍著在营督军剿捻。鸿章接旨后，复自徐至周家口，定议先剿东捻，后剿西捻，又因树珊战殁，铭传败退的缘故，料得穷追无益，决计用曾老旧谋，仍主圈地。闻任、赖等尚在鄂境，劫掠裹胁，乃檄各路统领，陆续赴鄂，围攻捻众。赖文洸刁猾得很，与任柱商议，由鄂窜豫，至信阳州。刘铭传急统军回防，周盛波亦随后踵至，两路夹击，阵擒捻党汪老魁、陈大狗、祝老伏等十八人，斩余捻二千余名，只阵亡总兵刘启福。任、赖经此大创，只得折回，转而图皖，又被刘秉璋、杨鼎勋等击败。任、赖急得没法，还想下窜，由刘铭传驰入鄂边，拦头痛剿，连败数阵。适时当仲夏，天久不雨，湖河尽涸，人马转战疲惫，无水不足以制敌。水溢不足制敌，水涸又不足制敌，流寇确是难剿。鸿章正在忧虑，俄闻捻众又逼近南阳，忙檄刘铭传尾追，周盛波迎截，潘鼎新、刘士奇等分路兜剿。任、赖闻风东趋，竟自河南窥山东，日夕驰数百里，势如飙发。各军驰追不及，竟被他冲破运防，直达济宁。运防是什么要隘？因前次曾侯督师时，除豫省贾鲁河、沙河两岸设防外，又于山东省的运河东岸，修堤筑墙，防捻东窜。豫防溃陷，运防尚屹然如故。任、赖等远窜鄂中，距运防已远，戍卒多懈，不防捻众突然驰至，冲过运河东岸长墙，把东军防营内的军械，抢掠殆尽，并掳胁民船，迫渡全师。东军统带王心安，水师统带赵三元，都逃得不知去向，一任捻众所为，这叫作蝗虫吃稻，蚱蜢当灾。王心安太安心了，赵三元想是癞头鼋转世，故免水隐去。

鸿章闻报，亟自周家口赴归德，调集淮军全营，赴东防堵。刘铭传、潘鼎新为淮军领袖，因捻众渐趋登莱，遂建倒守运防，进扼胶莱的计议，鸿章甚为赞成，遂派铭军由济宁向泰安、莱芜，径趋青州为中路，鼎军由潍县昌邑赴莱州为北路，又派徐州镇董凤高，昭通镇沈宏富马步十五营，由郯城兰山进莒州为南路，三路兜截而前，期逼二捻酋到海滨，使他进退无路，束手就毙。于是将大略疏陈，复旨命他移驻东境，就近调度。鸿章乃再自归德趋济宁，又调周盛波、刘秉璋、杨鼎勋各军，分戍运河。并咨河南巡抚李鹤年，派张曜、宋庆两军扼东平，并约安徽巡抚英翰，派黄秉钧、张得胜、程文炳各军，扼守宿迁上下游一带。并调水师三营，入运巡护。乃弟李昭庆，亦令守韩庄八闸。各军陆续到防，旌旗飘荡，戈戟森然。就中有坍陷的河堤，毁坏的墙垣，令弁勇赶紧修筑，不论炎风烈日，统是昼夜不停。这一番布置，真是密密层层，象铜墙铁壁一般，一些儿没有渗漏。鸿章复亲去巡视，东至运河，西至胶莱河，都已筹防完固。只淮河西岸，统是沙滩，接近海口，一时不及筑墙，当遣东军十营防堵，想亦无妨。遂回驻济宁，眼睁睁的望着捷报。布置妥帖，总望有成，谁料尚有缺点。

第一次报到，捻匪窜即墨县，由东抚率军击退；第二次报到，捻匪犯新河，由潘鼎新军击退；第三次报到，捻匪大股扑豫军，由宋庆等并力杀败，追奔二十余里。鸿章暗想道："这番的捻匪，已入我笼中，就使插翅也难飞去了。"过了两三日，接到一角紧要文书，拆开一瞧，乃是捻匪全股，从海神庙扑渡潍河，王心安营溃，营官胡祖胜等阵亡，亡字未曾看完，不由的将来文掷下，勃然道："混帐的王心安，前次为运防失陷，已经革职，只望他效力赎罪，他又溃走，误我大事，真正可恨！但尚有王成谦十营，为什么坐视不救呢？"看官听着！这王成谦系候补道员，就是东军十营的统领，潍河西岸，归他防堵，他因营墙未成，不免心虚，左思右想，只有已革总兵王心安，原扎辛安庄，颇有营墙掩护，遂与他商议，令他移驻海神庙。海神庙系在海口，心安总道捻匪不来，便亦允商。都是避难就易的想头。当下将所部四营移扎，偏这任柱、赖文洸，与他作对，竟从此冲出，心安又跳身遁去。王成谦袖手旁观，竟被捻众一拥过河。心安善走，成谦善避，真是一对好同宗。至刘铭传、潘鼎新，及董凤高、沈宏富等，闻警驰至，那捻众已似漏网鱼，脱笼鸟，远飏而去。恼得李鸿章无自泄愤，一口气都喷在王成谦身上，拜表弹劾，立即革职。一面专顾运防，亲赴台庄，妥慎布置。

　　清廷的王大臣，又疑议起来。一班饭桶，又想出头。说是："胶莱且溃，何论运河？"即寄谕询问李鸿章。鸿章复奏："胶莱河防三百余里，尚不可靠，沿运千里，似更难恃，但从前议守运河，原恐胶莱河防，仓猝难成，所以画一圆圈，扼捻归路，檄皖豫鄂各军，出境守运，既便顾外，尤便顾内。若自撤运防，令捻匪得以窜逸，将来流毒数省，贻害无穷。"这数语感动天听，有旨报可。果然任赖二酋，急欲突出运河，窜至宿迁，幸亏刘铭传、潘鼎新、周盛波各军拦住厮杀，截回捻众。任、赖又图扑苏境，经各军前截后追，打一仗，输一仗，没奈何仍返山东。是时已秋尽冬初，捻酋闻潍县有粮，想掳掠一番，为御冬计，不意铭军急急追来，任柱等方到潍县，铭军潜踪而至，乘其不备，�ात夜攻入，把捻巢截作三段，捻众大乱。捻党王双如等被斩，张斯、潘德、杨三注等受擒，任柱、赖文洸，尚抵死拒战，当由铭军叠放排枪，中者死，着者伤。又毙捻众数千人，获住好几个头目。任、赖也几乎成擒，只得落荒逃走。任柱等经此一战，吃亏的了不得，所有精悍，多半被歼。奔到日照县，那刘铭传仍不肯舍，率马步两队追至，枪弹无情，又将任柱右耳击伤，任柱再向南窜，径奔江苏赣榆县境。遥望后面尘头又起，料知铭军杀到，不禁大愤，向手下党羽道："今日定要决一死战，有他无我，有我无他。汝等如不从令，先血吾刃。"一味蛮抗，有何益处？当下选捻子数万名，设伏城东丛林中，自己恰裹创以待。

刘铭传追至赣榆，也防任柱设伏，分兵两路，一路由城东进，派副都统善庆、温德勒克统带，一路由城西进，派总兵陈振邦及副将徐邦道、勇目陈凤楼等统带。陈振邦等甫过西关，正遇着赖文洸，率马步数千人前来，两下接仗，不到数合，赖捻即退，振邦麾众尾追，甫及里许，喊声大起，有一大股捻子，都执着长矛，相夹而进。赖捻也转身杀来，振邦颇觉心寒，幸来了刘盛休、唐定奎两将领着步队，接应振邦，夹击捻众。捻众毫不畏怯，奋勇死斗，正杀得难解难分。刘铭传亲督全军，摇旗而至，那边瞥不畏死的任柱，望见铭传亲来，就将丛林内的伏捻，一齐号召，向刺斜里杀出。说时迟，那时快，善庆、温德勒克一支人马，也从城西绕到，敌住任柱。东来西应，颇觉好看。这时候炮声飚发，弹焰星攒，一面是只思脱险，猛鸷异常，一面是满望立功，悍勇无匹。酣斗了好几时，尚是不分胜负。忽然烟雾四塞，昏不见人，赖文洸一股，纷纷退走，刘铭传趁这机会，派刘克仁步队六营，及丁寿昌、滕学义等，乘着雾，由城北绕出，攻任捻的背后。自率各军会合善庆等，专攻任柱。任柱分股相拒，越斗越狠，癞狗一般不管死活，一味乱噬。不到数刻，刘克仁、丁寿昌等，从背后冲入捻阵，捻众始乱。独任柱指麾自若，仍一些儿没有惊慌。刘铭传下令，得任贼首，立膺上赏，军士越加感奋，踊跃上前。怎奈任柱手下的悍捻，煞是能耐，左挡右拦，无隙可入。猛听得一声大叫道："任柱中枪死了。"这声传出，捻众惊噪，乃大奔。铭传挥军掩杀，穷追二十余里，擒斩千余名，夺得骡马器械无数，方才收军。

当下拜表奏捷，叙明降人潘贵升的首功。有旨自铭传以下，均加赏赉。独降人潘贵升，补用千总，并赏加游击衔，又给银二万两。看官！你道这潘贵升，何故独蒙优赏呢？原来贵升见任捻势蹙，曾向陈凤楼马队营内，密信乞降，愿杀任捻为进身阶。这日两边接仗，战久不下，贵升混入清营，密报哨官邓长安，计歼捻首。长安为语铭传，令他立功受赏。贵升即返，也是任柱命数该绝，天大烟雾，前后迷濛，被贵升施枪洞胸，顿时毙命。贵升大呼而出，至铭军处报功。捻众无头自乱，焉有不溃之理？补叙任柱中枪之原因，是作者惯手。小子曾戏作十六字道：

> 任柱不任，贵升偏贵。
> 天道昭彰，贼死无悔。

任柱已死，只剩了一个赖文洸，独木不成林，不怕他不死了。欲知后事，且看下回。

　　圈地剿捻之谋，实是制捻胜算。曾国藩荆之于前，李鸿章踵之于后，萧规曹随，不是过也。乃一溃河防，而言官文劾曾侯，再溃河防，而言官群诋李督，众口铄金，积毁销骨，设非老成人，坚持到底，鲜有不隳成谋，破全局者。阃外之事，将军主之，此乃颠扑不破之至理，悠悠之口无取焉。任柱为捻徒各股总头目，桀黠称最，自被其下潘贵升所刺，而捻众乃瓦解矣。然非圈地制捻之计行，则任柱之势不蹙，贵升固捻党耳，岂肯反噬乎。读此回吾服李督，吾尤服曾侯。

第七十六回

山东圈剿悍酋成擒　河北解严渠魁自尽

却说捻众自任柱死后，推赖文洸为首领，文洸激厉众捻，为任柱复仇，自赣榆县奔至海州，收拾余烬，再图大举。会清军营内又添了一员郭松林，郭向隶李督麾下，平苏常有功，应七十二回。任福建陆路提督，前时因病乞假，此番病愈来营，由李鸿章派拨马步二十营，交他统带，令赴前敌。松林与刘铭传是老同寅，自然竭力帮助，会泮昇新至海州，击败赖文洸于上庄镇，降捻党五营头目李宗诗，复追入山东诸城县境，途次遇边马游弋，亟饬将士前进，步步为营；行不数里，果见捻众数百骑，如飞而至，被鼎军一阵痛击，都拍马逃去。鼎新向步军各统领道："这是捻匪惯技，明明诱我，使我中伏，我恰偏要追去，汝等须步步留意，倘或伏贼齐来，不要惊惶，只教立定脚跟，静待号令。"捻匪惯技，已被清将瞧破，这叫作鼯鼠技穷，安能不毙？诸将齐声答应，鼎新即自率马队，分东西两路追入，步军随后徐进，一声胡哨，捻众从冈岭三路压下，好像风卷潮涌，飚忽而来，鼎新恰从容指挥，令前后马步两队，各自严列，用枪对敌，不得妄动，违令者斩。此令一出，各军士屹立不动，凭捻众如何冲突，只用枪弹对付，捻众无法可施，所有锐气，已自不战而挫。鼎新见捻众已怠，鸣鼓进军，前马队，后步兵，纵横驰突，锐不可当，杀得捻众叫苦连天，一霎时跑得精光。

自是赖文洸一筹莫展，只向寿光，昌邑，潍三县交界处，往来盘旋，到潍县东北安墹地方，又想抄袭陈文，从海滩窃渡内地。突见清军大队，摇旗而来，旗上都大书一刘字，不是旧日的王心安。文洸到此，逃已不及，仓皇整队，迎拒铭军。方交战间，但闻四面八方，都是清军杀到，口口声声的呼杀赖贼，文洸不免慌张，忙冲开血路，向东狂奔，一口气驰至杞城，旗靡辙乱，毫无纪律。蓦闻前面有炮声枪声，振响空中，清军随声而出，当头拦截，为首一员大将，红顶花翎，跃马突入。这位大将是谁？就是郭军门松林。文洸尚不知他厉害，呼众迎战，被郭松林手刃数人，方晓得不是等闲，正思回走原路，谁知铭军又复赶到。文洸势成死地，不得不力战求生，遂令步队居中，马队分两翼，翕张凶焰，恶狠狠的相扑，究竟弱不敌强，被铭、松各军，追至河曲，群捻自相残踏，尸横狼藉，后路的捻众多凫水逃去，赖文洸也总算幸脱。想还有几日好活。

各官军复跟踪追剿，直至胶州县的小南沟，趁他未备，又尽力掩杀一阵，只剩了几个老捻子，及七八千残众随着赖酋，窜至寿光县界。官军四路相逼，蹙至海隅，圈入南北洋河巨弥河中间，河水甚深，捻众背水死战，松林、鼎勋两军，从东面攻入，铭传率大军从西面攻入，把捻众冲得四分五裂。文洸死斗一日，看看支撑不住，索性把马匹辎重，尽行弃掉，轻骑东奔。铭军令兵士不得妄取，专力追赶，由洋河追至弥河，捻众已零星四散，文洸还想冲突运防，奔至沭阳，遇着皖军程文炳，略战数合，当即折回，复至淮安，有李昭庆、刘秉璋、黄翼升水陆各军驻扎，眼见得不能过去，再窜扬州。适道员吴毓兰，奉李督檄，统带淮勇防戍，闻捻徒突至，出队迎击，文洸不敢恋战，仍且战且奔，追杀至瓦窑铺，天大风雨，昏黑莫辨，战至五鼓，毙捻数百名。此时文洸已入围中，无路可窜，竟纵火焚毁民屋，想借此摇惑官军，以便漏网。毓兰正防这一着，麾军冒火搜剿，但见火光中有一巨酋，骑着黄马，手执黄旗，指挥残捻，料知是赖文洸，叠发数枪，击中文洸马首，文洸随马仆地，毓兰急督亲卒突进，生生的将他擒住。审讯是实，就地正法，余捻不过数百人，擒斩殆尽，就使有几个逃出，也被各军搜杀无遗。

　　东捻各股，一律荡平，朝达捷书，夕颁赏典。李鸿章蒙赏加一骑都尉世职，提督刘铭传以下，均沐厚赉，曾国藩筹饷有功，已升授体仁阁大学士，至此亦加一云骑尉世职。清廷待遇功臣，也算不薄了。红顶子都从人血染出。就中一位勾通捻匪的张七先生，占踞山东省肥城县的黄崖山，也被官军入山穷剿，杀得一个不留。这位张七先生名叫积中，本江南仪征县人，少时曾读过诗书，应试不隽，他穷极思迁，竟去投赞周星垣门下，拜他为师。周称太谷先生，素讲修炼采补术，门徒颇盛。积中学了五六年，尽得师承。太谷被江督百龄，拿去正法，门徒统行逃匿，积中也避至山东，寻闻禁缉渐宽，遂借传教为名，不论男女，尽行收录。有时占候风角，推测晴雨，颇觉有验，因是被惑的人，日多一日；连一班莫名其妙的官僚，也有些将信将疑，远近遂称他为张圣人。不知是文圣人，是武圣人。事有凑巧，捻匪骚扰山东，他恰托词筹防，占住黄崖山，叠石为砦，依山作垒，引诱愚民，说是北方将乱，只此间可以避兵。乡民越加信从，趋之若鹜。他偏装腔作势，不轻易见人，平日讲授教旨，无非叫他高徒赵伟堂、刘耀东等，作为代表，他自己只同两个女弟子，深居密室，也不知研究什么经典。大约是闺门秘术戏图之类。这两个女弟子的芳名，一名素馨，相传是太谷孙妇；一名蓉裳，系一个吴家新孀。山中每月必设祭一二次，每祭必在深夜，香烟缭绕，满室皆馨。积中仗剑居中，两女盛装夹侍，庄严的了不得。非教中人，不能入窥，乡里都称为张圣人夜祭。谁知后来竟约会捻徒，揭竿起事。捻徒失败，一座孤危的黄崖山，哪里还保得住？被官军一阵乱杀，覆巢下无完卵，不特积中就戮，连素馨、蓉裳两女侍，也没有着落，大约不是逃，就是死，一场好因缘，都化作劫灰了。死则同穴，可以无恨。

话分两头，且说东捻失势的时候，正西捻蔓延的日子。西捻首领张总愚，自河南窜入陕西，适值叛回骚扰陕甘，遂与他联络一气。陕回的头目，叫作白彦虎，甘回的头目，叫作马化隆。他因发捻肇乱，亦乘机扰清，清廷曾赦胜保旧罪，令他往讨，师久无功，逮问赐死，应第七十一回。更调多隆阿往代。多隆阿迭破回砦，嗣后亦伤重身亡，再命杨岳斌督师，又因病乞归。西警频闻，恼了这位恪靖伯左宗棠，自请往讨，为国效力。两宫太后，欣然批准，立命移督陕甘。

宗棠到了陕西，闻捻回勾结，上疏剿捻宜急，剿回宜缓，朝旨自然照办。宗棠即令提督刘松山，及总兵郭宝昌、刘厚基等，率军驱捻，不令捻回合势。张总愚遂自秦入晋，自晋入豫，自豫入燕，直扰保定、深州等处，京畿戒严。盛京将军都兴阿，奉命赴天津，严行防堵；并调李鸿章督师北上，会剿西捻。鸿章不敢迟慢，即檄各路兵马，启程前进。惟刘铭传创疾骤发，不能乘骑，乞假养疴，因此未与。

鸿章既到畿南，以河北平原旷野，无险可守，只得坚壁清野，令捻徒无处掠食，然后再用兜剿的法子。于是劝令就地绅民，赶筑圩寨，一遇寇警，即收粮草牲畜入寨内，免为匪掠。绅民倒也遵谕筹办，无如张捻已四处窜突，连筑堡也来不及。第一次接仗，郭松林、潘鼎勋各军，破张捻于安平城下；第二次接仗，河南陕西各军亦到，与郭松林等会合，蹑捻至饶阳县境，袭斩捻党邱德才、张五孩；第三次接仗，捻偷渡滹沱河，松林、鼎勋兼程追到，陕军统领刘松山，豫军统领张曜、宋

庆，亦先后踵至，各路截击，渡河各捻，杀毙甚众，张捻向南
窜逸；第四次接仗，捻自直隶窜河南，复自河南回直隶，各军
截剿于滑县的大伾山，又获大胜；第五次接仗，仍在滑县，捻
用诱敌计引诱官军，记名提督陈振邦阵亡，其余各军，也伤失
不少。讨东捻用详叙，讨西捻用简述，并非详东略西，实因东西捻之
情势，大略相同，为避重复计，不得不尔。朝旨遂易宽为严，左宗
棠先已被谴，至是李鸿章亦罣吏议，连直隶总督官文，及河南
巡抚李鹤年，统革职留任。

　　左宗棠向负盛气，督军前敌，亲至畿甸，与李鸿章会商军
务，决议严守运防，蹙贼海东。统是抄袭曾文。规画方定，张
捻已直走天津，亏得郭松林等冒雨忍饥，日夜驰数百里，抄出
敌前，击败张捻，捻始折回。从前张捻的计策，很是厉害，他
从陕西到京畿，飙疾异常，本拟马到成功，立夺津沽，不期淮
勇亦倍道来援，日夕争逐，未能逞志。他又故意窜至河南，牵
掣淮军南下，然后疾卷回犯津沽，出人不意，掠夺奥区。偏这
郭松林等，与捻众角逐已久，熟悉狡谋，防他回袭，与之并趋
而北，且比他赶向上风。一场酣斗，竟得胜仗，自此敌谋乃
沮，折入运东。总叙数语，申明上文。

　　李鸿章遂力主防运，拟先扼西北运河，联筑长墙，绝捻出
路。适郭松林等追捻南下，道出沧州，沧州南有捷地坝，在运
河东岸，当减河口，以时启闭，蓄泄济运，减河水深，足限敌
骑窜津之路。鸿章飞饬郭松林，腾出潘鼎新、扬鼎勋两军，筑
减河长墙八十余里，分兵扼守，津防以固。再调淮直豫陕皖楚
各军，各守运河泛地，运防亦因是告成。鸿章又亲率周盛波行
队，由德州沿运河，察勘形势，尚未回辕。张捻果率众扑减河
长墙，见淮军整队出迎，料不可敌，不战即走；至盐山附近，
突遇两支大军，一支是湘军刘松山，一支是豫军张曜、宋庆，
由陕督左宗棠统率前来。两下对垒，张捻大吃其亏，由盐山遁

去，走入茌平高唐境内。嗣是捻中无一步队，专恃马军，每人备马三四，倏忽易骑，势如飘风疾雨，遇敌即奔，追亦难及。鸿章只饬各军添筑长墙，一层紧一层，一步紧一步，圈地益蹙，捻势亦益衰。嗣至沙河左近，被松林等探悉行踪，乘雨潜袭，列阵而进，行十余里，渡过沙河。捻方起队欲走，行列未定，蓦见官军突至，不觉大惊，急思策马前奔，怎奈泥淖载途，骑不能骋，此时前有松林，后有鼎新，前后夹击，马步连环迭进，无不以一当百，枪丸如雨而下，呼声雷动。捻众大衄，官军乘势压迫，直抵商河城下。自沙河至商河三十里，沿途伏尸，顶趾相接，张总愚尚亲率黑旗队，回战数次，被官军排枪齐放，着了弹子数粒，坠落马下。旁有骑卒数十名，忙将总愚扶起，翼之而遁。这一场大战，毙捻徒二三千名，生擒千余名，还有五千余骑，向东驰脱。

鸿章复奏调刘铭传赴军，联络各路，逼捻入山东省，至济阳境内，斩尾捻二百余级，生获捻党郑文起，余捻折向南遁，窜入黄河沿岸的老海洼，凫水狂奔。各官军亦凫水进逼，由水登陆，把捻中最悍头目程二老坎、程三老坎、张锦泗、周六等，统共杀死。张捻辗转至德州，连番抢渡运河，都由炮船民团击溃。著名悍捻张正邦、张正位、张可师、张九临、尹汤成、李老怀、邱麻子等，率旧伙缴械乞降。张总愚再窜商河，已零零落落，不能成队。刘铭传等复率队来追，迫总愚于黄河运河间，八面围攻，生擒总愚爱子张葵儿，及其兄宗道、弟宗先、侄正江，并悍目程四老坎、马老三、樊大等，统就阵前枭首。总愚于乱军逸出，东北走至徒骇河滨，顾手下只有八骑，不禁涕泗横流，下马与八人永诀，投水而逝。全尸而死，还是张捻之幸，看官莫以项羽相比。及官军追至，六骑死矛刃下，两骑被擒，西捻亦就此肃清。

当由六百里驰驿奏捷，李鸿章、左宗棠等，自然官还原职，其余得力将弁，亦奖叙有差。军机大臣恭亲王奕䜣，暨文祥、宝鋆、沈桂芬诸人，也因赞襄机务，昕夕慎勤，得邀特赏。就是亲郡王贝勒贝子公，及内外文武，大小臣工，概蒙赏加一级。拨开云雾，重睹承平，又是一番好景象了。语中有刺。

只陕甘叛回，尚未平靖，由左宗棠入觐，奏称五年以后，定可报绩。两宫太后非常欣慰，令他即日还陕。宗棠受命，风驰电掣而去。左公好大喜功，言下自见。还有云南一带，亦有叛回滋扰，云贵总督潘铎，被叛回马荣杀死，亏得代理藩司岑毓英，密抚回酋马如龙，合击马荣，一鼓歼除。毓英本粤西诸生，带勇入滇，累著战功，潘铎死后，朝命劳崇光继任。崇光一见毓英，大加赏识，遂将云贵军事，委任毓英。会黔苗陶新春兄弟，无端倡乱，毓英又出省讨平。师出未归，迤西回酋杜文秀，聚众数十万，连陷二十余城，直犯省会。劳制军急檄毓英回援，毓英倍道返省，戈矛耀日，旌旆迎风，叛回闻他威名，先已股栗，待至交战，岑军果个个勇猛，大小回垒数十，被岑军一一踹破。文秀回踞大理府，毓英遂晋升云南巡抚。

两宫皇太后，及同治皇上，料知陕甘云贵一带，不日可以荡平，遂将平日宵旰忧劳的心思，改作安闲自在的态度。慈安太后素性贞淑，倒也没甚变态，独这花容月貌，聪明伶俐的慈禧后，未免放荡起来，宠了一个安得海，闹出一场招摇撞骗的笑话。正是：

> 安者危之机，逸者欲之渐；
> 宵小伏宫闱，怪象从此现。

欲知安得海招摇情形，待下回再行表明。

东西捻同一性质，所以制东捻者在圈地，则制西

捻应亦如之。本回叙东捻事较详，述西捻事少略，为
省繁避复起见，细评中已言及之，阅者应自默会也。
或谓洪氏子有帝王思想，与著书人寓意不同，故特加
贬笔，东西捻则来去飙忽，未尝踞一城，占一地，似
较洪氏为可原。不知洪氏为大盗，东西捻为流寇，大
盗不可恕，流寇其可恕乎？同一病国，同一殃民，何
分之有？著书人仍深斥之，所以遏乱萌，防流弊也。
张积中言祇行诡，恶似较浅，而心更可诛，故特附入
篇中，以垂炯戒。

第七十七回

戮权阉丁抚守法　办教案曾侯遭讥

　　却说慈禧太后在宫无事，静极思动，未免要想出消遣的法子。她生平最喜看戏，内监安得海，先意承志，替太后造了一座戏园，招集梨园子弟，日夕演戏。安得海亦侍着太后，日夕往观，仿佛唐宫，只慈禧厚福，恰比杨玉环要加十倍。因此安太监愈得太后欢心。安太监于两宫垂帘时，曾有参赞秘谋的功绩，至此权力越大，除两宫太后外，没一个敢违忤他，就是同治皇帝，也要让他三分。宫中称他小安子，都奉他如太后一般。慈禧后有时高兴，连咸丰帝遗下的龙衣，也赏与小安子。直视小安子如咸丰帝，比武后宠张昌宗何如？当时有个御史贾铎，素性鲠直，闻得小安子擅权，专导慈禧后看戏，每演一日，赏费不下千金，他心中愤懑得很，竟切切实实的上了一本，奏中不便指斥慈禧，只说是"太监妄为，请饬速行禁止，方可杜渐防微"等语。慈禧太后览奏，却下了一道懿旨，责成总管太监，认真严察。如太监有不法等情，应由总管太监举发，否则定将总管太监革退，还要从重治罪。内外臣工，见了此旨，都称太后从谏如流，歌颂的了不得。其实慈禧是借此沽名，宫中仍按日演戏，且令小安子为总管，权柄日盛一日。

　　适值粤捻荡平，海内无事，小安子活不耐烦，想出京游赏一番；恰巧同治皇上，年逾成童，两宫欲替他纳后，派恭亲王等，会同内务府及礼工二部，豫备大婚典礼。小安子乘机密请，拟亲往江南，督制龙衣。慈禧太后道："我朝祖制，不准内监出京，看来你还是不去的好。"小安子道："太后有旨，安敢不遵？但江南织造，向来进呈的衣服，多不合式，现在皇上将要大婚，这龙衣总要讲究一点，不能由他随便了事。而且太后常用的衣服，依奴才看来，也多是不合用的，所以奴才想自去督办，完完全全的制成几件，方好复旨。"慈禧后素爱装扮，听小安子一番说话，竟心动起来。只是想到祖制一层，又不便随口答应，当下狐疑未决。究竟是个女流。小安子窥透微意，便道："太后究竟慈明，连采办龙衣一件事，都要遵照祖制，其实太后要怎么办，便怎么办，若被祖制二字，随事束缚，连太后都不得自由呢。"慈禧后性又高傲，被这话一激，不禁发语道："你要去便去，只这事须要秘密，倘被王大臣得知，又要上疏奏劾，连我也不便保护。"小安子闻慈禧应允，喜得叩首谢恩。慈禧又嘱他沿途小心，小安子虽口称遵旨，心中恰不以为然。随即辞了太后，束装就道，于同治八年六月出京，乘坐太平船二只，声势勋赫，船头悬着大旗一面，中绘一个太阳，太阳中间，又绘着三足乌一只。这是何意？大约是天子当阳的意义。两旁插着龙凤旗帜，随风飘扬。船内载男女多人，前有娈童，后有妙女。安得海是个阉人，要娈童妙女何用？我却不解。品竹调丝，悠扬不绝。

　　道出直隶，地方官吏，差人探问，答称奉旨差遣，织办龙衣。看官！你想这班地方官，多是趋炎附膻的朋友，听得钦差过境，自然前去奉承。况又是赫赫有名的小安子，慈禧太后以下，就算是他，哪个敢不唯命是从？小安子要一千金，便给他一千金，小安子要一万金，也只得如数给他。安得海喜气洋洋，由直隶南下山东，总道是一路顺风，从心所欲，不意恶贯满盈，偏偏碰着一个大对头。这大对头姓丁，名宝桢，贵州省平远州人，问起他的官职，便是当时现任的山东巡抚。剿捻寇时，曾随李鸿章等，防堵有功，连级超擢。生平廉刚有威，不喜趋奉。一日，在签押房亲阅公牍，忽接到德州详文，报称钦差安得海过境，责令地方供张，应否照办？宝桢私讶道："这安得海是个太监，如何敢出都门？莫非朝廷忘了祖训么？"当即亲拟奏稿，委幕友赶紧抄就，立差得力人员，嘱他由六百里驰驿到京，先至恭王邸报告，托他代递奏章。

原来恭王奕䜣，见安得海威权太重，素不满意，接着丁抚奏折，立刻入宫去见太后。可巧慈禧后在园观剧，不及与闻，也是安得海该死。恭王便禀知慈安太后，递上丁宝桢密奏，由慈安后展阅一周，便道："小安子应该正法，但须与西太后商议。"恭王忙奏道："安得海违背祖制，擅出都门，罪在不赦，应即饬丁宝桢拿捕正法为是。"慈安太后尚在沉吟，半晌才道："西太后最爱小安子，若由我下旨严办，将来西太后必要恨我，所以我不便专主。"慈安懦弱。恭王道："西太后么？以祖制论，西太后也不能违背。有祖制，无安得海，还请太后速即裁夺。若西太后有异言，奴才等当力持正论。"慈安后道："既如此，且令军机拟旨，颁发山东。"恭王道："太后旨意已定，奴才即可谨拟。"当下命内监取过笔墨，匆匆写了数行，大致说："安太监擅自出都，若不从严惩办，何以肃宫禁而儆效尤？着直隶、山东、江苏各督抚速派干员，严密拿捕，拿到即就地正法，毋庸再行请旨"等语。拟定后，即请慈安太后盖印。慈安竟将印盖上，由恭王取出，不欲宣布，即交原人兼程带回。

直隶、山东，本是毗连的省分，不到三天，已至济南。丁抚接读密谕，立饬总兵王正起，率兵追捕，驰至泰安县地方，方追着安太监坐船。王总兵喝令截住，船上水手毫不在意，仍顺风前进，忙在河边雇了民船数只，飞棹追上，齐跃上安太监船中。安得海方才闻知，大声喝道："哪里来的强盗，敢向我船胡闹?"王总兵道:"奉旨拿安得海,你就是安得海么?"安得海却冷笑道:"咱们是奉旨南下,督办龙衣,沿途并没有犯法,哪有拿捕的道理,你有什么廷寄,敢来拿我!"王总兵道:"你不要倔强,朝旨岂可捏造么?"便令兵弁锁拿安得海。安得海竟发怒道:"当今皇帝也不敢拿我,你等无法无天,妄向太岁头上动土,难道寻死不成?"兵弁被他一吓,统是不敢上前,气得王总兵两目圆睁,亲自动手,先挥去安得海的蓝翎大帽,然后将安得海一把扯倒,令兵弁取过铁链,把他锁住。兵弁见主将下手,不敢不从,当将安得海捆缚停当,余外一班人众,统行拿下。随令水手回驶济南。

丁抚正静候消息,过了两天,王总兵已到,立即传见,接谈之下,知安得海已经拿到,即传集两旁侍役,出坐大堂。兵弁带上安得海,便喝问:"安得海就是你么?"安得海道:"丁宝桢!你还连安老爷都不认得,作什么混帐抚台?"丁抚也不与辩驳,便离了座,宣读密谕,读至"就地正法"四字,安得海才有些胆怯,也只有这点胆量。徐徐道:"我是奉慈禧太后懿旨,出来督办龙衣的。丁抚台!你敢是欺我么?"渐渐口软。丁抚道:"这是何事,敢来欺你!"安得海道:"朝旨莫非弄错,还求你老人家复奏一本,然后安某死也甘心。"丁抚道:"朝命已说是毋庸再请,难道你未听见?"安得海还想哀求,迟了。怎奈丁抚台铁面无情,竟饬剑子手将他绑出,一声号炮,安得海的头颅,应刃而落,其余一干人犯,暂羁狱中,候再请旨发落。

复奏到京,又由恭王禀报慈安太后,一不做,二不休,索性令将随从太监,一并绞决。还有一道严饬总管的谕旨,联翩而下。丁抚自然遵旨办理,将安得海随从陈玉麟、李平安等,讯系太监,立即处绞。此外男女多名,充戍的充戍,释放的释放,总算完案。

这件事情，慈禧后竟未曾得知，直至案情已了，方传到李莲英耳中，急忙转告慈禧。李莲英是什么人物？也是一个极漂亮的太监。安得海在时，莲英已蒙慈禧宠幸，只势力不及安得海。此时安得海已死，莲英心中，恰很快活，因巴结慈禧要紧，便去详报。慈禧后大惊道："有这件事么！为何东太后全未提起？想系是外面谣传，不足凭信。"莲英道："闻得密谕已降了数道，当不至是谣言。"慈禧后道："你恰去探明确凿，即来禀报。"莲英得了懿旨，径往恭邸探问。恭王无从隐讳，只好实告。莲英道："慈禧太后的性子，王爷也应晓得，此番水落石出，恐怕慈禧太后是不应许呢。"恭王道："遵照祖制，应该这样办法。"莲英微笑道：笑里藏刀。"讲到祖制两字，两宫垂帘，也是祖制所没有，如何你老人家却也赞成？"以矛攻盾，然是厉害！恭王被他驳倒，一时回答不出。莲英便要告辞，做作的妙。恭王未免着急，顺手扯着莲英，到了内厅，求他设法。莲英方才献策道："大公主在内，很得太后欢心，可以从中转圜。若再不得请，奴才也可替王爷缓颊。"恭王喜道："这却全仗……"莲英不待说完，即接口道："奴才将来要靠王爷照拂时候，恰很多哩！区区微效，何足挂齿？"随又请恭王缴出密谕稿底，恭王即检付一纸，那是东后的谕旨，临别时还叮咛嘱托。莲英一肩担任，连说："王爷放心，总在奴才身上。"内侍母后，外结亲王，莲英开手，便比安得海高一着。当下别了恭王，匆匆回宫，将密谕呈上。由慈禧后瞧阅道：

　　本月初三日，丁宝桢奏，据德州知州赵新禀称，有安姓太监乘坐大船，捏称钦差，织办龙衣，船旁插有龙凤旗帜，携带男女多人，沿途招摇煽惑，居民惊骇等情。当经谕令直隶山东各督抚，派员查拿，即行正法。兹按丁宝桢奏，已于泰安县地方，将该犯安得海拿获，遵旨正法。

慈禧后阅到此语，不禁花容变色，几乎要堕下泪来。随又阅下道：

> 其随从人等，本日已谕令丁宝桢分别严行惩办。我朝家法相承，整饬官寺，有犯必惩，纲纪至严。每遇有在外招摇生事者，无不立治其罪。乃该太监安得海，竟敢如此胆大妄为，种种不法，实属罪有应得。经此次严惩后，各太监自当益加儆慎，仍着总管太监等，嗣后务将所管太监，严加约束，俾各勤慎当差。如有不安本分，出外滋事者，除将本犯照例治罪外，定将该管太监一并惩办。并通谕直省各督抚，严饬所属，遇有太监冒称奉差等事，无论已未犯法，立即锁拿奏明惩治，毋稍宽纵！钦此。

慈禧后阅罢，把底稿撕得粉碎，大怒道："东太后瞒得我好，我向来道她办事和平，不料她亦如此狠心，我与她决不干休。"说着，便命李莲英随往东宫。莲英道："这事也不是东太后一人专主。"索性和盘托出，免得后来枝节。慈禧后道："此外还有何人，除非是奕䜣了？可恨可恨！"莲英道："太后一身关系社稷，不应为了安总管，气坏玉体。"随即替慈禧捶背。言动皆善于迎合。约半小时，见慈禧气喘少息，随道："安总管也太招摇，闻他一出都门，口口声声，说奉太后密旨，令各督抚州县报效巨款，所以闹出这桩案情。"归罪安得海，便好开脱恭王。慈禧后道："有这等事么？他亦该死！但东太后等不应瞒我。"

正絮语间，忽由宫监来报，荣寿公主求见。这荣寿公主，便是恭王女儿，宫中称她大公主，她为文宗所宠爱，文宗崩后，慈禧后因自己无女，就认她为干女儿，入侍宫中，封她为荣寿公主，莲英与恭王密谈，说起大公主，就是指她。回宫后，即密递消息，叫她前来恳求。慈禧正欲发泄怒意，便道：
"叫她进来！"荣寿公主入见，请过了安。慈禧后道："你父亲
做得好事！"公主佯作不解，莲英从旁插口道："就是安总管
的事情，大公主应亦好晓得了。"公主忙向慈禧跪下，叩头
道："臣女在宫侍奉，未悉外情，今日方有宫人传说，臣女即
回谒臣父，据称安总管招摇太甚，东抚丁宝桢，飞递密奏，刚
值圣母观剧，恐触圣怒，不敢禀白，所以仅奏明慈安太后，遵
照祖制办理。"慈禧后道："你总是为父回护。"公主再碰头乞
恩，慈禧后道："这次姑开恩饶免，你去回报你父，下次瞒
我，不可道我无情。"公主谢恩趋出。慈禧后还欲往东宫，莲
英道："太后圣度汪洋，恭王爷处尚且恩释，难道还要与东太
后争论么？有心不迟，不如从长计议。"伏后案。慈禧后见莲
英伶俐，语语中意，遂起了桃僵李代的意思，把他擢为总管。
莲英感太后厚恩，鞠躬尽瘁，不消细说。包括无穷。

　　光阴如箭，又过一年，天津地方，闹出一场教案，险些儿
又开战衅，总算由曾国藩等委曲调停，方免战祸。原来中外互
市以后，英法俄美诸商民，纷纷来华，时有交涉。天津和约，
复订保护传教的条约，通商以后，又来了许多教士，更未免与
华民龃龉。清廷特建总理各国衙门，并在各口岸设通商大臣专
管外交。嗣是德意志、丹麦、荷兰、西班牙、比利时、意大
利、奥大利、日本、秘鲁等国，各请互市，均由总理衙门与订
条约。曾国藩、李鸿章等，留心外事，自愧不如，乃迭请创办
新政，改习洋务。廷臣又据了用夏变夷的古训，先后奏驳。满
首相倭仁，尤为顽固，事事梗议。夏虫不可语冰。幸两宫太后
信用曾、李，次第准行。同治二年，在京师立同文馆；三年，
遣同知容闳出洋，采办机器；四年，命两江总督，兼充南洋大
臣，设江南制造局于上海；五年，置福建船政局；七年，派钦
差大臣志刚、孙家毂，偕美人蒲安臣，游历西洋，与美国订互

派领事，优待游学等约；九年，命直隶总督兼充北洋大臣，增设天津机器局。总叙一段，以志中国新政。在清廷方面，也算是破除成例，格局一新，其实还是洋务的皮毛，只好作为外面粉饰。评论的确。而且办事的人，统是敷衍塞责，毫无实心。内地的百姓，又是风气不通，视洋人如眼中钉。

适值天津有匪徒武兰珍迷拐人口，被知府张光藻，知县刘杰缉获，当堂审讯，搜出迷药，供称系教民王三给与。民间遂喧传天主教堂，遣人迷拐幼孩，挖目剖心，充作药料。当时一传十，十传百，以讹传讹，并将义冢内露出的枯骨，均为教堂弃掷；人情汹汹，都要与教堂反对。通商大臣崇厚，及天津道周家勋，往会法国领事丰大业，要他交出教民王三，带回署中，与兰珍对质。兰珍又翻掉原供，语多支离，无可定谳。崇厚饬役送王三回教堂，一出署门，百姓争骂王三，并拾起砖石，向王三抛击，弄得王三皮破血流。王三哀诉教士，教士转诉丰大业，丰大业不问情由，一直跑到崇厚署，咆哮辱署。崇厚用好言劝慰，他却不从，竟向袋中取出手枪，击射崇厚。崇厚忙避入内室，一击不中，愤愤出署。途中遇着知县刘杰，正在劝解百姓，他又用手枪乱击，误伤杰仆。百姓动了公愤，万眦齐裂，顿时一拥而上，把他推倒，你一拳，我一脚，不到半刻，竟将这声势赫奕的丰大业，殴毙道旁。丰大业固由自取，百姓亦属无谓。随即鸣锣聚众，闯入教堂，看见洋人及教民，便赠他一顿老拳。至若器具什物等件，尽行捣毁。百姓忿尚未泄，索性放一把火，将教堂烧得精光，眼见得闹成大祸了。

是时曾国藩已调任直隶总督，方因头晕请假，朝命力疾赴津，与崇厚会同办理。曾侯到津，主张和平解决，不欲重开兵端，蹈道咸丰年间的覆辙。又因崇厚就职多年，久习洋务，凡事多虚心听从。怎奈崇厚非常畏缩，见了法使罗淑亚，竟不能据理与辩。罗淑亚要求四事：一是赔修教堂，二是安葬领事，三是惩办地方官，四是严究凶手。崇厚含糊答应，为了含糊二字，贻误交涉不少。报知曾侯。曾侯拟允他两三条，独惩办地方官一事，因与主权有碍，不肯照允。法使罗淑亚，得步进步，反来一照会，竟欲将府县官，及提督陈国瑞抵偿丰大业性命，否则有兵戎相见等语。曾侯到此，也未免踌躇起来。崇厚又从旁撺掇，似乎非允他照办，不能了事。于是奏劾府县官的弹章，即日拜发。有旨"逮知府张光藻，知县刘杰，交部治罪。"这旨一下，天津绅民大哗，争詈崇厚及曾国藩。曾侯因亦自悔。那崇厚还欲巴结外人，力主府县议抵，并昌言洋人兵坚炮利，不许即将发难。惹得曾侯懊恼，当即发言道："洋人道我没有防备，格外怕死么？我已密调队伍若干，粮饷若干，暗中设防。就使事情决裂，也管不得许多。况我自募勇剿贼以来，此身早已许国，幸赖朝廷洪福，将帅用命，得以扫尽狂氛。目下旧勋名将，虽止十存四五，然还有左宗棠、李鸿章、杨岳斌、彭玉麟诸人，志切时艰，心存君国，且久经战阵，才力胜我十倍。我年过花甲，有渠等在，共匡帝室，我虽死亦可瞑目了。"崇厚撞了一鼻子灰，嘿然退出，单衔独奏。略说"法国势将决裂，曾国藩病势甚重，请由京另派重臣来津办理。"曾侯亦因谕旨垂询，据实复奏道：

　　查津民焚毁教堂之日，众目昭彰，若有人眼人心等物，岂崇厚一人所能消灭？其为讹传，已不待辨。至迷拐人口，实难保其必无。臣前奏请明谕，力辨洋人之诬，而于迷拐一节，言之不实不尽，诚恐有碍和局。现在焚毁各处，已委员兴修。教民王三，由该使坚索，已经释放。查拿凶犯一节，已饬新任道府，拿获九名，拷讯党羽。惟罗淑亚欲将三人议抵，实难再允所求。府县本无大过，送交刑部，已属情轻法重，彼若不拟构衅，则我所不能允者，当可徐徐自转。彼若立意决裂，虽百请百从，仍难保其无事。谕旨所示，弭衅仍以起衅，确中事理，且佩且悚。外国论强弱，不论是非，若中国有备，和议或稍易定。窃臣自带兵以来，早矢效命疆场之志。今事虽急，病虽深，此心毫无顾畏，不过因外国要挟，尽变常度。区区微忱，伏乞圣鉴。

奏上，清廷派兵部尚书毛昶熙等，到津会办教案。一面调湖广总督李鸿章，及在籍提督刘铭传，到京督师，防卫近畿。毛昶熙随员陈钦，素有胆略，到津后，与法使侃侃力辨。法使不能诘，只固执前说，径行回京。崇厚奉旨出使法国，即由陈钦署理通商大臣。曾侯遂与陈钦会奏罗淑亚回京缘由，请中外一体坚持定见，并将连日会议情形，具报总理衙门。当由总理衙门转奏，奉谕着李鸿章驰赴天津，会同曾国藩等迅速缉凶，详议严办，及早拟结。曾、李乃分别定拟，把滋事人民十五人正法，军流四人，徒刑十七人。朝旨又命将张光藻、刘杰充戍黑龙江，教案才结。

一事甫了，一事又起，两江总督马新贻，被刺客张汶祥刺毙，凶信到京，这老成练达的曾侯爷，又要奉旨调动了。小子有诗咏曾侯云：

> 天为清廷降荩臣，百端尽付宰官身。
> 从知舆论难全信，后世如曾有几人？

欲知曾侯调动情形，且待下回再叙。

安得海之伏法，予服丁宝桢，予尤佩慈安太后。丁宝桢不畏疆御，敢于弹劾，其胆量诚有过人之处。

慈安太后遇事温厚，独于安得海一案，经恭王怂恿，即密令拿捕正法，此为慈安太后一生明断，迄今都人士，称颂不衰。至若天津教案，曾国藩办理少柔，致遭物议，实则当时有不得不柔之势。粤捻初平，西陲未靖，海内伤痍，方资休养，岂尚可轻开边衅，蹈昔时旋战旋和之失耶？予读此回，于前半见丁抚之能刚，于后半见曾侯之能柔，且以见两宫垂帘之时，廷旨多满人意，不可谓非慈安之力，谁谓慈安非贤后哉？

第七十八回

大婚礼成坤闱正位　撤帘议决乾德当阳

　　却说天津教案，甫行办竣，江督马新贻被戕，有旨授李鸿章总督直隶，调曾国藩回督两江。是年适当国藩六十寿辰，御赐"勋高柱石"匾额一面，福寿字各一方，梵佛铜像一尊，玉如意一柄，蟒袍一袭，还有吉绸线绤等件。国藩入朝谢恩，当由慈禧太后问他天津情形，并令他速赴江南。国藩一一应答，随即退出，于同治九年十月出都，沿途无事，直至江宁督署接印视事。清廷以前督被刺，事关重大，并命钦差郑敦谨南下，会同审问，传集中军官，旗牌官，巡捕官，王命司，护印司，护勅司，刀斧手，捆绑手，刽子手，洋枪队，马刀队，钢叉队，排得密密层层，异常威赫。曾侯爷与郑钦使，同升公座，喝令带上张逆犯。当由两旁兵役，一声吆喝，推上张汶祥当面。曾、郑两公，先用威吓，后用刑讯。这张汶祥毫无实供，只说是刺死马新贻，可以泄忿，大事已了，愿即受死。曾侯又问他是何人主使，他却大声道："要刺马新贻是我，刺杀马新贻也是我，好汉做事一身当，凭你如何处治便了。"郑钦差还想设词诱骗，他索性说主使的人，便是你们。弄得曾、郑二公无法可施，只得奏称该犯实无主使，应处极刑。廷旨准奏，即着凌迟处死。

　　列位看到此处，应该问作书的人，究竟这张汶祥，为着何事，去刺马新贻？小子也无从实考，只听得故老相传，马新贻未显达时，曾与一个结义兄弟，非常莫逆。嗣因义兄弟娶了一位妻房，生得柳腰杏脸，妖媚过人，他就觑在眼中，艳羡的了不得。一时不便勾搭，日思夜想，几乎害成一种单思病。冶容诲淫。但他在宦途中，是个钻营的能手，由县丞起马，不数年连升总督。看官！你想中国有几个总督大员，一朝权在手，就把事来行。他外面装出一副义重情深的形状，把义兄弟立刻提拔，差他出外办公，又令他把家眷搬入衙门，说是便于照管，叫他放心前去。他义兄弟感谢不尽，即将家眷安顿督署内，奉委就道。这马新贻已摆好迷阵，不怕他妻房不上勾当，他妻房究系女流，那里晓得这种圈套？一入署中，即被他灌得烂醉，扯入寝室，宽衣解带，无所不至。等到醒来，悔已无及。马新贻又拿出温存手段，妇人家总带三分势利，暗想马新贻是现任总督，比自己的丈夫要尊贵数倍；又兼性情相貌，都比丈夫胜过几筹，事已如此，索性由他摆弄，自己也乐得快活。总是马新贻不好。后来马新贻越加宠爱，她也越加柔媚，鹣鹣比翼，合力同心，只愿地久天长，谐成眷属，单怕她丈夫回来。

　　一年复一年，她丈夫惹动儿女情肠，屡次申文请假，马新贻不但不准，且下了一角密札，给他办事地方的长官，说他勾通大盗，证据确凿，不必审讯，饬即密捕正法。这义兄弟茫无头绪，冤冤枉枉的拿去斩首。谁叫你娶了艳妻？密报到省，喜得马新贻手舞足蹈，总道是大患已除，可以安心取乐，谁料他义兄弟竟有好友，闻知这事，动起义愤，竟到两江督署左右，专等马新贻出门，托词拦舆诉冤。三脚两步的走到舆前，手持利刃，刺入新贻胸膛。随役连忙拿住，新贻已不省人事，抬回署内，见他情妇模模糊糊的说了"我害你，你害我"两语，两眼一翻，双足一蹬，竟鸣呼哀哉了。那时情妇一想，为了自己一人，害死两条性命，天良发现，也悬梁自尽。嗣经臬司审问刺客，只答称"好汉张汶祥，刺死马新贻"，余外全无实供。

后经曾、郑二大员复审，供语已见上文，不必重叙。侠客做事，往往不欲宣布，这事可见一斑。近来说张汶祥也是革命人物，如徐锡麟刺恩铭相同，恐怕未必确实。将来清史告成，或有真传，也未可知，小子只好借此了案，再叙别事。好笔墨！

且说同治帝即位后，悠悠忽忽，过了十年。同治帝的年纪，已十七岁了。寻常百姓人家，也要替他授室，何况是至尊无上的天子？满蒙王公，有几个待字的女儿，哪一个不想嫁入宫中，做个椒房贵戚？只慈禧太后单生了这个儿子，那得不细心择妇，成就一对佳偶？自八年间起，筹备大婚典礼，已是留意调查，直到十年冬季，方才挑选了几个淑媛。一个是状元及第现任翰林院侍讲崇绮的女儿，系是阿鲁特氏；一个是现任员外郎凤秀的女儿，系是富察氏；一个是旧任知府崇龄的女儿，系是赫舍哩氏；一个是前任都统赛尚阿的女儿，也系阿鲁特氏，才貌统是差不多。慈禧后已经选定，免不得与慈安后商量。慈安后道："女子以德为主，才貌到还是第二层，未知这四女中，哪个德性最好，堪配中宫？"的是正论。慈禧后道："闻得这四个女子，崇女年纪最大，今年已十九岁，凤女年纪最轻，今年才十四岁。"慈安后即接口道："皇后母仪天下，总是年长的老成一点。"慈禧后呆了一呆，随道："凤女虽是年轻，闻她很是贤淑。"慈安后道："皇后册定，妃嫔也不可少，这等女孩子，都选作妃嫔便了。"慈禧后道："且去传奕䜣进来，叫他一酌。"慈安点头，即命宫监去召恭王。不一时，恭王入见，向两太后行礼毕，慈禧后就说起立后情事，恭王也主张年长。名正言顺，说得慈禧不好不依，后来嘉顺不终，伏线在此。随于次年仲春降谕道：

钦奉慈安皇太后，慈禧皇太后懿旨，皇帝冲龄践阼，于今十有一年，允宜择贤作配，正位中宫，以辅君德，而襄内治。兹选得翰林院侍讲之女阿鲁特氏，淑慎端庄，著立为皇后，已著钦天监诹吉，于本年九月举行。所有纳采大征，及一切事宜，著派恭亲王奕䜣，户部尚书宝鋆，会同各该衙门详核典章，敬谨办理！特谕。

这谕一下，恭亲王等揣摹慈禧后性情，很爱奢华，所定典制，比往时繁缛数倍。正在预备的时候，忽由江苏巡抚奏报，两江总督曾国藩出缺，恭亲王也吃了一惊，急忙入奏两宫太后。两宫太后很为叹息，命同治帝辍朝三日，即下谕追赠太傅，照大学士例赐恤，予谥文正，入祀京师昭忠祠、贤良祠；并于湖南原籍，江宁省城，建立专祠；生平政绩，宣付史馆。一等侯爵，著伊子曾纪泽承袭，次子附贡生曾纪鸿，长孙曾广钧，均着赏给举人。还有曾广钧、曾广铨一班孙儿，亦赏给员外郎主事等职衔。并派穆腾阿等，接连往祭。有御赐祭文碑文等，都是翰苑手笔，小子录不胜录，但抄述两篇如下。御赐祭文曰：

朕惟功懋懋赏，信圭表延世之勋，思赞赞襄，雕俎厚饰终之典。爰申峚莫，用贲丝纶。尔原任大学士两江总督一等毅勇侯赠太傅曾国藩，赋性忠诚，砥躬清正，起家词馆，屡持节而沦才，洊陟卿曹，辄上书而陈善。值皇华之载赋，闻风木而遄归。忽乡邻有斗之频惊，潢池盗弄，懔战阵无勇之非孝，墨绖师兴。奇功历著于江淮，大名永光于玉帛。俾正钧衡之位，仍兼军府之尊。一等酬庸，锡侯封于带砺；双轮曳羽，飘翠影于云霄。重锁钥而任北门，百僚是式；还儆戒而惠南国，万众腾欢。方期硕辅之延年，岂意遗章之入告？老成忽谢，震悼良深！颁厚赙于帑金，遣重臣而奠醊。特易名于上谥，赠太傅之崇阶。列祀典于昭忠贤良，建专祠于金陵湘渚。彝章载考，祭典特颁。天不憖遗一老，永怀翊赞于元臣，人可赎兮百身，用寄咨嗟于典册。灵其不昧，尚克钦承。

又御赐碑文曰：

朕惟台衡绩懋，树峻望于三公，钟鼎勋垂，播芳徽于百世。宠颁紫绶，色焕丹珉。尔原任大学士两江总督一等毅勇侯赠太傅曾国藩，秉性忠纯，持躬刚正，阐程朱之精蕴，学茂儒宗；储方召之勋献，器推公辅。登木天而奏赋，清表风规；历芸馆而迁资，诚孚日讲。屡持使节，兼校春闱，荐擢卿班，允谐宗伯。溯建言之直节，荷殊遇于先朝。凡兹靖献之丹忱，早具忠诚之素志。乃突来夫粤匪，俾训练夫楚军。拔岳郡而克武昌，功成破竹；靖章江而平皖水，威振援枹。两江尊总制之权，九伐重元戎之命，朕丕承基绪，眷念成劳，荣衔特异以青宫，峻望更登诸黄阁。辞节制于三省四省，弥见寅恭；精调度于湘军淮军，务严申令。联苏杭为犄角，坚垒同摧；倚昆季为爪牙，逆巢早捣。金陵奏凯，慰皇考知人善用之明；玉诏酬庸，褒元老决胜运筹之略。既析圭而列爵，亦垒翠以飘缨。既而畿辅量移，因之阙廷展觐。汲黯近戆，实推社稷之臣；杨震厚遗，无惭清白之吏。惟是疮痍未复，每厪念夫天南，锁钥攸司，仍遄归于江左。方谓功资坐镇，何期疾遽沦殂？赠太傅而阶崇，祀贤良而誉永。专祠遍祭，世赏优颁。易名以表初终，核实允孚文正。于戏！松楸在望，倍怀麟阁之遗型；金石不磨，长荷鸾纶之锡宠。钦兹巽命，峙尔丰碑！

从此这效忠清室的曾侯爷，长辞人世，其生也荣，其死也哀，也算是千古不朽了。此老系清代伟人，所以叙述独详。曾侯出缺，继任的便是肃毅伯李鸿章，倒也不在话下。

　　日月如梭，已届同治帝大婚吉期，先封皇后父崇绮为三等承恩公，母宗室氏瓜尔佳氏均为公妻一品夫人。九月十二日甲午，因大婚期迩，遣官祭告天地太庙。次日乙未，同治帝御太和殿，阅视皇后册宝，遣惇亲王奕誴为正使，贝勒奕劻为副使，持奉册宝诣皇后邸，册封阿鲁特氏为皇后。又遣大学士文祥为正使，礼部尚书灵桂为副使，赍册印至员外郎凤秀第，封富察氏为慧妃。是夕，复命惇亲王奕誴，及贝子载容，行奉迎皇后礼。越日子刻，皇后在邸中拜辞祖先，出升凤舆，前陈鼓乐，后拥仪卫，由大清中门行御道，至乾清宫降舆。皇上穿好礼服，在坤宁宫等着。宫眷引进皇后，行合卺礼。皇后奉觞，皇上赐盏，两旁细乐悠扬，笙箫迭奏。此曲只应天上有，人间哪得几回闻。_{都为下文反射。}又越日丁酉，皇上率皇后诣寿皇殿行礼，诣慈安皇太后、慈禧皇太后前行礼。礼毕，上御乾清宫。适慧妃亦送入宫中，由皇后带领朝贺。又越日戊戌，皇后朝两太后于慈宁宫，盥馈醴飨如仪。嗣是上两宫徽号，受群臣庆贺，赐皇后亲属，暨满汉王大臣，及蒙古外藩使臣等宴，并赏赉办事诸臣有差。知府崇龄女赫舍哩氏，及副都统赛尚阿女阿鲁特氏，亦次第入宫。崇龄女受封瑜嫔，赛尚阿女受封珣嫔，少年天子，左抱右拥，今夕到这边，明夕到那边，皇恩浩荡，雨露普施，愉快得莫可言喻。_{这一段文字，统为嘉顺皇后叙写。}

　　隔了数天，内阁复传出上谕道：

　　钦奉两宫皇太后懿旨，前因皇帝冲龄践阼，时事多艰，诸王大臣等不能无所禀承，姑允廷臣垂帘之请，权宜办理。皇帝典学有成，当春秋鼎盛之时，正宜亲统万几，与中外大臣共求治理，宏济艰难，以仰副文宗显皇帝付托之重。著钦天监于明年正月内选择吉期，举行皇帝亲政典礼，一切应行事宜，及应复旧制之处，着军机大臣大学士会同六部九卿，敬谨妥议具奏！钦此。

看官！这慈禧太后，本是个贪揽大权的英雌，为什么即肯归政呢？大约发生此议，总由慈安后主张。慈安后本不愿垂帘，被慈禧后抬上此座，这时皇后已经册立，皇帝已值成年，慈安后意欲息肩，遂倡议归政。慈禧后不便辩驳，又想同治帝是亲生儿子，将来如有大政，总要禀白母后，暗中仍可揽权。当即随声附和，下了懿旨。钦天监遵旨择吉，定于次年正月二十六日举行，礼部衙门又要敬谨筹备起来。部曹不患没饭吃。事有凑巧，皇上亲政的日子，甫行颁布，云南督抚的捷报，陆续奏闻。是时云贵总督劳崇光，在任病殁，以前任滇抚刘岳昭升任总督，与巡抚岑毓英合剿回匪。岳昭坐镇省中，仍委岑毓英出省剿办。回酋杜文秀，占踞大理府城，僭拟王制，附近各郡县，多被吞并。岑毓英既抚回酋马如龙，荐任提督，令他招降群回，又联结云南苗酋，协攻杜文秀。文秀渐渐穷蹙，所裾各郡县，次第失去，只剩大理一城，孤危得很。岑军复四面兜围，百计攻扑，文秀自知无辜，把子女分寄大司衡杨荣，大经略蔡廷栋家中，托他照顾，自己与妻妾数人，服毒自尽。部下见他将死，舁出城外，投降岑军。毓英先验明杜酋正身，枭首示众，随问城中情形，知回众尚有数万，恐他后来反复，传令三日内齐缴军械，回众以半年为期，毓英佯为应诺，密令部将杨玉科，选死士数百，同太和县官入城受降。城外恰严布重兵，掘了大坑，专等回众出迎，玉科入城后，驱回众出城，可怜回众无知无识，个个陷入重围，跌下坑内，被岑军活活埋死。毓英仿佛李鸿章，玉科仿佛程学启。杨荣、蔡廷栋，统由岑军擒住，一律碟死。只有文秀女儿秋娘，与母何氏，逃出城外，孤身只影，流落天涯，就使有志报仇，究竟是一个女孩子，哪个肯去帮助？延了数年，老母何氏先死，秋娘也玉碎香沉，同归于尽。只留有一封书信，相传是秋娘遗墨，小子还约略记得其词云：

妾，家亡国破之人也。先君子早年，恫满人之虐，因众志，倡义旗，保固一方，以待清宴。外抗边夷，内静狂寇，比于窦融张轨，岂遑多让？妾生长深宫，略谙诗礼，亦俨然金枝玉叶也。昊天不吊，苗贼助凶，四十万人，一齐解甲。先君既抱恨枭路，弱女遂零落天涯。嗟乎！覆巢之下，岂有完卵？所含辛茹苦，苟且偷生者，希冀手屠苗贼之胆，以复不共之仇也。不意薄命人，命薄于纸，辗转风尘，所遭辄不如意，岂以平生志节犹存，不甘屈下之故耶？秣陵仓猝，沪渎流离，蹉跎之痛，遂及老母。闲关来粤，乃复逢君。欲述苦衷，难于倾吐。畴昔一夕话，君忆之否？盖改弦易辙之志，于此决矣。果也雏儿浅躁，入我彀中，不幸诉起禧闱，事机不遂，老贼狡猾，遂动猜疑。记先君子方盛之时，苗贼亲来纳款，当时妾侍于侧，贼遽以奏箫为请，先君爱妾，不欲委之虎口，以少长相远为词。彼乃愤怒，中夜斩关而出。衅起于妾，遂致覆祀灭宗。嗟乎！此耻则西江不濯，此恨则万世不复，哀哉！天下丈夫，惟君尚能垂怜薄命，用敢略述腹心，使君知区区清白身，非甘心作河间妇者也。计书达时，妾魂当散为轻尘，淹为虫沙久矣。天长地久，蒙耻饮恨，痛如之何！魂与笔销，无多赘述！

据这书看来，秋娘的大仇，实是苗酋。苗酋本与杜文秀相联，因欲求秋娘为妾，被文秀所拒，遂降服岑毓英，灭了文秀。秋娘逃出后，委身柳巷，留意英雄，得了一个如意郎君，仍不能替她报仇，秋娘自己亦不能成事，终至赍志以殁，其间曲折，苦无信史可据，只剩了一鳞一爪，遗传后世，说来也甚可怜。惟清廷得这捷音，说圣天子洪福齐天，才拟亲政，就有云南肃清的好消息，两宫太后也非常欢悦。转瞬间过了残腊，又是新年，八方升平，四海无事，宫廷内外，喜气洋洋，免不得照例庆贺，又有一番忙碌。到了二十日外，又降了上谕数行道：

钦奉慈安端裕皇太后、慈禧端佑皇太后谕旨：皇帝寅绍丕基，于今十有二载，春秋鼎盛，典学有成，兹于本月二十六日，躬亲大政。欣慰之余，倍深兢惕。因念我朝列圣相承，无不以敬天法祖之心，为勤政爱民之治。况数年来东南各省，虽经底定，民生尚未乂安。滇陇边境，及西北路军用未藏，国用不足，时事方艰。皇帝日理万机，敬念惟天惟祖宗所以托付一人者，至重且巨。祇承家法，夕惕朝乾，于一切用人行政，孳孳讲求，不敢稍涉怠忽。视朝之暇，仍略讨论经史，深求古今治乱之源。克俭克勤，励精图治，此则垂帘听政之初心，所夙夜跂望而不能或释者也。在廷王大臣等，允宜公忠共矢，勿避怨嫌，本日召见时，业已谆谆面谕。其余中外大小臣工，亦当恪恭尽职，痛戒因循，宏济艰难，弼成上理，有厚望焉。钦此。

到了二十六日，两宫撤帘，同治帝亲政，王大臣们，又有一番歌功颂德的贺表。看似挖苦，实是真相。两宫太后，又加上徽号。东太后加了康庆二字，西太后加了康颐二字。亲政数月，陕甘总督左宗棠，又收降靖边县土匪董福祥，迭复各城，逐陕回叛酋白彦虎，擒甘回叛酋马化隆，奏报关内肃清，有旨赏给左宗棠一等轻车都尉世职。将军金顺，提督徐占彪以下，俱邀升叙。并饬左宗棠督师出关，征抚西域，当下龙心大悦，遂想出及时行乐的念头来。正是：

人逢喜事精神爽，时际承平逸欲多。

未知同治帝如何行乐，请看下回便知。

本回叙事，以立后归政为大纲。有清十数传，立后事多矣，是书独于顺治立后，同治立后，叙述较详，因顺治后无故被废，同治后不得令终故也。悲于终，不得不详于始。治国之道，本自齐家，家不齐，国能治乎？至若归政之举，所以志两宫垂帘，初次告蒇。慈安太后秉性冲和，倡言归政，无可讥议；慈禧太后犹在试验之期，一切用人行政，皆几经审慎，故称颂者多而毁谤者少。训政十年，东南戡定，西北渐平，两宫之力居多焉。然曾侯殁而清廷少一伟人，已有人亡政息之慨，左岑效绩边陲，反以酿九重之纵欲，外宁必有内忧，朕兆其已见乎？故本回事略，作清廷之过渡时代观可也。

第七十九回

因欢成病忽报弥留　以弟继兄旁延统绪

却说同治帝亲裁国政，一年以内，倒也不敢怠忽，悉心办理。只是性格刚强，颇与慈禧太后相似。慈禧太后虽已归政，遇有军国大事，仍著内监密行查探，探悉以后，即传同治帝训饬，责他如何不来禀白。偏这同治帝也是倔强，自思母后既已归政，为什么还来干涉？母后要他禀报，他却越加隐瞒，因此母子之间，反生意见。独慈安太后静养深宫，凡事不去过问，且当同治帝进谒时候，总是和容愉色，并没有一毫怒意。同治帝因她和蔼可亲，所以时去省视，反把本生母后，撇诸脑后。慈禧太后愈滋不悦，有时且把皇后传入宫内，叫她从中劝谏。皇后虽是唯唯遵命，心中恰与皇帝意旨相合。花前月下，私语喁喁，竟将太后所说的言语，和盘托出，反激动皇帝懊恼。背后言语，总有疏虞，传到慈禧太后耳中，索性迁怒皇后，衔恨切骨。皇后死了。

同治帝亦很是懊怅。内侍文喜、桂宝等，想替主子解忧，多方迎合，便怂恿同治帝，重建圆明园。这条计划，正中同治帝下怀，自然准奏，即饬总管内务府择日兴工。谕中大旨却说是备两宫皇太后燕憩之用，所以资颐养，遂孝思，其实暗中用意，看官自能明白，不烦小子絮述。含蓄语，尤耐意味。惟恭亲王奕䜣，留心大局，暗想国家财政，支绌得很，如何兴办土木？便进谏同治帝，请他中阻。同治帝一番高兴，被这老头儿

出来絮聒，心中很不自在。那奕䜣反唠唠叨叨，把古今以来的
君德，如何勤，如何俭，说个不休，惹得同治帝暴躁起来，便
道："修造圆明园，无非为两宫颐养起见。我记得孟子说过：
'尊亲之至，莫大乎以天下养。'恭王要把古训规劝，所以同治帝
也引古语回驳。现拟造个小园子，还不好算得养亲，皇叔反说
有许多窒碍，我却不信。"奕䜣还想再谏，同治帝怒形于色，
拂袖起身，踱入里边去了，奕䜣只得退出。

　　冤冤相凑，奕䜣退出宫门，他儿子载澂，却入宫来见同治
帝，原来载澂曾在宏德殿伴读，自小与同治帝相狎，到同治帝
亲政，退朝余暇，常令载澂自由入宫，谈笑解闷。这日载澂求
见，内侍即入内奏闻，偏偏同治帝不令进谒。载澂莫名其妙，
仍旧照往时玩笑的样子，说道："皇上平日，非常豁达，为什
么今天摆起架子来？"说毕，扬长而去。内侍未免多事，竟将
载澂的说话，一一奏明。同治帝大怒道："他的老子，刚来饶
舌，不料他又来胡闹。他说我摆架子，我就摆与他看。"便宣
召军机大臣大学士文祥进见，文祥奉旨趋入，同治帝道："恭
王奕䜣，对朕无礼，他儿子载澂，更加不法，朕意将他父子赐
死，叫你进来拟旨。"文祥不听犹可，听了此谕，连忙跪下，
只是磕头。同治帝道："你做什么？"文祥道："恭、恭亲王
奕、奕䜣，勤劳素著，就使他犯了罪，也求皇恩特赦！"同治
帝冷笑道："朕晓得了！你等都是他的党羽，所以事事回护。"
文祥又磕了几个头，随答道："奴才不、不敢。"同治帝又道：
"赐死太重，革爵便了。"文祥到此，不敢违旨，只好草草拟
就，捧呈御览。同治帝阅毕，点了点头，便道："你将这稿底
取去，明日就照此颁布罢！"文祥领旨退出，也不回府，一直
跑到恭王邸中，密报恭王。恭王也是着急，忙邀几个知己商
议。三个缝皮匠，比个诸葛亮，一面由文祥飞禀慈禧太后，一
面由御史沈淮、姚百川出头，拟定奏折，内称："圣上饬造圆

明园，颐养圣母，实是以孝治天下之盛德，但圆明园被焚毁后，一切景致，尽付销沉，不如三海名胜，近在宫掖，饬工修筑，易于观成"等语。巧于措词。折才拟就，文祥已自宫中出来，回报恭王。据说："草定谕旨，已由西太后取去，谅可搁置。"恭王才稍稍放心，次日沈、姚两御史，又把奏折呈上，同治帝阅到'易于观成'一语，方有些回心转意，当命内阁拟诏，即日宣布道：

> 前降旨谕令总管内务府大臣，将圆明园工程，择要兴工，原以备两宫皇太后燕憩，用资颐养而遂孝思。本年开工后，闻工程浩大，非克期所能藏功，现在物力艰难，经费支绌，军务未甚平安，各省时有偏灾，朕仰体慈怀，不欲以土木之工，重劳民力，所有圆明园一切工程，均着即行停止，俟将来边境乂安，库款充裕，再行兴修。因念三海近在宫掖，殿宇完固，量加修理，工作不致过繁。著该管大臣查勘三海地方，酌度情形，将如何修葺之处，奏请办理！钦此。

过了数日，同治帝视朝，巧值恭王奕䜣，随班朝见，由同治帝瞧著，翎顶依然照旧，不由的诧异起来。退朝后，立召文祥入见，问前次谕旨，已将奕䜣革去亲王，何故翎顶照常？文祥无可辩说，只推在西太后一人身上。奏称："圣母闻知，饬收成命，所以恭王爷爵衔照旧。"同治帝怒道："朕既亲政，你等须遵朕谕旨，难道知有母后，不知有朕么？"随将文祥斥骂一顿，叱令滚出，立刻提起朱笔，写了数行，令内侍张示王大臣道：

> 传谕在廷诸王大臣等，朕自去岁正月二十六日亲政以

来，每逢召对恭亲王时，语言之间，诸多失仪，著革去亲王，世袭罔替，降为郡王，仍在军机大臣上行走。并载澂革去贝勒郡王衔，以示薄惩。

这谕才行宣布，不到数时。西太后处，已由奕訢、文祥二人，进去泣诉。当蒙西太后劝慰，令他退出，即传同治帝入内，严词训责，令给还恭王父子爵衔。气得同治帝哑口无言，只好出命内阁，于次日再行降旨道：

> 朕奉慈安端裕康庆皇太后、慈禧端祐康颐皇太后懿旨，昨经降旨将恭亲王革去亲王世袭罔替，降为郡王，并载澂革去贝勒郡王衔，在恭亲王于召对时，言语失仪，原为咎有应得，惟念该亲王自辅政以来，不无劳勚足录，著加恩赏还亲王，世袭罔替。载澂贝勒郡王衔，一并赏还。该亲王仰体朝廷训诫之意，嗣后益加微慎，宏济艰难，用副委任！钦此。

自有这番手续，同治帝连日怏怏。文喜、桂宝二人，又想出法子，导同治帝微行，为这一著，要把十三年的青春皇帝，断送在他两人手中了。宵小可畏。

京师内南城一带，向是娼寮聚居的地方，酒地花天，金吾不禁。同治帝听了文喜、桂宝的说话，带了两人，微服出游，到了秦楼楚馆，尝试温柔滋味，与宫中大不相同。满眼娇娃，个个妖艳，眉挑目语，无非卖弄风骚，浅透轻鬟，随处生人怜惜。开琼筵以坐花，飞羽觞而醉月。灯红酒绿，玉软香温。既而玉山半颓，海棠欲睡，罗襦半解，芗泽先融，衣扣轻松，柔情欲醉。描不尽的媚态，说不完的绸缪，倒凤颠鸾，为问汉宫谁似？尤云殢雨，错疑神女相逢。从此巫峰遍历，帝泽皆春，愿此生长老是乡，除斯地都非乐境。春光漏泄，谏草上呈，当时内务府中，有一个忠心为主的满员，名叫桂庆，因帝少年好色，恐不永年，请将蛊惑的内侍，一并驱逐。至若祸首罪魁，应立诛无赦。且请皇太后保护圣躬，毋令沉溺。真是语语剀切，言言沉挚。有此谏官，还是满廷余泽。同治帝原是厌闻，西太后恰也不怿。西太后是何用心？想是左祖内监的缘故。桂庆即辞职回籍。以道事君，不可则止，桂庆颇有古大臣风度。嗣是同治帝每夕出游，追欢取乐，到了次晨，王大臣齐集朝房，御驾尚未返阙。恭亲王以下，统已闻知，因鉴前时圆明园事情，不敢犯颜直谏，只暗中略报西太后，西太后恰也训戒数次。嗣因同治帝置诸不闻，忤了慈容，索性任他游荡，惟朝廷大事，叫恭亲王等格外留心。同治帝越加惬意，适西太后四旬万寿，总算在宫中住了两天，照例庆贺。

是年没甚要政，只与中国通商的日本国，有小田县民，及琉球国渔人，航行海外，遇风漂至台湾，被生番劫杀，日本遣使诘责，清廷答称生番列在化外，向未过问。明明台湾百姓，如何说是化外？日本遂派中将西乡从道，率兵至台，攻击生番。闽省船政大臣沈葆桢，及藩司潘蔚，往台查办，又说台湾系中国属地，日本不得称兵。语多矛盾，然是可笑！西乡从道哪里肯允，且言琉球是他保护国，所有被杀的渔人，统要中国赔偿。葆桢遂函商直督李鸿章，令奏拨十三营，赴台防边。日本见台防渐固，又遣专使大久保利通至京，与总理衙门交涉。当由英使威妥玛居间调停，令中国出抚恤银十万两，军费赔款银四十万两，才算了事，日兵乃退出台湾。其实琉球亦是中国藩属，并非日本保护国，清廷办理外交的大员，单叫台湾没有日兵，便是侥幸万分，哪里还要去问琉球？琉球已失去了。

同治帝一意寻花，连什么台湾，什么琉球，一概不管。朝朝暮暮，我我卿卿，不意乐极悲生，受了淫毒，起初还可支持，延到十月，连头面上都发现出来。宫廷里面，盛称皇上生了天花，真也奇怪。御医未识受病的缘由，只将不痛不痒的药味，搪塞过去，庸医杀人。因此蕴毒愈深，受病愈重。十一月初，御体竟不能动弹，冬至祀天，遣醇亲王奕譞恭代行礼，所有内外各衙门章奏，都呈两宫皇太后披览裁定。王大臣等，总道是皇上染了痘症，没有什么厉害，况且年未弱冠，血气方刚，也不至禁受不起，大家不过循例请安，断不料变生意外，帝疾竟至大渐，到十二月初五日，崩于养心殿东暖阁。

慈禧太后飞调李鸿章淮军入都，自己与慈安太后，同御养心殿，立传惇亲王奕誴、恭亲王奕䜣、孚郡王奕譓、惠郡王奕详、贝勒载治、载澂、一等公奕谟、御前大臣伯彦讷谟祜、军机大臣宝鋆、沈桂芬、李鸿藻、总管内务府大臣英桂、崇纶、魁龄、荣禄、明善、桂宝、文锡、弘德殿行走徐桐、翁同龢、王庆祺、南书房行走黄钰、潘祖荫、孙贻经、徐郙、张家骧等入见。亲王以下，尚未悉皇帝宾天情事，但见宫门内外，侍卫森列，宫中一带，又是排满太监，布置严密，大异往日状态，不禁个个惊讶；行至养心殿内，两宫太后已对面坐定，略带愁惨面色。

王大臣等不暇细想，各按班次请安，跪聆慈训。慈禧后先开口道："皇上病势，看来要不起了，闻皇后虽已有孕，不知是男是女，亦不知何日诞生，应预先议立皇嗣，免得临时局促。"诸王大臣叩头道："皇上春秋鼎盛，即有不豫，自能渐渐康泰，皇嗣一节，似可缓议。"慈禧后道："我也不妨实告，皇帝今日已晏驾了。"这语一传，王大臣等，哭又不好，不哭又不好，有几个忍不住泪，似乎要垂下来形状。其实都是做作，但此时倒也为难。慈禧后道："此处非哭临地方，须速决嗣主为要。"诸王大臣不敢发议，只有恭王奕䜣，仗着老成，便抗言道："皇后诞生之期，想亦不远，不如秘不发丧。如生皇子，自当嗣立，如所生为女，再议立新帝未迟。"慈禧后大声道："国不可一日无君，何能长守秘密？一经发觉，恐转要动摇国本了。"军机大臣李鸿藻，弘德殿行走徐桐，南书房行走潘祖荫，都碰头道："太后明见，臣等不胜钦佩。"慈安太后也插口道："据我意见，恭亲王的儿子，可以入承大统。"恭王闻言，连称不敢，随奏道："按照承袭次序，应立溥伦为大行皇帝嗣子。"慈禧后又不以为然，便道："溥伦族系，究竟太远，不应嗣立。"原来溥伦系过继宣宗长子奕纬，血统上稍差一层，所以被慈禧后驳去。恭王尚要启奏，慈禧后毕竟机警，便对慈安后道："据我看来，醇王奕譞子载湉可以继立，应即决定，不可耽延时候。"恭王心中，很不赞成，连我也不赞成，无怪恭王。即向奕譞道："立长一层，好全然不顾么？"不特立长而已，且置大行皇帝于何地？奕譞便叩头力辞，慈禧后道："可由王大臣投票为定。"慈安太后没有异言，当由慈禧后命众人起立，记名投票。投讫发阅，只醇王等投溥伦，有三人投恭王子，其余皆如慈禧意，投醇王子，于是大位遂决。不必运动，而众大臣多投醇王子，慈禧之权力可知。

　　看官！你道慈禧太后，何故定要立醇王子？第一层意思，是立了溥字辈为嗣，便是入继同治帝，同治帝有了嗣子，同治后将尊为太后，自己反退处无权，因此决意不愿；第二层意思，醇王福晋，便是慈禧后的妹子，慈禧入宫，作为媒妁，她想亲上加亲，必无他虞。兼且醇王子年仅四龄，不能亲政，自己可以重执大权，所以不顾公论，独断独行。众大臣竭力逢迎，才成了这样局面。这时候已当夜间九点钟，狂风怒号，沙土飞扬，天气极冷，慈禧后即派兵一队，往西城醇王邸中，迎载湉入宫，又派恭亲王留守东暖阁，不是亲他，实是防他。宫内外统用禁旅严卫，督队的便是步军统领荣禄。随即颁布遗诏道：

朕蒙皇考文宗显皇帝覆育隆恩，付畀神器，冲龄践阼，仰蒙两宫皇太后垂帘听政，宵旰忧劳，嗣奉懿旨，命朕亲裁大政，仰惟列圣家法，一以敬天法祖，勤政爱民为本，自维薄德，敢不朝乾夕惕，惟日孜孜。十余年来，禀承懿训，勤求上理，虽幸官军所至，粤捻各逆，次第削平，滇黔关陇，苗匪回匪，分别剿抚，俱臻安靖。而兵燹之余，吾民创痍未复，每一念及寤寐难安。各直省遇有水旱偏灾，凡疆臣请蠲请赈，无不立沛恩施。深宫兢惕之怀，当为中外臣民所共见。朕体气素强，本年十一月适出天花，加意调护，乃迩日以来，元气日亏，以致弥留不起，岂非天乎？顾念统绪至重，亟宜传付得人，兹钦奉两宫皇太后懿旨，醇亲王之子载湉，（此二字贴黄）著承继文宗显皇帝为子，入承大统为嗣皇帝。嗣皇帝仁孝聪明，必能钦承付托。天生民而立之君，使司牧之，惟日矢忧勤惕厉，于以知人安民，永保我丕丕基。并孝养两宫皇太后，仰慰慈怀，兼愿中外文武臣僚，共矢公忠。各勤厥职，用辅嗣皇帝郅隆之治，则朕怀藉慰矣。丧服仍依旧制，二十七日而除。布告天下，咸使闻知！

同治帝崩，年只十有九岁，新帝载湉，入嗣文宗，尊谥同治帝为穆宗，封皇后阿鲁特氏为嘉顺皇后，改元光绪，即以明年为光绪元年，是谓德宗。当下诸王大臣，希旨承颜，奏请两宫皇太后重行训政。慈安太后颇觉讨厌，并不免有三分伤感，独慈禧太后，因同治帝不肯顺从，时常怀恨，此时重出训政，颇慰初念，倒也没甚悲痛。所最伤心的，莫如同治皇后，入正中宫，只有两年，突遭大丧，折鸾离凤，已是可惨，还有慈禧太后，对着她很不满意。这番立嗣，非但不令她预闻，而且口口声声，骂她狐媚子，狐媚子。她哭得凄惨一点，越触动慈禧太后恶感，戟指骂道："狐媚子！你媚死我儿子，一心思想做皇太后！哼哼！象你这种人，想做太后，除非海枯石烂，方轮到你身上。"这番言语，已是令人难堪。嗣复下了一道懿旨，内称大行皇帝无嗣，俟嗣皇帝后生皇子，即承继大行皇帝为子，牵强得很。这正是断绝皇后希望。

当时嗣皇改元，两宫训政，盈廷庆贺，热闹得很。只同治后独坐深宫，凄凉万状，暗想腹中怀妊，未识男女，即使生男，亦属无益，索性图个自尽，还是完名全节。主意已定，只望见父一面，与他诀别。巧值宫内赐宴，承恩公崇绮亦在其内，宴毕，顺道入视。父女相持大哭，到临别的时光，皇后只说了一声，儿本薄命，望父亲不必记念。阅者不忍卒读。次晨，宫内即传出皇后凶信，这般下场，何如民家？满廷臣工，很是惊异，大臣不言，小臣却忍耐不住，呈上谏章，第一个是内阁侍读学士广安奏道：

　　窃惟立继之大权，操之君上，非臣下所得妄预。若事已完善，而理当稍为变通者，又非臣下所可缄默也。大行皇帝，冲龄御极，蒙两宫皇太后垂帘励治，十有三载，天下底定，海内臣民，方得享太平之福。讵意大行皇帝，皇嗣未举，一旦龙驭上宾？凡食毛践土者，莫不叫天呼地。幸赖两宫太后，坤维正位，择继咸宜，以我皇上承继文宗显皇帝为子，并钦奉懿旨，俟皇帝生有皇子，即承继大行皇帝为嗣，仰见两宫皇太后宸衷经营，承家原为承国，圣算悠远，立子即是立孙。不惟大行皇帝得有皇子，即大行皇帝统绪，亦得相承勿替。计之万全，无过于此。

　　惟是奴才尝读宋史，不能无感焉。宋太后遵杜太后之命，传弟而不传子，厥后太宗偶因赵普一言，传子竟未传侄，是废母后成命，遂起无穷驳斥。使当日后以诏命铸成铁券，如九鼎泰山，万无转移之理，赵普安得一言间之？
然则立继大计，成于一时，尤贵定于一代。况我朝仁让开
基，家风未远，圣圣相承，夫复何虑。我皇上将来生有皇
子，自必承继大行皇帝为嗣，接承统绪，第恐事久年湮，
或有以普言引用，岂不负两宫太后贻厥孙谋之至意？奴才
受恩深重，不敢不言，请饬下王公大学士六部九卿会议，
颁立铁券，用作奕世良谟。谨奏。

这篇奏牍，言人所不敢言，满员以内，好算得庸中佼佼，
铁中铮铮了。偏偏懿旨说他冒昧渎陈，殊甚诧异，著即申饬。
于是王公以下，乐得做了仗马寒蝉，哪个还敢多嘴？同治帝的
丧礼，还算照着旧制，勉强敷衍，同治后的丧礼，简直是草草
了事，不过加了孝哲二字的谥法，饰人间耳目。光绪四年，葬
穆宗毅皇帝孝哲毅皇后于惠陵，大小臣工，照例扈送。有一个
小小京官，满腔不平，欲言不可，不言又不忍，他竟抱了尸谏
的意见，殉义于惠陵附近的马神桥，上了一本遗折，比广安所
奏，尤为痛切。正是：

> 古道犹存，臣心不死；
> 效节史鱼，直哉如矢！

未知折中有何言论，尸谏的究是何人，且待下回再叙。

　　同治帝之崩，相传为游荡所致，天花之毒，明系
饰言，作者固非诬毁。但慈禧后为同治帝生母，不应
以帝稍忤颜，遂成闲隙，寻常民家，母子不和，犹关
家计，况帝室乎？且纵帝游荡，酿成淫毒，得疾以
后，又不慎重爱护，以致深沉不起。母子之间，殊不

能无遗憾焉。若光绪帝之立，种种原因，备见书中，无非为慈禧一人私意。嘉顺皇后，由此自尽。"昭阳从古谁身殉，彤史应居第一流。"我为嘉顺哭，犹为嘉顺幸，而慈禧之手段，于此益见。吕武以后，应推此人。

第八十回

吴侍御尸谏效忠　曾星使功成改约

　　却说当时尸谏的忠臣，乃是甘肃皋兰人吴可读。可读旧为御史，因劾奏乌鲁木齐提督成禄，遭遣落职，光绪帝即位，起用可读，补了吏部主事。因见帝后迭丧，后嗣虚悬，早思直言奏请，但是广安一奏，犹且被斥，自己本是汉人，又系末秩微员，若欲奏陈大义，必遭严谴。且吏部堂官，也必不肯代奏，于是以死相要，将遗折呈交堂官。堂官谅他苦心，没奈何替他代奏，当由两宫太后展阅道：

　　　　奏为以一死泣请懿旨，预定大统之归，以毕今生忠爱事。窃罪臣闻治国不讳乱，安国不忘危，危乱而可讳可忘，则进苦口于尧舜，为无疾之呻吟，陈隐患于圣明，为不祥之举动。罪臣前因言事愤激，自甘或斩或囚，经王大臣会议，奏请传臣质讯，乃蒙先皇帝曲赐矜全，既免臣于以斩而死，复免臣于以囚而死，又复免臣于以传讯而触忌触怒而死。犯三死而未死，不求生而再生，则今日罪臣未尽之余年，皆我先皇帝数年前所赐也。乃天崩地坼，忽遭十三年十二月初五日之变，钦奉两宫皇太后懿旨，大行皇帝龙驭上宾，未有储贰，不得已以醇亲王之子，承继文宗显皇帝之子，入承大统，为嗣皇帝，俟嗣皇帝生有皇子，即承继大行皇帝为嗣。罪臣涕泣跪诵，反复思维，以为两宫皇太后，一误再误，为文宗显皇帝立子，不为我大行皇帝立嗣。既不为我大行皇帝立嗣，则今日嗣皇帝所承大统，乃奉我两宫皇太后之命，受之于文宗显皇帝，非受之于我大行皇帝也。而将来大统之承，亦未奉有明文，必归之承继之子，即谓懿旨内既有承继为嗣一语，则大统之仍归继子，自不待言。罪臣窃以为不然。

自古拥立推戴之际，为臣子所难言，我朝二百余年，祖宗家法，子以传子，骨肉之间，万世应无间然，况醇王公忠体国，中外翕然，称为贤王，王闻臣有此奏，未必不怒臣之妄，而怜臣之愚，必不以臣言为开离间之端。而我皇上仁孝性成，承我两宫皇太后授以宝位，将来千秋万岁时，均能以我两宫皇太后今日之心为心。而在廷之忠佞不齐，即众论之异同不一，以宋初宰相赵普之贤，犹有首背杜太后之事，以前明大学士王直之为国家旧人，犹以黄竑请立景帝太子一疏，出于蛮夷，而不出于我辈为愧。贤者如此，遑问不肖？旧人如此，奚责新进？名位已定者如此，况在未定，不得已于一误再误中，而求归于不误之策，惟仰祈我两宫皇太后再行明白降一谕旨，将来大统，仍归承继大行皇帝嗣子，嗣皇帝虽百斯男，中外及左右臣工，均不得以异言进。正名定分，预绝纷纭，如此则犹是本朝祖宗来子以传子之家法。而我大行皇帝，未有子而有子；即我两宫皇太后，未有孙而有孙。异日绳绳缉缉，相引于万代者，皆我两宫皇太后所自出，而不可移易者也。罪臣所谓一误再误，而终归于不误者，此也。

彼时罪臣即以此意拟成一折，呈由都察院转递，继思罪臣业经降调，不得越职言事。且此何等事？此何等言？出之大臣重臣亲臣，则为深谋远虑，出之小臣疏臣远臣，则为轻议妄言。又思在廷诸臣忠道最著者，未必即以此事为可缓，言亦无益而置之，故罪臣且留以有待。洎罪臣以查办废员内，蒙恩圈出引见，奉旨以主事特用，仍复选授吏部，迄来又已五六年矣。此五六年中，环顾在廷诸臣，仍未念及于此者。今逢我大行皇帝永远奉安山陵，恐遂渐久渐忘，则罪臣昔日所留以有待者，今则迫不及待矣。仰鼎湖之仙驾，瞻恋九重；望弓剑于桥山，魂依尺帛。谨以我先皇帝所赐余年，为我先皇帝上乞懿旨于我两宫皇太后之前。惟是临命之身，神志瞀乱，折中词意，未克详明，引用率多遗忘，不及前此未上一折一二，缮写又不能庄正。罪臣本无古人学问，岂能似古人从容？昔有赴死而行不成步者，人曰："子惧乎？"曰："惧！"曰："既惧何不归？"曰："惧吾私也，死吾公也。"罪臣今日亦犹是。鸟之将死，其鸣也哀；人之将死，其言也善。罪臣岂敢比曾参之贤？即死，其言亦未必善。惟望我两宫皇太后我皇上，怜其哀鸣，勿以为无疾之呻吟，不祥之举动，则罪臣虽死无憾。

宋臣有言："凡事言于未然，诚为太过；及其已然，则又无所及，言之何益？可使朝廷受未然之言，不可使臣等有无及之悔。"今罪臣诚愿异日臣言之不验，使天下后世笑臣愚，不愿异日臣言之或验，使天下后世谓臣明。等杜牧之罪言，虽逾职分，效史鱼之尸谏，只尽愚忠。罪臣尤愿我两宫皇太后我皇上，体圣祖世宗之心，调剂宽猛，养忠厚和平之福，任用老成，毋争外国之所独争，为中华留不尽！毋创祖宗之所未创，为子孙留有余！罪臣言毕于斯，愿毕于斯，命毕于斯。

再，罪臣曾任御史，故敢昧死具折，又以今职不能专达，恳由臣部堂官代为上达。罪臣前以臣衙门所派随同行礼司员内，未经派及罪臣，是以罪臣再四面求臣部堂官大学士宝鋆，始添派而来。罪臣之死，为宝鋆所不及料，想宝鋆并无不应派而误派之咎。时当盛世，岂容有疑于古来殉葬不情之事？特以我先皇帝龙驭永归天上，普天同泣，故不禁哀痛迫切，谨以大统所系，贡陈缕缕，自称罪臣以闻。

两宫皇太后阅毕，慈禧太后心中很是不乐，外面恰装出一种坦适样子，向慈安太后道："这人未免饶舌，前已明降谕旨，嗣皇帝生有皇子，即承继大行皇帝为嗣，还要他说什么？"慈安太后道："一个小小主事，敢发这般议论，且宁死不讳，总算难得！"*慈安究竟持平。*慈禧后歇了半晌，方道："且著王大臣等会同妥议，可好么？"慈安后应了声好，遂命内阁拟旨，着将吴可读原折交廷臣会议。王大臣等合议许久，多以清代家法，自雍正后，建储大典，未尝明定，此次若从可读奏请，明定继统，即与建储没甚分别，未免有违祖制。*此时还有什么祖制？*又因可读尸谏，确是效忠清室，一概辩驳，心中亦属难安。当下公拟了一番模糊影响的言语，复奏上去。*最好是这种手段。*嗣后徐桐，翁同龢，潘祖廕三人又联衔上了一折，宝廷、张之洞，且各奏一本，两宫太后参酌众议，随降懿旨道：

前于同治十三年十二月初五日降旨，俟嗣皇帝生有皇子，即承继大行皇帝为嗣，原以将来继统有人，可慰天下臣民之望。第我朝圣圣相承，皆未明定储位，彝训昭垂，允宜万世遵守。是以前降谕旨，未将继统一节宣示，具有深意。吴可读所请颁定大统之还，实与本朝家法不合。皇帝受穆宗毅皇帝付托之重，将来诞生皇子，自能慎选元良，缵承统绪，其继大统者，为穆宗毅皇帝嗣子，守祖宗之成宪，示天下以无私，皇帝亦必能善体此意也。所有吴可读原奏，及王大臣等会议折，徐桐、翁同龢、潘祖荫联衔折，宝廷、张之洞各一折，并闰三月十七日及本日谕旨，均著另录一分，存毓庆宫。至吴可读以死建言，孤忠可悯，著交部照五品官例议恤！钦此。

此旨一下，同治帝一生事情，化作烟云四散，吴可读慷慨捐躯，也不过留个名儿罢了。

驹光如驶，倏忽间已是光绪五年。琉球国被日本灭掉，改名冲绳县，这信传到中国，总理衙门的人员，才记得琉球是我属国，与日本交涉。日本简直不理，只好作为罢论。忽又接到伊犁交涉消息，好大喜功的左宗棠，决意主战，于是总署诸公，又有一番绝大的忙碌。

先是陕回叛酋白彦虎，出走西域，依附安集延酋阿古柏，安集延系浩罕东城，阿古柏即安集延城主。他因回疆蠢动，中国政府专剿粤捻，无暇西略，遂乘机攻入，踞了喀什噶尔，胁服回徒，自称毕调勒特汗。清廷以时艰饷绌，拟暂弃关外地，独左宗棠已平陕甘，决计进兵，借了华洋商款，充作军饷。光绪二年，督办新疆军务，自驻肃州调度，令都统金顺，提督张曜，率兵驻哈密，京卿刘锦棠，及提督谭上连、谭拔萃、余虎恩等，分道进攻，连败阿古柏兵，克复乌鲁木齐，及附近各城，北路略定。到光绪四年，刘锦棠军自北趋南，张曜军自西趋东，夹击阿古柏。阿古柏想走回安集延，奈浩罕全国，统被俄罗斯占夺，欲归无路，仰药而亡。只阿古柏长子伯克胡里，尚据英吉沙尔，喀什噶尔，叶尔羌，和阗四城，白彦虎又窜往依附。适遇锦棠等进剿，胡里不能抵敌，偕白彦虎遁入俄境，南路亦平。左宗棠晋封二等侯，刘锦棠加封二等男，随征将士，统邀奖叙。

只新疆西北有伊犁城，地味饶沃，俄人乘乱进来，把伊犁占去，阳称帮中国暂时保管。天下无此好人。至回乱已平，清政府欲索回伊犁，遂派吏部侍郎崇厚，出使俄国，畀他全权，商办伊犁事宜。这位崇钦使素来胆怯，天津教案，已见过他的伎俩，清廷还认是专对能手，要他前去办理这案。列位试想如虎如狼的俄国，能给他一点便宜么？果然双方开议，俄人要索很奢，崇钦使不能答辩，格外迁就，订了十八条约章，只归还伊犁一城，西境的霍尔果斯河左岸，及南境的帖克斯河上流两岸，都要割让俄人，还要中国给偿俄银五百万卢布。俄币制名，价有涨跌，价涨时一卢布约合中国规银九钱三分一厘，价跌时约七钱左右。而且增开口岸，添设领事，凡勘界行轮运货免税等条件，统是夺我权利。崇钦使不问政府，仗着全权行事的招牌，竟骤然决然的签定了押，语颇沁脾。咨报总理衙门。王大臣等把约文细阅，统说是不便照行，当下有一班意气嚣凌，文采焕发的言官，洋洋洒洒挥成千万言，奏闻两宫。你主调兵，我主调将，都要与俄开战。最利害的，是请诛崇厚，仿佛是崇厚一诛，俄人即可吓倒。书生之见。两宫太后，大为感动，令总署驳斥原约，将崇厚褫职逮问，一面垂询左宗棠和战情形。宗棠慷慨激昂，上了一篇奏章，好似苏东坡万言书。小子笔不胜录，只录他后半篇道：

> 察俄人欲踞伊犁为外府。为占地自广，借以养兵之计，久假不归，布置已有成局。我索旧土，俄取兵费巨资，于俄无损而有益。我得伊犁，只剩一片荒郊，北境一二百里间，皆俄属部，孤注万里，何以图存？况此次崇厚所议第七款，接收伊犁后，霍尔果斯河及伊犁山南之帖克斯河归俄属，无论两处地名，中国图说所无，尚待详考，但就方向而言，是划伊犁西南之地归俄也。自此伊犁四

面，俄部环居，官军接收，堕其度内，固不能一朝居耳。虽得必失，庸有幸乎？武事不竟之秋，有划地求和者矣，兹一矢未闻加遗，乃遽议捐弃要地，餍其所欲，譬犹投犬以骨，骨尽而噬仍不止。目前之患既然，异日之忧何极？此可为叹息痛恨者矣！

金顺锡纶，拟缓收伊犁，而以沿边喀什噶尔、乌什、精河、塔尔巴哈台四城，宜足兵力，浚饷源，广屯田，坚城堡，先实边备，自非无见，惟伊犁沿边无定议，谋新疆者非合南北两路通筹不可。现在伊犁界务未定，则收还一节，自可从缓计议。喀什噶尔乌什，规画已周，毋庸再议，其塔尔巴哈台，精河，急须加意绸缪，应由金顺锡纶，自行陈奏请旨外，所有崇厚定议画押十八款内偿费一节，业经奉有谕旨，第八款所称塔城界址，拟稍改，照同治三年界址，尚只电报，应俟崇厚奏到再议。第十款于旧约喀什噶尔库伦设领事官外，复议增设嘉峪关，乌里雅苏台，科布多，哈密，吐鲁番，乌鲁木齐，古城七处，十四款并有俄商运俄货，走张家口嘉峪关，赴天津汉口，过通州西安汉中，运土货回国，均经总理衙门奏奉谕旨接驳外，第二款中国允即恩赦居民，业经遵旨照办，被贼官截阻赍示委员，不准张帖。第三款伊犁民人迁居俄国，入籍者，准照俄人看待，意在胁诱伊犁民人归俄。而以空城贻我，与阻截赍示委员，同一用心。第四款俄人在伊犁，准照管旧业，虽伊犁交还，中外商民杂处，无界限可分，是包藏祸心，预为再蹂之计。至商务允其多设口岸，不独夺华商生理，且以启蚕食之机。总理衙门原奏，筹虑深远，实已纤细毕周。谕旨允行，则实受其害，先允后翻，则曲仍在我，应设法挽回以维全局。

窃维邦交之道，论理亦论势，本山川为疆索，界画一定，截然而不可逾。彼此信义相持，垂诸久远者理也；至争城争地，不以玉帛而以兴戎，彼此强弱之分，则在势而不在理。所谓势者，合天时人事言之，非仅直为壮而曲为老也。俄踞伊犁，在咸丰十年同治三年定界之后，旧附中国与中国民人杂处各部落，被其胁诱，俄官即视为所属，借以肆其凭陵。俄之取浩罕三部也，安集延未为所并，其酋阿古柏畏俄之逼，率其部众，陷我南疆，我复南疆，阿古柏死，逆子窜入俄境。俄乃认安集延为其所属，欲借为侵占回疆腹地之根，现冒称喀什噶尔住居之俄属，本随帕夏而来之安集延余众。俄之无端冒为己属，实与交还伊犁，仍留复踞地步，同一居心，观其交还伊犁，而仍索南境西境属俄，其诡谋岂仅在数百里土地哉？界务之必不可许者此也。俄商志在贸易，本无异图，俄官则欲借此为通西于中之计，其蓄谋甚深，非仅若西洋各国，只争口岸可比。就商务言之，俄之初意，只在嘉峪关一处，此次乃议及关内，并议及秦蜀楚各处，非不知运脚繁重，无利可图，盖欲借通商便其深入腹地，纵横自恣，我无从禁制耳。嘉峪关设领事，容尚可行，至喀什噶尔通商一节，同治三年虽约试办，迄未举行，此次界务未定，姑从缓议。而乌里雅苏台，科布多，哈密，吐鲁番，乌鲁木齐，古城等处，广设领事，欲因商务蔓及地方，化中为俄，断不可许。此商务之宜设法挽回者也。此外俄人容纳叛逆白彦虎一节，崇厚曾否与之理论，无从悬揣，应俟其复命时，请旨确询，以凭核议。

臣维俄人自占踞伊犁以来，包藏祸心，为日已久。始以官军势弱，欲诳荣全入伊犁，陷之以为质，继见官军势强，难容久踞，乃借词各案未结以缓之。此次崇厚全权出使，俄臣布策，先以巽词餂之，枝词惑之，复多方迫促以要之，其意盖以俄于中国，未尝肇启战端，可间执中国主战者之口。又忖中国近或厌兵，未便即与决裂，以开边衅，而崇厚全权出使，便宜行事，又可牵制疆臣，免生异议。是臣今日所披沥上陈者，或尚不在俄人意料之中。当此时事纷纭，主忧臣辱之时，苟心知其危，而复依违其间，欺幽独以负朝廷，耽便安而误大局，臣具有天良，岂宜出此？就事势次第而言，先之以议论委婉而用机，次之决战阵坚忍而求胜，臣虽衰庸无似，敢不勉旃！

两宫太后依议，特遣世袭毅勇侯出使英法大臣大理寺少卿曾纪泽，备述官衔，隐寓崇阳书法。使俄改约，并命整顿江海边防，北洋大臣李鸿章，筹备战舰。山西巡抚曾国荃，调守辽东，派刘锦棠帮办西域军务，加吴大澂三品卿衔，令赴吉林督办防务，饬彭玉麟操练长江水师，起用刘铭传、鲍超一班良将，内外忙个不了。俄国亦派军舰来华，游弋海上，险些儿要开战仗，亏得曾袭侯足智多谋，能言善辩，与俄国外部大臣布策反覆辩难，弄得布策无词可答，只是执着原约，不肯多改。巧值俄皇被刺，新主登基，令布策和平交涉，布策始不敢坚持原议。曾袭侯虽是专对才，亦亏机缘相凑。两边重复开谈，足足议了好几个月，方才妥洽，计改前约共七条：

一　归还伊犁南境。

二　喀什噶尔界务，不据崇厚所定之界。

三　塔尔巴哈台界务，照原约修改。

四　嘉峪关通商，照天津条约办理，西安汉中及汉口字样，均删去。

五　废松花江行船至伯都讷专条。

六　仅许于吐鲁番增一领事，其余缓议。

七　俄商至新疆贸易，改均不纳税为暂不纳税。此外添续卢布四百万圆。

签约的时候，已是光绪七年，虽新疆西北的边境，不能尽行归还，然把崇厚议定原约改了一半，也总算国家洪福，使臣材具了。我至此尚恨崇厚。沿江沿海，一律解严，改新疆为行省，依旧是升平世界，浩荡乾坤。王大臣等方逍遥自在，享此庸庸厚福，不意宫内复传出一个凶耗，说是慈安太后骤崩，小子曾有诗咏慈安后云：

牝鸡本是戒司晨，和德宣仁誉亦真。
十数年来同训政，慈安遗泽尚如春。

这耗一传，王大臣很是惊愕，毕竟慈安太后如何骤崩，且至下回分解。

本回录两大奏摺，为晚清历史上生色。吴说似迂，左议近夸，但得吴可读之一疏，见朝廷尚有效死敢谏之臣工，得左宗棠之一折，见疆臣尚有老成更事之将帅。光绪初年之清平，幸赖有此。或谓吴之争嗣，何裨大局？俄许改约，全恃曾袭侯口舌之力，于左无与？不知千人诺诺，不如一士谔谔，盈廷谐媚，而独得吴主事之力谏，风厉一世，岂不足令人起敬乎？外交以兵力为后盾，微左公之预筹战备，隐摄强俄，虽如曾袭侯之善于应对，能折冲樽俎乎？直臣亡，老成谢，清于是衰且亡矣。人才之不可少也，固如此夫！

第八十一回

朝日生嫌酿成交涉　中法开衅大起战争

　　却说慈安太后的崩逝，很是一桩异事。为什么是异事呢？慈安太后未崩时，京师忽传慈禧病重，服药无效，诏各省督抚进良医，直督李鸿章，江督刘坤一，鄂督李瀚章，都把有名的医生，保荐进去。慈禧一病数月，慈安后独视朝，临崩这一日，早晨尚召见恭亲王奕訢，大学士左宗棠，尚书王文韶，协办大学士李鸿藻等，慈容和怡，毫无病态，不过两颊微赤罢了。恭亲王等退朝后，约至傍晚，内廷忽传慈安后崩，命枢府诸人速进，王大臣等很为诧异，都说："向例帝后有疾，宣召御医，先诏军机大臣知悉，所有医方药剂，都命军机检视，此次毫无影响，且去退朝时候，止五小时，如何有此暴变？"但宫中大事，未便揣测，只好遵旨进去。一进了宫，见慈安后已经小殓，慈禧后坐矮凳上，并不象久病形状，只淡淡的说道："东太后向没有病，近日亦未见动静，忽然崩逝，真是出人意外。"对人言只可如此。众王大臣等，不好多嘴，惟有顿首仰慰。左宗棠意中不平，颇思启奏，只听慈禧后传谕道："人死不能再生，你等快出去商议后事！"善籍人口。于是左宗棠亦默然无语，偕王大臣等出宫，暗想后妃薨逝，照例须传戚属入内瞻视，方才小殓，这回偏不循故例，更觉可怪。奈满廷统是唯唯诺诺，单仗自己一片热诚，也是无济于事，因此作为罢论。

　　天下事若要人不知，除非己莫为。相传光绪帝幼时，亦喜欢与慈安后亲近，仿佛当日的同治帝，慈禧后已滋不悦。到光绪六年，往东陵致祭，慈安太后，以咸丰帝在日，慈禧后尚为妃嫔，不应与自己并列，因令慈禧退后一点。慈禧不允，几至相争，转想在皇陵旁争论，很不雅观，且要招亵渎不敬的讥议，不得已忍气吞声，权为退后；回到宫中越想越气，暗想前次杀小安子，都是恭王怂恿，东后赞同，这番恐又是他煽动，擒贼先擒王，除了东后，还怕什么奕訢？只有一事不易处置，须先行斟酌，方好下手。看官！你道是什么事情？咸丰帝在热河，临危时，曾密书硃谕一纸，授慈安后，略说："那拉贵妃如恃子为帝，骄纵不法，可即按祖制处治。"后来慈安后取示慈禧，令她警戒一二。慈禧后虽是刚强，不敢专恣，还是为此。东陵祭后，她想消灭遗旨，正苦没法，巧遇慈安后稍有感冒，太医进方，没甚效验，过了数日，不药而愈。慈安后遂语慈禧，说服药实是无益。慈禧微笑，慈安不觉暗异。忽见慈禧左臂缠帛，便问她何故？慈禧道："前日见太后不适，进蒧汁时，曾割臂肉片同煎，聊尽微忱。"*真乎假乎，我还欲问慈禧。*慈安闻了此言，大为感动，竟取出先帝密谕，对她焚毁，隐示报德的意思，其实正中了慈禧的隐谋。一着得手，两着又来。慈安后竟致暴崩，谣言说是中毒，小子姑就轶闻，略略照叙，也不知是真是假。只慈禧后并不持服，乃是实事。*笔里藏刀。*

话休絮述，且说慈安后已崩，国家政治，都由慈禧太后一人专主，不必疑忌。慈禧至此，方觉得心满意足，任所欲为。国丧期未满，奉安未届，暂命恭王奕訢等照常办事。越年，慈安太后合葬东陵，加谥孝贞，生荣死哀，临时又有一番热闹。

葬礼才毕，东方的朝鲜国，忽生出一场乱事，酿成中日的交涉。原来朝鲜国王李熙，系由旁支嗣立，封生父李应罡为大院君，主持国柄。李熙年长，亲裁大政，大院君退处清闲，党与亦渐渐失势。王妃闵氏，才貌兼全，为李熙所宠幸，闵族中倚着王妃的势力，次第用事，尽改大院君旧政。大院君素主保守，拒绝日本，闵族公卿，多主平和，与日本结江华条约，开元山津与仁川二口岸，给日本通商。朝鲜本中国藩属，总理衙门的大员，偏视为无足重轻，绝不过问。朝鲜恰暗生内讧，一班守旧派，又请大院君出头，与闵族反对。时当光绪八年，朝鲜兵饷缺乏，军士哗变，守旧派遂趁势作乱，扬言入清君侧，闯进京城，把朝上大臣及外交官，杀死了好几个，并杀入王宫，搜寻闵妃，可巧闵妃闻风避匿，无从搜获，遂鼓噪至日本使馆，戕杀日本官吏数人。真是瞎闹。警报传至中国，署直隶总督张树声，亟调提督吴长庆等，率军入朝鲜。长庆颇有才干，到了汉城，阳说来助大院君。大院君信为真言，忙到清营会议。大鱼自来投网，正好被长庆拿住，立派干员，押解天津；还有百余个党首，亦由长庆捕获，尽置诸法。这时候日本亦发兵到来，见朝鲜已没有乱事，只得按住了兵，索偿人命。当下由长庆代作调人，令朝鲜赔款了事。日本还要屯兵开埠，朝鲜国王唯唯听从，自己与日本立约，才算了案。自后中日两国，各派兵驻扎朝鲜京城。朝鲜既为我属，日本何得驻兵？当时以吴长庆等执归大院君称为胜算，于日本驻兵事置诸不论，可谓懵然。大院君到天津后，由张树声请旨发落，奉旨李应罡着在保定安置。后来朝鲜又复闹事，比前次还要瞎噪，小子本好连类叙下，只中间隔了一场中法开衅的战史，依着年月日次序，只好将中法战史开场，表叙明白。

　　中法战衅，起自越南，越南王阮光缵，为故广南王阮福映所灭，仍认中国为宗主国，入贡受封。惟阮福映得国时，曾赖法教士帮助，借了法国兵士，灭掉阮光缵，原约得国以后，割让化南岛作为酬谢，且许通商自由。后来越南不尽遵约，且无故戕害教民，法人愤怒，遂派军舰至越南，破顺化府沿岸炮台，乘胜阑入，夺南方要口的西贡，并陷嘉定、边和、定祥三州。越南国王，无法可施，没奈何割地请和，这是咸丰年间事。同治初，复开兵衅，再订和约，又割永隆、安江、河仙诸州，界之法国，南圻尽为法据。法人得步进步，得尺进尺，不到几年，又说越南虐待教士，要求越南允他二事：第一条，要越南王公，信奉天主教；第二条，要在越南北圻的红河通航。两国尚未定约，法人已托词保商，派兵驻河内、海防等处。目无全房。

是时越南有一个惯打不平的好汉，姓刘名永福，系广西上思州人氏，乃是太平国余党。他部下有数百悍卒，张着黑旗，叫作黑旗军，或叫他黑旗长毛。刘永福素性豪爽，见越南被法所逼，以大欺小，很是无礼，遂带了黑旗兵，帮越南王抗拒法人。法将安邺，勾结越匪黄崇英，谋踞全越。永福闻安邺屯兵河内，竟由间道绕赴，出其不意，攻破法兵，将法将安邺杀死。越南王闻报，一喜一惧，喜的是刘永福战败法人，惧的是法人将来报复。于是再与法国议和，于同治末年，协订和约数条，大致认越南为独立国，令断绝他国关系，以及河内通商，红河通航等条件。一面檄刘永福罢兵，封为三宣副都督，管辖宣光、兴化、山西三省，越南暂就平静。

独越匪黄崇英，尚出没越南北境，进窥南宁。两广总督刘长佑，率师巡边，连破崇英党羽，蹑崇英至河阳，一鼓擒住，并将他妻子一律骈诛。长佑奏凯入关，只留驻千人防边。光绪五年，越边又有吴终及苏啯汉等，倡乱殃民，越南王又求助清廷，清政府即命粤督刘长佑，再出越南，替他靖乱。长佑遂率提督冯子材，由龙州出发，旗开得胜，马到成功，不数月间，乱党已无影无踪了。越南王很为感激，怎奈法人得知此信，据约诘责，约章上是越南独立，既认与他国断绝关系，如何请清军代平乱事？越南王绝不答复。法国遣将李威利，进攻河内，黑旗军又来出头，一阵厮杀，非但将法人击败，直把李威利杀毙。法人大举入越，海陆并进，陷河内、南定、河阳等地，只山西一带，由刘永福扼守，不能攻入。法海军转趋顺化府，顺化系越南都城，守城兵统是饭桶，一些儿都没用，闻报法兵来攻，吓得魂飞天外，保着越南王出都避难。法兵遂入据越都，越南王再向法乞和，法人要越南降为保护国，且割让东京与法。越南王但求息事，不管好歹，竟允了法人的要约。

清廷接信大惊，飞檄驻法公使曾纪泽，与法交涉，不认法越条约，又令岑毓英调督云贵，出关督师，与刘永福协力防法，擢彭玉麟为兵部尚书，特授钦差大臣关防，驰驿赴粤；故山西巡抚曾国荃，赴署粤督，筹备军糈；东阁大学士两江总督左宗棠，督办军务，兼顾江防。一班老臣宿将，分地任事。廉将军犹能强饭，马伏波再出据鞍。劲气横秋，余威慑敌，法人倒也不敢暴动，差了舰长福禄诺等，直到天津，去访直督李鸿章，无非说些愿归和好等语，但越商总要归法保护。咬定一桩宗旨，有何和议可说。李鸿章既不照允，也不坚拒，只用了模棱两可的手段，对付外交。此老未免油滑，然已带三分暮气。适粤关税司美国人德璀林，愿作毛遂，居间调停，竟与李鸿章订定五条草约，准将东京让法，清军一律撤回。惟法越改约，不得插入伤中国体面语。越南已去，还有什么体面？双方允议，鸿章当即奏闻，总理衙门的王大臣，也与李爵帅一般见识，总教体面不伤，管什么万里越南？随即核准，批令鸿章签押。

这边玉帛雍容，方与法使互订和局，那边云南兵将，已进至谅山，尚未接到和好消息，法将突勒，亦入谅山驻扎。两下相遇，滇军磨拳擦掌，专待角斗，突勒亦不肯让步，顿时开了战仗，你开枪，我放炮，相持半日，法兵受了好多损失，向后退去。中国人向来自大，闻了这场捷音，个个主战，几乎有灭此朝食的气概，偏偏法人行文总署，硬索偿款一千万磅，总署不允，法愈增兵至越南，攻陷北宁。岑毓英退驻保胜，扼守红河上游，法复派军舰至南洋，袭攻台湾，把基隆夺去。幸亏故提督刘铭传，奉旨起复，督办台湾军务，他即兼程前进，到了台湾，以守为战，法人才不敢入犯，把基隆守住。

法提督孤拔，转入闽海，攻打马尾。马尾系闽海要口，驻守的大员，叫作张佩纶，佩纶是个白面书生，年少气盛，恃才傲物，本在朝上任内阁学士官职，谈锋犀利，没人赛得他过，讲起文事来，周召不过如此，讲起武备来，孙吴还要敬避三舍。其言之不怍则为之也难。清廷大加赏识，特简为福建船政大臣，会办海疆事宜。以言取人失之宰予。中外官僚，方说朝廷拔取真才，颂扬圣哲。合肥伯相李鸿章，也因他多材多艺，称赏不置。这张佩纶更睥睨不群，目空一切，既到福州，与总督何璟，巡抚张兆栋会叙，高谈阔论，旁若无人，督抚等也莫名其妙。因闻他素负才名，谅来必有些学识，索性将全省军务，都推到佩纶身上。佩纶居然自任，毫不推辞；任事数月，并没有整顿军防，单是饮酒吟诗，围棋挟妓。有的说是名将风流，大都这样，有的说是文人狂态，徒有虚名。

这年秋季，在值法孤拔率舰而来，直达马江。好像是一块试金石。海军将弁，闻风飞报，佩纶毫不在意，简直如没事一般。过了一宵，法舰仍在马江游弋，尚未驶入口内，那时张佩纶谈笑自若，反邀了几个好友，畅饮谈心，忽报管带张得胜求见，佩纶道："我们喝酒要紧，不要进来瞎报！"才阅片刻，又报管带张成入谒，佩纶张开双目，向传报的军弁叱道："我在此饮酒，你难道不晓得么？为什么不挡住了他？"军弁道："张管带说有紧急军情，定要面禀，所以不敢不报。"佩纶道："有什么要事？你去问来。"军弁去了半晌，回称法兵轮已驶入马尾，应预备抵敌，恳大人速谕机宜。佩纶冷笑道："法人何从欲与我接仗，不过虚声恫吓，迫我讲和，我只按兵不动，示以镇定，法人自然会退去的。我道他是何等高见，谁知恰是如此。你去传谕张管带，叫他不要妄动便好。"军弁唯唯，刚欲退出，佩纶又叫他转来，便道："你去与张管带说明，第一着是法舰入口，不准先行开炮，违令者以军法从事。"军弁又答应连声，自去通知张管带，佩纶仍安然痛饮，喝得酩酊大醉，兴尽席残，高朋尽散。

佩纶一卧不醒，法舰已自进口，准备开炮轰击。中国兵轮，也有十多艘，船上管带，各着弁目走领军火，请发军令。不意佩纶尚在黑甜乡玩耍，似乎可高枕无忧的样子。门上因昨日碰了钉子，不敢通报，弁目只在门房伺候，那边兵轮内的管带，急切盼望，杳无回音，欲要架炮迎击，既无军令，又无弹丸，真正没法得很。约到巳牌时候，尚不见军令领到，法舰上已将大炮架起，红旗一招，炮弹接连飞来。中国兵轮里面，毫无防备，管带以下，急得脚忙手乱，不消一个时辰，已被击破四五艘，还有未曾击坏的兵轮，只是逃命要紧，纷纷拔桩，向西北逃命。奈法舰不稍容情，接连追入，炮声越紧，炮弹越多，中国兵轮，又被击沉了好几艘。海军舰队，丧亡几尽。

这时候佩纶才醒，听得炮声震耳，还说何人擅自放炮，起床出来。外面已飞报兵轮被毁，接续传到七艘，于是轻裘缓带的张大臣，也焦灼起来，急命亲兵二人，随着开了后门一溜烟的逃去。确是三十六策中的上策。法舰乘胜进攻，夺了船坞，毁了船厂，复破了福州炮台，占领澎湖各岛。廷旨令左宗棠飞速赴闽，与故陕甘总督杨岳斌，帮办闽省军务，调曾国荃就江督任，续办江防。左宗棠到闽后，奉旨查办张佩纶，佩纶已由督抚访寻，在彭田乡觅着，畴昔豪气，索然而尽，只有笔底下却还来得，草了一篇奏牍，自请处分。内中有"格于洋例，不能先发制人，狃于陆居，不能登舟共命"等语。巧于脱卸。左宗棠怜他是个名士，也为他洗刷回护。大约是惺惺惜惺惺。清廷以佩纶罪无可逃，责左宗棠袒护罪员，甘陷恶习，着传旨申斥。

佩纶逮京治罪，充戍黑龙江完案。

马江方报败仗，谅山又闻失守，镇南关守将杨玉科阵亡。慈禧不禁震怒，把统兵的大员，议处的议处，镌级的镌级，并有一道罢免恭王的懿旨，亦蝉联而下，处心积虑久矣。立言颇极微妙，今录述如下：

钦奉慈禧康颐昭豫庄诚皇太后懿旨：现值国家元气未充，时艰犹巨，政多丛脞，民未敉安。内外事务，必须得人而理，而军机处实为内外用人行政之枢纽，恭亲王奕䜣等，始尚小心匡弼，继则委蛇保荣；近年爵禄日崇，因循日甚，每于朝廷振作求治之意，谬执成见，不肯实力奉行。屡经言者论列，或目为壅蔽，或劾其委靡，或谓簠不饬，或谓昧于知人。本朝家法綦严，若谓其如前代之窃权乱政，不惟居心所不敢，亦实法律所不容。只以上数端，贻误已非浅鲜，若仍不改图，专务姑息，何以仰副列圣之伟业？贻谋将来，皇帝亲政，又安能臻诸上理？若竟照弹章一一宣示，即不能复议亲贵，亦不能曲全耆旧，是岂宽大之政所忍为哉？言念及此，良用恻然。

恭亲王奕䜣，大学士宝鋆，入直最久，责备宜严，姑念一系多病，一系年老，兹特录其前劳，全其末路，奕䜣著加恩仍留世袭罔替亲王，赏食亲王全俸，开去一切差使，并撤去恩加双俸，家居养疾！宝鋆着原品休致！协办大学士吏部尚书李鸿藻，内廷当差有年，只为囿于才识，遂致办事竭蹶，兵部尚书景廉，只能循分供职，经济非其所长，均着开去一切差使，降二级调用！工部尚书翁同龢，甫直枢庭，适当多事，惟既别无建白，亦有应得之咎，着加恩革职留任，仍在毓庆宫行走，以示区别！朝廷于该王大臣之居心办事，默察已久，知其决难振作，诚恐贻误愈重，是以曲示矜全，从轻予遣。初不因寻常一訾之微，小臣一疏之劾，遽将亲藩大臣，投闲降级也。嗣后内外臣工，务当痛戒因循，各摅忠悃。建言者秉公献替，务期远大，朝廷但察其心，不责其迹，苟于国事有补，无不虚衷嘉纳，倘有门户之弊，标榜之风，假公济私，倾轧攻讦，甚至品行卑鄙，为人驱使，就中受贿，必当立抉其隐，按法惩治不贷，将此通谕知之！

恭亲王既已罢免，军机处另用一班人物。恭亲王的替身，就是礼亲王世铎。还有户部尚书额勒和布、阎敬铭、刑部尚书张之万，也都命在军机上行走。工部侍郎孙毓汶，因与李莲英莫逆，亦得厕入军机。慈禧太后又下特旨："军机处遇有紧要事件，着会同醇亲王奕譞商办。"国子监祭酒盛昱，左庶子锡钧，御史赵尔巽见了这谕，以醇亲王系光绪帝父亲，入直军机，殊非所宜，是极。遂援古斟今，联翩入奏，请收回成命。慈禧后思想灵敏，把垂帘二字提出，说："当垂帘时代，不得不用亲藩，俟皇帝亲政，再降懿旨。在廷诸臣，当仰体上意，毋得多渎！"这旨一下，言官等又箝口无言。

只是海氛未靖，边报相寻，朝旨调湖南巡抚潘鼎新，移至广西，与岑毓英联军迎剿，并令提督苏元春与冯子材、王孝祺、王德榜等，率军援镇南关。冯王诸将，恰是异常奋勇，一到了关，即开关出战。任凭法人枪炮厉害，他却督着人马，冒死进去。枪炮越多的地方，清军越加不怕。星驰飚卷，岳撼山摇，直至两军接近，连枪炮都成没用，当下各用短兵，互相搏击。法人虽是强悍，至此已失所长，不得不渐渐退下。清军勇气，陡增十倍，杀得尸横遍野，血流成川。自从中法开衅，这场恶斗，独出法人意外。法人才有点怕惧，弃了谅山。岑毓英闻谅山克复，亦秣马厉兵，亲督大军，鼓行前进，连败法兵，迭克要隘。临洮一战，阵斩法将七人，杀毙法兵三千数百名，获辎重枪炮军械无算，进捣河内，威声大振。法提督孤拔，困守澎湖，连接越南败耗，已是郁愤，上书政府，请速派兵再战。适值法内阁连番更迭，主战主和，毫无定见。孤拔大愤，索性带了兵舰，闯入浙江三门湾，夜深月朗，孤拔轻轻的扒上桅竿，窥探内地形势，不防一声怪响，竟将孤拔击落船中。正是：

明枪容易躲，暗箭最难防。

未知孤拔性命如何，待小子下回再说。

朝鲜越南，皆中国藩属，安能与日法两国私立条约？总理衙门人员，不闻则已，既已闻之，势不能袖手旁观，置诸不问。乃得过且过，坐听藩属之日削，一若秦越肥瘠，漠不相关者。然朝鲜之乱，吴长庆等急入汉城，诱执大院君以归。日本师至，乱事已靖，于此不惩前毖后，犹令朝日自行结约，宁非大误？法越之争有年矣，中国不闻援据公法，与法交涉，法入越境，越南王再三乞和，清廷又不过问。迨越南请兵平乱，始由粤督刘长佑等，代为戡定，其误与对待朝鲜，同出一辙。天津和约，不与法争宗主权，乃尚欲保存体面，掩耳盗铃，然是可笑。曲突徙薪之不早，至于焦头烂额晚矣！迨焦头烂额而仍无效，不且晚之又晚耶！谅山失守，马江败绩，焦头烂额，尚且无成。谁司外交，一至于此！读此令人痛惜不置！

第八十二回

弃越疆中法修和　平韩乱清日协约

却说孤拔入袭浙境，浙江提督欧阳利，已先机预防，飞檄海口炮台守将，严行堵御。守将静候数天，未见动静，未免懈怠起来。也是孤拔命运该绝，闯入三门湾的时候，遥望岸上刁斗无声，未知有备无备，因此猱升桅竿，窥探内容。适值炮台上面，有一巡卒，见敌舰连樯而来，暗想不及通报，他竟仗着胆子，径去开炮。扑通一声，不偏不倚，正中桅竿上的孤拔。孤拔受着弹丸，脑子一晕，自然坠落。此时炮台守将，闻有炮声，惊讶的了不得，忙饬弁目查明。弁目到了炮台，那放炮的巡卒，还是接连开放。弁目厉声道："你如何未奉军令，擅自试炮？"巡卒至此，才觉得弁目来前，回头行礼，禀明原委。弁目向外了望，果见有兵舰数艘徐徐退去。随道："你虽击退敌舰，然总是未奉军令，恐干军法，快到军署内请罪为是！"巡卒默然，随了弁目，去见统领。亏得统领还有些明白，仍饬查明，再定功罪。次晨，闻报法舰轰坏二艘，法提督孤拔亦已毙命，不禁喜出望外，向提督欧阳利去报捷。一面赦了巡卒擅令的罪名，拔为弁目。大约运气到了。浙江海面，浪静风平，提督欧阳利，免不得虚张战绩，奏达清廷，当即奉旨嘉奖，欧阳利以下多蒙优叙。欧阳利还是运气。

孤拔一死，法军夺气，谅山粤军及临洮滇军，都是雄心勃勃，恨不得立刻规复全越，扫除法人，正在耀武扬威的时候，忽又传到天津议和的消息。众战将疑信参半，个个扼腕兴嗟。还有钦差大臣督办粤东海防的彭玉麟，接到此信，气得白胡须根根竖起，连声叫道："哪一个和事老专要议和？"随即拈纸抒毫，缮就奏疏数千言，大致说："有五不可和：法人无端生衅，不加惩创，遽与议和，不可一；法人未受惩创，即来请款，是必中藏诡谲，不可二；法人即不索兵费，但求越境通商，恐将来取偿于后，必加十倍，不可三；就外强中干的法人，不问情罪，降心求和，恐各国将环向而起，不可四；云南物产富饶，西人垂涎已久，若与议和，必许通商，广传邪教，密布羽翼，一旦窃发，将何以支，不可五。"又言："有五可战：揣敌情可战；论将才可战；察民情可战；采公法可战；卜天理可战。"言言激烈，语语忠诚。这奏拜发后，出使法国的曾纪泽，也有密电到京，说法国内阁迭更，宗旨若不定，与我国议和，必须还我越南宗主权，方可允议。

谁知中外大臣的奏牍，终不敌一全权大臣肃毅伯李鸿章。鸿章与法使巴特纳，竟在天津磋定和约，共计十款，最要紧的几条：一、是法人占领东京。二、是越南归法人保护。三、是法兵不得过越南北圻，与中国边界，中国亦不派兵至北圻。四、是留据台湾的法兵，一律撤回。五、是中国允于保胜以上，谅山以北，辟商埠二处。这约订后，一二百年来的南藩，拱手让与法人，法人不索兵费，还算他的情谊。后来开龙州、蒙自两商场，许法人互市，就是彼此有情的对待。从此赫赫有名的肃毅伯，遂负了秦桧、贾似道的大名。这也未免过甚。彭左岑冯诸公，心中都是怏怏，只因廷旨许和，停战撤兵，没奈何收兵敛伍，赋了一篇归去来辞。

但这肃毅伯李鸿章，也是个中兴名臣，为什么硬主和议？他为了中外交涉，杂沓而来，法越事情，正在着紧，朝鲜又发生乱事。上次朝日交涉，朝鲜国臣朴咏孝赴日本谢罪，鉴日本国维新的效果，归谋变法，联络一班有名人物，如金玉均、洪英植等，组成维新党，主张倚靠日本。独朝内执政诸大臣，多主守旧，领袖闵咏骏，系椒房贵戚，素来顽固，愿事清朝，与维新党反对。这维新党中人，统是少年志士，意气凌人，仗着日本作了靠山，时思推倒政府，日本国趁这机会，复用外交手段，勾结维新党，劝他独立，愿为臂助。维新党总道他情真意切，一些儿不疑心，这叫作引虎自卫。居然率领党人，发起难来，召日本兵入宫，先搜闵族贵官，自闵咏骏以下，一律杀死，连闵妃也饮刃而亡。只有国王李熙，尚未杀死，党人胁他速行新政。李熙变作鸡笼内的鸡儿，无论要他什么，只得唯唯听命。朴咏孝揽了大权，兼任兵部，金玉均为左相，洪英植为右相，其余一班党人，统授要职。

　　此时驻扎朝鲜的吴长庆，因法越事起，调至金州督防。继任的提督，也与长庆同姓，名叫兆有，闻了朝鲜宫内的乱事，急召总兵张光前商议。光前推举一人，说他智勇深沉，定有妙计，应邀他解决这问题。看官！你道是谁？就是当时帮办营务，近时民国大总统袁世凯。大名鼎鼎。世凯名慰亭，河南项城县人，袁总督甲三，便是他的从祖。捻匪肇乱，他曾出驻皖豫，奉旨剿办，倒也立过战绩。世凯父名保庆，本生父名保中，少时倜傥不羁，昂藏自负。段学士靖川，有知人名，尝说他非凡品；嗣因乡试不第，弃举子业，纳粟得同知衔。提督吴长庆闻他多材，延作幕宾，襄办营务。在营时，曾替长庆约束军士，号令一新。朝鲜国王常问长庆借将练兵，长庆就荐他出去。至长庆调任，还有部兵截留朝鲜，便奏请委他管带。张总兵亦很是器重，所以经军门垂询，便欲邀他会商。吴兆有忙着亲兵携刺往招，世凯昂然而至，彼此行过了礼，两旁坐定。兆有就谈及朝鲜情形，商议救护的计策。世凯道："不入虎穴，焉得虎子？现在请急速发兵，捣入朝鲜宫内，除了乱党，护出朝王，再作计较！"此公原有胆有识。吴兆有道："闻得朝鲜宫内，有日本兵守卫，恐怕不易攻入。"世凯道："几个日本兵，怕他什么？"张光前道："袁公议论，颇是先声夺人的计策，未知军门大人以为何如？"吴兆有道："计非不是，但必须至北洋请示，方好举动。"世凯道："救兵如救火，若要请示北洋，必至迟慢，倘被别人走了先着，反为不妙。"吴张二人尚面面相觑，世凯见他没有决断，便道："既要到北洋请示，请立办好文书，饬快轮飞递为要。"二人应允，即办就公文，派泰安轮船飞递。

兵轮才发，朝鲜国王，已密遣金允植、南廷哲至清营求救。吴张二人，仍不敢遽允，嗣由探马密报，党人拟废去国王，改立幼君，依附日本，背叛清朝，吴兆有才有些着急，可奈北洋回音未转，自己部兵不多，恐怕不敌日本，尚是迟疑不决。外面又来了袁公世凯，未曾坐下，即向吴张二人道："乱党的消息，两公想亦闻知。若再不发兵入宫，不但朝鲜已去，连我辈归路，都要被他截断，只好在朝鲜作鬼了。"吴张二人，被他一激，倒也奋发起来，实是保全性命要紧。随道："据老兄高见，究竟如何办法？"世凯道："为今日计，只有迅速调兵，分路进攻，能够一鼓攻入，肃清朝鲜宫禁，我们便占上风，不怕日本出来作梗。"吴兆有道："应分几路？"世凯道："该分三路进攻。军门大人领中路，镇台大人领右路，袁某不才，愿当左路。"吴兆有尚有难色，世凯不禁愤懑，奋然道："二公如以中路为费手，袁某愿当此任！吴军门率左，张镇台率右，彼此接应，不愁不胜。"吴兆有道："就如这议，今夜发兵。"

是夜天色微明，三路清军，衔枚出发，严阵而行，到了朝鲜宫门，已是残夜将尽，袁世凯督令猛攻，里面枪声，也劈劈拍拍的放将出来。袁军前队，伤了数十名，似乎要向后却避，世凯传令，不准退后，违令立斩。这令一传，军法如山，军士方冒险前进，霎时间攻破外门，进至内门。忽后面抄到日本兵，来攻袁军，世凯分兵抵挡，这时腹背受敌，胆大敢为的袁公，倒也吃惊不小，惟队伍恰依然不乱。巧值提督吴兆有，已从左路杀到，一阵夹击，才将日本兵杀退。清军抖擞精神，再接再厉，枪声陆续不绝，震得屋瓦齐飞，宫墙洞陷。刚在得势的时候，又来了朝鲜兵数百名，由世凯一瞧，乃是曾经自己教练过的兵卒，熟门熟路，同德同心，当下把内门破入。维新党不管死活，还要前来阻拦，被清军排枪迭击，毙了几十人。洪英植亦战死在内。朴咏孝，金玉均等，方从宫后逃去。

吴袁二人，整队而入，张光前右路兵亦到。人家得胜，他方到来，可谓知几之士。朝鲜宫内，已是空空洞洞，不见有什么人物。清军仔细搜寻，只有几个宫娥女仆，躲匿密室，余外统已不知去向。当由吴袁张三人，诘问国王世子踪迹，据说："乘宫中大乱时，逃出宫外。"世凯令军士赶即找寻，在王宫前后左右，寻了一周，杳无影响。世凯未免焦灼。忽有朝鲜旧臣来报："国王世子，在北门关帝庙内。"世凯大喜，遂与吴张二人，会议往迎。这个差使，吴提督恰直任不辞，确是好差使。忙率部兵前去。袁张已扫清宫阙，收兵回营，不一会，朝鲜国王及世子，也随了吴提督进来。国王见了袁世凯，很是感谢，并请追缉朴咏孝、金玉均等。世凯道："朴金诸叛党，现在想总逃至日本使馆，不如先照会日使竹添进一郎，叫他即速交出，否则用兵未迟。"张吴连声称善，随即写好照会，遣兵弁送与日使。未几兵弁还报，日本使馆内，已无人迹，公使竹添进一郎，闻已逃回本国，往济物浦去了。于是袁吴张三人，送朝鲜国王还宫，一场大乱，化作烟销日出，总算是袁公世凯的大功。

无如日本人煞是厉害，遣了全权大使井上馨，到朝鲜问罪，又令宫内大臣伊藤博文，农务大臣西乡从道，来与中国交涉。这三位日本大员，统是明治维新时紧要伟人，这番奉命出使，自然不肯舍脸。井上馨到了朝鲜，仍直接与朝鲜开议，要索各款，无非要朝鲜偿金谢罪等语。朝鲜国王无可奈何，别人又不便与议，只好暗中讯问袁世凯。世凯正接北洋来信，说是伊藤、西乡两日员，到了天津，声言清军有意寻衅，不肯干休，朝廷已派吴大澄、续昌二人，东来查办。看官！你想袁公是个英挺傲岸的人物，哪里肯受这恶气？当即请了假，回到北洋。谒见肃毅伯李鸿章，极陈利害，大意是："要监督朝鲜，代操政柄，免得日人觊觎"。李鸿章颇为叹赏，但心中恰是决计持重，不愿轻动，反教世凯敛才就范，休露锋铓。老袁后半生行事，实是承教合肥。世凯太息而出。

这位李肃毅伯，已受朝命，为余权大臣，与日本使臣议约。肃毅伯专讲国家体面，摆设全副仪仗，振起全副精神，在督署中请日使进见。难为后继。日使伊藤博文及西乡从道，瞻仰威仪，倒也没甚惊慌，坦然直入，侃侃辩论。议定款约两大条：第一条，清日两国，派驻朝鲜的兵，一律撤去；第二条，两国将来，若派兵到朝鲜，应互先通知，事定后即行撤回，彼此依议签约，中日已定和议。清廷吴兆有等，都遵约归国，连大院君亦放回去，朝鲜国王李熙势孤援绝，对了日本要索各款，无非是谨遵台命四字，赔了银洋十一万圆，向他谢罪了案。从此日人得步进步，已认朝鲜为保护国，中国如肃毅伯等，还说朝鲜是我藩属，两不相对，各有见解，总不免后来决裂，只好算作暂时结束。暗伏下文。

越南已去，朝鲜亦半失主权，法日两国，满意而归，英吉利不甘落后，遂乘此胁取缅甸。缅甸当乾隆年间，国王孟云，受清廷册封，定十年一贡的制度，久为中国藩属。道光初年，英并印度，与缅甸西境相接，缅甸西境有阿刺干部，适有内乱，向缅甸乞援，缅甸借出援为名，竟占据阿刺干部。阿刺干部众不服，复向印度英总督处求救。英总督遂发兵攻缅。缅人连战连败，没奈何与他讲和，愿割让阿剌干地，并偿英国兵费二百万磅。缅人不图自强，徒然衔怨英人，遇着英商入境，任意凌辱。亡国之由，多在于此。英人愤无可遏，又起兵攻略缅甸，把缅甸南境的秘古地方，占夺了去。到光绪十一年，法取越南，日图朝鲜，英人闻中国多事，索性起了大兵，直入缅京，废了国王，设官监治。中国无事时，尚不过问，多事时，还有什么工夫。光绪十二年，英人兼并上下缅甸，编入英领印度内。云贵总督岑毓英奏闻，清廷王大臣，又记起昔年档册，缅甸为我属国。事事如此，大约由贵人善忘的缘故。此时驻法使臣曾纪泽，因争论中法和约，调任英使，总署衙门又发电到英京，命他至英廷抗议。猫口里挖鳅。英人已将缅甸全部列入版图，布置得停停当当，哪里还肯交还？曾纪泽费尽心力，据理力争，起初是要他归还缅甸，英人不理，后来复要他立君存祀，仍守入贡旧例，英人又是不从。可叹这位曾袭侯说得舌敝唇焦，谈到山穷水尽，才争得"代缅入贡"四字。其实也是有名无实的条约。当时还按期进呈方物，嗣因清室愈衰，把此约亦撇在脑后。此非曾袭侯无能，乃王大臣因循之误。英人得了缅甸，还要入窥云南，滇缅勘界，屡费周折，后来结果，终究是英人得利，中国吃亏，云南边徼又被英人割去无数。昔也日辟国百里，今也日蹙国百里，这也是中国的气数。

越南，缅甸的中间，还有一暹罗国，也是中国藩属，按年朝贡，洪杨乱后，贡使中绝。自从越南归法，缅甸归英，英法各想并吞暹罗，势均力敌，互生冲突，旋由两国会议，许暹罗独立自主，彼此不得侵略。只暹罗所辖的南掌地方，取来公分，至今暹罗尚算幸存，不过与中国早脱关系。从此中国的南服屏藩，丧失无余了，说来真是可叹！清廷王大臣，多是醉生梦死，不顾后患。慈禧太后逐渐骄侈，还想起造颐和园来，做个享福的区处。小子叙述至此，殊不能为慈禧讳了。有诗咏道：

东南迭报海氛来，割地偿金不一回；

圣母独饶颐养福，安排仙阙竞蓬莱。

颐和园的风景，真是一时无两，欲知建筑的原因，容待下回续述。

合肥伯李鸿章，非真秦桧、贾似道之流亚也，误在暮气之日深，与外交之寡识。越南一役，中国先败后胜，法政府又竞争党见，和战莫决，彼心未固，我志从同，乘此规复全越，料非难事。乃天津订约，将与法使议和，但求省事，不顾损失，暮气之深可知矣。朝鲜再乱，维新党召日本兵入宫，日本未尝知照中国，遽尔称兵助乱，其曲在彼，不辨自明。袁世凯倡议入援，偕吴张二将，代逐乱党，翊王免难，日使竹添进一郎，至遁回济物浦，我已一胜，日已一挫，斯时日本，犹未存与我决裂之想。为合肥计，亟应声明朝鲜之为我属，一切交涉，当由中国主持，胡为井上馨至朝鲜，仍任朝鲜自与订约？伊藤西乡至天津，乃与订公同保护之约乎？光绪三四年间，日本咨照清廷，称朝鲜为自主国，不认为我藩属，经总理衙门抗辩，内称："朝鲜久隶中国，其为中国所属，天下皆知。即其为自主之国，亦天下皆知。日本岂能独拒？"妙语解颐，日本人尝一笑置之。合肥知识，殆亦犹此。即或稍胜，亦百步与五十步之比耳。外交无识，宁有善果？越南去，朝鲜危，缅甸暹罗，相继丧失，不得谓非合肥之咎。本回实为合肥写照，暗寓讥刺之意。书法不隐，足继董狐直笔矣。

第八十三回

移款筑园撤帘就养　周龄介寿闻战惊心

却说颐和园开工，乃是光绪十一二年的时候，耗去经费，约不下三千万金。这时国帑支绌，三千万金的巨款，从何而来？相传是从海军款项下，调拨过去。中法一战，马江败绩，闽海舰队，丧亡殆尽，清廷因海氛日恶，决议大兴海军，整顿海防，将台湾划为一省，改福建巡抚为台湾巡抚，原有福建巡抚事，归浙闽总督兼管。并在北京设海军衙门，命醇亲王奕譞作为总办，奕劻、李鸿章作为会办，善庆、曾纪泽作为帮办。五大臣公同商酌，拟先从北洋入手，督练第一支海军，择定盛京旅顺口，山东威海卫为军港。醇亲王奕譞，本没有海军经验，奕劻、善庆，不消说起，只有李鸿章、曾纪泽二人，素称是究心洋务，曾纪泽又时常出使外洋，主持海军的要人，自然要推李鸿章。但海军问题，繁费得很，免不得要筹集巨资。鸿章苦心筹画，接连奏请，朝上总是驳的多，准的少。巧妇难为无米炊，妙手空空，如何兴得起海军？鸿章没法，亲自入觐，密探内廷意旨。当由太后身旁的宠监李莲英，传出消息，说是："太后近年，有意静居，拟造个园子，以便颐养，苦无的款可筹，时常烦躁，所以遇着各省筹款的事项，往往有驳无准。"鸿章沈吟一会，便与李莲英附耳数语，莲英点了好几回头。要造颐和园，恐亦是他怂恿出来。鸿章即回至天津，嗣凡有所奏请，无不照准。

看官！你道这位李伯爷，是什么妙想？他与李莲英定议，欲借海军名目，责成各疆吏岁拨定款，就中提出一半，作了造园经费，一半作了海军经费，两事都可成就。确是筹款妙法。慈禧太后闻言欣慰，于是大兴土木，把清漪园旧址，辟地建筑，改名叫颐和园。造了两三年，方才告竣。园中的楼台殿阁，亭轩馆榭，实是数不胜数。最著名的是乐寿堂正殿，即慈禧太后住所，规模很是壮丽。又有仁寿殿亦相仿佛，系召见王大臣处。还有颐乐殿，是太后听戏的地方，更造得穷工极巧。殿外就是戏台，分上中下三层，上层颜曰庆演昌辰，中层颜曰承平豫泰，下层颜曰欢胪荣曝。将戏台叙得更详，作者之意可知。此外有知春亭，夕佳楼，芸碧馆，藕香榭，养云轩，瞰碧台，宝云阁，云松巢，邵窝，贝阙，石舫，荇桥等佳境，无妙不臻，有美毕具。这园本倚万寿山，泉清水秀，草长花香，山巅更建一佛香阁，轩厂华丽，上出云霄。慈禧太后在园时，每日必登阁游览，俯瞰全园，气象万千。下有千步廊，曲折而下，直达殿门，所以往来甚便。历述园中胜景，写尽当时奢侈。园已告成，慈禧太后将移居园内，降了一道懿旨，即日归政。醇亲王奕譞，礼亲王世铎，先后上疏，无非因帝年尚幼，恳请太后再行训政数年。太后俯准所请，随带同光绪帝，幸颐和园，把内阁军机处以下各机关，都迁入园内办理，就是梨园子弟，也与官僚一同居住。直把官场作戏场。这也不在话下。

且说北洋海军，办了一二年，既集了好多经费，总要掩饰全国耳目，购了几只战船，募了几千舰队，才报成立。奉旨派醇亲王奕譞，到天津巡阅，肃毅伯李鸿章，即饬干员办差，布置行辕，务期完美。不料内廷又来了密函，由李鸿章展阅一周，忙召办差的委员入内，叫他在行辕里面，再布置一个房间。体制虽略逊一筹，装饰须格外精雅，不得疏忽！委员不敢多问，只得小心办理，一切铺设，已觉妥当，方回辕禀报。经李伯爷自去察视，到了正厅，系预备醇亲王居住，他倒不过大略一瞧，便算了事。转入厢房，反留心检点，那一件还嫌粗率，这一件更嫌简慢。委员暗暗惊讶，私自揣测，究竟是何人来此居住，要这般仔细挑剔？我亦不解。但奉上司命令，不得不再行掉换。

　　过了数日，醇亲王已到码头，当由李鸿章亲去迎迓，办差的委员，亦随同前去，留心窥伺。见李伯爷谒过醇亲王后，即与醇亲王旁边的随员，殷勤问话，很带着谦恭样子。委员未曾认识，嗣闻李伯爷称他总管，方晓得是赫赫有名的太监李莲英。从旁面写入，比实叙还要厉害。醇亲王与李莲英，一齐上岸，直抵行辕，由李鸿章送入，周旋一番。又引李莲英到厢房，满口说是委屈，李莲英左右一瞧，只淡淡的答了费心二字。宿了两宵，醇亲王临场校阅，李莲英随侍在后，当由李鸿章传出军令，饬海军会操。舰队排樯而至，或分或合，或纵或横，映入醇亲王眼帘中，只觉得整齐错落，如火如荼。无异盲人。阅毕，极力褒奖。李鸿章只是拈须微笑。这一笑恰有微意。又过数天，醇亲王与李莲英，方辞别回京。这次阅操，又糜费了许多银两，李莲英处又须安置妥贴，一古脑儿在海军里报销，连委员都是瞠目伸舌。

　　李莲英回京后，威势愈盛，宫中称他九千岁。御史朱一新，偏呆头呆脑的奏了一本，内有"李莲英随醇亲王阅兵，恐蹈唐朝监军覆辙"等语。慈禧后勃然震怒，立命降级，调补主事。这旨下后，还有哪个敢冲撞李莲英？一班蝇营狗钻的人物，总教钻入李总管门路，不怕没有官做。

　　转眼间已是光绪十四年，光绪帝年已十八，大婚期届，册立皇后。这皇后是谁家淑女？说将起来，又与慈禧后大有关系。从前立同治皇后时，慈禧后的主张，原是属意凤秀的女儿。旋由东太后决立年长，因把崇绮女为皇后，后来常与慈禧

后反对，至死方休。这次光绪帝又要立后，慈禧后自然加意拣
选。她想胞弟桂祥，曾任副都统，生有一女，与光绪帝年纪相
仿，遂与光绪帝指婚。是年十月间，特降懿旨，立副都统桂祥
女叶赫那拉氏为皇后，并选侍郎长叙两女，备作妃嫔。次年二
月，光绪帝大婚，一切排场，与前代略同，小子若再叙述，笔
意未免重复，不如概从简略。大婚礼毕，即封长叙长女那拉氏
为瑾嫔，次女为珍嫔。慈禧后即下谕撤帘。归政典礼，虽是照
同治朝依样举行，总要另画一个葫芦，费点手续。况慈禧后是
个喜欢热闹的人，踵事增华，自在意中。归政后连加太后徽
号，于"慈禧端祐康颐昭豫庄诚"外，添了"寿恭钦献"四
字，凑成了十四个。慈禧后喜溢眉宇，格外畅适。又因中外无
事，没甚牵挂，遂率同李莲英等，颐养园中，或是登山，或是
游湖，或是听戏，或是抹牌，有时随作书画，消遣光阴。皇后
本不善书，经慈禧太后指教，亦能了悟草法，得心应手。后来
能书擘窠大字，尝自署斋名，叫作延春阁。她本是慈禧后侄
女，平时能得慈禧欢心，因此慈禧游玩，常令皇后随从。慈禧
后既有可意的内侍，又有如愿的佳妇，左右侍奉，正是快乐
得很。

　　忽由河道总督吴大澄，呈上奏折，乃是请尊醇亲王称号，
善拍马屁！内称醇亲王督办海军，功绩卓著，且自为帝父，应
予尊崇。先引孟子"圣人人伦之至"的遗训，后引史事，谓
宋朝的濮议，王珪司马光，与欧阳修所议不合，从前高宗纯皇
帝御批，以欧说为是。又明朝的世宗，欲追尊生父兴献王帝
号，群臣争执，高宗御批，亦加驳斥。应请皇太后特旨，加醇
亲王徽号，遂皇上孝敬之忱，塞薄海臣民之望云云。奏上，太
后即降旨如下：

　　　本日据吴大澄奏请饬议尊崇醇亲王典礼一折，皇帝入

继文宗显皇帝，寅承大统，醇亲王奕譞，谦卑谨慎，翼翼小心，十余年来，深宫派办事宜，靡不殚竭心力，恪恭尽职。每遇优加异数，皆再四涕泣恳辞。前赏杏黄轿，至今不敢乘坐，其秉心忠赤，严畏殊常。非从深宫知之最深，实天下臣民所共谅。自光绪元年正月初八日，醇亲王即有豫杜妄论一奏，内称历代继统之君，推崇本生父母者，以宋孝宗不改子偶秀王之封为至当，虑皇帝亲政后，金壬幸进，援引治平嘉靖之说，肆其奸邪，豫具封章，请俟亲政时，宣示天下，俾千秋万载，勿再更张。其披沥之忱，自古纯臣居心，何以过此？此深宫不能不嘉许感叹，勉从所请者也。兹当归政伊始，吴大澄果有此奏，若不将醇亲王原奏，及时宣示，则后此邪说竞进，妄希议礼梯荣，其患何堪设想？用特明白晓谕，并将醇亲王原奏发抄，俾中外臣民，咸知我朝隆轨，超越古今，即贤王心事，亦从此可以共白。嗣后阚名希宠之徒，更何所容其觊觎乎？将此通谕中外知之！

　　越年，醇亲王病殁。未殁时，慈禧太后屡率光绪帝至醇邸问疾，因醇亲王福晋，本是太后亲妹子，醇亲王又始终忠事太后，恭邸罢职，醇邸即续揽军机，一切政务，随时请太后指示，不敢独断独行。怪不得太后格外亲信，格外优待。临殁，太后极为痛惜，定称号曰皇帝本生考，予谥曰贤。丧葬一切，典礼特崇。惟谕中有"不可过事奢侈，致伤王生时恭俭盛德"。仍是防他僭越。并令将醇邸分为二处，一处崇祀醇亲王祖宗，一处为光绪帝发祥地点。醇亲王次子载沣袭爵，三子载洵，四子载涛，皆封公。醇亲王薨后，光绪帝虽然亲政，凡事仍禀白慈宫，不敢专主。慈禧太后亦尝令皇后及李莲英，暗中监察，免蹈同治覆辙。光绪帝恰也养晦遵时，没甚违忤。

自十五年至二十年，只有与英吉利、俄罗斯，稍有交涉。英国为了哲孟雄，启衅构兵，哲孟雄在西藏南境，介居布丹，廓尔喀两部中间，布、廓两部，同为西藏藩属。廓、哲失和，英人尝助哲败廓，令哲王割让大吉岭，及附近印度的平原，作为己有，算是出兵的酬谢费。嗣后屡有要索，哲人愤恨，竟将英人囚住。英人遂发兵攻哲，哲王哪里能抵挡英人？免不得肉袒牵羊，乞降大不列颠旗下。引虎者终为虎噬，亚洲诸小国皆蹈此失。英人得了哲孟雄，又把布丹亦收为属部。哲、布已失，西藏藩篱被撤，藏人震惧，日思规复，至哲部隆吐地方，设立卡房。英人安肯干休？自然要与西藏为难，攻毁卡房，并据藏南要隘。中国的驻藏大臣，向不中用，至是令帮办大臣升泰赴任，与英国总理印度大臣兰士丹，在印度孟加拉会议，定藏印条约八款，承认哲为英属，勘定藏哲分界，才得和平了结。后来复把藏南的亚东地方，开为商埠，许英人互市，这也是司空见惯，不足为奇。

至与俄国交涉的事情，系为帕米尔高原。帕米尔为新疆西南边徼，在葱岭外面，北通浩罕安集延，为亚洲最高的陆地。亚洲大山，多自帕米尔发脉，中国曾建设卡伦，并据伊犁西境，遂迫中国将卡伦撤去，中国不允。已而英人复降服阿富汗，嗾阿人逐中国卡伦兵，俄国以英人复来染指，忙出兵据帕米尔。于是中俄英三国，皆有违言。经中国出使大臣洪钧、许竹筠，先后会议，结果是俄人得了大利，英人次之，中国最是吃亏，把帕米尔高原，尽行弃掉，只以葱岭为界，清政府因中国幅员，素号辽廓，割了一些儿荒徼，也没有十分痛苦。总教身家保住，管什么边疆荒地？

到光绪二十年，是慈禧太后六旬万寿。又是天大的喜事。寿辰在十月十日。正二月间，就饬王大臣预备祝嘏典礼，仿照康熙、乾隆时故例。着各省将军督抚，先期派员来京，庆祝圣母万寿，一面饬内务府督率工役，自大内至颐和园，统要盖搭灯棚，点缀景物，并要沿途建设经坛，由喇嘛僧带领僧众，唪诵寿生真经。颐和园内，还要造大牌楼，作圣母万寿纪念。内务府因库款支绌，授意内外大员，预送寿礼，大员们哪个不想巴结？彼此会议各捐俸银二十五成，作了万寿的送费，聊表微忱。内中有个西安将军荣禄，于俸银二十五成外，更献了许多金银珍宝，顿时喜动慈颜，立召内用。荣禄本太后功臣，热河回跸，全仗荣禄随扈，为什么外任西安，就了闲散的职任？原来荣禄扈驾回京，慈禧后记念大功，擢为内务府总管，宫廷得自由出入。每有要事，慈禧后亦常与商量，同治帝宾天时，荣禄尚入直宫中，很邀宠眷。到了光绪六年，忽由光绪帝师傅翁同龢密白太后，劾荣禄浊乱宫禁的罪状，慈禧后不信，暗中恰是加意侦查，果然事出有因。这位有胆有识的荣大臣，竟在某妃房中，竭忠效力，确是有胆，确是有识。被慈禧后亲见亲闻，当下怒气勃发，立将荣禄驱逐出京，革去官职。慈安崩后，慈禧后又记起荣禄，疑是慈安设计陷害，俾折臂助，但因荣禄犯罪太重，不欲骤然起用。自是荣禄失官数年，嗣后不知荣禄如何运动，又超擢为西安将军。想来总是李总管的大力。此番奉召入都，再任步军统领，寿礼确是多送。自然格外小心，格外勤谨。预备祝寿期内，他亦着力帮忙。慈禧太后复降恩旨，晋封瑾、珍二嫔为妃，此外贵人等，亦照例递升。宗室外藩王公，及中外文武大臣都驰恩覃封，官上加官，爵上晋爵，满拟届了寿期，做一场普天同庆的旷典。谁料一到五月，朝鲜又闯起大祸，弄得中日开衅，陡起战云。清军连战连败，慈禧太后懊怅异常，不得不另降懿旨，罢除庆贺。小子曾记当时有一上谕云：

朕钦奉慈禧端佑康颐昭豫庄诚寿恭钦献皇太后懿旨：

本年十月，予六旬庆辰，率土胪欢，同深忭祝。届时皇帝，率中外臣工诣万寿山行庆贺礼，自大内至颐和园，沿途跸路所经，臣民报效，点缀景物，建设经坛。予因康熙隆乾年间，历届盛典崇隆，垂为成宪，又值民康物阜，海宇乂安，不能过为矫情，特允皇帝之请，在颐和园受贺。讵意自六月后，倭人肇衅，侵予藩封，寻复毁我舟船，不得已兴师致讨。刻下干戈未戢，征调频仍，两国生灵，均罹锋镝。每一念及，悯悼何穷？前因念士卒临阵之苦，特颁内帑三百万金，俾资饱腾。兹者庆辰将届，予亦何心侈耳目之观，受台莱之祝耶？所有庆辰典礼，著仍在宫中举行。其颐和园受贺事宜，即行停办！朕仰承懿旨，孺怀实有未安，再三吁请，未蒙慈允。敬维盛德所关，不敢不仰遵慈意，为此特谕！钦此。

一场盛举，化作烟销，日本太是无情，海军真也不力。届寿辰时，只在园内排云殿受贺，就算完结。后人有宫词一绝道：

> 别殿排云进寿觞，慈怀日夕轸边情。
> 诸州点景皆停罢，馈饷频闻发大盈。

究竟中日何故开战，且到下回续叙。

母后训政，既非美事，亦非易事。历代有此成例，乃因主少国疑，不得已而出此耳。然阎寞临朝而常侍横，武韦专政而奄竖兴，郑李恃宠而珰祸炽。后妃专政，往往为中官所播弄，堕其术中而不之觉。以慈禧太后之英明，而前有安得海，后有李莲英。李莲英之擅权，较诸安得海，尤专且久。颐和园之建筑，李莲英导之也，六旬万寿之侈备典礼，何一非自李莲英等，曲意逢迎，隐图中饱耶？贵胄若醇亲王，元老若李肃毅伯，犹且不敢忤李莲英，遑论他人？故慈禧二次之训政，几与李莲英训政无异。本回叙慈禧，实即叙李莲英。叙李莲英，即不啻叙慈禧。清朝二百数十年之国祚，断丧于李总管一人之手，内监之祸烈矣哉！慈禧后殆犹可原焉。

第八十四回

叶志超败走辽东　丁汝昌丧师黄海

却说朝鲜自迭遭乱事，国势愈衰，国王李熙，又是个贪安图逸的人，凡事都因循苟且，不愿振作，因此日贫日弱，寇盗纷起，日本尤为垂涎，独中国置若罔闻。驻英法德俄使臣刘瑞芬，明察外事，思患预防，曾致书北洋大臣李鸿章，建了两策：上策欲乘他内敝，收他全国，改为行省；次策应约同英美各国，公同保护，方足保全朝鲜。结尾是朝鲜安全，东三省亦可无虞等语。莫谓秦无人。李鸿章亦以为然，将刘书上之总署，总署诸公，多是酒囊饭袋，醉生梦死，管甚么朝鲜存亡。应骂! 鸿章孤掌难鸣，也只能得过且过。

光绪二十年，朝鲜国全罗道东阜县，有东学党起事，党魁叫作崔时亨，自号纬大夫。这东学党徒，并不是留学东瀛，乃是剽窃佛老绪论，妄参己意，辗转传授。国王因他妖言惑众，出兵捕治。崔时亨遂揭竿起事，连败王兵，复从全罗道转攻忠清道，声势非常厉害。国王李熙，忙向中国告急，并咨照中国驻使。看官! 你道这驻使系是谁人? 便是当年帮办营务的袁世凯。世凯接读咨文，飞电北洋，当由北洋派遣提督叶志超，及总兵聂士成等赴援。李鸿章颇也精细，遵守天津条约，电告驻日钦使汪凤藻，叫他知照日本。日本真是厉害，不肯后人一著，派大岛圭介率兵赴朝鲜。两国兵队，先后出发，钦差袁世凯，闻叶提督已到牙山，随即致书叶提督，请他出示晓谕，解散乱党。乱党究系是乌合之众，见了一纸文告，吓得四散奔逃。朝鲜失守的地方，不战自复。清军拟即撤回，只日本兵，恰有进无退。袁钦使照会大岛圭介，仍援天津约文，谓彼此撤兵。此次中日交涉，中国原未违约。大岛圭介含糊照复，暗中反添兵派将，陆续运到朝鲜，分守釜山仁川的要害。日本因两番落后，故此次用着全力来。袁钦使复电达北洋，请预防决裂，速筹战备。无如肃毅伯李鸿章，明知中日开衅，必须海战，北洋海军，虽然办了好几年，恰是外强中干，不堪一战，谁叫你把海军经费，拨造颐和园。因此复袁使电文，只要他据约力争，并咨照总理衙门，与驻华的日使小村寿太郎，速即和平办理。

　　总署王大臣，统是糊涂颟顸，尚说朝鲜是我藩属，所以发兵平乱，日本不得干涉。为了这语，又被日使藉口，他道是朝日两国，有直接条约，中日两国，为了朝鲜，亦曾订有天津约章。朝鲜明明自主国，不过他国度很小，未能自保，所以由我两国共同保护，何得说我国不得干涉？据他的说话，很象理直气壮。总署王大臣，无可辩驳，反仗着自己余威，要与日本开战。你上一折，我上一本，统说区区日本，无理如此，宜亟发海陆两军，声罪致讨。光绪帝少年好胜，瞧了各大臣奏章，也锐意主战，催促北洋大臣李鸿章，速剿倭寇。统是自大的口吻。此时这李伯爷，好像哑子吃黄连，说不出的苦楚。复飞电驻日汪使，叫他诘问日本外部，何故违背天津专约，不肯撤兵？日外部又提出条件，是要与中国同心协力，改革朝鲜内政。又是个冠冕堂皇的题目。汪使电复李鸿章，李鸿章尚是持重，不肯主战，奈内外官员，不识外情，不是说李伯爷胆怯，就是说李伯爷面软，连袁钦使世凯，也总道北洋海军，可以一试，请命北洋，愿即回国，决与日本开仗。李鸿章尚未答复，日本兵已入朝鲜王宫，幽禁国王李熙，推大院君主持国柄，并宣告朝鲜独立。那时连翼翼小心的李伯爷，也只得开战，召袁钦使回国。

朝旨又三令五申，派副都统丰伸阿，提督马玉昆，总兵卫汝贵，左宝贵等，各带大兵，由陆路进发。

日本用先发制人的手段，乘清军尚未云集，即进攻牙山的清军。叶军门志超，惟弱无能，镇日里饮酒高卧，忽报日兵将来攻击，连忙向北洋求救。李鸿章闻警，还恐自己先行发兵，将来要被日本指摘，想了一计，向英商处租了高升轮船，载兵二营，出援牙山。不意到了丰岛，日本已暗伏军舰，截住去路，连珠炮发，将高升轮船击沉。船内的兵士，统行漂没。可怜可怜！叶志超待了数日，不见援兵到来，正急得没有摆布，还是总兵聂士成，有些胆量，慷慨誓师，愿决一战。忽由探马来报日兵已到成欢，士成即持鞭请行，见志超面色如土，半晌才说了两语道："老兄小心前去！兄弟当守……守住此地。"言下已有逃意。士成领命赴敌，不半日已到成欢，恰遇日兵整队前来，士成即传令开枪，两下里杀了一阵，只见烟雾迷天，弹丸蔽日。约战了两个小时，日兵恰向后退去，士成追袭一程，方收队扎营，即差兵弁往牙山报捷。到的次晨，差去的兵弁，尚没有回来，日本大队又到。这次日本兵，不似前次的怯战，遥望过去，已是精锐得很。士成倒也不怕，仍下令开营迎敌。营门甫开，炮弹已到，聂军连忙还击，正在酣战时候，差去的兵弁才到，报称牙山已没有大兵，闻叶军门已退驻平壤去了。这语一传，兵心渐懈，日本兵又是漫山遍野，杂沓而来。士成到此，未免心惊，料知支持不住，乃命部兵移前作后，严阵而退。士成好算不弱。日本兵恰不敢进逼，由士成退去。士成回到牙山，果然不见一卒，长叹了数声。暗想部下只有数千兵马，万不能保守这地，与其孤军死敌，不如全师早返，于是传令退兵，齐回平壤，眼见得牙山要地，被日兵占去。罪在叶志超，不在聂士成。

士成到了平壤，谒见叶志超，问他何故退兵？志超支吾了一会，士成又道："成欢已败日兵，军门大人若果多留数天，牙山也可保得住。"也未可必。志超道："老兄战功，兄弟已经探闻，报告朝廷，现在辽东派来的人马，已会集此处，总教此处得胜，牙山虽失，还可无虞。"士成也不敢多说，随即退出。志超仍然日坐营中，并没有什么举动。丰伸阿、马玉昆、左宝贵、卫汝贵等，见了志超，无非说的应酬常套，也未闻商及机宜。士成背地嗟叹，暗自灰心。日兵闻清军云集平壤，倒也扎住牙山，一时不敢进发，叶志超乐得快活几天。忽接到北京电报，令他节制各军，拜为统帅。聂士成擢为提督，将弁获奖数十员，军士得赏银二万两。志超喜出望外，设筵庆贺，置酒高会。各路统领，少不得亲自贺喜，热闹了好几天。

但志超本非将才，骤升统帅，哪个去畏服他？所有号令一切，多半是阳奉阴违，连志超营内的将弁，也是逐队四出，奸淫掳掠，无所不为。朝鲜百姓，本是爱戴清朝，箪食壶浆，来迎王师，不料清兵都妄作妄行，反致朝民失望。志超的意思，总教守住平壤，余事都可不问，因此划分守泛，令丰伸阿、马玉昆、左宝贵、卫汝贵各将，驻扎平壤城四面。看看中秋将近，日兵尚没有消息，正拟大排筵席，宴赏良辰。突闻哨卒来报，日将野津，已统兵来攻平壤，人马很是不少。志超大吃一惊，急传丰伸阿、马玉昆、左宝贵、卫汝贵，各将商议。志超道："日兵已要逼近，诸位可有退敌的计策么？"各将的资格，要算丰伸阿，他先开口答道："全凭统帅调度！"志超道："据兄弟看来，还是深沟高垒，不战为妙。"各将尚未见答，就中恼了左宝贵，向志超道："现在的战仗，不比从前刀枪时代，炮火很是厉害，断非土石所能抵挡，不如趁日本未逼近时，先行迎截，方为上计。"叶志超脸色忽变，半晌才道："我意主守，老兄主战，想老兄总有绝大勇力，可以退敌，不妨请老兄自便！"陷死左宝贵，就在此数语内。宝贵道："统帅是节制各军，卑镇安敢自由进退？但是这次开战，关系国家不少，卑镇奉命东来，早已誓死对敌，区区寸心，要求统帅原谅！"志超道："老兄晓得国家，难道兄弟不晓得国家么？"未曾开战，先自争论，焉得不败？丰伸阿等见两人闹起意见，只得双方劝解，谈论了好一歇，并没有什么定议，外边的警报，恰络绎不绝。宝贵勃然起座，对诸将道："宝贵食君禄，尽君事，敌兵已到，只有与他死斗的一法。若今日不战，明日又不战，等到日兵抄过平壤，截我归路，那时只好束手待毙了。诸公勉之！宝贵就此告辞！"已甘永诀！当即怆怆而出。丰伸阿、马玉昆亦别了志超，自回营中。只卫汝贵少留片刻，与志超密谈数语，不知是何妙计，大约总是预谋保身的秘诀。

且说左宝贵到了营中，遥闻炮声隆隆，料知日兵已近，当命部下各兵，排齐队伍，鸣角出营。宝贵当先领阵，行不一里，已见火焰冲霄，日兵的炮弹，如雨点般打将过来。宝贵自然督军还击，砰砰訇訇，扑扑簌簌，互轰了大半天。日兵煞是厉害，前敌残缺，后队补入，枪子射得越急，炮弹放得越猛。左军这边前队亦多伤亡，后队的兵士，亦督令照补。宝贵喝令一齐放枪，自己越小心督察，忽见后队所持的军械，多是手不应心，有的是放不出弹，有的是弹未放出，枪已炸破。宝贵还道他是操练未精，手执快刀，斫了几个，后来见兵士多是这般，他急从兵士手中夺过了枪，亲自试放，用尽气力，也不见弹子出来。仔细一瞧，机关多已锈损，不禁失声道："罢了罢了。"看官！你道这种枪械，为何这般不中用？原来中国枪械，多从外国购来，北洋大臣李鸿章，闻德国枪炮最利，就向他工厂内订购枪械若干，不想运来的枪械，一半是新，一半是旧。当时只知检点枪支，哪个去细心辨认？这番遇着大战仗，便把购备的枪杆，陆续发出。左军前队的兵士，乃是临阵冲锋的上选，所用枪械，时常试练，把废窳的已经剔去，后队的或系临时招募，随便给发枪械，因此上了战仗，有此蹉跌。部将请宝贵退兵，宝贵叹道："本统领早知今日，所愿多杀几个敌人，就是一死也还值得。不料来了一个没用的统帅，又领了一种没用的枪支，坐使敌军猖獗，到了这个地步。"道言未绝，突然飞到一弹，宝贵把头一偏，正中在肩膀上。日本兵又如潮涌上，冲动左军阵势。宝贵尚忍痛支持，怎奈敌炮接连不断，把左军打倒无数。宝贵身上，又着了数弹，口吐鲜血，晕倒地上。可怜可怜！蛇无头不行，兵无将自乱，霎时间全军溃散，逃得一个不留。

这时候日本兵三路进攻，丰都统、马提督也分头抵截，丰伸阿本没有能耐，略略交绥，便已却退。马玉昆颇称骁勇，督领部众，鏖战一回，只因枪械良窳不齐，打出去的枪弹，不及日本的厉害。日本的枪子，一发能击到百数步，中国的枪子，只有六七十步可击，已是客主不敌。况又有机关不灵，施放不利的弊病，哪里能长久支持？凭你马提督如何勇悍，也只得知难而退。甫到平壤城，见城上已竖起白旗，好称救命旗。马玉昆驰入城内，见叶统帅坐在厅上，身子兀自乱抖。玉昆便问高竖白旗的缘故？志超道："左宝贵已经阵殁，卫汝贵已经走掉，阁下与丰公，闻又不能得利，偌大的平壤城，如何能守得住？只好扯起白旗，免得全军覆没。"玉昆见主帅如此怯战，也是无法可想。聂士成本随着志超，守住平壤城，一再谏阻，终不见从，也是说不尽的愤闷。

日本兵直薄城下，望见城上已竖白旗，守着万国公法，停炮不攻。志超恰趁这机会，黄夜传令，静悄悄的开了后门，率诸将遁还辽东。这计恰用着了。这诸路兵士，一半是奉军，一半是淮军，都经李鸿章训练，日人颇惮他威名，到此始觉得清军没用，益放胆进攻。据了平壤，又占了安州、定州，得机得势，要渡过鸭绿江，来夺辽东了。清朝的陆军，已一败涂地，统退出朝鲜境，还有黄海沿岸的海军，悬着龙旗，随风飘荡，日本军舰十一艘，驶出大同江，进迫黄海，清海军提督丁汝昌，闻日舰到来，也只得列阵迎敌。当时清舰共有十二艘，定远、镇远，最大；致远、靖远、经远、来远、济远、平远次之；广甲、广丙、超勇、扬威又次之。汝昌传令，把各舰摆成人字阵，自坐定远舰上，居中调度，准备开战。遥望日舰排海而来，仿佛如长蛇一般，大约是个一字阵。汝昌即饬将弁开炮，其实两军相隔，尚差九里，炮力还不能及，凭空的放了无数炮弹，抛在海中。开手便已献丑。日舰先时并不回击，只是开足汽机，向前急驶。说时迟，那时快，日本的游击舰，已从清军左侧驶入，抄袭清军后面，日本主将伊东祐亨，驾着坐船，带领余舰，来攻清军前面。那时炮才迭发，黑烟缭绕，迷濛一片。不到一时，中国的超勇舰，着了炮弹，忽然沉没。清军少见多怪，惹起了兔死狐悲的观念，顿时慌乱起来。一经慌乱，便各归各驶，弄得节节分离，彼此不相援应。

这舰队中管带，只有致远管带邓世昌，经远管带林永升，具着赤胆忠心，愿为国家效死。日舰浪速，与致远对轰，两边方在起劲，又来了一艘日本巨舰，名叫吉野，比浪速舰还要高大，也来轰击致远。致远船身受伤，恼得邓世昌性起，亲督炮架，测准吉野敌楼，一炮一炮的轰去。吉野舰内的统带官，急忙驶避，世昌饬令追去，舱中报弹药已尽，不便再追，世昌慨然道："陆军已闻败绩，海军又要失手，堂堂中国，被倭人杀得落花流水，还有何颜见江东父老？不如拼掉性命，撞沉这吉野舰，与他俱尽，死亦瞑目，便令鼓轮前进。看看将追上吉野，不意触着鱼雷，把船底击碎，海水流入船内，渐渐的沉入海去。世昌以下，一律殉难。可怜可怜！经远管带林永升，与日本赤城舰相持。赤城舰的炮火，攒射经远，经远中弹突然火发，林永升不慌不忙，一面用水扑火，一面窥准敌舰，轰的一炮，正中敌舰要害，成了一个大窟窿。敌舰回身就走，永升死不放松，传令追袭，也是气数该绝，追了一程，又被水雷触裂，沉下海中。可怜可怜！

两员虎将，同时死难，余外的战舰，越加心慌。济远管带方伯谦，向来胆小，本是在旁观望，遥见致远经远，都被击沉，还有何心观战？忙饬舵工转舵，机匠转机，向东逃走。冤冤相凑，撞在扬威舰上，扬威已自受伤，经不起这么一撞，随波乱荡，不能自主。海水泼入船内，随即沉没。济远舰只管着自己，逃入旅顺口内，广甲、广丙两舰，也跟着逃遁，只留了定远、镇远、靖远、来远、平远五艘，尚在战线范围内，被日舰围住奋击。丁汝昌还算坚忍，迭放大炮，轰沉日本西京丸一艘，并击伤日本松岛舰。奈定远舰也中了五六炮，失战斗力，靖远、平远、来远三舰，亦受了重伤，突围出走，单剩定远、镇远，势孤力竭，不得已冲出战域，驶入口内。丁汝昌尚肯自尽，故书中叙述海战，比叶志超陆军较有声势。这一场海战，兵舰失掉五艘，余舰亦多伤损。二十余年经营的海军，不耐一战，正是中国莫大的耻辱。小子叙述到此，泪随笔下，立成悲悼诗一绝道：

> 海滨一战覆全师；太息烟云起灭时。
> 我为合肥应堕泪，构园贻误少人知。

海陆军统已失败，中日的胜负已定，日本还不肯罢战，竟想把中国并吞下去。小子要洒一番痛泪，只好把笔暂停一停，待下回再行详叙。

中日一战，为清室衰亡张本，即为中国孱弱张本。世人皆归咎合肥，合肥固不得为无罪，但不得专咎合肥一人。海军经费，屡请屡驳，合肥不得已，移其半以造颐和园，而海军才有眉目。否则甲午一役，虽欲求一败衄之海战，亦不可得，宁非尤足羞者。惟选将非人，购械不慎，不得谓非合肥之咎。叶志超、丁汝昌辈，多由合肥一手提拔，彼皆非专阃才，胡为而推毂乎？当时勇毅如左宝贵，忠愤如邓世昌、林永升，俱足为干城选，仅令其率偏师，充管带，受制于一二庸夫之下，徒令其战死疆场，饮恨以殁，以视曾文正之知人善任，合肥多惭色矣。若讥其迁延观望，不愿开战，至于内外交迫，孤注一掷，以至败亡，说虽近似，而吾且以此为合肥原。盈廷虚憍，交口主战，合肥犹知开战之非策，不可谓非一隙之明。知彼知己方足与言对外，假使当日从合肥言，勉从和议，尚不至失败若此。此回为合肥一生恨事。叙叶志超，叙丁汝昌，无一非为合肥写照。作者固别蓄深意，阅者亦当别具眼光，毋滑口读过！

第八十五回

失律求和马关订约　市恩索谢虎视争雄

却说叶志超既逃归辽东，丁汝昌又败回旅顺，警报迭达北京，光绪帝大为懊恼，即命将叶志超、丁汝昌革职，卫汝贵、方伯谦拿问，并严责北洋大臣李鸿章。李鸿章只得自请议处，又把海军败绩的缘由，推在方伯谦等身上。奉旨令将方伯谦军前正法。*迟早一死，为何要逃？*李鸿章咎亦难辞，拔去三眼翎，褫去黄马褂，改命提督宋庆出兵旅顺，提督刘盛休出兵大连湾，将军依克唐阿出兵黑龙江。三路兵驻守辽东，防堵日本。嗣又命宋庆统制各路人马。各路统领，与宋庆资格多是不相上下，忽接朝廷旨意，要归他节制，免不得郁郁寡欢。*又是败象。*宋庆到了九连城，收集平壤败兵，倚城下寨。九连城濒鸭绿江口，为辽东第一重门户，这重门户不破，辽东自可无恙。宋庆把守此处，也算是因地设险。当下传集各统将，分守泛地，叫他努力防御。各统将虽是面从，心中很是不悦，出了大营，满肚里都受着委曲，你也不愿尽力，我也不肯效命，勉强起程，按着所派泛地，率军进行。

那边的日本兵，确是勇迅，闻鸭绿江西岸，清军未曾严守，当即率兵飞度。过了鸭绿江，浩浩荡荡，杀奔九连城。这时刘盛休、依克唐阿、马玉昆、丰伸阿、聂士成诸将，沿途抵敌，都杀不过日兵。清军退一里，日兵进一里，清兵退十里，日兵进十里，待日军进薄九连城，各路统将，统已远远的避去，只剩了城中一个老宋。老宋闻诸军皆溃，独力难支，没奈何弃城出走，退守凤凰城。嗣又因凤凰城孤悬岭外，不便扼守，复弃城西遁。统帅一走，各将愈闻风而逃，日本兵遂进占凤凰城，复分三路。一路出西北，扑连山关；一路出东北，攻岫岩州；一路出东南，窥金州大连湾。不到数日，各路都已得手，只连山关一路，被依克唐阿与聂士成两军，南北夹攻，得而复失，并伤毙中尉一员。凤凰城日军来援，又被依军杀退。依将军是久败思奋，所以尚得一二回胜仗，聂军门本是个出色当行的人材，当中国初次发兵时，已拟率陆军进捣韩城，调海军进扼仁川港口。这是先发制人的妙计，可惜当时不用。嗣因空言无补，没人见用，到了牙山，又为叶提督所制，愤愤而退。此次见清军连溃，彼此不相照应，连自己也只得节节退步。后来得了依将军一臂之力，遂得转败为胜。随又行文各帅，愿自率部下人马，抄袭敌军后面，断他饷道，令他不久自乱，那时首尾夹攻，定能克敌。此计亦妙，可惜又不见用。各路将帅，有一半说是危计，有一半简直不答。适廷旨又调他入关，保护畿辅，将行的时候，还杀败日兵数次，所以凤凰城东北一带，尚没有名城失陷。东路自岫岩州陷落，日兵又连陷海城，清军都退到辽西，靠了辽河，作为防蔽，总算暂时敷衍过去。

独东南一隅，既无良将，又无重兵，只有旅顺口向称天险，内阔外狭，层山环抱，有一夫当关，万夫莫入的形势。丁汝昌反认作绝地，且因战舰待修，转入威海卫，暂避敌焰，只留了总办龚照屿居住旅顺。日兵既陷了金州大连湾，拟乘势攻旅顺，但恐旅顺险峻，不易攻入，遂先勾引汉奸，令他混入口内，四贴日人告示，声言日兵于某日取旅顺，居住的兵士，应及早投降，否则大兵一到，玉石俱焚，无贻后悔。明明是虚声恫吓。龚照屿得着此信，吓得魂不附体，忙坐了鱼雷艇，顺风逃去。还有一班驻守的人员，见照屿已遁，个个慌乱，带了枪械，各自逃生。一个重大的要口，变作杳无人影的空谷。至日兵入港，清军已逃去两日了。日兵不费一弹，不发一枪，把北洋第一个军港，唾手而得，真是绝大的喜事。

这时候日本兵舰，已纵横辽海，北面的盖平营口，已在囊中，南面的荣城登州，又仿佛握在掌内。狼狈不堪的丁汝昌，方困守威海卫外的刘公岛，只望日兵饶恕了他，不来作对。谁知日兵偏不许他独生，鼓着大舰，驾起巨炮，又向刘公岛进攻。可怜汝昌手下，只有几片败鳞残甲，一阵轰击，定远、威远、来远三艘，又被打沉，丁汝昌亦受了弹伤，刘公岛势处孤危，万不能守。日兵还是接连开炮，四围攻打。汝昌到此，垂头丧气，饬兵士竖起白旗，一面致书日将，约不得伤害地方民命，自己哭了三四次，仰药自尽。还是好汉。日兵遂据刘公岛，并入威海卫，于是北洋第二个军港，亦被日本夺去。所有败残军舰，统归日兵占领。清廷还起用恭亲王奕䜣，总理海军事务，其实辽海沿岸大小兵轮，只有旭日旗招飐，并没有龙旗片影，还要管理什么海军？

光绪帝迭闻败报，召王大臣会议，从前锐意主战，慷慨激昂的诸人物，至此都俯首无言。独有二个满员，上书言事，煞是可笑。一个满御史，请起用檀道济为大将，檀道济是刘宋时人，死了一二千年，为什么奏请起用？他因同僚拟用董福祥，假名檀道济以示意。他即问檀道济三字，如何写法？经同僚书示，遂冒昧照奏。又有一个满京堂，奏称日本东北，有两个大国，一是缅甸，一是交趾，日本畏他如虎，请遣使约他夹攻，必可得志。想是做梦。光绪帝见了这等奏章，又气又恨，只得与恭王等商议，定了一个请和的计策，命侍郎张荫桓、邵友濂，赴日本议和。日本很是厉害，拒绝两使。他说这等小官，不配讲和。弄得张邵二人，垂头丧气，踉跄归来。清廷方议改派，恼了一个安御史维峻，抗词上奏，虽不似满员的荒谬，也多牵强附会，都下偏传诵一时，小子将原奏详录，以供看官一粲，道：

奏为疆臣跋扈，戏侮朝廷，请明正典刑，以尊主权而平众怒，恭折仰祈圣鉴事。窃北洋大臣李鸿章，平日挟北洋以自重，当倭贼犯顺，自恐寄顿倭国之私财，付之东流，其不欲战，固系隐情。及诏旨严切，一意主战，大拂李鸿章之心，于是倒行逆施，接济倭贼煤米军火，日夜望倭贼之来，以实其言。而于我军前敌粮饷火器，故意勒掯之。有言战者，动遭呵斥。闻败则喜，闻胜则怒。淮军将领，望风希旨。未见贼，先退避，偶遇贼，即惊溃，李鸿章之丧心病狂，九卿科道亦屡言之，臣不复赘陈。惟叶志超、卫汝贵均系革职拿问之人，藏匿天津，以督署为逋逃薮，人言啧啧，恐非无因。而于拿问之丁汝昌，竟敢代为乞恩，并谓美国人有能作雾气者，必须丁汝昌驾驭。此等怪诞不经之说，竟敢陈于君父之前，是以朝廷为儿戏也，而枢臣中竟无人敢为争论者。良由枢臣暮气已深，过劳则神昏，如在云雾之中。雾气之说，入而俱化，故不觉其非耳。张荫桓、邵友濂为全权大臣，未明奉谕旨，在枢臣亦明知和议之举，不可对人言，既不能以死生争，复不能以去就争，只得为掩耳盗铃之事，而不知通国之人，早已皆知也。倭贼与邵友濂有隙，竟敢索派李鸿章之子李经方为全权大臣，尚复成何国体？李经方为倭贼之婿，以张邦昌自命，臣前劾之。若令此等悖逆之人前往，适中倭贼之计。

倭贼之议和，诱我也。我既不能激厉将士，决计一战，而乃俯首听命于倭贼，然则此举非议和也，直纳款耳，不但误国而且卖国。中外臣民，无不切齿痛恨，欲食

李鸿章之肉。而又谓和议出自皇太后意旨，太监李莲英实
左右之，此等市井之谈，臣未敢深信。何者？皇太后既归
政皇上矣，若犹遇事牵制，将何以上对祖宗，下对天下臣
民？至李莲英是何人斯？敢干预政事乎？如果属实，律以
祖宗法制，李莲英岂复可容？惟是朝廷被李鸿章恫吓，未
及详审利害，而枢臣中或系李鸿章私党，甘心左袒，或恐
李鸿章反叛，姑事调停。初不知李鸿章有不臣之心，非不
敢反，实不能反。彼之淮军将领，皆贪利小人，无大伎
俩，其士卒横被克扣，则皆离心离德，曹克忠天津新募之
卒，制服李鸿章有余，此其不能反之实在情形，若能反则
早反耳。既不能反，而犹事挟制朝廷，抗违谕旨，彼其心
目中，不复知有我皇上，并不知有皇太后，而乃敢以雾气
之说戏侮之也。臣实耻之，臣实痛之！惟冀皇上赫然震
怒，明正李鸿章跋扈之罪，布告天下，如是而将士有不奋
兴，倭贼有不破灭，即请斩臣以正妄言之罪。祖宗监临，
臣实不惧。用是披肝胆，冒斧锧，痛哭直陈，不胜迫切待
命之至！谨奏。

奏上，有旨"安维峻呈进封奏，肆口妄言，著即革职，发
往军台效力！"是日恭亲王适请假。次日入朝，始知这事，斥
同僚道："这等奏折，不值一噱，付诸字篓内，便好了事。诸
公欲令竖子成名么？"恭亲王尚是有识。正议论间，朝旨又下，
派李鸿章为全权大臣，速赴日本议和。恭王即饬军机处办事人
员，电达天津。李鸿章接着此旨，明知战败求和，还有什么光
采？但事已如此，欲救眉急，不得不硬着头皮，指日前往。方
就道时，先电商各国驻华公使，请为臂助。俄使喀希尼，慨然
答复，愿保全中国疆土，代拒日本。言太甘者心必苦。

李鸿章始航行而东，到日本山阳道海口，地名马关，日本

已遣专使伊藤博文，及陆奥宗光，在马关守候。鸿章在途中，屡接中国警耗，日本北据营口，南占澎湖，心中正焦灼，见了伊藤、陆奥两人，寒暄已毕，便请停战。伊藤、陆奥不允，必欲先订和约，方许停战，经鸿章再三磋商，才提出停战条件。看官！你道条件是什么要约？他说要山海关、大沽口及天津三处，作了抵押品。这三处乃是京畿要口，押与日本，简直是引狼入室，叫这位李钦差如何答应？没奈何把停战问题，暂时搁起，先把和款商量起来。伊藤、陆奥煞是厉害，要索各款，统是不堪忍受。鸿章与他辩论，他却绝不理会，反将冷语谐词，调侃鸿章。鸿章此时，既不敢反唇相讥，又不便屈意俯就，只得熬了一肚子气闷，拿出迁延手段，敷衍他们。今朝说，明朝再议，明朝说，后日再议。*未免有情，谁能遣此？* 一日，自会所返寓，鸿章因连日会议，毫无效果，坐在马车中，正自忐忑不定，突听得枪声一发，忙从左边一顾，不防劈面来了一颗弹子，正中左颧。鸿章忍着痛，急呼日本警察，日警过来，见鸿章颧血直喷，忙去捉拿刺客。鸿章也不及问刺客情状，匆匆回寓。病了好几日，警闻直达欧美，各国新闻纸，争说日人无理，大有攘臂直前，代鸣不平的意见。日本始自知理屈，遣使谢罪，并饬日医替他调治。伊藤、陆奥亦至李寓道歉，随允转圜和议。鸿章即要约停战，伊藤、陆奥亦即照允。日本刺客，恰是清国功臣。嗣后申定和议，伊藤、陆奥终究不肯多让，李鸿章无可如何，勉依条约十一款。大纲如下：

一　认朝鲜为自主国。

二　偿日本兵费二百兆两。

三　割让辽东半岛，及台湾澎湖。

四　开沙市、重庆、苏州、杭州为商埠。

五　中日旧订之约章，一律废止，嗣后日货进口，运往内地，得暂行租栈，免纳税钞。并于通商各口，得自由制造。

日本全权大使伊藤博文、陆奥宗光，中国全权大使李鸿章，于光绪二十一年三月二十三日签约。国耻！两江总督张之洞，凭着书生意见，谏阻和议，内有"赂倭不如赂俄，所失不及一半，就可转败为胜，恳请饬总署及出使大臣，急与俄国商定条约，如肯助我攻倭，胁倭尽废全约。即酌量划分新疆，或南路数城，或北路数城"等语。非我族类，其心必异，张之洞读书有素，难道转忘此说么？这奏虽留中不发，王大臣等多以为是，纷纷主张亲俄政策。

俄使喀希尼，居然请政府仗义责言，联合德法二国，替清廷索还辽东，先用三国联名公文，直致日本外部，迫他把辽东还清，日皇睦仁，本是全球著名的英主，到手的辽东，哪里肯归还中国？免不得直言抗驳。俄德法三国，遂各派舰队东来，有几艘寄泊辽海，有几艘直薄长崎，声势汹汹，要与日本决战。日本自与中国开衅后，虽连战连胜，势如破竹，究竟劳师糜饷，伤亡了若干人，耗费了若干银子，也弄得财力两竭。况俄德法统是有名强国，不似中国的空虚，大丈夫能屈能伸，只好暂时抱屈，允还辽东，惟增索赎辽东费一百兆两。嗣经三国公断，减至三十兆两成议。日使林董至北京，与李鸿章订还辽东半岛约，中日战事，至此才了。

只日本收领台湾时，台民大骇，恳请收回成命。清廷不答，台民推巡抚唐景崧为总统，驻守台北，拒绝日人。日本发兵赴台湾，景崧方拟抵敌，不意抚署兵叛，焚署劫库，扰得景崧手足无措，仓猝内渡。台北既失，台南系总兵刘永福驻扎，厉兵秣马，亦思与日本一战。终因寡不敌众，弃台奔还。台湾版图，遂长被日兵占领了。得易失亦易。

中国经此大挫，方归咎李鸿章，罢直督职，令他入阁。俄使喀希尼，欲来索谢，因李闲居，暂缓申请。越年春，俄皇行加冕礼，各国都派头等公使往贺，中国亦拟派王之春作贺使。喀希尼入见总署，抗言："俄皇加冕，典礼最崇，王之春人微望浅，出使我国，莫非藐视我国不成？"总署王大臣，吓得面色如土，急问喀希尼，须何等大员，方配贺使？喀希尼道："非资望如李中堂不可。"朝旨乃改派李鸿章。喀希尼复贿通宫禁，转禀太后，说是还辽义举，必须报酬，请假李鸿章全权，议结这案。鸿章出使时，由慈禧太后特别召见，密谈半日，方辞别出都。一到俄都圣彼得堡，加冕期尚未至，俄大藏大臣微德，偕与李鸿章格外交欢，时常过谈，暗中恰利诱威迫，提出条约数件，令鸿章画押。鸿章方恨煞日人，自思联俄拒日，也是一策，遂草草定议。俄国不用外务大臣出头，反差了大藏大臣，与鸿章密议，实是避各国的耳目。明修栈道，暗度陈仓，不怕李伯相不堕计中。*巧极狡极！*

等到加冕期过，李鸿章游历欧洲，俄使喀希尼，竟将俄都所定的草约，递交总署，要中国皇上亲钤御宝。全署人员，统是惊愕，不得不进呈御览。光绪帝龙目一瞧，见草约中所列条件，开口是中俄协力御日六字，颇也心慰。*仿佛是钓鱼的红曲鳝。*看到后面，乃是吉林、黑龙江两省铁路，许俄国专造，复准俄驻兵开矿，暨借俄员训练满洲军队并租借胶州湾为军港。光绪帝不禁大怒道："照这几条约文，是把祖宗发祥的地方，简直卖与俄国了。"便将草约搁过一边，不肯钤印。俄使喀希尼，闻光绪帝拒绝草约，不肯钤印，日来总理衙门胁迫。一连几天，还没有的确的回报，即告总署王大臣道："此约若不批准，当即日下旗回国。"王大臣听了这语，好似雷劈空中，惊惶万状，忙即禀报太后，说俄使要下旗回国，明明示决裂的意思。中国新遭败衄，哪堪再当强俄？慈禧后已与李鸿章，密定联俄政见，至是命交军机处，与俄使定约，不由总理衙门，也是掩耳盗铃。并亲迫光绪帝签押。光绪帝逆不过太后，勉强盖印，眼中恰忍不住泪，好像珍珠一般，累累下垂。独慈禧后面色如常，毫不动容。印已盖定，草约变作真约，由军机处发交俄使，俄使似得了活宝，即日携约就道，亲自送还俄都。东三省的幅员，轻轻断送，遂酿成日俄战争的结果。

法国亦得了滇边陆地，及广西镇南关至龙州铁路权，并辟河口思茅为商埠，与中国订了专约，也算有了酬报。独德国未得谢礼，隐自衔恨，中国亦绝不提起。三国率率而来，独令德国向隅，必要待他开口，也是愤愤。过了一年，山东曹州府地方，偏偏出了教案，杀伤德国教士二人。总理衙门得着此信，方虑德使出来要索，又有一番大交涉，不料德使海靖，虽是行文诘责，倒也没有甚么严厉，总署还道是德使有情，延挨了好几天。忽接山东电报，德国兵舰突入胶州湾，把炮台占据去了。正是：

漏屋更遭连夜雨，破船又遇打头风。

欲知中德和战的结局，小子已写得笔秃墨干，俟下回分解。

马关议和为合肥一生最失意事，敦请再四，毫无成效，至被刺客所击，始得以颧血博和议，可为痛心！然果以此事为足辱，则应返国图强，日申儆讨，卧薪尝胆，苦心焦思以为之，安见十年生聚，十年教训，不能如范大夫之霸越沼吴乎？乃受日本之压迫，愤而求逞，反欲丐俄人以为助，张之洞等书生管见，尚不足责，合肥名为老成，顾亦作此拒虎进狼之计，殊不可解！俄索辽东，纠合德法，三国何爱于清室，肯作此仗义执言之侠举，此宁待智者而始知之耶？与日本和，割地偿金，所患者犹仅一日本，至俄德法牵率而来，名为助我，实则愚我，我得辽东半岛，而仍费三万万两之巨款，受惠不多，而索酬者已踵相接，种种要挟，贻害无穷，此则合肥最大之咎；而中日一役，全军皆没，其为失固犹浅也。观于此，可知恃人不恃己之失计。

第八十六回

争党见新旧暗哄　行新政母子生嫌

却说德国兵舰突入胶州湾内，占据炮台，惊报传至总理衙门，总署办事人员，都异常惊愕，忙派员去问德使海靖。海靖提出六条要约，大致是将胶州湾四周百里，租与德国，限期九十九年。何不凑成一百年？还要把胶州至济南府的铁路，归他建筑，路旁百里的矿山，归他开采。若有半语不从，立刻要夺山东省。看官！你想中国的海军，已化为乌有，陆军又一蹶不振，赤手空拳，无可打仗，除奉令承教外，还有何策？只好一律照允。但胶州湾的地方，照中俄密约，已允租与俄国，此番又转给德人，俄使自然不肯干休，急向总署诘问。总署无词可答，奈何奈何！好似哑子吃黄连，说不尽的苦楚。亏得李伯爷一场老脸，出去抵挡，把胶州湾一处，换了旅顺、大连湾二处，还算是中国便宜，租期二十五年，与德国相较，少了七十四年，这才是中国的真便宜，可惜不好算数。准他建筑炮台，并展长西伯利亚路线，通过满洲，直到旅顺为终点，才算了结。

总署人员，因俄德交涉，已经议妥，方想休息数天，饮酒看戏，挟妓斗牌，不意英使又来了一个照会，略说：德国租了胶州湾，俄国租了旅顺、大连湾，如何我国终没有租地？难道贵国不记得从前约章，有"利益均沾"四字么？可见从前约文，都有伏笔，苦在中国不懂，铸成大错。总署不好回驳，只得仍请这位李伯爷，与英使商议。英使索租威海卫，并要拓九龙司租界。九龙司在广东海口，北京和约，割界英国，英人屡思展拓租界，苦无相当机会，此次适得要挟地步，遂与威海卫一同索租。李鸿章允展九龙租界，拒绝威海卫。两下争论多时，英使拍案道："贵国何故将旅顺、大连湾租与俄人？胶州湾租与德国！俄德据了这数处地方，储兵蓄械，一旦南下，是要侵占长江的范围。长江一带，是我国通商的势力圈，若被他侵占，还当了得。所以我国索租威海卫，防他南来，并非我国硬要租借这地。"鸿章还要辩论，英使怫然起座道："你若能索还旅顺、大连湾、胶州湾三处，我国不但不租威海卫，连九龙司也奉还中国。如若不能，休要固执！"言毕，碧眼骤张，虬髯倒竖，简直是要开仗的情形。比马关议约，还要难受。鸿章无可奈何，结果是唯唯听命。前日英名，而今安在。威海卫租期，照俄国旅顺、大连湾二处。九龙司展拓租界，照德国租胶州湾年限，这都是光绪二十四年的事情。

翌年，广州附近，突有法国兵官，被中国人民戕害，法人效德国故智，把兵舰闯进广州湾，安然占踞。总理衙门料知无力挽回，乐得客气，与法使订约，将广州湾租与法国，限期如德租胶澳例。国耻重重，何时一洒。

俄德英法都得了中国的良港，顿时惹起欧美各国的观感，欧洲南面的意大利国，无缘无故，也来索租浙江的三门湾，总署这番倒强硬起来，简直不允。意大利国总算顾全友谊，不愿硬索。廷臣以各国纷索海口，不如自己一律开放，索性给各国通商，还可彼此牵制，免生觊觎，虽非上策，却不失为下策。乃自把直隶省的秦皇岛，江苏省的吴淞口，福建省的三都澳，尽行开埠。各国见海口尽辟，无从要索，才算罢休。自此以后，中国腐败的情状，统已揭露，朝野排外的气焰，索然俱尽，且渐渐变成媚外风气。外国侨民，势力益张，华民与有交涉，不论曲直，官府总是袒护洋人。郁极思奋，愤极思通，中国从此多事了。暗为拳匪伏线。

　　且说光绪帝亲政，已是数年，这数年内丧师失地，一言难尽。光绪帝很是不乐，默念衰弱至此，非亟思变法不可。只朝臣多是守旧，一般顽固的官员，恐怕朝廷变法，必要另换一种人物，自己禄位不能保住，因此百计营谋，私贿李莲英，托他在太后前极力转圜，不可令皇上变法。太后因中日一役，多是皇帝主张，未经慈命，轻开战衅，弄得六旬万寿的盛典，半途打消，未免生恨；又经宠监李莲英，从旁撺掇，遂与皇帝暗生嫌隙。只是外有恭王奕䜣，再出为军机大臣领袖，老成稳练，内有慈禧后妹子醇王福晋，系光绪帝生母，至亲骨肉，密为调停，所以宫闱里面，还没有意外变动。

　　光绪二十四年二月，恭王得了心肺病，逐日加重，太后率光绪帝视疾，前后三次，又命御医诊治，统是没效。四月初旬，病殁邸中，遗折是规劝皇上应澄清仕途，整练陆军；又言一切大政，须遵太后意旨，方可举行。恭王虽亦阿附太后，然心地尚称明白，遗折劝光绪帝遵奉慈命，亦是地位使然。若恭王尚存，戊戌之变，庚子之乱，当可不作。太后特降懿旨，临邸奠醊，赐谥曰忠，入祀贤良祠，即令恭王孙溥伟承袭亲王。光绪帝亦随附一谕，命臣下当效法恭王竭尽忠悃。懿旨在前，太后之有权可知。但天下事福不双行，祸不单至，醇王福晋又生成一不起的病症，缠绵床褥，服药无灵，竟尔溘逝。慈禧后未免伤心，光绪帝尤为悲恸，外失贤辅，内丧慈母，从此光绪帝势成孤立，内外没有关切的亲人。

　　当时军机处重要人材，一个是礼亲王世铎，一个是刑部尚书刚毅，一个是礼部尚书廖寿丰，一个是户部尚书翁同龢。这四个军机大臣内，刚毅最是顽固，翁同龢要算维新。刚毅在刑部时，与诸司员闲谈，称皋陶为舜王爷，驾前刑部尚书皋大夫，"陶"本读如"遥"，他却仍读本音；每遇案牍中有"庚毙"字样，常提笔改"瘦"字，反叱司员目不识丁；到了入值军机，阅四川奏报剿办番夷一折，内有'追奔逐北'一语，连说川督糊涂，拟请传旨申斥。适翁同龢在旁，问他何故？他道："'追奔逐北'一语，定是'逐奔追比'四字误写。"翁同龢仍茫然不解。他又说道："人人称你能文，如何这语还没有悟到？逆夷奔逃，逐去捕住，追比他往时劫掠的财物，方是不错。若作逐北字样，难道逃奔的逆夷，不好向东西南三面，一定要向北么？"讲的有理，我倒很佩服他。翁不禁失笑，勉强忍住，替他解明古义。他尚摇头不信，只不去奏请。算他知几。

　　翁同龢系光绪帝师傅，帝五岁时，翁即入宫。他本是江苏省常熟县人，江苏系近世人文荟萃的地方，翁又学问淹博，看了迂疏愚蠢的满员，好似眼中钉，满员遂与翁有隙。光绪二十年，翁曾奏参军机孙毓汶等，经光绪帝准奏，罢斥孙毓汶，此外亦有数人免职，遂将翁补入军机。还有李鸿藻，潘祖廕二人，亦同时补入。李鸿藻系直隶人，与同治帝师傅徐桐友善。两人为北派领袖，素主守旧。潘祖荫亦江苏人，与翁同龢友善，为南派翘楚，素主维新。两派同直军机，互争势力。守旧派联结太后，维新派联结皇帝。于是李党翁党的名目，变称后党帝党。后党又浑名老母班，帝党浑名小孩班。门户纷争，不祥之兆。

　　光绪二十三年，潘、李统已病故，徐桐失了一个臂助，遂去结交刚毅、荣禄诸人。刚与翁本无夙怨，不过刚毅生平，素有满汉界限，他脑中含着十二字秘诀。看官！你道他是哪十二字？乃是："汉人强，满人亡；汉人疲，满人肥"十二字。无论什么汉人，他总是不肯相容。徐亦汉人，何故友善。荣禄因翁曾评发私事，应八十三回。暗地怀恨，徐桐与他联络，势力益固。这边翁师傅孤危得很，恭王在日，尚看重他的学问，另眼相待，恭王一死，简直是没有凭藉，单靠了一个师傅的名望，有什么用处？况这光绪皇上，名为亲政，实事事受太后压制；

还有狐假虎威的李莲英，常与光绪帝反对，从中播弄。这李莲英本是宫监，专务迎合，为什么单趋承太后，不趋承光绪帝？其间也有一个原因，小子正在追述祸根，索性也叙了一叙。

　　莲英有个妹子，貌甚美丽，性尤慧黠，并识得几个文字。莲英得宠，挈妹入宫，慈禧太后见她韶秀伶俐，极力赞美；入侍数月，太后的一举一动，一颦一笑，统被她揣摩纯熟，曲意承欢。慈禧太后怜爱异常，比李莲英尤加宠幸，常叫她为大姑娘，每日进膳，必令她侍食，且赐旁坐。连太后自己的胞妹，还没有这般优待。六旬万寿的时节，醇王福晋蒙懿旨特召，入园看戏，福晋因自己身分，反敌不过莲英妹子，佯称有疾，不肯赴召。嗣经懿旨再三催促，勉强入园。慈禧后还按礼接待，那莲英妹子，却昂然列坐，连身子都不抬一抬。福晋眼中，实在看不过去，仍托疾避席，还归邸中。但莲英献妹的意思，不是单望太后爱宠，他想仗着阿妹的恣色，蛊惑皇上，备选妃嫔，将来得生一子，作慈禧太后第二，自己的后半生，还好比前半生威显几倍。第二个李延年。因此光绪帝入园请安时，他的妹子，起初遵兄吩咐，很献殷勤，眉挑目语，故弄风骚。偏偏这假痴假呆的光绪帝，对了这种柔情，好像守着佛诫，无眼耳鼻舌生意，凭她甚么美艳，甚么挑逗，总是有施无报，惹得美人儿生了懊恼，遇着皇帝入园，索性一眼不睬。这还是笼络手段，莫认她是无情。光绪帝才窥透心肠，暗想李莲英如此阴险，不可不防，辜负美人厚情，皇帝真也少福。于是把莲英也渐渐疏远。

　　莲英一计不中，又生一计，时常到太后面前，捏报光绪帝过失。慈禧后起初倒也明白，遇皇上请安，只劝他性情和平，宽待下人。后来经莲英兄妹，百端谗构，遂添了太后恶感。太后回宫，皇帝必在宫门外跪接，稍一迟误，便生间言。若皇帝到园省视，也不能直入太后室中，必跪在门外，候太后传见。

李莲英又作了一条新例，不论皇亲国戚，入见太后，必须先索门包，连皇上也要照例。外面还道皇上什么尊贵，谁知光绪帝反受这样荼毒，积嫌之下，不免含恨。本可与别人谈叙，借为排遣，奈内外左右，多是太后心腹，连皇后也是个女侦探，替太后监察皇帝。旁皇四顾，郁将谁语？只有翁师傅素来密切，还好与他密谈两三语。翁师傅见皇帝忧苦，遂保荐一个人材。看官！你道是谁？就是南海康先生有为。

此时康先生才做了工部主事，他生平喜新恶旧，好谈变法事宜，只因官卑职小，人微言轻，没有一人服他伟论。独翁师傅竟垂青眼，一手提拔。光绪帝特别召见，奏对时洋洋数千言，仿佛淮阴侯坛上陈词，诸葛公隆中决策，每奏一语，光绪帝点一点头，良久方令退出。自从清朝开国以来，召见主事，乃是二百数十年来罕有的际遇。康主事感怀知己，连上三疏，统是直陈利弊，畅所欲言。光绪帝本有意变法，经他迭次陈请，自然倾心采用，遂于二十四年四月中，接连降旨，废时文，设学堂，裁冗员，改武科制度，开经济特科，又下决意变法的上谕道：

> 数年以来，中外臣工，讲求变法自强。迩者诏书数下，如开特科，裁冗兵，改武科制度，立大小学堂，皆经一再审定，筹之至熟，妥议施行。惟是风气尚未大开，论说莫衷一是。或狃于老成忧国，以为旧章必应墨守，新法必当摈除。众喙哓哓，空言无补。试问时局如此，国势如此，若仍以不练之兵，有限之饷，士无实学，工无良师，强弱相形，贫富悬绝，岂真能制梃以挞坚甲利兵乎？
>
> 朕惟国是不定，则号令不行，极其流弊，必至门户纷争，互相水火，徒蹈宋明积习，于国政毫无裨益。即以中国大经大法而论，五帝三王不相袭，譬之冬裘夏葛，势不

两立。用特明白宣示，中外大小诸臣，自王公以及士庶，各宜努力向上，发愤为雄，以圣贤义理之学，植其根本，又须博采各学之切于时务者，实力讲求，以救空疏迂谬之弊。专心致志，精益求精，毋徒袭其皮毛，竞腾其口说，务求化无用为有用，以成通经济变之才。京师大学堂，为各行省之倡，尤应首先举办，着军机大臣总理各国事务王大臣，会同妥速具奏！所有翰林院各部院司员，各门侍卫，候补候选道府州县以下，各官大员子弟，八旗世职，各武职后裔，其愿入学堂者，均准入学肄习，以期人才辈出，共济时艰。不得敷衍因循，徇私援引，致负朝廷谆谆告诫之至意，将此通谕知之！

这谕未下的时候，光绪帝也预备一着，先往颐和园禀白太后，太后亦未尝阻挠，恰说："变法也是要紧，但毋违背祖制，毋损满洲权势，方准施行。"太后自问，曾毋违祖制否？又言："翁同龢断不可靠，应及早罢官为是。"光绪帝唯唯而出，遂一意饬行新政，特设勤政殿，咨商政要。常召康主事密议一切，拟旨多出康手，康荐同志数人，如内阁候补侍郎杨锐，刑部候补主事刘光第，内阁候补中书林旭，江苏候补知府谭嗣同，统称他才识淹通，可以重用。光绪帝便各赏四品卿衔，令在军机章京上行走。康有高弟梁启超，及胞弟康广仁，亦经康主事荐引。因他未曾出仕，一时不能超拔，只好缓缓录用。但这班维新党人，统是资卑望浅，一旦擢用，盈廷大员，靡不侧目。且朝变一制，暮更一令，所有改革事宜，多需礼部核议，弄得礼部人员，日无暇晷。

礼部尚书怀塔布，系太后表亲，又有许应骙，亦是太后平日信任，两人素来守旧，见了这番手续，愤闷已极，恨不得将维新党人，立刻撵逐。因此一切新政，关系礼部衙门，免不得暗中搁置。御史宋伯鲁、杨深秀，与康有为等气味相投，上书参劾许应骙，说他阻挠新政。光绪帝览奏震怒，本拟即行革职，因碍着太后面子，令他明白复奏。许即按照原奏，逐条辩驳，并劾康有为妄逞横构，勾结朋党，摇惑人心，混淆国事，请即斥逐回籍。光绪帝见许复奏，揭康短处，心滋不悦。过了数日，御史文悌，又参奏："宋伯鲁、杨深秀二人，欺君罔上，若非立加罢斥，必启两宫嫌隙。"顿时触怒天颜，斥他莠言乱政，挑动党争，命即夺职。

文悌忙求怀塔布往颐和园乞救。太后不答，但迫令光绪帝速斥翁同龢。一经下手，便剟本根，太后手腕，毕竟不同。光绪帝没法，只得令开缺回籍。次日，又由太后特降懿旨，令简荣禄为直隶总督，裕禄在军机处行走。光绪帝又不能不允。两禄揽权，明夺光绪帝天禄。暗中探听消息，乃是从怀塔布谗构所致，遂也赫然下谕，把礼部尚书怀塔布、许应骙，及侍郎坤岫、徐会沣、溥颋、曾广汉等六人，一律免职。守旧党见了这旨，吓得神志颓丧，陆续至颐和园，钻营运动，求太后重执朝政。太后恰从容不迫，谈笑自若，城府深沉。暗地里恰着着安排。

还有一个不自量力的王照，次第上书，先请翦发易服，继请皇帝奉太后游历日本。这等奏牍，守旧党闻所未闻。又有最关重要的一着，触犯李总管莲英。维新党人，以欲行新政，必斥太监，光绪帝深恨李莲英，正想乘此开刀，急得李莲英走头无路，率着娇娇滴滴的妹子，泣诉太后，磕头无数，不由太后不从，当下与莲英密议，定了一个秘计，密寄荣禄。荣禄随即上折，请帝奉太后往天津阅兵。光绪帝览到此奏，满腹踌躇，即到颐和园禀闻太后。太后很是喜欢，命光绪帝即行下谕，定期九月初五日，奉太后赴津阅操。光绪帝回宫，虽遵照慈命，准即阅操，心中总怀疑不定，遂传召一班维新人物，到勤政殿面议。康主事造膝密陈："此去阅操，前途很险，预乞圣裁！"

光绪帝连忙摇手，令他出外商妥，入宫详奏。康主事退出，与同志暗地商量，议定一釜底抽薪的计策，先杀荣禄于天津督署内，既杀荣禄，即调陆军万人，星夜入都，围住颐和园，劫太后入城，圈禁西苑，俾终余年。无权无勇，奈何得行此策。商定后，即由康主事入宫密奏，光绪帝沉吟不答。经康力劝，方说待天津事定后再办。康乃退。

这时候，朝旨已命全国立官报局，任康为上海总局总办。又设译书局，命康徒梁启超总办。康梁因密图大事，尚留住京师。光绪帝听了康主事秘计，筹划了好几日，暗想畿内兵权，握在荣禄手中，不便轻举，除非得一胆大心细的人物，先夺荣禄兵权，万难成事。日思夜想，觅不出这样人材。适值直隶按察使袁世凯入觐，光绪帝闻他胆大敢为，当即召见，先问他新政是否合宜，袁极力赞扬。光绪帝不得不信，随又问道："倘令汝统带军队，汝肯忠心事朕否？"袁即磕头道："臣当竭力报答皇上厚恩。一息尚存，必思图效。"未必未必。次日即降谕道：

> 现在练兵紧要，直隶按察使袁世凯，办事勤奋，校练认真，着开缺以侍郎候补，责成专办练兵事务。所有应办之事宜，着随时具奏！当此时局艰难，修明武备，实为第一要务。袁世凯当勉益加勉，切实讲求训练，用副朝廷整饬戎行之至意！钦此。

守旧党见了此谕，彼此猜疑，急去禀报太后。其实宫廷内外，太后已密布心腹，时令传达，就是康有为入宫，亦经内监密报。只谋围颐和园的事情，尚未闻知。太后曾令光绪帝下谕，凡二品以上官授任，当亲往太后处谢恩，此番袁世凯擢任侍郎，官居从二品，理应照敕奉行。到颐和园谢恩时，太后立即召见，细问召对时语。袁一一照奏，太后道："整顿陆军，原是要紧，但皇帝也太觉匆忙，我疑他别有深意，你须小心谨慎方好！"袁自然答应。到八月初五日，袁请训往天津，光绪帝出乾清宫召见，用尽方法，不使言语漏泄。殿已古旧黑暗，晨光透入颇微，光绪帝坐在龙座，已是末次了。告袁密谋，命袁往津，即向督署内捉杀荣禄，随即带兵入都，围执太后；俟办事已竣，当续任直隶总督，千万勿误！袁唯唯趋出。临行时付他小箭一支，作为执行证据。袁即坐第一次火车出京。光绪帝总道是委任得人，十有九稳，不意下午五句钟，荣禄竟乘专车入京。人耶鬼耶？俗语有道：

不如意事常八九，可与人言无二三。

毕竟荣禄何故入京，容待下回说明。

清室不竞，外患迭乘，此时不革故鼎新，万不能挟强返弱。顽固诸徒，迂腐荒谬，固不足责，无论刚毅之显分畛域，自速其亡，即如徐桐、李鸿藻、怀塔布、许应骙辈，但务株守，各争党见，亦何在不足误国。但维新党人，锐意更张，亦未免欲速不达。善医者诊治弱症，必先培其元，然后可以祛邪，元气未培，猛加以克伐之剂，恐转有立蹶之弊。为政之道，何以异是？且围园劫后之谋，名不正，言不顺，慈禧究非武曌，维新党人之力，宁及五王？乃欲冒天下之不韪，以皇帝作孤注，甚为计不亦太疏乎？经著书人按事铺叙，随手抑扬，益知守旧派固无所逃罪，维新派亦不能免讥。一击不中，十日大索，可恫亦可惜也。

慈禧后三次临朝　维新党六人毕命

却说袁世凯上午赴津，荣禄下午抵京，此中隐情，不烦小子说明，看官当一目了然。含糊得妙。荣禄抵京这一日，正值慈禧后还宫，亲祭蚕神。祭毕，退入西苑。照清朝故例，外省官员入京，非奉有召见特旨，不得入宫。荣禄不管禁令，他不用人引导，径至西苑叩谒。当由守门人阻住，荣禄忙道："咱们有机密要事，入禀太后，恳迅速引见。"守门人本是太后心腹，与荣禄联同一气，且荣禄系太后亲戚，仓猝入宫，必有特别大事，便引了荣禄直至太后前。荣禄急忙下跪，磕头如捣蒜，太后忙问何故？荣禄泣道："求老佛爷救命！"老佛爷三字，乃是满人尊称帝后的徽号。荣禄因乞命要紧，所以不称太后，直呼老佛爷。太后道："禁城里面，你有什么事要我救命？这里没有甚么危险？宫里也不是你避难的地方，你如何冒昧前来？"荣禄请屏去左右，太后即令内监退出，只留李莲英一人。荣禄即将皇帝密谋，一一陈奏。太后问："此事可真么？"荣禄从靴中取出小箭一支，作为确证。这支小箭，系光绪帝亲授袁侍郎，如何落在荣禄手中？太后大怒，立命荣禄传集满亲贵数人，并守旧党首领世铎、刚毅等俱到，又有怀塔布、许应骙二人，亦蒙特召，皆会集太后前，黑压压的跪满一地，叩请太后速出训政，挽救危机。太后准议，饬荣禄带兵入卫。荣禄答称亲兵已有数千人来京，大约此时可到。荣禄确有智识，无怪太后宠任。太后道："甚好，甚好!"随令荣禄召兵进来，将禁城内的侍卫，一律调出。再命荣禄仍回天津，截住康党，毋任狡脱。荣禄奉命而去。

不防会议的时候，有个孙姓太监，素为光绪帝所亲信，得了这个消息，忙去报知光绪帝。光绪帝知事已泄漏，恐康有为必遭逮捕，忙自草一谕，令孙太监密递康主事。其谕道：

> 谕工部主事康有为：前命其督办官报局，此时闻尚未出京，实堪诧异！朕深念时艰，思得通达时务之人，与商治法。康有为素日讲求，是以召见一次，令其督办官报，诚以报馆为开民智之本，职任不为不重，现筹有的款，着康有为迅速前往上海，毋再迁延观望！钦此。

康主事瞧罢，见确是皇帝手笔，且谕中有召见一次的话儿，亦系掩饰耳目，暗伏机关，明人不用细说，便谢了孙太监，送别出门，自己匆匆随出，不暇通报同志，连阿弟广仁，也不及详告。行至车站，天已微明，当即乘火车出京，一抵塘沽，忙搭轮直往上海。及荣禄到京，康有为已乘轮南下。荣禄忙电饬上海道速即查拿。

这时候，光绪帝已被撤政柄，幽禁瀛台。原来八月初六日清晨，光绪帝登太和殿，方阅礼部奏折，预备秋祭典礼，忽由宫监传出懿旨，宣召帝至西苑。帝出殿，宫监已在殿门外竚候，引帝入西苑内，即由李莲英带领阉党，簇拥光绪帝登舟，直达瀛台。

瀛台系西苑湖中一个小岛，环岛皆水，光绪帝到了此间，料知没有好结果，不禁泪下。李莲英厉色道："太后即来，皇后亦至，难道万岁爷还怕寂静么?"言毕自去，留内监守卫。约一时许，太后已到，皇后珍妃等亦在后相随。光绪帝忙即跪接，太后怒目视帝，戟指叱道："你入宫时，年只五岁，立你为帝，抚养成人，今已将二十年，不是我一力保护，你哪得有今日？你要变法维新，我也不来阻你，你为什么听人唆弄，忘我大德，还要设计害我？你试细想一想，应该不应该的？"光绪帝跪伏地上，战栗不能出声。我为光绪帝道，此后愿生生世世，勿生帝王家。太后又叹道："我想你的薄命，有何福气做皇帝，现在亲贵重臣，统请我训政，没有一人向你。就使汉大臣中，有几个助你为恶，你还道是好人，其实统是奸臣，我自然有法处治。"说至此，恨恨不已，似乎有即行废立的形状。恼了一个珍妃，突出皇后前面，向太后跪下，吁请太后宽恕帝罪，勿加斥责。太后怒道："像你这种狐媚子，也配着与我讲话么？"珍妃愤极，不觉大胆道："皇帝系一国共主，圣母亦不能任意废黜。"这句话尚未说完，面上已扑的一声，受着一个嘴巴，粉靥陡起桃花，不禁垂首。但听太后厉声道："快与我将这狐媚子，牵了出去，圈禁宫内。"当由内监请珍妃起来，带领回宫，引到一个密室，把她幽闭。长门寂寂，谁慰寂寥，免不得珠泪莹莹，长此愁苦，这且慢表。

单说慈禧后尚在瀛台，痛责光绪帝，经李莲英从旁解劝，只有他还配讲话。方命还跸，令皇后留住帝处，监视皇帝言动，此外不准擅召一人。太后回宫，飞饬步军统领，逮捕维新党人，当时拿住杨深秀、谭嗣同、杨锐、林旭、刘光第、康广仁等六人，下刑部狱中，一面密议废立事件。王大臣等都不敢决议，慈禧后究属聪明，暗想骤然废立，恐惹起中外干涉，乃即以帝名降谕道：

现在国事艰难，庶务待理，朕勤劳宵旰，日综万几，兢业之余，时虞丛脞。恭溯同治年间以来，慈禧端佑康颐昭穆庄诚寿恭钦献崇熙皇太后，两次垂帘听政，办理朝政，弘济时艰，无不尽美尽善。因念宗社为重，再三吁恳慈恩训政，仰蒙俯如所请，此乃天下臣民之福。由今日始在便殿办事，本月初八日，朕率诸王大臣，在勤政殿行礼，一切应行礼仪，著各该衙门敬谨预备！钦此。

这谕下后，眼见得光绪皇上，与废立无异了。只是维新党首康有为未曾拿获，太后哪里肯饶恕他？再饬步军统领，挨户搜查，务期拿获严办。十日大索，仍无影响。时康已乘轮赴沪，全然不知京内消息，轮船上又毫无风声，自己更不便探听，只好闷坐房舱中，消磨时日。过了三四天，轮船已到吴淞口，有为正开窗了望，但见有小火轮一艘，迎面而来。小轮上站着西人，喝令大轮停止，他即驶近大轮，一跃而上。手中持有照相片一纸，向舱内四处寻人，寻到康有为，将照片对证。形容毕肖，便将他一把扯住。有为未免着忙，随问何事？这个西人已通华语，便道："你在京中闯什么祸，由上海道严密捉拿。"有为颇谙西国法律，便说："奉旨来办官报局，出京时，并没有这般消息，现在不知何故被逮。想因康某倡行新政，被旧党挟嫌的缘故。"西人道："你便是维新党首康先生么？据你说来，也不过是政治犯，西国律例上不便引渡，你且放心，快随我前去！"有为不便多说，即随着西人，换坐小轮。吴淞口本是西人范围，哪个敢来过问？有为一走，大轮自然放汽进口，到了码头，见沪兵已布列岸上，遇客登岸，加意侦察。谁知这位康先生，早随西人到关上，改坐英国威海司军舰，直赴香港去了。命不该死，总有救星。

还有梁启超闻风尚早，逃出塘沽，径投日本兵船，由日本救护，直往日本，至横滨上岸，借宿旅馆，专探康先生下落。歇了好几天，康自香港到来，师弟重逢，好如隔世。谈起诸同志被拿，不胜叹息，泪下沾襟。从此师弟两人，逋亡在外，游历各地，组织报馆，倒也行动自由，言论无忌。直到宣统三年，革命军起，方才归国，这是后话。

且说八月八日，清廷大集朝臣，请出这位威灵显赫的皇太后三次临朝，光绪帝也暂出瀛台，入勤政殿，向太后行三跪九叩礼，恳请太后训政。太后俯允，仍命遵昔时训政故例。退朝后，光绪帝仍返瀛台。嗣后虽日日临朝，却是不准发言，简直同木偶一般。这班顽固老朽的守旧党，统是欣欣得意，喜出望外。太后又借了帝名，屡次下谕，托言朕躬有恙，令各省征求名医。当有几个著名医生，应征入都。诊治后，居然有医方脉案，登录官报。实在光绪帝并没有病，不过悲苦状况，比生病还要厉害。医生视病时，又由太后监视，拜跪礼节，繁重得很，已弄得头昏脑晕，还有甚么诊视心思？况医生视病，不外望闻问切四字，到了这处，四字都用不着。临诊时不好仰视，第一个望字，是抹掉了。屏气不息，系臣子古礼，医官何得故违？第二个闻字，又成没用。医官不能问皇帝病，只由旁人代述，第三个问字，也可除去。名为切脉，实是用手虚按，不敢略重，寸关尺尚不可辨，何况脏腑内的病症？第四个切字，有什么用处？诸名医视病后，未免得了贿赂，探出帝病形状，遂模模糊糊的写了脉案，开了医方，把无关痛痒的药味，写了几种，上呈军机处转奏帝前，也不知光绪帝曾否照服，这也不在话下。

只是海内的舆论，儒生的清议，已不免攻击政府，隐为光绪帝呼冤。有几个胆大的，更上书达部，直问御疾。一手不能掩天下目，奈何？其时上海人经元善，夙具侠忱，联络全体绅商，颁发一电，请太后仍归政皇上，不必以区区小病，劳动圣母。倘不速定大计，恐民情误会，一旦骚动，适召外人干涉，大为可虑。这样激烈的话头，确是得未曾有，到了太后眼中，顿时大怒，降旨严斥。还有密旨令江苏巡抚拿办。元善恰预先趋避，走匿澳门。太后又密电各省督抚下询废立事宜。两江总督刘坤一守正不阿，首先反对。高冈鸣凤。各督抚遂多半附和。各国使臣，闻着这信，亦仗义力争，于是二十多年的光绪帝，实际上虽已失政，名义上尚具尊称。太后还欲临幸天津，考察租界情形，兼备游览，经荣禄力阻，乃收回天津阅操的成命。召荣禄入都，授军机大臣，节制北洋军队，兼握政治大权。直隶总督一缺，着裕禄出去补授。隐伏拳匪祸乱。太后遂与荣禄商议，处置维新党事，荣禄力主严办，遂由刑部提出杨深秀、谭嗣同等六人，严加审讯，六人直供不讳，又在康寓中抄出文件甚多，无非攻讦太后隐情。六人寓中，亦有排议太后案件。太后闻报，非常震怒，不待刑部复奏，已将六人处斩，并于次日借帝名下谕道：

　　近因时事多艰，朝廷孜孜图治，力求变法自强，凡所设施，无非为宗社生民之计。朕忧勤宵旰，每切兢兢，乃不意主事康有为，首创邪说，惑世诬民，而宵小之徒，群相附和，乘变法之际，隐行其乱法之谋，包藏祸心，潜图不轨。前日竟有纠约乱党，谋围颐和园，劫制皇太后，陷害朕躬之事，幸经觉察，立破奸谋。又闻该乱党私立保国会，言保中国不保大清，其悖逆情形，实堪发指。

　　朕恭奉慈闱，力崇孝治，此中外臣民之所共知。康有为学术乖僻，其平日著述，无非离经叛道，非圣无法之言。前因讲求时务，令在总理各国事务衙门章京上行走，旋令赴上海办理官报局，乃竟逗留辇下，搆煽阴谋，若非仰赖祖宗默佑，洞烛几先，其事何堪设想？康有为实为叛逆之首，现已在逃，着各省督抚一体严密查拿，极刑惩治。举人梁启超与康有为狼狈为奸，所著文字，语多狂谬，着一并严拿惩办。康有为之弟康广仁，及御史杨深秀、军机章京谭嗣同、林旭、杨锐、刘光第等，实系与康有为结党，阴图煽惑，杨锐等每于召见时，欺蒙狂悖，密保匪人，实属同恶相济，罪大恶极。前经将各该犯革职，拿交刑部讯究，旋有人奏，若稽时日，恐有中变，朕熟思审虑，该犯等情节较重，难逃法网，倘语多牵涉，恐致株累，是以未俟复奏，于昨日谕令将该犯等即行正法。此事为非常之变，附和奸党，均已明正典刑，康有为首创逆谋，罪恶贯盈，谅亦难逃法网。现在罪案已定，允宜宣示天下，俾众咸知。

我朝以礼教立国，如康有为之大逆不道，人神所共愤，即为覆载所不容。鹰鹯之逐，人有同心。至被其诱惑，甘心附从者，党类尚繁，朝廷亦皆察悉，朕心存宽大，业经明降谕旨，概不深究株连。嗣后大小臣工，务当以康有为为炯戒，力扶名教，共济时艰，所有一切自强新政，胥关国计民生，不特已有者，亟应实力举行；即尚未兴办者，亦当次第推广，于以挽回积习，渐臻上理，朕实有厚望焉。将此通谕知之！

看官读这上谕，似除六人正法，严拿康梁外，不再株连，并言新政亦拟续行，表面上很是明恕，不想假名的上谕，又是联翩直下。尚书李端棻、侍郎张荫桓、徐致靖、御史宋伯鲁、湘抚陈宝箴，或因滥保匪人，或因结连乱党，轻罪革职，重罪充军，及永远官报，罢撤小学，规复制艺，撤销经济特科，所有各种革新机关，一概反旧，这便是戊戌政变，百日维新的结果。后人推谭嗣同等六人，为杀身成仁的六君子，并有诗吊他道：

不欲成仁不杀身，浏阳千古死犹生。

即人即我机参破，斯溺斯饥道见真。
太极先天周茂叔，三闾继述楚灵均。
洞明孔佛耶诸教，出入无遮此上乘。
东汉前明殷鉴在，输君巨眼不推袁。
爱才岂竟来黄祖，密诏曾闻讨阿瞒。
十日君恩嗟异数，一朝缇骑遍长安。
平戎三策何多事？抔土今还湿未干。

太后既尽除新党，力反新政，遂貌托镇静，安定了一年。
这一年内所降谕旨，不是说母子一体，就是说母子一心，再加
几句深仁厚泽的套语，抚慰百姓。百姓倒也受他笼络，没甚变
动。不意到光绪二十五年十二月中，竟立起大阿哥溥儁来，究
竟是何理由，待至下回再说。

维新诸子之功过，已见上回总评。至若慈禧太后
之所为，一经叙述，并未周内深文，而已觉强悍泼
辣，仿佛吕武，非经绅商之电争，江督之抗议，各国
使臣之反对，几何而不如吕后之私立少帝，武后之擅
废中宗也。夫慈禧以英明称，初次垂帘，削平大难，
世推为女中尧舜，胡为历年愈久，更事益多，反不顾
物议，倒行逆施若此？意者其亦由新党之过于操切，
激之使然乎？密谋被发，全局推翻，幸则窜迹海邦，
不幸则杀身燕市，自危不足，且危及主上，危及全
国，操切之害，一至于此，吾不能为维新诸子讳矣！

第八十八回

立储君震惊匕鬯　信邪术扰乱京津

却说大阿哥溥儁，系道光帝曾孙，端郡王载漪的儿子，虽与光绪帝为犹子行，然按到支派的亲疏，论起继承的次序，溥儁不应嗣立。且光绪帝年方及壮，何能预料他没有生育，定要立这储君？就使为同治帝起见，替他立嗣，当时何不早行继立，独另择醇王子为帝呢？这等牵强依附的原因，无非为母子生嫌而起。慈禧后三次训政，恨不得将光绪帝立刻摔去，只因中外反对，不能径行，没奈何勉强含忍，蹉跎了一载光阴。但心中未免随时念及，口中亦未免随时提起。端郡王载漪，本没有什么权势，因太后疏远汉员，信任懿亲，载漪便乘间幸进。他的福晋，系阿拉善王女儿，素善词令，其时入直宫中，侍奉太后，太后游览时，常亲为扶舆，格外讨好，遂得太后宠爱。溥儁年方十四，随母入宫，性情虽然粗暴，姿质恰是聪敏。见了太后，拜跪如礼，太后爱他伶俐，叫他时常进来，随意顽耍，因此溥儁亦渐渐得宠。载漪趁这机会，觊觎非分，一面嘱妻子日日进宫，曲意承欢，一面运动承恩公崇绮，及大学士徐桐，尚书启秀。

崇绮自同治后崩后，久遭摈弃，闲居私第，启秀希望执政，徐桐思固权位，遂相与密议，定了一个废立的计策，想把溥儁代光绪帝。利欲熏心，不遑他顾。只因朝上大权，统在荣禄掌握，若非先为通意，与他联络，断断不能成事。当下推启秀为说客，往谒荣第，由荣禄迎入。寒暄甫毕，启秀请密商要事，荣禄即导入内厅，屏去侍从，便问何事待商？启秀便与附耳密谈如此如此，这般这般，荣禄大惊，连忙摇首。启秀道："康党密谋，何人先发？太后圣寿已高，一旦不测，当今仍出秉政，于公亦有不利。"荣禄踌躇一会，其心已动。随道："这事总不能骤行。"启秀又道："伊霍功勋，流传千古，公位高望重，言出必行，此时不为伊霍，尚待何时？"先以祸怵之，后以利动之，小人真善于措词。荣禄道："这般大事，我却不能发难。"启秀道："崇、徐二公，先去密疏，由公从旁力赞，何患不成？"荣禄还是摇首，半晌才道："待吾细思！"启秀道："崇、徐二公，也要前来谒候。"荣禄道："诸公不要如此卤莽，倘或弄巧成拙，转速大祸。崇、徐二公，亦不必劳驾，容我斟酌妥当，自当密报。"启秀随即告别，回报崇、徐二人，崇、徐仍乘舆往见荣禄。到了荣第，门上出来挡驾，怏怏退回。又与启秀商议道："荣中堂不肯见从，如何是好？"启秀道："荣中堂非没有此心，只是不肯作俑，二公如已决计，不妨先行上疏，就使太后不允，也决不至见罪，何虑之有？"是夕，二人遂密具奏折，次晨入朝，当即呈递。

退朝后，太后览了密奏，即召诸王大臣入宫议事。太后道："今上登基，国人颇有责言，说是次序不合，我因帝位已定，不便再易，但教他内尽孝思，外尽治道，我心已可安慰。不料他自幼迎立，以至归政，我白费了无数心血，他却毫不感恩，反对我种种不孝，甚至与南方奸人，同谋陷我，我故起意废立，另择新帝，这事拟到明年元旦举行。汝等今日，可议皇帝废后，应加以何等封号？曾记明朝景泰帝，当其兄复位后，降封为王，这事可照行否？"诸王大臣面面相觑，不发一言。独大学士徐桐，挺然奏道："可封为昏德公。从前金封宋帝，曾用此号。"丧心之言。太后点头，随道："新帝已择定端王长子。端王秉性忠诚，众所共知，此后可常来宫中，监视新帝读书。"端王闻了此语，比吃雪还要凉快，方欲磕头谢恩，忽有一白发苍苍的老头子，叩首谏道："这事还求从缓！若要速行，恐怕南方骚动。太后明睿，所择新帝，定必贤良，但当待今上万岁后，方可举行。"太后视之，乃是军机大臣大学士孙家鼐，陡然变色，向孙道："这是我们一家人会议，兼召汉大臣，不过是全汉大臣体面，汝等且退！待我问明皇帝，再宣谕旨。"王大臣等遵旨而退。独端王怒目视孙，大有欲得甘心的形状，孙即匆匆趋出，于是端王等各回邸中。

　　是时荣禄尚在宫内，将所拟谕旨，恭呈御览。太后瞧毕，便问荣禄道："废立的事情，究属可行不可行？"荣禄道："太后要行便行，谁敢说是不可。但上罪不明，外国公使，恐硬来干涉，这是不可不慎！"太后道："王大臣会议时，你何不早说？现在事将暴露，如何是好？"荣禄道："这也无妨，今上春秋已盛，尚无皇子，不如立端王子溥儁为大阿哥，继穆宗后，抚育宫中，徐承大统，此举才为有名，未知慈意若何？"太后沉吟良久，方道："我言亦是。"遂于十二月二十四日，召近支王贝勒，御前大臣，内务府大臣，南上两书房翰林，各部尚书，齐集仪鸾殿。景阳钟响，太后临朝，光绪帝亦乘舆而至，至外门下舆，向太后拜叩。太后召帝入殿，帝复跪下，诸王公大臣等仍跪在外面。太后命帝起坐，并召王公大臣皆入，共约三十人，太后宣谕道："皇帝嗣位时，曾颁懿旨，俟皇帝生有皇子，过继穆宗为嗣，现在皇帝多病，尚无元嗣，穆宗统系，不便虚悬，现拟立端王子溥儁为大阿哥，承继穆宗，免致虚位。"言至此，以目视光绪帝道："你意以为是否？"光绪帝哪敢多说，只答"是是"两字。随命荣禄拟旨，拟定后，呈太后阅过，发落军机，次日颁发。太后即命退朝，翌晨即降旨道：

朕冲龄入承大统，仰承皇太后垂帘训政，殷勤教诲，巨细无遗，迨亲政后，正际时艰，亟思振奋图治，敬报慈恩，即以仰副穆宗毅皇帝付托之重。乃自上年以来，气体违和，庶政殷繁，时虞丛脞，惟念宗社至重，前已吁恳皇太后训政。一年有余，朕躬总未康复，郊坛宗庙诸大祀，不克亲行。值兹时事艰难，仰见深宫宵旰忧劳，不遑暇逸，抚躬循省，寝食难安。敬溯祖宗缔造之艰难，深恐勿克负荷，且入继之初，曾奉皇太后懿旨，俟朕生有皇子，即承继穆宗毅皇帝为嗣。统系所关，至为重大，忧思及此，无地自容。诸病何能望愈，用再叩恳圣慈，就近于宗室中，慎简贤良，为穆宗毅皇帝立嗣，以为将来大统之畀。再四恳求，始蒙俯允，以多罗郡王载漪之子溥儁，继承穆宗毅皇帝，钦承懿旨，欣幸莫名。谨敬仰遵慈训，封载漪之子为皇子，将此通谕知之。

旨下后，大阿哥入居青宫，仍辟弘德殿，命崇漪充师傅，徐桐充监管。大阿哥不喜读书，只有两只洋狗，是他所钟爱，入宫第二日，即带了进去，有识的人，已料他是不终局了。只大阿哥正位青宫，端王权力，从此益大。徐桐、刚毅、启秀等，极力赞助，遂闹出一场古今罕有的奇祸。

看官！你道是什么祸祟？便是拳匪肇乱，联军入京，两宫出走，城下乞盟，订约十数款，偿金数百兆，弄得清室衰亡，中国贫弱，一点儿没有生气。说将起来，正是伤心！小子未曾下笔，身已气得发颤，泪已落了无数，若使贾太傅、陈同甫一班人物，犹在此时，不知要痛哭到哪样结果？愤激到甚么地步？拳匪之祸，关系中国兴亡，故不得不慨乎言之。

话休叙烦，待小子细细表明。拳匪起自山东，就是白莲教遗蘖。本名梅花拳，练习拳棒，捏造符咒，自称有神人相助，枪炮不能入。山东巡抚李秉衡，人颇清廉，性质顽固，闻得拳匪勾结，他却不去禁阻，反许聚众练习。秉衡奉调督川，继任的名叫毓贤，乃是一个满员，比秉衡还要昏谬，竟视拳匪为义民，格外优待。因此拳匪遂日盛一日，蔓延四境。当中东开战的时候，直隶、山东，异常恐慌，官商裹足，人民迁徙，未免有荡析流离的苦趣。到了马关约成，依然无恙，官商人民等，方渐渐安集。适天津府北乡，开挖支河，掘起一块残碑，字迹模糊，仔细辨认得二十字，略似歌诀，其文道："这苦不算苦，二四加一五。满街红灯照，那时才算苦。"众人统莫名其妙。及拳匪起事，碑文方有效验。难道真有天数么？拳匪中有两种技艺，一种叫作金钟罩，一种叫作红灯照。金钟罩系是拳术，向来习拳的人，有这名号，说是能避刀兵。只红灯照的名目，未经耳闻，究竟红灯照是什么技术？原来红灯照中，统是妇女，幼女尤多。身着红衫裤，挽双丫髻，年长的或梳高髻，左手持红灯，右手持红巾，及红色折扇，先择静室习踏空术，数日术成，持扇自煽，说能渐起渐高，上蹑天空，把灯掷下，便成烈焰。时人多信为实事，几乎众口一词，各称目睹，其实统是谣传。所造经咒，尤足令人一噱。唐僧、沙僧、八戒、悟空八字，乃是无上秘诀。八字念毕，猝然倒地，良久乃起，即索刀械，捏称齐天大圣等附体，跳跃而去。又有几个，说是杨香武、纪小唐、黄飞虎附身，怪诞绝伦，不值一辩。偏偏这巡抚毓贤，尊信得很。

毓贤本系端王门下走狗，趋炎附热，得放东抚，他即密禀端王，内称："东省拳民，技术高妙，不但刀兵可避，抑且枪炮不入。这是皇天隐佑大阿哥，特生此辈奇材，扶助真主，望王爷立即招集，令他保卫宫禁，预备大阿哥即真"等语。端王接禀，喜欢的了不得，暗想太后不即废立，实是怕洋人干涉，若得这种拳民保护，便可驱逐洋人，那时大阿哥稳稳登基，自己好作太上皇，连慈禧后都可废掉，何况这光绪帝呢？如见肺肝。便即入宫告知太后。太后起初不信，援述张角、孙恩故事，拒驳端王。若说是立刻轻信，便不成为通文达史的慈禧后！端王道："老佛爷明见千里，钦佩莫名！但据抚臣毓贤密报，的确是真。毓贤心性忠厚，或不至有欺罔等情。奴才愚见，不如饬直督裕禄，招集拳民数十人，先行试验。果有异术，然后添募，选择忠勇诸徒，送到内廷供奉，传授侍卫太监，将来除灭洋人，报仇雪恨，老佛爷得为古今无二的圣后，奴才等亦得叨附旗常，宁不甚妙？"太后闻他说得天花乱坠，不由的不动心，便道："这语也是有理，就饬裕禄查明真伪便了。"误入迷途，可恨可叹。

端王退出，即命军机拟旨，密饬裕禄招集拳民，编为团练，先行试办。裕禄与端王，又是一鼻孔出气，忙行文到山东咨照毓贤，毓贤即将大队拳民送至，由裕禄一一试验，只见他个个强壮，人人精悍，红巾红带，挥拳如筹。惟枪炮有关性命，不便轻试，只好模糊过去。便令设立团练局，居住拳民，竖起大旗一面，旗中大书义和团三字。拳民辗转勾引，逐渐传授，不数月间，居然聚成数万，裕禄竟当他作十万雄师。光绪二十六年春，山东直隶一带，已成拳匪世界。

在天津的匪首，第一个叫作王德成，第二个叫作曹福田，第三个叫作张德成。王自称老师傅，曹称大师兄，张称二师兄，其余还有许多首领，叙不胜叙。团练局中，不敷居住，遂分居庙宇。庙宇又不足，散入民宅。令家家设坛，人人演教。见有姿色妇女，强迫她们习红灯照，日间阳令学习，夜间恣意奸淫。令人发指。又娴识津门土娼，推了一个淫妓为红灯照女首领，托名黄连圣母，能疗团民伤痛。这位糊涂昏聩的裕制军，闻圣母到津，竟朝服出迎，恭恭敬敬的接入署内，向她参拜。圣母傲然上坐，绝不少动。*好看得很。*制军行礼毕，由团民簇拥出署，入神庙中，仿佛如城隍娘娘一般，上供神食，黄幔低垂，红烛高烧，一班愚民，跪拜拥挤，几乎没有插足地。圣母以下，又有三仙姑、九仙姑等，年纪统不过二十岁上下，面上各带妖态，其实多是平康里中人物。后来津城失陷，圣母仙姑，都不知去向，大约已升入仙班去了。*涉笔成趣。*

　　天津拳匪，越聚越多，寻至四散，于是涞水戍官的警报，接沓而来。涞水县有天主教堂，招收教徒，某乡民与教徒涉讼，始终不胜，挟嫌成仇，适拳匪散入涞水，即在某乡民家，招众习拳。某乡民想藉他势力，报复教徒，教徒也预防祸害，密禀涞水县官。县官祝芾，据情详报大宪，由大宪札复，说是愚民无知，不必剿捕，日久自当解散。祝大令奉了此札，自然不敢剿办。旋经教士再四禀恳，又经领事照会大吏，乃由省中派出杨副将福同，率领马步兵数百人，到场弹压。杨尚未到，拳匪已号召徒党，围住教堂，攻进大门，见人便杀，不论男女长幼，统是乱刀齐下，砍成肉酱。霎时间火焰冲霄，尸骨塞路。拳匪手舞足蹈，欢声雷动。适杨副将兼程驰到，先用劝谕手段，令他抛弃兵械，便是良民。拳匪不从，各执刀枪相向。官兵仅执空枪，未及装弹，只得退后数步。不料拳匪纠众直上，乱击乱刺，杨副将饬兵士装弹，弹一装好，枪声齐发，拳匪多应声倒毙，当即溃散。*既曰枪炮不入，何故应声倒毙？*次日，杨副将率兵进剿，又毙拳匪数十名。匪徒到处号召，分途四伏，用了诱敌的计策，引杨入伏。杨副将身先士卒，冒险直进，经过好几个村落，树尽匪起，蜂拥而来。杨副将连忙抵敌，不料马惊踣地，把杨副将掀翻地上，匪徒乘势乱戮，眼见得一位协戎，死于非命。官军失了主将，自然奔回。拳匪得胜，越加骄横，蔓延各处。裕禄不得已奏闻，朝旨虽令严拿首要，解散胁从，暗中恰饬直督妥为安插，并令协办大学士刚毅及顺天府尹兼军机大臣赵舒翘，出京剿办。

刚毅、赵舒翘到了涿州，正值涿州地方官，缉捕拳匪，拿住数人。刚毅即命放还，赵舒翘亦不敢多嘴，随同附和。当由刚毅带了许多拳匪，回到京师。二人入朝复旨，请太后信任义和团，用为军队，抵制洋人，断不至有失败等事。总管太监李莲英，也在内竭力赞助，屡述义和团神奇。六十多岁的老太后，至此遂误入迷团，变成守旧党的傀儡。只大学士荣禄，独说义和团全系虚妄，就使有小小灵验，亦系邪术，万不可靠，屡将此意禀白太后。怎奈太后左右，统是端王党羽，满口称赞义和团，单有荣禄一人反对，彼众我寡，哪里还能挽回？太后又令端王管辖总理衙门，启秀为副，对付交涉。庄王载勋，协办大学士刚毅，统率义和团，准备战守。于是京城里面，来来往往，无非拳匪，骚扰的了不得。

是时京畿设武卫前后左右四军，由宋庆、聂士成、马玉崑、董福祥四人分领。董福祥本甘肃巨匪，经左宗棠收抚后，超擢甘肃提督，调入内用，统带武卫后军，驻扎蓟州。董军部下，纯系甘勇，董又一粗莽武夫，受端王暗中笼络，命他率军入卫。看官！你想此时的拳匪，已是横行京都，肆无忌惮，又加那一班轻躁狂妄，毫无纪律的甘勇，成群结队，驱入京中，这京城还能安静么？当下毁铁路，拆电线，捣洋房，纷纷扰扰，闹个不休。并拥到正阳门内东交民巷，把各国公使馆，团团围住，镇日攻打。各公使拼命防守，一面咨照总署，严词诘问。总署已归端王管理，所有洋人公文，简直不理。正阳门内外，被焚千余家，独使馆仍岿然存在，不被攻入。一个使馆尚不能攻入，还想抵制联军，然是可笑。清廷还要降旨，嘉奖拳民及甘勇，拳匪越加得势，甘勇也越发胡行。

那个意气扬扬的端郡王，坐在总署，只望攻入使馆的捷音，忽报日本使馆书记官杉山彬，被甘勇杀死永定门外，端王大叫道："杀得好，杀得好。"随又报德国公使克林德男爵，拟来总署，途次由拳民击毙，端王喜极，又连声叫道："好义民！好义民！"正在说着，由外面递进一角紧急公文，乃直督裕禄所发。端王拆开一瞧，皱了皱眉，与启秀密谈数语，遂入宫奏报太后。太后道："洋人真是可恶，联络八国，来索大沽炮台，这事倒不易处置。"端王道："有这班义民效力，还怕什么洋鬼子？请太后即降旨宣战便了。"太后迟疑未决，端王道："这事已成骑虎，万难再下。老佛爷若瞧着外交团照会，就要不战，也是不能。"太后道："什么照会？"端王道："奴才已着启秀进呈，在门外恭候懿旨。"太后立命宣入，启秀行过了礼，即把照会呈上。太后不瞧犹可，瞧了一瞧，不觉大怒，把照会一掷，起座拍案道："他们怎么敢干涉我的大权？这事可忍，何事不可忍？我也顾不得许多了。拼死一战，比受他们的欺侮，还强得多哩。"随命端王启秀，预召各王大臣，于明晨会议仪銮殿，二人唯唯退出。

　　看官！你道这照会中是甚么言语，激怒太后？小子探听明白，乃是端王嘱启秀假造出来，内说："要太后归政，把大权让还皇帝，废大阿哥，并许洋兵一万入京。"太后不辨真伪，因此大怒，决意主战。正是：

　　　　既不知己，又不知彼；
　　　　以一敌八，何往不殆？

欲知王大臣会议情形，俟至下回续叙。

　　　端王不见用，则大阿哥不立，大阿哥不立，则亦无拳匪之乱。拳匪系白莲教余孽，种种荒诞，稍有识者，即知虚妄，宁以聪明英毅之慈禧后，独见不及此？就令一时误听，偶信邪言，而最蒙亲信之荣禄，再三谏阻，则应亦幡然悔悟，胡为始终不悛，长此执迷乎？盖一念之误，在憎光绪帝，再念之误，在爱大阿哥，爱憎交迫，憧憧往来，于是聪明英毅之美德，均归乌有，而为端王辈所播弄，开古今未有之大祸，斯即欲为慈禧讳，要亦无能讳矣。诗曰："哲妇倾城"。妇既哲矣，何故有倾城之祸？观于此而始知诗言之非诬也。

第八十九回

祖厞殃民联军入境　见危授命志士成仁

却说清廷会议这一日，军机大臣世铎、荣禄、刚毅、王文诏、启秀、赵舒翘皆到。天色将明，太后独御仪銮殿，垂询开战事宜。荣禄含泪跪奏道："中国与各国开战，原非由我启衅，乃是各国自取；但围攻使馆，决不可行，若照端王等主张，恐怕宗庙社稷，俱罹危险。且即杀死使臣数人，也不能显扬国威，徒费气力，毫无益处。"太后怒道："你若执定这个意见，最好是劝洋人赶快出京，免至围攻，我不能再压制义和团了。你要是除这话外，再没有别的好主意，可即退出，不必在此多话。"荣禄叩头而退。启秀由靴中取出所拟宣战谕旨，进呈慈览。太后随阅随语道："很好，很好！我的意思，也是这样。"又问各军机大臣是否同意？军机大臣不敢异言，都说："诚如圣意。"

太后乃入宫早膳，约过一二小时，复御勤政殿，召见各王公。光绪帝亦到，候太后轿至，跪接而入。端王载漪、庆王奕劻、庄王载勋、恭王溥伟、醇王载沣、贝勒载濂、载滢，及端王弟载澜、载瀛，并军机大臣，六部满汉尚书，九卿，内务府大臣，各旗副都统，黑压压的挤满一殿。<small>饭桶何多。</small>但听太后厉声道："洋人此次侮我太甚，我不能再为容忍。我始终约束义和团，不欲开衅，直至昨日看了外交团致总理衙门的照会，竟敢要我归政，才知此事不能和平解决。皇帝自己承认不能执掌政权，外国何得干预？现在闻有外国兵舰，驶至大沽，强索大沽炮台，无礼已极，如何忍耐得住？诸下大臣等如有所见，不妨直陈！"言毕，坐待了好一歇，不见有什么奏请。太后又侧视光绪帝，问他意见。光绪帝迟疑良久，方说："请圣母听荣禄言，勿攻使馆，应即将各国使臣，送至天津。"言至此，仰瞻太后容貌，已是略变。太后后面站着李莲英，好像护法韦驮，威棱四射。光绪帝不禁震慑，回看各王公，正对着端王眼光，仿佛如恶煞神一般，非常凶悍，吓得战战兢兢，急回脸禀太后道："这乃最大的国事，不敢决断，仍请太后作主。"做这种皇帝，实是可悯。太后不答。

时赵舒翘已升任刑部尚书。当即上奏，请明发上谕，灭除内地洋人，免作外国间谍，泄露军情。太后命军机大臣斟酌复奏。于是兵部尚书徐用仪、户部尚书立山、吏部左侍郎许景澄、内阁学士联元、太常寺卿袁昶，依次进谏，统说："与世界各国宣战，寡不敌众，必至败绩。外侮一入，内乱随发，后患不堪设想，恳求皇太后皇帝圣明裁断"等语。袁昶并言："臣在总理衙门当差二年，见外国人多和平讲礼，不致干涉中国内政。据臣愚见，请太后归政的照会，未必是真。"这句话，正打动端王心坎，即勃然变色，斥袁昶道："好胆大的汉奸，敢在殿中妄说！"随又向太后道："老佛爷肯听这汉奸的说话么？"太后命袁昶退出，并责端王言语暴躁，不应面辱廷臣。面辱不可，擅杀其可乎？随命军机颁发宣战的谕旨，电达各省，又令荣禄明白通知各使，如愿今晚离京，即应派兵保护，妥送至津。各王公陆续退出，只端王及弟载澜，尚留殿中，奏对多时，大约是密陈战术，外人无从闻知，小子亦无从臆造。

只许、袁二公自退朝后，又联衔上奏，极陈拳匪纵横恣肆，放火杀人，激怒强邻，震惊宫阙，实属罪大恶极，万不可赦。请责成大学士荣禄，痛行剿办，并悬赏缉获拳匪首领，务绝根株，然后可阻住洋兵，削平巨患。正是语语剀切，言言沉挚。奏上后，好似石投大水，毫无影响，此外都作仗马寒蝉；许、袁二公不胜焦灼，方拟续上谏章，忽闻外省督抚，亦通电力阻，因此暂行搁笔，再探宫廷消息。

看官！你道外省督抚，是哪个最识时务？最矢忠忱？待小子一一表来：原来这时的山东巡抚毓贤已调任山西，后任便是袁世凯。世凯知拳匪难恃，决意痛剿，只因端王等袒护拳匪，不好违背，他却想了一个妙法，札饬属吏，略说："真正拳民，已赴京保卫宫廷，若留住本省，练拳设坛，必是匪徒冒托，应立惩无赦！"于是山东省内文武各官，日夕搜捕，所有拳匪，死的死，逃的逃，不到数日，全省肃清。此公恰是多材。还有两广总督李鸿章，老成练达，他自中东战后，调入内阁，做个闲官，因见溥儁入嗣，端王专权，宫中必生乱端，将来左右为难，不如讨个差使，离开宫禁，免致牵连。天缘凑巧，两广总督谭钟麟开缺，他正好乘机运动，果然得旨外放，补授粤督，权势自然不弱。此公恰是多智。又有一个总督张之洞，文采风流，善观时势，朝野想望丰采，也算是总督中的翘楚。此公实是狡猾。

这三省外，最忠诚的要算两江总督刘坤一。刘系湖南人，洪杨乱时，曾随曾左彭杨诸人，屡立战功。曾左彭杨，次第病殁，单剩他管辖两江，与李伯相同为遗老。光绪帝未遭废立，全亏他倡议保全，这番闻拳匪肇乱，已经愤激万分。一日，正在签押房阅视文书，忽由京中传到电报，急忙译出，低声读道：

　　我朝二百数十年深仁厚泽，凡远人来中国者，列祖列宗，罔不待以怀柔。迨道光咸丰年间，俯准彼等互市，并乞在我国传教，朝廷以其劝人为善，勉允所请。初亦就我范围，遵我约束，讵料三十年来，恃我国仁厚，一意拊循，乃益肆枭张，欺凌我国家，侵犯我土地，蹂躏我人民，勒索我财物，朝廷稍加迁就，彼等负其凶横，日甚一日，无所不至。小则欺压平民，大则侮慢神圣，我国赤子，仇怨郁结，人人欲得而甘心。此义勇焚烧教堂，屠杀教民所由来也。

读至此，不禁失色道："这等乱民，还说他是义勇，真正奇怪！"随又读道：

朝廷仍不开衅，如前保护者，恐伤我人民耳。故再降旨申禁，保卫使馆，加恤教民，故前日有拳民教民，皆我赤子之谕，原为民教解释宿嫌，朝廷柔服远人，至矣尽矣。乃彼等不知感激，反肆要挟，昨日公然有杜士立照会，令我退出大沽口炮台，归伊看管，否则以力袭取，危词恫喝，意在肆其猖獗，震动畿辅。平日交邻之道，我未尝失礼于彼，彼自称教化之国，乃无礼横行，专恃兵坚器利，自取决裂如此乎？朕临御将三十年，待百姓如子孙，百姓亦戴朕如天帝，况慈圣中兴宇宙，恩德所被，浃体沦肌，祖宗凭依，神祇感格，旷代所无。朕今涕泣以告先庙，慷慨以誓师徒，与其苟且图存，贻羞万古，孰若大张挞伐，一决雌雄？

读到这句，又大惊道："啊哟！不好了！竟要同各国开战么，这事还当了得。"随即停住读声，一目瞧下：

连日召见大小臣工，询谋佥同。近畿及山东等省义兵，同日不期而集者，不下数十万人，下至五尺童子，亦能执干戈，卫社稷。彼尚诈谋，我恃天理；彼凭悍力，我恃人心。无论我国忠信甲胄，礼义干橹，人人敢死，即土地广有二十余省，人民多至四百余兆，何难翦彼凶焰，张国之威？其有同仇敌忾，临阵冲锋，抑或仗义捐资，助益饷项，朝廷不惜破格懋赏，奖励忠勋。苟其自外生成，临阵退缩，甘心从逆，竟作汉奸，即刻严诛，决无宽贷。尔普天臣庶，其各怀忠义之心，共泄神人之愤，朕实有厚望焉！钦此。

阅毕，叹息一会，即令办理折奏的老夫子，先拟电稿，后拟奏折，统是力阻战事，次第拜发。一面分电各省督抚，详询意见，经李鸿章、张之洞、袁世凯等复电，都说："拳匪难恃，不应开战，已发电谏阻。"刘制军稍稍放心。忽闻大沽炮台失守，罗提督荣光逃回天津，警报如雪片相似，拟再上书极谏；适前川督李秉衡，奉旨巡阅长江，亦电复到来，大致与各督抚相同，接连又来了北京电报，译出后，又有一道催办兵饷的上谕。其辞道：

　　昨已将团民仇教，剿抚两难，及战衅由各国先开各情形，谕李鸿章、李秉衡、刘坤一、张之洞矣。尔各督抚度势量力，不欲轻搆外衅，诚老成谋国之道。无如此次义和团民之起，数月之间，京城蔓延已遍，其众不下数十万，自民兵以至王公府第，处处皆是，同声与洋教为难，势不两立。剿之则即刻祸起肘腋，生灵涂炭，只合徐图挽救。奏称："信其邪术以保国"，似不谅朝廷万不得已之苦衷。尔各督抚知内乱如此之急，必有寝食难安，奔走不遑者，安肯作一面语耶？此乃天时人事，相激相随，遂至如此。尔各督抚勿再迟疑观望，迅速筹兵筹饷，立保疆土。如有疏失，唯各督抚是问！特此电谕。

刘制军览到此谕，料知朝廷已执意主战，非笔舌可以挽回，就使屡次谏争，也是无益。但北方已经开仗，各国兵舰，必陆续来华，将来游弋海面，东南亦必吃紧，牵动全局，涂炭生灵，在所不免。当下左思右想，苦无良策，正踌躇间，接各国领事来文，都是："中外开衅，祸由拳匪，洋人在华，仍求保护"等情。刘制军忽然触悟，想出一个保护东南，为民造福的法子来。亏得有此一着。随即电达各督抚商议大计。又由东南各督抚回电，极力赞成，遂由自己倡首，联合李鸿章、张之洞、袁世凯三总督，与各国领事开议，东南一带，决不开战，洋人亦不得无故侵扰。各国领事，统言："须请命政府，猝难定约。"巧值联军统帅英提督西摩尔，简率轻军，自大沽进攻杨村，被董军及拳匪击退，中国哗传大捷。外人确遭小挫，各国领事，未免惊心动魄，遂竭力怂恿政府，与中国东南各督抚定约。此约一定，东南才得安枕。到了后来议和的时节，还可援为话柄，这也是东南不该遭劫，中国不应灭亡，方得此救国救民的好督抚，主持大计，这且按下慢表。各省独立之机，亦未始不萌芽于此。

且说各国兵舰，自齐集大沽口后，即索让炮台，提督罗荣光婉词拒绝，洋兵即开炮轰击。罗提督不能守，奔回天津。是时天津一带，统被拳匪蟠据，山东拳匪，为巡抚袁世凯驱逐，亦相率到津，勒民供给，兼索官饷，稍有不从，肆行掳掠。并至紫竹林租界，杀人放火，见有洋行洋房，立即焚毁；并四处张贴俚词，语多不伦不类。有"天兵天将，八月齐降，重阳灭尽洋人，神仙归洞"等语。此等无稽之言，大半为小说所误。各国联军统帅西摩尔，登陆驰援，带兵不多，遇着大股拳匪，及董福祥部下甘勇，略开战仗，死了几个洋兵，西摩尔以寡众不敌，当即折回。在津拳匪，越发兴高采烈，似乎洋人已被他灭尽。总督裕禄，连忙奏捷，朝旨格外褒奖，赏拳匪及甘军银子各十万两。自是兵匪联结，抢夺不休，只有聂提督士成，素嫉拳匪，饬部众不得袒护，拳匪亦仇视聂军。

当战事未开的时候，聂军门驻扎芦台，保护铁路，拳匪拟把铁路烧毁，正在倾浇煤油，沿轨放火，不料聂军门猝至，勒令解散。拳匪佯为听令，乘聂不备，挺刃而起，猛扑聂军。亏得聂军素有纪律，结阵自固。拳匪四面围攻，一匪首猱上电杆，执旗指挥，被聂军门望见，开枪遥击。初击不中，再击，正中匪首股中，颠踬地上。遂有军门亲卫跃马而出，刃及匪首腰际，匪首随仆随起，连受数刃，仍不见毙，卫卒亦惊为神；迨至下马追及，猛斫匪首项领，领始随手而落，才知拳匪实无异术，不过与江湖卖艺，稍知运气者相同，这是拳匪真本领。随即携首返报。拳匪见首领被杀，连忙逃遁，已被聂军击死数百人，拳匪遂恨聂不置。

后来大沽失守，聂奉旨赴津防守，途遇拳匪，各持刀奔至，急驰入督署；拳匪亦直入署中，指名硬索。裕禄先为剖辩，继为缓颊，复邀聂与匪首相见。匪首尚欲挟聂至坛，聂坚持不往，匪首悻悻而去。自此聂军每为拳匪所戕，诉诸裕禄。裕禄阳出排解，暗中恰上疏弹劾，朝命革职留任。聂军愤无可泄，会马提督玉昆，随宋庆来津防守，聂入马营诉苦。马玉昆道："君斯时疑谤交乘，只有直前赴敌一法，若能胜敌，原是最妙，否则马革裹尸，也算是以身报国的大丈夫。是非千古，听诸后人。今欲与拳匪争论，实是无益。九重深远，呼吁无闻，请明见裁察！"聂闻言，亦料得进退两难，只好谨遵友教。

会闻洋兵又鼓勇杀来，势如破竹，将薄天津城下，遂与母太夫人诀别，命护卫亲校，送太夫人回里，仿佛周遇吉别母。并挥将弁使去。将弃跪请效命。聂军门不禁泪下，随道："我死是分内事，汝等进不死于敌，退必死于匪，既死还被通洋的恶名，汝等何必随我俱尽？"将弁仍不肯去，随聂出营。行了数十里，遇着洋兵前锋，聂已自知必死，当先冲敌，将校随上，勇气百倍，互击了四五时，敌已少却，战颇得手。不防后面喊声大起，枪弹齐飞，聂军道是洋兵掩袭，回首一望，乃是头裹红巾，腰扎红带的拳匪，急呼将校道："汝等杀退拳匪，自行逃生，我死于此便了。"将校牵着马缰，乞军门回营，军门用刀将马缰割断，冲入敌阵，身中数弹而亡。洋人嘉他勇敢，不忍伤尸，听部卒负归。拳匪反挟刃相向，意欲挫尸万段，方足泄忿。幸亏洋兵赶上，击退拳匪，始得全尸归葬。朝命还说他："督师多年，不堪一试，殊堪痛恨！姑念他为国捐躯，着加恩开复处分，照提督阵亡例赐恤！"这正是冤枉到底呢。

聂军已败，只马玉昆统率数营，扼守京津车道，并令拳匪协力对敌。洋兵节节攻入，拳匪跳舞而前，一遇枪炮，立即反奔，反致冲动官军。官军还要让他归路，否则拳匪且倒戈相向，因此官军越加困难。会马军统带草笠，拳匪指为洋奴。屡向裕禄哓哓，欲与马军开仗，裕禄与马军门婉商数次，不得已将草笠除去。马军门亦愤恨异常，与洋人交战，常拼命相争，愿随聂军门于地下。洋兵见他奋勇，倒也惧怯三分。一日，马军又与洋兵对垒，酣战多时。马军前仆后继，一往无前，把洋兵逼还租界，正拟乘胜追逐，忽东南风大起，暴雨骤下，马军被雨扑面，不能开目，反被洋兵顺风轰击，大半伤亡，只得退回原地。自聂军门阵亡，善阵善战，要算马军门部下，亦谨守军法，临敌不避，非义不取，洋兵推为中国名将。这次败挫，全因草笠不戴，无从蔽雨，致为洋兵所乘，伤毙甚众。不特军门痛恨拳匪，即将校也辱骂不止。时宋庆已奉旨节制各军，闻马军败退，已知津城难守，三十六着，走为上着，复檄马军退守北仓，防洋兵北上。马军奉檄退守，洋兵遂进薄津城。宋庆本是无能，中日一役，已是可鉴。

　　裕禄不胜惊慌，忙请拳首商议守御，拳首还说："不妨，已遣神团守护城南，定可无虑。"裕禄深信不疑。至死不变，强战矫！拳首自去，次日召集匪党，托词开城出战，一出了城，哄然四散。洋兵趁这机会，攻入城南，裕禄尚在署中，恭候义民捷音，忽由巡捕入报，洋兵已经入城。裕禄起身便逃，耳中但闻一片枪炮声，吓得心胆俱裂，驰出北门，径投马营。只罗荣光已先服药自尽，天津既陷，联军大振。日本兵最多，计万二千人，俄兵八千人，英美兵各二千五百人，法兵千人，德兵二百五十人，奥兵一百五十人，意兵最少，只五十人。适德国统领瓦德西，复率德奥美军继至，联军遂改推瓦德西为统帅，长驱北向。

　　宫廷中屡闻惊耗，军机大臣，还不敢据实奏闻，只端王仗胆入奏道："天津已被洋鬼子占去，都是义和团不肯虔守戒律，以致战败。现闻直督裕禄，与宋庆、马玉昆等，退守北仓，洋鬼子颇占势力。但北京极其坚固，鬼子决不能来。"太后怒道："今晨荣禄上奏，据言前日外国照会，现已查出，乃是军机章京连文冲捏造，你同启秀唆使，现在弄到这个地步，你有几个头颅，敢这般大胆？"端王连忙叩头道："奴才不、不敢！"太后道："我今朝才晓得你的心肝了。你想儿子即位，你好监国，这等痴心妄想，劝你趁早罢休！我一天在世，一天没有你做的，放小心点，再不安分，就赶出宫去，家产充公。象你的行为，真配你的狗名！"端王名载漪，乃是犬旁，所以有如此云云。端王自用事以来，从没有太后呵斥，此番是破题儿第一遭，俯伏在地，只是磕头。由内监奏闻太后，报称甘军统领董福祥求见。太后厉色道："叫他进来！"董入内跪下，太后道："你好！你好！从上月起，已来奏过十多次，都说围攻使馆的胜仗，为什么到今朝还不攻破呢？"董福祥答道："臣来求见，正为这事。臣闻武卫军中有大炮，若攻使馆，立即片瓦不留，臣向他索取几回，荣禄立誓不肯借用。并言老佛爷即使有旨，也是不从。请老佛爷速即罢斥荣禄！"太后大怒道："不许说话！你是强盗出身，朝廷用你，不过叫你将功赎罪，象你这狂妄样子，目无朝廷，仍不脱强盗行径，大约活得不耐烦了。快滚出去！以后非奉旨意，不准进来！"董谢恩趋出，太后命速召荣禄，内监奉旨而去。

太后见端王尚是跪着，亦令滚出。端王出宫，正值荣禄趋入，端王在外探听消息，约有两三小时，方闻荣禄出来。当由内监密报，太后令荣中堂速办礼物，送与使馆，并要他转饬庆王，前往慰问。又命调李鸿章补授直督，由荣中堂拟旨电发。连忙回头，已经迟了。端王道："迅雷不及掩耳，真是出人意外。"那密报端王的内监道："还有许侍郎、袁京卿二人，又上疏参劾各大臣，闻连王爷亦被劾在内"。端王闻言，不禁气冲牛斗，大声道："都是这班汉奸，蒙蔽太后，所以太后痛责我们，我总要杀死了他，才见老子手段。"次晨，已由军机处发出奏稿，端王不待瞧毕，便请徐桐、刚毅、赵舒翘、启秀等密议，定下计策。徐桐等方去，忽报李秉衡进谒，即由端王迎入，谈论间颇为款洽。端王又密嘱周旋，李秉衡应命而退。原来李秉衡应诏勤王，一入北京，把从前袒匪的故态，又流露出来。太后召见时，禀称："愿自赴敌，决一死战。"太后喜甚，大加信任，因此端王托他臂助，秉衡即密奏："许、袁二人，擅改谕旨，从前太后颁发各谕，于待遇洋人事件，杀字统改为保护字样，专擅不臣，应加诛戮。"太后又勃然怒发，斥为赵高复生，应加极刑。这语一传，端王不待奉旨，便令刑部尚书赵舒翘，拿许、袁二人下狱，绝不审讯，即于次日押赴市曹，令刑部侍郎徐承煜监斩，两公都以直谏得祸。袁公文学治术，尤称卓绝，所上奏本，统系袁主稿。后人有诗三章吊之云：

八国联兵竟叩阙，知君却敌补青天。
千秋人痛晁家令，曾为君王策万全。
民言吴守治无双，士道文翁教此邦。
黔首青衿各私祭，年年万泪咽中江。
西江魔派不堪吟，北宋新奇是雅音。
双井半山君一手，伤哉斜日广陵琴。

欲知二公临刑情状，请看官续阅下回。

　　拳匪乱起，京津涂炭，八国联兵，合从而来，犹逞其一时意气，愤然主战，真令人不可思议。中东之役，以一敌一，尚且全军覆没，乃反欲以一服八耶？就使拳匪果有异术，亦未便轻于尝试，外人并未尝与我启衅，而我乃毁教堂，戕教士，甚至围攻使馆，甚且杀害公使，野蛮已甚，无一合理。证诸有史以来，从未闻有此背谬者。聂、马二军门，良将也，以仇匪而致败，聂且甘心殉难。许侍郎、袁京卿二人，名臣也，以忠谏而致祸，同罹惨刑。丹心未泯，碧血长埋。谁为为之，以至于此？或谓东南督抚，不奉朝命，徒令一隅开战，致陷孤危。是不然。中国孱弱久矣，宁有以一服八之理？且幸得此督抚之反抗，始得障护东南，保全大局，再造之恩，殊不在曾左下。故吾谓清之亡，实皆自满人使之，于汉人无尤焉。

第九十回

传谏草抗节留名　避联军蒙尘出走

　　却说许、袁二公，被刑部饬赴市曹，刑部侍郎徐承煜，系徐桐子，比乃父还要昏愦，至是奉端王命，作监斩官，既到法场，叱褫二公衣。许侍郎道："未曾奉旨革职，何为褫衣？"承煜不能答。袁京卿道："我等何罪遭刑？"承煜道："你乃著名的汉奸，还要狡辩甚么？"袁京卿道："死也有死的罪名。我死不足惜，只是没有罪证。汝等狂愚，乱谋祸国，罪该万死！我死之后，看汝等活到几时？"又转语许景澄道："不久即相见地下，将来重见天日，消灭僭妄，我辈自能昭雪，万古留名。"说着，两边已是拳匪环绕，拔刀拟颈。袁京卿亦厉声道："士可杀不可辱，我辈大臣，自有朝廷国法，何烦汝等动手？"言至此，号炮已发，二公从容就刑。忠臣殉国，谏草流传，参劾通匪各大臣，已是第三次奏章。第一疏已略见上文，第二疏是请保护使馆，万勿再攻；第三疏尤为切直，小子不忍割爱，录出如下：

　　　　奏为密陈大臣信崇邪术，误国殃民，请旨严惩祸首，以遏乱源而救危局，仰祈圣鉴事：窃自拳匪肇乱，甫经月余，神京震动，四海响应，兵连祸结，牵掣全球，为千古未有之奇事，必酿成千古未有之奇灾。昔咸丰年间之发匪捻匪，负嵎十余年，蹂躏十数省，上溯嘉庆年间之川陕教匪，沦陷三四省，窃据三四载，当时兴师振旅，竭中原全力，仅乃克之。至今视之，则前数者为手足之疾，未若拳匪为腹心之疾也。盖发匪捻匪教匪之乱，上自朝廷，下自闾阎，莫不知其为匪。而今之拳匪，竟有身为大员，谬视为义民，不肯以匪目之者。亦有知其为匪，不敢以匪加之者。无识至此，不特为各国所仇，且为各国所笑。

查拳匪揭竿之始，非枪炮之坚利，战阵之训练，徒以"扶清灭洋"四字，号召群不逞之徒，乌合肇事，若得一牧令将弁之能者，荡平之而有余。前山东抚臣毓贤，养痈于先，直隶总督裕禄，礼迎于后，给以战具，傅虎以翼。夫"扶清灭洋"四字，试问何从解说？谓我国家二百余年深恩厚泽，浃于人心，食毛践土者，思效力驰驱，以答覆载之德，斯可矣。若谓际兹国家多事，时局艰难，草野之民，具有大力，能扶危而为安，扶者倾之对，能扶之即能倾之，其心不可问，其言尤可诛。臣等虽不肖，亦知洋人窟穴内地，诚非中国之利，然必修明内政，慎重邦交，观衅而动，择各国中之易与者，一震威棱，用雪积愤。设当外寇入犯时，有能奋发忠义，为灭此朝食之谋，臣等无论其力量何如，要不敢不服其气概。今朝廷方与各国讲信修睦，忽创灭洋之说，是谓横挑边衅，以天下为儿戏。且所灭之洋，指在中国之洋人而言，抑括五洲之洋人而言？仅灭在中国之洋人，不能禁其续至。若尽灭五洲各国之洋人，则洋人之多于华人，奚啻十倍？其能尽灭与否，不待智者知之。

不料毓贤、裕禄，为封疆大吏，识不及此。裕禄且招揽拳匪头目，待如上宾，乡里无赖棍徒，聚千百人，持义和团三字名帖，即可身入衙署，与该督分庭抗礼，不亦轻朝廷羞当世士耶？静海县之拳匪张德成、曹福田、韩以礼、文霸之、王德成等，皆平日武断乡曲，蔑视官长，聚众滋事之棍徒，为地方巨害，其名久著，土人莫不知之，即京师之人，亦莫不知之。该督公然入诸奏报，加以考语，为录用地步，欺君罔上，莫此为甚。又裕禄奏称："五月二十夜戌刻，洋人索取大沽炮台屯兵，提督罗荣光，坚却不允，相持至丑刻，洋人竟先开炮攻取，该提督竭力抵御，击坏洋人停泊轮船二艘。二十二日，紫竹林洋兵分路出战，我军随处截堵，义和团分起助战，合力痛击，焚毁租界洋房不少。"臣询由津来京避难之人，佥谓击沉洋船，焚毁洋房，实属并无其事。而我军及拳匪，被洋兵击毙者，不下数万人，异口同声，决非谣传之讹。甚有谓："二十日洋人攻击大沽炮台，系裕禄令拳匪攻紫竹林先行挑衅"等语。此说或者众怨攸归，未可尽信，而谎报军情，竟与提督董福祥，诈称使馆洋人，焚杀净尽，如出一辙。董福祥本系甘肃土匪，穷迫投诚，随营战力，积有微劳，蒙朝廷不次之擢，得有今职，应如何束身自爱，仰答高厚鸿慈？乃比匪为奸，形同寇贼，迹其狂悖之状，不但辜负天恩，益恐狼子野心，或生他患。裕禄屡任兼圻，非董福祥武员可比，而竟昏愦乃尔，令人不可思议。要皆希合在廷诸臣谬见，误为我皇太后皇上圣意所在，遂各倒行逆施，肆无忌惮，是皆在廷诸臣欺饰锢蔽，有以召之也。

大学士徐桐，索性糊涂，罔识利害；军机大臣协办大学士刚毅，比奸阿匪，顽固性成；军机大臣礼部尚书启秀，胶执己见，愚而自用；军机大臣刑部尚书赵舒翘，居心狡狯，工于逢迎。当拳匪甫入京师之时，仰蒙召见王公以下，内外臣工，垂询剿抚之策。臣等有以团民非义民，不可恃以御敌，无故不可轻与各国开衅之说进者。徐桐、刚毅等，竟敢于皇太后皇上之前，面斥为逆说。夫使十万横磨剑，果足制敌，臣等凡有血气，何尝不欲聚彼族而歼旃。否则自误以误国，其逆恐不在臣等也。五月间，刚毅、赵舒翘奉旨前往涿州，解散拳匪，该匪勒令跪香，语多诬妄。赵舒翘明知其妄，语其随员人等，则太息痛恨，终以刚毅信有邪术，不敢立异，仅出告示数百纸，含糊了事，以业经解散覆命。既解散矣，何以群匪如毛，不胜狝薙？似此任意妄奏，朝廷盍一诘责之乎？近日天津被陷，洋兵节节进逼，曾无拳匪能以邪术阻令前进，诚恐旬日之间，势将直扑京师。万一九庙震惊，兆民涂炭，尔等作何景象？臣等设想及之，悲来填膺，而徐桐、刚毅等，谈笑漏舟之中，晏然自得，一若仍以拳匪可作长城之恃，盈廷惘惘，如醉如痴。亲而天潢贵胄，尊而师保枢密，大半尊奉拳匪，神而明之。甚至王公府第，闻亦设有拳坛，拳匪愚矣，更以愚徐桐、刚毅等。徐桐、刚毅等愚矣，更以愚王公。是徐桐、刚毅等，实为酿祸之枢纽，若非皇太后皇上，立将首先袒护拳匪之大臣，明正其罪，上伸国法，恐廷臣佥为拳匪所惑，疆臣之希合者，接踵而起，又不止毓贤、裕禄数人。国朝数百年宗社，将任谬妄诸臣，轻信拳匪，为孤注之一掷，何以仰答列祖列宗在天之灵？

臣等愚谓时止今日，间不容发，非痛剿拳匪，无词以止洋兵。非诛袒护拳匪之大臣，不足以剿拳匪。方匪初起时，何尝敢抗旨辱官，毁坏官物？亦何敢持械焚劫，杀戮平民？自徐桐、刚毅等称为义民，拳匪之势益张，愚民之惑滋甚，无赖之聚愈众。使去岁毓贤能力剿该匪，断不至为蔓延直隶，使今春裕禄能认真防堵，该匪亦不至阑入京师。使徐桐、刚毅等，不加以义民之称，该匪尚不敢大肆焚掠杀戮之惨。推原祸首，罪有攸归，应请旨将徐桐、刚毅、赵舒翘、启秀、裕禄、董福祥、毓贤，先治以重典，其余袒护拳匪，与徐桐、刚毅等谬妄相若者，一律治以应得之罪。不得援议亲议贵，为之末减，庶各国恍然于从前纵匪肇衅，皆谬妄诸臣所为，并非朝廷本意。弃仇寻好，宗社无恙，然后诛臣等以谢徐桐、刚毅诸臣。臣等虽死，当含笑入地。无任流涕具陈，不胜痛愤惶迫之至，伏乞皇太后皇上圣鉴！

小子统观清朝奏议，谄媚居多，切直很少，就使君相有失，也是乱拍马屁，不是说钦佩莫名，就是说莫名惶悚，哪个犯颜敢谏呢？许、袁二公，弹劾当道，不避权贵，老虎头上抓痒，虽被老虎吞噬，究竟直声义胆，流传千古，好算替清史增光了。

端王杀了许袁，又想汉尚书徐用仪、满尚书立山，及学士联元，也是与我反对，一不做，二不休，索性也把他除灭。只有荣禄得宠太后，不好妄动，暂且寄下头颅，再作计较。不论满汉，一概斩首，很是妙法。当下密嘱拳匪矫诏逮捕，将徐用仪、联元、立山三人，次第拿到，送刑部狱。徐用仪居官四十多年，谨慎小心，遇事模棱，本没有甚么肝胆，此次因拳匪事起，恰也忍耐不住，谁知竟触怒权奸，陷入死地。联元本崇绮门下士，起初亦鄙塞不通，嗣因女夫寿富，与言欧美治术，始渐开明，至是因反抗端王，疏劾拳匪，亦同罹祸。立山内务府旗籍，任内府事二十年，积资颇饶，素性豪侈，最爱的是菊部名伶，北里歌伎，都下有名伎绿柔，与立山相昵，载澜亦昵绿柔，红粉场中，惹起醋风。且载澜虽封辅国公，入不敷出，所费缠头，不敌立山，妓女见钱是血，遇着有钱的阔老，格外巴结，载澜相形见绌，挟嫌成恨。与许袁二公相较，亦有优劣。立山死后，门客星散，独伶人十三旦，往收尸首，经理丧事。立尚书生平得了这个知己，也不枉做官一场。奚落立山，亦讽刺门客。

　　端王杀了五大臣，余怒尚未平息，暗地里还排布密网，罗织成文。到了七月初旬，闻报北仓败绩，裕禄退走杨村，随又报杨村失陷，裕禄自杀，端王虽然着急，心中还仗一着末尾的棋子。看官！你道是哪一着残棋？原来李秉衡奏请赴敌，朝旨遂命他帮办武卫军务，所有张春发，陈泽霖各军，统归节制。李秉衡出京督师，端王日盼捷音，谁料李秉衡到河西务，用尽心力，招集军队，张春发、陈泽霖等阳听调遣，阴怀携贰。洋人日逼日近，官兵转日懈日弛，凭你爱戴端王，有志灭洋的李秉衡，也是没法，只好服了毒药，报太后、端王的恩遇。秉衡一死，不但张、陈各军，纷纷溃退，就是各路武卫军队，也四散奔逃。还有这班义和团，统已改易前装，大肆抢掠。可怜溃兵败匪，挤做一糟，百姓不堪骚扰，反眼巴巴的专望洋兵。洋兵到一处，顺民旗帜，高悬一处。<small>百姓虽乏爱国心，然非权奸激变，亦决不至此。</small>

　　七月十七日联军入张家湾，十八日进陷通州，二十日直薄京城。荣禄连日入宫禀报太后，太后自悔不及，只有对着荣禄，呜呜哭泣。<small>啜其泣矣，何嗟及矣！</small>荣禄道："事已至此，请太后不必悲伤，速图善后事宜！"太后止泪道："前已电召李鸿章入京议和，奈彼逗留上海，不肯进来，反来一奏，说我议和不诚，硬要我先将妖人正法，并罢斥信任拳民的大臣。他是数朝元老，还作这般形态，奈何，奈何？"说着，即检出李鸿章原奏，递交荣禄。荣禄接着瞧道：

　　　　自古制夷之法，莫如洞悉虏情，衡量彼己，自道光中叶以来，外患渐深，至于今日，危迫极矣。咸丰十年，英法联军入都，毁圆明园，文宗出走，崩于热河，后世子孙，固当永记于心，不忘报复；凡我臣民，亦宜同怀敌忾者也。自此以后，法并安南，日攘朝鲜，属地渐失，各海口亦为列强所据。德占胶州，俄占旅顺、大连，英占威海、九龙，法占广湾，奇辱极耻，岂堪忍受？臣受朝廷厚恩，若能于垂暮之年，得睹我国得胜列强，一雪前耻，其为快乐，夫何待言！

不幸旷观时势，唯见忧患之日深，积弱之军，实不堪战，若不量力，而轻于一试，恐数千年文物之邦，从此已矣。以卵敌石，岂能幸免？即以近事言之，聚数万之兵，以攻天津租界，洋兵之为守者，不过二三千人，然十日以来，外兵之伤亡者，仅数百人，而我兵已死二万余人矣。又以京中之事言之，使馆非设防之地，公使非主兵之人，而董军围攻，已及一月，死伤数千，曾不能克。现八国联军，节节进攻，即得京师，易如反掌。皇太后皇上即欲避难热河，而今日尚无胜保其人，足以阻洋兵之追袭者。若至此而欲议和，恐今日之事，且非甲午之比。盖其时日本之伊藤，犹愿接待中国之使，如今日任田拳匪，围攻使馆，犯列强之众怒，朝廷将于王公大臣中，简派何人，以与列强开议耶？以宗庙社稷为孤注之一掷，臣思及此，深为寒心！若圣明在上，如拳匪之妖术，早已剿灭无遗，岂任其披猖为祸，一至于此？历览前史，汉之亡，非以张角黄巾乎？宋之削，非以信任妖匪，倚以御敌乎？

臣年已八十，死期将至，受四朝之厚恩，若知其危而不言，死后何以见列祖列宗于地下？故敢贡其戆直，请皇太后皇上立将妖人正法，罢黜信任邪匪之大臣，安送外国公使至联军之营，臣奉谕速即北上，虽病体支离，仍力疾冒暑遄行。但臣读寄谕，似皇太后皇上仍无诚心议和之意，朝政仍在跋扈奸臣之手，犹信拳匪为忠义之民，不胜忧虑！臣现无一兵一饷，若冒昧北上，唯死于乱兵妖民，而于国毫无所益。故臣仍驻上海，拟先筹一卫队，措足饷项，并探察列强情形，随机应付，一俟办有头绪，即当兼程北上，谨昧死上闻！

荣禄瞧毕，呈还原奏，便道："李鸿章的奏折，恰也不错。现在欲阻止洋人，只好将祖护拳匪的罪魁，先行正法，表明朝廷本心，方可转圜大局。"太后默然，忽见澜公踉跄奔入，大声叫道："老佛爷！洋鬼子来了。"言未已，刚毅也随了进来，报称有洋兵一队，驻扎天坛附近。太后道："恐怕是我们的回勇，从甘肃来的。"刚毅道："不是回勇，是外国鬼子，请老佛爷即刻出走。不然，他们就要来杀了。"太后迟了半晌，才道："与其出走，不如殉国。"荣禄道："太后明见很是。"太后道："你快去收集军队，准备守城，待我定一会神，再作计较。"荣禄应命退出。载澜、刚毅亦退。

是日召见军机，接连五次，直到夜半，复行召见。光绪帝亦侍坐太后旁，等了好一会，只刚毅、赵舒翘、王文韶三人进来。太后道："他们到哪里去了，想都跑回家去了。丢下我母子二人不管，真是可恨！"刚毅道："洋兵已经攻城，皇太后皇上不如暂时出幸，免受洋鬼子恶气！"太后道，"荣禄叫我留京，我意尚在未定。"刚毅道："洋鬼子厉害得很，闻他带有绿气炮，不用弹子，只叫炮火一燃，这种绿气喷出，人一触着，便要僵毙，所以我兵屡败，两宫总宜保重要紧，何苦轻遭毒手。"何不叫拳匪前去抵敌？太后道："照此说来，只好暂避。但你们三人总要跟随我走。"三人齐声遵旨。太后复向王文韶道："你年纪太大了，我不忍叫你受此辛苦，你随后赶来罢！"王文韶道："臣当尽力赶上。"光绪帝闻言，亦开口道："是的，你总快快尽力赶上罢！"太后又语刚毅、赵舒翘道："你们两人会骑马，应该随我走，沿路照顾，一刻也不能离开！"二人又唯唯连声。太后令他退出，整备行装，候旨启行。

三人才退，宫监来报洋鬼子已攻进外城了，太后忙回入寝宫，卸了旗装，唤李莲英梳一汉髻，太后平时最爱惜青丝，乌云压鬓，垂老不白一茎。相传同治年间，李莲英曾得何首乌，献入太后蒸服，因有此效，每当梳洗，必令莲英篦刷，莲英做了梳头老手，每日不损太后一发。又善替太后装饰，向例宫中梳髻，平分两把，叫作叉子头，垂后的叫作燕尾，莲英为太后梳成新式，较往时髻样尤高。油光脂泽，不亚玄妻。淡淡点缀，已见慈禧后性质。这时改作汉髻，太后尚顾影自怜道："讵料今天到这样地步。"当下叫宫监取一件蓝夏布衫，穿在身上，又命光绪帝、大阿哥，及皇后瑾妃，统改了装，扮作村民模样，随召三辆平常骡车，带进宫中，车夫也没有官帽。

众妃嫔等，统于寅初齐集，太后谕众妃嫔道："你们不必随去，管住宫内要紧！"又命崔太监至冷宫，带出珍妃。珍妃到太后前，磕头请安。太后道："我本拟带你同行，奈拳众如蚁，土匪蜂起，你年尚韶稚，倘或被掳遭污，有损宫闱名誉，你不如自裁为是。"珍妃到此，自知必死，便道："皇帝应该留京。"太后不待说完，大声道："你眼前已是要死，还说甚么？"便喝崔某快把她牵出，叫她自寻死路。光绪帝见这情形，心中如刀割一般，忙跪下哀求。太后道："起来，这不是讲情时候，让她就死罢，好惩戒那不孝的孩子们，并叫那鸥枭看看，羽毛尚未丰满，就啄他娘的眼睛。"光绪帝向外一顾，见崔太监已牵出珍妃。珍妃还是向帝还顾，泪眼莹莹，惨不忍睹。我且不忍读此文，况在当局？不到一刻，崔监回报，已将珍妃推入井中。一个凶到底，一个硬到底。光绪帝吓得浑身乱抖。太后道："上你的车子，把帘子放下，免得有人认识。"光绪帝上了车，太后令溥伦跨辕，自己亦坐入车内，放下帘子，叫大阿哥跨辕，令皇后瑾妃亦同坐一车。又命李莲英道："我知道你不大会骑马，总要尽力赶上，跟我走。"始终不忘老李。莲英应命。太后复饬车夫，先往颐和园，倘有洋鬼子拦阻，你就说是乡下苦人，逃回家去。车夫唯唯，天尚未明，三辆骡车，已自神武门出走，只端王载漪，及刚毅、赵舒翘，乘马随行。途中幸没有洋兵拦阻，一直到颐和园，太后等入园坐了片刻，略用茶膳。外面又有太监来报，洋鬼子追来了。太后忙率着皇帝等，上车急奔。

行了六七十里，日已西斜，还没有吃饭的地方。又行数里，到了贯市。贯市是个荒凉市镇，只有一个回回教堂，有几个回子居住。太后见天色将晚，便令车夫向教堂借宿，回子还算有情，慨然应允。进了教堂，便饬车夫觅购食物，怎奈贯市地方，寻不出什么佳点，只有绿豆粥一物，由车夫买了一大盂，呈上两宫。太后、皇帝等人，见了这物，既是龌龊，又是冰冷，本想不去吃它，怎奈饥肠辘辘，没奈何吃了一碗，勉强充饥。这等美味，应该叫他一尝。教堂中本没有被褥等件，太后又不说真名真姓，哪个来侍奉老佛爷，到了夜间，随地卧着，只太后睡一土炕，忍冻独眠，朦朦胧胧的睡了一回。比宁寿宫况味何如？光绪帝寤不成寐，辗转反侧，未免自言自语道："这等况味，统是义民所赐。"太后偏偏听见，便嗔道："你岂不知属垣有耳么？休要多嘴！"

翌晨早起，出了教堂，又坐着骡车赶路。接连三日，尚无官厅，统是随便歇宿，无被无褥，无替换衣服，也无饭吃，只有小米粥充饥。直到怀来县，县令吴永，起初未得报告，毫无预备。忽闻太后到署，手忙脚乱，连朝服都不及穿着，即由便衣跪接，迎入署中。太后住县太太房，皇上住签押房，皇后住少奶奶房。太后至房中，手拍梳头桌道："我腹饥得很，快弄点食物来吃！无论何物，都可充饥。"吴大令哪敢怠慢，嘱厨子备了上等菜蔬，虽不及宫中的美备，比途次的粗茶稀粥，何止十倍？这时李莲英早到，太后急命他改梳满髻，梳毕进膳。

正大嚼间，庆亲王奕劻及军机大臣王文韶赶到。太后极喜，并分燕窝汤赏给，且道："你们三日内所受困苦，大约与我等相同，我等已狼狈不堪了。"庆王、王文韶，谢过了恩，太后命庆王回京，与联军议和。庆王支吾了一会，太后道："看来只好你去。从前英法联军入都，亏得恭王奕䜣，商定和议，你也应追效前人，勉为其难罢了。"庆王见太后形容憔悴，言语凄楚，不得已硬着头皮，遵了懿旨，在怀来县休息一天，即告别回京。后人有诗咏两宫西狩道：

> 宫车晓出凤城隈，豆粥芜蒌往事哀。
> 玉镜牙梳浑忘却，慈帏今夜驻怀来。

欲知两宫西狩详情，及京中议和略状，统在下回表明，请看官再行续阅。

本回两录谏草，一为许、袁二公文，一为李伯相文。当时宫廷昏愦情状，两谏草中已备载无遗，阅者读之，不能不为慈禧咎。迨联军入京，仓猝西走，犹必置珍妃于死地，然后启程，妇人情性，辄蹈偏端，爱之则非常宠幸，虽为所播弄，至身败名裂而不恤；恶之则非常痛恨，当艰难困苦之遭，且出一泼辣手段，殄绝私仇，以泄昔时之忿。故牝鸡司晨，惟家之累，古人有深戒焉。西走之时，三日薄粥，一饱难求，曾不足以示罚，冥冥中殆隐有主宰，不欲因此毙后，必俟瓦解土崩，而后促登冥箓欤？天道无凭若有凭，叶赫亡清之谶，其信也夫！

第九十一回

悔罪乞和两宫返跸　撤戍违约二国鏖兵

却说两宫西狩，京城已自失守，日本兵先从东直门攻入，占领北城，各国兵亦随进京城，城内居民，纷纷逃窜。土匪趁势劫掠，典当数百家，一时俱尽，这北城先经日兵占据，严守规律，禁止骚扰，居民叨他庇护，大日本顺民旗，遍悬门外。可为一叹。各国兵不免搜掠，却没有淫杀等情，比较乱兵拳匪，不啻天渊。紫禁城也亏日兵保护，宫中妃嫔，仍得安然无恙。满汉各员，也有数十人殉难。联元女夫寿富，慷慨赋诗，与胞弟仰药自尽。大学士徐桐，也总算自缢。承恩公崇绮，偕荣禄同奔保定，住莲花书院。崇绮亦赋绝命诗数首，投缳毕命。荣禄先取崇绮遗折，着人驰奏，自己亦赶赴行在。太后闻崇绮自尽，甚为伤悼，降旨优恤。等到荣禄赶到，两宫已走太原，召见时，先问崇绮死时情状，既杀其女，焉用其父？慈禧之意，无非一顺我生逆我死之私见耳。然后议及善后计策。荣禄答道："只有一条路可走。"太后问是哪一条路？荣禄道："杀端王及祖拳匪的王公大臣，以谢天下，才好商及善后事宜。"太后不答。总是左袒。光绪帝亦独传荣禄入见，嘱他快杀端王，不可迟缓。荣禄答道："太后没有旨意，奴才何敢擅行？皇上独断下谕的时候，现在业已过了。"满口怨愤，难为光绪帝。

太后侨居太原，山西巡抚毓贤，殷勤供奉，太后也不加诘责，还道他是忠心办事，只是要瞒中外耳目，不得不推皇帝出

头，颁发几句罪己话头，并令直督李鸿章为全权大臣，会同庆
王奕劻，与各国议和。李伯相虽是个和事老，但到这个地步，
要与各国协议和局，正是千难万难，所以卸了广东督篆，行至
上海，只管逗留，等到联军入京，行在的诏旨，屡次催逼，不
得已启程北上，由海道至天津，由天津至北京。但见京津一
带，行人稀少，满目荒凉，未免叹息。大有箕子过殷之感。既到
京中，庆王奕劻先已在京，两人商议一番，遂去拜会这位瓦德
西统帅。

　　瓦德西自入京后，占居仪銮殿。当时联军驻京，多守规
则，惟德军较为狠鸷，苛待居民，留守王大臣，哪个敢去争
论？甚且肆筵设席，供应外国兵官，把自己的姨太太，请出侍
宴，巴结的了不得，廉耻丧尽。德军益任意横行。就中有个名
妓赛金花，借色迷人，居民倒受了好些厚惠。

　　赛金花原姓傅名彩云，籍隶皖省，年十三，侨居沪上，艳
帜高张，里门如市。洪学士钧，一见倾心，慨出重金，购为簉
室，携至都下，宠擅专房。旋学士升任侍郎，持节使英，一双
比翼，飞渡鲸波。英女皇维多利亚年垂八十，雄长欧洲，见了
彩云，亦惊为奇艳，曾令她并坐照像。青楼尤物，居然象服雍
容。学士卸任后，载回京邸。相如固然消渴，文君别具琴心，
两三俊仆，替学士夜半效劳，学士作了元绪公，于心不甘，于
情难舍，忧瘵而死。彩云不惜降尊，竟与洪仆结成腻友，既而
私蓄略尽，所欢亦，仍返沪作卖笑生涯，改名赛金花。苏人公
檄驱逐，转入津门，徐娘半老，丰韵依然。会值瓦德西统军过
津，心喜猎艳，得了赛金花，很加宠爱。大清的仪銮殿，作了
德帅的藏娇屋。帐中密语，枕畔私盟，瓦将军无不俯从。赛金
花乘间进言，愿为京民请命，因此瓦帅严申军法，部勒各军，
京民赖以少靖。王大臣的姨太太，反不及一淫妓，可愧可丑！后来
联军撤回，赛金花仍入歌楼，虐婢致死，被刑官押解回籍。既

知保民，何故虐婢？妇女究竟难恃？瓦将军返国，德皇闻他秽
行，亦加严谴，这也不在话下。*尤物毕竟害人。*

　　且说庆王、李相拜会德帅瓦德西，瓦德西颇为欢迎。李相
又曾与瓦德西会过，彼此握手，欢颜道故。及谈到和议，瓦德
西亦曾首肯，不过说要与各国会议。庆王、李相又去拜会各国
公使，各公使接见后，主张不一，嗣后与瓦帅协议，先提出两
大款：第一条是严办罪魁，第二条是速请两宫回京。两条照
允，方可续议和款。庆王、李相只得电奏行在，太后犹豫未
决。各国联军，因未见复音，整队出发，攻陷保定，旁扰张家
口。庆、李急得没法，一面飞电报闻，一面再晤瓦帅，极力劝
阻。瓦帅拥艳寻欢，恰还无意西进，只要求速允前议。偏偏慈
禧太后，闻联军从北京杀来，越奔越远，竟由太原转趋西安。
临行时接着庆、李电奏，勉强敷衍，毓贤开缺，又命大臣拟谕
一道，电复北京，其词云：

　　　　此次开衅，变出非常，推其致祸之由，实非朝廷本
　　意，皆因诸王大臣纵庇拳匪，开衅友邦，以致贻忧宗社，
　　乘舆播迁。朕固不能不引咎自责，而诸王大臣等无端肇
　　祸，亦亟应分别重谴，加以惩处。庄亲王载勋、怡亲王溥
　　静、贝勒载濂、载滢，均着革去官职！端郡王载漪，着从
　　宽撤去一切差使，交宗人严加议处，并着停俸！辅国公载
　　澜、都察院左都御史英年，均着交该衙门严加议处！协办
　　大学士吏部尚书刚毅、刑部尚书赵舒翘，着交都察院交部
　　议处，以示惩儆！朕受祖宗付托之重，总期保全大局，不
　　能顾及其他。诸王大臣等谋国不臧，咎由自取，当亦天下
　　所共谅也！钦此。

　　这道上谕，明明是祖护罪魁，并没一个严刑重罚。各国公

使，不是小孩子，哪里肯听他搪塞，就此干休呢？庆、李二大臣，宣布电谕，各使臣当即拒绝。庆、李不得已，再行电奏。是时两宫已到西安，刚毅在途中病死，得全首领，要算万幸。又接庆、李奏牍，方将端王革职圈禁，毓贤充戍边疆，董福祥革职留任。这谕颁到北京，各使仍然不允，庆、李两大臣，因屡次迁延，一年已过，只好遵着便宜行事的谕旨，决意将各国提出两事，径行照允，然后商订和议。议了数次，听过了多少冷话，看过多少脸面，方才有些头绪，共计十二款，录下：

一　戕害德使，须谢罪立碑。

二　严惩首祸，并停肇祸各处考试五年。

三　戕害日本书记官，亦应派使谢罪。

四　污掘外人坟墓处，建碑昭雪。

五　公禁输入军火材料凡二年。

六　偿外人公私损失，计四百五十兆两，分三十九年偿清，息四厘。

七　各国使馆划界驻兵，界内不许华人杂居。

八　大沽炮台及京津间军备，尽行撤去。

九　由各国驻兵，留守通道。

十　颁帖永禁军民仇外之谕。

十一　修改通商行船条约。

十二　改变总理衙门事权。

以上十二大纲，经双方议定，由庆、李电奏，预请照行。太后到此，无可如何，即命两人全权签定草约，随又降惩办罪魁的上谕道：

京师自五月以来，拳匪倡乱，开衅友邦，现经奕劻、李鸿章与各国使臣在京议和，大纲草约，业已画押。追思肇祸之始，实由诸王大臣等，昏谬无知，嚣张跋扈，深信邪术，挟制朝廷，于剿办拳匪之谕，抗不遵行，反纵信拳匪，妄行攻战，以致邪焰大张，聚数万匪徒于肘腋之下，势不可遏。复主令卤莽将卒，围攻使馆，竟至数月之间，酿成奇祸。社稷阽危，陵庙震惊，地方蹂躏，生民涂炭。朕与皇太后危险情形，不堪言状，至今痛心疾首，悲愤交深。是诸王大臣等信邪纵匪，上危宗社，下祸黎元，自问当得何罪？

　　前经两降谕旨，尚觉法轻情重，不足蔽辜，应再分别等差，加以惩处。已革庄亲王载勋，纵容拳匪，围攻使馆，擅出违约告示，又轻信匪言，枉杀多命，实属愚暴冥顽，着赐令自尽！派署左都御史葛宝华，前往监视。已革端郡王载漪，倡率诸王贝勒，轻信拳匪，妄言主战，致肇衅端，罪实难辞，降调辅国公！载澜随同载勋，妄出违约告示，咎亦应得，着革去爵职！惟念俱属懿亲，特予加恩，均着发往新疆，永远监禁，先行派员看管。已革巡抚毓贤，前在山东巡抚任内，妄信拳匪邪术，至京为之揄扬，以致诸王大臣，受其煽惑，又在山西巡抚任，复戕害教士教民多名，尤属昏谬凶残，罪魁祸首。前已遣发新疆，计行抵甘肃，着传旨即行正法！并派按察使阿福坤监视行刑。前协办大学士吏部尚书刚毅，袒庇拳匪，酿成巨祸，并曾出违约告示，本应置之重典，惟现已病故，着追夺原官，即行革职！革职留任甘肃提督董福祥，统兵入卫，纪律不严，又不谙交涉，率意卤莽，虽围攻使馆，系由该革王等指究，难辞咎使，本应重惩，姑念在甘肃素著劳绩，回汉悦服，格外从宽降调。都察院左都御史英年，于载勋擅出违约告示，曾经阻止，情尚可原，惟未能力争，究难辞咎，着加恩革职，定为斩监候罪名。英年、赵舒翘两人，均着先行在陕西省监禁！大学士徐桐、降调前四川总督李秉衡，均已殉难身故，惟贻人口实，均着革职，并将恤典撤销！

经此次降旨后，凡我友邦，当其谅拳匪肇祸，实由祸首激迫而成，决非朝廷本意。朕惩办祸首诸人，并无轻纵，即天下臣民，亦晓然于此案之关系重大也。钦此。

过了数日，已是新年，行在虽停止庆贺，随驾的王大臣们，总不免有一番忙碌。忽又接到北京电奏，说是各国使臣，还嫌惩办罪魁，处罚不严，应酌请加重等语。于是英年、赵舒翘也不能保全了，当下赐令自尽。又有启秀、徐承煜于京城被陷时，不及逃避，被日本兵拘住，囚禁顺天府署中。庆、李两全权密奏，启、徐俱国家重臣，与其被外人拘戮，不如自请正法，还得保全主权。太后允奏，命庆、李照会日本兵官，将两人索回，行刑菜市口。启秀还神色自若，转语日本兵官道："中日本唇齿相依，同文同种，与他国异，自悔从前错误，卤莽从事，此后望贵国助我中华，变通治法，渐图自强，我死亦感德了。"日本兵官倒也好言劝慰。只徐承煜已面如死灰，口中还极称冤枉。可记监斩许、袁二公否？启秀向承煜道："你还要说甚么？我两人奉旨就刑，不是洋人的意思，死亦何怨？"言毕，即由刽子手动刑，霎时身首异处，算是祖护拳匪的结果。毓贤在甘肃正法，临刑时尚自作挽词一联道：

臣死君，妻妾死臣，谁曰不宜？最堪怜老母九旬，孤女七龄，毫稚难全，未免致伤慈孝治。

我杀人，朝廷杀我，夫复何憾？所自愧奉君廿载，历官三省，涓埃莫报，空嗟有负圣明恩。

　　后人说毓贤居官时，操守廉洁，声名颇盛，死后贫无一钱，也没有一件新衣，足以备殓，可惜为攘夷一说所误，至于庇护拳匪，倒行逆施，终至首领难保，身死边疆，这真所谓失之毫厘，谬以千里了。有一善可录处，著书人总代为表扬，即此可见公道。

　　两宫西幸，已将一年，祖护拳匪的罪魁，死的死，杀的杀，或遣戍，或夺职，已是不留一个。只日夜随侍太后的李莲英，依然无恙。驾出走时，却也有些害怕。后来和议告成，还恐洋人指名坐罪，因此中外各官，力请两宫回銮，莲英尚从中暗阻。嗣闻洋人索办罪魁，单上不及己名，庆王又密函相告，力保无事，李总管幸逃法网，权势犹存，阻止回銮的计划，才行作罢。惟京中财产多半遗失，也就怂恿太后，催解贡银。太后本是个嗜利妇人，料得联军入京，私积已尽，正思借此规复，既为太后，还要私产何用？遂听了李总管言，竭力搜括。李总管乐得分润，中饱了若干万两，方与两宫一同还京。回銮以前，先把大阿哥废黜，复将徐用仪、立山、许景澄、联元、袁昶五人，追复原官。又命醇亲王载沣赴德，侍郎那桐赴日本，遵约谢罪。改总理衙门为外务部，班出六部上。此外如保护洋人，改易新政，旁求贤才的上谕，亦接连下了几道。各国见清廷悔祸，命将联军撤回，只酌留洋兵一二千人，保护使馆。太后闻京中已经安靖，复得最好消息，宫中储藏的宝物，亦未被掠去，遂决意回京。

　　溽暑已过，正值秋凉，太后挈着光绪帝等，由西安启跸，驺从极多，沿途供张，备极完美。比北京出走时情形，大不相同。行未数程，闻报全权大臣李傅相鸿章病殁，太后下旨优恤，除各省曾经立功的地方，许立专祠外，并在京师准立一祠，赐谥文忠，备极荣典。命王文韶继任李职，商订和约未了事宜。两宫在途中行了两三月，无甚可纪，直到冬季，始至北京，接见各国公使及公使夫人，都是殷勤款待。太后此时，颇欲引用贾谊五饵三表的法子，驾驭洋人，其实大错铸成。外洋各国，非匈奴比，五饵三表之法，实用不着。只恨自己未习洋文，一切应酬，不便直接，未免心中快快。可巧来了两个闺媛，本是旗员女儿，随父出洋好几年，能通数国语言文字，至此归国入觐，做了宫中招待员，把一个痴心妄想的西太后，喜欢极了。

看官听着！待小子报明两位闺媛的姓名。这两闺媛，系同胞姊妹，一名德菱，一名容龄，乃是曾任法钦使裕庚的女公子。裕庚系满洲镶白旗人，字朗西，由军功洊封公爵，他曾出使日本，又使法国，使节所临，眷属亦都随着。此时正卸任回国，入觐太后，太后闻他二女秀慧，遂当面传旨，令饬二女至颐和园陛见。当由裕夫人带领二女，遵旨入园。德菱、龙菱从未到过颐和园中，此次随母入觐，自然格外注意。但见园中广敞异常，所有布置，都是异样精采，目不胜睹。第八十三回中，已将园中景致，大略叙明，故此处不复复叙。既到仁寿殿外，由太监导入殿侧耳房，陈列着紫檀桌椅，统是雕镂精工，壁上悬着各式自鸣钟，短针正指到五点五十分。

母女三个，少憩片时，旋有李总管到来，居然穿着二品公服，戴着红顶孔雀翎。0裕夫人颇有些认识，即挈女起迎，那总管也笑容可掬，与裕夫人谈了数句，无非是循例寒暄，及太后就要召见等语，语毕即去。二女问明裕夫人，方知这位翎顶辉煌的总管，就是赫赫有名的李莲英。随后又有几位宫眷，导他母女三人出了耳房，经过三重院落，到了正殿，殿额上大书乐寿堂三字，应八十三回。殿内立着妇女数人，大约年轻的居多。就中有一位旗妇，装束略异，且髻上戴着金凤凰，与别人更觉不同。裕夫人瞧着，认得是光绪皇后，正欲入殿请安，忽见数宫女护着太后，从屏后出来，到了宝座间，将身坐定。后面踱出李总管，即传旨陛见。当下裕夫人率同二女，趋跄入殿，一例拜跪报名，由特旨叫他起立。太后略问一番，裕夫人一一答述，太后又仔细瞧那二女，不觉生爱，起握二女手道："你两人煞是可爱，难为这裕钦使，生就这粉妆玉琢的两女儿。你两人可愿在此伴我么？"两女本伶俐得很，即欲跪下谢恩。太后便道："不必拘礼，你肯遵我的意旨，叫我做老祖宗，晨夕侍着，我就喜欢你了。"两女连声遵旨。太后复命皇后等，与她们相见，母女三人，先请过皇后的安，嗣与各宫眷一一行礼，这等宫眷们，无非是各邸的郡主，相见后，太后复嘱皇后道："你可引他母女们，入内玩耍，我且到朝房一转，再来与他们叙谈便是。"皇后唯唯听命，太后即举步出殿。殿外早已备着露舆，俟太后上舆后，前后左右，统是很体面的太监，簇拥而去。这位李总管莲英，本与太后时刻不离，至此随着同行，更不必说了。微词。皇后以下，恭送太后上舆毕，即引裕家母女三人，转身入内，闲谈消遣，至太后回园后销差。未几太后回来，赐母女三人午餐，午后复赏她们听戏。太后最爱的是梆子调，与德菱姊妹，谈论腔调的好处。德菱姊妹，不敢不随声附和。其实一片征声，已寓亡国之音，后人有诗叹道：

　　　　泼寒妙乐奏昇平，南府新开散序成。
　　　　不是曲终悲伴侣，似嫌激征杂秦声。

　　未知德菱姊妹，曾否在园侍奉，且看下回分解。

　　　中外议和，订约十二款，不必一一推究利弊，即此四百五十兆之赔款，已足亡中国而有余。原约赔款计四百五十兆两，分三十九年偿清，息四厘，子母并计，不啻千兆。此千兆巨款，尽由中国人负担，以二三权贵之顽固昏谬，酿成莫大巨祸，以致四万万人民，俱凋瘵捐瘠，千载以后，不能不叹息痛恨于若辈也。载漪以下，黜戮有差，其实万死不足蔽辜。阉竖李莲英，且安然无恙。孔子言妇人为难养，况可使之屡次临朝，庇护此肉不足食之狐鼠耶？迨回銮以后，不能悔过图强，且反欲援五饵三表之计，驾驭洋人。当时贾长沙犹徒托空言，无当实用，况如近今之外洋各国，其智识远出匈奴上乎？至如裕家二女之入园，本属无关得失，但就微论著，可见慈禧后之心，无非为便嬖使令起见。国已危矣，卧薪尝胆且不暇，尚爱他人之希旨承颜，自图快活耶？德菱姊妹，尚有学问，非李莲英妹比，故未闻有浊乱宫禁之弊，否则不入嬖幸传者几希。

第九十二回

居大内闻耗哭遗臣　处局外严旨守中立

却说裕朗西夫人，及德菱姊妹，陪着太后，足足一日。俄见夕阳西下，天也将瞑，太后方命裕家母女回家，并嘱她即日来宫。裕夫人不好违拗，自然连称遵谕。临别时，太后又赐她衣料食物等件，母女叩首谢恩，不必细说。母女回家后，即把入觐情形，及太后促召入宫的意旨，与裕庚说明。掌上双珠，虽不欲使离左右，无如煌煌懿旨，不敢有违，只得略略收拾，指日入宫。光阴似箭，倏忽两天，裕夫人仍率领二女，入宫觐见。太后见她遵旨前来，愉快得不可言喻；叫人家好儿女入宫当差，使之无暇事亲，恐非以孝治天下之道。当下引她到仁寿宫右侧房内，命她住着，所有应用各物，都叫宫监置备；惟衣服被褥等，已由裕家母女，随身带入。太后令裕夫人指导宫监，随意安排，自己带着德菱姊妹入宫，随即嘱咐德菱道："看你聪明伶俐，恰是我一个大帮手。闻你通数国方言，倘有外妇入觐，你可与我做翻译。平日无事，好与我掌管珠宝首饰。我这里宫眷虽多，看来都不及你呢！"德菱复奏道："老祖宗特恩，命臣女当这重差。只恐臣女年龄尚稚，更事无多，万一有误，反致辜负天恩，还请老祖宗俯鉴微忱，令臣女退就末班，学着办事便是！"太后笑道："你亦何用自谦，我看你不致荒谬，你且试办数天，再作处置！"德菱只得谢恩受职。太后复顾龙菱道："你年纪较轻，可跟着你姊，随便办事。"龙菱也谢过了恩。此时光绪帝适来请安，德菱欲趋前行礼，转思太后在前，恐于未便。至光绪帝趋出，德菱随着出来，循例谒驾，不料被太后觉着，已大声呼德菱名。德菱连忙走入，虽未遭太后斥责，仰见太后面上，已含有怒容。*爱之欲其生，恶之欲其死，是惑也。* 从此德菱格外小心，一切举止，都是三思而后行。

一住数日，忽报俄使夫人勃兰康觐见，太后即令德菱迎宾，自己带着李总管，至仁寿堂受觐。光绪帝也总算与座。德菱引着勃夫人，到了殿中，行觐见礼，太后亦起与握手。两下寒暄数语，统由德菱传译。勃夫人又与光绪帝行礼，光绪帝亦答礼如仪。太后下了座，引勃夫人入宫，叙谈片刻，又命德菱导她去见皇后。周旋已毕，即令赐勃夫人午餐，由众宫眷陪食。席间略仿西式，每人都设专菜。德菱奉太后命，坐了主席，殷勤款待，与勃夫人宴饮尽欢。席散后，勃夫人复进谒太后，谢了宴，由太后赐她宝玉一方，勃夫人谢了又谢。*慈禧后之意，以为优待西妇，可以联络邦交，不知外人所欲，并不在此，岂区区宴赐所能笼络耶？* 待勃夫人去后，太后语德菱道："你随父出使法国，并不是俄国，为何恰懂俄国语言？"德菱道："俄语本不甚解，但俄人亦惯操法语，所以尚堪应对。"太后道："你与勃夫人所说，统是法国语么？"德菱道："多半是法国语。"太后道："勃夫人的装束，也总算华丽了，但我恰不甚喜欢西装。她满身不著珠宝，总觉装潢有限。我生平恰最爱珠宝呢，可惜西幸一次，丧失甚多。目下只剩下数百盒，你应与我收管方好。"*爱珠宝不爱才德，总不脱妇女习气。* 随起身道："你且跟我来！"

德菱遵旨随着，偕太后入储珍室，但见室内箱橱林列，左首标着黄签，是珍藏内府的秘笈，右首标着红签，是供奉老佛的珠宝。太后命宫监取钥，叫德菱启视右橱，橱开后，里面都是金镶玉嵌的盒子，大小不一，有长有方。盒外只标着号码，不列物名。第一盒奉命取出，启视盒内，贮有精圆的明珠，晶莹的宝石，光芒闪闪，统是无上奇珍。第二盒又奉命取视，乃是珠玉扎成的饰物，虫鱼花草，色色玲珑。第三四盒，系玛瑙珊瑚等类，光怪陆离，无不夺目。第五六盒藏着簪环，第七八盒藏着钗钏。镂金刻玉，美不胜收。看到第十盒，方觉金饰居多，珠玉较少。太后语德菱道："这十盒算是上选，余外亦无甚足观了。若非庚子之变，何止于此！"谁叫你信端王，谁叫你用拳匪？言下有懊丧状。亏得德菱伶牙俐齿，婉婉转转的劝慰几句，太后方从这十盒内，拣了两三件佩物，悬在身上，随令德菱藏盒扃橱，寻复向德菱道："拳匪的乱事，外人总道我暗中作主，其实统是载漪那厮的主张。到了联军入京，我初意是愿殉社稷，经刚毅等力劝出京，方才西幸，途中受了无数苦楚。及次年回京，差不多换了个世界。我累年积蓄，被洋人携去不少，我想洋人也好知足了。未必！目下我国新败，元气难复，只好与洋人略略周旋，我的心中，总不甚相信洋人，洋人所制的器械，我国或不及他，洋人所讲的政教，难道我国果不及他吗？"可见回銮以后，所行新政，全不由衷。

　　德菱正思回答，忽有宫监跟跄奔入，报称荣中堂已出缺了，太后惊愕道："我昨日尚差宫监探视，闻他还不甚要紧，如何今日就死？咳！他死后，哪个还有象他忠诚？"言至此，竟似鲠在喉，扑簌簌的垂下泪来。太后一生，多仗荣禄保护，无怪闻死垂泪。德菱不好不劝，只得禀请道："老祖宗慈体，亦请保重，祈勿过伤！"太后道："你哪里知我的苦衷，他是我患难与共的大臣。"德菱不敢再劝，由太后凄惋许久，方见太后吩咐道："今日你也疲乏了，你可随意出外，不必侍着！"德菱闻此数语，恍似皇恩大赦，退回自己的房中去了。这位老祖宗，实是不易侍奉。

次日太后临朝，由内务府递上荣中堂遗折，太后即启视道：

为病处危笃，恐今生不能仰答天恩，谨跪上遗折，恭请圣鉴事：窃奴才以驽下之才，受恩深重，原冀上天假以余年，力图报称。追思奴才起身侍卫、咸丰十年，国势岌岌，内则奸臣蓄谋不轨，外则英法联军，占据京师，宗庙震惊，宫驾出狩，驻跸热河。奴才备位侍从，文宗显皇帝圣躬不豫，渐至弥留，奴才乘间进言于皇太后，发觉郑、怡二王之阴谋。及圣驾宾天，奸王僭称摄政，图谋不轨，皇太后身处危险之中，有非臣下所忍言者。幸上天佑助，皇太后沉几默运，宗社危而复安。自此之后，两宫太后垂帘听政，叛乱削除，升平复睹，奴才蒙恩升任内务府大臣。当穆宗毅皇帝宾天之际，皇太后亲命奴才迎请皇上入宫，以社稷重大之事，付之奴才。受命之下，惶悚感激，易可言喻！奴才虽竭尽心力，岂能仰报于万一耶？其后受任步军统领，触犯圣怒，七年之中，闭门思罪。皇上亲政，复蒙慈恩出任西安都统，既而仍回原职。

光绪二十四年，皇太后皇上鉴于国势之弱，决意采行新法，以图自强，皇上召见奴才，蒙恩简任直隶总督，命以破除积习，励行新政。孰意康有为借口变法，心怀逆谋，致为新政之阻。皇上误信夸诞之词，一时之间，偶亏孝道，亲笔书谕，言变法之事，为皇太后所阻，又谓皇太后干预国政，恐危国家，对于奴才，数动天威，几罹斧之诛。奴才密见皇太后，陈述康党逆谋；皇太后立允奴才等所请，再出垂帘，以迅雷之威，破灭奸党。

光绪二十六年，诸王大臣昏愚无识，尊信拳匪，蒙蔽朝廷，虽以皇太后之圣明，不免为其所动，直至宗庙沦陷，社稷阽危，竟以国家之重，轻徇妖术，奴才屡请皇太后睿识独断，不蒙信纳，数奉申斥，忧惧无术。四十日中，静候严罚。然皇太后仍时时召奴才垂询，虽圣意未能全回，而得稍事补救，各国公使，不致全体遇害，故事过之后，时荷天语感谢。自西安回銮之初，即将肇祸之王公大臣，分别定罪，渐次改革庶政，不得急激，期臻实效。两年以来，改革已不少矣。圣驾回京，如日再中，东西各国，亦均感皇太后之仁慈。

奴才自去年以来，旧病时发，勉强支撑，两月之前，请假开缺，蒙皇太后时派内侍慰问，赏赐人参，传谕安心调理，病痊即行销假，思意叠沛，无奈奴才命数将尽，病久未痊，近复咳嗽喘逆，呼吸短促，至今已濒垂绝之候。一息尚存，唯愿皇太后皇上励精图治，续行新政，使中国转弱为强，与东西各国并峙。奴才在军机之日，见朝廷用人，时有人地不宜者，此乃中国致弱之源。奴才以为改革之根本，尤在精选地方官吏，及顾恤民力，培养元气之一端。皇太后皇上深居九重之中，间阎疾苦，难以尽知，拟请仿行康熙乾隆两朝出巡之故事，巡行各省，周知民情。奴才方寸已乱，不能再有所陈，但冀我皇太后皇上声名愈隆，得达奴才宿愿，则虽死之日，犹生之年。谨将此遗折，交奴才嗣子桂良呈请代递。临死语多世缪，伏祈圣鉴赦宥！奴才荣禄跪上。备录遗折，可见以上各回之录荣禄事，无一虚诬。

太后览遗折毕，即谕王大臣道："荣禄一生忠诚，庚子乱时，尤为尽力。现在不幸病故，须格外优恤方好！"庆亲王奕劻在侧，便奏请赐陀罗经被，及赏银三千两治丧。太后点着头，并道："据他功绩，应否入贤良祠！"庆王连忙赞成。太后又道："应派亲王前去祭奠否？"庆王又奏称应派。于是派恭王率领侍卫十人，前往致祭，此恭王乃奕訢子，看官莫误作奕訢。并令礼部拟谥，随即退朝。越日，由礼部拟上谥法数则，太后即圈出文忠二字，复再赐祭席一桌，并命将荣禄事绩，宣付国史馆立传。在任一切处分，均予开复，并赏其子以优等袭职等语。太后待遇荣禄，好算是始终尽礼了。句中有句。

过了多日，太后把忆念荣禄的哀思，渐渐减杀，爱仍往颐和园，游览自娱。一年容易，又是春宵，园中花木盛开，太后遍邀各国公使眷属，入园游宴。美公使康格夫人，作为外眷的领袖，还有美参赞韦廉夫人，也随着前来。此外如西班牙公使佳瑟夫人，日本公使尤吉德夫人，葡萄牙代理公使阿尔密得夫人，法参赞勘利夫人，英参赞瑟生夫人等，联翩踵至，随身各带女眷，黑踏踏的聚集一堂，先行了觐见礼，然后到别宫赐宴。宴毕，统在园中游览一周。大众推康格夫人作了代表，至太后处道谢。康格夫人带着一个女子，生得细腰绰约，身态苗条，太后瞧着，觉得她俏丽绝伦，遂欲问她姓氏。当由康格夫人代答，德菱传译，叫作克姑娘，乃是个女画士。太后问她能否写真？又经德菱与克姑娘谈了一会，然后详禀太后，说是："写真系克姑娘惯技，她正欲绘就慈容，送到路易博览会去。"太后踌躇半晌，方道："她既欲绘我肖像，叫她缓日前来便好。"德菱把这语传达，然后两人兴辞而去。

太后便语德菱道："我朝旧例，帝后的像，须俟万岁千秋后，方可照绘。今克姑娘欲为我画像，我又不便当面回复，如何是好？"德菱道："现在世界开通，越是圣明的帝后，越得肖像流传各国，俾作纪念。英女皇维多利亚的肖像，几乎传遍地球，如老祖宗福寿双全，何妨破例一绘！"太后听到此语，方有些高兴起来，无非喜谀。便道："既如此，且择个吉辰，令她来绘。"当即取出历本，选了一个黄道吉日，饬人至美使馆，通知克女士。届期克姑娘入宫，对太后行礼毕，即请太后端坐开绘。太后此时已服盛装，肃容上坐，约数刻钟，见克姑娘并不开手，专睁着绿色的眸子，向太后呆瞧。太后语德菱道："她眈眈视我，何故？"德菱道："外人绘像与华人不同，外人落笔，先就神情上注意，所以绘成后，格外生色。闻她是画中名手，临池审慎，无怪其然。"确是游过外洋，见多识广，故言之了了。太后道："照汝说来，待她画成，费时不少，我恰是不耐久坐的。"德菱道："待臣女与她商量，或者可简便一点。"当下与克女士商议，传述太后的意思，克女士颇能体会，格外迁就，每日临绘一小时，绘至两星期才罢。及呈与太后，果然眉目如生。与拍照相似。太后很是喜欢，命赏千金。古人千金买骨，慈禧后独千金买容。谁知忧喜相寻，一喜之后，又是一忧。宫监报到消息，说是日俄将要开战，把东三省作交战场。东三省是中国幅员，如何被外人作为战场？太后又未免焦劳。

　　这日俄开战的事情，从何而起？小子先将原因表明。原来拳匪扰乱时，黑龙江将军寿山，阿附端王，立意排外。适俄兵入黑龙江，欲假道黑龙江省城，至哈尔滨保护铁路。哈尔滨在省城西南，系满洲铁路的中心点，寿山非但不允，反出兵去攻哈尔滨，一面厉兵秣马，反由瑷珲城侵入俄境。自讨苦吃。俄人正苦无隙可乘，得了这个好机会，遂磨拳擦掌，分三路进发。东路由珲春，中路由三姓，两路趋援哈尔滨。西路陷瑷珲，击毙副统凤翔，并将中俄交界的屯驻旗人，统驱入黑龙江，进攻齐齐哈尔。即黑龙江省城。寿将军束手无策，只有一条死路，还可走得，遂仰药自尽，俄军合趋吉林，转向奉天，所至蹂躏。清兵及官吏，无一敢抗，东三省几尽归俄人掌握。奉天将军增祺，鉴了寿山覆辙，遇着俄兵，事事听命。俄兵陆续增添，多至十八万人。等到北京议和后，俄使特别要挟，拟把东三省利权，一概取去。李相不从，俄使多方恫喝，强迫李相签押。东南督抚及士绅，联电力争，英日两国，也有违言，李相气愤成病，竟至不起。东三省事，暂从缓议。

至光绪二十八年，始由庆王奕劻，大学士王文韶，与俄使雷萨尔，订交收东三省条约。东三省的俄兵，限十八个月内，分三期撤退。此约定后，总道俄国如约撤兵，谁知俄国狡猾得很，第一次届期，只略略减退几名。第二次届期，俄兵一个不去，反在吉林增加兵额，中国不敢诘责。那时虎视东业的日本国，与英国密订攻守同盟，又联合了美国，劝清政府急开放满洲，作为各国通商场，免得俄人垄断。清政府就将此言照会俄使，俄使百计阻挠，俄兵又迁延未撤。于是日人不肯坐视，自与驻日俄使，直接会商，硬要俄国撤兵。俄使不允所请，竟致两国决裂，于光绪二十九年十二月宣战，把辽东作了战场。

看官！你想这女掌男权，统辖全国的慈禧太后，<small>女掌男权，统辖全国八字，正是西太后的好头衔。</small>焉有不耽忧之理？立召满汉王大臣入宫，面议这事。当时满大臣领袖，要算庆亲王奕劻，汉大臣领袖，要算孙家鼐、瞿鸿玑。各人谈论多时，议定了一个良法，奏闻太后。太后道："东三省系祖宗陵寝所在，关系甚大。汝等议定这么计策，可保陵寝无碍么？"庆王道："俄日战线，想必不惹着陵寝，当可无虞。"太后道："且电问各省疆吏，是否赞同？"庆王遵旨，即命军机处拟电拍发。隔了一天，各省将军督抚，多复电赞成，复由庆王汇禀太后，太后就令拟好谕旨，颁发出去。谕云：

> 日俄两国，失和用兵，朝廷轸念彼此均系友邦，应按局外中立之例办理，着各省将军督抚，通饬所属文武，并晓谕军民人等，一体钦遵，以笃邦交而维大局，勿得疏误！特此通谕知之！钦此。

这道谕旨，乃就万国公法，援引局外中立一条，做了火烧眉毛的挡牌。两客交斗于门内，主人反作鼾睡，也是千古奇闻。复谕令驻扎俄日两国的钦使，咨照他外部，宣布中立意旨。俄国没甚答复，只日本恰声请中国仍须防守，由驻日杨钦使电闻。太后遂派马提督玉昆带兵十营驻山海关，郭总兵殿辅带兵四营，驻张家口，复令驻日杨钦使，与日本郑重交涉，凡东三省的陵寝宫殿，及城池官衙，人命财产，交战国不得损伤。战后无论谁胜，东三省的主权，仍应归中国云云。日本总算应允，然后酌定全国中立章程，及辽东战地界限规则，颁布中外。

不到几日，辽左方面，鼓声冬冬，炮声隆隆，日俄两国的海陆军，竟开起战仗来了。太后甚注意日俄战事，每日饬人采购西报，叫德菱译呈。开战的起手，是海军交绥，仁川的俄舰，统被日军击沉。旅顺口黄金山下的俄舰，又遭日军轰没。嗣后乃是陆军对垒，日军入辽东半岛，连败俄兵，九连、凤凰、牛庄、海城等处，次第被日军占据。太后向德菱道："俄大日小，不意反为日败。"德菱道："行军全仗心力，不论众寡。日人此番打仗，上下一心，闻得男子荷械从军，妇人尽撤簪珥，充作军饷，所以临阵无前，屡次获胜。"太后点头，随又道："日胜俄败，远东尚可保全，我的忧心，倒也可消释一二了。"恃人不恃己，何足解忧？言未已，外面又递进西报，由德菱译出，呈与太后。太后接着，不觉惊异，正是：

> 优胜劣败，弱肉强食。
> 国运靡常，所视惟力。

欲知太后惊异缘由，试看下回自知。

慈禧后之喜谀好奢，曾见近今印行之《清宫五年》记，原书即德菱女士所著。本回第节录一二，而慈禧后之性情举止，已可概见。拳匪之乱，联军入京，为慈禧后一大惩创，至回京以后，不思发愤图强，犹恋恋于珠宝首饰，宝非所宝，不亡何待？荣禄为慈禧一生之忠仆，荣禄死而慈禧失一臂助，恤典特优，固无足怪。惟遗折中有精选官吏，及顾恤民力，培养元气等语，人之将死，其言也善，慈禧胡不力行之耶？至如日俄之战，祸仍胎自拳乱，清庭不敢袒俄，又不敢袒日，仅守局部中立，坐视关东之横被兵革，未由保护，天下之痛心疾首，孰逾于此？当时或有以日人仗义，出于抗俄，为中国幸者。夫日本何爱清室？又何爱中国？不过报宿愤，争权势。昔俄以索还辽东抗日本，今日本遂亦以迫还关东抗俄，要之皆利我之东三省耳。观此回不能无恨于拳乱，并不能无憾于慈禧后。

第九十三回

争密约侍郎就道　返钦使宪政萌芽

却说德菱译出的新闻，乃是日韩特订条约。韩国疆域，由日本政府保护，一切政治，亦由日本政府赞襄施行。太后阅毕，便道："韩国就是朝鲜国，当日马关条约，曾迫我国承认朝鲜自主，为何今日要归日本保护呢？可见外国是没有什么公法，如此过去，朝鲜恐保不住了。"何不切唇亡齿寒之惧？正在惊愕的时候，庆王奕劻，忽入宫禀报，俄舰逸入上海，由日使照会我外务部，迫令退出，现在双方交涉，尚未议妥，因此入奏太后。太后道："现闻日胜俄败，一切交涉，总须顾全日本体面为是。"庆王道："据奴才愚见，诚如圣训。"太后道："我国虽弱，究竟是个独立国，也不宜令俄舰逸入，坏我中立。你去饬知外务部，电令南洋大臣，速迫俄舰出口！"庆王遵旨退出。太后复自语道："外人论力不论理，辽东战局，究不知如何结果，京师相距不远，未免心寒。早知日俄有这番争端，不如暂住西安，稍觉安逸呢。"德菱在旁，也不敢多谈。

当日无别事可记，到了次日，京中谣言不一，盛传两宫又要西幸。有一个汪御史凤池，竟信为实事，做了一篇奏疏，阻止西巡，待太后临朝时，率尔上陈。太后阅毕，怒道："日俄战事，我国严守中立，京城内外，一律安堵，为什么我要西巡？这等无稽之言，如何形入奏牍？"遂向庆王奕劻道："速叫军机处传旨申饬，嗣后如有谣言惑众，应着步军统领衙门顺天府五城御史，一体拿办！"谁叫你想念西安？庆王唯唯遵谕，自然令军机处照旨恭拟，即日颁发。这也不在话下。

过了一年，日俄战事，还是未息，中国总算没有出险，不过将各省官职，裁并了好几处，且废制艺，试策论，兴办京师大学堂，把新政办了好几桩。又派商约大臣吕海寰，与葡使新订商约二十条，出使英国大臣张德彝，与英外部会订保工章程十五条，约中大旨，无非是保护两国工商，彼此统有些利益。只驻藏大臣有泰，恰来了一道紧急公电，报称英将荣赫鹏入藏，与藏官私自订约，请朝廷速与交涉，于是外务部又要着忙。是谓急时抱佛脚。

原来日俄未战的时候，俄人曾南下窥藏，密遣员联络达赖，令他亲俄拒英。达赖颇被他运动，阴与英人龃龉。从前光绪十九年，清参将何长荣，与英使保尔，订定藏印条约，承认亚东开关，许英人通商。亚东在西藏南境，毗连印度，此约订后，英人尝从印度入境，至藏互市。达赖偏同他反对，种种揸阻，英商未免吃苦。只因俄人暗中袒护，英政府也未便发难。会日俄战起，英政府乘机图藏，令印度总督，遣将荣赫鹏率兵深入。荣赫鹏遂带了英兵三千，印兵八千，廓尔喀兵三千，及工兵二千，长驱北向，攻入藏境。看官！你想这腐败不堪的藏民，哪里能敌他纪律森严的英将？达赖不知厉害，竟召集一班番官，向释迦佛前，祈祷了好几次，居然仗着佛力，令番官一齐出来，与英将接仗。两下对垒的时光，相距还差数百步。那英兵的枪炮，已是扑通扑通的乱响，藏官不知何故遭瘟，都是应声而倒。想是佛来接引，令往西方享福，故无病而亡。前队既毙，后队自然逃走。英将率众追赶，自江孜北进，所向披靡，如入无人之境。及到拉萨，这位主持佛教的达赖喇嘛，早已闻警远飏，逃到库伦去了。何不请韦驮保护？达赖一遁，城中无主，还亏噶尔丹寺的长老，仗着胆出迓英军，与他讲和。英将荣赫鹏，遂趁势恫吓，迫他立约十条，不由寺长不允。签约后，方经驻藏大臣有泰探悉，电达清廷，清外务部茫无头绪，由尚书侍郎，会议一番，定出一个主见，仍复电令有泰就近开议。

这位有大臣，本是个糊涂人物，他当英藏开战的时候，未尝设法劝解，等到两造定约，木已成舟，还有何力挽回？况且英将荣赫鹏，已奏凯回去，再与何人商议？当下召到噶尔丹寺长，令他抄出密约，仍行电达，并奏称达赖贻误兵机，擅离招地，应革去封号。身任驻藏大臣，坐令英兵压藏，不知应革职否？清廷知他没用，也不去依他奏请，只令外务部讨论约章的利害。侍郎唐绍仪素来研究外交，遂指出约中的关碍。原约共有十条，最要紧的是除前约亚东开埠外，更辟江孜、噶大克为商埠，此后是印度边界，至亚江噶三处，藏人不得设卡，须添英员监督商务。所有英国出兵费用，应由藏人赔偿五十万磅。偿款未清以前，英兵酌留春丕，俟偿清后方得撤回。还有一条定得更凶，乃是藏地及藏事，非经英国照允，无论何国不得干预。看官试想！西藏是中国领土，兵权财权，统归驻藏大臣管辖，此次英藏私自立约，有无论何国不得干预的明文，是全把西藏占夺了去，哪里还是中国的管辖权呢？唐侍郎指出此弊，外务部堂官，自然着急，当据实奏闻，并保荐唐绍仪为全权大臣，赴藏改约。唐使至藏，照会英国，派员会议，辩论了好几年，英员坚执不允，直到三十二年，英始承认中国有西藏领土权，允不占并藏地，及干涉藏政，此外不肯改易。唐侍郎也无可奈何，只得将就画押。这是后话。

且说日俄交战，已是一年，俄国的海陆军，屡战屡败，日本战舰，进陷旅顺口，奉天省城，也被日本陆师占住，俄人尚不肯干休，竟派波罗的海舰队，大举东来。波罗的海，在欧洲北面，系俄国西境的领海，他要从西到东，绕越重洋，路有一万八千里。今日到某处，明日到某处，早被日人探悉。就是舰队中一切情形，日人也耳熟能详，因此养精蓄锐，预先筹备。知己知彼，百战百胜。俄舰远道而来，舰中人已疲乏得很，兼且未谙路径，未识险要，贸贸然驶到日本海，即使有通天手段，一时也用不出。况日本系三岛立国，四周都是海峡，海峡里面，正好设伏，掩击俄舰。他闻俄舰将至，料必从对马海峡驶入，暗集水师，密为布置，不怕俄舰不堕入计中。这俄舰也防着险要，无如势不能避，只好闯入对马峡。一入峡中，四面八方的日舰，统行驶集，把俄舰困在垓心，你开枪，我放炮，一齐动手，弄得俄兵防不胜防，御不胜御。恶龙难斗地头蛇，打了一仗，被日兵杀得大败亏输，战无可战，逃无可逃，只得束手归降，做了俘虏。日俄战事，虽与中国大有关系，然究与中外开战不同，故叙笔概从简略。

日俄胜负已决，于是美国大统领罗斯福，出来调停，劝日俄休兵息战。俄人此时，因鞭长莫及，不能再事调兵，日人以俄国究系强大，迁延非计，得休便休，遂各允了美统领的布告，各派公使到美国会议，就朴子茅斯作会议场。日使小村氏，提出要索各款共计十一条：第一条是索偿战费；第二条是承认朝鲜主权；第三条是要俄国割让桦太岛；第四条是旅顺大连湾的租借权，要让与日本；第五条是俄国撤退满洲兵；第六条是承认保全清国领土，及开放门户；第七条是哈尔滨以南的铁路，亦须割让；第八条是海参崴的干线，应作为非军事的铁道；第九条是窜入中立港的兵舰，当交与日本；第十条是限制东洋的俄国海军；第十一条是沿海州的渔业权等，亦应归与日本。这十一条款子，经俄使槐脱抗议，所有赔偿兵费，割让桦太，中立港窜入军舰的交与，及限制俄国海军四大问题，概不承诺。再四磋商，方允将桦太岛南半部，让与日本，余三条一概取消。日本亦总算承认，和议遂成。东三省的俄兵，才如约撤退，领土权交还中国，惟路矿森林渔业边地，各项交涉，仍日日相逼，清廷不敢不允。从此北满洲为俄人的势力圈，南满洲为日人的势力圈，名为中国的东三省，实则已归日俄的掌握了。总是中国晦气。

自日俄战争后，中国人士，统说专制政体，不及立宪政体的效果。什么叫作专制政体？全国政权，统归君主一人独断，所以叫作专制。什么叫作立宪政体？君主只有行政权，没有立法权，一国法律，须由国会中的士大夫议定，所以叫作立宪。日本自明治维新，改行新政，把前时专制政体，改作君主立宪，国势渐渐强盛，因此一战败清，再战胜俄，俄国政体，还是专制，终被日本战败。自是中国人的思想言论，骤然改变，反对专制的风潮，日盛一日。这是中国人惯技。慈禧太后虽然不愿，也只得依违两可，与王公大臣，商定粉饰的计策，停止科举，注重学堂，考试出洋学生，训练新军，革除枭首凌迟等极刑，并禁刑讯。复派遣载泽、绍英、戴鸿慈、徐世昌、端方五大臣出洋，考察政治，于光绪三十一年七月启行。临行这一日，官僚多出城欢送，五大臣联翩出发，才到正阳门车站，方与各同寅话别。忽听得豁喇一声，来了一颗炸弹，炸得满地是烟硝气，五大臣急忙避开，还算保全性命。大幸。载泽、绍英，已受了一些微伤，吓得面色如土，立即折回。

看官！你道这颗炸弹，从哪里来的？说来又是话长，小子略略叙述，以便看官接洽。原来康梁出走时，立了一个保皇会，号召同志，招集党徒，散放富有贵为等票，传布中外。在外游学的学生，与充工贩货的侨民，倒被他联络不少。独有一个广东人孙文，表字逸仙，主张革命，与康梁意见不同。他童年时在教会学堂肄毕，把平等博爱的道理，印入脑中，后来又到广州医学校内，学习医术。学成后，在广州住了两三年，借行医为名，结识几个志士，立了一个秘密会社。嗣因同志渐多，改名兴中会，自己做了会长。李鸿章未没时，他竟冒险到京，访到李寓，与李谈了一回革命事情。李以年老为辞，他遂回到广州，凑集几个银钱，向外国去购枪械，竟想指日起事。事不凑巧，秘谋被泄，急航海逃至英国。粤督谭锺麟，拿他不住，探听他遁至外洋，飞电各国公使，密行查拿。驻英使臣龚照玙，诱他入馆，把他禁住，亏得从前有位教师，是个英国人，名叫康德利，替他设法救出。自此以后，这位孙会长格外小心，遍游欧美各国，遇有寓居外洋的华人，往往结为好友。有几个志士，愿入党的，有几个富翁，愿助饷的。他住在海外，倒也不愁穿，不愁吃，单愁革命不成，欲想回国，又恐怕自投罗网，只得时常与同志通信。

有广东人史坚如，与中山是莫逆朋友，结了几个党人，要去借两广总督德寿的头颅。不料德寿的头颅，保得很牢，反将史坚如的头颅，借得去了。这是革命流血第一个志士。嗣后又有湖南人唐才常，想在汉口起事，占据两湖，又被鄂督张之洞查悉，拿获正法。才常死后，广东三合会首领郑弼臣，受孙文运动，愿听指挥，发难惠州，又遭失败。过了一年，湖南人黄兴，在长沙密谋革命，亦被泄漏。黄遁走日本，嗣又潜回上海，邀了同志万福华，刺杀前桂抚王之春。福华被拿，黄亦就获，经问官审讯，黄无证据，始得释，乃航海东去。浙江人蔡元培、章炳麟，在上海组集会社，开设报馆，鼓吹革命。四川人邹容，又著了一册《革命军》，被江督魏光焘闻知，饬上海道密拿。元培走脱，章、邹二人被捉，邹容在狱病故，章炳麟幽禁数年，方得释放。到光绪三十一年，湖商人胡瑛，湖北人王汉，谋刺钦差铁良，尾至河南彰德府，无隙可乘，王汉愤极，将手枪对着自己胸前，一发而毙。胡瑛料知无成，亦遁往日本。*历历写来，简而不漏。*

接连又有五大臣出洋事，恼动了一位志士吴樾。樾系皖北桐城人，生得慷慨激昂，自命为暗杀党先锋，他与五大臣毫无私仇，只为了排满主义，挟着炸弹，潜身进京。这日闻五大臣乘车出发，他先在车站坐待，等到五大臣陆续入站，将上火车，就取出炸弹，突然抛去。五大臣到底有福，未遭毒手，那仆役们恰死了好几个。误中仆役，恰难为一颗炸弹。当下大起忙头，由全班巡警，分路搜查，竟不见有可疑人物，只火车外面，有好几具尸首，仔细检查，除被炸的仆役外，有一血肉模糊的尸骸，粗具面目，恰没有人认识，复将衣服内一一检查，怀中尚藏有名片，大书吴樾姓名，名下又有皖北人三字，烈士徇名。大众料是革命党中人物，彼此相戒，几乎风声鹤唳，杯弓蛇影。

闹了月余，始渐平静。徐世昌、绍英不愿出洋，清廷只得改派了尚其亨、李盛铎。五大臣驾舰出游，自日本达美国，转赴英德。考察了数国政治，吸受些文明气息，遂从外洋拟了一折，把各国宪政大略，叙述进去。差不多如王荆公万言书，结末是请速改行立宪政体，期以五年。中国人的热心。这奏折传达清廷，皇太后尚迟疑未决，至次年七月，五大臣回国，由两宫召见数次，他五人各畅所欲言，说得非常痛切。太后也为动容，遂于光绪三十二年七月十三日，颁发预备立宪的上谕道：

　　朕奉慈禧端佑康颐昭豫庄诚寿恭钦献崇熙皇太后懿旨：我朝自开国以来，列圣相承，谟烈昭垂，无不因时损益，著为宪典。现在各国交通，政治法度，皆有彼此相因之势，而我国政令，积久相仍，日处阽危，忧患迫切，非广求智识，更订法制，上无以承祖宗缔造之心，下无以慰臣庶治平之望，是以前简派大臣分赴各国，考查政治。现载泽等回国陈奏，皆以国势不振，实由于上下相睽，内外隔阂，官不知所以保民，民不知所以护国。而各国之所以富强者，实由于实行宪法，取决公论，君民一体，呼吸相通，博采众长，明定权限，以及筹备财用，经画政务，无不公之于黎庶。又兼各国相师，变通尽利，政通民和，有由来矣。时处今日，惟有及时详晰甄核，仿行宪政，大权统于朝廷，庶政公诸舆论，以立国家万年有道之基。但目前规制未备，民智未开，若操切从事，徒饰空文，何以对国民而昭大信？故廓清积弊，明定责成，必从官制入手。亟应先将官制分别议定，次第更张，并将各项法律，详慎厘订，而又广兴教育，清理财政，整顿武备，普设巡警，使绅民明悉国政，以预备立宪基础。着内外臣工切实振兴，力求成效，俟数年后规模粗具，查看情形，参用各国成法，妥议立宪实行期限，再行宣布天下。视进步之迟速，定期限之远近。着各省将军督抚，晓谕士庶人等，发愤为学，各明忠君爱国之义，合群进化之理，勿以私见害公益，勿以小忿败大谋，尊崇秩序，保守和平，以预备立宪国民之资格，有厚望焉！钦此。

这篇谕旨，在清廷以为空前绝后的政策，其实纸上空谈，连实行的期限，尚且未定，已可见慈禧后的粉饰手段了。当下派载泽等编纂新官制，停捐例，禁鸦片，创设政务处及编制馆等，似乎锐意维新，不涉空衍。并命庆亲王奕劻为总核大臣，这庆亲王仰承慈眷，把懿旨格外凛遵，不到几日，就将京内外官制，核定崖略，具折奏陈：徒改官制，摆成一个空架子，究于国家何益？内阁军机处，暂仍旧贯，把六部改作十一部，首外务部，次吏部，次民政部，次度支部，次礼部，次学部，次陆军部，次法部，次农工商部，次邮传部，次理藩部，每部设尚书一员，侍郎二员，不分满汉，都察院改为都御史一员，副都御史二员，大理寺改为大理院，太常光禄鸿胪三寺，并入礼部，国子监并入学部，太仆寺并入陆军部，这算是京内官制的改革。各省督抚下，设布政、提法、提学三司，交涉纷繁的省分，增交涉使，有盐省分，仍留盐法使，或盐法道与盐茶道，东三省设民政、度支两使，代布政使职任。又裁撤分巡分守各道，添设巡警劝业二道，分设审判厅，增易佐治员，这算是外省官制的改革。换汤不换药，何足医国。官制粗定，复开宪政编查馆，建资政院，中央立统计处，外省立调查局，并派汪大燮、于式枚、达寿三大臣，分赴英德日三国考察宪法。

正在忙碌时候，忽报革命党人赵声肇乱萍乡，清政府方道是宣布立宪，可以抵制革命，谁知革命党仍旧横行，免不得意外忧虑。嗣闻萍乡县已经严防，党人无从侵入，有几个已拿下了，有几个已枪毙了，只主张起事的赵声，恰远飏得脱，遍索无着。有人查得赵声履历，乃是江苏丹徒人，表字伯先，系南洋陆师学堂第一次毕业生，与吴樾很是投契。吴樾未死的时候，曾遗书赵声，有"君为其难，我为其易"的密约。赵声也有赠吴的诗章，小子曾记得二绝云：

> 淮南自古多英杰，山水而今尚有灵。
> 相见尘襟一潇洒，晚风吹雨大行青。
> 一腔热血千行泪，慷慨淋漓为我言。
> 大好头颅拼一掷，太空追擭国民魂。

清廷闻萍乡已靖，又渐渐放心，不意御史赵启霖，平白地上了一折，竟参劾黑龙江署抚段芝贵，连及农工商部尚书载振，又惹起一番公案来，看官欲明底细，请向下回再阅。

> 光绪之季，清室已不可为矣。外则列强环伺，以辽东发祥地，坐视日俄之交争而不能止，西藏服属二百年，又被英人染指，剥丧主权。外交之失败，已不

堪问。内则党人蜂起，倡言革命，纷纷起事，前仆后继，子房之椎，胜广之竿，皆内溃之朕兆。内外交迫，不亡可待？清廷即急起图治，实行立宪，亦恐未足固国本，树国防，况徒凭五大臣之考察，数月间之游历，袭取各国皮毛，而即谓吾国立宪，已十得八九，不暇他求，其谁信之？本回依事直书，而夹缝中屡寓贬笔，是固所谓皮里阳秋者耶。

第九十四回

倚翠偎红二难竞爽　剖心刎颈两地招魂

却说农工商部尚书载振，系庆亲王奕劻子，他因庆王执掌朝纲，子以父贵，曾封镇国将军及贝子衔。自官制改更，把工部易名农工商部，就令他作为部长。一介贵公子，只可管领花丛，如何能主持实业？少年显达，倜傥风流，前时未任部长，尝悦妓女谢珊珊，招至东城余园侑酒，备极媟亵。御史张元奇曾专折奏参，说他为珊珊傅粉调脂，失大臣体。折上留中，庆王心中似乎过不下去，令封闭南城妓馆，尽驱诸妓出京。莺莺燕燕，纷纷逃避，也算是红粉小劫，奈振贝子最爱赏花，遇着这般禁令，暗中未免埋怨。正是太杀风景。亏得境随时易，旧事渐忘，两宫宠眷，较前益隆。公子竟冠部曹，美人复来都下。一班袅袅婷婷的丽姝，渐集京津。内京有个杨翠喜，破瓜年纪，妖媚动人，又生就一副好歌喉，专演花旦戏，登台一唱，满场喝采，且将戏中淫媟情状，描摹得惟妙惟肖，顿时哄动都人。振贝子闻这艳名，哪得不亲去赏鉴？相见之下，果然名不虚传。那杨美人本藉此为生，晤着这般阔老，位尊多金，年轻貌秀，自然格外巴结。一醉留髡，愿谐白首。好一出卖胭脂。振贝子虽然应允，但总不免有些顾忌，未便遽贮金屋。忽被黑龙江道员段芝贵闻知，竟替翠喜赎出歌楼，充为侍婢，献进相府，喜得振贝子心花怒开，忙替他运动一个署抚缺，报他厚德。不料河南道监察御史赵启霖，竟闻风上疏，劾他私纳歌妓，并参段署抚夤缘亲贵，物议沸腾。在赵御史恰也多事，慈禧后不得不派官调查。醇亲王载沣、大学士孙家鼐等，奉派查办，把振贝子巧为开脱，只将"事出有因，查无实据"八字，做了回话手本。官场通病。赵启霖遂以谎奏革职，只这位揣摩迎合的段署抚，已先时撤去重差，未由复任，也算暂时倒运。案结后，言路大哗，庆王又令振贝子具疏辞职，奉旨虽准他开缺，恰仍温语褒奖，说他年富力强，才识稳练，有此本领，故善作护花铃。仍应随时留心政治，以资驱策。那时都御史陆宝忠、御史赵炳麟等，还是不服，上了宽容台谏一折。苍蝇碰石廊柱，终究是不生效力。

　　振贝子一场趣案，既瓦解冰消，他的兄弟载搏，也有好花癖性，访艳藏娇，成为常事。此次见阿兄无累，格外放胆做去，偏来了一个苏宝宝，与搏二爷有些因果，合做露水姻缘。宝宝别号情天楼，幼时本骏稚愚笨，不甚出色。乃姊叫作媛媛，在上海操卖淫业，名盛一时，宝宝私心艳羡，极力模仿乃姊，巧为妆饰。到了十四五岁，居然尽态极妍，一个黄毛丫头，竟变成了盛鬋丰容的丽女。还有一桩媚骨柔声，超出乃姊上。乃姊因妒成嫉，横加摧折，同胞寻仇，系中国人恒态，无怪苏媛媛。宝宝发愤为雄，偏离了阿姊，独张一帜。只因时运未至，操业不能称心。可巧有一老妓从北京回来，见了宝宝，视为奇货，即挈她北上。时来运转，迁地果良，竟结识了一个搏二爷，彼此定情，你贪我爱，这一段风流趣史，流传都中，报纸上又为他夸扬，一传十，十传百，连他老子奕劻，也都闻知，把他严词训责。搏二爷无可奈何，只得忍痛割爱，暂避讥嘲。过了数月，旧性复发，又与一个名妓洪宝宝结不解缘，搏二爷专爱宝宝。与阿兄适成匹敌，真个是难兄难弟。当时某酒楼有题壁诗四绝，很有趣味，第一首云：

翠钿宝镜订三生，贝阙珠宫大有情；
色不误人人自误，真成难弟与难兄。

第二首云：

竹林清韵久沈寥，又过衡门赋广骚；
转绿回黄成底事，误人毕竟是钱刀。

第三首云：

红巾旧事说洪杨，惨戮中原亦可伤；
一样误人家国事，血脂新化口脂香。

第四首云：

娇痴儿女豪华客，佳话千秋大可传；
吹皱一池春水绿，误人多少好姻缘。

这四诗所指，即咏女伶杨翠喜，名妓洪宝宝事。后来御史江春霖，又劾直隶总督陈夔龙，及安徽巡抚朱家宝儿子朱纶，说陈是庆王的干女婿，朱纶是振贝子的干儿子，朝旨又责他牵涉琐事，肆意诬蔑，着回原衙门行走。时人又拟成一副谐联云：

儿自弄璋爷弄瓦，兄会偎翠弟偎红。

这联传诵一时，推为绝对。正是一门盛事。只台谏中有了二霖，反对庆邸父子，免不得恼了老庆。江春霖籍隶福建，赵启霖籍隶湖南，此时汉大学士瞿鸿玑，与赵同乡，老庆暗怨赵启霖，遂至迁怒瞿鸿玑。肚疼埋怨灶司。满汉相轧，汉相敌不过满相，已在意中。待至运动成熟，竟由恽学士毓鼎出头，参劾瞿鸿玑四大款：什么授意言官，什么结纳外援，什么勾通报馆，什么引用私人，恼动了慈禧太后，竟欲下旨严谴。幸而查办大臣孙家鼐、铁良等，代瞿洗释，改大为小。这瞿中堂算得免斥革，有旨以"开缺回籍"四字，了结此案。二霖扳不倒，老庆一鼎已足压双目，可见清廷敝政。

　　自是全台肃静，乐得做仗马寒蝉，哪个还出来寻衅？这慈禧太后恰清闲了不少，每日与诸位宫眷，抹牌听戏。戏子谭鑫培，是伶界中泰斗，专唱老生戏，入园供直，相传谭演《天雷报》一剧，唱得异常悱恻，居然空中应响，起了一个大霹雳，时人因称他作谭叫天，太后呼他为叫天儿。叫天儿上台，没一个不表欢迎，所以京中人都着谭迷，几乎举国若狂。当时肃亲王善耆，任民政部尚书，在宗室中称是明达，也未免嗜戏成癖。先时与叫天儿作莫逆交，得了几句真传，竟微服改装，与名伶杨小朵，合演《翠屏山》，善耆扮石秀，杨扮潘巧云，演到巧云斥逐石秀时，杨斥善耆道："你今天就是王爷，也须与我滚出去！"听戏的人，有认得善耆的，都为杨伶捏一把汗，偏这善耆毫不介意，反觉面有喜容，所以谭叫天亦极口称赞，说是可授衣钵，惟他一人。官场原是戏场，肃王旷达，何妨小试。

　　一班梨园子弟，正极承慈眷的时候，忽一片骇浪，发自安徽。一个管辖全省的恩巡抚，被一候补道员徐锡麟，手枪击死。这警电传到北京，吓得这位老太后，也出了一回神，命即停止戏剧，匆匆回宫，连颐和园都不敢去。"渔阳鼙鼓动地来，惊破霓裳羽衣曲"，想清宫情景，也如唐宫里差不多哩。小子闻那道员徐锡麟，系浙江绍兴人，曾中癸卯科副贡，科举废后，在绍兴办了几所学堂，得了两个好学生，一姓陈名伯平，一姓马名宗汉，嗣因自己未曾习武，复赴德国入警察学堂，半年毕业，匆匆回国。适他表亲秋女士瑾，也从日本留学回家，秋女士的仪表，不亚男子，及笄时，曾出嫁湖南人王某，两人宗旨不同，竟成怨偶。不意天壤间乃有王郎。她即赴东留学，学成归国，至上海遇着徐锡麟，谈起宗旨，竟尔相同，无非是有志革命。当下徐锡麟创设光复会，叫陈、马两学生做会员，自任为会长，联络各处同志，结成一个小团体。既而偕秋女士同回绍兴，把前立的大通学校，认真接办，注重体操，隐储作革命军，嗣接同乡好友陶成章来书，劝他捐一官阶，厕入仕途，以便暗中行事。锡麟深以为然，他家本是小康，又经同志帮助，凑成了万余金，捐了一个安徽候补道，银两上兑，执照下颁，锡麟领照到省，参见巡抚恩铭，恩抚不过按照老例，淡淡的问了几句。锡麟口才本是很好，见风使帆，引磁触铁，居然把恩抚一副冷肠，渐渐变热。官场中的迎合，亏他揣摩。传见数次，就委他作陆军小学堂总办；旋又因他警察毕业，兼任他做巡警会办。他得了这个差使，尽心竭力，格外讨好，暗中恰通信海外，托同志密运军火，相机起事。恩抚全然不知，常赞他办事精勤。不想两江总督端方，来了密电，内称革命党混入安徽，叫恩抚严密查拿。恩抚立传徐锡麟进见，示他译出的电文，锡麟一瞧，不由的吃了一惊。这电文内所称党首，第一名就是光汉子，幸下文没有姓名，还得暂时瞒住，佯作不解状，从容对恩抚道：“党人潜来，应亟加防备，职道请大帅严饬兵警，认真稽查！”恩抚道：“老兄办事，很有精神，巡警一方面，要托老兄了。”

锡麟应声而别，回寓后与陈、马二人密商，主张速行起事，先发制人，是年已是光绪三十三年。锡麟拟赶办学堂毕业，请恩抚到堂，行毕业礼，乘间刺杀恩铭。议定后，遂备文申详，定于五月二十八日行毕业礼，经恩抚批准，锡麟即密招党人，届期会集安庆，内应外合，做一番大大的事业。谁料到二十八日外，忽由恩抚传见，命他改期。锡麟惊问何故？这一惊比前更大。恩抚说二十八日，系孔子升祀大典，须前去行礼，无暇来堂，所以要提早两日。锡麟踌躇了一会，只推说文凭等件，都未办齐，恐不能提早。恩抚微笑，半晌才道："赶紧一些，便好办齐，有什么来不及哩！"锡麟观形察色，未免有些尴尬，不好再说。恩抚已举茶辞客，锡麟回寓，又与陈、马二人密议多时，统是没法，只得拼了性命，向前做去。到了二十六日，锡麟命在学堂花厅内，摆设筵席，预埋炸药，俟恩抚到堂，先行请宴，索性连巡抚以下各官，一概炸死，以便发难。辰牌时候，司道等俱至堂中，恩抚亦乘轿到来，由锡麟一一迎入。献茶毕，恩抚便命阅操，锡麟忙回禀道："请大帅先饮酒，后阅操！"恩抚道："午后有事，不如先阅操为便。"便传集全堂学生，齐立阶下。恩抚率司道坐堂点名，忽走入学务委员顾松，请恩抚就座少缓。锡麟听着，疑顾松已知密谋，遂不管好歹，从怀中取出炸弹，向前抛去，偏偏炸弹不炸。想是司道等不该死。

恩抚听见响声，忙问何事？顾松接口道："会办谋反。"说时迟，那时快，恩抚面前，又是一弹飞至。恩抚忙把右手一遮，刚刚击中右腕，这颗枪弹，是马宗汉放出来的。锡麟见未中要害，竟取出手枪两支，用两手连放，击射恩铭。恩铭受了数创，最厉害的一弹，穿过小腹，立即晕倒。文巡捕陈永颐忙去救护，一弹中喉，又复毙命。武巡捕德文，也身中五弹，顿时堂中大乱。恩抚手护军将恩铭背出，恩铭尚未至毙，一声呼痛，一声叫拿徐锡麟。藩司冯煦，带了各官，越门而逃，锡麟忙叫关门，奈被顾松阻住，竟放各官出门。锡麟大愤，执了马刀，赶杀顾松，顾松欲逃，被陈伯平开了一枪，了结性命。锡麟见各官已去，与陈、马二徒胁迫学生多名，趋占军械所。城内各兵，已奉藩司命围攻，锡麟命伯平守前门，宗汉守后门，内外轰击了一回，被官兵攻入，击死陈伯平，捉住马宗汉，单单不见徐锡麟。就近搜查，到方姓医生家，竟被搜着。冤家相遇，你一手，我一脚，把锡麟打至督练公所。当由藩司冯煦，臬司毓钟山，坐堂会审。锡麟立而不跪。冯煦厉声喝道："恩抚是你的恩帅，你到省未几，即委兼差，你应感激图报，为什么下此毒手？且有同党几人？"锡麟道："这是私恩，不是公愤，你等也不配审我，不如由我自写。大丈夫做事，当磊磊落落，一身做事一身当，何容隐讳？"冯煦道："很好。"便命左右取过纸笔，令他自书。锡麟坐在地上，提笔疾书道：

　　我本革命党大首领，捐道员，到安庆，专为排满而来。满人虐我汉族，将近三百年，综观其表面立宪，不过牢笼天下人心，实主中央集权，可以膨胀专制力量。满人妄想立宪便不能革命，殊不知中国人之程度，不够立宪。以我理想，立宪是万万做不到的。若以中央集权为立宪，越立宪的快，越革命的快。我只拿定革命宗旨，一旦乘时而起，杀尽满人，自然汉人强盛，再图立宪不迟。

　　我蓄志排满，已十余年，今日始达目的，本拟杀恩铭后，再杀端方、铁良、良弼，为汉人复仇，乃杀恩铭后，即被拿获，实难满意。我今日之举，仅欲杀恩铭与毓钟山耳。恩抚想已击死，可惜便宜了毓钟山。此外各员，均系误伤，惟顾松系汉奸，他说会办谋反，所以将他杀死。尔言抚台是好官，待我甚厚，诚然。但我既以排满为宗旨，即不能问满人作官好坏。至于抚台厚我，系属个人私恩，欲杀抚台，乃是排满公理。

　　此举本拟缓图，因抚台近日稽查革命党甚严，恐遭其害，故先为同党报仇。且要当大众面前，将他打死，以成我名。尔等再三问我密友二人，现已一并就获，均不肯供出姓名，将来不能与我大名并垂不朽，未免可惜，所论亦是。但此二人皆有学问，日本均皆知名，以我所闻，在军械所击死者，为光复子陈伯平，此实我之好友。被获者，或系我友宗汉子，向以别号传，并无真姓名。此外众学生程度太低，无一可用之人，均不知情。你们杀我好了，将我心剖了，两手两足斩了，全身砍碎了，均可。不要冤杀学生，学生是我诱逼去的。

革命党本多，在安庆实我一人。为排满故，欲创革命军，助我者仅光复子、宗汉子两人，不可拖累无辜。我与孙文宗旨不合，他也不配使我行刺，我自知即死，因将我宗旨大要，亲书数语，使天下后世，皆知我名，不胜荣幸之至！徐锡麟供。

写毕，掷交公案。藩臬两司，已得实供，复闻恩铭已死，便商议一番，拟援张汶祥刺马新贻案，惩办锡麟。一面电奏北京，一面将锡麟钉镣收禁。隔了两天，京中复电照办，并命冯煦署理皖抚，冯煦即命将锡麟挪出正法，复剖胸取心，致祭恩抚灵前。刑已减轻，如何仍此惨酷？复将马宗汉讯问得供，亦推出枭首。又传电浙江，查办徐氏家属，浙江巡抚张曾敭，接着此信，忙饬绍兴府贵福遵行。锡麟父徐梅生，向来守旧，曾告锡麟忤逆，至是到会稽县自首。县令李端年调查旧卷，果有梅生控子案，遂不去逼迫，只饬交捕厅管押。锡麟弟伟，正去安徽访兄，被冯署抚拿住，供称与兄意见不合。今欲到表伯俞巡抚处省视，路过安庆，顺道访兄，不意被拿，兄事实不知情。冯抚察无虚语，又因他供与湘抚俞廉三有亲，未免袒护一点，遂把他减轻罪名，监禁十年。

只绍兴府贵福，本系满人，格外巴结，不但将徐氏家产，抄没入官，并把大通学堂，也勒令封闭；并令差役入内检查。适值秋瑾女士，偶憩校中，差役不由分说，竟将她拿入府署，给她纸笔，逼令供招。秋瑾提笔写一"秋"字，经堂下令她写下，她又续书六字，凑成了一句诗，乃是"秋风秋雨愁煞人"一语。贵福道："这句便是谋反的意想。"不知所据何典？所引何律？遂黉夜电禀张抚，说是："秋瑾勾通徐锡麟，谋叛已有实据，现在拿获，应请正法！"张抚闻有谋叛确证，复电就地处决。可怜这位秋女士，被绑至轩亭口，愤无从泄，竟尔受刑。同善堂发棺收殓，以免暴骨。那贵福既杀了秋瑾，复令兵役到处搜查，忙乱了好几日，查不出有革命党踪迹。兵役异想天开，遇着居民行客，任意敲诈，连秃头和尚，天足妇人，统说他是徐秋二人党羽，得了贿赂，方才释手。约有一两个月，兵役已经满意，始复称没有革命党。贵福照禀张曾敭，曾敭电达安徽，并奏报北京，才算了案。杭绍的百姓，只有三魂六魄，已吓去了一半。至民国光复后，方把徐氏家产发还，并将秋女士遗骸改葬西湖，碣书鉴湖女侠秋璇卿墓。璇卿即秋瑾表字，鉴湖女侠，乃秋瑾别号。后人有挽徐志士并秋女侠对联两副，颇觉可诵：挽徐志士一联云：

> 铁血主义，民族主义，早已与时俱臻；未及睹白帜飘扬，地下英灵应不瞑。
>
> 只知公仇，安识私恩，胡竟为数所厄？幸尚有群雄继起，天涯草木俱生春。

挽秋女士一联云：

> 今日何年？共诸君几许头颅，来此一堂痛饮。
> 万方多难，与四海同胞手足，竞雄廿纪新元。

皖浙事方了，粤省又有会党起事，正是一波才平，一波又起，清室江山，总要被他收拾了。待小子下回再叙。

立宪之伪，于改革官制见之。官制虽更，而一班绔袴少年，以涂脂抹粉之手段，竟尔超升高位，欲其改良政治也得乎？迨御史攻讦，老羞成怒之奕劻，不知整饬家法，反令迁谪言官，甚至同寅大僚，亦受嫌被黜，周厉监谤，不是过也。徐锡麟谓越立宪的快，越革命的快，斯言实获我心。疆吏趋承上旨，加以惨戮，激之愈烈，发之办愈速。徐死后仅阅五年，而鄂军发难，清社墟矣。书有之："四海困穷，天禄永终"，信然！

第九十五回

遘奇变醇王摄政　继友志队长亡躯

　　却说粤东西两省，自洪杨荡平后，尚有余党孑遗，当时虽幸逃性命，本心终是未改，隐名韬姓的溷了几年，联络几个老朋友，免不得又来出头。什么三点会，三合会，统是藏着洪天王的姓，想与洪天王复仇。革命党人，利用这班会党，密与通信，叫他起事，因此广东韶平县的会党，攻黄冈协镇衙门；惠州府的会党，谋变七女湖；钦州的会党，也闻风踵起，攻陷防城。只是乌合之众，终究不能济事。*革命党联络会党，也太觉拉杂。*官兵一出马，两三仗便把会党击败，四散逃走。清廷以为癣疥微疾，不足深虑，独直督袁世凯，以内忧外患，交迫而起，奏请实行立宪。鄂督张之洞，以各校学生，日趋浮嚣，好谈革命，奏请设存古学堂，冀挽颓风。*一促维新，一拟存古，看似两岐，实是同一般用意。*清廷遂召两督入京，统补授军机大臣，另下诏化除满汉畛域，令内外各官条陈办法。

　　当下各官吏应诏陈言，有说宜许满汉通婚，有说要实行立宪，筹定年限。慈禧太后，倒也无乎不可，遂改考查政治馆为宪政编查馆，叫他按年筹备。宪政编查馆诸公，遂提出九年的期限，拟自光绪三十四年起，至四十二年止，将预定各事，陆续办齐，按年列表，上陈慈鉴。*日月逝矣，岁不我与，奈何？*奉谕："逐年筹备事宜，照单察阅，统是立宪要政，必须秉公认真，次第推行"云云。宫廷中的意见，总道是谕旨迭下，可以销弭隐祸，笼络人心，徒托空言，何济于事？偏偏民情愈奋，民气益张。苏浙两省，为了沪杭甬铁路，决议自办，拒绝英国借款；山西人为了外人开矿，有失利权，决立矿务公司，力图抵制；安徽又开铁矿大会，协争江浙铁路借款，并力请自办浦信铁路；广东人因外务部许税司管理西江捕权，会议力争。这一桩，那一件，都来与政府交涉。军机处的王大臣，及各部堂官，忙得日无暇晷，磋磨又磋磨，调停复调停，方才敷衍过去。

忽闻广西镇南关，又有革命党攻入，夺去右辅山炮台三座。有旨切责桂抚，令他指日克复。桂抚连忙调兵派将，运械输粮，与革命军对垒。官兵的饷械，陆续前来，革军的饷械，只是孤注。相持了好几日，革军已是械尽粮空，没奈何仍走外洋。桂抚遂上折报功，有几个有运气的将士，升官蒙赏，又沐了好些皇恩。这些甜味儿也要吃完了。

勉勉强强过了一年，已是光绪三十四年了。过年的时候，宫中照例庆祝，又有一番热闹。初十日是皇后千秋节，除太后皇帝外，众人统向皇后祝寿。元宵这一日，花灯绚彩，烟火幻奇，宫中复另具一番景色。不意日本公使，来了一个照会，内称粤海关擅扣汽船，侮辱国旗，要求外务部赔偿损失，吓得外务部瞠目结舌，正拟拍电去粤，粤省的大吏，已有电文传到，照电译出，系日本汽船二辰丸私运军火，接济民党，由粤海关查出，搜得枪枝九十四箱，子弹四十箱，当将二辰丸扣留，卸去日本国旗。外务部据事答复，偏偏日使不认，硬要同清廷呕气，彼此舌战了一回，日使竟取出强权手段，欲以武力对待。外务部无如彼何，只好事事应允，释船惩官，赔款谢罪，才算了结。强国有公理，弱国无公理，可为一叹。粤民大愤，拟停止日货交易，日使又强迫外务部，令粤督严禁，中国人虎头蛇尾，五分钟热心，不久即消灭净尽，日货仍充塞街中了。我同胞听着。

那时西陲的廓尔喀尼泊尔两国，恰遣使入贡，达赖喇嘛，前次避入库伦，至是闻英藏案结，回至西宁，亦上表入觐。太后特旨嘉许，命地方官优礼相待。到京后，赐居雍和宫，加封为诚顺赞化西天大善自在佛。徒事羁縻，不足以服达赖。会太后诞辰将至，便留达赖替他祝寿，自己畅游颐和园万寿山，图个尽欢。大约自己亦知不永。到了万寿期内，城内正街，装饰一新，宫中设一特别戏场，演戏五日，这是拳匪以后第一次盛典。达赖喇嘛亦带领属员，向太后叩祝，外国使臣，各遣员祝贺。只光绪帝已经抱病，不能率王大臣行礼，但于万寿日早晨，由瀛台至仪銮殿，勉强拜祝。太后见他颜色憔悴，形容枯槁，亦未免动了慈心，命太监扶掖上轿，令帝回入瀛台。是日下午，太后挈后妃福晋太监等，泛舟湖中，天气晴和，湖光一碧，太后老兴勃发，命妃嫔福晋等，改着古衣，扮做龙女善男童子，李莲英扮韦驮，自己扮观音大士，拍一照相，留作纪念。七十余年的历史，统作幻影观可也。游至日暮，兴尽方归。归途中凉风拂拂，侵入肌骨，又多吃乳酪苹果等物，竟至病痢。翌日尚照常理事，批阅奏折多件。又越日，太后皇帝都不能御殿。达赖闻太后染疾，呈上佛像一尊，禀称可镇压不祥，应速往太后万年吉地，妥为安置。太后喜甚，病几少瘥。翌日仍御殿，召见军机大臣，命庆王送佛像至陵寝。庆王闻命，迟疑一会，才奏称：“太后皇上，现皆有病，奴才似不便离京。”太后道：“这几日中，我不见得就会死，我现在已觉得好些了。无论怎样，你照我话办就是。”庆王不敢违旨，始奉佛像去讫。次日，太后皇帝同御便殿，直隶提学使傅增湘陛辞，太后道：“近来学生，思想多趋革命，此等颓风，断不可长。你此去务尽心力，挽回末习方好。”言下颇为伤感，傅增湘应令趋退，太后即宣召医官入内诊病。

　　自是光绪帝不复视朝，太后亦休养宫中，未曾御殿。御医报告两宫病象，均非佳兆，请另延高医诊视。军机处特派员请庆王速回，一面增兵卫宫，稽查出入，伺察非常。庆王接信，兼程入京，一到都下，闻光绪帝病重，太后已拟立醇王子溥仪为嗣，当下入宫谒见太后。太后即向庆王道："皇上病重，看来要不起了。我意已决，立醇王子溥仪。"庆王道："就支派上立嗣，溥伦是第一个应继，其次还是恭正溥伟。"太后道："我意已定，不必异议。从前我将荣禄的女儿，与醇王配婚，便等她生下儿子，立为嗣君，报荣禄一生的忠心。荣禄当庚子年防护使馆，极力维持，国家不亡，全仗彼力。哪个主张攻使馆，请太后下一转语来。今年三月，曾加殊恩与荣禄妻室，现已饬迎醇王子溥仪入宫，授醇王为监国摄政王了。"庆王闻言，暗想木已成舟，无可再说，便道："太后明见，想亦不错。"太后又道："皇上终日昏睡，清醒时很少，你去看他一看，倘或醒着，可将此意传知。"

　　庆王便转至瀛台，到光绪帝寝榻前，但见光绪帝双目睁着，气喘吁吁，瘦骨不盈一束。榻下只有一两个老太监，充当服役，连皇后瑾妃都不在侧，未免触景生悲，暗暗堕泪。当时请过了安，光绪帝亦两泪含眶，便有气无气的向庆王道："你来得很好！我已令皇后往禀太后，恐不能长侍慈躬，请太后选一嗣子，不可再缓。"庆王便婉述太后旨意，光绪帝半晌才道："立一长君，岂不更好？但不必疑惑，太后主见，不敢有违。"到死还不敢批评太后，惊弓之鸟，煞是可怜！庆王道："醇王载沣，已授为监国摄政王，嗣君虽幼，可以无虑。"光绪帝道："这且很好，但我，……"说到我字，喉中竟哽咽起来。庆王连忙劝慰，便道："皇上不必怆怀，如有谕旨，奴才当竭力遵办。"光绪帝道："你是我的叔父行，不妨直告。我自即位以来，名目上亦有三十多年，现在溥仪入嗣，还是承继何人?"庆王闻了此语,倒也踌躇了一会;想定计划,才道:"承继穆宗,兼祧皇上。"光绪帝道:"恐怕太后未允。"庆王道:"这在奴才身上。"言未毕,太监报称御医入诊,当由庆王替光绪帝传入。医官行过了礼,方诊御脉。诊罢辞退,庆王亦随了出来,问御医道:"脉象如何?"御医道:"龙鼻已经煽动,胃中又是隆起,都非佳兆。"庆王问尚有几日可过?御医只是摇头。

庆王料是不久,便别了御医,径禀太后。太后道:"各省不知有无良医,应速征入都方好。"还要良医何用?庆王道:"恐来不及了。"太后道:"你却去叫军机拟旨,如有良医,速遣入诊,我也病重得很。"庆王退出。还有宫监们旁构谗言,说皇帝前数日,闻太后病,尚有喜色。太后发怒道:"我不能先他死。"小人之可恶如此。是日下午,太后闻报帝疾大渐,便亲至瀛台视疾,光绪帝已昏迷不省,太后命宫监取出长寿礼服,替帝穿着,帝似乎少醒,用手阻挡,不肯即穿。向例皇上弥留,须着此礼服,若崩后再穿,便以为不祥。太后见帝不愿穿上,便令从缓,延至五句钟驾崩,是日为光绪三十四年十月二十一日。太后、皇后、妃嫔二人,及太监数人在侧。太后见帝已崩逝,匆匆回宫,传谕降帝遗诏,并颁新帝登基喜诏。庆王闻耗,急趋入宫,见遗诏已经誊清,忙走前瞧阅道:

　　朕自冲龄践阼,寅绍丕基,荷蒙皇太后慉育仁慈,恩勤教诲,垂帘听政,宵旰忧劳,嗣奉懿旨,命朕亲裁大政,钦承列圣家法,一以敬天法祖,勤政爱民为本。三十四年中,仰禀慈训,日理万机,勤求上理,念时势之艰难,折衷中外治法,辑和民教,广设学堂,整顿军政,振兴工商,修订法律,预备立宪,期与薄海臣庶,共享升平。各直省遇有水旱偏灾,凡疆臣请赈请蠲,无不恩施立沛。本年顺直东三省，湖南、湖北、广东、福建等省，先后被灾，每念我民满目疮痍，难安寝馈。朕躬气血素弱，自去岁秋间不豫，医治至今，而胸满胃逆，腰痛腿软，气壅咳喘诸证，环生迭起，日以增剧，阴阳俱亏，以致弥留，岂非天乎？顾念神器至重，亟宜传付得人，兹钦奉慈禧端佑康颐昭豫庄诚寿恭钦献崇熙皇太后懿旨，以摄政王载沣子溥仪，入承大统，在嗣皇帝仁孝聪明，必能仰慰慈怀，钦承付托，忧勤惕厉，永固邦基。尔京外文武臣工，其清白乃心，破除积习，恪遵前次谕旨，各按逐年筹备事宜，切实办理！庶几九年以后，颁布立宪，克终朕未竟之志。在天之灵，藉稍慰焉。丧服仍依旧制，二十七日而除。布告天下，咸使闻知。

庆王瞧毕，便禀太后道："新皇入嗣，是否承继穆宗？"太后道："这个自然。吴可读曾至尸谏，难道竟忘记么？"庆王道："承继穆宗，原应该的，但大行皇帝，亦不可无后，应由嗣皇兼祧。"太后不应，庆王再请，太后且有怒容。庆王叩头道："从前穆宗大行，未曾立嗣，因有吴可读尸谏。现今皇上大行，若非筹一兼顾的法子，仍如穆宗无嗣，安得没有第二个吴可读，仍行尸谏故事？将来应如何对待，还乞太后圣裁。"太后被他驳住，才忍着性子道："你去拟旨来，待我一阅。"庆王即起，取纸笔，草拟遗诏道：

　　钦承慈禧端佑康颐昭豫庄诚寿恭钦献崇熙皇太后懿旨：前因穆宗毅皇帝，未有储贰，曾于同治十三年十二月初三日降旨，皇帝生有皇子，应承继穆宗毅皇帝为嗣。今大行皇帝龙驭上宾，亦未有储贰，不得已以摄政王载沣之子溥仪，承继穆宗毅皇帝为嗣，兼承大行皇帝之祧。

兼祧之制已定，光绪帝才算有嗣。最感激的，乃是光绪皇后。庆王等退出，时已夜半，太后才得安寝。次日尚召见军机与皇后摄政王，及摄政王福晋，谈论多时。复用新皇帝名目，颁一上谕，尊太后为太皇太后，皇后为太后，其时尚谈及庆祝尊号，及监国授职的礼节。到了午膳，太后方饭，忽然间一阵头晕，猝倒椅上。李莲英等忙扶太后入寝宫，睡了好一歇，方才醒转，令召光绪皇后、摄政王载沣，及军机大臣等齐集，咐吩各事，从容清晰。并云："病将不起，此后国政应归摄政王办理。"随令军机大臣拟旨，大略如下：

奉太皇太后懿旨：昨已降谕，以醇王为监国摄政王，禀承予之训示，处理国事。现予病势危急，自知不起，此后国政，即完全交付监国摄政王。若有重要之事，必须禀询皇太后者，即由监国摄政王禀询裁夺。

看这道上谕，可见慈禧后爱怜侄女，与待同治皇后，大不相同。不但爱怜侄女，且暗蓄那拉族势力。慈禧后叮嘱既毕，喉中顿时痰壅，咯了几口，休养了好一会。军机大臣，尚未趋退，当下命草遗诏。军机拟诏毕，呈慈禧后，慈禧后还能凝神细阅，从头至尾，看了一遍。又命军机加入数语，才算定稿。到了傍晚，渐渐昏沉，忽又神气清醒，谕王大臣道："我临朝数次，实为时势所迫，不得不然。此后勿再使妇人预闻国政，须严加限制，格外防范！尤不得令太监擅权，明末故事，可为殷鉴。"说到末句，已是不大清楚。临终时偏有此遗嘱，所谓人之将死，其言也善。喉中的痰，又壅塞起来。面色微红，目神渐散，随即逝世。时仅两日，遭了两重国丧，宫廷内外，镇定如常，这还是慈禧一人的手段。越日即传布遗诏道：

予以薄德，祇承文宗显皇帝册命，备位宫闱。迨穆宗毅皇帝，冲年嗣统，适当寇乱未平，讨伐方殷之际，时则发捻交讧，回苗俶扰，海疆多故，民生凋敝，满目疮痍，予与孝贞显皇后，同心抚视，夙夜忧劳，秉承文宗显皇帝遗谟，策励内外臣工，暨各路统兵大臣，指授机宜，勤求治理，任贤纳谏，救灾恤民，遂得仰承天麻，削平大难，转危为安。及穆宗毅皇帝即世，今大行皇帝入嗣大统，时事愈艰，民生愈困，内忧外患，纷至沓来，不得不再行训政。前年宣布预备立宪诏书，本年颁示预备立宪年限，万机待理，心力俱殚，幸予气体素强，尚可支持。不期本年夏秋以来，时有不适，政务殷繁，无从静摄，眠食失宜，迁延日久，精力渐惫，犹未敢一日暇逸。本年二月一日，复遭大行皇帝之丧，悲从中来，不能自克，以致病势增剧，遂致弥留。回念五十年来，忧患迭经，兢业之心，无时或释。今举行新政，渐有端倪，嗣皇帝方在冲龄，正资启迪，摄政王及内外诸臣，尚其协心翊赞，固我邦基！嗣皇帝以国事为重，尤宜勉节哀思，孜孜典学，他日光大前谟，有厚望焉！丧服二十七日而除，布告天下，咸使闻知！

遗诏既下，准备丧葬典礼，务极隆崇。加谥曰孝钦显皇后，谥光绪帝为德宗景皇帝。越月，嗣皇帝溥仪即位，年甫四龄，由摄政王扶掖登基，以明年为宣统元年，上皇太后徽号曰隆裕皇太后，并颁摄政王礼节，及覃恩王公大臣有差。

京中一吊一贺，方在热闹得很，忽报安徽省又起革命风潮。大众还道徐锡麟复生，惊疑不定，后来探听的确，方知发难的首领，乃是炮队队官熊成基。成基因徐锡麟惨死，心怀不平，适值前炮营正目范传甲，与锡麟乃是故交，锡麟死时，曾对着尸首，恸哭一回，被抚院卫队撞见，飞奔得脱。是时闻两宫崩逝，遂潜至安庆，运动熊成基起事。成基应允，密召部下营兵，宣告革命。部众倒也赞成，当即编成命令十三条，定于十月二十六日颁布。处置既定，又暗约弁目薛哲在城内接应。届期十点钟，炮营内全队俱发，先至陆军小学堂，破门而入，直趋操场军械室，取得枪杆；又至火药库，夺了子弹，正想长驱入城，不料城门已是紧闭。成基还待薛哲接应，等了许久，毫无影响，遂在沿城小山上架炮轰城。连放数炮，城不能破，反被城上轰击过来，死伤部众数十人。正在着忙，忽闻长江水师，已奉江督端方命令，来救安庆，成基料知事泄，便率众向西北遁走。途中解散部众，只身独行。沿路记念范传甲，不知如何下落。行到山东，适遇一位好友从安庆来，两下相叙，才知范传甲谋刺大吏，未成被获，已是就义，不禁涕泪交横。友人复劝他远走辽东，免被缉获，成基应诺而去。

到了宣统二年，贝勒载洵，出使英国，贺英皇加冕，道出哈尔滨，成基想把他刺死，偏偏载洵的卫队，布得密密层层，孑身无从下手，只得眼睁睁由他过去。不过成基心总未死，拟乘载洵回国，再行着手。一面联络石往宽、喻培伦二人，做了臂助。无如谋事在人，成事在天，载洵从原路归来，成基方与石、喻二友，执着手枪，拼命入刺，哪知枪还未发，已被巡警捉住。三个人拿住了一双半，解到吉林，由巡抚审讯，三人直供不讳，眼见得性命难保了。军官也要革命，虽不中，不远矣。

这且搁下不提，单说皖乱已平，江督端方，即报知摄政王，摄政王稍觉安心。只光绪帝曾有遗恨，密嘱摄政王，摄政王握了大权，便想把先帝恨事，报复一番。正是：

遗命不忘全友爱，宿仇未报速安排。

毕竟所为何事，且从下回叙明。

慈禧太后之殁，距光绪帝崩，仅一日耳，后人啧有烦言，或谓光绪帝已崩数日，宫内秘不发丧，直至嗣皇定位，慈禧复逝，因次第宣布。或谓光绪帝之崩，实在太后临终之后，守旧党人，恐光绪帝再出亲政，不免于祸，遂设法置诸死地。以讹传讹，成为千古疑案。予考中外成书，于两宫谢世，并无异论，是则悠悠之口，不足为凭。著书人据事叙录，未尝羼入谬论，存其实也。独慈禧太后两立幼君，至于光绪帝崩，复迎立四龄幼主，入宫践阼。意者其尚望延年，仍行训政欤？否则为光绪后留一地步，维持叶赫族永久权势，而因有此举也。后人曾有咏宫词云：

纳兰一部首奸诛，婚媾仇雠筮脱弧。
二百年来成倚伏，两朝妃后侄从姑。

即是以观，叶赫亡清之谶，不特应于慈禧后一人之身，隆裕后亦与焉。皖中革命，先徐后熊，影响及仕途军界，清之不亡无几矣。隆裕后尚无亡国之咎，不过慈禧当国数十年，天人交怨，特假隆裕以泄其忿耳。慈禧考终，不及见逊位之祸，慈禧其亦幸矣哉！

第九十六回

二显官被谴回籍　众党员流血埋冤

却说摄政王载沣，因记起光绪帝遗恨，亟图报复，遂密召诸亲王会议。庆王奕劻等，都至摄政王第中，由摄政王取出光绪帝遗嘱，乃是的确亲笔，朱书五个大字。庆王奕劻瞧着，便道："这事恐行不得。"摄政王道："先帝自戊戌政变以后，幽居瀛台，困苦的了不得，想王爷总也知道。现在先帝驾崩，遗恨终身，在天之灵，亦难瞑目。"言毕，面带泪容。庆王道："畿辅兵权，统在他一人手中，倘欲把他惩办，以致禁军激变，如何是好？"故抱含蓄之笔。摄政王嘿然不答。庆王又道："闻他现有足疾，不如给假数天，再作计议。"摄政王勉强点头。

看官，你道光绪帝恨着何人？遗嘱内是什么要语？小子探明底细，乃是"袁世凯处死"五字。一鸣惊人。原来戊戌变政时，光绪帝曾密嘱袁世凯叫他赴津去杀荣禄。袁去后，荣禄即进京禀报太后，照应八十七回。太后再出训政，把帝幽禁终身，不能出头。你想光绪帝的心中，如何难过？能够不引为深恨么？荣禄本系太后心腹，光绪帝还原谅三分，只老袁奉命赴津，不杀荣禄，反令荣禄当日赴京，哪得不气煞恨煞？荣禄死后，老袁复受了重任，统辖畿内各军，权势益盛。太后复格外宠遇，因此光绪帝愈加愤闷。临危时，闻胞弟载沣，已任摄政王，料得太后年迈，风烛草霜，将来摄政王总有得志日子，所以特地密嘱。摄政王奉了兄命，趁这大权在手，自然要遵照施行。可奈庆王从中阻止，只得照庆王的计划，从宽办理。那老袁亦得着风声，便借足疾为名，疏请辞职。摄政王便令他开缺回籍，他即收拾行李，竟回项城县养疴。摄政王因老袁已去，将端方调任直督，保卫京畿。

宣统改元，半年无事，隆裕太后在宫娱养，免不得因情寄兴，想拣个幽雅地方，闲居消遣。适大内御花园左侧，有土阜一区，很是爽敞，向由堪舆家言，不宜建筑。隆裕后性颇旷达，破除禁忌，竟饬工匠在土阜上兴筑水渠，四围浚池，引玉泉山水回绕殿上。窗棂门户，无不嵌用玻璃，隆裕太后自题匾额，叫作灵沼轩，俗呼为水晶宫。土木初兴，中元复届，太皇太后梓宫，尚未奉安，隆裕记念慈恩，特饬造大法船一只，用纸扎成，长约十八丈有零，宽二丈，船上楼殿亭榭，陈设俱备，侍从篙工数十人，高与人等，统穿真衣。上设宝座，旁列太监宫女，及一切器用，下面跪着身穿礼服的官员，仿佛平日召见臣工的形状。中悬一黄缎巨帆，上书"普渡中元"四大字。船外围绕无数红莲，内燃巨烛，都人推为巨制。统是民血，何苦如此？摄政王用皇帝名致祭舟前，祭毕，将大法船运至东华门外，敬谨焚化。一时男妇老幼，都来观集，叹为古今罕见。这项报销，闻达数十万金。过了两月，奉安届期，前三日间，又焚去纸扎人物，驼马器用等，不可胜计。

奉安这一日，车马喧阗，旌旗严整，簇拥着太皇太后金棺，迤逦东行。摄政王载沣，骑马前导。隆裕太后率领嗣皇及妃嫔人等，乘舆后送。两旁都是军队警吏，左右护卫，炫耀威赫景象，几乎千古无两。极盛难继。全队向东陵进发，东陵距京约二百六十多里，四面松柏蓊蔚，后为座山，与定陵相近。定陵就是咸丰帝陵寝，从前由荣禄监陵工，只东陵一穴，共费银八百万两，这场丧费，比光绪帝丧费，要加二倍有余。光绪帝梓宫奉安，较早半年，彼时只费银四十五万两有零。太后奉安，费银一百二十五万两有零。相传摄政王曾拟节省靡费，因那拉族不悦，没奈何摆了一场体面，不过国库支绌，未免竭蹶得很，这也不必细表。

单说隆裕太后到了东陵，下舆送窆，忽见旁边山上，有一摄影器摆着，数人穿着洋装，对准新太后拍相。隆裕太后大怒，喝令速拿，侍从忙赶将过去，拿住洋装朋友两名，当场讯鞫。供称系奉直督端方差遣，隆裕太后勃然道："好胆大的端方，敢这么无礼，我定要把他惩办！"隆裕当时，很欲效法慈禧。送窆礼毕，愤愤回京，即命摄政王加罪端方，拟将他革职拿问。还是摄政王从旁婉解，极称："端方已是老臣，乞太后宽恕一点。"于是罪从末减，定了革职回籍，才算了案。

端既革职，王大臣们，方识得隆裕手段，不亚乃姑。只端方素爱滑稽，最好用联语嘲人，同官中被他侮弄，未免衔恨，见了革职的谕旨，也很为畅快。小子曾记得端方有二联语，趣味独饶，一是嘲笑同官赵有伦，一是嘲笑同官何乃莹。二人姓名，也是天然对偶。赵有伦系京师富家儿，目不识丁，赖他母舅张翼，提拔入资郎，累得阔差，至充会典馆纂修。一块没字碑，看作藏书簏，已未免遭人谤议。赵又出了千金，购一妓女为妾，偏偏他大妇是个河东吼，立刻撵逐，不得已赁一别舍，居住小星。大妇又侦悉赵谋，禁赵自由出门，归家少迟，辄遭诟谇。端方遂做了一联，嘲笑有伦云：

> 一味逞豪华，原来大力弓长，不仅人夸富有。
> 千金买佳丽，除是明天弦断，方教我去敦伦。

又代著一额，乃是"大宋千古"四字。有伦闻知，还极口称赞。每出遇人，常诩诩自述，嗣经好友替他讲解，方绝口不谈了。何乃莹曾官副宪，性甚顽固，戊戌政变，规复八股，由何所奏，后因袒庇拳匪革职，何本庚辰翰林馆改部，签分工曹。妻室某氏，因何失翰林，大发雌威，何无言可答，直至长跪榻前，方蒙饶恕。既入工部，往拜某尚书，具赀百金。某尚书嫌他礼薄，呵斥备至，端方又撰一联道：

> 百两送朱提，狗尾乞怜，莫怪人嫌分润少。
>
> 三年成白顶，清例，翰林七品戴金顶，改为部曹，已成六品，例戴白顶。蛾眉构衅，翻令我作丈夫难。

额曰："何若乃尔"。这两联确是有味，但滑稽谈，容易肇祸，所以同僚中也常嫉视。此次遣人至陵前摄影，亦太儿戏，所以触怒太后，竟致革职。若长此革职回籍，倒也安然，可惜还想做官，终至身死西蜀。

端方去后，京中没甚大事，忽然间又到残冬。只京中虽是平安，外面恰很危险。英法日俄诸国，各订立关系中国的密约。俄人增兵蒙古，英人窥伺西藏，法人觊觎云南，中国大局，危迫万分，满廷亲贵，还是麻雀叉叉，姨娘抱抱，妓女嫖嫖，简直是痴聋一样。是年各省已开咨议局，舆论以速开国会，缩短立宪期限，为救亡的计策，遂推举代表，齐赴京师，要求速开国会，至都察院递请愿书。都察院置不理，竟将请愿诸书搁过一边。各代表又遍谒当道，竭力陈请。旗籍亦举了代表，加入请愿团，都察院无可推诿，始行入奏。奉旨因不及筹备，且从缓议。各代表无可如何，只好纷纷回籍，拟至次年申请。翌年，朝鲜国又被日本并吞，国王被废，亚东震动。各省政团商会，及外洋侨民，各举代表，联合咨议局代表议员，再赴北京，递呈二次请愿书，清政府仍然不允。于是革命党人，密谋愈急。

　　粤人汪兆铭，曾肄业日本法政学校，毕业后，投入民报馆，担任几篇报中文字。原来民报馆正是革命党机关，报中所载的论说，无非是痛詈清廷，鼓吹革命。兆铭在此办理，显见得是个同志。他闻得载沣监国，优柔寡断，所信用的，无非叔侄子弟，已是愤激得很，会民报馆又被日本警察干涉，禁止发行，兆铭决计回国，干这革命的事业。他想擒贼必先擒王，不入虎穴，焉得虎子？便离了日本，潜赴北京，并邀同志黄树中，同至京内。树中在前门外琉璃厂，开了一爿照相馆，做了侨寓的地点，每日与兆铭往来奔走，暗暗布置，幸未有人窥破。约过数月，忽有外城巡警多人，围住照相馆，警官似虎如狼，趋入馆内，搜缉汪兆铭、黄树中。汪黄二人，料知密谋已泄，毫不畏惧，立随巡警出门，到了总厅。厅长问明姓名，二人便直认不讳，由总厅送交民政部。

　　民政部尚书善耆，坐堂审讯，先问两人姓名，经两人实供后，随问地安门外的地雷，是否你两人所埋。两人直捷应声道：“确是我们埋着。”善耆道：“你埋着地雷何用？”两人答道：“特来轰击摄政王。”浑身是胆。善耆道：“你与摄政王何仇？”汪兆铭答道：“我与摄政王没甚仇隙，不过摄政王是个满人首领，我所以要杀他。”善耆道：“本朝开国以来，待你汉人不薄，你何故恩将仇报？”兆铭大笑道：“夺我土地，奴我人民，剥我膏血，已经二百多年，这且不必细说；现在强邻四逼，已兆瓜分，摄政王既握全权，理应实心为国，择贤而治，大大的振刷一番，或尚可挽回一二。讵料监国两年，毫无建树，中外人民，请开国会，一再不允，坐以待亡。将来覆巢之下，还有什么完卵？我所以起意暗杀。除掉了他，再作计较。”善耆本号旷达，听了此言，也似有理，便道：“你们两人，必分首从，究竟那个是主谋？”黄树中忙说“是我。”汪兆铭怒对树中道：“你何尝主张革命？你曾向我劝阻，今朝反来承认，为我替死，真正何意？"回头对善耆道："主谋的人，是我汪兆铭，并非黄树中。"树中也说："是我主谋，并非汪兆铭。"善耆见他二人争死，也不禁失声道："好烈士！好烈士！"又向二人道："你两人果肯悔过，我可赦你不死。"两人齐声道："你等满亲贵如肯悔祸，让了政权，我死亦无他恨。"

善耆不能辩驳，令左右将二人暂禁，自己至摄政王第中，报明底细。摄政王道："地安门外，是我上朝的出入要路，他敢在此埋着地雷，谋为不轨，若非探悉密谋，我的性命，险些儿丧在他手，请即重办为是！"善耆道："革命党人，都不怕死，近年以来，枭首剖心，也算严酷，他们反越聚越多，竟闹到京中来了。依愚见想来，就使将他立刻正法，余外的革命党又至，办也办不完，还是暂从宽大，令他感我恩惠，或可销除怨毒，也未可知。"摄政王道："难道汪、黄两人，竟好释放么？"善耆道："这也不能，且永远监禁，免他一死。"摄政王点头，善耆退出，便令将汪、黄送交法部狱中。法部尚书廷杰愤愤道："肃王爷也太糊涂，夺我权柄，饶他死罪，是何道理？"命司狱官拣一黑狱，将汪、黄钉了镣铐，羁黑狱中。

不言二人在狱受苦，且说革命党闻汪、黄失败，又被拿禁，大家都是悲愤。赵声，黄兴，一班首领，仍拟集众大举，先夺广东为根据地。原来广东是中国富饶的地方，兼且交通便当，所以革命党人，屡次想夺广东，立定脚跟，渐图扩张。无如广东大吏，防备严密，急切不得下手，只好相时而动。暗中从南洋办到二十多万金，购到外洋枪药炸弹，因恐路中有人盘查，专用女革命党，运入广州，租了房屋，藏好火器。门条上面，统写某某公馆，或写利华研究工业所，或写学员寄宿舍。又把各种文书，如营制饷章军律札符安民告示，保护外人告示，照会各国领事文，取缔满人规则，预先属草。筹备了好几月，已是宣统三年，清廷方开设资政院，赞成缩短立宪期限下，旨以宣统五年为期，实行开设国会，并令民政部饬国会请愿团，即日解散。请愿团尚欲继续要求，当由清廷下令驱逐，如再逗留，还要拿办，各代表踉跄出京。大廷专制，物议沸腾，革命党以为机会已到，公推黄兴为总司令，招集义友，约于宣统三年四月朔举行。

适值粤人冯如，在美国学造飞行机，竣工回国，往见粤督张鸣岐，自言在美国学制飞艇，已二十多年，现更自出心裁，造成一艇，能升高三百五十尺，载重四百余吨，此番回国，已将飞机运归，准备试验。张督即命冯如再往海口，载回飞艇，择日试演。这个消息传出，省城官绅商民，争欲先睹为快。冯如择定日期，拟于三月初十日，在燕塘试放。届期这一日，远近到者数万人，红男绿女，络绎途中，真个是少见多怪，哄动全粤。广州将军孚琦，系荣禄从侄，闻得燕塘试演飞机，亦想一广眼界，当下坐了绿呢大轿，排仗出城。清制，将军不能擅自出城，孚琦欲广目界，违制私出，只道清廷无由遥制，谁知冥官偏不留情。一到燕塘，张督等统已出场，相见毕，彼此坐定。霎时间飞艇上升，越腾越高，但听得大众惊诧声，鼓噪声，谈笑声，闹成一片。不但百姓齐声喝采，连大小文武各员，也称为奇物。孚琦更为快慰，只因身任将军，有守城责，不便多留城外，便起身辞了各官，先行入城。甫至城门口，忽闻轰的一声，孚琦探头出望，巧巧一颗子弹，飞中额上。可谓一广额界。孚琦慌忙大喝道："有革命党，快快拿住！"这话一说，反把手下亲兵，吓得四散，连轿夫也弃轿远走。孚琦正在惊慌，那枪弹还是接连飞来，凭你浑身是铁，也要洞穿，弹声中止，放弹的人，跳跃而去。适值张督等回来截住，刺客一时不能逃避，枪弹又未装就，即被兵警擒住。这时才去看孚将军，早已鲜血淋漓，全无气息，轿子已打得七洞八穿，玻璃窗亦碎作数片。广州府正堂，及番禺县大令，忙饬轿夫抬回尸首，一面押着刺客，随张督等一同进城。张督立饬营务处审讯，刺客供称："姓温名生财，曾在广九铁路做工，既无父母，又无妻小，此次行刺将军，系为四万万同胞复仇。今将军已被我击死，我的义务尽了，愿甘偿命！"问官欲究诘同党，温生财道："四万万汉人，便是我同党。"问官又欲诘他主使，温生财道："击死孚琦是我，主使也就是我，何必多问！"视死如归。问官得了确供，便向督署中请出军令，立刻用刑。

温生财既死，官场中格外戒严，纷纷调兵入城。黄兴等闻这消息，顿足不已，大呼为温生财所误。当下秘密会议，有说目下未便举动，且暂时解散，再作后图。独黄兴主张先期起事，提出三大理由：第一条是说我等密谋大举，不应存畏缩心。第二条是说大军入城，有进无退，若半途而废，将失信用，后来难以作事。第三条是蓄谋数年，惹起各国观瞻，若不战而退，恐被外人笑骂。众人闻这三条理由，恰是确实情形，不得不举手赞成，遂决计起事。

到了三月二十九日，官场也微悉风声，防守越严。黄兴谓束手待毙，不如冒险进取，遂于是日下午六点钟出发，他们先想了一个计策，着敢死团坐了轿子，向总督衙门内，一直抬入。管门的人，还道他是进见总督，不敢上前拦住，那敢死团已闯进衙门，便乱掷炸弹，将头门炸坏，击毙管带金振邦。敢死团复向二门捣进，直到内房，并不见有总督，也不见有总督家眷。原来总督张鸣岐，闻风声紧急，早将家眷搬在别处，只有自己留住署内。是日听得衙门外面，枪声大作，忙令巡捕探悉。巡捕未出内室，外面已报革命党进衙，不免心慌意乱，亏得巡捕扯住了他，从室中走上扶梯，开了窗，正是当铺后墙，他两人即攒出窗门，越过当铺后檐，径入当铺中。众朝奉认得张督，自然接待，张督不暇安坐，急令朝奉引出偏门，三脚两步的，走入水师统领署内。

　　水师统领李准，已闻督署起火，正拟调兵救护，忽报张督
微服前来，便迎进花厅，作揖才罢，张督即令发兵拿革命党。
李准请张督暂住书室，自己忙调动城内防营，速救督署，复亲
自上马出衙，赶至督辕前，见营兵已与革党酣战。党人气焰很
盛，枪杆统是新式，看看防营中人，有点抵挡不住，李准大喝
一声，催各兵竭力向前，能获住党人一名，便有重赏。那时众
兵听见有赏二字，争先杀敌，党人虽拼命死战，究竟寡不敌
众，有几个中弹死了，有几个跌倒地上，被拿去了，渐渐的剩
了数十人，只得望后退走。李准带了营兵，追向前去，到了大
南门，又遇着一队党人，混战一场，党人又死了一半，四散奔
逃。李准见四面统有火光，复分营兵为数队，向各处兜拿。火
起处不得赴救，总教要路拦住，不使党人逃窜，就算有功。所
以党人无从得利，次日清晨，还有党人一大群，去夺军械局，
又被营兵杀退。营兵到处搜索，党人无路可走，竟拥入米肆中
将米袋运至店口，堆积如山，阻住营兵。营兵搬不胜搬，枪弹
又打不进去，正在没法，李准下令，用火油浇入店中，烧将起
来。可怜党人前后无路，多被烧死。

　　这日党人死了无数，城中损失，恰不甚多。因党人不肯骚
扰居民，见有老幼妇女，尝扶他回家，就是街中放火，也不过
是摇惑军心的计策，往往自放自救。到了四月朔日，城中已寂
静无声了。那时张鸣岐已回到督署，将捉到党人若干名，一一
审讯。党人统是慷慨直陈，无一抵赖。张督便命一半正法，一
半收监。旋由同善堂内检点各处尸首，向黄花冈埋葬。后来经
党人自己调查，阵亡的著名首领，约有八十九人，姓名录下：

林　文　　林觉民　　林尹民　　林常拔　　方声洞　　陈与燊

陈更新　　陈汝环　　陈文波　　陈可均　　陈德华　　陈　敏

陈启言　　陈　福　　陈　才　　冯超骧　　冯仁海　　冯　敬

冯雨苍	刘六湖	刘元栋	刘　锋	刘钟群	刘　铎
李　海	李　芳	李雁南	李　晚	李　生	李海书
李文楷	徐满凌	徐培汉	徐礼明	徐日培	徐保生
徐广滔	徐沛流	徐应安	徐钊良	徐　端	徐容九
徐松根	徐廉辉	徐茂苗	徐培深	徐习成	徐林端
徐进台	罗　坤	罗　俊	罗　联	罗　干	罗仲霍
石经武	石庆宽	荣肇明	劳　培	马　侣	马　胜
周　华	韦云卿	梁　纬	喻纪云	庞　鸿	庞　雄
何天华	王　明	姚国梁	宋玉琳	饶辅廷	余东鸿
日　全	雷　胜	黄鹤鸣	杜凤书	萧盛跻	游　涛
秦大诱	伍吉三	郭继梅	冼　选	程耀林	葛郭树
黎　新	吴　润	彭　容	廖　勉	江继厚	

这八十九人内，有七十二人葬在黄花冈，只黄兴，赵声，及胡汉民，李燮和数人，总算逃出香港，才免拿获。赵声恨事不成，病痛而死，与黄花冈诸君相见地下，这是广州流血大纪念。民国纪元，当三月二十九日，为黄花冈志士周年期，上海某报，曾有一副挽联云：

　　　黄花冈下多雄鬼，五色旗中吊国殇。

　　广州流血后，水师提督李准，得了黄马褂的重赏，清政府也以为泰山可靠，越加放心。从此阳说立宪，阴加专制，不到数月，又想出一个铁路国有的计策，闯出一件大大的祸事来了。欲知后事，请看下回。

　　　摄政王载沣，监国三年，未闻大有失德，而国势
　　　日危，实由于变乱已深，不可救药。故谓亡清之咎，

专属摄政王，我不敢信。但必以摄政王可告无罪，亦
岂其然？当其监国之始，严谴袁端二大臣，似觉刚克
有余，乃其后太阿倒持，政权旁落，叔侄子弟遍要
路，无一干济才，但惟是贪婪淫欲，培克为生，是岂
恐其亡之不速，而故速其亡耶？谁秉国政，顾任其骄
纵若此？革命党人乘机骚动，一败而清廷相庆，再败
而清廷益相贺，三败四败，而清廷且自以为无恐矣。
抑知败者愈奋，胜者愈骄，革命革命之声喧传海外，
虽欲不亡，不可得也。故广州一役，人为革党悲，吾
为清室惧，天夺之鉴而益其疾，觇国者于此决兴
亡焉。

第九十七回

争铁路蜀士遭囚　兴义师鄂军驰檄

却说清政府闻广州捷报，方在放心，安安稳稳的组织新内阁。庆王奕劻，资望最崇，作为总理，自不消说。汉大臣中，如孙家鼐、鹿传霖、张之洞等，先后逝世，只有徐世昌，历任疆圻，兼掌部务，算是一位老资格，遂令他与那尚书桐，作为内阁总理的副手。内阁以下，如外务、民政、度支、学务、吏、礼、法、陆军、农工、邮传、理藩各部，统设大臣、副大臣各一员，从前尚书、侍郎的名目，悉行改革。凡旧有的内阁军机处，亦一律撤去。又增一海军部，命贝勒载洵为大臣，并设军咨府，命贝勒载涛为管理。洵、涛统是摄政王胞弟，翩翩少年，丰姿原是俊美，可惜胸中并没有军事知识，只仗着阿兄势力，占居枢要。一对绣花枕，好看不中用。各省谘议局联合会上书，略称："内阁应负责任，不宜任懿亲为总理，请另简大员，改行组织。"折上，留中不报。联合会再上书续请，方接复旨，据言："用人系君主大权，议员不得干预！"顿时全国大哗。

还有邮传部大臣盛宣怀，倡起铁路国有的议论，怂恿摄政王施行。中国的铁路，自造的只有三四条，余外多借外款建筑，甚且归外人承办。光绪晚年，各省商民，知识新开，才听得借款筑路，由外人监督，连土地权也保不住，于是创议自办，把京汉、北京至汉口。粤汉广东至汉口。两大干路，集款赎回，又由四川到汉口一线，亦由川汉商民，自行兴筑，这也是保全铁路的良策。偏偏这位盛大臣宣怀，要收归国有，难道果有绝大款项，能买回这铁路么？据盛大臣奏章，说是："川粤铁路，百姓无钱续办，不如收为国有，借债造路。此路一成，偿了外债，还有盈余。"说话似乎中听，其实只好去骗摄政王。除摄政王外，若非与盛大臣串同舞弊，简直是骗不进的。

　　盛大臣是常州人，他家私约几百万，也算是中国一个富翁。他的钱财，多半从做官来的，已经到了这个地步，也好知足，还要做什么邮传部大臣？还要想什么铁路国有的计策？无如他总想不通，看不破，家中的姨太太，弄了好几十个，费用浩大，挥金如土。他的子弟们，又是浪吃浪用，不肯简省，累得这位盛老头儿，还不能回家享福。他运动了一个邮传部缺分，本是很好，可奈晚清路航邮电各局，多抵外债，进款也是有限，他从没法中想出一法，借铁路国有的名目，去贷外款几千万，一来可以敷衍目前，二来有九五回扣，可入私囊。等到外人讨还，他已早到棺材里去了。就使寿命延长，尚是未死，借主是清朝皇帝，与己无涉，中人勿赔钱，乐得眼前受用。摄政王视事未久，不甚晓得暗中弊端。庆亲王奕劻，总教有点分润，也与盛大臣一样想头，此倡彼和，居然把盛大臣原奏，批准下来。这段文字，写得淋漓尽致。

　　盛大臣遂与英美德法四国，订定借款，办粤汉川汉铁路。外人正想做些投资事业，一经盛大臣与他商议，把路作押，自然谨遵台命。那时盛大臣又想出办法，把从前川粤汉的百姓已垫路本，统作七折八扣的计算，从中又好取利若干，而且不必还他现钱，只用几张钞票，暂时搪塞，便好将百姓的路本，取作国用，一举数得，真是无上妙法。谁知百姓不肯忍受，竟要反抗政府。咨政院也奏请开临时会，参议四国借款。各省咨议局，直接申请，要请政府收回铁路国有成命。盛大臣一概不理，且怂恿摄政王，下了几道上谕，说甚么不准违制，说甚么格杀勿论，百姓看了这等话头，越加气恼。川人格外愤激，开了一个保路大会，定要与政府为难。川督赵尔丰，与将军玉昆，将川中情形，联衔上奏。这时盛大臣已有二三百万回扣到手，哪里还肯罢休？巧值端方入京，运动起复，费了十万金，得着一个铁路总办的缺分。盛大臣本帮他运动，所以同他商议，要他去压制川民，就可升任川督。端方利令智昏，居然满口答应，要去送掉老命了。草整行装，立即启程。行抵武昌，闻川民闹得不可开交，商人罢市，学堂罢课，不觉暗想道："赵尔丰如此无能，一任民人要挟，如何可作总督？"遂黉夜拟一奏折，叫文稿员缮就，翌晨出发，奏中极说："赵督庸懦，须另简干员"，大有舍我其谁的意思。嗣得政府复电，令他入川查办，端方遂向鄂督瑞澂，借兵两队，指日入川。此时可算威风。

川督赵尔丰，本是著名屠户，起初见城内百姓，捧着德宗景皇帝的牌位，到署中环跪哀求，心中也有些不忍，因此有暂缓收回的奏请。旋闻端方带兵入川，料是来夺饭碗，不禁焦急起来。欲利人，难利己；欲利己，难利人。两利相权，总是利己要紧。人人为此念所误。忽外面传进了一纸，自保商榷书，列名共有十九人，他正想把这十九人传讯，那十九人中，竟有五人先来请见。尔丰阅五人名片，是咨议局议长蒲殿俊、副议长罗纶、川路公司股东会长颜楷、张澜、保路会员邓孝可，不由的愤愤道："都是这几人作俑，牵累老夫，非将他们严办不可！"遂传令坐堂。巡捕等茫无头绪，只因宪命难违，不得不唤齐卫队，立刻排班。

赵屠户徐踱出来，堂皇上坐，始唤五人进见。五人到了堂上，瞧这情形，大为惊异。但见赵屠户大声道："你五人来此何为?"邓孝可先发言道:"为路事,故来见制军,请制军始终保全。且闻端督办带兵入川,川民惶惧的了不得,亦乞制军奏阻。"赵屠户道:"你等敢逆旨么?本部堂只知遵旨而行!"愿为满奴。这句话恼动了蒲殿俊,便道:"庶政公诸舆论,这明是朝廷立宪的谕旨,制军奈何不遵?况四川铁路,是先皇帝准归商办,就是当今皇上,亦须继承先志,可容那卖国卖路的臣子,非法妄为吗?"观此可知川民捧景帝牌位之用意。说得赵屠户无言可驳,益发老羞成怒,强词夺理道:"你等欲保全路事,亦须好好商量,为什么叫商人罢市,学堂罢课?你等心犹未足,且闻要抗粮免捐,这非谋逆而何?"殿俊道:"这是川民全体意旨,并非由殿俊等主张。"赵屠户取出自保商榷书,掷示五人道:"你们自去看来!这书上明明只书十九人,你五人名又首列。哼哼!名为绅士,胆敢劫众谋逆,难道朝廷立宪,就可令你等叛逆么?"五人瞧着,尚思抗辩,赵屠户竟喝令卫弁,将五人拿下。卫弁奉令来缚五人,忽听大门外一片哗声,震动天地,望将过去,约不下千人。头上都顶着德宗景皇帝神牌,口口声声,要释放蒲罗等。惹得屠户性起,命卫队速放洋枪,这令一下,枪声四射,起初还是开放空枪,后来见百姓不怕,竟放出真弹子来,把前列的伤了数名。大众越加动怒,反人人拼着性命,闯入署中。正在不可开交的时候,亏得将军玉昆,飞马前来,下了马,挨入督辕,先抚慰民人一番,然后进商赵屠户,劝他不要激变。屠户铁石心肠,还是坚执一词,玉昆不待应允,竟命将蒲罗等五人,释了缚,随身带出,又劝大众散归,大众才陆续归去。

　　赵屠户愤犹未息,竟奏称乱民围攻督署,意图独立,幸先期侦悉,把首要擒获;嗣复联络鄂督瑞澂,迭上奏章,说如何击退匪徒,说如何大战七日,其实不过用兵监谤,与乡间百姓闹了两三场,他便捕风捉影,捏词陈奏,想就此冒点功劳,可以保全禄位。川民自保,赵督亦自保,势已分裂,如何持久?鄂督瑞澂,闻川省议员萧湘,由京过鄂,潜差人将他拘住,发武昌府看管。原来萧在京时,曾反对借债筑路,瑞澂把他拘禁,无非巴结政府,与赵屠户心计,彼此一律。看官!试想民为国本,若没有百姓,成何国度?况且清廷已筹备立宪,凡事统在草创中,难道靠了几个虎吏,就可成事么?大声疾呼。清政府阅赵督奏折,还道川境大乱,仍用前两广总督岑春煊,前往四川,会同赵尔丰办理剿抚事宜。岑意主抚,行到湖北,与鄂督商议,意见相左。又与赵尔丰通信,尔丰大惊,想道:"既来了端老四,又来了岑老三,正是两路夹攻,硬要夺我位置。"夺他位置,其患犹小,将来恐不止此,奈何?连忙写了复书,婉阻岑春煊,说是日内即可肃清,毋庸劳驾等语。岑得书,也不欲与他争功,便上书托疾,暂寓武昌,借八旗会馆,作为行辕,这是宣统三年八月初的事情。

转瞬间,已到中秋,省城戒严,说有大批革命党到了,春煊还不以为意。后来闻知总督衙门内,拿住几个革命党,他也不去细探。至十九夜间,前半夜还是静悄悄的,到了一两点钟时候,忽听得有劈劈拍拍的声音,接着又是马蹄声,炮声,枪声,嘈杂不休。连忙起床出望,外面已火光烛天,屋角上已照得通红。方惊疑间,但见仆人踉跄走来,忙问何事?仆人报称:"城内兵变。"春煊道:"恐怕是革命党。我是查办川路,侨居此地,本没有地方责任,不如走罢。"使命仆人收拾行装,挨到天明,自己扮了商民模样,只带了一个皮包,挈仆出门。到了城门口,只见守门的人,臂上都缠着白布,他也莫明其妙,混出了城,匆匆的行到汉口,趁了长江轮船,径回上海去了。倒也清脱。

原来这夜的扰乱,正是民军起事,光复武昌的日子。是历史上大纪念日。鄂督瑞澂,未出仕时,在沪曾犯拐骗珠宝案,公廨出票拘提，他即遁去。后来不知如何钻营，迭蒙拔擢，相传与泽公有葭莩谊，因此求无不应。他本识字无多，肄业的肄字，尝读作肆音，士人传为笑柄。此次擢任鄂督，除逢迎政府外，别无他能。八月初九日，接到外务部密电，略说："革命党陆续来鄂，私运军火，并有陆军第三十标步兵，作为内应，闻将于十五六日起事，宜速防范"云云。他见了这种电文，飞饬陆军第八镇统领张彪，分布军队，按段巡查。督署内外，布满军警，又命文武大小各官，不得赏中秋节，连自己亦无心筵宴，日夜不得安枕。过了十五六两日，毫无动静，方才有些安心。十七日晚间，始与妻妾，补赏中秋，大家格外欢乐。宴毕，十二巫峰，任他游历，也总算是乐极了。乐极以下，便是生悲。

翌日，接到荆襄巡防队统领沈得龙电文，说："在汉口英租界拿获革党刘汝夔、邱和商两名，已着护军解省。"瑞澂将电文交与巡捕，令颁发营务处，俟刘、邱两人解到听审。次日，又接张彪电话，说："在小朝街拿革党八人，内有一女革党，叫作龙韵兰，又有陆军宪兵队什长彭楚藩，内通革党，亦已查出拿下。同时在雄楚楼北桥高等小学堂间壁洋房内，拿获印刷告示缮写册子的革党五人。"接连又接到关道齐耀珊禀，说："洋房公所吴恺元，于汉口俄租界宝善里内，捉到秦礼明、龚霞初二名，并搜出炸弹、手枪、旗帜、印信、札文底册、信件甚多。"刚在一起一起的举发，外面又解到革党杨宏胜一名，说在黄土陂千家街地方小杂货店内，捉了来的。瑞澂被他闹昏，咐吩巡捕道："如有革党解到，不必琐报，总叫暂收狱中，我索性总审一堂，尽行将他正法，免得耽忧。"巡捕应声而出。是晚督署内复查出炸药一箱，有教练队军兵二人形迹可疑，拿讯时，果然由他运入，立即枭首。十九辰刻，瑞澂坐了大堂，审讯革党，有几个直认不讳，把他正法，有几个尚无实供，仍令收禁。

审讯已毕，适张彪到署，瑞澂把搜出名册，交他详阅。并说："名册中牵连新军，应即严查！"张彪告别回营，便饬将弁向各营查诘，营兵人人自危，遂密约起事，一火烧熟。定于十九夜间九点钟后，放火为号，一齐到火药局会齐，先搬子弹，后攻督署。可怜瑞澂、张彪等，尚在睡梦中。是晚月色微明，满天星斗悬在空中，听城楼更鼓，已打二下，忽然红光一点，直冲九霄。工程第八营左队营中，列队齐出，左右手各系白巾，肩章都已扯去。督队官阮荣发、右队官黄坤荣、排长张文澜等，出营阻拦。大家统说："诸位长官，如要革命，快与我辈同去！"阮黄诸人，还是神气未清，大声喝阻。语尚未绝，枪弹已钻入胸膛，送他归位。当下逐队急趋，遇着阻挡，一律不管，只请他吃弹子。到了楚望台边，有旗兵数十人拦住，被他一阵排枪，打得无影无踪，遂扑入火药局内，各将子弹搬取。此时十五协兵士，已齐集大操场，随带弹药，同工程营联合，去攻督署。适遇防护督署的马队，阻止前进，兵士齐叫道："彼此都系同胞，何苦自相残杀？"倘令长存此心，何患国家不治？马队中听得此言，很是有理，遂同入党中。于是分兵三处，一向凤凰山，一向蛇山，一向楚望山，各将大炮架起，对着督署轰击，霎时间将督署头门毁去，各兵从炮火中，奔入督署，找寻瑞澂，谁知瑞澂早已率同妻妾，潜逃出城，到楚豫兵轮上去了。转身去寻张彪，也与瑞澂同一妙法，逃得不知去路。亏得会逃，保全老命。

各兵拥集督辕，天色渐明，大众公推统领，倒是齐声一致的，愿戴一位黎协统。乱世出英雄。这黎协统名元洪，字宋卿，湖北黄冈县人，从前是北洋水师学堂的学生，毕业后，娴陆海军战术，中东一役，黎曾充炮船内的兵目，因见海军败没，痛愤投海，为一水兵救起，由烟台流入江南，适值张之洞为江督，一见倾心，立写"智勇深沉"四大字，作为奖赏。嗣张督调任两湖，黎亦随去。及张入京，未几病逝，黎仍留鄂，任二十一混成协协统，为人温厚和平，待士有恩，所以军队无不乐戴。众议既定，都奔到黎营内，请出黎协统，要他去做都督。黎公起初不允，旋由大众劝迫，才说："要我出去，须要听我号令：第一条，不得在城内放炮。第二条，不得妄杀满人。此外如抢劫什物，奸淫妇女，捣毁教堂，骚扰居民等事，统是有干法律，万不可行！诸位从与不从，宁可先说，免得后悔。"大众齐声遵令，遂拥着黎公到谘议局，请他立任都督，把谘议局改作军政府，邀议长汤化龙，出任民政。

部署渐定，遂发了密令，命统带林维新带兵去袭汉阳。林统带连夜渡江，袭据了兵工厂，随向汉阳城进发。汉阳知府，不待兵到，早已远飏，正是不劳一炮，不血一刃，唾手得了汉阳城。旋又分兵过河，占住了汉口镇。汉口有各国租界，当由鄂军政府，照会各国领事，请他中立，并愿力任保护外人生命财产。各领事见他举动文明，也是钦佩，遂与军政府声明中立条约三件：一　是无论何方面，如将炮火损害租界，当赔偿一亿七万两。二　是两方交战，必在二十四点钟前，通告领事团。三　是水陆军战线，必距离租界十英里外。

鄂军政府一一承认，遂由各国领事团，宣布中立文，并与军政府订定条约，凡从前清政府，与各国约章，继续有效，此后概当承认。赔款外债，照旧担负，各国侨民财产，一概保护。惟各国如有阴助清政府，及接济满清政府军械，应视为仇敌。所获物品，尽行没收。双方签定了押，遂由鄂军政府，撰布檄文，传达全国。其文道：

中华开国四千六百零九年八月□日，中华民国军政府檄曰：夫《春秋》大九世之仇，小雅重宗邦之义，况以神明华胄，匍匐犬羊之下，盗憎主人，横逆交逼，此诚不可一朝居也。惟我皇汉遗裔，奕叶久昌，祖德宗功，光被四海。降及有明，遭家不造，蕞尔东胡，曾不介意。遂因缘祸乱，盗我神器，奴我种人者，二百六十有八年。凶德相仍，累世暴殄，庙堂皆豕鹿之奔，四野有豺狼之叹。群兽嘻嘻，羌无远虑。慢藏诲盗，遂开门揖让，裂弃土疆，以苟延旦夕之命，久假不归，重以破弃。是非特逆胡之罪，亦汉族之奇羞也。幕府奉兹大义，顾瞻山河，秣马厉兵，日思放逐，徒以大势未集，忍辱至今。天夺其魄，牝鸡司晨，块然胡雏，冒昧居摄，遂使群小俱进，黩乱朝纲，斗聚金璧，以官为市，强敌见而生心，小民望而蹙额。犬羊之性，好食言而肥，则复有伪收铁道之举，丧权误国，劫夺在民。愤毒之气，郁为云雷。由鄂而湘而粤而川，扶摇大风，卷地俱起。土崩之势已成，横流之决，可翘足而俟。此真逆胡授命之秋，汉族复兴之会也。幕府总摄机宜，恭行天罚，惧义帅所指，或未达悉，致疑畏之徒，遇事惶惑，僻远诸彦，莫知奋起，用先以独立之义，布告我国人曰：

在昔虏运方盛，则以野人生活，弯弓而斗，眈目磔舌，习为豺狼，是以索伦凶声，播越远近。入关之初，即择其强梁，遍据要津，而令吾民输粟转金，豢其丑类，以制我诸夏。传且九叶，则放诞淫侈，夤缘苟偷，以袭取高位。枯骨盈廷，人为行尸，故太平之战，功在汉贼，甲午之役，九庙俱震。近益岌岌，祖宗之地，北削于俄，南夺于日，庙堂阒寂，卿相嘻嘻，近贵以善贾为能，大臣以卖国相长，本根已斩，枝叶瞀乱。虎皮蒙马，聊有外形。举而蹴之，若拉枯朽，是虏之必败者一。

昔三桂启关，汉家始覆，福酋定鼎，益因缘汉贼，为之佐命。稍浴汉风，遂事羁縻，维时中邦，大势已去，义士窜伏，迂儒小生，勿能自固，遂被迫胁，反颜事仇，渐化腥羶，遂忘大义，合薰于莸，以逆为正，孑孑贪夫，时效小忠。虏遂奄然高踞，骄吸民脂，浸淫二百年，汉族义师，屡蹶不起，爰及洪王，几复汉土，曾胡左李，以本族之彦，倒行逆施，遂使虏危而复安，久留不去，此实孝孙之已醉，非逆胡之可长也。方今大义日明，人心思汉，觥觥硕士，烈烈雄夫，莫不敬天爱祖，高其节义。虽有缙绅，已污伪命，以彼官邪，皆舆金辇璧，因货就利，鄙薄骄虚，毋任艰巨。虏实不竞，汉臣复匮，盲人瞎马，相与徘徊，是虏之必败者二。邦国迁移，动在英豪，成于众志，故杰士奋臂，风云异气，人心解体，变乱则起。十稔以还，吾族巨子，断脰决腹者，已踵相接。徒以民习其常，毋能大起，虏遂起持其间，因以苟容，迁延至今，乃以立宪改官，诈为无信，借款收路，重陷吾民，星星之火，乘风燎原。川湘鄂粤之间，编户齐民，奔走呼号，一夫奋臂，万姓影从，颓波横流，败舟航之，是虏之必败者三。

昔我皇祖黄帝，肇造中夏，奄有九有。唐虞继世，三王奋迹，则文化彬彬，独步宇内，煌煌史册，逾四千年。博大宽仁，民德久著，衡之西欧，则逊其条理已耳。先觉之民，神圣之胄，智慧优渥，宜高踞土疆，折冲宇宙，乃锐降其种，低首下心，以为人役，背先不孝，丧国无勇，失身不义，潜德幽光，望古遥集。瞻我生身，吊景惭魂。返性则明，知耻则勇，孝子不匮，永锡尔类，则汉族之当兴者一。

大道之行，天下为公，国有至尊，是曰人权。平等自由，乐天归命。以生为体，以法为界，以和为德，以众为量。一人横行，谥曰独夫，凉彼武王，遂有典刑。满虏僭窃，更益骄恣，分道驻防，坐食齐民，厚禄高官，皆分子姓。胁肩谄笑，武断朝堂，国土国权，断送唯意。束我言论，遏我大群，扰我闾阎，诬我善良，锄我秀士，夺我民业，囚我代表，杀我议员，天地晦盲，民声销沉。牧野洋洋，檀车煌煌，复我自由，还我家邦，则汉族之当兴者二。

海水飞腾，雄强参会，弱国屏种，夷为犬豕。民有群德，朝有英彦，咸能达旁，乃竞争而存耳。惟我中华，厄于逆虏，根本参差，国力遂靡。虏更无状，鱼馁肉败，腥闻四布，遂引群敌，乘间抵隙，边境要区，割削尽去，拊背扼吭，及其祖庙，卧榻之间，鼾声四起，耳目蔀覆，手足絷维，遂使我汉土堂奥尽失，民气痿痹，将破碎颠连，转屬封豕，不去庆父，鲁难未已，廓而清之，骏雄良材，握手俱见，万几肃穆，群敌销声，则汉族之当兴者三。

维我四方猛烈，天下豪雄，既审斯义，宜各率子弟，乘时跃起，云集响应。无小无大，尽去其害，执讯获丑，以奏肤功。维我伯叔兄弟，诸姑姊妹，既审斯义，宜矢其决心，合其大群，坚忍其德，绵系其力，进战退守，与猛士俱。维尔失节士夫，被逼军人，尔有生身，尔亦汉族，既审斯义，宜有反悔，宜速迁善，宜常怀本根，思其远祖，宜倒尔戈矛，毋逆义师，毋作奸细。维尔胡人，尔在汉土。尔为囚徒，既审斯义，宜知天命，宜返尔部落，或变尔形性，愿化齐民，尔则无罪，尔乃获赦宥。

幕府则与四方俊杰，为兹要约曰："自州县以下，其各击杀虏吏，易以选民，保境为治。又每州县，兴师一旅，会其同仇，以专征伐，击杀虏吏。肃清省会，共和为政，幕府则大选将士，亲率六师，犁庭扫穴，以复我中夏，建立民国。"

幕府则又为军中之约曰："凡在汉胡苟被逼胁，但已事降服，皆大赦勿有所问。其在俘囚，若变形革面，愿归农牧，亦大赦勿有所问。其有挟众称戈，稍抗颜行，杀无赦；为间谍，杀无赦；故违军法，杀无赦。"以此布告天下，如律令。

又有一阕兴汉军歌，尤觉得慷慨异常，小子备录于此，以供众览道：

地发杀机，中原大陆蛟龙起，好男儿濯手整乾坤；拔剑斫断胡天云。复我皇汉，完我自由，家国两尊荣。乐利蒸蒸，世界大和平，中外视福乐无垠。好男儿！撑起双肩肩此任！

鄂军一起，清廷大震，立命陆军部及军谘府，派兵赴鄂，欲知谁胜谁负；请至下回表明。

盛宣怀为亡清罪魁，实足为民国功臣。铁路国有之策不倡，则争路之风潮不起，鄂军即或起义，其成功与否，尚未可知，故谓盛为民国功臣可也。赵端诸人，皆为渊驱鱼，为丛驱雀之流，清无此人，乌乎亡？民国无此人，乌乎兴？然则赵端诸人，其亦皆民国功臣耶？鄂军之起，实自天怒人怨致之。檄文一篇，说得淋漓酣畅，足为吾华生色。而本回叙事，亦气势蓬勃，抑扬得当，是固皆好手笔也。

第九十八回

革命军云兴应义举　摄政王庙誓布信条

却说清廷闻武昌兵变，即派陆军两镇，令陆军大臣荫昌督率前往，所有湖北各军及赴援军队，均归节制调遣。一闻鄂耗，即派陆军大臣前往，势成孤注，可见清政府之卤莽。又令海军部加派兵轮，饬萨镇冰督驶战地，并饬程允和率长江水师，即日赴援。一面把瑞澂、张彪等革职，限他克日收复省城，带罪图功。种种谕旨，传到武昌。黎都督元洪，恰也不慌不忙，只分布军队，严守武汉，专待北军到来，一决雌雄。从容布置，便见老成。有弁目献计军政府，请拆京汉铁路若干段，阻止北军前来。黎都督道："我军将要北上，如何拆这铁路？目前所虑，只患兵少，不敷防御，现拟暂编步兵四协，马队一标，炮队两标，工辎队各一营，军乐队一营，权救眉急。"于是出示招兵，不到三日，已有二万人入伍，遂令各队长日夕操练，预备对垒。复出一剪发命令，无论军民人等，一律剪辫，把前清时候的猪尾巴，统行革去。剪辫是第一快事。当下择定八月二十五日祭旗，立红黄蓝白黑五色旗为标帜，届期天气晴明，黎都督率同义师，诚诚恳恳的祷了天地，读过祝文，然后散祭。大家饮了同心酒，很有直捣黄龙的气势。

是日闻北军统带马继增，已率第二十二标抵汉口，驻扎江岸。清陆军大臣荫昌，亦出驻信阳州，海军提督萨镇冰，复率舰队到汉，在江心下碇。双方战势，渐渐逼紧。黎都督先探听汉口领事团，知已与清水陆军，签定条约，不准毁伤租界。租界本在水口一带，水口挡住，里面自可无虞，清水师已同退去一般。黎都督就专注陆战，于二十六日发步兵一标，赴刘家庙，布列车站附近。是时张彪军尚在此驻扎，鄂军放了一排枪，张军前列，伤了数十人，随即退去。鄂军也不追赶，收队回营。

　　次日，鄂军复分队出发，重至刘家庙接仗，那边仍来了张彪残兵，与河南援军会合，共约一镇，载以火车。鄂军队里的督战员，是军事参谋官胡汉民，令军队蛇行前进，将要接近，见河南军猛扑过来，气势甚锐，汉民复下一密令，令军队闪开两旁，从后面突开一炮，击中河南兵所坐的火车头，车身骤裂。河南兵下车过来，鄂军再开连珠炮，相续不绝，慌似千雷万霆，震得天地都响。两下相持了数点钟，河南兵伤了不少，方哗然退走，避入火车，开机驰去。一刹那间，又复驰了转来，不意扑塌一声，车竟翻倒，鄂军乘机猛击，且从旁抄出一支奇兵，把河南兵杀得落花流水，大败而逃。看官！这河南兵去而复回，明明是出人不意，攻人无备的意思，如何中途竟致覆车呢？原来河南兵初次退走，有许多铁路工人在旁，倡议毁路，以免清军复来。当时一齐动手，把铁轨移开十数丈。河南兵未曾防备，偏着了道儿，越弄越败，懊悔不迭。这便是倒灶的影子。

　　至傍晚两军复战，清军在平地，鄂军在山上。彼此轰击，江心中的战舰，助清陆军，开炮遥击，约有二小时，鄂军队中发出一炮，正中江元炮船，船身受伤，失战斗力，遂驶去。各舰亦陆续退出，直至三十里外。翌日再战，各舰竟遁回九江去了。清水师虽是无用，亦不至怯敌若此，大约是不愿接仗之故。

　　至第三次开战，鄂军复夺得清营一座，内有火药六车，快枪千支，子弹数十箱，白米二千包，银洋十四箱，以及军用器物等，都由鄂军搬回。第四次开战，鄂军复胜，从头道桥杀到三道桥，得着机关炮一尊。第五次开战，鄂军用节节进攻法，从三道桥攻进溅口。清军比鄂军，虽多数倍，怎奈人人解体，全不耐战，一大半弃甲而逃，一小半投械而降。陆军大臣督兵而来，恰如此倒脸，真是气数。

自经过五次战仗，鄂军捷电，遍达全国，黄州府，武昌县，沘阳州，宜昌府，沙市，新堤，次第响应，竖满白旗。到了八月三十日，湖南民军起义，逐去巡抚余诚格，杀毙统领黄忠浩，推焦达峰为都督，陈作新为副都督，只焦达峰是洪江会头目，冒托革命党人，当时被他混过，后来调查明白，民心未免不服，暂时得过且过，徐作计较。同日，陕西省亦举旗起义，发难的头目，系第一协参谋官，兼二标一营管带张凤翙，及三营管带张益谦，两人统是日本士官学校毕业生，一呼百应，攻进抚署。巡抚钱能训，举枪自击，扑倒地下。两管带攻入后，见钱抚尚在呻吟，倒不去难为他，反令手下扶入高等学堂，唤西医疗治。其余各官，逃的逃，避的避，只将军文瑞，投井自尽，全城粗定，正副两统领，自然推举两张了。

余诚格自湖南出走，直至江西，会晤赣抚冯汝騤，备述湖南情形，且叙且泣。冯抚虽强词劝慰，心中恰非常焦灼，俟诚格别后，劳思苦想，才得一策，一面令布政使筹集库款，倍给陆军薪饷，一面命巡警道伤役稽查，旦夕不息，城内总算粗安。偏偏标统马毓宝，举义九江，逐去道员保恒，及九江府朴良。九江系全赣要口，要口一失，省城也随在可虞，不过稍缓时日便了。铜山西奔，洛钟东应。

此时各省警报，纷达清廷，摄政王载沣，惊愕万状，忙召集内阁总理老庆，协理徐世昌，及王大臣会议。一班老少年，齐集一廷，你瞧我，我瞧你，面面相觑，急得摄政王手足冰冷，几乎垂下泪来。老庆睹此情形，不能一言不发，遂保荐一

位在籍的大员，说他定可平乱。看官！你道是何人？乃系前任
外务部尚书袁世凯。摄政王嘿然不答。老庆道："不用袁世
凯，大清休了。"用了袁世凯，大清尚保得住么？摄政王无奈下
谕，着袁世凯补授湖广总督。又有一大臣道："此次革党起
事，全由盛宣怀一人激变，他要收川路为国有，以致川民争
路，革党乘机起衅，为今日计，非严遣盛宣怀不可。"于是盛
大臣亦奉旨革职。过了两三天，袁世凯自项城复电，不肯出
山。内阁总理老庆，又请摄政王重用老袁，授他为钦差大臣，
所有赴援的海陆各军，并长江水师，统归节制。又命冯国璋总
统第一军，段祺瑞总统第二军，均归袁世凯调遣。袁世凯仍电
奏足疾未愈。乐得摆些架子。摄政王料他纪念前嫌，不欲再召。
忽由广州来电，将军凤山，被革命党人炸死。凤山在满人中，
颇称知兵，清廷方命任广州将军，乘轮南下，既抵码头，登岸
进城。到仓前街，一声奇响，震坍墙垣，巧巧压在凤山轿上，
连人带轿，捣得粉碎。临时只有一党人毙命，闻他叫作陈军
雄，余皆遁去。摄政王闻知此信，安得不惊？没奈何依了老庆
计策，令陆军大臣荫昌，亲至项城，敦请袁世凯出山。那时这
位雄心勃勃的袁公，才有意出来。时机已至。荫昌见他应允，
欣然告别，返至信阳州，趁着得意的时候，竟想出一条好计，
密令在湖北军队，打仗时先挂白旗，假作投降，待民军近前，
陡起轰击，便可获胜。湖北带兵官，依计而行，果然鄂军不知
真伪，被他打死了数百人，败回汉口，把刘家庙大智门车站各
地，尽行弃去。荫昌闻这捷音，乐不可支，忙电奏京都，说民
军如何溃败，官军如何得胜，并有可以进夺武汉等语。摄政王
稍稍安心。

　　嗣闻瑞澂、张彪，都逃得不知去向，遂下令严拿治罪。其
实鸿飞冥冥，弋人何篡，摄政王也无可奈何。默思川湖各地，
必须用老成主持，或可平乱，来不及了。遂命岑春煊督四川，

魏光涛督两湖。岑、魏都是历练有识的人，料知大局不可收拾，统上表辞职。那时只有催促这位老袁，迅速赴敌。老袁至此，始从彰德里第动身，渡过黄河，到了信阳州，与荫昌相会。荫昌将兵符印信，交代明白，匆匆回京复命。卸去肩子了。

这位袁老先生，确是有点威望，才接钦差大臣印信，在湖北的清军，已是踊跃得很，磨拳擦掌，专持厮杀。总统第一军的冯国璋，又由京南下，击退民军，纵火焚烧汉口华界，接连数日，烟尘蔽天，可怜华界居民，或搬或逃，稍迟一步，就焦头烂额。更可恨这清军仗着一胜，便奸淫掳掠，无所不为。见有姿色的妇女，多被他拖曳而去，有轮奸致死的，有强逼不从，用刀戳毙的。就是搬徙的百姓，稍有财产，亦都被他抢散。正在兴高采烈的时候，忽有鄂军敢死队数百人，上前拦截，清军视若无睹，慢腾腾的对仗。不意敢死队突起奋击，如生龙活虎一般，吓得清军个个倒退。还有后面的鄂军，见敢死队已经得势，一拥而前，逢人便杀，清军逃得快的，还保住头颅，略一迟缓，便已中枪倒毙。这场恶战，杀死清军三千五百多名，在汉口华界的清军，几乎扫荡一空。有在街头倒毙的兵，腰中还缠着金银洋钱，哪里晓得恶贯满盈，黄金难买性命，扑通一枪，都伏维尚飨了。可为贪利者作一棒喝。

清军还想报复，不意袁钦差命令到来，竟禁止他非法胡行，此后不奉号令，不准发出。各军队也莫名其妙，只好依令而行。原来袁世凯奉命出山，胸中早有成竹，他想现今革命军，且万万杀不完的，死一起又有一起，我如今不若改剿为抚，易战为和。只议抚议和的开手，也须提出几条约款，方可与议。当下先上奏折，大旨是开国会，改宪法，并罢斥皇族内阁等件，请朝廷立即施行。摄政王览了此奏，又不觉狐疑起来。正顾虑间，山西省又闻独立，巡抚陆钟琦死难。陆锺琦系由江南藩司升任，到任不过数月，因陕西已归革命军，恐他来袭边境，遂派新军往守潼关。新军初意不愿，故设种种要求，有心激变。陆抚恰一一答应，新军出城而去。次日偏又回来，闯进抚署，迫陆抚独立。陆抚说了一个不字，那新军已举枪相向，待陆抚说到第二个不字，枪弹立发，适中陆胸。陆子亮臣，系翰苑出身，曾游学外洋，至是适来省父，劝父姑从圆融，谁意祸机猝发，到署仅隔宿，竟见乃父丧躯。父子恩深，如何忍耐，即取出手枪还击。此时的革命军，还管着什么余地，顺我生，逆我死，众枪齐发，又将亮臣击毙。陆抚父子殉难，虽是尽忠一姓，心迹尚属可原，故文字间独无贬笔。再拥进内署，把陆抚眷属，复枪毙了好几人。抚署已毁，转至藩臬两署，拥藩司王庆平、提法使李盛铎至咨议局，迫他独立。两司不从，被禁密室，另推协统阎锡山为都督。锡山受任后，婉劝李盛铎出任民政，盛铎乃允。只王庆平执意如故，由锡山释放使归。

山西省的警信方来，江西省的耗音又至。江西自九江兵变后，省城戒严，勉强维持了几天。绅商学各界，组织保安会，将章程呈报抚署，请冯汝骙做发起人，冯抚倒也承认。嗣军界亦入保安会，请冯抚即举义旗，冯抚不允，于是各军队夜焚抚署，霎时间火光烛天，冯抚自署后逃出，匿入民房。藩司以下，亦皆走避。革命军出示安民，方拟公举统领，适马毓宝自九江驰至，由各界欢迎入城，当于教育会开会，以高等学堂为军政府，仍举冯汝骙为都督。汝骙闻这消息，料军民都无恶意，遂出来固辞，乃改举协统吴介璋任都督，刘起凤任民政长，汝骙交出印信，挈眷归去。马毓宝亦返九江。江西独立，最称安稳。

这时候的云南省，也由协统蔡锷倡义，与江西省同日独立。云南边隅，次第为英法所占，是年英兵复占踞片马，滇民力争不得，未免怨恨政府，兼以各省独立，军界跃跃欲试，遂由协统蔡锷开会，召集将弁，同时发作，举火为号。第一营统带丁锦不从，被他驱逐，随攻督署，迫走总督李经羲，即改督署为军政府，举蔡锷为都督。各军搜捕各官吏，拿住世藩司，因他不肯降顺，一枪结果了他的性命。只李督在滇，颇有政绩，经各军搜出后，蔡锷独优礼相待，劝他为民军尽职。李督心有未安，情愿回籍。蔡锷不便强留，由他携眷回去。可见做官不应贪虐，到变起时，尚得保全性命。且因督署总是老衙门，舍旧谋新，将都督府迁至师范学堂，会同起事诸人，组织各种机关，并电各州县即日反正。不到数日，云南大定。

这数省的电音，传至摄政王座前。正急个不了，内廷的王公大臣，又纷纷告假，连各机关办事人，十有九空。老庆、载泽等并没有法子，还是各争意见，彼此上奏，愿辞官职。贝勒载涛，也辞去军谘大臣的缺分，弄得这个摄政王，呆似木雕，终日只是泪珠儿洗面，到无可奈何之际，不得不请老庆商量。老庆只信任一个袁世凯，便把内阁总理的位置，一心让与袁公，且劝摄政王概从袁议。摄政王已毫无主意，遂授袁为内阁总理大臣，叫他在湖北应办各事，布置略定，即行来京。越重任，越将清社送脱。一面取消内阁暂行章程，不用亲贵充国务大臣，并将宪法交资政院协议。资政院的老臣，先请下诏罪己，速开党禁，然后好改议宪法。摄政王惟言是从，下了罪己诏，开了党人禁，方由资政院拟定宪法大纲十九条，择定十月初六日，宣誓太庙。可奈各省民气，日盛一日，凭你如何改革，他总全然反对。

上海的制造局，系东南军械紧要地，九月十三日，被革命党人陈其美，率众攻入，复占了上海道县各署，公举其美为沪军都督，吴淞口随即起应，遍悬白旗，宝山县亦即光复。沪上人民，欢声如雷。正在相庆，贵州独立的电报，亦到沪渎，说是巡抚沈瑜庆以下，尽行驱逐，现举杨荩诚为正都督，赵德全为副都督，全境安谧等语，沪军政府越觉欢跃，立派军士五十余人，至苏州运动军营，共建义旗。各军官一律应允，黄夜出发军队，齐集城下。十四日天明时，城门一开，各军鱼贯而入，径至抚署喧呼革命。苏抚程德全，仗胆登堂，问他来意。各军齐请程抚独立。程抚没法，只好赞成，但饬军队勿扰百姓。各军大呼万岁，即在门外连放九炮，悬起江苏都督府大旗。至十五日，苏城内外，就遍悬白旗，程抚居然改做都督，选绅士张謇、伍廷芳、应德闳等，分任民政、外交、财政等事，并截断苏宁铁路，派兵扼守，以防南京。江苏系官长独立，真是不血一刃，较江西尤为快利。

　　江苏既定，沪上复遣敢死队到杭州，浙抚增韫，正焦愁万分，每日召官绅会议，绅士以独立二字为请，增抚总是不从。至敢死队到杭，密寓抚署左近，约各营乘夜举事。于是笕桥大营的兵士，入艮山门占住军械局，南星桥大营的兵士，入清波门占住藩运各署。敢死队怀着炸弹，猛扑抚署，一入署门，第一个抛弹的首领，乃是女志士尹锐志，闻她系绍兴嵊县人，尝在外洋游学，灌入革命知识，此次挈她妹子锐进，同来效力。首掷炸弹，毁坏抚署，卫队及消防队不敢抵敌，统行入党。急得增抚避匿马房，被党人一把抓出，拖至福建会馆幽禁。藩司吴引孙等，一律逃去。未及天明，全城已归革命军占领，推标统周赤城为司令官，以谘议局为军政府。临时都督，举了童训，童训自请取消，另举前浙路总理汤寿潜。汤尚在沪，由周赤城派专车往迎。只杭州将军德济，尚不肯投顺，几乎决裂，两边要开炮相斗，幸海宁士民杭幸斋，至满营妥议，方才停战。等到汤督到杭，复与满人订了简约：（一）改籍，（二）缴械，（三）暂给饷项，徐图生活。满人料不可抗，唯唯听命，自是全城遂安。浙江独立，也算迅捷，且有女志士先入抚署，尤为特色。后来增抚等人，都由汤都督释回。

长江流域各省，多半光复，只湖南都督，改推议长谭延闿。焦、陈二人，被革军查出违法的证据，将他枭首，复枪毙焦党数名，稽查数天，仍归平靖。回应上文。只驻扎信阳的袁大臣，奉了回京组阁的谕旨，先遣蔡廷干、刘承恩到武昌，与黎都督议和。黎都督定要清帝退位，方肯弭兵。经蔡、刘二员再四商榷，终不见允，只得回复袁大臣。袁大臣见议和无效，默默的筹画一番，复召冯、段二统领，密议办法，将军事布置妥当，才拟启程北上。成算在胸，可南可北。袁未到京，宣誓太庙的日期已至，摄政王率领诸王大臣到太庙中，焚香蓺烛，叩头宣誓。誓文云：

维宣统三年十月六日，监国摄政王载沣，摄行祀事，谨告诸先帝之灵曰：惟我太祖高皇帝以来，列祖列宗，贻谋宏远，迄今将垂三百年矣。溥仪继承大统，用人行政，诸所未宜，以致上下暌违，民情难达，旬日之间，寰遍纷扰，深恐颠覆我累世相传之统绪。兹经资政院会议，广采列邦最良宪法，依亲贵不与政事之规制，先裁决重大信条十九条。其余紧急事项，一律记入宪法，迅速编纂。且速开国会，以确定立宪政体，敢誓于我列祖列宗之前。

随即颁布《宪法信条十九条》。

一　大清帝国之皇统，万世不易。

二　皇帝神圣，不可侵犯。

三　皇帝权以宪法规定为限。

四　皇帝继承之顺序，于宪法规定之。

五　宪法由资政院起草议决，皇帝颁布之。

六　宪政改正提案权，属于国会。

七 上院议员，由国民于法定特别资格公选之。

八 总理大臣由国会公选，皇帝任命。其他国务大臣，由总理推举，皇帝任命。皇族不得为总理及其他国务大臣，并各省行政官。

九 总理大臣受国会弹劾，非解散国会，即总理大臣辞职，但一次内阁，不得解散两次国会。

十 皇帝直接统率海陆军，但对内使用时，须依国会议决之特别条件。

十一 不得以命令代法律。但除紧急命令外，以执行法律，及法律委任者为限。

十二 国际条约，非经国会议决，不得缔结。但宣战构和，不在国会会期内，得由国会追认之。

十三 官制官规，定自宪法。

十四 每年出入预算，必经国会议决，不得自由处分。

十五 皇室经费之制定及增减，概依国会议决。

十六 皇室大典，不得与宪法相抵触。

十七 国务员裁判机关，由两院组织之。

十八 国会议决事项，由皇帝宣布之。

十九 第八条至第十六各条，国会未开以前，资政院适用之。

颁布以后，在清室已算让到极点，与民更始。可奈民心始终不服。两广、安徽、福建等省，又次第举起独立旗来，正是：

人意难回天意去，民权已现帝权终。

看官欲知后事，请至下回再阅。

　　鄂师一起，四方响应，中国之不复为清有，已可知矣。荫昌、萨镇冰辈，率全国之师，对付一隅，屡战未捷，是岂皆荫、萨二人，韬略未娴，不堪与黎军敌耶？周武有言："纣有亿兆夷人，离心离德，予有乱臣十人，同心同德。"观于清末，而古人之言益信。至若载沣摄政，仅二年余，此二年间，亦非有大恶德，但以腐败之老朽，痴呆之少年，使操政柄，猝致激变，载沣亦不得谓无咎焉。迨各省告警，云集响应，始有宣誓告庙之举，晚矣。故本回只据事直书，而瓦解土崩之状，已令人目不胜接，徒有浩叹而已。

第九十九回

易总理重组内阁　夺汉阳复失南京

却说广西巡抚沈秉坤，系湖南善化人，闻湖北早起义师，湖南亦告独立，长江下游，大半响应，广西虽处偏隅，势不能免，不如由我倡起，免受黎军压制。当下召文武各官，密谋独立。藩司王芝祥、提督陆荣廷，首先赞成。再开咨议局会议，通过多数，遂举沈为广西都督，改抚署为军政府，谘议局为议院。司道府县，暂仍旧贯。原有军队，统称广西国民军。组织粗定，秉坤愿任北伐事，将都督印信，让与王芝祥、陆荣廷，自挈家眷回籍。临行时有留别父老书，说得缠绵恺切，小子也无暇详述。广西独立，较江苏尤举动文明，沈秉坤功成即退，尤为难得。

只广东尚无独立消息，王芝祥因唇齿相依，意图联络，遂发电劝粤督张鸣岐，两三日未接复音。又过了好几天，始探得广东也独立了。原来广东自凤山炸毙后，早有人提倡独立，因粤督张鸣岐，模棱两可，忽愿独立，忽又不愿独立，弄得军民各界，无从捉摸。迁延一日，闻粤西赶先起义，大众始忍无可忍，各到咨议局开会，决议用和平手段，要求独立。仍推张鸣岐为都督，提督龙济光为副手。当下办就印信公文，送到督署。不意署中已空无一人，张鸣岐不知去向，转送与龙济光。济光因张督不到，亦不愿就任，于是改推革命党人胡汉民为都督。时胡汉民甫离湖北尚未到粤，由协统蒋尊簋暂代。胡到后，乃将都督印信交出。

广东独立的音信，尚未北达，安徽独立的音信，先已南来。安徽居长江下游，巡抚叫作朱家宝。朱是幕府出身，人品素来圆滑。他起初还首鼠两端，嗣为军民所迫，不得已任为都督。后来安庆稍有变乱，朱缒城出走，大众请九江分府马毓宝莅任，人心乃安。

此时东南一带，只有南京及福建两处，尚未反正。南京由各省联军进讨，福建恰乘机响应，新军统制孙道仁，与谘议局副议长刘崇佑，联络兴师，先照会总督松寿，另立新政府，所有闽省政务，应归新政府施行。再照会将军朴寿，迫驻防兵缴出军械火药。两寿统是满人，松寿犹豫未决，朴寿偏决意主战。民军闻他不允，遂出占各署，松寿仰药自尽，朴寿饬满兵对仗，恃于山为根据，开炮轰击民军。民军偏冒险登山，前仆后继，竟将满兵杀退。朴寿还不肯罢手，亲率满兵来攻汉界，螳斧当车，不自量力，战到结果，弄得一命呜呼。两寿不寿，惟满人殉主，不谓无名，后人作史，书法应在陆钟琦上。满兵既无统帅，只可缴械投诚，当下推孙道仁为都督，受印悬旗，与各省大致相似，不必细说。

只这位摄政王载沣，迭接警耗，正似哑子吃黄连，有说不尽的苦楚。老庆也不胜着急，默念东南半壁，尽付乌有，所恃山东、河南，尚无变动，京畿总还保得住。不意来了一个急电，系山东巡抚孙宝琦，奏请独立，不觉魂魄飞扬，几致晕倒。独立二字，形诸奏牍，更属闻所未闻。看官！你道是何故？因孙抚乃庆王儿女亲家，老庆总道靠得住，陡接此奏，正是事出意外。哪里晓得孙抚恰也有苦心，他受军民胁迫，不好力拒，又不便赞成，无策中想了一策，阳允军民设临时政府，暗中把苦情奏达清廷。老庆未曾详阅，险些儿几被吓煞。嗣经复电细问，方晓得孙抚意思，倒也少慰。

　　无如警报又逐渐到来，山东烟台商埠，真个独立，这还是一隅小事。至接到海军各舰归附民军的消息，又是不胜骇愕。原来清军舰退出鄂境，悬着白旗，拟顺流行至九江，偷过青山炮台，迨抵田家镇，该镇开空炮示警，清军舰无都督护照，不敢停泊待验，乃重复折回。惟镜清、保民、楚观、江元、江亨、建威、通济、楚同、楚泰、飞鹰、楚谦、虎威、江平及张字号鱼雷艇，共十四艘，竟沿江而下，直达镇江。看官！你道十四艘兵舰如何能畅行无阻呢？相传是镜清船上，有帮管带陈复，与同志刘樾、刘勋名、杨砥中、常光球等三十余人，响应民军，暗中联络，是以途中无阻，竟一律开往镇江。镇江是时，亦已与苏州相应，推林述庆为都督，闻陈复已至，派员接收，至此清军舰十失六七，只海容、海琛、海筹、湖鹗及鱼雷艇等，孤立江心，不复成军。提督萨镇冰，见大势已去，另乘大通轮船，避往上海。那时海容、海琦、海筹三舰长，除效顺民军外，无他良法，遂向九江马都督处投诚。马都督毓宝，自然欢迎。接见后，置酒款待，彼此尽欢。惟海容舰长喜昌，海琛长荣续均，系满人，辞职回里，马都督各给洋五六百元，派人送沪去讫。

　　只老庆急上加急，每日电促袁世凯到京。袁大臣在途，请足疾假，咳嗽假，逗留又逗留，至缓无可缓，方率兵两大队，冠冕堂皇的到了京都。这也是步步为营之计。京中官民，闻袁大臣到来，相见恨晚，就是摄政王载沣，亦蠲除宿怨，极诚迎迓。两下相见，立开军事会议，袁大臣先将议和不成的情形，说了一遍。摄政王皱着眉道："鄂军既不肯议和，看来只好主战。"袁大臣道："主战亦是，但没有军饷，如何是好？"此时庆王在座，百忙中想出一法，乃是孝钦太后留有遗积，现在隆裕太后手中，要摄政王入宫支取。袁大臣竭力赞成，当由摄政王入见隆裕太后。隆裕太后，方宠幸太监小德张，又是一个李莲英。安排水晶宫装设，想步孝钦后后尘，不幸福气淡薄，革命党举事武昌，竟致四方响应，不可收拾。摄政王屡次进陈，已是愁闷得很，忽又要支取内帑，弄得无词可答，只有珠泪双垂。摄政王也相对而泣，哭了一场，总是无法可施，勉强取出若干万，交付摄政王，由摄政王交给袁大臣。袁大臣遂组织内阁，选了几个有名的人才，请旨颁布道：

> 梁敦彦为内务大臣，赵秉钧为民政大臣，严修为度支大臣，唐景崇为学务大臣，王士珍为陆军大臣，萨镇冰为海军大臣，沈家本为司法大臣，张謇为农工商大臣，杨士琦为邮传大臣，达寿为理藩大臣。

这道旨意，颁发下来，满拟人才毕集，挽救时艰。谁知有一半不肯出山，有一半供职清廷，也上表力辞，不愿担任危局。升官发财，人之所欲，何图此时，反相柄凿？袁大臣再请任各省宣慰使，选出几位耆硕，去当此任，偏偏又无人应命。且闻吉林、黑龙江，各设保安会，奉天也杂入革命军，举党人蓝天蔚为都督，消息日恶一日。江南第九镇统制徐绍桢，又召集浙沪苏宁各军，攻打南京。江督张人骏，将军铁良，及提督张勋，虽尚服从清室，与徐绍桢等相抗，究竟城孤兵少，四面楚歌，免不得向清廷乞救。袁大臣至此，亦愤闷的了不得，他想民军气焰逼人，总不肯就我羁勒，能战然后能和，射人必先射马，欲想处处兼顾，势有未能，不如力攻武汉，杀他一个下马威，令他见我手段，方才遏志。洞见肺腑。遂将内帑运至鄂中，令冯、段两统领，奋击汉阳。

冯、段二人，接此命令，果然格外效力，亲率全军赴汉阳，鄂军方面，由黄兴督师，两下连战两昼夜，清军先挫。梅子山一带，为鄂军所占。嗣清军潜渡汉江，改服鄂军衣装，各持白旗，来袭美娘山。鄂军不及预防，还道是武昌遣来援军，至清军前队登山，见人辄斫，方晓得系清军伪充，连忙对仗，已是不及。恶斗了半日，清军越来越众，炮火越猛，鄂军死伤千余人，只好把美娘山弃去，退至龟山。清军乘胜追至，被鄂军一阵杀退，不意龟山方幸保全，雨淋山又闻失守。恼了这班敢死队，纠众进攻，冒死上登，竟将雨淋山夺回，并乘间渡江，拟占刘家庙。才至汉口，清军突来，战了一仗，不分胜负。清军退至歆生路，两下收军。越宿，清军又拔营齐出，群往雨淋山，用全力争汉阳。那时两军已连战五昼夜，雨淋山的鄂军，只道清军已退，令招来新兵把守。新兵未经战阵，骤见清兵如蚁而来，哗然四散。清军遂据雨淋山，突闻山下枪炮齐发，由清军俯视，只见来势勇猛，正是鄂军里的敢死队。清军也怕他骁悍，胆已先怯，勉强下迎，毕竟敢死队以少胜多，又将雨淋山夺去，并夺得清军机关枪两尊。

翌日黎明，两军统帅，都亲自督阵，大战于十里铺。自辰至午，清军炮火甚烈，鄂军不能取胜，方收队休息。忽后面大起炮声，回头一望，乃是清军全队，猛力扑来。民军前后受攻，任你什么敢死团也是不济，只好退归汉阳。这支清军，如何在鄂军后面？看官听着！待小子叙明。原来汉阳城外有扁担山，系全城保障，山上有一员炮队管带，姓张名振臣，系张彪的儿子，张彪遁去，振臣尚在，黄兴未曾察破，被他勾通清军，竟将这山奉送。复卖嘱黑山、龟山、四平山、梅子山的炮弁，把炮闩除去，并将地雷火线绝断。霎时间，清军四路分攻，守山的将士，放炮炮不响，爇线线无灵，徒靠着血肉之躯，与枪弹相搏，哪有不败之理？眼见得四座峻岭，被清军陆续占去。为一张振臣，几致全军皆没，可见用人不可不慎。

这时候的汉阳总司令黄兴，早回城中，败兵入城，犹待总司令宣布军号，以便防守。谁知待了许久，杳无音响，到总司令府谒问，只剩了一间空屋，室迩人远，弄得大众面面相觑，城外又鼓声大震，清军齐来薄城。城中已无主帅，不由的军心大乱，纷纷出城。等到武昌闻警，发兵来援，全城已为清军占领，还有什么效力？但见汉阳城外的人民，夺路奔逃，渡船如蚁，飞向武昌驶去。溃军也杂民中，争船而走。军械辎重，漂流江面，不计其数。这皆由黄司令之力。黎都督闻汉阳已失，不禁叹惜道："我道这位黄司令，总有些能耐，不料懦弱如此。"忙出城抚慰兵民，并言："黄司令已往上海，去集援军，计日可至。汉阳虽失，尽可无虑，武昌有我作主，总要拼命保守"等语。兵民闻言，方觉心安。于是续派军队，沿江分驻，上自金口，下至青山，皆立栅置炮，日夜严防，武昌才算稳固。

冯、段两统领，既得汉阳，即向清廷告捷，且拟指日攻复武昌，清廷王大臣，又相庆贺，独这袁总理心中，恰另有一番计划。此公浑身是计。正踌躇间，又来了三道警电：第一道是第六镇统制吴禄贞，奉清命去攻山西，被麾下周符麟、吴鸿昌等刺死，袁见了尚不以为意，因吴禄贞是革命党人，命攻山西，乃由军咨使良弼发议，明是以毒攻毒，此次见刺，安知非从良弼授意，当即将电文搁过一旁。第二道是四川独立，端方在资州被杀，其弟端锦，亦遭惨戮，不由的太息道："端老四何苦费了数万金，卖个身首异处，真不值得。"不如公固远甚。亦将此电搁起。第三道是南京危急万分，火速求援。这电文映入袁总理眼帘，恰瞧了又瞧，默想片时，竟取出两笺，各书数字，交左右至电报处拍发。一电系寄往南京，说急切无兵可援。明明是叫他弃城。一电系寄往汉阳，说是暂且停战。明明是有意讲和。

冯、段两统领，向来尊信袁公，自然停兵勿进。独南京张人骏等，接到袁电，未免有些怨恨。张勋更暴躁得很，还要与民军争个雌雄。那时攻打南京的徐绍桢，因出战不利，退回镇江，改推苏督程德全为海陆军总司令，出驻高资。程遂召集各军司令官，带兵前进。宁军总司令，仍是徐绍桢，镇军总司令，就是林述庆，还有浙军总司令朱瑞，苏军总司令刘之杰等，会集部兵三万余人，一齐杀去。南京清提督张勋，确是能耐，督率十八营如狼似虎的防军，前来对垒。交绥数次，联军未见胜仗，反伤了无数士卒，嗣经济军统领黎天才，率兵六百余人，来攻南京。

　　黎素以勇毅闻，见各军相率逡巡，勃然大愤，即慨请先行，请浙军司令官朱瑞，派兵为后应。当下进攻乌龙山，下令首先登山者，赏银千元。军士闻令踊跃，争先抢占。清军不能支，立被占住，再攻幕府山。下令如前，一声呐喊，猛力前进。清军马步队，方在炮台上了望，见民军来势汹涌，行动如飞，台兵不慌不忙，也不开炮，竟下来欢迎，请天才登山。天才检点将士，共四百余员，咸请："我辈湘人，不愿与同胞为难。"天才大喜，登山遥望，正与城内狮子山相对。狮子山也有炮台守兵，颇有整肃气象，蓦闻狮子山开炮轰来，天才颇为一惊。旋见射来的炮弹，都落山外，不觉动疑起来，问明降军，方知狮子山的守兵，亦系湘人，彼此同心，不愿轰击，所以随便开放。天才也令炮兵停击，竟分兵去夺下关。下关炮弁何明焕，度势不支，有心反正，遂悬起白旗，以示降顺。天才喜出望外，把下关两座炮台，一律收入，复会合苏浙联军，往攻孝陵卫。张勋亲率部将三员，分四路出城迎敌，联军奋力齐进，击毙张军千余名。张勋知不可胜，退入朝阳门，负嵎死守。

　　只张勋有个爱妾，芳名小毛子，生得妩媚动人，秦淮河畔，无此丽姝，白下城中，群推绝色。佳人配悍帅，尚嫌非耦。那张大帅好勇性成，生死恰付诸度外，惟瞧着这蔽月羞花的箧室，未免生愁。小毛子以张勋威望素著，起初倒也不怕，只教张勋固守；寻闻险要已失，孤城坐困，也觉得忧虑起来。美人颜色，易致憔悴，怎禁得起连日警耗，渐渐腰围瘦损，华色枯凋，张勋见她形容，也无心恋战。张人骏、铁良等，毫无成见，凡事都由张勋作主，张勋要战，不得不战，张勋要逃，不得不逃。张勋一面求救清廷，一面令小毛子收拾细软，派得力兵队，潜护出城。过了两日，接袁总理复电，无兵可援，不禁懊悔道："大家坐视，独我奋力，我也无此耐烦。"会联军又夺天保城，张勋遂与张人骏、铁良密商，不如带兵北上，徐图后举，此时且与联军议和。张、铁无计可施，遂允勋议。

当下拟定四大纲，令部将胡令宣，出城请和。苏军司令刘之杰，接阅和款：一是不得伤人民生命，二是不得杀旗人，三是准张勋率兵北上，四是准令张人骏、铁良北上。刘之杰瞧毕，对胡令宣道："这事我不能作主，须禀报总司令处，方可定议，你且回城候复！"胡令宣唯唯去讫。次日由总司令答复，允他三条，独张勋北上条不许。张勋怒吼上马，再拟背城借一，经张人骏、铁良劝阻，勉过一天。翌晨正拟出发，忽报四城火起，联军已进攻南门、神策门、太平门、仪凤门，及狮子山炮台。张人骏、铁良两人，避至日本领事馆，乞他保护出城。张勋令部兵白旗出迎，自己恰括尽库款，从旁门走脱。等到联军入城，早已虚若无人了。张大帅有人有财，毫不吃苦。南京光复，因程督不能离苏，公举镇军都督林述庆，为南京临时大都督。适值黄兴到沪，拟集联军援鄂，在上海开会，由各省代表推他为大元帅，黎元洪为副元帅，正是：

> 郁之益久，发之益光。
> 师直为壮，我武孔扬。

小子著书至此，已九十九回了，下文只有一回，便要完卷。看官且再拭目！阅那结末的第一百回。

　　"将军欲以巧胜人，盘马弯弓故不发。"这两语正可移赠袁公。迟迟出山，又迟迟入京，处危疑交集之秋，尚属从容不迫，其才具已可概见。汉阳一役，明以示威，得汉阳而失南京，正袁公之所以巧为处置也。从字句间体察之，可以觇袁大臣之心，可以见著书人之识。

第一百回

举总统孙文就职　逊帝位清祚告终

却说黄兴既受了大元帅的职任，正拟派兵援鄂，忽闻清廷降旨，命袁世凯为议和全权大臣，料知停战在即，因此从缓。这袁大臣恰委任尚书唐绍仪，作为代表，南下议和。唐奉命至汉口，先由驻汉英领事，转告黎都督，黎不便力拒，允与熟商，当由双方暂时停战。唐绍仪进见黎都督，交换意见，议了两天，黎以黄兴在沪，已任为大元帅，一切取决，当就上海开议。于是唐绍仪又从汉口乘轮到上海来，是时上海各代表，已公推博士伍廷芳为外交总长，议和事亦委他主持。会议地点，就在上海英租界的市政厅。两下列座，除两大代表外，尚有参赞数员。晤谈后，各取委任书交阅，互验属实，然后讨论和议。议至四点多钟，伍代表提出四事：一，清帝退位。二，改行民主政体。三，给清帝年金。四，量恤旗民。唐代表瞧这四条，不便承认，只答称须电达内阁，方可定夺，当下散会。

看官！你想"清帝退位"四字，简直是要将清室河山，归还民国，清廷王大臣，焉肯即日允从？袁大臣自然不能代允，但欲峻词拒却，必致决裂，弄得战祸绵延，终非良策。恰是两难。想了又想，只好把君主民主两问题，熟详利害，复电唐代表，令他再行辩驳。唐绍仪乃续约伍廷芳，申议两次，伍廷芳决立民主政体，方可休兵，彼此几至决裂。当由德领事出为调停，德领事名婆黎，系上海各领事的领袖，他奉驻京德使命，有意排解。遇开领事团会议，招集英美法日俄五领事，详述意旨，五领事自然乐从。那时德领事即将意见书，交与伍、唐两代表，其文云：

> 驻扎北京德国公使馆，曾奉本国政府训令，向各议和使陈述私见。德国政府，以为中国如果继续战争，不特有危于本国，并有危于外人之利益安宁。现德国政府，依旧严守中立，但不得不尽义，为私交上之忠告。愿两议和使设法将战事早日消灭，从两造之所自愿者，办理一切事宜，有厚望焉。

伍、唐两代表接书后，只得共表同情，再事磋商。会闻山东都督孙宝琦取消独立，山西省城太原府，又由清军占领。清廷一方面，似乎有些生色。嗣由革命党大首领孙文，航海归来，沪上各民军代表，个个欢迎，一片舞蹈声，喧呼声，与吴淞江水声相应，热闹的了不得。过了两三天，各代表遂开选举大总统会，投票选举。启箱后，孙文票数最多，应任为大总统。续举副总统，是黎元洪当选。大众遂欢呼"中华共和万岁"三声，随由各代表通电各处，于辛亥年十一月十三日，即西历一千九百十二年一月一号，组织中华临时政府于上海，建号中华民国，即以此日为民国元年元月元日。是民国一大纪念，故大书特书。孙文赴南京受任，火车上面，遍插国旗，站旁军队林立，专送孙总统上车。由沪至宁，每到一站，两旁皆列队呼万岁。午后抵南京，国旗招展，军乐悠扬，政学军商各界，统来站相迎。驻宁各国领事，亦到来迎接。各炮台，各军舰，各鸣炮二十一门，表示欢忱。别开生面。孙总统下车后，改坐马车至临时总统府，早有黄兴、徐绍桢等，站着左右，迎遴入内。是晚即在公堂行接任礼，各省代表，与海陆军代表，

齐呼"中华民国万岁",声振屋瓦。代表团报告选举情形,请临时大总统宣读誓词。孙文即朗声宣诵道:

> 颠覆满清专制政府,巩固中华民国,图谋民生幸福,此国民之公意,文实遵之。以忠于国,为众服务,至专制政府既倒,国内无变乱,民国卓立于世界,为列邦公认,斯时文当解临时大总统之职,谨以此誓于国民!

读毕,由代表团推举景帝召,捧呈大总统印信,由孙总统接受如仪。各代表又推徐绍桢读颂词,读后,孙总统答称:"誓竭心力,勉副国民公意。"大众更欢呼而散。孙总统遂立中央政府,为行政总机关,中央设参议院,各省设省议会,为立法机关。并提议改用阳历,交参议院公决。参议院议员,暂以各省代表充选,即日通过改历议案,以十月十三日为正月一日,并为中华民国纪元,通电各省公布。又议定政府制度,暂仿美国成制,不设总理,但设各部总次长如下:

陆军总长黄兴、次长蒋作宾,海军总长黄钟瑛、次长汤芗铭,司法总长伍廷芳、次长吕志伊,财政总长陈锦涛、次长王鸿猷,外交总长王宠惠、次长魏宸组,内务总长程德全、次长居正,教育总长蔡元培、次长景耀月,实业总长张謇、次长马和,交通总长汤寿潜、次长于右任。

南京政府成立,民军声焰愈张,遂创议北伐,传檄远迩。各省踊跃起应,连一班女学生,也想大出风头,组织北伐队。这也可以不必。上海名优阔妓,都借着色艺,募捐助饷,似乎直捣黄龙,指顾间事。各洋商见时势危急,恐碍商务,遂联名发电,直致清廷,要求早日改建国体,妥定大局。先是摄政王载沣,因袁大臣已任内阁总理,自己无权无勇,正好借此下台,辞退监国重任。经隆裕太后允准,令他仍醇王爵号,退归藩邸，不再预政。此后一切政务，都责成总理大臣。至保护幼帝的责任，归太保世续、徐世昌。此旨颁后，全副重担，都肩在袁总理身上。袁总理倒也不怕，有大受才。惟南北和战事宜，所关重大，且迭接南方各电，不得不与清皇族会商，遂奏请隆裕太后，开御前会议，把民军提出各条，令皇族自行酌夺。皇族多半反对，袁总理再电唐绍仪，征求意见。绍仪复称应速开临时国会，解决政体。袁总理复转达皇族，皇族仍是不从。唐遂辞职，议和事由袁总理自行直接。

　　会四川省杀了总督赵尔丰，新疆省杀了将军志锐，甘肃省杀了总督长庚，蒙古、西藏，也居然独立起来。袁总理未免着急，仍奏请隆裕太后，如前代表唐绍仪议。太后踌躇未决，袁总理也奏请辞职，愿退居间地。急得太后束手无策，只好温词慰留。袁总理仍是固辞，太后复封他一等侯爵。清已不腊，还有什体虚名虚位，可以笼络袁总理。袁复恳切上表，不愿就封。做作耶？真心耶？太后只得再与老庆商议，要他至袁总理邸第，竭力挽留。袁乃辞封就职，再与伍廷芳往返电商。奈民军得步进步，先争论国会地点，两方辩驳的电文，差不多有数十通。至南方政府成立，竟将国会一说搁起，定要清帝退位，才肯干休。山穷水尽，奈何奈何？

　　斯时清廷已无兵无饷，势难再战，只得由隆裕太后出场，再开御前会议。皇族等统已垂头丧气，隆裕太后也垂着两行酸泪，毫无主见。独军谘使良弼抗声道："太后万不能俯允民军，愚见决计主战。"只你一人主战，如何成事？太后道："兵不效力，饷无从出，奈何？"良弼道："宁可一战而亡，免受汉人荼毒。"皇族见良弼非常决裂，恰也胆大起来，随声附和。会议仍然无效，过了两三日，袁大臣出东华门，遇着炸弹，未被击中，恰拿着刺客三名，偏偏这良弼从外归家，突被炸弹击毙。拿住刺客，据供是民党彭家珍，也不知是真是假。家珍当时受戮，无从细询。自是清皇族个个惊慌，逃的逃，躲的躲，哪个还敢来反对逊位？在鄂统领段祺瑞，复联合北方将弁四十二人，电请逊位。隆裕太后不得已，授总理大臣袁世凯特权，电告民国代表伍廷芳，商议优待清室条件。彼此又辩论数日，适值汪兆铭等，释放回南，参赞和议，于优待清室事，恰主张从厚，才得磋商定局。袁总理禀明隆裕太后，且再请皇族议定。隆裕太后含泪道："他们都已拥资走避了，剩我母子两人，还有何说？你去拟旨便是。"言毕，痛哭一场。袁大臣却要暗笑。还是袁总理劝慰数语，才行退出。随即拟定三道谕旨，入呈太后瞧阅。太后只得钤印御宝，钤宝时，两手乱颤，一行一行的泪珠儿，流个不休，随把谕旨交与袁总理。袁总理也即署名，于宣统三年十二月二十五日，即中华民国元年二月十二日，颁布天下。第一道谕旨云：

> 朕钦奉隆裕皇太后懿旨：前因民军起事，各省响应，九夏沸腾，生灵涂炭，特命袁世凯遣员与民军代表，讨论大局，议开国会，公决政体。两月以来，尚无确当办法。南北暌隔，彼此相持，商辍于途，士露于野，徒以国体一日不决，故民生一日不安。今全国人民心理，多倾向共和，南中各省，既倡议于前，北方各将，亦主张于后，人心所向，天命可知。予亦何忍以一姓之尊荣，拂兆民之好恶。是用外观大势，内审舆情，特率皇帝将统治权公诸全国，定为共和立宪国体，近慰海内厌乱望治之心，远协古圣天下为公之义。袁世凯前经资政院选举为总理大臣，当兹新旧代谢之际，宜有南北统一之方，即由袁世凯组织临时共和政府，与民军协商统一办法。总期人民安堵，海内乂安，仍合汉满蒙回藏五族完全领土，为一大中华民国，予与皇帝得以退处宽闲，优游岁月，长受国民之优礼，亲

见郅治之告成，岂不懿欤？钦此。

第二道谕旨云：

　　朕钦奉隆裕皇太后懿旨：前以大局阽危，兆民困苦，特饬内阁与民军，商酌优待皇室各条件，以期和平解决。兹据复奏，民军所开优待条件，于宗庙陵寝，永远奉祀，先皇陵制，如旧妥修各节，均已一律担承。皇帝但卸政权，不废尊号，并议定优待皇室八条，待遇满蒙回藏七条，览奏尚属周到。特行宣示皇族，暨满蒙回藏人等，此后务当化除畛域，共保治安，重睹世界之升平，胥享共和之幸福，予实有厚望焉！钦此。

　　（甲）关于大清皇帝辞位之后，优待之条件：

　　今因大清皇帝，宣布赞成共和政体，中华民国于大清皇帝辞退之后，优待条件如下：

　　第一款　大清皇帝辞位之后，尊号仍存不废。中华民国以待各外国君主之礼相待。

　　第二款　大清皇帝辞位之后，岁用四百万两，俟改铸新币后，改为四百万圆，此款由中华民国拨用。

　　第三款　大清皇帝辞位之后，暂居宫禁，日后移居颐和园，侍卫人等，照常留用。

　　第四款　大清皇帝辞位之后，宗庙陵寝，永远奉祀，由中华民国酌设卫兵，妥慎保护。

　　第五款　德宗陵寝未完工程，如制妥修，其奉安典礼，仍如旧制。所有实用经费，并由中华民国支出。

　　第六款　以前宫内所用各项执事人员，可照常留用，惟以后不得再招阉人。

　　第七款　大清皇帝辞位之后，其原有之私产，由中华民国特别保护。

第八款 原有之禁卫军，归中华民国陆军部编制，额数俸饷，仍如其旧。

（乙）关于清皇族待遇之条件：

（一）清王公世爵，概如其旧。（二）清皇族对于中华民国国家之私权及公权，与国民同等。（三）清皇族私产，一体保护。（四）清皇族免当兵之义务。

（丙）关于满蒙回藏各族待遇之条件：

（一）与汉人平等。（二）保护其原有之私产。（三）王公世爵，概仍其旧。（四）王公中有生计过艰者，设法代筹生计。（五）先筹八旗生计，于未筹定之前，八旗兵弁俸饷，仍旧支放。（六）从前营业居住等限制，一律蠲除，各州县听其自由入籍。（七）满蒙回藏原有之宗教，听其自由信仰。

第三道谕旨云：

朕钦奉隆裕皇太后懿旨：古之君天下者，重在保全民命，不忍以养人者害人。现在新定国体，无非欲先弭大乱，期保乂安。若拂逆多数之民心，重启无穷之战祸，则大局决裂，残杀相寻，势必演至种族之惨痛，将至九庙震惊，兆民荼毒，后祸何忍复言？两害相形，惟取其轻者，正朝廷审时观变，痌瘝吾民之苦衷。尔京外臣民，务当善体此意，为全局熟权利害，勿得挟虚憍之意气，逞偏激之空言，致国与民两受其祸。着民政部步军统领姜桂题、冯国璋等，严密防范，剀切开导，俾皆晓然于朝廷应天顺人，大公无私之意！至国家设官分职，以为民极，内列阁府部院，外建督府司道，所以康保群黎，非为一人一家而设。尔京外大小各官，均宜慨念时艰，慎供职守，应即责成各长官，敦切劝诫，毋旷职守，用副凤昔爱抚庶民之至意！钦此。

清帝退位，南北统一，临时大总统孙文，因袁世凯推翻清室，有功民国，至此点眼。特把大总统位置，完全让与。大众亦多半赞成。于是内阁总理袁大臣，遂任民国第二次临时大总统。至若副总统位置，当南京会议时，曾推黎都督元洪，不复再选。从此"帝德皇恩"的字样，一概删除。回应首回起笔。这位隆裕太后，自宣布共和后，寂居宫禁，抑郁寡欢，至次年冬间，积成胀疾，奄奄而逝。上谥为孝定景皇后，清室事从此了结。全部《清史通俗演义》，亦就此告终。

统计清自天命建号，至宣统退位，共二百九十六年，自顺治入关，至宣统退位，共二百六十八年。小子于此书告成后，拟再从各省光复起，至袁总统谢世止，把民国历年大事，演成小说，陆续出版，以供诸君续阅。但现在笔秃墨干，脑枯力敝，只好休息数天，与诸君期诸他日。诸君少待，还有几句俚词，作为全部小说的尾声：

> 清自摄政始，　复以摄政终。
> 顺治推早慧，　宣统亦幼聪。
> 孝庄与孝定，　权位毋乃同。
> 得国由吴力，　逊位本袁功。
> 一往又一复，　天道如张弓。
> 寄语后起者，　为国应效忠！
> 努力惩覆辙，　毋以私害公！
> 皇帝不足贵，　何苦效乃翁？

此诗归结全书宗旨。

　　民国成立，自南京组织临时政府始。孙中山以二十载之苦心，始得躬逢其盛，不可谓非有志竟成之举。惟推倒清室，则实自袁项城成之。袁之才具智术，实出民党诸人上。而庆王奕劻、摄政王载沣，以及满廷诸皇族，更无一足与袁比。袁固乱世之雄哉！若隆裕太后之决计主和，下诏逊位，虽出于中外之逼迫，不得已而使然，然较诸固执成见，贻害生灵者，殆有间焉。著书人或详或略，若抑若扬，皆斟酌有当，非漫以铺叙见长，成名为小说，实侔良史。录一代之兴亡，作后人之借鉴，是固可与列代史策，并传不朽云。